LA CIUDAD DE BRONCE

SHANNON CHAKRABORTY

LA CIUDAD DE BRONCE

Traducción de Jesús Cañadas

◔ UMBRIEL

Argentina • Chile • Colombia • España
Estados Unidos • México • Perú • Uruguay

Título original: *The City of Brass*
Editor original: HarperVoyager, un sello de HarperCollins*Publishers*
Traducción: Jesús Cañadas

1.ª edición: junio 2023

© 2017, Shannon Chakraborty.
Publicado en virtud de un acuerdo con Triada US Literary Agency gestionado por IMC, Literary Agency S.L.
All Rights Reserved
© de la traducción 2023 *by* Jesús Cañadas
© 2023 *by* Urano World Spain, S.A.U.
Plaza de los Reyes Magos, 8, piso 1.º C y D – 28007 Madrid
www.umbrieleditores.com

ISBN: 978-84-19030-43-6
E-ISBN: 978-84-19497-71-0
Depósito legal: B-4.428-2023

Fotocomposición: Ediciones Urano, S.A.U.
Impreso por: Romanyà-Valls – Verdaguer, 1 – 08786 Capellades (Barcelona)

Impreso en España – *Printed in Spain*

Para Alia, la luz de mi vida.

Las seis tribus de los djinn

LOS GEZIRI

Rodeados de agua y atrapados tras la espesa franja de humanidad del Creciente Fértil, los djinn de Am Gezira despertaron de la maldición de Salomón en un mundo muy diferente al de sus primos de sangre de fuego. Retirándose a las profundidades del Desierto de Rub al-Jali, a las ciudades moribundas de los nabateos y a las imponentes montañas del sur de Arabia, los geziri acabaron aprendiendo a compartir las penurias de la tierra con sus vecinos humanos, convirtiéndose en fieros protectores de los shafit en el proceso. En este país de poetas errantes y guerreros zulfiqaris nació Zaydi al Qahtani, el rebelde convertido en rey que conquistaría Daevabad y arrebataría el sello de Salomón a la familia Nahid en una guerra que transformaría para siempre el mundo mágico.

LOS AYAANLE

Enclavada entre la caudalosa cabecera del río Nilo y la costa salada de Bet il Tiamat se encuentra Ta Ntry, la patria legendaria de la poderosa tribu ayaanle. Rica en oro y sal, y lo bastante alejada de Daevabad para que su peligrosa política sea más un juego que una realidad tangible, los ayaanle son un pueblo que despierta las envidias ajenas. Pero más allá de sus relucientes mansiones de coral y sofisticados salones se oculta una historia que han empezado a olvidar…, una historia que traza lazos de sangre con sus vecinos geziri.

LOS DAEVA

Extendiéndose desde el Mar de las Perlas y a través de las llanuras de Persia y las montañas de Bactria, rica en oro, se encuentra la poderosa Daevastana. Al otro lado del río Gozán se levanta Daevabad, la oculta ciudad de bronce. Antigua sede del Consejo Nahid, la famosa familia de sanadores que en el pasado gobernó el mundo mágico, Daevastana es una tierra codiciada cuya civilización procede de las antiguas ciudades de Ur y Susa y de los jinetes nómadas de los saka. Un pueblo orgulloso, los daeva se apropiaron del nombre original de la raza djinn para denominar a su propia tribu..., un desaire que las otras tribus no pueden olvidar.

LOS SAHRAYN

Qart Sahar se extiende desde las orillas del Magreb y a través de las vastas regiones del desierto del Sáhara, una tierra de fábulas y aventuras incluso para los djinn. Un pueblo emprendedor al que no le gusta ser gobernado por extranjeros, los sahrayn conocen los misterios de su país mejor que nadie: los exuberantes ríos que fluyen en cuevas profundas bajo las dunas de arena y las antiguas ciudadelas de civilizaciones humanas perdidas en el tiempo y dominadas por una magia olvidada. Hábiles marineros, los sahrayn viajan en barcos de humo mágico y cuerdas recosidas tanto sobre la arena como en el mar.

LOS AGNIVANSHI

Agnivansha se extiende desde los huesos de ladrillo de la antigua Harappa a través de las fértiles llanuras del Decán y los brumosos manglares del bosque Sundarbans. Extraordinariamente fecunda y rica en todos los recursos que se pueda soñar, y separada de sus vecinos mucho más inestables por anchos ríos y elevadas montañas, Agnivansha es una pacífica tierra famosa por sus artesanos y sus joyas... y por su astuta capacidad para mantenerse alejada de la tumultuosa política de Daevabad.

LOS TUKHARISTANÍES

Al este de Daevabad, al otro lado de los picos de las montañas de Karakorum y las vastas arenas del Gobi, se encuentra Tukharistán. El comercio es su razón de ser, y por ello los tukharistaníes construyeron sus hogares en las ruinas de los reinos olvidados a lo largo de la Ruta de la Seda. Viajan sin ser vistos en caravanas de humo y seda a lo largo de las sendas que los humanos trazaron hace milenios, transportando con ellos productos míticos: manzanas de oro que curan cualquier enfermedad, llaves de jade que abren mundos invisibles y perfumes que albergan el aroma del paraíso.

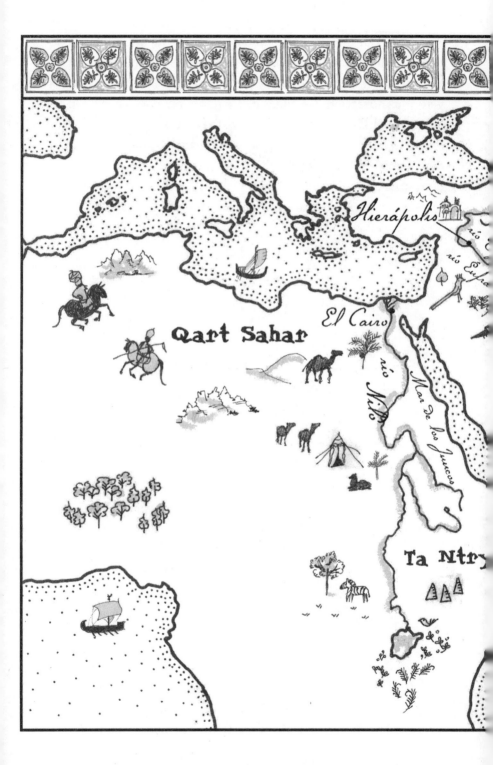

1
NAHRI

E ra una víctima fácil.

Nahri sonrió por debajo de su velo mientras observaba a los dos hombres que se acercaban discutiendo a su puesto. El más joven miraba ansioso hacia el callejón, mientras que el hombre mayor, su cliente, sudaba en medio del aire fresco del amanecer. A excepción de los dos hombres, el callejón estaba vacío; ya se había llamado a fajr y todos aquellos lo suficientemente devotos para asistir a la oración pública, que no eran muchos en su barrio, estarían instalados en la pequeña mezquita del final de la calle.

Nahri contuvo un bostezo. Aunque la oración de la mañana no era lo suyo, su cliente había decidido que se encontraran a aquella hora y había pagado con creces la discreción. Estudió a los dos hombres a medida que se acercaban y reparó en sus rasgos claros y el costoso corte de sus abrigos. *Turcos*, se dijo a sí misma. El mayor incluso podía ser un bajá, uno de los pocos que no habían huido de El Cairo tras la invasión de los francos. Nahri cruzó los brazos sobre su abaya negra, cada vez más intrigada. No tenía muchos clientes turcos; eran demasiado elitistas. De hecho, cuando los francos y los turcos no estaban luchando por el control de Egipto, lo único en lo que parecían estar de acuerdo era en que los egipcios no podían gobernarse a sí mismos. Dios no lo permitiera. Los egipcios ya no eran los herederos de una gran civilización cuyos poderosos monumentos aún cubrían la tierra. En absoluto. Ahora eran meros campesinos necios y supersticiosos que comían demasiadas alubias.

Bueno, puedes insultarnos todo lo que quieras, pero esta campesina necia y supersticiosa está a punto de dejarte sin una moneda. Nahri sonrió cuando los hombres se acercaron.

Los saludó cordialmente y los hizo pasar al interior de su pequeño puesto, donde sirvió al hombre mayor un té amargo hecho de semillas de alholva machacadas y menta picada. El hombre se lo bebió con rapidez, pero Nahri se tomó su tiempo para leer las hojas, murmurando y canturreando en su lengua nativa, un idioma que los hombres seguramente desconocían y para el que ni siquiera ella tenía un nombre. Cuanto más tiempo tardara, más crecería la desesperación de aquel hombre. Y más crédulo sería.

Hacía mucho calor en el puesto. El aire, atrapado en su interior por los pañuelos oscuros que colgaban en las paredes para proteger la intimidad de sus clientes, olía a cedro quemado, a sudor y a la cera amarilla de mala calidad que hacía pasar por incienso. Su cliente se toqueteaba nerviosamente el dobladillo del abrigo, cuyo cuello bordado se estaba empapando con el sudor que le resbalaba de la cara.

El joven frunció el ceño.

—Esto es absurdo, hermano —susurró en turco—. El médico dijo que no te pasaba nada.

Nahri ocultó una sonrisa triunfal. De modo que eran turcos. No esperarían que los entendiera; probablemente suponían que una curandera egipcia apenas hablaba árabe, pero Nahri hablaba turco tan bien como su lengua materna, además de árabe, hebreo, persa culto, veneciano y swahili oriental. En sus veinte años de vida, aún no había encontrado idioma alguno que no pudiera entender de inmediato.

Pero claro, eso no lo sabían aquellos turcos, de modo que los ignoró mientras fingía estudiar los posos en la taza del bajá. Finalmente dejó escapar un suspiro, provocando que su velo se agitara frente a sus labios y atrayendo las miradas de los dos hombres. Dejó caer la taza al suelo.

Se rompió como pretendía y el bajá soltó un grito ahogado.

—¡Por el Todopoderoso! Es malo, ¿verdad?

Nahri miró al hombre, parpadeando lánguidamente con sus ojos negros. El hombre se había quedado pálido y Nahri prestó atención a los latidos de su corazón. Este latía aceleradamente y de forma irregular debido al sobresalto, pero también percibió que la sangre que bombeaba a todo su cuerpo estaba sana. En su aliento no detectó ningún tipo de enfermedad y sus ojos oscuros relucían con un brillo inconfundible. A pesar de las numerosas canas que tenía en la barba, que la alheña no conseguía ocultar del todo, y de la tripa prominente, de lo único que adolecía era de un exceso de riqueza.

Estaría encantada de ayudar a paliar esa dolencia.

—Lo siento mucho, señor. —Nahri rechazó el pequeño saco de tela mientras sus rápidos dedos estimaban la cantidad de dírhams que contenía—. Por favor, tomad vuestro dinero.

El bajá abrió mucho los ojos.

—¿Cómo? —gritó—. ¿Por qué?

Ella bajó la mirada.

—Hay cosas que quedan más allá de mi control —dijo en voz baja.

—Oh, Dios… ¿la oyes, Arslan? —El bajá miró a su hermano con lágrimas en los ojos—. ¡Dijiste que estaba loco! —acusó, ahogando un sollozo—. ¡Y ahora voy a morir!

Se cubrió la cara con las manos y se puso a llorar. Nahri contó los anillos de oro en sus dedos.

—Tenía tantas ganas de casarme… —añadió él.

Arslan le lanzó a Nahri una mirada irritada antes de volverse hacia el bajá.

—Cálmate, Cemal —siseó en turco.

El bajá se enjugó los ojos y miró Nahri.

—No, debe haber algo que puedas hacer. He oído rumores. Dicen que hiciste caminar a un niño lisiado con solo mirarlo. Seguro que puedes ayudarme.

Nahri se echó hacia atrás para ocultar el placer que sentía. No tenía ni idea de a qué lisiado se refería el hombre, pero, alabado fuera Dios, sin duda aquello le ayudaría mucho en su reputación.

Nahri se llevó una mano al pecho.

—Oh, señor, me apena tanto tener que daros estas noticias. Y pensar que vuestra prometida se verá privada de semejante marido…

Los hombros del bajá se sacudieron entre sollozos. Nahri esperó a que su desesperación aumentara todavía más, aprovechando la oportunidad para apreciar las gruesas sortijas de oro que llevaba en muñecas y cuello. Un hermoso granate coronaba el turbante que cubría su cabeza.

Finalmente, Nahri volvió a hablar:

—Puede que haya algo, pero… no. —Negó con la cabeza—. No funcionará.

—¿El qué? —gritó el hombre aferrándose a la mesita—. ¡Por favor, haré cualquier cosa!

—Será muy difícil.

Arslan suspiró.

—Y seguro que también será caro.

Vaya, ¿ahora hablas árabe? Nahri le dedicó una dulce sonrisa, consciente de que su velo era lo suficientemente vaporoso como para revelar sus facciones.

—Os aseguro que mis precios son justos.

—Cállate, hermano —espetó el bajá mirando al otro hombre con el ceño fruncido. Volvió a mirar a Nahri, el semblante rígido—. Sigue.

—No puedo asegurar que funcione —le advirtió ella.

—Tengo que intentarlo.

—Sois un hombre valiente —dijo Nahri con voz temblorosa—. Veréis, creo que el origen de vuestra aflicción es el mal de ojo. Alguien os tiene envidia, señor. ¿Y quién no la tendría? Un hombre de vuestra riqueza y gallardía solo puede atraer la envidia. Incluso puede tratarse de alguien muy cercano… —Nahri le lanzó una breve mirada a Arslan y comprobó que este se había sonrojado—. Debéis limpiar vuestro hogar de cualquier oscuridad que la envidia haya podido traer.

—¿Cómo lo hago? —preguntó el bajá en un susurro ansioso.

—Primero, debéis prometerme que seguiréis mis instrucciones al pie de la letra.

—¡Por supuesto!

Nahri se inclinó hacia delante y le miró con intensidad.

—Mezclad una parte de ámbar gris y dos partes de aceite de cedro. Una buena cantidad. Id a ver a Yaqub, de la botica al final del callejón. Es quien tiene los mejores productos.

—¿Yaqub?

—Aywa. Pedidle también cáscara de lima en polvo y aceite de nuez.

Arslan le dirigió a su hermano una mirada de sincera incredulidad, pero la esperanza brilló en los ojos del bajá.

—¿Y después?

—Aquí es donde las cosas se ponen difíciles, señor, pero... —Nahri le tocó la mano y él se estremeció—. Debéis seguir mis instrucciones al pie de la letra.

—Sí. Lo juro por el Misericordioso.

—Debéis purificar vuestra casa, pero solo podréis hacerlo si la dejáis completamente vacía. Toda vuestra familia ha de marcharse, animales, sirvientes, todo el mundo. No debe haber un alma viviente en la casa durante siete días.

—¡Siete días! —gritó el hombre, y entonces bajó la voz al ver la desaprobación en los ojos de Nahri—. ¿A dónde podemos ir?

—Al oasis de Faiyum. —Arslan se rio, pero Nahri continuó con severidad—. Dirigíos al segundo manantial más pequeño al atardecer con vuestro hijo menor. Recoged un poco de agua en una cesta hecha con juncos locales, recitad el «Verso del trono» tres veces y después haced vuestras abluciones con ella. Marcad las puertas de vuestra casa con el ámbar gris y el aceite antes de marcharos y, cuando regreséis, la envidia habrá desaparecido.

—¿Faiyum? —interrumpió Arslan—. Por el amor de Dios, hasta tú sabes que estamos en guerra. ¿Te imaginas a Napoleón dispuesto a dejarnos salir de El Cairo para emprender una inútil caminata por el desierto?

—¡Silencio! —El bajá dio un golpe a la mesa antes de volver a mirar a Nahri—. No obstante, lo que pides será difícil.

Nahri extendió las manos.

—Dios proveerá.

—Sí, por supuesto. Habrá de ser Faiyum —concluyó con semblante decidido—. ¿Y así se curará mi corazón?

Nahri hizo una pausa. ¿Era su corazón lo que le preocupaba?

—Si Dios quiere, señor. Que vuestra nueva esposa os ponga en el té de la tarde tanto la lima en polvo como el aceite durante el próximo mes.

Aquello no le haría ningún daño a su inexistente problema cardíaco, aunque tal vez su esposa le agradecería lo mucho que mejoraría su aliento. Nahri le soltó la mano.

El bajá parpadeó como si acabara de ser liberado de un hechizo.

—Eh, gracias, querida, gracias. —Empujó en dirección a Nahri la bolsa de monedas y, a continuación, se quitó un grueso anillo de oro del dedo meñique y también se lo entregó—. Que Dios te bendiga.

—Que vuestro matrimonio sea fructífero.

El hombre se levantó pesadamente.

—Siento curiosidad por algo, pequeña. ¿De dónde eres exactamente? Tienes acento cairota, pero hay algo en tus ojos… —Y se interrumpió.

Nahri frunció los labios; odiaba que le preguntaran por sus orígenes. Aunque muchos no la considerarían una mujer hermosa, pues los años de vida en la calle habían hecho que estuviera mucho más delgada y sucia de lo que los hombres solían preferir, tenía los ojos brillantes y un rostro afilado por el que solían detenerse a contemplarla. Era al mirarla más de cerca cuando resaltaba la línea de sus cabellos color azabache y unos ojos extraordinariamente negros. A veces había oído referirse a ellos como ojos anormalmente negros, unos ojos que inducían a hacer preguntas.

—Soy tan egipcia como el Nilo —le aseguró.

—Por supuesto. —El hombre se llevó una mano a la frente—. Que la paz sea contigo.

Se agachó para salir por la puerta del puesto. Arslan se quedó donde estaba. Mientras Nahri recogía las ganancias percibió que le clavaba la mirada.

—Te das cuenta de que acabas de cometer un delito, ¿verdad? —le preguntó con voz cortante.

—¿Disculpad?

El hombre se acercó más a ella.

—Un delito, necia. Según la ley otomana, la brujería es un delito.

Nahri no pudo contenerse; Arslan era solo el último de una larga lista de engreídos funcionarios turcos con los que había tenido que tratar al crecer en El Cairo bajo el dominio otomano.

—Bueno, entonces supongo que tengo suerte de que los francos estén ahora al mando.

Fue un error. El hombre enrojeció al instante. Levantó una mano y Nahri se encogió de miedo. Instintivamente, cerró con fuerza la mano donde guardaba el anillo que le había dado el bajá. Un reborde afilado le cortó la palma.

Al final, el hombre no la golpeó. En cambio, lo que hizo fue escupir a sus pies.

—Pongo a Dios por testigo, bruja ladrona..., de que cuando logremos expulsar a los franceses de Egipto, la inmundicia como tú será la siguiente en desaparecer.

Le dirigió otra mirada llena de odio y se marchó.

Nahri respiraba entrecortadamente mientras los dos hermanos turcos, que seguían discutiendo, se adentraron en la penumbra de primera hora de la mañana en dirección a la botica de Yaqub. Lo que la inquietaba no era la amenaza, sin embargo, sino la vibración que había provocado el grito del hombre, el olor a sangre con un exceso de hierro en el aire. Un pulmón enfermo, tisis, tal vez incluso una masa cancerosa. Aún no había señales externas, pero pronto las habría.

Arslan tenía razón al sospechar: a su hermano no le pasaba nada malo. Pero no viviría lo suficiente para ver a los suyos reconquistar el país de Nahri.

Abrió la mano. El corte en la palma ya se estaba cicatrizando: una línea de piel más oscura y nueva se cerraba bajo la sangre seca. La miró durante un buen rato y suspiró antes de regresar al interior del puesto.

Se desanudó el tocado e hizo una bola con él. *Idiota. Sabes perfectamente que no debes perder los nervios con hombres así.* Nahri no necesitaba más enemigos, en especial unos que probablemente ahora pondrían guardias alrededor de la casa del bajá mientras este estaba en Faiyum. Lo que le había pagado hoy era una miseria comparado con lo que podía llegar a robar de su casa desierta. Aunque tampoco habría sido mucho. Llevaba el tiempo suficiente dedicándose a aquel tipo de timos para saber que debía evitar la tentación de la avaricia. Pero ¿alguna que otra joya cuya desaparición podía achacarse a una olvidadiza esposa o a una sirvienta con los dedos muy largos? ¿Fruslerías que no significaban nada para el bajá pero para ella suponían un mes de alquiler? Eso sí que podía llevárselo.

Tras soltar en voz baja otra maldición enrolló la estera donde dormía y extrajo unos cuantos ladrillos del suelo. Dejó caer las monedas y el anillo del bajá en el pequeño escondrijo y frunció el ceño ante su escaso capital.

No es suficiente. Nunca será suficiente. Volvió a colocar los ladrillos en su sitio y calculó cuánto le faltaba para pagar el alquiler del mes y los sobornos, los costes inflados de su cada vez más desagradable profesión. La cifra no dejaba de crecer, lo que hacía que sus sueños de ir a Estambul y contratar maestros, de ejercer un oficio respetable para poder curar de verdad en lugar de toda aquella palabrería «mágica», quedaran cada vez más lejos.

Sea como fuere, en aquel momento no podía hacer nada al respecto. No estaba dispuesta a dejar de ganar dinero para lamentarse de su destino. Se puso de pie, se cubrió los rizos desordenados con un pañuelo arrugado y recogió los amuletos que había hecho para las mujeres barzani y la cataplasma para el carnicero. Tendría que volver más tarde para prepararse para el zar, pero por el momento tenía que acudir a una cita mucho más importante.

La botica de Yaqub estaba situada al final del callejón, encajonada entre un puesto de fruta medio mohosa y una panadería. Nadie entendía qué había llevado al anciano farmacéutico judío a abrir una botica en un arrabal tan lúgubre. La mayoría de la gente que vivía en el callejón estaba desesperada: prostitutas, adictos y personas que se dedicaban a escarbar en la basura. Yaqub se había mudado allí sin muchas estridencias varios años atrás. Había instalado a su familia en la planta superior del edificio más limpio del barrio. Los vecinos se pasaban el día difundiendo rumores acerca de deudas de juego y borracheras, o bien con acusaciones más serias, como que su hijo había matado a un musulmán o que el propio Yaqub extraía sangre y humores de los adictos medio muertos del callejón. Aunque Nahri pensaba que todo aquello no eran más que tonterías, tampoco se atrevía a preguntar. Ella no ponía en duda los antecedentes del hombre, y este no le preguntaba por qué una antigua carterista era capaz de diagnosticar enfermedades mejor que el médico personal del sultán. Su extraño vínculo se sostenía sobre la mutua capacidad para evitar esos dos temas.

Nahri entró en la botica esquivando ágilmente la maltrecha campana que anunciaba la llegada de un nuevo cliente. Colmada de suministros e imposiblemente caótica, la tienda de Yaqub era su lugar favorito en el mundo. Las paredes estaban cubiertas de estanterías de madera desparejadas y repletas de polvorientos frascos de cristal, pequeñas cestas de junco y tarros de cerámica desvencijados. Del techo colgaban manojos de hierbas secas, partes de animales y objetos que no podía identificar, mientras que las ánforas de arcilla competían por el escaso espacio del suelo. Yaqub conocía el inventario de su tienda como la palma de su mano, y sus historias sobre los antiguos magos o las cálidas tierras de las especias, en India, la transportaban a mundos que apenas podía imaginar.

El boticario estaba inclinado sobre su mesa de trabajo, mezclando algo que desprendía un olor penetrante y desagradable. Nahri sonrió al ver al viejo manipulando sus instrumentos aún más viejos. Solo el mortero parecía sacado del reino de Saladino.

—Sabah el-hayr —le saludó.

Yaqub emitió un sonido de sobresalto y, al levantar la cabeza, se golpeó la frente con una trenza de ajos que colgaba del techo. La apartó de un manotazo y refunfuñó:

—Sabah el-noor. ¿No puedes hacer algo de ruido al entrar? Me has dado un susto de muerte.

Nahri sonrió.

—Me gusta sorprenderte.

Yaqub resopló.

—Espiarme, querrás decir. Cada día te pareces más al diablo.

—No está bien decirle algo así a alguien que esta mañana te trae una pequeña fortuna. —Impulsándose con ambas manos, Nahri se sentó sobre la mesa de trabajo.

—¿Una fortuna? ¿Te refieres a los dos pendencieros funcionarios otomanos que han venido a llamar a mi puerta al amanecer? A mi mujer casi le da un infarto.

—Puedes comprarle unas cuantas joyas con el dinero que les has sacado.

Yaqub sacudió la cabeza.

—¡Ámbar gris! ¡Tienes suerte de que aún me quedara algo! ¿Qué pasa, acaso no pudiste convencerlo de que pintara la puerta de su casa con oro fundido?

Nahri se encogió de hombros. Agarró uno de los frascos que tenía cerca del codo y olió el delicado aroma del interior.

—Diría que podían permitírselo.

—Al más joven no le había hecho gracia tratar contigo.

—No se puede complacer a todo el mundo. —Nahri agarró otro frasco mientras observaba cómo el viejo añadía algunos granos de nuez de la India al mortero.

Yaqub lo dejó sobre la mesa con un suspiro y alargó la mano para que Nahri le devolviera el frasco, cosa que ella hizo de mala gana.

—¿Qué estás preparando?

—¿Esto? —El boticario siguió moliendo los granos—. Una cataplasma para la mujer del zapatero. Lleva unos días mareada.

Nahri lo contempló un poco más.

—Eso no servirá de nada.

—¿Ah, no? Recuérdeme, doctora, ¿con quién aprendió su oficio?

Nahri esbozó el tipo de sonrisa que Yaqub odiaba. La joven se volvió hacia los estantes en busca de un tarro que conocía bien. La tienda era un caos de frascos sin etiquetar y suministros que parecían capaces de ponerse de pie y moverse solos.

—Está embarazada —dijo por encima del hombro. Agarró un frasco de aceite de menta y apartó con la mano una araña que se arrastraba por encima.

—¿Embarazada? Su marido no lo ha mencionado.

Nahri le tendió el frasquito y añadió una nudosa raíz de jengibre.

—Es pronto. Lo más probable es que aún no lo sepan.

El viejo le dirigió una mirada penetrante.

—¿Y tú sí lo sabes?

—Por el Misericordioso, ¿de verdad no te has dado cuenta? Cuando vomita, podría despertar al mismísimo Shaitán, maldito sea. Tienen seis hijos. A estas alturas ya deberían conocer las señales. —Nahri sonrió para tranquilizarlo—. Prepárale un té con esto.

—Yo no la he oído.

—Ya, abuelo, pero tampoco me oyes a mí entrar en la botica. Quizás el problema sean tus oídos.

Yaqub apartó el mortero con un gruñido de disgusto y fue hasta el rincón trasero, donde guardaba sus ganancias.

—Ojalá dejaras de jugar a ser Musa bin Maimón y te buscaras un marido. Sigues en edad de merecer, ¿sabes?

Abrió la maltrecha tapa del baúl y las bisagras chirriaron.

Nahri se rio.

—Si encontraras a alguien dispuesto a casarse conmigo, dejarías sin trabajo a todas las casamenteras de El Cairo.

Nahri rebuscó entre la maraña de libros, recetas y frasquitos que poblaban la mesa en busca del pequeño recipiente esmaltado en el que Yaqub guardaba los caramelos de sésamo para sus nietos. Lo encontró bajo un polvoriento libro de cuentas.

—Además —continuó mientras sacaba dos caramelos—, me gusta esta pequeña empresa que tenemos tú y yo.

Yaqub le entregó un saquito. A juzgar por el peso, Nahri supo que contenía más de su porcentaje habitual. Empezó a protestar, pero él la interrumpió.

—Aléjate de ese tipo de hombres, Nahri. Son peligrosos.

—¿Por qué? Ahora mandan los francos —dijo mientras masticaba el caramelo, súbitamente interesada en el tema—. ¿Es verdad que las mujeres francas van desnudas por la calle?

El boticario negó con la cabeza, acostumbrado a su falta de decoro.

—Son franceses, niña, no francos. Y que Dios te libre de oír semejantes depravaciones.

—Abu Talha dice que su líder tiene pies de cabra.

—Abu Talha debería dedicarse a remendar zapatos…, pero no cambies de tema —dijo el viejo, exasperado—. Solo quiero advertirte.

—¿Advertirme? ¿Por qué? Nunca he hablado con un franco.

Aunque no podía decirse que no lo hubiera intentado. Cuando había tratado de venderles amuletos a los pocos soldados franceses con los que se había topado, estos se habían alejado de ella como si acabaran de ver a una serpiente mientras le dedicaban comentarios condescendientes sobre su indumentaria en su extraña lengua.

Yaqub le clavó la mirada.

—Eres joven —dijo en voz baja—. No sabes lo que le pasa a la gente como nosotros durante una guerra. A la gente que es diferente. Deberías mantener la cabeza gacha. O mejor aún, deberías marcharte de aquí. ¿Qué ha pasado con tus grandes planes de ir a Estambul?

Después de haber contado sus haberes por la mañana, la mera mención de Estambul la ponía de malhumor.

—Antes me has llamado «insensata» —le recordó—. Según tú, ningún médico me aceptará como aprendiz.

—Podrías ser comadrona —le sugirió Yaqub—. Tienes experiencia trayendo niños al mundo. Podrías marcharte al este, lejos de esta guerra. A Beirut, tal vez.

—Pareces ansioso por librarte de mí.

El viejo le tocó la mano, con los ojos marrones llenos de preocupación.

—Lo que estoy es ansioso por verte a salvo. No tienes familia, ni un marido que te defienda, que te proteja, que…

Nahri se puso tensa.

—Puedo cuidarme sola.

—… que te aconseje para que no te metas en situaciones peligrosas —terminó, mirándola fijamente—. Cosas como dirigir un zar.

Vaya. Nahri hizo una mueca.

—Confiaba en que no te enteraras.

—No seas necia —dijo Yaqub sin rodeos—. No deberías practicar esa magia sureña.

Señaló detrás de ella y añadió:

—Pásame una de esas latas.

Nahri sacó una de la estantería y se la lanzó con un poco más de fuerza de la necesaria.

—No hay nada «mágico» en ello —repuso—. Es inofensivo.

—¡Inofensivo! —se burló Yaqub mientras echaba té en la lata—. He oído rumores acerca de esos zares: sacrificios de sangre, intentos de exorcizar djinn...

—En realidad no es para exorcizarlos —corrigió Nahri con ligereza—. Más bien es un intento de hacer las paces con ellos.

El boticario la miró exasperado.

—¡No deberías relacionarte para nada con los djinn! —Negó con la cabeza, cerró la lata y la selló con cera caliente—. Estás jugando con cosas que no entiendes, Nahri. No son tus tradiciones. Si no tienes más cuidado, un demonio te arrebatará el alma.

Nahri se sintió extrañamente conmovida ante su preocupación. Y pensar que tan solo hacía unos años la había tachado de perversa estafadora.

—Abuelo —empezó a decir, intentando mostrarse más respetuosa—, no te preocupes. Te juro que la magia no existe.

Al ver la duda en el rostro de Yaqub decidió ser más franca:

—No son más que sandeces, eso es todo. No existe la magia, ni los djinn, ni los espíritus que desean devorarnos. Llevo timando a la gente el tiempo suficiente para saber que nada de todo eso es real.

Yaqub se detuvo.

—Las cosas que te he visto hacer...

—Es posible que sea mejor timadora que los demás —cortó ella con la esperanza de apaciguar el miedo que vio reflejado en el rostro del boticario. No quería que sus extrañas habilidades asustaran a su único amigo.

Yaqub negó con la cabeza.

—Los djinn todavía existen. Y los demonios. Hasta los eruditos lo dicen.

—Bueno, pues los eruditos se equivocan. Aún no me ha atacado ningún espíritu.

—Eso es muy arrogante por tu parte, Nahri. Blasfemo, incluso —añadió él con semblante sorprendido—. Solo un necio diría algo así.

Nahri levantó la barbilla con gesto desafiante.

—No existen.

El anciano suspiró.

—Que no se diga que no lo he intentado. —Empujó la lata hacia ella y añadió—: Llévale esto al zapatero de camino, ¿quieres?

Nahri se bajó de la mesa.

—¿Mañana harás inventario?

Puede que fuera una arrogante, pero rara vez dejaba pasar la oportunidad de seguir aprendiendo del boticario. Los conocimientos de Yaqub la habían ayudado a desarrollar sus instintos para la sanación.

—Sí, pero ven pronto. Tenemos mucho que hacer.

Ella asintió.

—Si Dios quiere.

—Ahora ve a comprarte un kebab. —Señaló el monedero con un gesto de la cabeza—. Estás en los huesos. Los djinn querrán algo más de carne si deciden ir a por ti.

Para cuando Nahri llegó al barrio donde tenía lugar el zar, el sol ya se había puesto tras el abarrotado panorama compuesto por minaretes de piedra y viviendas de adobe. Al desvanecerse en el lejano desierto, un almuédano comenzó la llamada al magrib, la oración posterior al ocaso. Nahri se detuvo, súbitamente desorientada por la falta de luz. El barrio estaba situado al sur de El Cairo, entre los restos de la antigua Fustat y las colinas de Mokattam, y no era una zona que conociera especialmente bien.

El pollo que llevaba bajo el brazo aprovechó la distracción para darle un picotazo en las costillas. Nahri soltó una maldición y lo sostuvo con más fuerza bajo el brazo mientras pasaba rozando a un hombre escuálido que portaba una tabla con pan sobre la cabeza y que evitó por los pelos colisionar con un grupo de niños risueños. Se abrió paso entre un montón de zapatos cada vez mayor, apilados frente a una ya de por sí colmada mezquita. El barrio era un hervidero; la invasión francesa había hecho poco por detener las oleadas de gente que llegaban a El Cairo desde el campo. Los nuevos inmigrantes venían con poco más que la ropa que llevaban puesta y las tradiciones de sus antepasados, tradiciones que a menudo los imanes más iracundos de la ciudad denunciaban al considerarlas meras perversiones.

Evidentemente, los zar también eran objeto de semejantes denuncias. Al igual que la magia, la creencia en la posesión estaba muy extendida en El Cairo. De hecho se la utilizaba para explicar cualquier cosa, desde el aborto de una joven novia hasta la demencia crónica de una anciana. Se celebraban ceremonias zar para aplacar al espíritu y curar a la mujer afligida. Y aunque Nahri no creía en la posesión, la cesta llena de monedas y la comida gratis que obtenía la kodia, la mujer encargada de dirigir la ceremonia, eran un acicate demasiado tentador como para dejarlo escapar. De modo que, después de asistir a varios zar sin ser vista, Nahri había empezado a organizar el suyo propio, aunque de forma abreviada.

Aquella noche sería el tercero que celebraba. La semana anterior se había reunido con la tía de la niña afectada y habían acordado celebrar el ritual en un patio abandonado cerca de su casa. Cuando llegó, sus músicas habituales, Shams y Rana, ya la estaban esperando.

Nahri las saludó cordialmente. Habían barrido el patio y, en el centro, habían dispuesto una mesa estrecha cubierta con un paño blanco. En ambos extremos de la mesa había dos bandejas de cobre llenas de almendras, naranjas y dátiles. Se había reunido un grupo bastante numeroso: los miembros femeninos de la familia de la niña aquejada y aproximadamente una docena de vecinos curiosos. Aunque todos parecían pobres, nadie se hubiera atrevido a presentarse en un zar con las manos vacías. El día sería provechoso.

Con una señal, Nahri indicó a un par de niñas pequeñas que se aproximaran. Las dos, lo bastante jóvenes para encontrarlo todo increíblemente emocionante, se acercaron corriendo con la impaciencia pintada en sus pequeños rostros. Nahri se arrodilló y le dio a la mayor de las dos el pollo que había traído.

—Sujétalo bien, ¿vale? —le indicó a la niña, y esta asintió con gesto pomposo.

A continuación le entregó la cesta a la más joven. Era una niña preciosa, con unos grandes ojos oscuros y el pelo rizado recogido en trenzas desordenadas. Nadie podría resistirse a sus encantos. Nahri le guiñó un ojo.

—Asegúrate de que todo el mundo eche algo a la cesta.

Le dio un tironcito de una de las trenzas. Acto seguido les indicó con un gesto a las dos que se marcharan antes de centrar su atención en el motivo que la había llevado hasta allí.

La niña afligida se llamaba Baseema. Parecía tener unos doce años y llevaba puesto un largo vestido blanco. Nahri la observó mientras una mujer mayor intentaba atarle un pañuelo blanco alrededor del pelo. Baseema se resistía, con los ojos desorbitados y las manos crispadas. Nahri vio que tenía las yemas de los dedos rojas y en carne viva; comprendió que se mordía las uñas. Todo su cuerpo irradiaba miedo y ansiedad, y tenía las mejillas manchadas de kohl tras haber intentado quitárselo de los ojos de un restregón.

—Por favor, cariño —suplicó la mujer mayor. Su madre; el parecido era obvio—. Solo queremos ayudarte.

Nahri se arrodilló junto a las dos y agarró la mano de Baseema. La niña se quedó quieta; solo los ojos se movían de un lado a otro. Nahri la ayudó a ponerse de pie con cuidado. El grupo permaneció en silencio mientras ella ponía una mano sobre la frente de Baseema.

Nahri no podía explicar el proceso que le permitía curar y percibir la enfermedad, del mismo modo que tampoco podía explicar cómo funcionaban sus ojos y oídos. Aquellas habilidades formaban parte de ella desde hacía tanto tiempo que había dejado de cuestionarlas. De niña le había costado años, y más de una dolorosa lección, darse cuenta de lo diferente que era del resto de la gente que la rodeaba. Era parecido a ser la única persona que puede ver en un mundo compuesto de ciegos. Sus habilidades eran tan naturales, tan orgánicas, que le resultaba imposible considerarlas como algo fuera de lo común.

Bajo las yemas de los dedos, Nahri percibió el desequilibrio interior de Baseema. Aunque su mente parecía llena de actividad, esta estaba mal dirigida. *Fragmentada.* Le disgustó la rapidez con la que la cruel palabra acudió a su mente, pero Nahri sabía que, aparte de calmarla durante un rato, poco era lo que podía hacer por la muchacha.

Lo que sí podía hacer era dar un buen espectáculo. De lo contrario, no recibiría pago alguno. Nahri le retiró el pañuelo de la cara y sintió que la chica se sentía atrapada. Baseema sujetó un extremo del pañuelo con el puño cerrado y dio varios tironcitos mientras clavaba los ojos en el rostro de Nahri.

Ella sonrió.

—Puedes quedártelo si quieres, querida. Nos vamos a divertir juntas, te lo prometo. —Alzó la voz y se volvió hacia el público—. Habéis hecho bien en llamarme. Hay un espíritu en su interior. Un espíritu muy poderoso. Pero juntos podemos calmarlo. Convertirlos a los dos en una pareja feliz.

Guiñó un ojo e hizo una seña a sus músicas.

Shams empezó a tocar el derbake, imprimiendo un ritmo feroz al viejo tambor de piel. Rana enarboló la flauta y le pasó a Nahri una pandereta, el único instrumento que podía tocar sin hacer el ridículo.

Nahri empezó a golpearla contra la pierna.

—Cantaré a los espíritus que conozco —explicó por encima de la música, aunque eran pocas las mujeres sureñas que no supieran cómo funcionaba un zar. La tía de Baseema echó mano de un incensario y roció a los congregados con penachos de humo aromático—. Cuando el espíritu escuche la canción se alterará un poco y podremos continuar.

Rana empezó a tocar la flauta mientras Nahri aporreaba la pandereta y agitaba los hombros. El pañuelo de flecos se sacudía a cada movimiento. Transfigurada, Baseema la imitó.

—¡Oh, espíritus, os suplicamos! ¡Os imploramos y honramos! —cantó Nahri en voz baja para evitar perder el tono. Aunque las kodia legítimas solían ser cantantes experimentadas, Nahri no tenía oído en absoluto—. ¡Amir el Hind! ¡Oh, gran príncipe, únete a nosotras!

Empezó con la canción del príncipe indio para entonar después la del Sultán del Mar y la de la Gran Qarina, cambiando la música para cada una de ellas. Pese a haber puesto mucho esmero en memorizar la letra, no se había molestado en profundizar en lo que significaba, pues no le preocupaba mucho el origen de ese tipo de cosas.

Baseema parecía cada vez más animada; tenía las extremidades más relajadas y las arrugas de tensión en el rostro habían desaparecido. Se balanceaba con menos esfuerzo, y sacudía el pelo con una sonrisilla contenida. Nahri la tocaba cada vez que pasaba por su lado en un intento por encontrar las zonas oscuras de su mente y sacarlas a la superficie para calmar a la inquieta muchacha.

Era un buen grupo, enérgico y entregado. Varias mujeres se levantaron y se unieron al baile mientras daban palmas. Era lo que solía hacer la gente; los zar eran tanto una excusa para socializar como un remedio para calmar a los djinn problemáticos. La madre de Baseema observó el rostro de su hija y compuso una expresión esperanzada. Las niñas pequeñas sujetaban lo que les había dado Nahri a cada una y saltaban emocionadas. El pollo graznaba en señal de protesta.

Las músicas también parecían pasárselo en grande. De repente, Shams empezó a marcar un ritmo más rápido con el derbake y Rana la imitó, tocando una melodía triste e inquietante con la flauta.

Los dedos de Nahri tamborileaban sobre la pandereta, cada vez más inspirada por el estado de ánimo del grupo. Esbozó una amplia sonrisa y decidió que había llegado el momento de darles algo diferente.

Cerró los ojos y empezó a canturrear. No tenía nombre para su lengua materna, el idioma que debía de compartir con sus padres,

ya fallecidos y olvidados. Aquel idioma era lo único que la vincula-
ba con sus orígenes; lo había oído desde que era niña, escuchando
sin ser vista las conversaciones entre comerciantes extranjeros y tratando de identificarlo entre la multitud políglota de eruditos a las
puertas de la Universidad de El Azhar. En una ocasión lo había
utilizado con Yaqub, pues pensaba que era parecido al hebreo, pero
el boticario se había negado rotundamente a hablarlo con ella, tras
lo que añadió de forma innecesaria que su pueblo ya tenía suficientes problemas sin que viniera ella a convertirse en uno más.

Sin embargo, Nahri sabía que tenía una sonoridad especial, inquietante. Una sonoridad perfecta para el zar. Le sorprendió que no
se le hubiera ocurrido usarlo antes.

Aunque podría haber recitado la lista de la compra y nadie se
habría dado cuenta, decidió restringirse a las canciones del zar, tra-
duciendo el árabe a su lengua materna.

—*Sah, Afshín e-daeva...* —empezó—. ¡Oh, guerrero de los djinn,
te suplicamos! Únete a nosotras, calma los fuegos en la mente de
esta niña. —Cerró los ojos—. ¡Oh, guerrero, ven a mí! *Vak!*

Una gota de sudor le serpenteó por la sien. El calor en el patio
se tornó incómodo; la multitud y el crepitante fuego, excesivos.
Mantuvo los ojos cerrados y se balanceó, dejando que el movimiento
de su pañuelo le abanicara la cara.

—Gran guardián, ven y protégenos. Cuida de Baseema como si...

Un grito ahogado la sobresaltó y abrió los ojos. Baseema había
dejado de bailar; tenía las extremidades inmóviles y la mirada vi-
driosa fija en Nahri. Shams, claramente nerviosa, perdió el ritmo
con la darbuka.

Temerosa de perder a su público, Nahri empezó a repiquetear
la pandereta contra la cadera, rezando en silencio para que Shams
la imitara. Sonrió a Baseema y echó mano del brasero de incienso,
con la esperanza de que la fragancia almizclada relajara a la niña.
Tal vez había llegado el momento de ir terminando.

—Oh, guerrero —entonó en voz más baja, de nuevo en árabe—.
¿Eres tú quien dormita en la mente de nuestra dulce Baseema?

La niña se estremeció; el sudor le corría por la cara. Nahri se
acercó más a ella y vio que la expresión impasible de sus ojos había

sido sustituida por algo que se parecía mucho más al miedo. Un poco inquieta, agarró la mano de la niña.

Baseema parpadeó y entrecerró los ojos, los cuales miraron a Nahri con una curiosidad casi feroz.

¿QUIÉN ERES?

Nahri palideció y soltó la mano de la niña. Aunque los labios de Baseema no se habían movido, Nahri había oído la pregunta como si se la hubiera gritado al oído.

Luego, el instante pasó. Baseema sacudió la cabeza y la mirada perdida regresó a sus ojos mientras empezaba a bailar de nuevo. Sobrecogida, Nahri retrocedió unos pasos. Un sudor frío recorría su piel.

—¿Nahri? —dijo Rana, tras ella.

—¿Has oído eso? —le susurró Nahri.

Rana enarcó las cejas.

—¿El qué?

No seas tonta. Avergonzada, Nahri negó con la cabeza.

—Nada.

Alzó la voz y se dirigió a la multitud:

—Todas las alabanzas son para el Altísimo —declaró, tratando de no tartamudear—. Oh, guerrero, te damos las gracias. —Le hizo una seña a la niña que sostenía el pollo—. Por favor, acepta nuestra ofrenda y haz las paces con nuestra querida Baseema.

Con manos temblorosas, Nahri sostuvo el pollo sobre un maltrecho cuenco de piedra y susurró una plegaria antes de degollarlo. La sangre llenó el cuenco y le salpicó los pies.

La tía de Baseema se llevó el pollo para cocinarlo, pero el trabajo de Nahri aún no había terminado.

—Zumo de tamarindo para nuestro invitado —pidió—. Los djinn sienten predilección por el amargor.

Esbozó una sonrisa forzada y trató de relajarse.

Shams llegó con una pequeña copa que contenía el oscuro zumo.

—¿Te encuentras bien, kodia?

—Alabado sea Dios —dijo Nahri—. Un poco cansada, eso es todo. ¿Podéis distribuir la comida entre Rana y tú?

—Por supuesto.

Baseema todavía se estaba balanceando. Tenía los ojos medio cerrados, y una sonrisa soñadora iluminaba su rostro. Nahri la agarró por las manos y tiró suavemente de ella hacia el suelo, consciente de que gran parte del público la estaba observando.

—Bebe, pequeña —le dijo ofreciéndole la copa—. Le complacerá a tu djinn.

La niña aferró la copa y se derramó por la cara casi la mitad del zumo. Señaló a su madre y emitió un sonido gutural.

—Sí, habibti.

Nahri le acarició el pelo para tratar de calmarla. Aunque seguía desequilibrada, su mente no parecía tan agitada. Solo Dios sabía cuánto tiempo podía durar aquello. Nahri le hizo una señal a la madre de Baseema para que se acercara y unió las manos de ambas.

La mujer tenía los ojos llenos de lágrimas.

—¿Está bien? ¿La dejarán en paz los djinn?

Nahri dudó un instante.

—He conseguido calmarlos a los dos, pero el djinn es fuerte y probablemente está con ella desde que nació. Para alguien tan dulce como ella... —Apretó la mano de Baseema—. Seguramente lo más fácil era someterse a sus deseos.

—¿Qué quiere decir eso? —preguntó la mujer con la voz quebrada.

—El estado de su hija está en manos de Dios. El djinn la mantendrá a salvo, le proporcionará una rica vida interior —mintió Nahri con la esperanza de reconfortar a la mujer—. Asegúrese de que los dos sean felices. Deje que se quede con usted y su marido, dele cosas que hacer con las manos.

—¿Hablará alguna vez?

Nahri apartó la mirada.

—Si Dios quiere.

La mujer tragó saliva; era evidente que se había dado cuenta de la incomodidad de Nahri.

—¿Y el djinn?

Nahri intentó pensar en algo fácil.

—Dele de beber zumo de tamarindo todas las mañanas. Eso le complacerá. Y llévela al río a bañarse el primer jumu'ah, el primer viernes de cada mes.

La madre de Baseema respiró hondo.

—Dios es sabio —dijo la mujer en voz baja, más para sí misma que para Nahri. Sin embargo, ya no había lágrimas en sus ojos. Mientras Nahri la observaba, la mujer tomó la mano de su hija. Parecía mucho más tranquila. Baseema sonrió.

Ante aquella visión tan tierna, las palabras de Yaqub resonaron en el corazón de Nahri. «No tienes familia, ni un marido que te defienda, que te proteja...».

Nahri se levantó.

—Si me disculpa.

En su papel de kodia, Nahri no tenía más remedio que quedarse hasta que sirvieran la comida, asentir cortésmente ante los cotilleos de las mujeres y tratar de evitar a una anciana prima a quien intuía que se le empezaba a extender una masa en ambos pechos. Nahri nunca había intentado curar algo así y no creía que aquel fuera el mejor momento para experimentar. A pesar de todo, eso no hizo que el sonriente rostro de la mujer fuera más fácil de tolerar.

La ceremonia llegó a su fin, para tranquilidad de Nahri. Su cesta estaba repleta con un surtido aleatorio de las diversas monedas utilizadas en El Cairo: gastados fils de cobre, un puñado de paras de plata y un solitario y antiguo dinar que había depositado la familia de Baseema. Otras mujeres habían dejado pequeñas piezas de joyería barata. Y todo a cambio de las bendiciones que suponían que les traería Nahri. Pagó a Shams y Rana dos paras a cada una y dejó que se llevaran la mayor parte de las joyas.

Mientras se ajustaba el manto y esquivaba los numerosos besos que le prodigaba la familia de Baseema, Nahri sintió un leve hormigueo en la nuca. Había pasado demasiados años acechando en la oscuridad y siendo acechada para no reconocer la sensación. Levantó la cabeza.

Desde el otro lado del patio, Baseema le devolvió la mirada. Estaba completamente inmóvil, las extremidades perfectamente controladas. Nahri mantuvo la mirada, sorprendida ante la calma que desprendía la niña.

En los ojos oscuros de Baseema se ocultaba algo lleno de curiosidad, algo calculador. Sin embargo, justo cuando Nahri se estaba percatando de ello, aquella presencia desapareció. La niña juntó las manos y empezó a balancearse, imitando el baile que Nahri le había enseñado.

2
NAHRI

lgo le ha pasado a la niña.

Nahri rebuscó entre las migas de hojaldre que aún quedaban en el plato. Después del zar, y mientras seguía dándole vueltas en la cabeza a todo lo que había ocurrido, había decidido entrar en una cafetería del barrio en lugar de volver directamente a casa. Horas después, aún seguía allí. Hizo girar el vaso y los posos rojos del té de hibisco se deslizaron en el fondo.

No ha pasado nada, idiota. No has oído ninguna voz. Bostezó, apoyó los codos sobre la mesa y cerró los ojos. Entre la cita antes del amanecer con el bajá y la larga caminata por la ciudad, estaba agotada.

Una tos ligera llamó su atención. Abrió los ojos y vio a un hombre de barba rala y expresión esperanzada que rondaba junto a su mesa.

Nahri desenvainó la daga antes de que el hombre pudiera abrir la boca y golpeó la superficie de madera con la empuñadura. El hombre se esfumó y el silencio se impuso en la cafetería. Unas fichas de dominó repiquetearon en el suelo del local.

El dueño la fulminó con la mirada y Nahri suspiró, consciente de que estaban a punto de echarla. Al principio se había negado a atenderla, alegando que ninguna mujer honorable se atrevería a salir sin compañía por la noche, y mucho menos visitar una cafetería llena de hombres extraños. Después de preguntarle repetidamente si los hombres de su familia sabían dónde estaba, la visión de las monedas del zar por fin le habían cerrado la boca. Nahri sospechaba, sin embargo, que aquella breve bienvenida estaba a punto de terminar.

Se levantó, dejó caer unas cuantas monedas sobre la mesa y se marchó. La calle estaba oscura e inusualmente desierta; el toque de queda decretado por los franceses había hecho que incluso los egipcios más amantes de la noche se quedaran en casa.

Nahri mantuvo la cabeza gacha mientras caminaba, pero no tardó en darse cuenta de que se había perdido. Aunque la luna brillaba con fuerza, aquella parte de la ciudad le era desconocida. Recorrió el mismo callejón dos veces en busca de la calle principal, pero sin éxito.

Cansada y molesta, se detuvo ante la puerta de una tranquila mezquita y barajó la posibilidad de pasar allí la noche. El lejano mausoleo que se alzaba sobre la cúpula de la mezquita llamó su atención. Se quedó inmóvil. El Arafa: la Ciudad de los Muertos.

El Arafa, un idolatrado amasijo de sepulturas y tumbas, reflejaba la obsesión de El Cairo por todo lo relacionado con los muertos. El cementerio, que discurría por el límite oriental de la ciudad, era una suerte de espinazo compuesto por huesos desmenuzados y tejidos podridos donde estaba enterrado todo el mundo, desde los fundadores de El Cairo hasta los adictos a alguna sustancia. Y hasta que la peste había solucionado la escasez de viviendas de la ciudad algunos años atrás, el camposanto incluso había hecho las veces de refugio para migrantes que no tenían a dónde ir.

Aquella idea siempre la hacía estremecerse. Nahri no compartía la familiaridad que la mayoría de los egipcios sentían por los muertos, y mucho menos el deseo de mudarse junto a un montón de huesos en descomposición. Los cadáveres le resultaban ofensivos; su olor, su silencio, todo en ellos era desagradable. De boca de algunos comerciantes curtidos había oído historias sobre pueblos que quemaban a sus muertos, extranjeros que se creían lo suficientemente inteligentes como para eludir la voluntad divina; genios, en opinión de Nahri. Ascender al cielo en un fuego crepitante le parecía mucho más agradable que acabar enterrada bajo las sofocantes arenas de El Arafa.

Pero también sabía que el cementerio era su mejor baza para llegar a casa. Podía recorrerlo por la parte norte hasta llegar a barrios que le resultaran más familiares; además, era un buen lugar para esconderse si se cruzaba con soldados franceses deseosos de imponer el toque de queda. Los extranjeros solían compartir su aprensión por la Ciudad de los Muertos.

Una vez dentro del cementerio, Nahri no abandonó el sendero exterior. Estaba aún más desierto que la calle; los únicos indicios de vida eran el olor a humo de alguna cocina apagada hacía ya rato y los chillidos de los gatos al pelearse. Las puntiagudas almenas y las lisas cúpulas de las tumbas proyectaban indómitas sombras sobre el suelo arenoso. Los antiguos edificios tenían un aspecto descuidado; los gobernantes otomanos de Egipto habían preferido ser enterrados en tierra turca y, por ende, el mantenimiento del cementerio no había sido una de sus prioridades. Uno más de los muchos insultos que habían infligido a sus conciudadanos.

La temperatura descendió repentinamente, o eso le pareció a Nahri, que empezó tiritar. Sus desgastadas sandalias de cuero, que hacía tiempo que debería haber reemplazado por otras, resbalaban en la tierra reblandecida. El único sonido era el tintineo de las monedas en el interior de su cesta. Ya estaba muy nerviosa de por sí, por lo que evitó mirar las tumbas. En cambio, dejó que su mente divagara a un tema mucho más agradable: colarse en la casa del bajá mientras este estaba en Faiyum. Nahri no iba a permitir que el tísico hermano menor del bajá la apartara de un lucrativo botín.

No llevaba mucho tiempo caminando cuando percibió el murmullo de una respiración a su espalda, junto con un movimiento que captó con el rabillo del ojo.

Podría ser otra persona que ha tomado un atajo, se dijo a sí misma mientras el corazón le latía con fuerza. Aunque El Cairo era una ciudad relativamente segura, sabía que había pocas cosas buenas que pudieran pasarle a una mujer joven a la que siguen por la noche.

Mantuvo el paso, pero se llevó una mano a la daga antes de girar bruscamente para adentrarse en el cementerio propiamente dicho. Echó a correr por el sendero y asustó a su paso a un perro callejero adormilado. Luego se agachó detrás de la puerta de una de las antiguas tumbas fatimíes.

Los pasos la siguieron, pero pronto se detuvieron. Nahri respiró hondo, empuñó la daga y se preparó para lanzar una baladronada y amenazar a quienquiera que estuviera allí. Salió de detrás de la puerta. Y se quedó inmóvil.

—¿Baseema?

La joven estaba de pie en medio del sendero, a unos doce pasos de Nahri. Llevaba la cabeza descubierta y la abaya manchada y desgarrada. Esbozó una sonrisa y sus dientes brillaron a la luz de la luna mientras la brisa le revolvía el pelo.

—Habla otra vez —exigió Baseema con voz tensa y ronca por culpa del desuso.

Nahri se quedó sin aliento. ¿De verdad la había curado? Y si lo había hecho, ¿por qué, en nombre de Dios, vagaba por el cementerio en mitad de la noche?

Bajó el brazo y corrió hacia ella.

—¿Qué haces aquí sola, pequeña? Tu madre estará muy preocupada.

Se detuvo. Aunque estaba oscuro, pues unas repentinas nubes acababan de cubrir la luna, vio unas extrañas manchas en las manos de Baseema. Nahri respiró hondo y percibió un aroma a humo, abrasado y maligno.

—¿Eso es... sangre? Por el Altísimo, Baseema, ¿qué ha pasado?

Claramente ajena a la preocupación de Nahri, Baseema dio una palmada de deleite.

—¿De verdad eres tú? —Despacio, caminó alrededor de Nahri mientras reflexionaba—. Más o menos de la misma edad..., y juraría reconocer a esa bruja en tus rasgos, pero todo lo demás parece demasiado humano.

Su mirada se posó en la daga que Nahri aún empuñaba en una mano.

—Aunque supongo que solo hay una forma de averiguarlo.

En cuanto terminó de hablar le arrebató la daga con un movimiento imposiblemente rápido. Nahri retrocedió con un grito de sorpresa y Baseema se rio.

—No te preocupes, pequeña curandera. No soy estúpida; no tengo intención de probar tu sangre personalmente. —Movió la daga con una mano—. Aunque creo que me llevaré este cuchillito antes de que se te ocurra usarlo.

Nahri se quedó muda. Ahora veía a Baseema con nuevos ojos. Ya no era una niña atormentada y alterada. Aparte de aquellas extrañas palabras, Baseema parecía imbuida de una renovada confianza. El viento le azotaba el cabello.

Baseema entrecerró los ojos, tal vez captando la confusión de Nahri.

—Estoy segura de que sabes qué soy. Los marid deben de haberte hablado de nosotros.

—¿Los qué?

Nahri levantó una mano para protegerse los ojos de una ráfaga de viento que arrastraba la arena. El tiempo había empeorado. Detrás de Baseema, unas nubes de color gris oscuro y naranja se arremolinaban en el cielo y ocultaban las estrellas. El viento volvió a aullar, como si se tratara de un violento jamsin, pero aún no era la estación de las tormentas de arena.

Baseema miró el cielo. La alarma se reflejó en su pequeño rostro. Se giró hacia Nahri.

—Esa magia humana que utilizaste..., ¿a quién llamaste?

¿Magia? Nahri hizo un aspaviento.

—¡Yo no he hecho magia alguna!

Baseema reaccionó rápida como el viento. Empujó a Nahri contra la pared de la tumba más cercana y le clavó con fuerza un codo en la garganta.

—¿A quién le has cantado?

—No sé... —jadeó Nahri, sorprendida por la fuerza de los delgados brazos de la niña—. A un... guerrero, creo. Pero no es nada. Es solo una vieja canción zar.

Baseema dio un paso atrás mientras una brisa caliente que olía a fuego recorría el callejón.

—Eso es imposible —susurró—. Está muerto. Están todos muertos.

—¿Quién está muerto?

Entonces la joven echó a correr por el otro callejón. El viento era tan fuerte que Nahri tuvo que gritar para hacerse oír:

—¡Espera, Baseema! ¿A dónde vas?

No tuvo mucho tiempo para pensar. Un crujido desgarró el aire, más potente que el disparo de un cañón. Todo quedó en silencio, demasiado, y entonces Nahri salió despedida y fue a estamparse contra una de las tumbas.

Se golpeó con fuerza contra la piedra y un destello de luz la cegó. Cayó al suelo, demasiado aturdida para protegerse la cara de la lluvia de arena abrasadora.

El mundo enmudeció, para regresar lentamente con el latido constante de su corazón y la sangre inundando su cabeza. Sus ojos se llenaron de puntitos negros. Movió los dedos de las manos y los pies y se sintió aliviada de que aún estuvieran ahí. El golpeteo de su corazón fue sustituido lentamente por un zumbido en los oídos. Tanteó el bulto palpitante que notaba en la parte posterior de la cabeza y ahogó un grito ante el dolor penetrante.

Aún cegada por el fogonazo, intentó zafarse de la arena que sepultaba la mitad de su cuerpo. Pero entonces se dio cuenta de que no había sido el fogonazo. El callejón seguía iluminado por una luz blanca y brillante que se estaba condensando, y a medida que se difuminaba se hicieron visibles las tumbas chamuscadas por el fuego. La luz parecía arremolinarse sobre sí misma. O, mejor dicho, alrededor de *algo*.

No vio a Baseema por ningún lado. Frenética, trató de liberar las piernas. Justo en el momento en que consiguió desenterrarlas, oyó una voz, nítida como el sonido de una campana e irritada como el rugido de un tigre. Y la voz habló en la misma lengua que había buscado durante toda su vida:

—¡Por el ojo de Salomón! —rugió—. ¡Voy a asesinar a quienquiera que me haya invocado!

No existe la magia, ni los djinn, ni los espíritus que desean devorarnos. Aquellas palabras, que ella misma había utilizado de forma tan tajante con Yaqub, volvieron para atormentarla. Se burlaron de ella mientras asomaba la cabeza por encima de la lápida tras la que se había escabullido al oír la voz por primera vez. El aire seguía oliendo a ceniza, pero la luz que iluminaba el callejón se estaba atenuando, como si la absorbiese la figura que había en el centro. Parecía un hombre, envuelto en una oscura túnica que se arremolinaba alrededor de sus pies como si de humo se tratase.

La figura dio un paso adelante mientras la luz restante desaparecía en el interior de su cuerpo. Entonces trastabilló y tuvo que apoyarse en el tronco disecado de un árbol. Tras recuperar el equilibrio, la corteza estalló en llamas bajo su mano. En lugar de apartarse, el hombre se apoyó en el árbol ardiente con un suspiro y las llamas le lamieron la túnica sin dejar rastro.

Demasiado aturdida para poder pensar con claridad, y mucho menos huir, Nahri apoyó la espalda contra la lápida cuando el hombre volvió a gritar:

—¡Khayzur…! Si me estás gastando una broma, ¡te juro por mis ancestros que te arrancaré hasta la última pluma!

Aquella extraña amenaza resonó en la mente de Nahri. Pese a que las palabras no tenían sentido, el lenguaje era tan familiar que parecía incluso tangible.

¿Cómo puede hablar mi idioma una demencial criatura de fuego?

La curiosidad se impuso. Se dio la vuelta y echó un vistazo más allá de la lápida.

La criatura estaba escarbando en la arena mientras murmuraba en voz baja y soltaba maldiciones. Nahri vio cómo sacaba de la arena una cimitarra curva y se la ceñía a la cintura. Rápidamente extrajo dos dagas, una enorme maza, un hacha, un largo carcaj lleno de flechas y un reluciente arco de plata.

Empuñando el arco, finalmente se incorporó, tambaleante, y dirigió la mirada hacia el callejón. Era obvio que estaba buscando a la persona que le había… ¿qué había dicho exactamente?… «invocado». Aunque no parecía mucho más alto que ella, el surtido arsenal de armas, suficiente para enfrentarse a toda una tropa de soldados franceses, resultaba aterrador y ligeramente ridículo. Como lo que llevaría un niño cuando juega a ser un antiguo guerrero.

Un guerrero. Oh, por el Altísimo...

La estaba buscando a ella. Nahri era quien lo había convocado.

—¿Dónde estás? —bramó, avanzando a grandes zancadas con el arco en alto. Cada vez estaba más cerca de la lápida de Nahri—. ¡Voy a descuartizarte! —Hablaba su lengua con acento culto, y el tono poético no casaba muy bien con sus aterradoras amenazas.

Nahri no tenía ningún interés en descubrir qué quería decir exactamente con aquello de «descuartizarte». Se quitó las sandalias y, una vez que la criatura hubo dejado la lápida atrás, se puso de pie rápidamente y huyó en silencio en la dirección contraria.

Por desgracia, había olvidado que llevaba consigo la cesta. Al avanzar, las monedas resonaron en el silencio de la noche.

El hombre rugió:

—¡Alto!

Nahri aceleró el paso, sus pies descalzos golpeando el suelo. Con la esperanza de confundirlo, giró por una calle sinuosa y luego por otra.

Vio un portal oscuro y se metió en él. El cementerio estaba en silencio; no oyó amenazas ni ruido de pasos que la persiguieran. ¿Habría logrado despistarlo?

Se apoyó en la fría piedra tratando de recuperar el aliento y sintió el desesperado deseo de empuñar la daga, aunque, ahora que lo pensaba, su esmirriada hoja tampoco le habría ofrecido demasiada protección contra el hombre que la perseguía con aquel exagerado arsenal.

No puedo quedarme aquí. Sin embargo, Nahri no veía más que tumbas ante sí y no tenía ni idea de cómo volver a las calles de la ciudad. Apretó los dientes e hizo un esfuerzo por armarse de valor.

Por favor, Dios... o quienquiera que me escuche, rezó. *Sácame de aquí y te prometo que mañana le pediré a Yaqub que me busque a un prometido. Y nunca más haré otro zar.* Dio un paso vacilante.

Y entonces oyó el silbido de una flecha.

La flecha le pasó rozando la sien. Nahri dio un chillido, se tambaleó hacia delante y se llevó una mano a la cabeza. Los dedos se mancharon inmediatamente con la pegajosa sangre.

—Quédate donde estás o la próxima te atravesará la garganta —dijo la fría voz.

Nahri se quedó inmóvil, aún con la mano sobre la herida. Aunque la sangre ya se estaba coagulando, no quería darle a la criatura otra excusa para herirla de nuevo.

—Date la vuelta.

Nahri se tragó el miedo e hizo lo que le pedía, manteniendo en todo momento las manos quietas y los ojos en el suelo.

—P-por favor, no me mates —balbuceó—. No pretendía...

El hombre, o lo que fuera, respiró hondo. El sonido que produjo hacía pensar en rescoldos a punto de apagarse.

—Eres... eres humana —dijo en un susurro—. ¿Por qué hablas divasti? ¿Cómo puedes siquiera oírme?

—Pues... —Nahri se detuvo, sorprendida al descubrir por fin el nombre de la lengua que conocía desde niña. *Divasti.*

—Mírame. —El hombre se acercó aún más, y el aire que había entre ellos se recalentó con un olor a cítricos chamuscados.

El corazón le retumbaba en los oídos. Respiró hondo y se obligó a mirarlo a los ojos.

Llevaba el rostro cubierto como los viajeros del desierto, pero aunque lo hubiera llevado descubierto, Nahri dudaba de que hubiera visto algo más que sus ojos. Eran más verdes que las esmeraldas y despedían un brillo demasiado intenso para mirarlos directamente. El hombre los entornó. Alargando una mano, le apartó el pañuelo de la cabeza y Nahri se estremeció al notar su roce en la oreja derecha. Tenía las yemas de los dedos tan calientes que incluso una breve presión habría bastado para quemarle la piel.

—Shafit —dijo en voz baja, pero, a diferencia de las otras palabras, aquella seguía siendo incomprensible para ella—. Mueve la mano, pequeña. Déjame verte la cara.

El hombre le apartó la mano antes de que Nahri pudiera hacerlo por voluntad propia. La sangre ya se había coagulado. Sin embargo, al encontrarse al aire, la herida empezó a escocerle. Sabía que la piel se regeneraba sola ante los ojos del hombre.

Retrocedió de un salto y estuvo a punto de chocarse contra la pared contraria.

—¡Por el ojo de Salomón! —Volvió a mirarla de arriba abajo mientras olfateaba el aire como un perro—. ¿Cómo... cómo has hecho eso? —le preguntó con un destello de sus relucientes ojos—. ¿Se trata de algún tipo de truco? ¿Una trampa?

—¡No! —Nahri levantó las manos en un intento por parecer inocente—. ¡No es ningún truco, ni ninguna trampa! ¡Lo juro!

—Tu voz..., has sido tú la que me ha convocado. —El hombre le apoyó la hoja curva de la espada contra el cuello, suave como la mano de un amante—. ¿Cómo lo has hecho? ¿Para quién trabajas?

A Nahri se le formó un nudo en el estómago. Tragó saliva y resistió el impulso de apartarse de la hoja que tenía en la garganta. No tenía duda de que habría sido una mala decisión.

Pensó rápido.

—Verás..., había otra chica aquí. Apuesto a que ha sido ella la que te ha convocado. —Señaló hacia el otro sendero e intentó imprimir algo de confianza a su voz—. Se marchó por allí.

—¡Mientes! —siseó el hombre, y la fría hoja presionó aún más su garganta—. ¿Crees que no reconozco tu voz?

El pánico se apoderó de ella. Aunque por lo general sabía cómo desenvolverse bajo presión, tenía muy poca práctica burlando a espíritus de fuego enfurecidos.

—¡Lo siento! So-solo he cantado una canción... ¡No era mi intención...! ¡Ay! —gritó al notar cómo aumentaba la presión de la hoja hasta hacerle un pequeño corte en el cuello.

El hombre retiró la espada y se la acercó a la cara, estudiando la mancha de sangre roja que había quedado en la superficie metálica de la hoja. La pegó con fuerza contra la tela que le cubría la cara y la olisqueó.

—Ay, Dios... —A Nahri se le revolvió el estómago. Yaqub tenía razón; se había enredado en una magia que no entendía e iba a pagar por ello. Intentó calmarse—. Por favor..., que sea rápido. Si vas a devorarme...

—¿Devorarte? —El hombre pareció encontrar aquella idea repulsiva. Bajó la espada—. El mero olor de tu sangre es suficiente para quitarme el hambre durante un mes. Hueles a tierra. No eres ninguna ilusión.

Nahri parpadeó, pero antes de que pudiera preguntarle por el significado de aquella extraña revelación, el suelo retumbó repentina y violentamente.

El hombre posó una mano sobre la tumba que había junto a ellos y luego lanzó una mirada claramente alterada a las temblorosas lápidas.

—¿Esto es un cementerio?

Nahri creía que la respuesta era bastante obvia.

—El más grande de El Cairo.

—Entonces no tenemos mucho tiempo. —Echó un vistazo al callejón en ambas direcciones antes de volverse hacia ella—. Dime una cosa, y quiero que tu respuesta sea rápida y honesta. ¿Tenías intención de invocarme en este lugar?

—No.

—¿Tienes familia aquí?

¿Y eso qué importa?

—No, estoy sola.

—¿Y has hecho algo así antes? —le preguntó con tono urgente—. ¿Algo fuera de lo común?

No sabría decirlo, quizá… ¿durante toda mi vida? Nahri dudó. A pesar de lo aterrorizada que estaba, el sonido de su lengua materna era embriagador, y además no quería que el misterioso desconocido dejara de hablar.

De modo que la respuesta salió de su boca antes de que pudiera pensárselo mejor.

—Nunca he «invocado a alguien» antes, pero soy capaz de curarme, como has podido comprobar. —Se tocó la piel de la sien.

Él la miró fijamente; sus ojos brillaban con tal intensidad que Nahri tuvo que apartar la vista.

—¿Puedes curar a otras personas? —le preguntó en un tono extrañamente suave y desesperado, como si supiera y temiera la respuesta a partes iguales.

El suelo se hundió y la lápida que los separaba se hizo añicos. Nahri soltó un grito ahogado y miró los edificios que los rodeaban, súbitamente consciente de lo antiguos e inestables que parecían.

—Un terremoto…

—Ya me gustaría, pero no. —El hombre franqueó ágilmente la lápida que se había desmoronado y agarró a Nahri del brazo.

—¡Basta! —protestó ella cuando los ardientes dedos del hombre le quemaron la fina manga—. ¡Suéltame!

Él la sujetó con más fuerza.

—¿Cómo salimos de aquí?

—¡No pienso ir a ninguna parte contigo!

Nahri trató de zafarse pero inmediatamente después se quedó paralizada.

En el extremo de uno de los estrechos senderos del cementerio habían aparecido dos figuras escuálidas y encorvadas. Una tercera asomaba del alféizar de una ventana cuya hoja yacía en el suelo, destrozada. Nahri supo que los tres estaban muertos sin necesidad de comprobar si les latía el corazón. De sus cuerpos disecados colgaban los andrajosos restos de los sudarios funerarios con los que los habían enterrado. El olor a podredumbre llenaba el aire.

—Dios misericordioso —susurró con la boca seca—. ¿Qué… qué… son…?

—Necrófagos —respondió el hombre. Le soltó el brazo y le ofreció la espada—. Toma.

Nahri a duras penas podía levantar la condenada espada. La sostuvo torpemente con ambas manos mientras el hombre sacaba el arco y cargaba una flecha.

—Veo que habéis encontrado a mis sirvientes.

La voz, joven y aniñada, procedía de detrás de ellos. Nahri se dio la vuelta y vio a Baseema a unos cuantos pasos de allí.

El hombre apuntó con la flecha a la joven en un abrir y cerrar de ojos.

—Ifrit —siseó.

Baseema sonrió amablemente.

—Afshín —saludó ella—. Qué agradable sorpresa. Pensaba que estabas muerto, después de haberte vuelto completamente loco al servicio de tus amos humanos.

El hombre se estremeció y tensó más el arco.

—Vuelve al infierno, demonio.

Baseema se echó a reír.

—Vamos, vamos, no hace falta ponerse así. Ahora estamos en el mismo bando, ¿no te has enterado? —Esbozó una sonrisa y se acercó más. Nahri captó un brillo malicioso en sus ojos oscuros—. Estoy segura de que harás cualquier cosa para ayudar a la nueva Banu Nahida.

¿La nueva qué? Aquel nombre debía de significar algo para el hombre, pues empezaron a temblarle las manos que tensaban el arco.

—Los Nahid están muertos —dijo con voz temblorosa—. Vosotros, los demonios, los matasteis a todos.

Baseema se encogió de hombros.

—Lo intentamos. Aunque supongo que todo eso ya es cosa del pasado. —Le guiñó un ojo a Nahri y le hizo un gesto para que se acercase—. Ven. No hay razón para hacer esto más difícil.

El hombre, a quien Baseema había llamado Afshín, se interpuso entre las dos.

—Si das un paso más, te arrancaré del cuerpo de esa pobre niña.

Baseema hizo un gesto brusco con la cabeza en dirección a las tumbas.

—Mira a tu alrededor, necio. ¿Sabes cuántos de los que yacen aquí tienen deudas con los de mi especie? Solo tengo que pronunciar una palabra y os devorarán a ambos.

¿Devorarnos? Nahri se apartó inmediatamente de Afshín.

—¡Esperad! ¿Sabéis qué? Tal vez debería...

Algo frío y afilado le agarró el tobillo. Bajó la mirada y vio una mano huesuda, con el resto del brazo aún enterrado, que la sujetaba con fuerza. La mano tiró con brío y Nahri tropezó. Cayó al suelo justo cuando una flecha zumbaba por encima de su cabeza.

Acuchilló la mano esquelética con la espada de Afshín, con cuidado de no amputarse el pie por accidente.

—¡Suéltame, suéltame! —chilló. La sensación de los huesos sobre su piel hizo que se le erizaran todos los vellos del cuerpo. Por el rabillo del ojo vio desplomarse a Baseema.

Afshín corrió a su lado y tiró de ella para ayudarla a levantarse, al tiempo que con la empuñadura de la espada aplastaba la mano que le sujetaba el tobillo. Nahri se soltó y le lanzó un tajo con la espada.

—¡La has matado!

Afshín saltó hacia atrás para evitar la cuchillada.

—¡Estabas a punto de acercarte a ella! —Los necrófagos gimieron. Afshín le arrebató la espada y la agarró de la mano—. No hay tiempo para discutir. Vamos.

Corrieron por el sendero más cercano mientras el suelo temblaba bajo sus pies. Una de las tumbas se abrió de golpe y dos cadáveres se abalanzaron sobre Nahri. La espada de Afshín centelleó. Dos cabezas rodaron.

Tiró de ella hacia un callejón estrecho.

—Hemos de salir de aquí. Es probable que los necrófagos no puedan abandonar el cementerio.

—¿Probable? ¿Quieres decir que existe una posibilidad de que esas cosas puedan salir de ahí y darse un festín con la población de El Cairo?

Afshín pareció pensárselo.

—Eso nos proporcionaría una distracción... —Tal vez percibió el terror que sentía Nahri, porque se apresuró a cambiar de tema—. Sea como fuere, tenemos que salir de aquí.

—No... —Nahri miró a su alrededor y vio que aún estaban en pleno cementerio—. No sé cómo.

Afshín suspiró.

—Entonces tendremos que salir de otro modo. —Sacudió la cabeza mientras observaba los mausoleos circundantes—. ¿Crees que puede haber una alfombra en alguno de estos edificios?

—¿Una alfombra? ¿Cómo podría ayudarnos una alfombra?

Las lápidas cercanas se estremecieron. Afshín siseó.

—Silencio —le dijo en un susurro—. Despertarás a más.

Nahri tragó saliva. Estaba dispuesta a unir su destino al del tal Afshín si aquella era la mejor manera de evitar que terminara convertida en comida para muertos.

—¿Qué quieres que haga?

—Encuentra una alfombra, un tapiz, cortinas…, algo de tela que sea lo suficientemente grande para los dos.

—Pero ¿por qué…?

Afshín la interrumpió y señaló con el dedo hacia los aterradores sonidos procedentes del callejón opuesto.

—Basta de preguntas.

Nahri estudió las tumbas. Delante de una había apoyada una escoba, y la ventana de madera parecía nueva. Era de grandes dimensiones, probablemente del tipo que contenía una pequeña sala para las visitas.

—Probemos en esa.

Avanzaron sigilosamente por el sendero. Nahri intentó abrir la puerta, pero esta no se movió.

—Está cerrada —dijo—. Dame una de tus dagas. La forzaré.

Afshín alzó la palma de la mano y la puerta salió despedida hacia el interior de la tumba con una nube de astillas de madera.

—Entra tú, yo vigilaré.

Nahri miró por encima de su hombro. El ruido había atraído la atención del grupo de necrófagos.

—¿Se están volviendo… más rápidos?

—El hechizo tarda un poco en estabilizarse.

Nahri palideció.

—No vas a poder matarlos a todos.

Él le dio un empujón.

—¡Entonces date prisa!

Nahri frunció el ceño, pero se apresuró a pasar por encima de la malograda puerta. El interior de la tumba era aún más oscuro que el callejón; la única iluminación provenía de la luz de la luna que atravesaba las cristaleras y dibujaba elaborados diseños en el suelo.

Nahri esperó a que sus ojos se adaptaran a la oscuridad. El corazón le latía acelerado. *Es como inspeccionar una casa. Lo has hecho cientos de veces.* Se arrodilló y recorrió con las manos el contenido de una caja abierta que había en el suelo. En su interior encontró un recipiente polvoriento y varias tazas apiladas una dentro de la otra, supuso que para calmar la sed de posibles visitantes. Continuó avanzando. Si la tumba estaba preparada para recibir visitas, tenía que haber un lugar que visitar. Y si Dios era bondadoso y la familia de aquel difunto en particular era respetable, habría alfombras.

Se adentró aún más en la tumba, manteniendo en todo momento una mano apoyada en la pared para orientarse mientras intentaba adivinar la distribución del espacio. Nahri nunca había estado antes en el interior de una tumba; nadie que la conociera querría que se acercase a los huesos de sus antepasados.

El grito gutural de un necrófago atravesó el aire, inmediatamente seguido de un fuerte golpe contra la pared exterior. Aumentando el paso, Nahri se asomó a la oscuridad y distinguió dos salas separadas. La primera tenía cuatro pesados sarcófagos hacinados en su interior, pero la otra parecía contener una pequeña sala de estar. Había algo enrollado en un rincón oscuro. Se apresuró a tocarlo: una alfombra. Gracias al Altísimo.

La alfombra enrollada era más alta que ella y muy pesada. Nahri la arrastró a través de la tumba. Cuando se encontraba aproximadamente a mitad de camino, un ligero sonido llamó su atención. Levantó la vista y se tragó una bocanada de polvo arenoso que pasó muy cerca de su cara. La arena también se deslizaba junto a sus pies, como si la tumba estuviera succionándola.

Se impuso un inquietante silencio. Ligeramente preocupada, Nahri dejó caer la alfombra y se asomó por una de las rejillas de la ventana.

Aunque el olor a podredumbre y putrefacción casi la abrumó, vio a Afshín de pie sobre un montón de cadáveres. Ya no empuñaba el arco. En una mano sostenía la maza, cubierta de vísceras, y, en la otra, la espada. Del reluciente acero goteaba un líquido oscuro. Afshín tenía los hombros caídos y la cabeza gacha en señal de abatimiento. Desde el otro extremo del sendero se acercaban más necrófagos. Por Dios, ¿todos los que estaban enterrados allí tenían una deuda con un demonio?

Afshín arrojó las armas al suelo.

—¿Qué haces? —gritó Nahri mientras él levantaba lentamente las manos vacías como si se dispusiera a rezar—. Vienen más...

Y entonces se interrumpió.

Cada partícula de arena, cada mota de polvo visible se unió al movimiento de sus manos, condensándose y arremolinándose hasta formar un embudo serpenteante en mitad del camino. Afshín respiró hondo y proyectó ambas manos hacia delante.

El embudo estalló en la dirección de la que llegaban los necrófagos y un chasquido recorrió el aire. Nahri sintió cómo una oleada de presión sacudía la pared. Una ráfaga de arena penetró por la ventana abierta.

Y controlarán los vientos y serán los amos de los desiertos. Y todo viajero que se extravíe en sus tierras estará condenado...

Recordó la cita de repente, salida de una época en la que había creído saberlo todo acerca del mundo sobrenatural. Solo había una criatura a la que podía referirse, solo un ser que infundiera terror en guerreros curtidos y mercaderes expertos, desde el Magreb hasta el Indo. Un antiguo ser del que se decía que vivía para engañar y aterrorizar a la humanidad.

Un djinn.

Afshín era un djinn. Un djinn de la cabeza a los pies.

La revelación la distrajo y se olvidó momentáneamente de dónde estaba. Por eso, la mano huesuda que tiró de ella y los dientes que se clavaron en su hombro la tomaron con la guardia baja.

Soltó un grito, más por la sorpresa que por el dolor, ya que el mordisco no era demasiado profundo. Intentó quitarse al necrófago de encima, pero este la rodeó con las piernas y la derribó, aferrado a su cuerpo como un cangrejo.

Nahri logró liberar un codo y lo proyectó con todas las fuerzas que le quedaban. El necrófago la soltó, pero le arrancó un buen trozo de piel del hombro. Nahri jadeó; el ardor de la carne viva preñó su campo visual de puntitos negros.

La criatura intentó morderle el cuello, pero Nahri se apartó. Aquel cadáver no era demasiado viejo; aún había carne hinchada en aquellos miembros, y un sudario funerario hecho jirones lo cubría. Sin embargo, sus ojos eran una masa horrible y pestilente de gusanos que se retorcían.

Nahri percibió un movimiento detrás de ella, pero fue un segundo demasiado tarde. Otro necrófago se le acercó por la espalda y le inmovilizó los brazos.

—¡Afshín! —gritó.

Los engendros la derrumbaron al suelo. El primero le rasgó la abaya y de paso le arañó el abdomen con sus afiladas uñas. La bestia suspiró de satisfacción mientras pasaba una lengua áspera sobre la piel ensangrentada de Nahri. Todo su cuerpo se estremeció y la repulsión hizo que le hirviera la sangre. Se revolvió contra ellos y por fin logró darle un puñetazo en el rostro al segundo necrófago, justo cuando este hacía ademán de arrojarse sobre su cuello.

—¡Suéltame! —gritó.

Intentó golpearlo de nuevo, pero la criatura le inmovilizó el puño y le apartó el brazo. Aunque algo se quebró a la altura de su codo, Nahri apenas notó el dolor.

Porque, al mismo tiempo, el necrófago le desgarró la garganta.

Se le llenó la boca de sangre. Los ojos se le volvieron blancos. El dolor se disipó y su visión se atenuó, por lo que no vio al djinn acercarse. Tan solo oyó un rugido enfurecido, el silbido de una espada e, inmediatamente después, dos golpes secos. Uno de los necrófagos se desplomó encima de ella.

Una sangre pegajosa y caliente empezó a acumularse bajo su cuerpo.

—No… no, no lo hagas —murmuró mientras la levantaban del suelo y la sacaban en volandas de la tumba. El aire nocturno le erizó la piel.

Notó cómo la posaban sobre algo blando y, de repente, dejó de sentir su propio peso. Notó una leve sensación de movimiento.

—Lo siento, pequeña —susurró una voz en una lengua que hasta aquel día no había oído utilizar a nadie más—. Pero tú y yo todavía tenemos asuntos pendientes.

3
NAHRI

Antes de abrir los ojos, Nahri supo que algo iba mal. El sol brillaba, quizá demasiado, sobre sus párpados todavía cerrados. Notaba la abaya húmeda y pegajosa. Una brisa suave le soplaba en el rostro. Gimió y se dio la vuelta, tratando de refugiarse en la manta.

Se le llenó la cara de arena. Escupió y se incorporó mientras se frotaba los ojos. Parpadeó varias veces.

Definitivamente no estaba en El Cairo.

Se encontraba en mitad de un palmeral cuyas sombras se movían sobre algunos matorrales dispersos. Una pared rocosa bloqueaba parte del reluciente cielo azul. Más allá de los árboles solo había desierto, arena dorada y resplandeciente en todas direcciones.

Y delante de ella estaba el djinn.

Agazapado como un felino sobre los restos humeantes de una pequeña fogata, cuyo olor penetrante a madera verde quemada llenaba el aire, el djinn la miraba con una especie de prudente curiosidad en sus brillantes ojos verdes. En una mano manchada de hollín sostenía una hermosa daga, la empuñadura engastada con un diseño serpenteante de lapislázuli y cornalina. La restregó por la arena mientras ella lo observaba, y la hoja produjo destellos al reflejar la luz del sol. El resto de las armas estaban amontonadas detrás de él.

Nahri agarró el palo que le quedaba más cerca y lo sostuvo en alto, confiando en que su actitud resultara lo más amenazadora posible.

—No te acerques —le advirtió.

Afshín frunció los labios. Era evidente que no estaba muy impresionado. Sin embargo, el gesto hizo que Nahri se fijara en su boca; sorprendida, se dio cuenta de que era la primera vez que veía su rostro descubierto. Pese a no distinguir alas ni cuerno alguno, su piel morena desprendía un resplandor antinatural. Además, tenía las orejas puntiagudas y un pelo rizado tan oscuro como el de Nahri que le caía hasta los hombros, enmarcando un rostro afilado y apuesto de cejas pobladas. Un tatuaje negro coronaba la sien izquierda: una flecha solitaria que atravesaba un ala estilizada. Aunque tenía la piel tersa, su mirada, brillante como una esmeralda, parecía atemporal. Podía tener tanto treinta como ciento treinta años.

Era hermoso. Su belleza era portentosa, casi aterradora, y poseía el tipo de encanto que Nahri solo podía comparar con el de un tigre a punto de desgarrar la garganta de su presa. El corazón le dio un vuelco mientras el miedo le formaba un nudo en el estómago.

Cerró la boca al darse cuenta de que hacía rato que la tenía abierta.

—¿A... dónde me has traído? —balbuceó en... ¿cómo había dicho que se llamaba su lengua? ¿Divasti? Sí, eso era: divasti.

Él no le quitó los ojos de encima, su atractivo rostro impenetrable.

—Al este.

—¿Al este? —repitió ella.

El djinn ladeó la cabeza y la miró como si fuera idiota.

—La dirección opuesta al sol.

Una llamarada irritada se encendió dentro de ella.

—Ya sé lo que es el este... —El djinn frunció el ceño ante su tono de voz y Nahri echó una nerviosa ojeada a la daga—. Pareces... estar muy ocupado con eso —añadió en un tono más conciliador antes de señalar el arma y levantarse—. Así que será mejor que te deje solo y...

—Siéntate.

—De verdad, no es...

—*Siéntate.*

Nahri obedeció. No obstante, cuando el silencio se hizo demasiado incómodo, no pudo soportarlo más y se dejó llevar por los nervios.

—Ya me he sentado. ¿Y ahora qué? ¿Vas a matarme como hiciste con Baseema o vamos a seguir mirándonos hasta que me muera de sed?

El djinn volvió a fruncir los labios y Nahri hizo todo lo posible por evitar mirarlo fijamente. De repente, sintió una repentina punzada de compasión por algunos de sus clientes más enamoradizos. Sin embargo, lo que le dijo a continuación alejó aquellos pensamientos de su mente.

—Lo que le hice a esa chica fue por misericordia. Estaba condenada desde el momento en que el ifrit la poseyó. Terminan quemando a sus anfitriones.

Nahri se estremeció. *Oh, Dios mío... Perdóname, Baseema.*

—No..., no..., no pretendía convocar nada..., ni hacerle daño. Lo juro. —Respiró profundamente sin dejar de temblar—. Cuando la mataste..., ¿mataste también al ifrit?

—Lo intenté. Pero es posible que escapara antes de morir.

Nahri se mordió el labio mientras recordaba la amable sonrisa de Baseema y la silenciosa entereza de su madre. No obstante, por el momento debía alejar la culpa.

—Entonces... si eso era un ifrit, ¿qué eres tú? ¿Una especie de djinn?

Afshín puso cara de asco.

—No soy ningún djinn, pequeña. Soy un daeva. —Torció el gesto en una mueca de desprecio—. Los daeva que se hacen llamar djinn no respetan a nuestro pueblo. Son traidores, y solo merecen ser aniquilados.

El odio que destilaba su voz hizo que una nueva oleada de miedo recorriera todo su cuerpo.

—Ah. Disculpa —dijo, sorprendida. No tenía ni la menor idea de la diferencia que había entre los dos, pero le pareció que lo más prudente era no insistir. Apoyó las manos en las rodillas para ocultar el temblor—. ¿Tienes... tienes nombre?

Él entornó sus radiantes ojos.

—Deberías saber que ese tipo de preguntas son peligrosas.

—¿Por qué?

—Los nombres tienen mucho poder. No es algo que mi gente revele a la ligera.

—Baseema te llamó Afshín.

El daeva negó con la cabeza.

—Eso no es más que un título..., y además, un título especialmente viejo e inútil.

—¿Así que no piensas decirme tu verdadero nombre?

—No.

Su actitud era aún más hostil que la de la noche anterior. Nahri se aclaró la garganta e intentó mantener la calma.

—¿Qué quieres de mí?

Él ignoró la pregunta.

—¿Tienes sed?

Decir que estaba sedienta era quedarse corto. Tenía la garganta como si se la hubieran llenado de arena, y teniendo en cuenta lo que había ocurrido la noche anterior, cabía la posibilidad de que así fuera. Su estómago también protestó, por lo que recordó que no había comido nada desde hacía muchas horas.

El daeva sacó un odre de entre los pliegues de la túnica, pero lo retuvo cuando Nahri hizo ademán de agarrarlo.

—Primero voy a hacerte algunas preguntas. Y quiero que me respondas con sinceridad. Tienes pinta de ser una mentirosa.

No sabes hasta qué punto.

—De acuerdo —dijo Nahri en tono neutro.

—Háblame de ti. De tu nombre, de tu familia, del lugar de donde proceden los tuyos.

Nahri enarcó una ceja.

—¿Por qué debería decirte mi nombre cuando yo no puedo saber el tuyo?

—Porque quien tiene el agua soy yo.

Nahri frunció el ceño, pero decidió contarle la verdad, por el momento.

—Me llamo Nahri. Carezco de familia y no tengo ni idea de dónde procedo.

—Nahri —repitió él. Pronunció la palabra con el ceño frunci-do—. No tienes a nadie..., ¿estás segura?

Era la segunda vez que le preguntaba por su familia.

—No que yo sepa.

—Entonces, ¿quién te enseñó divasti?

—Nadie. Creo que es mi lengua materna. Sé hablarla desde que tengo uso de razón. Además... —Nahri vaciló. Nunca habla-ba de esas cosas; de niña había aprendido cuáles eran las conse-cuencias.

Pero bueno, ¿qué más da? Tal vez incluso pueda aclararme algunas cosas.

—Desde muy pequeña he tenido facilidad para aprender cual-quier lengua —añadió—. O cualquier dialecto. En cuanto me hablan en una lengua soy capaz de entenderla y de usarla.

El daeva se sentó mientras respiraba ruidosamente.

—Puedo comprobar si dices la verdad —dijo, pero no en divas-ti, sino en otra lengua cuyas sílabas parecían extrañamente equili-bradas y agudas.

Nahri absorbió los sonidos, y dejó que estos la inundaran por completo. La respuesta acudió a sus labios en cuanto abrió la boca.

—Adelante.

El daeva se inclinó ligeramente. Le brillaron los ojos de puro desafío.

—Pareces una mocosa a la que han arrastrado por un osario.

Aquella lengua era aún más extraña, melodiosa y grave, más apta para murmurar que para dar un discurso. Nahri le devolvió la mirada.

—Ojalá te hubieran arrastrado a ti.

El brillo en los ojos del daeva se extinguió.

—Parece que dices la verdad —murmuró en divasti—. ¿Y no conoces nada de tus orígenes?

Nahri levantó las manos.

—¿Cuántas veces tengo que repetirlo?

—Entonces háblame de tu vida actual. ¿Cómo vives? ¿Estás ca-sada? —Se le ensombreció el semblante—. ¿Tienes hijos?

Nahri no podía apartar los ojos del odre.

—¿Por qué lo preguntas? ¿Estás casado tú? —replicó, molesta. Él la fulminó con la mirada—. Está bien. No, no estoy casada. Vivo sola. Trabajo en una botica…, soy una especie de ayudante.

—Anoche mencionaste que sabías abrir cerraduras.

Maldición, no se le escapaba ni una.

—De vez en cuando acepto… encargos… alternativos…, tareas para complementar mis ingresos.

El djinn… —no, el daeva, se corrigió a sí misma…— entrecerró los ojos.

—Entonces, ¿eres una especie de ladrona?

—Esa es una forma muy limitada de ver las cosas. Prefiero considerarme una comerciante especializada en trabajos delicados.

—En otras palabras, una delincuente.

—Ah, pero entre un djinn y un daeva sí que hay una gran diferencia, ¿no?

El daeva frunció el ceño y el dobladillo de su túnica empezó a desprender humo. Nahri cambió rápidamente de tema.

—También me dedico a otras cosas. Hago amuletos, curo a la gente…

Él parpadeó y su mirada se tornó más brillante e intensa.

—¿Así que puedes curar a la gente? —dijo con voz hueca—. ¿Cómo lo haces?

—No lo sé —admitió ella—. Normalmente se me da mejor percibir la enfermedad que curarla. Detecto un olor extraño o veo una sombra sobre una parte del cuerpo. —Hizo una pausa para tratar de encontrar las palabras adecuadas—. Es difícil de explicar. Se me da bastante bien hacer de partera porque percibo inmediatamente la posición del bebé. Y cuando pongo las manos sobre el cuerpo de alguien…, deseo que mejore…, imagino las partes arreglándose solas. A veces funciona, pero otras no.

La expresión del daeva se ensombreció a medida que Nahri hablaba. Se cruzó de brazos y el contorno de aquellos musculosos brazos tensó la humeante tela de su túnica.

—Y a los que no puedes curar… supongo que les devuelves el dinero.

Nahri se echó a reír pero enseguida comprendió que lo decía en serio.

—Por supuesto.

—Es imposible —declaró. Se levantó y se alejó con una elegancia que desmentía su auténtica naturaleza—. Los Nahid nunca harían algo así... con una humana.

Aprovechando la distracción, Nahri agarró el odre de agua del suelo y arrancó el tapón. El agua estaba deliciosa, fresca y dulce. Jamás había probado algo mejor.

El daeva se volvió hacia ella.

—Entonces, ¿has convivido tranquilamente con esos poderes? —le preguntó—. ¿Nunca te has cuestionado por qué los tienes? ¡Por el ojo de Salomón..., podrías derrocar gobiernos, pero, en lugar de eso, te dedicas a robar a campesinos!

Aquellas palabras la enfurecieron. Dejó caer el odre.

—Yo no robo a campesinos —le espetó—. No sabes nada de mi vida, así que no me juzgues. Intenta vivir en la calle con cinco años de edad, y encima hablando una lengua que nadie entiende. A ver si te gusta que te echen de todos los orfanatos cuando predices que un niño morirá pronto de tuberculosis, o cuando le dices a la maestra que tiene una sombra cada vez más grande en la cabeza.

Nahri estaba furiosa, súbitamente abrumada por los recuerdos.

—Hago lo que tengo que hacer para sobrevivir —concluyó.

—¿Y lo de invocarme? —preguntó él sin asomo de disculpa en la voz—. ¿Eso también lo has hecho para sobrevivir?

—No, eso formaba parte de una estúpida ceremonia.

Hizo una pausa. Bueno, a fin de cuentas no había sido tan estúpida; Yaqub tenía razón acerca de los peligros de interferir con tradiciones ajenas.

—Canté una de las canciones en divasti; no tenía ni idea de que iba a pasar lo que pasó. —Aunque verbalizarlo no la ayudó a sentirse mejor por lo que le había pasado a Baseema, no se detuvo—: Aparte de las cosas que puedo hacer, nunca he presenciado nada extraño. Nada mágico, y evidentemente nada como tú. No creía que existieran tales cosas.

—Pues cometiste una estupidez. —Nahri lo fulminó con la mirada, pero él se limitó a encogerse de hombros—. ¿Acaso las habilidades que tienes no eran prueba suficiente?

Ella negó con la cabeza.

—No lo entiendes. —No podía entenderlo. No conocía cómo había sido su vida, la constante búsqueda de recursos para mantenerse a flote, los sobornos que había tenido que pagar. No había tenido tiempo para nada más. Lo único que importaba era cuántas monedas tenía en la mano, ese era su único y auténtico poder.

Y hablando de eso...

Nahri miró en derredor.

—¿Dónde está la cesta que llevaba conmigo? —Al ver su mirada inexpresiva, le entró el pánico—. ¡No me digas que la dejaste en el cementerio!

Se levantó de un salto y la buscó con la mirada, pero solo vio la alfombra extendida a la sombra de un árbol de grandes dimensiones.

—Estábamos huyendo para salvar el pellejo —dijo él en tono sarcástico—. ¿De verdad esperabas que perdiera el tiempo recogiendo tus pertenencias?

Nahri se llevó las manos a la cabeza. Había perdido una pequeña fortuna en una sola noche. Y en casa tenía mucho más; no podía arriesgarse a perderlo todo. El corazón empezó a latirle con fuerza; tenía que regresar a El Cairo. Entre los rumores que sin duda la gente haría circular después del zar y su ausencia, no pasaría mucho tiempo antes de que su casero decidiera saquear la casa.

—Tengo que regresar, por favor. No quería convocarte. Y te agradezco que me hayas salvado de los necrófagos —añadió, convencida de que mostrar algo de agradecimiento no podía hacer daño—. Pero necesito volver a casa.

El rostro del daeva se ensombreció.

—Sí, supongo que debes volver a casa. Aunque te aseguro que tu casa no está en El Cairo.

—¿Cómo dices?

El daeva ya se alejaba.

—No puedes regresar al mundo de los humanos. —Se dejó caer sobre la alfombra que descansaba bajo la sombra del árbol y se quitó las botas. Parecía haber envejecido durante su breve conversación, el rostro ensombrecido por el cansancio—. Va en contra de nuestras leyes, y lo más probable es que los ifrit ya te estén rastreando. No durarías viva ni un día.

—¡Eso no es asunto tuyo!

—Sí que lo es. —Se tumbó sobre la alfombra y cruzó los brazos detrás de la cabeza—. Tú eres asunto mío, por desgracia.

Un escalofrío recorrió la espalda de Nahri. Las incisivas preguntas acerca de su familia, la decepción apenas disimulada al enterarse de sus habilidades…

—¿Qué sabes de mí? ¿Sabes por qué puedo hacer estas cosas?

El daeva se encogió de hombros.

—Tengo mis sospechas.

—¿Qué sospechas? —insistió ella al ver que no añadía nada más—. Cuéntamelo todo.

—¿Dejarás de molestarme si te lo cuento?

No. Nahri asintió.

—Sí.

—Creo que eres una shafit.

Aunque en el cementerio ya la había llamado de aquel modo, Nahri seguía sin entender qué significaba.

—¿Qué es una shafit?

—Así llamamos a los mestizos. Son el resultado de lo que ocurre cuando mi raza se vuelve un poco… indulgente con los humanos.

—¿Indulgente? —resopló ella, pero el significado de sus palabras cada vez era más evidente—. ¿Crees que tengo sangre daeva? ¿Que soy como tú?

—Créeme si te digo que tal cosa me resulta igualmente inquietante —dijo, y chasqueó la lengua en señal de desaprobación—. No creía que los Nahid fueran capaces de cometer semejante transgresión.

Nahri estaba cada vez más confusa.

—¿Qué es un Nahid? Baseema también me llamó así, ¿verdad?

A Afshín se le crispó la mandíbula y Nahri captó un destello de emoción en sus ojos. Breve pero evidente. El daeva se aclaró la garganta.

—Es un apellido —respondió finalmente—. Los Nahid son una familia de sanadores daeva.

—¿Sanadores daeva? —Nahri se quedó boquiabierta, pero antes de que pudiera responder, él la detuvo con un gesto.

—No. Ya te he dicho lo que sospecho y has prometido dejarme en paz. Necesito descansar. Anoche puse en práctica un montón de magia y quiero estar listo por si los ifrit vuelven a por ti.

Nahri se estremeció e, instintivamente, se llevó la mano a la garganta.

—¿Qué pretendes hacer conmigo?

El daeva emitió un sonido irritado y se llevó la mano al bolsillo. Nahri se sobresaltó temiendo que fuera a sacar un arma, pero lo que sacó fue un montón de ropa demasiado grande para caber en un bolsillo. Se la arrojó sin siquiera abrir los ojos.

—Hay una poza cerca de las rocas. Te sugiero que te des un baño. Hueles aún peor que el resto de los de tu especie.

—No has respondido a mi pregunta.

—Porque aún no tengo respuesta. —Nahri percibió la incertidumbre en su voz—. He pedido ayuda a alguien. Esperaremos.

Justo lo que necesitaba: otro djinn venía a opinar sobre su destino. Recogió el fardo de ropa.

—¿No te preocupa que pueda huir?

El daeva dejó escapar una risa somnolienta.

—Claro que sí. Buena suerte en el desierto.

El oasis era pequeño, por lo que no le costó mucho encontrar la poza que había mencionado el daeva, un pequeño estanque sombrío y rodeado de matorrales que se llenaba con el constante goteo de varios manantiales que brotaban de un saliente rocoso. No vio ni rastro de caballos ni camellos. No podía imaginar cómo habían llegado hasta allí.

Nahri se encogió de hombros y, tras quitarse la abaya hecha pedazos, se zambulló en el agua.

La sensación que le produjo el agua fría le recordó al abrazo de un ser querido. Cerró los ojos y trató de digerir todo lo que había ocurrido el día anterior. La había secuestrado un djinn, un daeva o lo que fuera. Una criatura mágica con demasiadas armas que no parecía especialmente contenta con su compañía.

Flotó boca arriba mientras trazaba ondas sobre el agua y observaba el cielo encuadrado entre las palmeras.

Cree que tengo sangre daeva. Aunque la idea de que pudiera estar emparentada de algún modo con la criatura que la noche anterior había provocado una tormenta de arena le resultaba grotesca, había algo en lo que debía darle la razón: Nahri siempre se había esforzado en ignorar las implicaciones de sus habilidades curativas. Para poder sobrevivir, se había pasado la vida intentando mimetizarse con el mundo que la rodeaba. Pero, incluso en aquel momento, sus instintos seguían en conflicto: se debatía entre el deseo de descubrir quién era realmente y el impulso de recuperar la vida que tanto esfuerzo le había costado construir en El Cairo.

Sin embargo sabía que tenía pocas probabilidades de sobrevivir sola en el desierto, así que intentó relajarse y disfrutar del agua hasta que se le arrugaron las yemas de los dedos. Se frotó la piel con una cáscara de palma y se masajeó el pelo en el agua, disfrutando de la sensación de limpieza. No tenía muchas oportunidades de darse un baño; las mujeres de los baños públicos le habían dejado claro que no era bienvenida allí; probablemente temían que echara un maleficio en el agua.

Aunque la abaya había quedado prácticamente inservible, lavó lo que restaba de ella y la extendió sobre una roca para que se secara al sol antes de centrar su atención en la ropa que le había dado el daeva.

No cabía duda de que era suya; olía a cítricos chamuscados y estaba pensada para el cuerpo de un hombre musculoso, no para el de una mujer con cierta desnutrición. Frotó la tela color ceniza con los dedos y se maravilló ante su calidad. Tenía la suavidad de la seda y la resistencia del fieltro. Además, carecía de costuras; por mucho que las buscó, no encontró ni una sola puntada. Si escapaba, podría venderla por una buena suma.

Le costó bastante conseguir que la ropa le sentara bien; la túnica le quedaba cómicamente ancha en la cintura y le colgaba por debajo de las rodillas. Se arremangó lo mejor que pudo y se concentró en los pantalones. Arrancó una tira de la abaya para usarla como cinturón y para sostener los dobladillos enrollados. Pese a quedar razonablemente satisfecha con el resultado, supuso que el atuendo debía de resultar bastante ridículo.

Con una piedra afilada, cortó un largo retal de la abaya para confeccionarse un pañuelo. Una vez seco, el pelo le formaba un revoltijo de rizos negros que intentó trenzar antes de atarse el improvisado pañuelo alrededor de la cabeza. Bebió hasta quedar saciada del odre, el cual parecía rellenarse solo, aunque el agua hizo poco por aliviar el hambre que le roía el estómago.

Las palmeras estaban colmadas de esplendorosos e hinchados dátiles, y los más maduros, cubiertos de hormigas, tapizaban el suelo. Intentó por todos los medios alcanzar los que aún estaban en los árboles: agitar el tronco, tirarles piedras, incluso una fallida tentativa de trepar hasta ellos, pero nada funcionó.

¿Los daeva se alimentaban? De ser así, Afshín debía de tener algo de comida, probablemente escondida en su túnica. Nahri regresó al pequeño palmeral. El sol ya había salido, caliente y abrasador. Resopló mientras recorría un tramo de arena calcinada. Solo Dios sabía lo que les había ocurrido a sus sandalias.

El daeva seguía dormido, con su gorro gris cubriéndole los ojos y el pecho moviéndose lentamente bajo la luz mortecina. Nahri se acercó sigilosamente y lo estudió con mayor detenimiento, algo que hasta entonces no se había atrevido a hacer. La brisa hacía ondular su túnica como si fuera humo, y su cuerpo desprendía un calor difuso, como lo haría un horno de piedra. Fascinada, Nahri se acercó aún más. Se preguntó si los cuerpos de los daeva serían como los de los humanos: henchidos de sangre y humores, un corazón palpitante y protuberantes pulmones. O si tal vez estaban hechos completamente de humo, su apariencia una mera ilusión.

Cerró los ojos, extendió los dedos hacia él e intentó concentrarse. Habría sido mejor tocarlo, pero no se atrevió. Tenía la sensación de que era el tipo de persona que se despierta de mal humor.

Al cabo de unos minutos, se detuvo, cada vez más azorada. No había nada. Ni latidos, ni sangre ni bilis. No percibió órganos ni los habituales chispazos y gorgoteos provocados por los múltiples procesos naturales que la mantenían con vida, tanto a ella como a todas las demás personas que había conocido hasta entonces. Incluso su respiración era extraña; el movimiento del pecho parecía artificial. Era como si alguien hubiera creado la imagen de una persona, un hombre de arcilla, pero se hubiera olvidado de infundirle la chispa de la vida. Estaba... inacabado.

Aunque no puede decirse que sea un trozo de arcilla mal construido... La mirada de Nahri se detuvo en el cuerpo de Afshín, y entonces reparó en un destello verde que refulgía en su mano izquierda.

—Alabado sea Dios —susurró.

El daeva llevaba en el dedo corazón un enorme anillo con una esmeralda engarzada, lo suficientemente grande como para adornar la mano de un sultán. La base parecía de hierro mal trabajado, pero solo con una mirada supo que el valor de la joya era incalculable. Sucia pero magistralmente tallada, sin una sola imperfección. Debía de costar una fortuna.

Mientras Nahri contemplaba el anillo, una sombra pasó por encima de ella. Levantó la vista con gesto distraído. Y entonces soltó un grito y corrió para ocultarse entre la espesa maleza.

Nahri se asomó por entre el follaje mientras la criatura, enorme en comparación con los larguiruchos árboles, sobrevolaba el oasis y aterrizaba junto al daeva durmiente. Parecía salida de los sueños de una mente depravada, un cruce impío entre un anciano, un loro verde y un mosquito. Del pecho para abajo era un pájaro, y se contoneaba como un pollo mientras avanzaba sobre un par de gruesas patas emplumadas terminadas en dos afiladas garras. El resto de su piel, si es que podía denominarse de aquel modo, estaba cubierta de escamas plateadas que destellaban al reflejar la luz del sol de la mañana.

La criatura se detuvo para estirar unos brazos emplumados. Tenía unas alas extraordinarias, llenas de brillantes plumas casi tan largas como ella misma. Nahri empezó a levantarse mientras barajaba la posibilidad de advertir al daeva. Afortunadamente, parecía que la criatura solo tenía ojos para este y que aún no había reparado en ella. Pero si lo mataba, no tendría a nadie que la ayudara a salir del desierto.

El hombre pájaro emitió un chirrido que le erizó todo el vello del cuerpo y que despertó al daeva, lo que vino a resolver su problema. Afshín parpadeó lentamente con aquellos ojos color esmeralda y se cubrió el rostro con una mano para comprobar quién estaba frente a él.

—Khayzur ... —dijo, y dejó escapar el aire de los pulmones—. Por el Creador, me alegro tanto de verte.

La criatura alargó una delicada mano y tiró del daeva para darle un abrazo fraternal. Nahri abrió los ojos de par en par. ¿Aquel ser era el compañero que el daeva estaba esperando?

Al cabo de un momento los dos se sentaron sobre la alfombra.

—He venido en cuanto recibí tu señal —graznó la criatura. Fuera cual fuere la lengua que hablaban, no era divasti; estaba compuesta de estallidos entrecortados y chillidos graves, como el canto de los pájaros—. ¿Qué ocurre, Dara?

La expresión del daeva se tornó sombría.

—Es mejor que lo veas tú mismo. —Recorrió el oasis con la mirada y sus ojos se detuvieron en el escondite de Nahri—. Sal de ahí, pequeña.

Nahri montó en cólera. No le hacía ninguna gracia que la hubiera encontrado tan fácilmente, y menos aún que le diera órdenes como si fuera un perro. A pesar de todo, apartó las hojas para salir de detrás de los arbustos y se acercó a ellos.

Ahogó un grito cuando el hombre pájaro se volvió hacia ella; el tono grisáceo de su piel le recordaba demasiado al de los necrófagos. Además, desentonaba con su pequeña, y casi bonita, boca rosada y con las pulidas cejas verdes que se unían en mitad de su frente. Tenía los ojos blancos y unos mechones dispersos de barba gris.

La criatura se quedó con la boca abierta; parecía estar tan sorprendida de verla como Nahri de verla a ella.

—Tienes... una compañera —le dijo al daeva—. No es que me disguste, Dara, pero debo decir que... no creía que los humanos fueran tu tipo.

—No es mi compañera. —El daeva frunció el ceño—. Además, no es completamente humana. Es una shafit. Y... —Se aclaró la garganta, la voz repentinamente tensa—. Al parecer tiene algo de sangre Nahid.

La criatura se giró.

—¿Por qué piensas eso?

El daeva torció el gesto con desagrado.

—Se curó ante mis ojos. Dos veces. Y tiene el don de las lenguas.

—Alabado sea el Creador. —Khayzur se acercó a Nahri y ella retrocedió. Unos ojos lechosos le inspeccionaron el rostro—. Creía que los Nahid habían desaparecido hacía tiempo.

—Yo también —dijo el daeva, claramente desconcertado—. Pero para tener semejante poder de curación..., no puede ser una descendiente demasiado lejana. Por otro lado, tiene un aspecto completamente humano. La saqué de una ciudad humana que hay más al oeste de aquí. —El daeva sacudió la cabeza—. Algo va mal, Khayzur. Según dice, no sabía nada de nuestro mundo hasta anoche, aunque de algún modo consiguió arrastrarme a través del...

—Esta chica de aspecto humano sabe hablar por sí misma —dijo Nahri en tono sarcástico—. ¡Y no tenía ninguna intención de arrastrarte a ninguna parte! Sería mucho más feliz si no te hubiera conocido nunca.

—Habrías muerto a manos del ifrit si no hubiera aparecido —dijo él con un resoplido.

De repente, Khayzur levantó las manos para que guardaran silencio.

—¿Los ifrit saben de su existencia? —preguntó con brusquedad.

—Y tanto —admitió el daeva—. Una apareció justo antes que yo y no se sorprendió en absoluto al verla. Por eso te llamé. —Hizo un gesto con la mano—. Los peri siempre sabéis más que todos nosotros juntos.

Khayzur dejó caer las alas.

—En este asunto, no, aunque me gustaría saber más. Tienes razón, las circunstancias son extrañas. —Se pellizcó el puente de la nariz en un gesto extrañamente humano—. Necesito una taza de té.

Regresó rápidamente a la alfombra y le hizo un gesto a Nahri para que se acercara:

—Ven, pequeña.

Se sentó en cuclillas y entre sus manos apareció como por arte de magia un samovar de grandes dimensiones del que emanaba un fragante aroma a granos de pimienta y macis. Chasqueó los dedos y aparecieron tres tazas de cristal. Después de llenarlas, le ofreció la primera a Nahri.

Asombrada, ella examinó la taza; el cristal era tan fino que parecía casi como si el té humeante flotara en su mano.

—¿Qué eres?

La criatura le dedicó una suave sonrisa que dejó asomar unos dientes afilados.

—Un peri. Me llamo Khayzur. —Se llevó una mano a la frente—. Es un honor conoceros, mi señora.

Bueno, fueran lo que fueren los peri, era evidente que tenían mejores modales que los daeva. Nahri dio un sorbo al té. Era espeso y picante, y le quemó la garganta de un modo extrañamente agradable. Inmediatamente sintió el calor extendiéndose por todo su cuerpo. Y lo que era aún más importante, se le pasó el hambre.

—¡Está delicioso! —exclamó con una sonrisa mientras notaba un hormigueo en la piel.

—Es una receta propia —dijo Khayzur con orgullo. Miró de reojo al daeva y señaló la tercera taza con un gesto de la cabeza—. Dara, cuando quieras dejar de fruncir el ceño y unirte a nosotros, esa es para ti.

Dara. Era la tercera vez que el peri lo llamaba así. Nahri le dirigió una sonrisa triunfal.

—Sí, *Dara* —dijo, casi ronroneando su nombre—. ¿Por qué no te unes a nosotros?

Él le lanzó una mirada sombría.

—Preferiría algo más fuerte.

Sin embargo, agarró la taza y se dejó caer a su lado.

El peri dio un sorbo al té.

—¿Crees que el ifrit vendrá a por ella?

Dara asintió.

—Estaba empeñado en capturarla. Intenté matarlo antes de que abandonara a su anfitrión, pero es muy probable que lograra escapar.

—Entonces puede que ya se lo haya contado a los suyos. —Khayzur se estremeció—. No tienes tiempo de seguir intentando descifrar sus orígenes, Dara. Tienes que llevarla a Daevabad tan pronto como sea posible.

Dara sacudió la cabeza.

—No puedo. No pienso hacerlo. Por el ojo de Salomón, ¿sabes lo que dirían los djinn al verme aparecer con una shafit Nahid?

—Que los Nahid eran unos hipócritas, seguramente —respondió Khayzur. Dara puso los ojos como platos—. ¿Y qué? ¿Acaso salvarle la vida no compensa el hecho de avergonzar a sus antepasados?

Ciertamente, Nahri pensaba que su vida era mucho más importante que la reputación de sus parientes daeva muertos, pero Dara no parecía tan convencido.

—Podrías llevarla contigo —le dijo Dara al peri—. Dejarla a orillas del Gozán.

—¿Y esperar que encuentre el camino más allá del velo? ¿O que la familia Qahtani crea en la palabra de una chica perdida y de aspecto humano si consigue llegar al palacio? —Khayzur parecía consternado—. Eres un afshín, Dara. Su vida es responsabilidad tuya.

—Por eso mismo estaría mejor en Daevabad sin mí —argumentó Dara—. Esas moscas de la arena probablemente la matarían simplemente para castigarme por la guerra.

¿La guerra?

—Un momento —le interrumpió Nahri. Cada vez le gustaba menos la idea de ir a aquel lugar llamado Daevabad—. ¿Qué guerra?

—Una guerra que terminó hace catorce siglos y sobre la que aún se guardan rencores —respondió Khayzur.

Al oír aquello, Dara tiró al suelo la taza de té y se alejó.

—No esperaba otra reacción por tu parte —añadió el peri. El daeva clavó en él sus ojos de esmeralda, pero el peri no se amedrentó—. Solo eres un hombre, Dara; no puedes contener eternamente a los ifrit. La matarán si la encuentran. Con lentitud y regocijo. Y todo será culpa tuya.

Nahri se estremeció. El miedo le recorrió la espalda.

Dara se paseaba por el borde de la alfombra. Nahri volvió a hablar. No le hacía la menor gracia que un par de seres mágicos con antiguas disputas decidieran su destino sin que ella pudiera intervenir.

—¿Por qué Daevabad iba a ser más seguro que El Cairo?

—Daevabad es el hogar ancestral de tu familia —respondió Khayzur—. Ningún ifrit puede atravesar su velo. Nadie puede, solo los de tu raza.

Nahri miró a Dara. El daeva estaba contemplando fijamente el sol poniente, murmurando airadamente en voz baja mientras el humo trazaba círculos alrededor de sus orejas.

—¿Así que está lleno de gente como él?

El peri esbozó una tímida sonrisa.

—Estoy seguro de que encontrarás una mayor... variedad de temperamentos en la ciudad.

Qué alentador.

—¿Pero se puede saber por qué me persiguen los ifrit?

Khayzur titubeó.

—Me temo que eso es algo que debe explicarte tu afshín. Requiere tiempo.

¿Cómo que mi afshín?, le habría gustado preguntar, pero Khayzur ya había dirigido su atención a Dara.

—¿Ya has vuelto a tus cabales? ¿O vas a permitir que esta tontería de la pureza de sangre arruine otra vida?

—No —refunfuñó el daeva, aunque Nahri percibió la indecisión en su voz. Se llevó las manos a la espalda, negándose a mirar a ninguno de los dos.

—Por el Creador... vuélvete a casa, Dara —le instó Khayzur—. ¿Esa vieja guerra no te ha hecho sufrir ya bastante? El resto de los daeva hicieron las paces hace mucho tiempo. ¿Por qué no puedes hacer tú lo mismo?

Dara se retorció el anillo con manos temblorosas.

—Porque ellos no lo vieron en primera persona —dijo en voz baja—. Pero tienes razón acerca de los ifrit.

Suspiró y se dio la vuelta. Su rostro aún revelaba la preocupación que sentía. Dijo:

—La chica estará más a salvo en Daevabad. Al menos, a salvo de ellos.

—Bien. —Khayzur parecía aliviado. Con un chasquido de dedos, los enseres del té desaparecieron—. Entonces partid ya. Viajad tan rápido como podáis. Pero discretamente. —Y señalando la alfombra, añadió—: No confíes demasiado en esto. Quien te la vendió hizo un trabajo espantoso con el hechizo. Los ifrit podrían rastrearla.

Dara volvió a fruncir el ceño.

—El hechizo lo he hecho yo.

El peri enarcó las delicadas cejas.

—Bueno…, entonces te recomiendo tenerlas cerca. —Señaló con la cabeza las armas apiladas bajo la palmera. Se puso de pie y sacudió las alas—. No te entretengo más. Veré qué puedo averiguar sobre la joven. Si es algo útil, intentaré dar contigo.

Se inclinó en dirección a Nahri y añadió:

—Ha sido un honor conocerte, Nahri. Buena suerte a los dos.

Con un solo batir de alas se elevó en el aire y desapareció en el cielo carmesí.

Dara se puso las botas y se colgó el arco de plata del hombro antes de alisar la alfombra.

—Vamos —dijo, y arrojó el resto de las armas sobre la tela.

—Primero, hablemos —contraatacó ella cruzando las piernas. No pensaba moverse de la alfombra—. Me niego a ir a ninguna parte hasta obtener algunas respuestas.

—No —dijo él con firmeza mientras se sentaba sobre la alfombra junto a ella—. Te he salvado la vida. Voy a acompañarte a la ciudad de mis enemigos. Con eso tienes suficiente por ahora. Puedes encontrar a alguien en Daevabad a quien molestar con tus preguntas. —Suspiró—. Sospecho que este viaje se me hará más largo de lo normal.

Enfurecida, Nahri abrió la boca para responder, pero se detuvo al darse cuenta de que la alfombra contenía todos sus enseres, aparte de ellos dos.

Sin caballos. Ni camellos. El corazón le dio un vuelco.

—No me digas que vamos a…

Dara chasqueó los dedos y la alfombra salió volando.

4
ALÍ

H acía una horrible mañana en Daevabad.
Aunque el adhan, la llamada a la oración del alba, resonaba en el aire húmedo, aún no había ni rastro del sol en el cielo brumoso. La niebla envolvía la gran ciudad de bronce, oscureciendo los altísimos minaretes de vidrio esmerilado y metal batido, y velando las cúpulas doradas. La lluvia se filtraba por los tejados de jade de los palacios de mármol e inundaba las calles de piedra, condensándose en los plácidos rostros de los antiguos fundadores Nahid, inmortalizados en los murales que cubrían sus poderosas murallas.

Una brisa gélida recorría las sinuosas calles, filtrándose por entre los azulejos de los baños públicos y las gruesas puertas que protegían los templos dedicados al fuego cuyos altares habían ardido durante milenios y transportando el olor a tierra húmeda y savia desde las boscosas montañas que rodeaban la isla. En mañanas como aquella la mayoría de los djinn corrían a refugiarse en el interior de las casas como gatos que huyen de la lluvia, de regreso a sus camas de brocados de seda ahumada y a sus cálidas parejas para dejar pasar las horas hasta que el sol abrasador volviera a emerger y devolviera la vida a la ciudad con su luz.

El príncipe Alizayd al Qahtani, no obstante, era una excepción. Tembloroso, se cubrió el rostro con la parte inferior del turbante. Encorvando los hombros para protegerse de la fría lluvia, continuó caminando. Expulsaba el aliento en vaporosas nubes, el sonido amplificado por culpa de la tela húmeda. La lluvia le goteaba desde la frente y se evaporaba rápidamente en cuanto entraba en contacto con su humeante piel.

Volvió a repasar los cargos. *Tienes que hablar con él,* se dijo. *No hay más remedio. Los rumores se te están yendo de las manos.*

Alí se mantuvo bajo la protección de las sombras al acercarse al Gran Bazar. A pesar de la temprana hora, la actividad sería bulliciosa: mercaderes somnolientos deshaciendo los hechizos que habían protegido sus mercancías durante la noche, boticarios preparando pociones para dar vitalidad a los primeros clientes, niños portando mensajes hechos de vidrio quemado que se hacían añicos en cuanto revelaban sus palabras, por no mencionar los cuerpos de los adictos semiconscientes consumidos por intoxicantes humanos de contrabando. Alí no quería atraer la atención de ninguna de aquellas personas, por lo que se desvió por una callejuela oscura, un atajo que le hizo adentrarse hasta tal punto en la ciudad que dejó de ver las altas murallas de bronce que la rodeaban.

El barrio en el que se internó era muy viejo, atestado de antiguos edificios que imitaban una remota arquitectura humana ya perdida en el tiempo: columnas talladas con inscripciones nabateas, frisos de sátiros etruscos e intrincadas estupas del imperio Maurya. Civilizaciones desaparecidas tiempo atrás cuya memoria había sido capturada por curiosos djinn que las habían conocido o por nostálgicos shafit que trataban de recrear sus hogares perdidos.

Al final de la calle se levantaba una gran mezquita de piedra con un llamativo minarete en espiral y arcos blancos y negros. Uno de los pocos lugares de Daevabad donde los djinn de sangre pura y los shafit aún podían rezar juntos. Además, la popularidad de la mezquita entre los comerciantes y viajeros del Gran Bazar la convertía en el lugar ideal para pasar inadvertido.

Alí se metió en la mezquita, ansioso por escapar de la lluvia. En cuanto se quitó las sandalias, se las llevó un celoso ishta, las pequeñas criaturas escamosas obsesionadas con la organización y el calzado. A cambio de algo de fruta y negociación, Alí recuperaría las sandalias después de la oración, limpias y perfumadas con sándalo.

Siguió avanzando y pasó por delante de un par de fuentes de mármol idénticas destinadas a las abluciones. De una de ellas manaba agua para los shafit, mientras que de la otra brotaba la cálida arena negra que preferían los puros de sangre.

La mezquita, una de las más antiguas de Daevabad, constaba de cuatro salas cubiertas alrededor de un patio que se abría al cielo gris. Desgastada por el roce de pies y frentes de los incontables fieles, la alfombra roja y dorada que cubría el suelo era fina pero estaba inmaculada. Los hechizos que se encargaban de mantenerla limpia estaban entretejidos con la propia tela y aún seguían activos. Del techo colgaban grandes faroles de cristal ahumado que iluminaban la sala gracias a sus llamas mágicas y, en los rincones, había braseros donde ardían pepitas de incienso.

Aquella mañana, la mezquita estaba casi vacía. Probablemente, para muchos de los congregantes habituales, los beneficios de la oración comunitaria no compensaran el mal tiempo. Alí respiró hondo el aire perfumado mientras observaba a los dispersos fieles. El hombre a quien buscaba, sin embargo, aún no había llegado.

Quizá lo hayan detenido. Trató de desechar aquel oscuro pensamiento mientras se acercaba al mihrab de mármol gris, el nicho en la pared que indicaba la dirección de la oración. Levantó las manos. A pesar de los nervios, en cuanto empezó a rezar sintió algo de paz. Siempre le ocurría lo mismo.

Aunque la paz no duró mucho. Estaba terminando su segunda raka'ah de oraciones cuando un hombre se arrodilló en silencio a su lado. Alí se detuvo.

—Que la paz sea contigo, hermano —susurró el hombre.

Alí evitó su mirada.

—Y contigo también —contestó en voz baja.

—¿Lo has conseguido?

Alí vaciló. El hombre se refería a la gruesa bolsa que ocultaba bajo la túnica y que contenía una pequeña fortuna sacada de la rebosante caja fuerte personal que guardaba en la Cámara de las Arcas Reales.

—Sí. Pero antes tenemos que hablar.

Por el rabillo del ojo, Alí vio que el hombre fruncía el ceño. Sin embargo, antes de que pudiera responder, el imán de la mezquita se acercó al mihrab y dirigió una mirada cansada al grupo de hombres empapados.

—Juntaos un poco —aconsejó.

Alí se puso de pie al tiempo que la docena de adormilados fieles se colocaba en su sitio. Intentó concentrarse mientras el imán guiaba la oración, pero le resultó muy difícil. Rumores y acusaciones se arremolinaban en su mente, delitos de los que no se atrevía a acusar al hombre cuyo hombro rozaba en aquel momento.

Cuando terminó la oración, Alí y su compañero permanecieron sentados, esperando en silencio conforme el resto de los fieles se marchaba. El imán fue el último. Se puso en pie mientras murmuraba en voz baja. Dirigió una mirada hacia los dos hombres que aún permanecían sentados y se quedó inmóvil.

Alí bajó la mirada e inclinó la cabeza para que el turbante le ensombreciera el rostro, pero la atención del imán estaba centrada en su compañero.

—Jeque Anas... —dijo con un jadeo—. Que la paz sea contigo.

—Que contigo sea la paz —respondió Anas con calma. Se llevó una mano al pecho y señaló a Alí con un gesto de la cabeza—. ¿Te importaría dejarnos un momento a solas?

—Por supuesto —se apresuró a decir el imán—. Tómate todo el tiempo que necesites; me aseguraré de que nadie os moleste.

Se marchó a toda prisa y cerró la puerta interior.

Alí esperó un momento antes de hablar. Estaban solos; el único sonido era el repiqueteo de la lluvia en el patio.

—Tu reputación aumenta —observó, un poco desconcertado ante la deferencia del imán.

Anas se encogió de hombros y se apoyó en las palmas de las manos.

—O quizás haya ido a alertar a la Guardia Real.

Alí se sobresaltó, pero el jeque sonrió. Aunque Anas Bhatt tenía cincuenta años, una edad en la que los djinn puros de sangre aún se consideraban jóvenes adultos, era shafit, por lo que las canas teñían su negra barba y las arrugas le enmarcaban los ojos. Aunque por sus venas debían de correr una o dos gotas de sangre djinn, pues de lo contrario sus antepasados no habrían tenido acceso a

Daevabad, Anas podría haber pasado por humano. Además, carecía de cualquier tipo de habilidad mágica. Llevaba una kurta blanca y un gorrete bordado, y se cubría los hombros con un grueso chal de cachemir.

—Era broma, mi príncipe —añadió al ver que Alí no le devolvía la sonrisa—. ¿Qué te pasa, hermano? Parece que has visto un ifrit.

Preferiría ver un ifrit que a mi padre. Alí escudriñó la sombría mezquita, casi esperando ver espías escondidos entre las sombras.

—Jeque, he vuelto a escuchar... ciertos comentarios acerca del Tanzeem.

Anas suspiró.

—¿De qué nos acusa el palacio ahora?

—De haber intentado pasar de contrabando un cañón sin el control de la Guardia Real.

—¿Un cañón? —Anas le dirigió una mirada escéptica—. ¿Y para qué quiero yo un cañón, hermano? Soy shafit. Conozco la ley. Podría ir a la cárcel solo por tener en propiedad un cuchillo de cocina demasiado grande. Y el Tanzeem es una organización caritativa; tratamos con libros y alimentos, no con armas. Además —añadió con voz burlona—, ¿cómo ibais a saber los puros de sangre qué aspecto tiene un cañón? ¿Cuándo fue la última vez que alguien de la Ciudadela visitó el mundo de los humanos?

Tenía razón, pero Alí no se rindió:

—Desde hace meses hay informes que aseguran que el Tanzeem está tratando de comprar armas. La gente dice que vuestros mítines cada vez son más violentos, que incluso algunos de vuestros partidarios albergan la idea de matar a los daeva.

—¿Quién difunde esas mentiras? —preguntó Anas—. ¿Ese daeva infiel a quien tu padre llama gran visir?

—No es solo Kaveh —repuso Alí—. Hace una semana arrestamos a un shafit por apuñalar a dos puros de sangre en el Gran Bazar.

—¿Y yo soy el responsable? —Anas levantó las manos—. ¿Me van a acusar por las acciones de todos los shafit de Daevabad? Alizayd, sabes perfectamente lo desesperada que es nuestra situación aquí. ¡Tu gente debería alegrarse de que la mayoría de los míos no hayan recurrido aún a la violencia!

Alí retrocedió.

—¿Estás justificándolos?

—Por supuesto que no —replicó Anas, molesto—. Eso es absurdo. Pero cuando secuestran a nuestras jóvenes en plena calle para convertirlas en esclavas sexuales, cuando dejan ciegos a nuestros hombres por mirar como no deben a los puros de sangre... ¿no es lógico esperar que algunos se defiendan?

Miró fijamente a Alí y añadió:

—La culpa de que las cosas hayan llegado a este punto es de tu padre; si los shafit recibieran la misma protección que los demás, no nos veríamos obligados a tomarnos la justicia por nuestra cuenta.

Por más justificada que estuviera la airada perorata de Anas, había sido un golpe bajo que no contribuyó mucho a calmar las preocupaciones de Alí.

—Siempre he sido claro contigo, jeque. Dinero para libros, comida, medicinas, cualquier cosa así..., pero si tu gente se levanta en armas contra los ciudadanos de mi padre, no puedo involucrarme. De ninguna manera.

Anas enarcó una negra ceja.

—¿Qué quieres decir?

—Quiero comprobar en qué gastas mi dinero. Estoy seguro de que llevas algún tipo de registro.

—¿Registro? —El jeque compuso una expresión de incredulidad... a la que no tardó en reemplazar la ofensa—. ¿No es suficiente con mi palabra? Dirijo una escuela, un orfanato, un hospital... Tengo viudas que alojar y estudiantes a los que enseñar. Aparte de mis numerosas responsabilidades, ahora quieres que pierda el tiempo en... ¿qué, exactamente? ¿En una auditoría para mi joven mecenas, a quien de pronto le han entrado ínfulas de contable?

Aunque le ardían las mejillas, Alí no se amedrentó.

—Sí. —Sacó la bolsa de debajo de la túnica. Las monedas y joyas que había en su interior tintinearon al caer al suelo—. Porque, si no, este será el último pago.

Dicho lo cual, se puso en pie.

—Alizayd —le llamó Anas. Se levantó ágilmente y se interpuso entre Alí y la puerta—. Hermano. Te estás precipitando.

No, me precipité al decidí financiar a un predicador callejero shafit sin haber comprobado antes su historial, quiso decir Alí, pero se contuvo y evitó los ojos de su interlocutor.

—Lo siento, jeque.

Anas lo agarró de la mano.

—Espera, por favor. —El pánico teñía su habitualmente tranquila voz—. ¿Y si pudiera mostrártelo?

—¿Mostrármelo? .

Anas asintió.

—Sí —dijo con voz firme, como si hubiera tomado una decisión—. ¿Puedes escapar de la Ciudadela otra vez esta noche?

—Su-supongo que sí. —Alí frunció el ceño—. Pero no entiendo qué tiene eso que ver con...

El jeque interrumpió:

—Entonces reúnete conmigo en la Puerta Daeva esta noche, después de la isha. —Lo miró de arriba abajo—. Vístete como un noble de la tribu de tu madre, con la ropa más elegante que tengas. Pasarás inadvertido.

Alí se estremeció ante el comentario.

—Eso no...

—Esta noche descubrirás qué hace mi organización con tu dinero.

Alí siguió las instrucciones del jeque al pie de la letra y salió sigilosamente de la Ciudadela después de la isha, la oración de la noche. Llevaba un bulto bajo el brazo. Después de haber tomado una ruta tortuosa a través del Gran Bazar, se metió en un callejón oscuro y sin ventanas. Desenrolló el fajo y se puso la elegante túnica de color verde azulado favorita de los ayaanle, la tribu de su madre, por encima del uniforme.

A continuación se colocó un turbante del mismo color, enrollándolo holgadamente alrededor del cuello, a la manera de los ayaanle, y después un ostentoso collar de oro con corales y perlas engarzadas. Pese a que odiaba las joyas, pues las consideraba un inútil derroche de recursos, sabía que ningún noble ayaanle que se preciara se atrevería a salir de casa sin adornos. Aunque su caja fuerte estaba repleta de joyas procedentes de la rica tierra natal de su madre, Ta Ntry, el collar que acababa de ponerse lo tenía más a mano. Era una reliquia familiar que su hermana Zaynab había insistido en que luciera para una boda ayaanle a la que había tenido que asistir hacía unos meses.

Por último, sacó de un bolsillo un frasquito de cristal que contenía una poción con la consistencia de la crema batida. El hechizo cosmético haría que sus ojos tuvieran el brillante tono dorado de los hombres ayaanle durante unas cuantas horas. Alí dudó; no quería cambiar el color de sus ojos, ni siquiera por un rato.

No había mucha gente en Daevabad como Alí y su hermana, nobles djinn puros de sangre hijos de distintas tribus. La mayoría de los djinn, a quienes el rey-profeta humano Salomón había dividido en seis tribus, prefería la compañía de sus parientes. De hecho, se suponía que Salomón los había dividido con el propósito expreso de causar tantas disensiones entre ellos como fuera posible. Cuanto más tiempo pasaran los djinn enfrentados entre sí, menos tiempo tendrían para acosar a los humanos.

No obstante, el matrimonio de los padres de Alí había sido acordado, una unión política destinada a fortalecer la alianza entre las tribus de los geziri y de los ayaanle. Era una alianza extraña, a menudo tensa. Los ayaanle eran un pueblo rico que apreciaba la erudición y el comercio y que rara vez salía de los palacios de coral y de los sofisticados salones de Ta Ntry, su tierra natal en la costa oriental de África. En contraste, Am Gezira, cuyo centro neurálgico se encontraba en los desiertos más desolados del sur de Arabia, era lo más parecido a un páramo, con poetas errantes y guerreros analfabetos que recorrían las inhóspitas arenas.

Y, sin embargo, Am Gezira se había ganado por completo el corazón de Alí. Siempre había preferido a los geziri, una lealtad que su apariencia física insistía en contradecir. Alí se parecía tanto al pueblo de su madre que, de no ser porque su padre era el rey, habría provocado habladurías. De figura larguirucha y piel oscura, tanto su boca severa como sus mejillas afiladas eran una réplica casi exacta de las de su madre. Lo único que había heredado de su padre eran unos ojos oscuros como el acero. Y aquella noche tendría que renunciar incluso a eso.

Alí abrió el frasco y se echó unas gotas en cada ojo. Contuvo una maldición. Por Dios, cómo escocían. Aunque le habían advertido, el dolor le sorprendió.

Avanzó con la vista nublada hasta el midán, la plaza central en el corazón de Daevabad. A aquellas horas de la noche estaba vacía y la descuidada fuente que había en el centro proyectaba inquietantes sombras en el suelo. El midán estaba rodeado por un muro de bronce, que el paso del tiempo había teñido de verde, con siete puertas equidistantes. Cada puerta conducía a uno de los seis distritos tribales, mientras que la séptima desembocaba en el Gran Bazar y sus abarrotados barrios shafit.

Las puertas del midán eran siempre un espectáculo para la vista. Allí estaba la Puerta Sahrayn, con sus pilares de azulejos blancos y negros envueltos en vides cargadas de frutos morados. A su lado estaba la de los ayaanle, dos estrechas pirámides adornadas con tachones y coronadas por un pergamino y una tabla de sal. La siguiente era la puerta de los geziri, un sencillo arco de piedra perfectamente tallado, pues el pueblo de su padre siempre prefería la función a la forma. Resultaba aún más simple al lado de la ricamente decorada Puerta Agnivanshi, con aquella arenisca rosada que daba forma a docenas de figuras danzantes cuyas delicadas manos sostenían parpadeantes lámparas de aceite tan pequeñas como estrellas. Al lado de esta se abría la Puerta Tukharistaní, una hoja de jade pulido, tallado en un imposible e intrincado patrón que reflejaba el cielo nocturno.

Pero, por muy impresionantes que fueran aquellas puertas, había una que las superaba a todas: la última puerta, la que recibía los primeros rayos de sol cada mañana, la puerta que llevaba el nombre de los primeros habitantes de Daevabad.

La Puerta Daeva.

Era la entrada al barrio de los daeva. En un alarde de arrogancia, los adoradores del fuego habían adoptado el nombre original de su raza para denominar a su propia tribu. Se encontraba justo frente al Gran Bazar. Sus enormes hojas de paneles estaban pintadas de un azul cielo que podría haber rivalizado con el del reluciente firmamento, e incrustadas con discos de arenisca blanca y dorada dispuestos en forma triangular. Las hojas estaban flanqueadas por dos enormes shedu de bronce; aquellas dos estatuas eran lo único que quedaba de los míticos leones alados que, según contaba la leyenda, los antiguos Nahid habían montado en la guerra contra los ifrit.

Alí se dirigió hacia la entrada, pero cuando aún se encontraba a mitad de camino, dos figuras emergieron de entre las sombras que proyectaba la puerta. Alí se detuvo. Uno de los hombres levantó las manos. La luz de la luna lo iluminó: era Anas.

El jeque sonrió.

—Que la paz sea contigo, hermano. —Llevaba puesta una túnica casera del color del agua sucia y tenía la cabeza inusualmente descubierta.

—Que contigo sea la paz.

Alí miró al segundo hombre. A juzgar por sus orejas redondeadas, era un shafit, aunque el intenso cabello rojinegro y los ojos cobrizos típicos de la tribu norteafricana sugerían un origen sahrayn. Vestía una galabiya a rayas con la capucha de borlas medio enfundada.

El hombre abrió los ojos de par en par al ver a Alí.

—¿Este es tu nuevo recluta? —se rio—. ¿Necesitamos tan desesperadamente nuevos combatientes que aceptamos a cocodrilos recién salidos del caparazón?

Indignado ante el insulto contra su sangre ayaanle, Alí abrió la boca para protestar, pero Anas se lo impidió.

—Contén esa lengua, hermano Hanno —advirtió al hombre—. Aquí todos somos djinn.

A Hanno no pareció molestarle la reprimenda.

—¿Tiene nombre?

— Lo tiene, pero no es asunto tuyo —dijo Anas con firmeza y señaló a Hanno con la cabeza—. Ha venido solo para observar, así que adelante. Sé que te gusta presumir.

El otro hombre se rio.

—Está bien.

Dio una palmada y un remolino de humo envolvió su cuerpo. Cuando se disipó, la sucia galabiya había desaparecido. En su lugar había un chal iridiscente, un turbante color mostaza decorado con plumas de faisán y un dhoti verde brillante, la tela que los hombres agnivanshi solían llevar alrededor de la cintura. Mientras Alí lo observaba, las orejas del hombre se alargaron y su piel adoptó un luminoso tono moreno. Unas trenzas negras brotaron de debajo del turbante y se extendieron hasta rozar la empuñadura del talwar indostaní que ahora llevaba enfundado en la cintura. Parpadeó con unos ojos cobrizos que adoptaron el color del estaño típico de los agnivanshi de sangre pura. Un brazalete de acero apareció en su muñeca.

Alí se había quedado boquiabierto.

—¿Eres un cambiaformas? —dijo con un grito ahogado, incapaz de creerse lo que tenía delante. La habilidad para cambiar de forma era un arte extremadamente inusual que solo poseían unas cuantas familias de cada tribu. Aún menos eran los que lograban dominarla. Los cambiaformas con talento valían su peso en oro—. Por el Altísimo..., no creía que los shafit fueran capaces de practicar una magia tan avanzada.

Hanno resopló.

—Los puros de sangre siempre nos subestimáis.

—Pero... —Alí seguía atónito— si puedes aparentar ser puro de sangre, ¿por qué vives como un shafit?

La sonrisa desapareció del nuevo rostro de Hanno.

—Porque *soy* shafit. El hecho de que domine la magia mejor que los puros de sangre, que el jeque pueda superar intelectualmente a los eruditos de la Biblioteca Real..., todo eso es prueba de que no somos tan diferentes a vosotros. —Le clavó la mirada a Alí—. No es algo que quiera ocultar.

Alí se sintió como un necio.

—Lo siento. No pretendía...

—No pasa nada —interrumpió Anas, y lo agarró del brazo—. Vamos.

Alí se detuvo al darse cuenta de a dónde lo llevaba el jeque.

—Un momento..., no pretenderás entrar en el barrio de los daeva, ¿verdad? —Había supuesto que la puerta solo debía de ser el lugar de encuentro.

—¿Tienes miedo de unos cuantos adoradores del fuego? —se burló Hanno, y le dio unos golpecitos a la empuñadura de su talwar—. No te preocupes, muchacho. No permitiré que te engulla ningún fantasma.

—No tengo miedo de los daeva —espetó Alí. Ya estaba harto de aquel hombre—. Pero conozco la ley. No permiten la entrada en su barrio a los extranjeros después de la puesta del sol.

—Bueno, entonces supongo que tendremos que ser discretos.

Pasaron por debajo de las amenazadoras estatuas de los shedu y se adentraron en el barrio daeva. Alí pudo echar un breve vistazo al bulevar principal, el cual a aquella hora de la noche estaba lleno de compradores que exploraban el mercado y hombres que jugaban al ajedrez ante interminables tazas de té. Anas tironeó de él hacia la parte trasera del edificio más próximo.

Ante ellos se extendía un callejón oscuro circundado por cajas llenas de basura a la espera de que alguien se las llevara de allí. El callejón serpenteaba hasta perderse en la lúgubre distancia.

—Mantente agachado y en silencio —le advirtió Anas. Rápidamente quedó claro que los dos hombres del Tanzeem ya habían hecho aquello antes. Recorrieron el laberinto de callejones con seguridad, escabulléndose entre las sombras cada vez que se abría una puerta.

Cuando por fin dejaron atrás los callejones, salieron a un barrio que guardaba poco parecido con el reluciente bulevar central. Los antiguos edificios parecían tallados directamente en las rocosas colinas de Daevabad. Las destartaladas cabañas de madera se apiñaban en cada espacio disponible. Al final de la calle se alzaba un complejo de ladrillos achaparrado tras cuyas cortinas hechas jirones parpadeaba la luz de una hoguera.

A medida que se acercaban, Alí oyó risas de borrachos y los acordes de algún tipo de instrumento de cuerda que salían por la puerta abierta. La atmósfera en el interior era brumosa; el humo flotaba alrededor de los hombres que descansaban sobre cojines manchados y que se pasaban pipas de vapor y oscuras copas de vino. Todos los clientes eran daeva, y muchos de ellos lucían tatuajes negros de su casta y símbolos de sus familias en sus brazos castaño-dorados.

Un hombre corpulento con un chaleco manchado y una cicatriz en una mejilla custodiaba la entrada. Se puso en pie en cuanto se acercaron y bloqueó la puerta con una enorme hacha.

—¿Os habéis perdido? —gruñó.

—Hemos venido a ver a Turán —dijo Hanno.

Los ojos negros del guardia se fijaron en Anas. Le dedicó una mirada de desdén.

—Tú y tu amigo cocodrilo podéis entrar, pero el sangre sucia se queda aquí.

Hanno se acercó al hombre con la mano apoyada en la empuñadura del talwar.

—Con lo que le pago a tu jefe, mi sirviente puede entrar conmigo. —Señaló el hacha con un gesto de la cabeza—. ¿Te importa?

Aunque el otro hombre no se mostró muy satisfecho, se apartó y Hanno entró en la taberna, seguido de Anas y Alí.

Aparte de unas cuantas miradas hostiles, la mayoría dirigidas a Anas, los clientes los ignoraron. Aunque parecía el tipo de lugar al que la gente acude para pasar desapercibida, Alí tuvo que hacer un esfuerzo para no mirar. Nunca había estado en una taberna, y mucho menos en una taberna frecuentada por adoradores del fuego. Eran pocos los daeva a los que se permitía servir en la Guardia Real, y Alí sospechaba que ninguno de ellos estaba interesado en trabar amistad con el miembro más joven de la familia Qahtani.

Alí se hizo a un lado cuando un borracho se cayó de una otomana con un resoplido vaporoso. El sonido de una risa femenina llamó su atención. Se giró y vio a un trío de mujeres daeva conversando en un rápido divasti sobre una mesa de espejos repleta de piezas de bronce de algún tipo de juego, copas y relucientes monedas. Aunque su conversación era incomprensible, pues Alí nunca se había molestado en aprender divasti, cada una de las mujeres era más deslumbrante que la anterior, y sus ojos negros no paraban de brillar mientras reían. Llevaban blusas bordadas que les quedaban cortas y se ajustaban a la altura de los pechos, y cadenas enjoyadas alrededor de sus esbeltas cinturas doradas.

Alí perdió de pronto la batalla que había estado librando consigo mismo para no clavarles la mirada. Nunca había visto a una mujer daeva adulta con tan poca ropa, y mucho menos con los encantos de aquellas tres. La tribu daeva era la más conservadora, por lo que las mujeres se cubrían con velo cuando salían de casa, e incluso algunas, especialmente las que pertenecían a las familias de alta alcurnia, se negaban a hablar con hombres extranjeros.

Pero no era el caso de aquellas tres. Al reparar en la presencia de Alí, una de las mujeres se enderezó y lo miró a los ojos con una sonrisa perversa.

—Cariño, ¿te gusta lo que ves? —le preguntó en un djinnistaní con un fuerte acento. Se lamió los labios, y el corazón de Alí se desbocó. Señaló con la cabeza el collar de joyas que llevaba al cuello—. Parece que puedes permitírtelo.

Anas se interpuso entre ellos.

—Baja la mirada, hermano —reprendió con suavidad.

Avergonzado, Alí le obedeció. Hanno se rio, pero Alí no levantó la vista hasta que fueron conducidos a una pequeña sala trasera. Estaba mejor adornada que la taberna: el suelo estaba cubierto de alfombras con formas intrincadas que parecían representar árboles frutales y bailarinas. Del techo colgaban arañas de cristal tallado.

Hanno empujó a Alí hacia uno de los cojines de felpa que había pegados a la pared.

—No llames la atención —le advirtió mientras tomaba asiento a su lado—. Me ha llevado mucho tiempo preparar esto.

Anas permaneció de pie, con la cabeza inclinada de una manera inusualmente servil.

Una gruesa cortina de fieltro en el centro de la habitación se descorrió de repente y, de pie a la entrada de un oscuro pasillo, apareció un hombre daeva enfundado en un abrigo carmesí.

Hanno sonrió.

—Saludos, sahib —vociferó con acento agnivanshi—. Debes de ser Turán. Que los fuegos ardan con fuerza en tu honor.

Turán no devolvió la sonrisa ni la bendición.

—Llegáis tarde.

Sorprendido, el cambiaformas enarcó las cejas.

—No sabía que el mercado de niños robados requiriese puntualidad.

Alí se sobresaltó, pero antes de que pudiera abrir la boca, Anas lo miró desde la otra punta de la habitación e hizo un ligero gesto con la cabeza, así que guardó silencio.

Turán se cruzó de brazos con aire irritado.

—Si te remuerde la conciencia puedo encontrar otro comprador.

—¿Y decepcionar a mi mujer? —Hanno negó con la cabeza—. En absoluto. Ya ha montado la guardería.

Los ojos de Turán se deslizaron hacia Alí.

—¿Quién es tu amigo?

—Mis amigos —corrigió Hanno, y le dio un golpecito con la mano a la espada que colgaba de su cinto—. ¿Esperas que me pasee sin protección por el barrio daeva con la fortuna que pides?

La fría mirada de Turán permaneció fija en el rostro de Alí. Se le aceleró el corazón. Una taberna daeva llena de borrachos de diversa calaña era de los peores lugares en los que ser reconocido como un príncipe Qahtani.

Anas habló por primera vez.

—Se está demorando, amo —advirtió—. Probablemente ya haya vendido al niño.

—Cierra la boca, shafit —espetó Turán—. Nadie te ha dado permiso para hablar.

—Basta —intervino Hanno—. Vamos, hombre, ¿tienes al chico o no? Tanto quejarte de mi tardanza y ahora pierdes el tiempo con miradas lascivas a mi acompañante.

Los ojos de Turán destellaron, pero acabó por internarse tras la cortina de fieltro.

Hanno puso los ojos en blanco.

—Y los daeva se preguntan por qué no le caen bien a nadie.

Desde el otro lado de la cortina se oyó una retahíla furiosa en divasti. Acto seguido, una niña sucia cargada con una gran bandeja de cobre apareció de un empujón en la estancia. Parecía tan humana como Anas. Tenía la piel de color mate, vestía una camisa de lino completamente inadecuada para combatir el frío de aquella noche y llevaba el pelo rapado con tanta rudeza que se veían cicatrices en el cuero cabelludo. Con la mirada baja y los pies descalzos, se acercó y les ofreció en silencio la bandeja sobre la que descansaban dos humeantes tazas de licor de albaricoque. No debía de tener más de diez años.

Alí reparó en los moratones que la niña tenía en la muñeca al mismo tiempo que Hanno, pero el cambiaformas fue el primero en enderezarse.

—Voy a matar a ese hombre —susurró.

La niña retrocedió y Anas corrió a su lado.

—Tranquila, pequeña, no pretendía asustarte... Hanno, guarda el arma —le advirtió cuando el cambiaformas desenfundó su talwar—. No seas necio.

Hanno gruñó, pero volvió a envainar la espada. Turán regresó y contempló la escena ante él. Después fijó su atención en Anas.

—No te acerques a mi sirviente.

La niña, encogida detrás de la bandeja, se retiró a un rincón oscuro.

Alí estaba furioso. Llevaba años oyendo hablar a Anas acerca de la difícil situación de los shafit, pero ser testigo de ello, oír cómo los daeva hablaban a Anas, ver los moratones en las muñecas de la aterrorizada niña... Tal vez Alí se había equivocado al interrogarlo.

Turán se acercó a ellos con un bebé en brazos. Estaba envuelto en un fardo y dormía profundamente. Hanno hizo ademán de sujetarlo al instante, pero Turán lo detuvo.

—Primero el dinero.

Hanno le hizo un gesto a Anas y el jeque se acercó con la bolsa que Alí le había dado antes. Dejó caer el contenido de la bolsa sobre la alfombra, un batiburrillo de monedas entre las que había dinares humanos, tabletas de jade tukharistaní, pepitas de sal y un pequeño rubí.

—Cuéntalo tú mismo —le dijo Hanno en tono seco—. Pero déjame ver al niño.

Turán le entregó el fardo y Alí tuvo que esforzarse por contener su sorpresa. Había esperado otro niño shafit, pero las orejas del bebé eran tan puntiagudas como las suyas, y su piel morena brillaba con la luminiscencia de los puros de sangre. Hanno le abrió brevemente uno de los párpados, tras los que había unos ojos color estaño. El bebé dejó escapar un vaporoso gemido de protesta.

—Pasará desapercibido —le aseguró Turán—. Confía en mí. Llevo en este negocio el tiempo suficiente para saberlo. Nadie sospechará nunca que es un shafit.

¿Shafit? Estupefacto, Alí volvió a mirar al niño. Turán tenía razón: no parecía para nada mestizo.

—¿Tuviste algún problema para separarlo de sus padres? —preguntó Hanno.

—El padre no fue ningún problema, era un agnivanshi puro de sangre que solo quería el dinero. La madre era una criada que huyó cuando él la dejó embarazada. Tardé un poco en localizarla.

—¿Y accedió a venderlo?

Turán se encogió de hombros.

—La madre es shafit. ¿Acaso importa?

—Importa si va a ocasionarme problemas más tarde.

—Amenazó con acudir al Tanzeem —se burló Turán—. Pero no debes preocuparte por esos radicales de sangre sucia. Además, los shafit se reproducen como conejos. Dentro de un año ya tendrá otro bebé que la distraiga.

Hanno esbozó una sonrisa, aunque en sus ojos no había hilaridad alguna.

—Quizá tenga otra oportunidad de negocio para ti. —Miró a Alí y giró al bebé dormido para que pudiera verlo mejor—. ¿Qué opinas tú? ¿Podría pasar por hijo mío?

Algo confuso por la pregunta, Alí frunció el ceño. Miró al bebé y después a Hanno, aunque, evidentemente, Hanno no tenía su aspecto habitual. Se había transformado. Había adoptado el aspecto de un agnivanshi, en concreto, y de repente Alí entendió cuál era el motivo.

—S... sí —logró decir mientras se tragaba el nudo que tenía en la garganta e intentaba disimular el horror que teñía su voz. Al fin y al cabo, era la verdad—. Sin problema.

Hanno no parecía tan complacido.

—Es posible. Pero es mayor de lo prometido; ciertamente no vale el ridículo precio que pides —se quejó—. ¿Cómo va a dar a luz mi mujer a un niño de meses?

—Si no te gusta, puedes irte. —Turán levantó las palmas de las manos—. Conseguiré otro comprador en una semana, mientras tú regresas a casa para encontrarte con esa esposa que te espera junto a una cuna vacía. Por mí puedes pasar otro medio siglo tratando de dejarla embarazada. A mí me da lo mismo.

Hanno pareció pensárselo mejor. Miró a la niña, que seguía agazapada en las sombras.

—Necesitamos una nueva sirvienta. Incluye a esa con el bebé y pagaré lo que pides.

Turán frunció el ceño.

—No voy a darte regalada a una esclava doméstica.

—Yo la compraré —intervino Alí.

Los ojos de Hanno destellaron, pero Alí no se amedrentó. Quería alejarse de una vez de aquel demonio daeva, llevarse aquellas almas inocentes lejos de ese lugar infernal donde sus vidas dependían únicamente de su apariencia. Buscó a tientas el cierre de su collar de oro, el cual cayó pesadamente sobre su regazo. Se lo lanzó a Turán y las perlas relucieron a la tenue luz de la estancia.

—¿Es suficiente?

Turán no lo tocó. No había codicia ni expectación en sus ojos negros. Se limitó a mirar el collar y luego a Alí.

—¿Cómo has dicho que te llamabas? —dijo con un carraspeo.

Alí sospechó que acababa de cometer un terrible error.

Pero antes de que pudiera balbucear una respuesta, la puerta que conducía a la taberna se abrió de golpe y uno de los coperos entró a toda prisa. Se inclinó para susurrarle algo al oído a Turán. El esclavista frunció el ceño.

—¿Algún problema? —preguntó Hanno.

—Un hombre cuyo deseo de beber supera su capacidad financiera. Si me disculpáis un momento…

Turán se puso en pie con sus labios apretados en una línea irritada. Se dirigió a la taberna, con el copero pisándole los talones. Cerraron la puerta a sus espaldas.

Hanno se giró hacia Alí.

—Idiota. ¿No te dije que mantuvieras la boca cerrada? —Señaló el collar—. ¡Solo con eso podrías comprar una docena de niñas como esta!

—Lo siento —balbuceó Alí—. ¡Solo intentaba ayudar!

—Olvídate de eso por ahora. —Anas señaló al bebé—. ¿Tiene la marca?

Hanno lanzó a Alí otra mirada agraviada, pero inmediatamente después retiró uno de los brazos del bebé de su envoltura y colocó la muñeca en dirección a la luz. Sobre la tersa piel había una pequeña marca de nacimiento de color azul, como el trazo dejado por una pluma.

—Sí. La misma que la de la madre. Es él. —Señaló a la niña que seguía encogida en un rincón—. A esta no pienso dejarla aquí con semejante monstruo.

Anas miró al cambiaformas.

—Yo no he dicho que fuera a quedarse.

Alí estaba atónito ante lo que acababa de presenciar.

—El niño..., ¿es algo común?

Anas suspiró con el rostro sombrío.

—Bastante. Los shafit siempre han sido más fértiles que los puros de sangre, una bendición y una maldición que heredamos de nuestros antepasados humanos. —Señaló la pequeña fortuna que brillaba sobre la alfombra y añadió—: Es un negocio lucrativo con muchos siglos de antigüedad. Probablemente haya miles de personas en Daevabad como este niño, criados como puros de sangre sin tener ni idea de su verdadera herencia.

—Pero sus padres shafit... ¿no pueden elevar una súplica al... rey?

—¿Suplicar al rey? —repitió Hanno con la voz teñida de desprecio—. Por el Altísimo, ¿es la primera vez que sales de la mansión de tu familia, muchacho? Los shafit no pueden hacer peticiones al rey. Acuden a nosotros. Somos los únicos que podemos ayudarles.

Alí bajó la mirada.

—No lo sabía.

—Entonces espero que reflexiones sobre ello esta noche, por si decides volver a hacerme cualquier pregunta sobre el Tanzeem —lo interrumpió Anas con el tono de voz más frío que Alí le había oído nunca—. Hacemos lo que podemos para proteger a nuestro pueblo.

De repente, Hanno frunció el ceño. Se quedó mirando el dinero en el suelo y cambió de posición al bebé acurrucado entre sus brazos.

—Algo no va bien. —Se puso en pie—. Turán no nos dejaría aquí con el dinero y el niño.

Se acercó a la puerta que daba a la taberna y dio un salto hacia atrás con un aullido. El olor a carne chamuscada inundó el aire.

—¡El muy bastardo nos ha dejado aquí encerrados con un hechizo!

El grito de Hanno despertó al bebé, que empezó a llorar. Alí se puso en pie de un salto. Se unió a ellos junto a la puerta, esperando que Hanno estuviera equivocado.

Rozó la superficie de madera con la punta de los dedos. Hanno tenía razón: la puerta hervía de magia. Afortunadamente, Alí había recibido entrenamiento en la Ciudadela. Los cadetes más jóvenes aprendían a romper los hechizos que usaban los daeva, conocidos por ser unos alborotadores, para proteger sus hogares y negocios. Alí cerró los ojos y murmuró el primer encantamiento que se le ocurrió. La puerta se abrió de golpe.

La taberna estaba vacía.

La habían abandonado a toda prisa. Las copas seguían llenas, el humo se enroscaba alrededor de las pipas olvidadas y las piezas de juego dispersas brillaban sobre la mesa donde las mujeres daeva habían estado jugando. Aun así, Turán había tenido la precaución de apagar las lámparas. La taberna estaba a oscuras. La única luz era la de la luna que se filtraba a través de las raídas cortinas.

Detrás de él, Hanno soltó una maldición y Anas susurró una plegaria de protección. Alí echó mano del zulfiqar, la cimitarra de cobre que siempre llevaba consigo oculta entre sus ropajes, y se detuvo. La famosa arma geziri en manos de un joven con aspecto de ayaanle lo delataría de inmediato. En lugar de eso, se arrastró por el suelo de la taberna. Asegurándose de permanecer oculto, se asomó por entre las cortinas.

Y vio a la Guardia Real.

Alí contuvo el aliento. Una docena de soldados, en su mayoría conocidos de Alí, estaban en formación frente a la taberna. Los cobrizos zulfiqares y las lanzas relucían a la luz de la luna. Y se acercaban más hombres; Alí captó movimiento procedente del midán.

Retrocedió. El miedo más intenso que había sentido jamás lo atrapó como una liana alrededor del pecho. Volvió con los demás.

—Tenemos que irnos de aquí. —Le sorprendió la calma con la que hablaba; ciertamente no armonizaba con el pánico que crecía dentro de él—. Hay soldados fuera.

Anas palideció.

—¿Podemos llegar al refugio? —le preguntó a Hanno.

El cambiaformas arrulló al desconsolado bebé.

—Lo intentaremos…, pero no será fácil si tenemos que cargar con el bebé.

Alí pensó rápido mientras echaba un vistazo a la estancia. Vio la bandeja de cobre que había abandonado la niña shafit, que ahora le agarraba la mano a Anas. Cruzó la habitación y recogió del suelo una de las tazas de licor de albaricoque.

—¿Servirá esto?

Anas puso cara de asombro.

—¿Te has vuelto loco?

Hanno asintió.

—Es posible. —Sostuvo al bebé y Alí le echó a la criatura un poco de té en la boca. Luego añadió en tono de reproche—: Lo que has hecho con la puerta… Eres de la Guardia Real, ¿verdad? Uno de esos niños que encierran en la Ciudadela hasta su primer cuarto de siglo.

Alí vaciló. *Soy más que eso.*

—Ahora estoy aquí contigo, ¿no?

—Supongo que sí. —Hanno envolvió al niño con una pericia que solo podía ser fruto de la práctica. Cuando el bebé finalmente se calmó, Hanno desenvainó el talwar, una hoja de acero brillante tan larga como el brazo de Alí, y señaló con el mentón a la cortina roja—. Tendremos que encontrar una salida por la parte de atrás. Entenderás que insista en que vayas tú primero.

Alí asintió, con la boca seca. ¿Qué otra opción le quedaba? Apartó la cortina y se adentró en el oscuro corredor.

Al otro lado había un laberinto de almacenes. Los barriles de vino estaban apilados hasta el techo. Imponentes cajas de cebollas peludas y fruta madura lo perfumaban todo. Había mesas rotas, paredes a medio construir y muebles cubiertos con lonas esparcidos por todas partes. Alí no vio ninguna puerta, solo rincones en los que esconderse.

El lugar perfecto para una emboscada. Parpadeó y se dio cuenta de que ya no le ardían los ojos. Los efectos de la poción debían de haberse esfumado. Daba igual. Había crecido con los hombres que esperaban fuera, por lo que lo reconocerían de todos modos.

Alguien le dio un tironcito de la túnica. La niña levantó una mano temblorosa y señaló una puerta negra al final del pasillo.

—Esa da al callejón —murmuró, con los ojos oscuros abiertos como platos.

Alí le sonrió.

—Gracias —dijo en un susurro.

Recorrieron el pasillo hasta el último almacén. Al fondo divisó una franja de luz cerca del suelo: una puerta. Por desgracia, eso era lo único que podía ver. El almacén estaba más negro que la brea y, a juzgar por la distancia hasta la puerta, debía de ser enorme. Alí se deslizó en su interior; el corazón le latía tan fuerte que resonaba en sus oídos.

Y entonces oyó algo más.

Hubo una muda exhalación, y a continuación algo pasó silbando muy cerca de su rostro, algo que le rozó la nariz y que olía a hierro. La niña gritó y Alí se dio la vuelta, pero no pudo ver nada en la estancia entenebrecida. Sus ojos aún no se habían adaptado a la oscuridad.

—¡Suéltala! —gritó Anas.

Al diablo con la discreción. Alí desenvainó el zulfiqar. La empuñadura se calentó en sus manos. *Enciéndete*, le ordenó.

La hoja estalló en llamas.

El fuego lamió la cimitarra de cobre hasta la punta bifurcada. Las llamas iluminaron el almacén con un feroz resplandor. Alí vio a dos daeva: Turán y el guardia de la taberna, que empuñaba aquella enorme hacha. Turán intentaba arrancar a la desconsolada niña de los brazos de Anas, pero se volvió al ver el ardiente zulfiqar. El miedo tiñó aquellos ojos oscuros.

El guardia, sin embargo, no pareció tan impresionado. Se abalanzó sobre Alí.

Él levantó el zulfiqar justo a tiempo y saltaron chispas cuando bloqueó el hacha. El arma debía de estar hecha de hierro, uno de los pocos metales capaces de debilitar la magia. Alí empujó al hombre con todas sus fuerzas y lo alejó unos pasos.

Pero el daeva volvió a atacar. Alí esquivó el siguiente golpe. Aquella situación era irreal. Se había pasado la mitad de su vida practicando con la espada; el movimiento de la hoja, de sus pies, todo le resultaba familiar. Demasiado familiar. Le costaba imaginar que su oponente quisiera matarlo de verdad, que un paso en falso no se tradujera en bromas por parte de sus compañeros mientras tomaban café, sino en una muerte sangrienta en el sucio suelo de una habitación oscura en la que Alí no pintaba nada.

Esquivó otro tajo. Todavía no había atacado a su contrincante. ¿Cómo iba a hacerlo? A pesar de haber recibido el mejor entrenamiento militar a su disposición, nunca había matado a nadie; ni siquiera había herido intencionadamente a otra persona. Aún era menor de edad y le quedaban muchos años para poder entrar en combate. ¡Y además era hijo del rey! No podía matar a uno de los ciudadanos de su padre..., a un daeva, para ser más exacto. Podía provocar una guerra.

El guardia volvió a levantar el arma. Y entonces palideció. El hacha se quedó congelada en el aire.

—Por el ojo de Salomón —jadeó—. Eres... eres Alí...

Una hoja de acero le atravesó la garganta.

—... al Qahtani —terminó Hanno. Hizo girar la hoja y le arrebató al hombre sus últimas palabras, además de la vida. Hizo palanca con un pie para liberar el talwar y el hombre se desplomó en el suelo—. El puto Alizayd al Qahtani.

Acto seguido, miró a Anas con expresión indignada y dijo:

—Jeque... ¿cómo has podido?

Turán seguía allí. Miró a Alí y después a los dos miembros del Tanzeem. Cuando entendió lo que ocurría, el horror preñó su rostro. Se abalanzó hacia la puerta y huyó por el pasillo.

Alí seguía inmóvil y en silencio. No podía apartar la mirada del cuerpo del guardia daeva.

—Hanno... —dijo Anas con voz temblorosa—. El príncipe..., nadie puede saber de su presencia aquí.

El cambiaformas dejó escapar un suspiro agraviado. Le entregó el bebé a Anas y recogió el hacha del suelo antes de seguir a Turán.

Alí comprendió demasiado tarde lo que estaba a punto de ocurrir.

—Espera. No hace falta que...

Se oyó un grito procedente del pasillo y después un crujido. Y luego otro. Y otro más. Alí se balanceó suavemente mientras las náuseas amenazaban con abrumarlo. *Esto no está pasando.*

—Alizayd. —Anas estaba delante de él—. Hermano, mírame.

Alí trató de concentrarse en la cara del jeque, que prosiguió:

—Se dedicaba a vender niños. Te habría delatado. Tenía que morir.

Llegó hasta ellos el inconfundible sonido de la puerta de la taberna al abrirse.

—¡Anas Bhatt! ¡Sabemos que estás aquí! —gritó una voz familiar.

Wajed, pensó Alí. *Oh, Dios mío, no...*

Hanno entró en la estancia como una exhalación. Tomó al bebé en brazos y abrió la puerta de una patada.

—¡Vamos!

Solo pensar que Wajed, su amado caíd, el astuto general que prácticamente lo había criado, podía encontrarlo al lado de los cuerpos sin vida de dos puros de sangre, lo devolvió a la realidad. Alí corrió tras Hanno, con Anas pisándole los talones.

Salieron a otro callejón lleno de basura y no dejaron de correr hasta llegar al muro que separaba los barrios tukharistaní y daeva. Su única escapatoria era una estrecha abertura que desembocaba de nuevo en la calle.

Hanno se asomó por la abertura y retrocedió bruscamente.

—Tienen arqueros daeva.

—¿Qué? —Alí se unió a él, ignorando el punzante codo que se clavaba en su costado. Al final de la calle distinguió la taberna, iluminada por las relucientes llamas de los zulfiqares en manos de los soldados que entraban por la puerta. Media docena de arqueros daeva esperaban montados en elefantes, con arcos de plata que brillaban a la luz de las estrellas.

—Disponemos de un refugio en el barrio tukharistaní —explicó Hanno—. Hay un punto por el que podemos trepar por el muro, pero antes tenemos que cruzar la calle.

A Alí se le encogió el corazón.

—No lo lograremos.

Puede que la atención de los soldados estuviera centrada en la taberna, pero era imposible que nadie reparara en tres hombres, una niña y un bebé que cruzasen la calle. Los adoradores del fuego eran unos arqueros excelentes; los daeva eran tan fieles a sus arcos como los geziri lo eran a sus zulfiqares. Además, la calle era muy ancha.

Alí se volvió hacia Anas.

—Tenemos que encontrar otro camino.

Anas asintió. Miró al bebé en brazos de Hanno y después a la niña, que seguía agarrada a su mano.

—Está bien —dijo en voz baja. Se arrodilló frente a la niña, liberó suavemente la mano y señaló a Alí—. Querida, necesito que vayas con este hermano mayor. Te llevará a un lugar seguro.

Alí se quedó mirando estupefacto a Anas.

—¿Cómo? Un momento…, no pretenderás que…

—Es a mí a quien persiguen. —Anas se levantó y se encogió de hombros, aunque su voz sonó tensa cuando volvió a hablar—. No voy a poner en peligro la vida de los niños para salvarme. Sabía que este día iba a llegar…, intentaré distraerlos… para daros tanto tiempo como sea posible.

—De ninguna manera —declaró Hanno—. El Tanzeem te necesita. Iré yo. De todos modos, tengo más posibilidades de eliminar a unos cuantos puros de sangre por el camino.

Anas negó con la cabeza.

—Tú estás mejor capacitado que yo para llevar al príncipe y a los niños a un lugar seguro.

—No. —La palabra brotó de la garganta de Alí más como una plegaria que como una súplica. No podía perder al jeque de aquel modo—. Iré yo. Seguro que puedo negociar algún tipo de…

—No vas a negociar nada —le cortó Anas con voz severa—. Si le cuentas a tu padre lo que ha pasado esta noche, estás muerto, ¿lo entiendes? Los daeva se amotinarán en cuanto descubran que estás involucrado. Tu padre no se arriesgará a eso.

Apoyó una mano en el hombro de Alí y añadió:

—Eres demasiado valioso para perderte.

—Al diablo —replicó Hanno—. Vas a conseguir que te maten solo para que un mocoso Qahtani pueda…

Anas le interrumpió con un gesto brusco.

—Alizayd al Qahtani puede hacer más por los shafit que mil grupos como el Tanzeem. Y lo hará —añadió, mirando a Alí fijamente—. No desperdicies esta oportunidad. No me importa si tienes que bailar sobre mi tumba. Cuídate mucho, hermano. Vive para volver a luchar. —Empujó a la niña hacia él—. Sácalos de aquí, Hanno.

Sin decir nada más, dio media vuelta y se encaminó hacia la taberna.

La niña shafit levantó la cabeza, los ojos marrones abiertos de par en par por culpa del miedo. Alí parpadeó para contener las lágrimas. Anas había sellado su destino; lo menos que podía hacer era seguir esa última orden. Sujetó a la niña en brazos y ella se aferró a su cuello. Notaba cómo le latía con fuerza el corazón contra su pecho.

Hanno le lanzó una mirada que era puro veneno.

—Tú y yo, al Qahtani, vamos a tener una larga conversación cuando esto termine.

Le arrancó el turbante de la cabeza y lo lio a toda prisa para convertirlo en un cabestrillo para el bebé.

Al instante, Alí se sintió más desprotegido.

—¿Le pasa algo al tuyo?

—Correrás más rápido si te preocupa que puedan reconocerte. —Señaló con la cabeza al zulfiqar—. Y guarda eso.

Alí lo escondió bajo la túnica y se puso la niña a la espalda mientras esperaban. Desde la taberna les llegó un grito, seguido por otro mucho más brioso. *Que Dios te proteja, Anas.*

Los arqueros se volvieron hacia la taberna. Uno de ellos tensó el arco de plata y apuntó hacia la puerta.

—¡Vamos! —dijo Hanno antes de salir disparado, con Alí pisándole los talones. Alí no miró a los soldados; todo se redujo a correr por encima de los agrietados adoquines tan rápido como le permitían las piernas.

Uno de los arqueros gritó una advertencia.

Alí estaba a medio camino cuando la primera flecha le pasó silbando por encima de la cabeza. Al estallar en fragmentos ardientes, la niña gritó. La segunda flecha le atravesó la túnica, rozándole la pantorrilla. Alí siguió corriendo.

En cuanto alcanzó el otro lado de la calle, Alí se ocultó detrás de una balaustrada de piedra, pero su refugio era precario. Hanno se abalanzó sobre un intrincado enrejado de madera pegado al edificio. Estaba cubierto de rosas que formaban un arcoíris de colores, y se extendía tres pisos, hasta alcanzar el alto tejado.

—¡Trepa!

¿Que trepe? Alí contempló el fino enrejado con los ojos abiertos como platos. La estructura apenas parecía lo suficientemente resistente como para sostener el peso de las flores, mucho menos el de dos hombres adultos.

Una flecha empapada en brea ardiente se clavó cerca de sus pies. Alí dio un salto hacia atrás y el barrito de los elefantes llenó el aire.

Pues sí, tendrían que trepar.

La estructura de madera se sacudió violentamente mientras trepaba y la espinosa enredadera le destrozó las manos. Aferrada a su espalda, la niña le pegaba la cara contra el cuello con tanta fuerza que casi no le dejaba respirar. Tenía las mejillas empapadas de lágrimas. Otra flecha pasó silbando junto a sus cabezas y la niña chilló de dolor.

Alí no tenía forma de comprobar cómo se encontraba. Siguió trepando mientras trataba de mantenerse lo más pegado posible a la pared del edificio. *Por favor, Dios, por favor*, imploró. Estaba demasiado aterrorizado como para pensar en una plegaria más coherente.

Justo cuando estaba a punto de alcanzar el tejado, donde Hanno ya le esperaba, el enrejado comenzó a despegarse de la pared.

Durante un instante aterrador, Alí se precipitó hacia atrás. El marco de madera se deshizo entre sus manos y un grito se le formó en la garganta.

Hanno lo agarró por la muñeca.

El cambiaformas shafit tiró de él hasta el tejado y Alí se desplomó en el suelo.

—La ni... niña —jadeó—. Una flecha...

Hanno la sostuvo y examinó rápidamente la parte posterior de su cabeza.

—No es nada, pequeña. Te pondrás bien. —Miró a Alí y añadió—: Necesitará unos cuantos puntos, pero la herida no parece profunda. —Desabrochó el cabestrillo—. Cambiemos.

Alí tomó al bebé en brazos y lo metió en el cabestrillo.

Se oyó un grito procedente de la calle.

—¡Están en el tejado!

Hanno lo ayudó a levantarse.

—¡Vamos!

Salió pitando y Alí lo siguió. Corrieron por el tejado, saltaron el estrecho espacio que lo separaba del siguiente edificio y después volvieron a saltar el siguiente, pasando a toda velocidad por encima de hileras de ropa que se secaban a la luz de la luna y macetas con árboles frutales. Alí, con el corazón en la garganta, hizo todo lo posible por no mirar al suelo mientras saltaban.

Al llegar al último tejado, Hanno no se detuvo, sino que aceleró en dirección al borde. Y, entonces, para horror de Alí, se lanzó al vacío.

Alí soltó un jadeo y se detuvo justo en el borde. Sin embargo, el cambiaformas no estaba espachurrado en el suelo, sino que se había posado sobre el muro de cobre que separaba los barrios tribales. El muro debía de medir aproximadamente la mitad de la altura del edificio donde estaban y se encontraba a unos diez pasos de distancia. Era un salto imposible; Hanno lo había logrado por pura fortuna.

Alí miró incrédulo al cambiaformas.

—¿Estás loco?

Hanno reveló los dientes en una mueca que pasaba por sonrisa.

—Vamos, al Qahtani. Seguro que si un shafit puede hacerlo, tú también.

Alí soltó un bufido como respuesta. Se paseó por el borde del tejado. Todos sus instintos le gritaban que no saltara.

El sonido de los soldados que los perseguían aumentó. En cualquier momento llegarían al tejado. Alí dio unos cuantos pasos atrás mientras trataba de reunir el valor para saltar.

Esto es una locura, pensó mientras negaba con la cabeza.

—No puedo.

—No tienes elección. —El humor había desaparecido de la voz de Hanno—. Al Qahtani... *Alizayd* —insistió cuando Alí no respondió—. Escúchame. Ya has oído lo que ha dicho el jeque. ¿Crees que puedes echarte atrás ahora? ¿Pedirle clemencia a tu abba?

Hanno negó con la cabeza y añadió:

—Conozco a los geziri. Tu pueblo se toma muy en serio la lealtad. —Sus miradas se cruzaron; el miedo teñía los ojos oscuros del príncipe—. ¿Qué crees que hará tu padre cuando se entere de que alguien de su propia sangre lo ha traicionado?

Nunca tuve la intención de traicionarlo.

Alí respiró hondo.

Y saltó.

5

NAHRI

—No te duermas, ladronzuela. Pronto aterrizaremos.
Pese a que los párpados le pesaban como un saco de
dirhams, no estaba dormida. Lo único que evitaba
que cayese en picado hasta matarse era un trozo de tela; así era
imposible pegar ojo. Se dio la vuelta sobre la alfombra y el viento
gélido le acarició el rostro mientras volaban. El cielo del amanecer
estaba enrojecido por la proximidad del sol, y la oscuridad de la
noche daba paso a tonos rosas y celestes a medida que las estrellas
se apagaban. Contempló el firmamento. Hacía exactamente una semana había contemplado otro amanecer, en El Cairo, mientras esperaba al bajá, sin saber hasta qué punto iba a cambiar su vida.

El djinn…, no, el daeva, se corrigió a sí misma; Dara siempre se
enfurecía cuando lo llamaba djinn…, estaba sentado a su lado. El
calor vaporoso que desprendía su túnica le hacía cosquillas en la
nariz. Tenía los hombros caídos, y los ojos color esmeralda desprendían una luz tenue, estaban fijos en algún punto muy lejano.

Mi captor parece especialmente cansado esta mañana. Nahri no lo
culpaba; había sido la semana más extraña y exigente de su vida,
y aunque Dara cada vez parecía menos duro con ella, Nahri sabía
que los dos estaban completamente agotados. El altivo guerrero
daeva y la intrigante ladrona humana no eran la pareja más con-
vencional. A veces, Dara podía mostrarse especialmente parlan-
chín: le hacía cientos de preguntas acerca de su vida, desde su

color favorito hasta qué tipos de telas vendían en los bazares de El Cairo. Sin embargo, inmediatamente después y sin que nada lo hiciera presagiar, se volvía hosco y hostil, tal vez disgustado al darse cuenta de que estaba disfrutando de la conversación con una mestiza.

Por su parte, Nahri se veía obligada a refrenar su curiosidad; cuando le preguntaba algo sobre el mundo mágico, Dara se ponía de mal humor.

—Puedes molestar a los djinn de Daevabad con todas tus preguntas —le había dicho antes de seguir afilando sus armas.

Pero se equivocaba.

No podría hacerlo porque había decidido que no quería ir a Daevabad.

Una semana con Dara había sido suficiente para saber que no pensaba quedarse atrapada en una ciudad llena de otros djinn con el mismo temperamento que él. Estaría mejor sola. Seguro que encontraría el modo de evitar a los ifrit; era imposible que rastrearan todo el mundo humano, y de todos modos, Nahri no pensaba volver a participar en un zar.

Y así, ansiosa por escapar, había estado atenta ante la menor oportunidad. Sin embargo, no había ningún lugar al que huir en aquel vasto e ininterrumpido desierto monolítico por el que viajaban. De noche no se veía más que arena bajo la luz de la luna; y de día, sombríos oasis. No obstante, en aquel momento se sentó y miró hacia abajo, y la esperanza floreció en su pecho.

El sol había dejado atrás la línea del horizonte para iluminar un paisaje distinto. En lugar de desierto, las colinas de piedra caliza se fundían con un río ancho y oscuro que serpenteaba hacia el sudeste hasta donde alcanzaba la vista. En ambas orillas distinguió racimos de edificios blancos y el humo de fogatas. La árida llanura que sobrevolaban era rocosa, apenas la interrumpían matorrales dispersos y árboles esbeltos y cónicos.

Nahri inspeccionó el terreno, cada vez más alerta.

—¿Dónde estamos?

—En Hierápolis.

—¿Dónde?

Puede que hablaran la misma lengua, pero en cuestión de geografía estaban a siglos de distancia. Él lo conocía todo con otro nombre: ríos, ciudades, incluso las estrellas del cielo. Las palabras que usaba eran totalmente desconocidas para ella, y las historias que contaba para describir esos lugares eran aún más extrañas.

—Hierápolis. —La alfombra empezó a descender. Dara la dirigía con una mano—. Hacía demasiado tiempo que no regresaba. De joven, Hierápolis era el hogar de un pueblo muy... espiritual. Muy devoto con sus rituales. Aunque supongo que la devoción no resulta una carga cuando se adora a falos y peces y las oraciones son básicamente orgías. —Suspiró con expresión placentera—. Los humanos pueden ser deliciosamente ingeniosos.

—Creía que odiabas a los humanos.

—En absoluto. Los humanos en su mundo, y mi gente, en el nuestro. Así es como deben ser las cosas —dijo con firmeza—. Los problemas surgen cuando empezamos a mezclarnos.

Nahri puso los ojos en blanco. Sabía que Dara estaba convencido de que ella era el resultado de uno de esos cruces.

—¿Qué río es ese?

—El Ufratu.

Ufratu. Nahri dio vueltas a la palabra.

—Ufratu... el-Furat... ¿el Éufrates?

Se quedó atónita. Estaban mucho más al este de lo que había imaginado.

Dara malinterpretó su consternación.

—Sí. No te preocupes, es demasiado ancho para cruzarlo por aquí.

Nahri frunció el ceño.

—¿Qué quieres decir? Vamos a sobrevolarlo de todos modos, ¿no?

Nahri habría jurado que Dara se había ruborizado. Distinguió un atisbo de vergüenza en sus ojos brillantes.

—No... no me gusta volar sobre tanta agua —confesó al fin—. Sobre todo cuando estoy cansado. Descansaremos y luego volaremos más al norte para encontrar un lugar mejor. Podemos conseguir caballos al otro lado. Si Khayzur tenía razón y el hechizo que usé en la alfombra es fácil de rastrear, no quiero volar mucho más lejos en ella.

Nahri no prestó mucha atención a lo que decía sobre la alfombra. Su mente ya pensaba a toda velocidad mientras observaba el río oscuro bajo sus pies. *Esta es mi oportunidad*, comprendió. Puede que Dara se negara a hablar de sí mismo, pero Nahri lo había estado estudiando de todos modos, y su confesión acerca de sobrevolar el río confirmó sus sospechas.

Al daeva le aterrorizaba el agua.

Se había negado a meter siquiera el dedo del pie en las sombreadas pozas de los oasis que visitaban y parecía convencido de que ella iba a ahogarse en el estanque menos profundo. Había llegado a declarar que su placer por el agua era antinatural, una perversión shafit. No se atrevería a cruzar el poderoso Éufrates sin la alfombra; probablemente ni siquiera se acercaría a la orilla.

Solo necesito llegar al río.

Nahri estaba dispuesta a cruzarlo a nado si ese era el único camino a la libertad.

Se posaron en el suelo rocoso y Nahri se golpeó la rodilla contra algo duro. Soltó una maldición y se la frotó mientras se ponía de pie para echar un vistazo a su alrededor. Se quedó boquiabierta.

—¿Cuándo has dicho que estuviste aquí por última vez?

No habían aterrizado en el suelo rocoso, sino sobre un edificio de techo plano. Columnas de mármol rotas y peladas bordeaban las avenidas, la mayoría de las cuales carecía de secciones enteras de adoquines. Los edificios estaban destruidos, aunque la altura de algunos muros amarillentos dejaba adivinar restos de una gloria ya pasada. Había grandes arcos que no conducían a ninguna parte; arbustos y maleza ennegrecida crecían entre la piedra y trepaban por las columnas. Delante de donde habían aterrizado, un enorme pilar de piedra de color azul cielo yacía destrozado en el suelo. En uno de los costados había tallada la silueta mugrienta de una mujer con velo y cola de pez.

Nahri se apartó de la alfombra y espantó a un zorro color serrín. El animal desapareció tras un muro derruido. Nahri miró a Dara, quien parecía igualmente atónito, los ojos verdes muy abiertos por la sorpresa. Se dio cuenta de que lo estaba mirando y forzó una tímida sonrisa.

—Bueno, sí que ha pasado algún tiempo…

—¿Algún tiempo?

Nahri señaló los restos abandonados que los rodeaban. Al otro· lado del agrietado camino había una fuente de grandes dimensiones llena de agua negra y turbia; una sucia espuma manchaba el mármol desde el punto en el que había empezado a evaporarse. Tenían que pasar muchos siglos para que un lugar acabara así. Había ruinas similares en Egipto; se decía que pertenecían a una antigua raza de adoradores del sol que habían vivido y muerto antes de que se escribieran los libros sagrados. Nahri se estremeció y preguntó:

—¿Cuántos años tienes?

Dara le dirigió una mirada molesta.

—No es asunto tuyo.

Sacudió la alfombra con más fuerza de la necesaria, la enrolló y se la echó al hombro antes de adentrarse en el edificio en ruinas más colosal. En la entrada había talladas figuras de voluptuosas mujeres-pez; tal vez aquel fuera uno de los templos donde la gente les había «rendido culto».

Nahri lo siguió. Necesitaba la alfombra.

—¿A dónde vas? —preguntó antes de tropezarse con una columna rota. Envidiaba la elegancia con la que se movía el daeva sobre aquel suelo tan irregular. Nahri se detuvo al entrar en el templo, deslumbrada ante semejante decadencia.

El techo y el muro oriental del templo habían desaparecido, por lo que el cielo del amanecer era visible desde el interior del edificio. Los pilares de mármol se extendían muy por encima de su cabeza, y las paredes de piedra desmoronadas delineaban lo que una vez debió de ser un enorme laberinto de salas. La oscuridad reinaba en casi toda la superficie interior; los muros que aún seguían en pie, y algunos cipreses que se abrían paso por el suelo de piedra, impedían que la luz del exterior penetrara en el templo.

A su izquierda había un alto estrado de piedra y, sobre este, tres estatuas: otra mujer-pez, una majestuosa mujer montada a lomos de un león y un hombre vestido con un taparrabos que sostenía un disco. Todas eran impresionantes, musculosas y de porte regio. Los pliegues de sus ropajes parecían tan reales que Nahri estuvo tentada de tocarlos.

Pero, al mirar alrededor, vio que Dara había desaparecido, sus silenciosos pasos perdidos en las grandes ruinas. Nahri siguió el rastro que había dejado en la gruesa capa de polvo que cubría el suelo.

—Oh. —Un ruidito sorprendido escapó de su garganta.

El gran templo quedó empequeñecido por el enorme teatro en el que entró. Cientos, tal vez miles, de asientos de piedra estaban tallados en la colina formando un semicírculo que rodeaba el gran escenario sobre el que se encontraba.

Vio al daeva justo al borde del escenario. El aire estaba quieto y silencioso salvo por el trino matutino de los pájaros cantores. La túnica azul oscuro de Dara oscilaba y se arremolinaba en torno a sus pies. Se había quitado el turbante, que ahora le caía sobre los hombros, y llevaba la cabeza cubierta únicamente por el gorro color carbón. Los bordados blancos brillaban con una tonalidad rosada a la luz de la mañana.

Es como si perteneciese a este lugar, pensó Nahri. *Como un fantasma olvidado en el tiempo que busca a sus compañeros.* A juzgar por cómo hablaba de Daevabad, Nahri supuso que era una especie de exiliado. Probablemente echaba de menos a su gente.

Sacudió la cabeza; no iba a permitir que un destello de compasión la convenciera de seguir acompañando a un solitario daeva.

—¿Dara?

—Una vez vi una obra aquí con mi padre —rememoró Dara, observando el escenario—. Yo era joven, fue casi con seguridad durante mi primera visita al mundo de los humanos. Había actores que agitaban telas de seda de un azul brillante para representar el océano. Me pareció mágico.

—Seguro que fue encantador. ¿Me das la alfombra?

Dara miró por encima del hombro.

—¿Qué?

—La alfombra. Duermes sobre ella todos los días. —En su tono introdujo un nota de recriminación—. Es mi turno.

—Podemos compartirla. —Señaló en dirección al templo con un gesto de la cabeza—. Encontraremos un lugar a la sombra.

Nahri notó cómo se sonrojaba ligeramente.

—No pienso dormir a tu lado en un templo dedicado a peces aficionados a las orgías.

Dara puso los ojos en blanco y dejó caer la alfombra. Aterrizó con fuerza en el suelo y levantó una nube de polvo.

—Haz lo que quieras.

Eso pretendo. Esperó hasta que Dara hubo regresado al interior del templo para arrastrar la alfombra hasta el otro extremo del escenario. La dejó caer y se estremeció ante el fuerte golpe que produjo al chocar contra el suelo. Esperaba que el daeva regresara corriendo y le recordara que debía guardar silencio. Pero el teatro siguió vacío.

Se arrodilló en la alfombra. Aunque para llegar al río debía dar una larga y calurosa caminata, no quería marcharse hasta estar segura de que Dara estuviera profundamente dormido. Normalmente no tardaba mucho. El comentario acerca de sobrevolar el río no era la primera referencia al hecho de terminar agotado por la magia. Nahri suponía que se trataba de un trabajo como cualquier otro.

Revisó sus enseres. No tenía muchas cosas. Aparte de la ropa a su espalda y un saco que había hecho con los restos de su abaya, estaba el odre de agua y una lata llena de maná, que eran unas galletas de sabor rancio que Dara le había dado y que le caían en el estómago como piedras. Puede que el agua y el maná la mantuvieran con vida, pero seguía necesitando un techo bajo el que vivir.

No importa. Puede que no tenga otra oportunidad como esta. Alejó por el momento todas las dudas, cerró la bolsa y se puso otra vez el pañuelo en la cabeza. Tras recoger algo de leña, volvió a entrar con sigilo en el templo.

Siguió el olor del humo hasta dar con el daeva. Como de costumbre, Dara había encendido un pequeño fuego para que ardiese a su lado mientras dormía. Nahri no le había preguntado el motivo, aunque obviamente no era para calentarse durante los calurosos días en el desierto. La presencia de las llamas parecía reconfortarle.

Estaba profundamente dormido a la sombra de un arco desmoronado. Por primera vez desde que se conocían se había quitado la túnica y la utilizaba como almohada. Debajo llevaba una chilaba sin mangas del color de las aceitunas verdes y unos pantalones holgados blancos como el hueso. La daga estaba encajada en un ancho cinturón negro firmemente atado alrededor de la cintura, y el arco, el carcaj de flechas y la cimitarra, entre su cuerpo y la pared. Su mano derecha descansaba sobre las armas. La mirada de Nahri se detuvo en el pecho del daeva, que se movía acompasadamente mientras dormía. Nahri notó cómo algo despertaba en su interior.

Ignoró la sensación y prendió la leña que había traído. A la luz del fuego, se fijó en los tatuajes negros que cubrían los brazos de Dara. Las extrañas formas geométricas le hicieron pensar en un calígrafo que hubiera perdido el juicio. La marca de mayor tamaño era una esbelta estructura en forma de escalera con lo que parecían cientos de peldaños dibujados meticulosamente que nacían en la palma de la mano izquierda, serpenteaban por el brazo y desaparecían bajo la túnica.

Y yo que pensaba que el tatuaje de la cara era extraño.

Mientras reseguía las líneas, la luz iluminó algo más.

El anillo.

Nahri se quedó inmóvil; la esmeralda parpadeó a la luz del fuego como si la estuviera saludando. O tentando. Dara tenía la mano izquierda ligeramente apoyada en el estómago. Nahri se quedó mirando el anillo, paralizada. Debía de valer una fortuna y, sin embargo, ni siquiera le quedaba bien ceñido. *Podría quitárselo,* se dijo a sí misma. *He robado joyas incluso a gente que estaba despierta.*

Notó el calor de la leña en la mano, la sensación incómoda del fuego demasiado cercano. No. No merecía la pena arriesgarse. Le echó al daeva una última mirada y se marchó. No pudo evitar una punzada de arrepentimiento; sabía que Dara representaba la mejor oportunidad que tenía de descubrir más cosas sobre sus orígenes, su familia y sus habilidades. Bueno, en realidad acerca de todo. Pero valoraba mucho más la libertad.

Nahri regresó al teatro y dejó caer la leña sobre la alfombra. Tras años dentro de una tumba y una semana surcando el aire del desierto, la vieja lana de su ropa no conservaba ni una gota de humedad. Ardió como si la hubieran rociado con aceite. Nahri tosió mientras se apartaba el humo de la cara. Cuando Dara despertara, la alfombra no sería más que un montón de ceniza. Tendría que perseguirla a pie, y ella tendría medio día de ventaja.

—Solo tienes que llegar al río —se dijo a sí misma en un susurro. Recogió la bolsa y empezó a subir las escaleras que conducían a la salida del teatro.

La bolsa era ridículamente ligera, un recordatorio físico de lo nefastas que eran sus circunstancias. *No tengo futuro. La gente se reirá de mí cuando les diga que puedo curar.* La decisión de Yaqub de asociarse con ella suponía un desvío de la norma. El anciano había accedido porque ya tenía una buena reputación como curandera, una reputación que le había costado años cultivar.

Sin embargo, si tuviera el anillo, no tendría de qué preocuparse. Podría venderlo y alquilar un techo bajo el que resguardarse para no tener que dormir en la calle. Podría comprar medicinas para su trabajo, materiales con los que hacer amuletos. Aminoró el paso cuando aún no había llegado ni a la mitad de la escalera. *Soy una buena ladrona. He robado cosas mucho más difíciles.* Y Dara dormía como un tronco; ni siquiera se había despertado cuando Khayzur casi se había posado encima de él.

—Soy idiota —susurró, pero ya había dado media vuelta y bajaba ligera de pies por los escalones. Pasó por delante de la alfombra en llamas y volvió a entrar sigilosamente en el templo, avanzando entre columnas derrumbadas y estatuas hechas añicos.

Dara seguía profundamente dormido. Nahri dejó con cuidado la bolsa en el suelo y sacó el odre de agua. Le roció unas cuantas gotitas sobre un dedo y el corazón empezó a latirle aceleradamente mientras esperaba un reacción que no llegó a producirse. Con mucha cautela, asió con suavidad el anillo entre el pulgar y el índice. Y tiró de él.

El anillo palpitó y se calentó. Nahri sintió un repentino dolor de cabeza. Le entró el pánico y trató de soltar el anillo, pero no podía mover los dedos. Era como si alguien hubiera tomado el control de su mente. El templo se desvaneció y se le nubló la visión. Vio una serie de siluetas vaporosas que rápidamente se solidificaron para dar forma a algo distinto. Una llanura reseca bajo un sol blanco, cegador...

Estudio la tierra muerta con ojo experto. Este lugar fue una vez verde y fértil, lleno de campos de regadío y huertos, pero el ejército de mi amo pisoteó todos los signos de fertilidad, dejando solo barro y polvo. Los huertos están vacíos y chamuscados, el río ha sido envenenado hace una semana, con la esperanza de que la ciudad se rinda.

Sin ser visto por los humanos que me rodean, me elevo en el aire como si fuera humo para inspeccionar mejor nuestras fuerzas. Mi amo tiene un ejército formidable: miles de hombres con cotas de malla y cuero, decenas de elefantes y cientos de caballos. Sus arqueros son los mejores del mundo de los humanos, pulidos gracias a mi cuidadosa instrucción. Pero la ciudad amurallada sigue siendo infranqueable.

Miro fijamente los antiguos bloques de piedra, maravillándome ante su grosor, preguntándome a cuántos ejércitos habrán rechazado. Ningún ariete podrá derribarlos. Olfateo el aire; el hedor de la hambruna perfuma el viento.

Me vuelvo hacia mi amo. Es uno de los humanos más corpulentos que he visto nunca. La parte superior de mi cabeza apenas le llega a los hombros. Incapaz de soportar el calor de las llanuras, está constantemente rosado, empapado en sudor y con un humor de perros. El sudor impregna incluso su barba rubicunda, y su túnica ornamentada con filigranas apesta. Arrugo la nariz; la prenda es demasiado frívola para estos tiempos de guerra.

Me siento en el suelo junto a su caballo y le observo.

—Otros dos o tres días... —*balbuceo a trompicones. Aunque le pertenezco desde hace un año, su lengua me sigue resultando extraña, llena de ásperas consonantes y gruñidos*—. *No podrán aguantar mucho más.*

Él frunce el ceño y acaricia la empuñadura de su espada.

—*Es demasiado tiempo. Dijiste que se rendirían la semana pasada.*

Hago una pausa. La impaciencia que detecto en su voz forma un pequeño nudo de miedo en mi estómago. No quiero saquear esta ciudad. No porque me preocupen los miles de muertos. Los siglos de esclavitud han preñado mi alma de un profundo odio hacia los humanos. Es porque no deseo ver cómo saquean otra ciudad. No quiero presenciar la violencia, recordar que mi amada Daevabad sufrió un destino similar a manos de los Qahtani.

—Se está demorando más de la cuenta porque son valerosos, mi señor. Y eso es algo digno de admiración. —Mi amo no parece escucharme, así que continúo—: Si negociáis, obtendréis una paz más duradera.

Mi amo respira hondo.

—¿No me he explicado con claridad? —suelta mientras se inclina sobre la montura para mirarme. Tiene marcas de viruela en la cara—. No te compré para que me aconsejaras, esclavo. Deseo que me des la victoria. Deseo esta ciudad. Deseo ver a mi primo postrado de rodillas ante mí.

Reprendido, bajo la cabeza. Sus deseos son una carga pesada sobre mis hombros, una cincha ajustada alrededor de mis miembros. La energía me recorre los dedos.

No puedo luchar contra ello; es algo que aprendí hace mucho tiempo.

—Sí, amo. —Levanto las manos y centro mi atención en la muralla.

El suelo empieza a temblar. Su caballo se asusta y algunos hombres gritan alarmados. A lo lejos, la muralla gime; las antiguas piedras protestan ante mi magia. Pequeñas figuras corren por la parte superior, abandonados sus puestos.

Aprieto los puños y la muralla se derrumba como si estuviera hecha de arena. Un rugido recorre el ejército de mi amo. Humanos, la sangre les hierve en las venas ante la perspectiva de oprimir a los de su propia especie...

¡No!, jadeó Nahri. Una vocecita gritaba en el interior de su mente. Esta no soy yo. ¡Esto no es real! Pero los gritos de la siguiente visión ahogaron la voz.

Estamos dentro de la ciudad. Vuelo junto al caballo de mi amo a través de calles ensangrentadas donde se amontonan los cadáveres. Sus soldados incendian las tiendas y las estrechas casas, matando a todo aquel lo suficientemente estúpido como para enojarlos. Un hombre en llamas cae desde un balcón y se estrella contra el suelo a mi lado. Una joven grita mientras dos soldados la sacan de un carro volcado.

Su deseo me mantiene vinculado a él; no puedo separarme de mi amo. Avanzo a través de la matanza con una espada en cada mano, asesinando a todo aquel que osa acercarse. A medida que nos acercamos al castillo, los atacantes se vuelven demasiado numerosos para mis espadas. Las dejo caer y la maldición del esclavo me recorre de pies a cabeza mientras quemo a un *grupo de hombres con una sola mirada. Sus gritos se elevan en el aire, horrendos, gemidos animales.*

Sin darme cuenta, estamos en el interior del castillo, en una alcoba. La habitación es opulenta y el intenso aroma a madera de cedro hace que se me humedezcan los ojos. Es lo que mi tribu, los daeva, quemaba para honrar al Creador y a Sus bienaventurados Nahid... pero en mi condición profanada no puedo honrar a nadie. En lugar de eso, cargo contra los guardias. Su sangre salpica los revestimientos de seda de las paredes.

Un hombre calvo lloriquea en un rincón y me llega el olor de sus intestinos desparramados. Una mujer de mirada salvaje se arroja delante de él con un cuchillo en la mano. Le rompo el cuello y echo su cuerpo a un lado. Luego agarro al hombre que solloza y lo obligo a arrodillarse ante mi amo.

—Vuestro primo, mi señor.

Mi amo sonríe y el peso del deseo abandona mis hombros. Agotado por la magia y asqueado por el olor de tanta sangre humana, caigo de rodillas al suelo. Mi anillo resplandece e ilumina la negra marca de esclavo grabada a fuego en mi piel. Centro la mirada en mi amo, rodeado de la carnicería que ha ordenado, observando cómo se burla de la histeria que se ha apoderado de su primo. El odio borbotea en mi corazón.

«Te veré muerto, humano —juro entonces—. Veré tu vida reducida a una mera marca en mi brazo...».

La habitación se disolvió ante los ojos de Nahri mientras alguien le separaba los dedos del anillo y apartaba su mano con tanta fuerza que terminó cayendo de espaldas sobre el suelo de piedra. La cabeza le dio vueltas mientras trataba desesperadamente de entender lo que acababa de ocurrir.

La respuesta se cernía sobre ella y la agarraba de la muñeca.

En todo caso, Dara parecía sobre todo sorprendido de que lo hubieran despertado de aquel modo. Se miró la mano, los dedos aún alrededor de la muñeca de Nahri. El anillo resplandecía, reflejando el brillo esmeralda de sus ojos. Soltó una exclamación de sorpresa:

—¡No! —Presa del pánico, abrió los ojos de par en par, retrocedió y le soltó la muñeca. Le temblaba todo el cuerpo—. ¿Qué has hecho?

Tenía la mano extendida como si esperara que el anillo fuera a explotar.

Dara. El hombre de su visión había sido Dara. Y lo que había visto... ¿serían sus recuerdos? Le habían parecido demasiado reales para tratarse de meros sueños.

Nahri se obligó a mirarlo a los ojos.

—Dara, por favor, tranquilízate —dijo en un intento de hablar con calma. El daeva estaba pálido de miedo, los ojos desbocados. Había retrocedido sin llegar a echar mano de ninguna de sus armas. Nahri resistió el impulso de mirarlas, temiendo que él se diera cuenta—. No pretendía...

El daeva pareció leerle la mente, pues se abalanzó a por sus armas al mismo tiempo que ella. Él era más rápido, pero Nahri estaba más cerca. Empuñó la espada y saltó hacia atrás justo cuando él la atacaba con la daga.

—¡No lo hagas! —Nahri levantó la espada con manos temblorosas y se obligó a sujetarla con firmeza.

Dara retrocedió con un bufido y una mueca feroz. Nahri entró en pánico. No había forma de que pudiera huir de él, y tampoco iba a poder derrotarlo. El daeva parecía haberse vuelto loco; Nahri incluso pensó que empezaría a echar espuma por la boca. Las visiones volvieron a pasar frente a sus ojos: cuerpos despedazados, hombres quemados. Y Dara había sido el responsable.

No. Tenía que haber otra explicación. Y entonces lo recordó. Amo. Así era como había llamado a aquel hombre.

Es un esclavo. Todas las historias que Nahri había oído acerca de los djinn le cruzaron por la mente. Se quedó boquiabierta. *Un esclavo djinn que concede deseos.*

Comprenderlo no mejoraba en nada la situación.

—Dara, por favor..., no sé lo que ha pasado, pero no pretendía hacerte daño. Lo juro.

Con la mano izquierda, Dara se presionaba el pecho, el anillo pegado al corazón, si es que los daeva tenían corazón. Y con la derecha sostenía la daga mientras daba vueltas a su alrededor como si fuera un gato. Cerró los ojos un instante y, cuando volvió a abrirlos, una parte del desenfreno se había disipado.

—No… —Tragó saliva; parecía a punto de llorar. Respiró entrecortadamente y el alivio le inundó el rostro—. Todavía sigo aquí. Sigo siendo libre.

Se apoyó pesadamente en una de las columnas de mármol y casi se atragantó.

—Pero esa ciudad…, esa gente…

Cayó al suelo y enterró la cabeza entre las manos.

Nahri no bajó la espada. No sabía qué decir; se debatía entre la culpa y el miedo.

—Lo… lo siento —dijo finalmente—. Quería quitarte el anillo. No sabía que…

—¿Querías el anillo? —Dara levantó la cabeza con brusquedad, un atisbo de sospecha volvió a teñirle la voz—. ¿Por qué?

Decir la verdad le pareció más seguro que la posibilidad de que el daeva sospechara algún tipo de malicia mágica por su parte.

—Quería robártelo —confesó—. Estoy… estaba —se corrigió al darse cuenta de que ya no podría ser libre— intentando escapar.

—¿Escapar? —Dara entrecerró los ojos—. ¿Y necesitabas mi anillo para eso?

—¿Has visto el tamaño que tiene? —dijo con una risa nerviosa—. Con esa esmeralda podría regresar a El Cairo y aún me sobraría algo.

Él le dirigió una mirada incrédula y luego negó con la cabeza.

—Y la gloria de los Nahid continúa. —Se levantó, aparentemente sin darse cuenta de lo rápido que ella había retrocedido—. ¿Y puede saberse por qué querías escapar? La vida que llevabas parecía espantosa.

—¿Qué? —dijo ella. La ofensa hizo que olvidara momentáneamente el miedo que sentía—. ¿Por qué dices eso?

—¿Que por qué? —Dara recogió la túnica y se la puso sobre los hombros—. ¿Por dónde empezar? Si el mero hecho de ser humana no fuera ya de por sí una desgracia, tenías que mentir y robar sin descanso para poder sobrevivir. Vivías sola, sin familia ni amigos, con el miedo constante de ser arrestada y ejecutada por brujería. —Se quedó pálido—. ¿Esa es la vida a la que quieres volver? ¿En lugar de Daevabad?

—No era para tanto —insistió ella, sorprendida por su respuesta. Todas las preguntas que le había hecho sobre su vida en El Cairo..., al parecer Dara había estado atento a sus respuestas—. Gracias a mis habilidades, disponía de mucha independencia. Y tenía un amigo —añadió, aunque no estaba segura de que Yaqub estuviera muy de acuerdo con eso—. Además, no es que me espere un destino más halagüeño. ¿Acaso no pretendes entregarme a una especie de rey djinn que asesinó a mi familia?

—No —dijo Dara, y de un modo más dubitativo, añadió—: Técnicamente no fue él. Vuestros antepasados eran enemigos, pero Khayzur no se equivocaba. Fue hace mucho tiempo.

Suspiró y no dijo más, como si eso lo explicase todo. Nahri se lo quedó mirando.

—¿De modo que debo sentirme mejor porque vas a entregarme a mi enemigo ancestral?

Dara parecía aún más enojado.

—No. No es tan sencillo. —Emitió un ruidito de impaciencia y frunció el ceño—. Eres una sanadora, Nahri. La última de tu especie. Daevabad te necesita tanto como tú a ella, quizás incluso más. ¿Sabes qué pasará cuando los djinn descubran que fui yo quien te encontró? ¿El Flagelo de Qui-zi obligado a hacer de niñera de una mestiza? —Guardó silencio un instante y negó con la cabeza antes de decir—: A los Qahtani les va a encantar. Probablemente te darán un ala del palacio para ti sola.

¿Un ala del qué?

—¿El Flagelo de Qui-zi? —preguntó al fin.

—Es el apelativo que me pusieron. —Aquella mirada color esmeralda se posó en la espada que Nahri aún empuñaba entre sus manos—. No la necesitas. No voy a hacerte daño.

—Ah, ¿no? —Nahri enarcó una ceja—. No sé qué pensar, porque acabo de ver cómo masacrabas a un montón de gente.

—¿Lo has visto? —Cuando ella asintió, su rostro se descompuso—. Ojalá no lo hubieras hecho.

Caminó hasta donde estaba la bolsa de Nahri y le quitó el polvo antes de devolvérsela.

—Lo que viste... No hice todo eso por voluntad propia —añadió con voz grave. Se dio la vuelta para recoger también su turbante.

Nahri dudó apenas un momento.

—En mi país tenemos historias acerca de los djinn..., criaturas atrapadas como esclavos y obligadas a conceder deseos a los humanos.

Dara se estremeció mientras se rehacía el turbante tanteando con los dedos.

—No soy un djinn.

—Pero ¿eres un esclavo?

Él no respondió y ella se enfureció.

—Olvídalo —soltó—. No sé por qué me he tomado la molestia. Jamás respondes a mis preguntas. Me aterrorizaste con ese rey Qahtani durante toda una semana simplemente porque no podías...

—Ya no —susurró él. Fue un sonido tan frágil que quedó flotando entre ambos. Era la primera vez que le decía la verdad. Dara se dio la vuelta, su rostro marcado por una pena muy antigua—. Ya no soy un esclavo.

Antes de que Nahri pudiera responder, el suelo tembló bajo sus pies.

Un pilar cercano se resquebrajó con un segundo estruendo, mucho más fuerte que el anterior, que sacudió el templo. Dara soltó una maldición, recogió las armas y agarró a Nahri de la mano.

—¡Vamos!

Corrieron a través del templo y salieron al escenario abierto, evitando por los pelos quedar enterrados bajo una columna. El suelo volvió a estremecerse. Nahri echó una mirada nerviosa al teatro, buscando indicios de muertos recién resucitados.

—¿Tal vez esta vez sea un terremoto?

—¿Justo después de que hayas usado tus poderes conmigo? —Recorrió el escenario con la mirada—. ¿Dónde está la alfombra?

Nahri titubeó.

—Puede que la haya quemado.

Dara se giró hacia ella.

—¿Cómo que la has quemado?

—¡No quería que me siguieras!

—¿Dónde la has quemado? —le preguntó sin esperar la respuesta. Olfateó el aire y corrió hacia el borde del escenario.

Cuando ella llegó a su lado, Dara estaba agazapado frente a las ascuas, con las manos apoyadas en los restos calcinados de la alfombra.

—Quemada... —murmuró—. Por el Creador, realmente no sabes nada de nosotros.

De sus dedos brotaron unas diminutas llamas blancas y brillantes que reavivaron la ceniza y se retorcieron para formar unas largas cuerdas que crecieron y se extendieron bajo sus pies. Ante sus estupefactos ojos, las cuerdas se multiplicaron rápidamente, formando una alfombra ardiente del mismo tamaño y forma que la anterior.

El fuego resplandeció y se extinguió, revelando los toscos colores de la vieja alfombra.

—¿Cómo lo has hecho? —dijo en un susurro.

Dara hizo una mueca mientras pasaba la mano por la superficie de la alfombra.

—No durará mucho, pero nos permitirá cruzar el río.

El suelo volvió a retumbar bajo sus pies y un gemido les llegó desde el interior del templo; un sonido demasiado familiar. Dara hizo ademán de agarrarle la mano. Ella retrocedió.

Los ojos del daeva brillaron alarmados.

—¿Estás loca?

Probablemente. Nahri sabía que lo que estaba a punto de hacer era arriesgado, pero también comprendía que el mejor momento para negociar era cuando el otro estaba desesperado.

—No. No pienso subir a esa alfombra a menos que me des algunas respuestas.

Se oyó otro potente chillido vagamente humano procedente del interior del templo. El suelo tembló con más fuerza y una grieta recorrió el alto techo.

—¿Quieres respuestas ahora? ¿Para qué? ¿Para estar mejor informada cuando los necrófagos te devoren? —Dara trató de agarrarle el tobillo, pero ella saltó hacia atrás—. ¡Nahri, por favor! ¡Puedes preguntarme lo que quieras una vez que estemos a salvo, te lo juro!

Pero ella no estaba convencida. ¿Qué le impedía cambiar de opinión en cuanto estuvieran lejos de allí?

Entonces tuvo una idea.

—Dime tu nombre e iré contigo. Tu verdadero nombre.

Él le había dicho que los nombres tenían poder. No era mucho, pero era algo.

—Mi nombre no... —Nahri dio un paso deliberado hacia el templo y el pánico iluminó el rostro del daeva—. ¡No, detente!

—¡Entonces dime tu nombre! —gritó Nahri. Ahora era su propio miedo lo que la impulsaba. Estaba acostumbrada a tirarse faroles, pero no con la amenaza de ser devorada a manos de una tropa de muertos resucitados—. ¡Y rápido!

—¡Darayavahoush! —El daeva se subió al escenario—. Me llamo Darayavahoush e-Afshín. Ahora ven aquí.

Nahri estaba segura de que no habría sido capaz de repetir aquel nombre correctamente ni aunque le hubieran pagado, pero cuando los necrófagos volvieron a gritar y el olor a podredumbre pasó muy cerca de su rostro, decidió que tampoco importaba.

Dara estaba preparado. La agarró por el codo y tiró de ella para posarla sobre la alfombra mientras él aterrizaba suavemente a su lado. Sin más dilación, la alfombra se elevó en el aire y rozó el techo del templo mientras tres demonios aparecían en el escenario.

Para cuando se elevaron por encima de las nubes, Dara estaba muy alterado.

—¿Tienes idea de lo peligroso que ha sido lo que has hecho? —dijo entre aspavientos—. No solo has destruido nuestro único modo de escapar de los ifrit, sino que además estabas dispuesta a arriesgar tu vida para...

—Venga, déjalo ya —dijo ella con un gesto de la mano—. Has sido tú quien me ha metido en apuros, Afshín Daryevu...

—"Dara" es más que suficiente. No hace falta que me destroces el nombre. —Una copa apareció en su mano, llena del familiar y oscuro vino de dátiles. El daeva dio un largo sorbo—. Si me prometes no volver a perseguir a necrófagos, incluso puedes llamarme «djinn».

—¿Tanto afecto sientes por una mera ladrona shafit? —Nahri enarcó una ceja—. No me tenías tanto cariño hace una semana.

Dara refunfuñó:

—Puedo cambiar de opinión, ¿no? —Un rubor apareció en sus mejillas—. Tu compañía no es... del todo desagradable.

Eso último lo añadió en un tono extraño, como si estuviera profundamente decepcionado consigo mismo.

Nahri puso los ojos en blanco.

—Bueno, pues si mi compañía no es desagradable, ya es hora de que tu compañía sea más locuaz. Prometiste responder a mis preguntas.

Dara miró a su alrededor y señaló las nubes.

—¿Ahora mismo?

—¿Tienes alguna otra cosa que hacer?

El daeva resopló.

—Está bien. Adelante.

—¿Qué es un daeva?

Dara suspiró.

—Ya te lo he dicho: somos djinn. La única diferencia es que tenemos la decencia de llamarnos por nuestro auténtico nombre.

—Eso no resulta muy útil.

El daeva frunció el ceño.

—Somos seres con alma, como los humanos, pero fuimos creados del fuego, no de la tierra. —Un delicado zarcillo de llama anaranjada serpenteó alrededor de su mano derecha y se enroscó entre los dedos—. Todos los elementos, tierra, fuego, agua, aire, tienen sus propias criaturas.

Nahri pensó en Khayzur.

—¿Los peri son criaturas del aire?

—Tus dotes de deducción son asombrosas.

Ella le lanzó una mirada de odio.

—Pues Khayzur tenía mejor carácter que tú.

—Sí, es extraordinariamente amable, para ser una criatura capaz de arrasar el paisaje bajo sus pies y matar toda forma de vida en varias leguas a la redonda con un simple movimiento de sus alas.

Nahri se quedó pálida.

—¿En serio? —Dara asintió y ella añadió—: ¿Existen... muchas criaturas así?

Él le dedicó una sonrisa algo malévola.

—Oh, sí. Decenas. Pájaros roc, karkadann, shedu..., criaturas con dientes afilados y temperamentos desagradables. Una vez un zahhak casi me parte en dos.

Ella lo miró boquiabierta. La llama que daba vueltas alrededor de su dedo se estiró hasta adoptar la forma de un lagarto alargado que eructó un penacho de fuego.

—Imagina una serpiente con extremidades que escupe fuego. Son raras, gracias al Creador, pero no avisan cuando te atacan.

—¿Y los humanos no perciben nada de todo esto? —Los ojos de Nahri se abrieron de par en par cuando la bestia humeante abandonó el brazo de Dara y se puso a volar alrededor de su cabeza.

Él negó con la cabeza.

—No. Aquellos que han sido creados a partir de la tierra, como los humanos, normalmente no pueden ver al resto. Además, la mayoría de los seres mágicos prefieren vivir en lugares apartados, en territorios donde ya no queda nadie de tu especie. Si un humano tuviera la desgracia de toparse con uno, tal vez sentiría algo, o vería un borrón en el horizonte, o una sombra por el rabillo del ojo. Pero lo más probable es que cayeran muertos antes de poder plantearse qué habían visto siquiera.

—¿Y si se toparan con un daeva?

Dara abrió la mano y su mascota de fuego se posó sobre ella antes de disolverse en humo.

—Oh, nos los comeríamos. —Al ver la alarma en el rostro de Nahri, se echó a reír y dio otro sorbo de vino—. Es broma, ladronzuela.

Pero Nahri no estaba de humor para bromas.

—¿Y los ifrit? —insistió— ¿Qué son?

La alegría se esfumó de su rostro.

—Daeva. O al menos... lo fueron una vez.

—¿Daeva? —repitió ella, sorprendida—. ¿Como tú?

—No. —Parecía ofendido—. Como yo, no. En absoluto.

—¿Entonces como qué? —Nahri le dio un golpecito en la rodilla cuando él se quedó callado—. Me lo has prometido.

—Lo sé, lo sé. —Se quitó el gorro para frotarse la frente; se pasó los dedos por el pelo negro.

El gesto la distrajo completamente. Los ojos de Nahri siguieron el movimiento de la mano de Dara, pero se esforzó por acallar los caprichosos pensamientos que le brotaron en la cabeza e ignorar el revoloteo que sintió en el estómago.

—¿Sabes que, si tienes sangre Nahid, lo más probable es que vivas varios siglos? —Dara se recostó sobre la alfombra y apoyó la cabeza sobre la muñeca—. Deberías aprender a desarrollar la paciencia.

—A este ritmo, tardaremos unos cuantos siglos solo para terminar esta conversación.

Aquello le arrancó al daeva una sonrisa irónica.

—Tienes ingenio, lo admito. —Chasqueó los dedos y en su mano apareció otra copa—. Toma, bebe conmigo.

Nahri husmeó la copa con desconfianza. Aunque el olor era dulce, titubeó. No había probado una gota de vino en su vida; era un lujo prohibido que estaba muy por encima de sus posibilidades, y, además, no estaba segura de cómo iba a reaccionar al alcohol. Los borrachos siempre habían sido una presa fácil para los ladrones.

—Rechazar la hospitalidad es una grave ofensa entre mi gente —le advirtió Dara.

Más que nada para apaciguarlo, Nahri dio un pequeño sorbo. El vino era empalagoso, más parecido a un jarabe que a un líquido.

—¿De verdad?

—En absoluto. Pero estoy cansado de beber solo.

Nahri abrió la boca para protestar, irritada por el hecho de haber caído en su trampa tan fácilmente, pero el vino ya empezaba a hacerle efecto, deslizándose por su garganta y difundiendo una cálida somnolencia por todo su cuerpo. Cuando empezó a tambalearse, buscó asidero en la alfombra.

Dara la agarró de la muñeca con sus dedos ardientes.

—Cuidado.

Nahri parpadeó y el mundo continuó moviéndose a su alrededor durante unos instantes más.

—Por el Altísimo, si bebéis cosas así, tu gente no debe de hacer nada en todo el día.

Él se encogió de hombros.

—Una descripción más que precisa de mi raza. Pero estabas interesada en los ifrit.

—Y en por qué crees que quieren matarme —aclaró ella—. Sobre todo eso.

—Llegaremos a esa desafortunada parte más adelante —dijo él con ligereza—. Pero antes debes comprender que los primeros daeva eran auténticas criaturas de fuego, corpóreos y sin forma al mismo tiempo. Además de extraordinariamente poderosos.

—¿Más de lo que tú eres ahora?

—Mucho más. Podíamos poseer e imitar a cualquier criatura, cualquier objeto que deseáramos, y vivíamos durante eras. Éramos más poderosos que los peri, tal vez incluso más que los marid.

—¿Los marid?

—Elementales de agua —respondió él—. Nadie ha visto a ningún marid desde hace milenios; para los de tu especie serían como dioses. Pero los daeva vivían en paz con el resto de las criaturas. Morábamos en nuestros desiertos, mientras que los peri y los marid hacían lo propio en sus reinos del cielo y el agua. Hasta que los humanos fueron creados.

Dara hizo girar la copa en su mano.

—Mi especie puede ser irracional —reconoció—. Tempestuosa. Presenciar a unas criaturas tan débiles recorriendo nuestras tierras, construyendo sus sucias ciudades de polvo y sangre sobre nuestras arenas sagradas… fue enloquecedor. Se convirtieron en un objetivo… en un juguete.

A Nahri se le puso la piel de gallina.

—¿Y cómo jugaban exactamente los daeva?

Un destello de vergüenza atravesó aquellos ojos brillantes.

—De muchas formas —murmuró al tiempo que conjuraba una pequeña columna de humo blanco que se espesó ante sus ojos—. Secuestraban a recién casados, provocaban tormentas de arena para confundir a las caravanas, alentaban a que... —Carraspeó—. Ya sabes..., a que los adoraran.

Nahri se quedó con la boca abierta. De modo que las historias más oscuras acerca de los djinn están basadas en la realidad.

—No, la verdad es que no sé. ¡Jamás he asesinado a mercaderes por diversión!

—Ah, sí, mi ladrona. Perdóname por olvidar que eres un dechado de honestidad y bondad.

Nahri frunció el ceño.

—¿Y qué pasó después?

—Supuestamente, los peri nos ordenaron que nos detuviésemos. —La columna de humo ondulaba al viento a su lado—. El pueblo de Khayzur voló hasta el borde del Paraíso y oyó algo..., o al menos creyeron oírlo. Advirtieron a los demás que había que dejar en paz a los humanos. Cada raza elemental debía dedicarse a sus propios asuntos. Entrometerse con los demás, especialmente con criaturas tan inferiores, quedaba absolutamente prohibido.

—¿Y los daeva no hicieron caso?

—Exacto. Y por eso nos maldijeron. —Frunció el ceño—. O nos «bendijeron», según cómo lo ven ahora los djinn.

—No comprendo.

—Un hombre humano recibió el encargo de castigarnos. —Una sombra de miedo cruzó el rostro de Dara, y dijo en un susurro—: Salomón. Tenga piedad de nosotros.

—¿Salomón? —repitió Nahri con incredulidad—. ¿Te refieres al profeta Salomón?

Dara asintió y ella soltó un jadeo. Puede que lo poco que sabía lo hubiese aprendido huyendo de las fuerzas de la ley, pero incluso ella sabía quién era Salomón, por lo que exclamó:

—¡Pero si murió hace miles de años!

—Tres mil —la corrigió Dara—. Siglo arriba, siglo abajo.

Un pensamiento perturbador arraigó en la mente de Nahri.

—Tú... tú no tienes tres mil años...

—No —la interrumpió con tono cortante—. Eso ocurrió antes de mi época.

Nahri soltó el aire.

—Por supuesto. —Apenas podía hacerse a la idea de cuánto tiempo eran tres mil años—. Pero Salomón era humano. ¿Qué podría hacerle a un daeva?

Una expresión oscura cruzó el rostro de Dara.

—Al parecer, cualquier cosa que quisiera. A Salomón le hicieron entrega de un anillo con sello, según cuentan, de manos del mismísimo Creador, que le concedía la capacidad de controlarnos. Algo que se dedicó a hacer de buena gana después de que nosotros..., bueno, supuestamente hubo algún tipo de guerra humana que, quizá, instigaron los daeva.

Nahri levantó una mano.

—Sí, sí, estoy segura de que fue un castigo de lo más injusto. ¿Qué hizo Salomón?

Dara alejó con un gesto de su mano el pilar humeante.

—Nos despojó de nuestras habilidades pronunciando una sola palabra y ordenó que todos los daeva se presentaran ante él para ser juzgados.

El humo se extendió ante ellos; una esquina se condensó formando un trono de niebla y el resto se esparció hasta dar origen a cientos de figuras ardientes del tamaño de su pulgar. Circularon por encima de la alfombra con sus cabezas humeantes inclinadas ante el trono.

—La mayoría obedeció, pues no eran nada sin sus poderes. Fueron a su reino y trabajaron allí durante cien años. —El trono desapareció y las criaturas ardientes se convirtieron en trabajadores que empezaron a fabricar ladrillos y a apilar enormes bloques de piedra que superaban varias veces su altura. Un inmenso templo empezó a crecer en el cielo—. Los que hacían penitencia eran perdonados, pero había una trampa.

Embelesada, Nahri observó cómo se elevaba el templo ante sus ojos.

—¿Cuál?

El templo desapareció y los daeva volvieron a inclinarse ante el distante trono.

—Salomón no confiaba en nosotros —respondió Dara—. Dijo que nuestra naturaleza de cambiaformas nos convertía en una raza manipuladora y deshonesta. De modo que obtuvimos el perdón, pero a cambio de ser transformados para siempre.

En un abrir y cerrar de ojos, el fuego se extinguió de la vaporosa piel de los daeva en miniatura. Se hicieron más pequeños y algunos terminaron encorvados, las espaldas dobladas por la vejez.

—Nos apresó en cuerpos humanos —continuó explicando Dara—. Cuerpos con habilidades limitadas que solo duraban unos cuantos siglos. Lo que significaba que los daeva que habían atormentado a la humanidad morirían y dejarían paso a sus descendientes. Salomón creía que estos serían menos destructivos.

—Dios no lo permita —le interrumpió Nahri—. Vivir solo unos cuantos siglos con habilidades mágicas…, qué terrible destino.

Dara ignoró el sarcasmo.

—Lo fue. Hubo algunos que no pudieron soportarlo. Desde el principio, no todos los daeva se mostraron dispuestos a someterse al juicio de Salomón.

El odio que tan bien conocía regresó a su rostro.

—Los ifrit —dedujo ella.

Él asintió.

—Exacto.

—¿Cómo es posible? —dijo Nahri—. ¿Quieres decir que aún están vivos?

—Por desgracia, sí. Salomón los encadenó a sus cuerpos daeva originales, pero esos cuerpos estaban diseñados para sobrevivir durante milenios. —Se le ensombreció la mirada—. Imagina lo que tres mil años de furioso resentimiento pueden hacerle a cualquier mente.

—Pero Salomón les arrebató los poderes, ¿no? ¿Hasta qué punto suponen una amenaza?

Dara enarcó las cejas.

—¿La criatura que poseyó a tu amiga y ordenó a los muertos que nos devoraran te pareció desvalida? —preguntó mientras negaba con la cabeza—. Los ifrit han dispuesto de milenios para evaluar los límites del castigo de Salomón, y créeme cuando te digo que han demostrado estar a la altura de las expectativas. Muchos de entre los míos creen que descendieron al mismísimo infierno y que allí vendieron su alma para aprender una nueva magia. —Volvió a hacer girar el anillo—. Además, están obsesionados con la venganza. Creen que la humanidad es un parásito y consideran a los míos unos traidores por haberse sometido a Salomón.

Nahri se estremeció.

—Entonces, ¿dónde encajo yo en todo esto? Si solo soy una pobre mestiza shafit, ¿qué quieren de mí?

—Sospecho que lo que provocaba su interés es una parte de tu sangre, por escasa que esta sea.

—¿Y qué hay de los Nahid? ¿La familia de sanadores que mencionaste?

Dara asintió.

—Anahid fue el visir de Salomón, el único daeva en quien confió. Cuando la penitencia de los daeva terminó, Salomón no solo le dio a Anahid habilidades curativas, sino también su anillo con sello y, con este, la capacidad de contrarrestar cualquier tipo de magia, desde un inofensivo hechizo que sale mal hasta una maldición ifrit. Esas habilidades pasaron a sus descendientes, y los Nahid se convirtieron en los enemigos jurados de los ifrit. Incluso la sangre Nahid era venenosa para un ifrit, más mortal que una espada.

De repente, Nahri se dio cuenta de que Dara hablaba en pasado de los Nahid.

—¿Por qué dices «era»?

—La familia Nahid ya no existe —dijo—. Los ifrit les dieron caza durante siglos y mataron a los últimos, una pareja de hermanos, hará unos veinte años.

El corazón le dio un vuelco.

—Entonces, ¿me estás diciendo… —empezó con voz ronca— que crees que soy la última descendiente viva de una familia que un grupo enloquecido y obsesionado con la venganza de antiguos daeva ha estado tratando de exterminar desde hace tres mil años?

—Has sido tú quien ha preguntado.

Nahri estuvo tentada de tirarlo de la alfombra de un empujón.

—No imaginaba… —Se interrumpió al notar que la ceniza se acumulaba a su alrededor. Miró hacia abajo.

La alfombra se estaba disolviendo.

Dara siguió su mirada y soltó un grito de sorpresa. Retrocedió en un abrir y cerrar de ojos a una zona más segura de la alfombra y chasqueó los dedos. Con los bordes echando humo, la alfombra aceleró mientras descendía hacia el reluciente Éufrates.

Mientras surcaban el aire por encima del río, Nahri trató de observar el agua. La corriente era agitada, pero no tan turbulenta como en otros lugares; probablemente podría alcanzar la orilla sin problemas.

Miró a Dara. El miedo hacía brillar de tal modo sus ojos verdes que resultaba difícil mirarlo a la cara.

—¿Sabes nadar?

—¿Que si sé nadar? —espetó, como si la mera idea le resultara ofensiva—. ¿Sabes tú entrar en combustión?

Pero tuvieron suerte. Cuando la alfombra finalmente estalló en ascuas carmesíes, ya estaban en la zona menos profunda del río. A Nahri el agua le llegaba a la altura de las rodillas. Dara optó por saltar a la orilla rocosa. Olisqueó el aire con desdén mientras ella se tambaleaba hacia la orilla cubierta de barro.

Nahri ajustó la improvisada correa de su bolsa. Y entonces se detuvo. Aunque no tenía el anillo de Dara, sí tenía las provisiones. Estaba en el río, separada del daeva por una franja de agua que sabía que él no se atrevería a cruzar.

Dara debió de notar su vacilación.

—¿Todavía sientes la tentación de probar suerte tú sola con los ifrit?

—Hay muchas cosas que aún no me has contado —dijo ella—. Sobre los djinn y sobre lo que pasará cuando lleguemos a Daevabad.

—Te lo contaré todo. Te lo prometo. —Hizo un gesto en dirección al río y el anillo relució bajo la luz del sol poniente—. Pero no tengo ningún deseo de pasarme los próximos días viendo cómo sigues considerándome un pérfido secuestrador. Si quieres regresar al mundo de los humanos, si quieres seguir arriesgándote a enfrentarte a los ifrit para continuar vendiendo tus habilidades a cambio de unas cuantas monedas robadas, quédate en el agua.

Nahri echó la vista atrás, hacia el Éufrates. En algún punto al otro lado del río, a través de desiertos más anchos que mares, estaba

El Cairo, el único hogar que había conocido. Un lugar duro, pero familiar y predecible, completamente distinto del futuro que le ofrecía Dara.

—O ven conmigo —continuó con calma; con demasiada calma—. Y descubre quién eres realmente, de qué está hecho en realidad el mundo. Ven conmigo a Daevabad, donde una sola gota de sangre Nahid te traerá honor y riqueza más allá de lo que imaginas. Tu propio dispensario, el conocimiento de los miles de sanadores que te han precedido al alcance de la mano. Respeto.

Dara le ofreció la mano.

Aunque Nahri sabía que debía mostrarse suspicaz, por el Altísimo, sus palabras le llegaron al corazón. ¿Cuántos años hacía que soñaba con Estambul? ¿Con estudiar auténtica medicina junto a eruditos respetados? ¿Con aprender a leer libros en lugar de fingir que leía las líneas de las manos? ¿Cuántas veces había contado sus ahorros y había tenido que posponer sus esperanzas de un futuro mejor?

Aceptó la mano que le tendía Dara, y él la sacó del barro de un tirón, aunque el tacto de sus dedos la abrasó.

—Si me estás mintiendo, te rebanaré el cuello mientras duermes —le advirtió, y Dara sonrió, aparentemente encantado con la amenaza—. Además, ¿cómo vamos a llegar a Daevabad? Ya no tenemos alfombra.

El daeva señaló hacia el este. Entre las oscuras aguas del río y unos lejanos acantilados, Nahri divisó los ladrillos desnudos de una ciudad.

—Tú eres la ladrona —le dijo en tono desafiante—. Consíguenos un par de caballos.

6
ALÍ

Wajed vino a buscarlo al amanecer.

—¿Príncipe Alizayd?

Alí se sobresaltó y levantó la vista de sus notas. La presencia del caíd de la ciudad, y comandante de la Guardia Real, habría sobresaltado a muchos djinn, incluso a los que no esperaban ser arrestados por traición en cualquier momento. Era un corpulento guerrero que cargaba con dos siglos de cicatrices y magulladuras en su haber.

No obstante, Wajed se limitó a sonreír cuando le vio entrar en la biblioteca de la Ciudadela, lo más parecido que Alí tenía a unos aposentos privados.

—Veo que sigues inmerso en el trabajo —dijo señalando los libros y pergaminos esparcidos sobre la alfombra.

Alí asintió.

—Estoy preparando una lección.

Wajed resopló.

—Tú y tus lecciones. Si no fueras tan mortífero con ese zulfiqar, pensaría que he criado a un economista en lugar de a un guerrero. —Su sonrisa se desvaneció—. Pero me temo que tus alumnos, por pocos que sean, deberán esperar. Tu padre se ha cansado de torturar a Bhatt. No consiguen arrancarle más información, y los daeva claman por su sangre.

Aunque Alí había estado esperando aquel momento desde que se enteró de que Anas había sido capturado con vida, sintió un nudo en el estómago e hizo un esfuerzo por mantener la voz firme.

—¿Está...?

—Todavía no. El gran visir quiere un espectáculo, dice que es lo único que satisfará a su tribu. —Wajed puso los ojos en blanco; Kaveh y él nunca se habían llevado bien—. Así que los dos tendremos que estar allí.

Un espectáculo. A Alí se le secó la boca, pero se puso en pie. Anas se había sacrificado para que Alí pudiera escapar; se merecía ver una cara amiga en su ejecución.

—Deja que me vista.

Wajed salió y Alí se puso rápidamente el uniforme, una túnica color obsidiana, una faja blanca y un turbante gris con borlas. Se ajustó el zulfiqar a la cintura y se metió el janyar, la daga curvada que llevaban todos los hombres geziri, en el cinturón. Al menos tendría apariencia de soldado leal.

Wajed lo esperaba en las escaleras. Juntos descendieron por la torre hacia el corazón de la Ciudadela.

La Ciudadela, un gran edificio de piedra del color de la arena, era la base de la Guardia Real. Albergaba los cuarteles, las oficinas y el campo de entrenamiento del ejército djinn. Sus antepasados la habían construido poco después de haber conquistado Daevabad; el patio almenado y la austera torre de piedra eran un homenaje a Am Gezira, su lejana patria.

A pesar de que era muy temprano, la Ciudadela hervía ya de actividad. Los cadetes entrenaban con zulfiqares en el patio y los lanceros practicaban sobre una plataforma elevada. Media docena de jóvenes se apiñaba alrededor de una puerta solitaria y se esforzaban por atravesar el hechizo que la mantenía bloqueada. Mientras Alí observaba, uno de ellos salió despedido al tiempo que la madera chisporroteaba, y sus compañeros se echaron a reír. En la esquina opuesta, un guerrero-erudito tukharistaní ataviado con un largo abrigo de fieltro, sombrero de piel y gruesos guantes presentaba un escudo de hierro a un grupo de alumnos reunidos a su alrededor. El hombre lanzó un encantamiento a voz en grito y una capa de hielo envolvió el escudo. El erudito golpeó el hielo con el pomo de una daga y lo hizo añicos.

—¿Cuándo fue la última vez que viste a tu familia? —le preguntó Wajed cuando llegaron a los caballos que esperaban al final del patio.

—Hace unos meses... bueno, puede que algo más. Antes del Eid —admitió Alí antes de subir a la montura.

Wajed hizo un chasquido de desaprobación al salir por el portalón.

—Deberías esforzarte más, Alí. Tienes mucha suerte de tenerlos tan cerca.

Alí hizo una mueca.

—Los visitaría más a menudo si no implicase ir a ese encantado palacio Nahid al que llaman «hogar».

El palacio apareció delante de ellos en ese momento, tras un recodo del camino. Sus cúpulas doradas refulgían bajo la luz del sol naciente y tanto la fachada principal, de mármol blanco, como las murallas reflejaban la tonalidad rosácea del amanecer. El edificio principal, un enorme zigurat, se alzaba sobre los escarpados peñascos que daban al lago de Daevabad. Rodeado por jardines aún en sombra, parecía como si la enorme pirámide escalonada estuviera siendo engullida por las puntiagudas copas de los ennegrecidos árboles.

—No está encantado —replicó Wajed—. Lo único que pasa es que... echa de menos a su familia fundadora.

—Tío, la última vez que estuve allí, las escaleras se esfumaron bajo mis pies —señaló Alí—. El agua de las fuentes se convierte en sangre tan a menudo que la gente ha dejado de beber de ellas.

—Bueno, es que los extraña mucho.

Alí negó con la cabeza, pero permaneció en silencio mientras cruzaban la ciudad, que empezaba a despertar. Ascendieron por el tortuoso camino que conducía al palacio y entraron en la arena real por la parte de atrás. Era un lugar más adecuado para días soleados de competición, para hombres jactanciosos que hacían juegos malabares con fuego y mujeres que hacían carreras a lomos de pájaros de fuego simurg. Todo un espectáculo.

Eso es exactamente lo que es para esta gente, espectáculo. Alí contempló con desprecio a la multitud. Aunque era temprano, muchos de los asientos de piedra ya estaban ocupados por una gran variedad de nobles que competían por la atención de su padre, curiosos plebeyos puros de sangre, daevas furiosos y lo que parecía la ulema al completo. Alí sospechaba que a los clérigos se les obligaba a presenciar lo que ocurría cuando no lograban controlar a los fieles.

Subió al mirador real, una alta terraza de piedra a la sombra de palmeras encajadas en macetas y cortinas de lino a rayas. No vio a su padre, pero sí a Muntadhir, sentado en las primeras filas. Su hermanastro no parecía mucho más contento que Alí de estar allí. Su pelo negro y rizado estaba revuelto, y probablemente llevaba puesta la misma ropa que la noche anterior, una chaqueta bordada de estilo agnivanshi llena de perlas y una faja de seda lapislázuli, ambas arrugadas.

Alí olió el aliento a vino que despedía Muntadhir a tres pasos de distancia y sospechó que acababan de sacarlo de una cama que no era la suya.

—Que la paz sea contigo, emir.

Muntadhir dio un respingo.

—Por el Altísimo, akhi —dijo con una mano sobre el pecho—. ¿Cómo se te ocurre acercarte sigilosamente como si fueras un asesino?

—Deberías desarrollar más los reflejos. ¿Dónde está abba?

Muntadhir señaló bruscamente con la cabeza en dirección al hombre delgado y vestido al estilo daeva que estaba de pie al borde de la terraza.

—Kaveh ha insistido en una lectura pública de todos los cargos. —Bostezó—. Abba se ha negado a perder el tiempo con eso, sobre todo estando yo para sustituirlo. No tardará en llegar.

Alí observó al daeva a quien había señalado Muntadhir: Kaveh e-Pramukh, el gran visir de su padre. Con la vista clavada en el suelo, Kaveh no parecía haber reparado en la llegada de Alí. En su boca se dibujaba una sonrisa de satisfacción.

Alí creía sospechar el motivo. Respiró hondo y se acercó al borde de la terraza.

Anas estaba arrodillado en la arena.

El jeque estaba desnudo desde la cintura para arriba. Lo habían azotado y le habían hecho quemaduras, además de cortarle la barba para deshonrarlo. Tenía la cabeza inclinada y las manos atadas a la espalda. Aunque solo habían pasado dos semanas desde su detención, estaba claro que había pasado hambre; se le veían las costillas y tenía las extremidades muy delgadas además de ensangrentadas. Y eso eran solo las lesiones visibles. Alí sabía por experiencia que debía de haber otras. Pociones que te hacían sentir como si te apuñalaran mil cuchillos, ilusionistas que podían hacerte imaginar la muerte de tus seres queridos, cantantes que podían alcanzar notas tan agudas que terminabas de rodillas en el suelo mientras te sangraban los oídos. Nadie sobrevivía a las mazmorras de Daevabad. Al menos con la cordura intacta.

Oh, jeque, lo siento muchísimo.

La escena que se desarrollaba ante él, un solitario shafit sin habilidades mágicas rodeado por centenares de vengativos puros de sangre, parecía una broma cruel.

—En cuanto al delito de incitación religiosa…

El jeque se tambaleó y uno de los guardias lo levantó de un tirón. Alí se quedó helado. Anas tenía el lado derecho de la cara despedazado, el ojo hinchado, la nariz rota. Le goteaba saliva de una boca que ya no era más que un amasijo de dientes destrozados y labios hinchados.

Alí aferró la vaina de su zulfiqar. Anas le clavó la mirada. Su ojo parpadeó, la más breve de las advertencias antes de dejar caer de nuevo la vista.

No desperdicies esta oportunidad. Alí recordó la última orden que le había dado el jeque. Apartó la mano del arma, consciente de las miradas del público sobre él. Retrocedió para unirse a Muntadhir.

El juez continuó.

—El de posesión ilegal de armas…

Se produjo un bufido impaciente desde el otro lado de la arena. El karkadann de su padre, enjaulado y oculto tras una puerta de fuego. El suelo retumbó cuando la bestia pisoteó la arena. Aunque debía su existencia al espantoso cruce entre un caballo y un elefante, tenía el doble del tamaño de ambos, con una piel gris y escamosa manchada de sangre. El polvo de la arena estaba cargado con su olor, el almizcle de la sangre vieja. Nadie se atrevía a bañar a un karkadann; de hecho, nadie osaba acercársele, salvo un par de pequeños gorriones enjaulados junto a la criatura. Mientras Alí escuchaba, los pajarillos empezaron a cantar. El karkadann se calmó, aplacado de momento.

—Y en cuanto al cargo de...

—Por el Altísimo... —bramó una voz desde detrás de Alí mientras la multitud se ponía de pie—. ¿Aún seguís con esto?

Su padre había llegado.

El rey Ghassán ibn Khader al Qahtani, gobernante del reino y defensor de la fe. La sola mención de su nombre hacía temblar a sus súbditos, quienes enseguida miraban por encima del hombro en busca de espías. Era un hombre imponente, una combinación de recios músculos y apetito insaciable. Tenía la constitución de un tonel y, pese a tener ya doscientos años, hacía relativamente poco que habían empezado a salirle canas plateadas en el pelo y la barba, cosa que solo lo hacía más intimidante.

Ghassán se acercó al borde de la terraza. El juez parecía estar a punto de mancharse los pantalones. Alí lo comprendía. Su padre se veía molesto, y bien sabía el príncipe que la mera idea de enfrentarse a la legendaria ira del rey había hecho que más de uno perdiera el control de sus orificios.

Ghassán miró con desdén al jeque ensangrentado antes de dirigir su atención al gran visir.

—El Tanzeem lleva aterrorizando a Daevabad desde hace tiempo. Todos conocemos sus crímenes. A quien quiero es a su jefe, además de a los hombres que lo ayudaron a asesinar a dos de mis ciudadanos.

Kaveh negó con la cabeza.

—No los traicionará, mi rey. Lo hemos probado todo.

—¿También los viejos sueros de Banu Manizheh?

El pálido rostro de Kaveh se descompuso.

—El último erudito que lo intentó terminó muerto. Los Nahid no querían que otros utilizaran sus pociones.

Ghassán frunció los labios.

—Entonces no me sirve de nada. —Hizo un gesto con la cabeza a los guardias que custodiaban a Anas—. Volved a vuestros puestos.

Se oyó un jadeo procedente de la zona ocupada por los ulemas, una oración susurrada. *No.* Sin pensárselo dos veces, Alí dio un paso al frente. Aquello era mucho más que un castigo. Abrió la boca.

—Arde en el infierno, asno bebedor de vino.

Quien había hablado era Anas. Se produjeron algunos murmullos sorprendidos entre la multitud, pero Anas continuó, con una feroz mirada clavada en el rey.

—Apóstata —escupió entre dientes rotos—. Nos has traicionado, a la gente a la que tu familia juró proteger. ¿Crees que importa mucho cómo me mates? Cien más se levantarán en mi lugar. Pero tú sufrirás… en este mundo y en el venidero. —Y con un tono aún más violento en su voz, añadió—: Dios te arrancará de las manos a quienes más quieres.

Los ojos del monarca centellearon, pero mantuvo la calma.

—Desatadle y regresad a vuestros puestos —ordenó a los guardias—. Veamos si se atreve a salir corriendo.

Tal vez percibiendo las intenciones de su amo, el karkadann soltó un rugido que hizo retumbar toda la arena. Alí sabía que el estruendo resonaría por todo Daevabad, una advertencia para cualquiera que se atreviera a desobedecer al rey.

Ghassán levantó la mano derecha. Una impresionante marca en forma de estrella de ébano de ocho puntas empezó a brillar en la parte superior de su mejilla izquierda.

Todas las antorchas de la arena se apagaron. Los desnudos estandartes negros que simbolizaban el reinado de su familia dejaron de ondear y el zulfiqar de Wajed perdió el brillo ardiente. Muntadhir, junto a él, contenía la respiración. Una oleada de debilidad se apoderó de Alí. Tal era el poder del sello de Salomón. Cuando se usaba, toda magia, todo truco e ilusión djinn, peri, marid o solo Dios sabía de cuántas razas mágicas más dejaba de tener efecto.

Incluida la puerta de fuego que mantenía encerrado al karkadann.

La bestia dio un paso adelante y arañó el suelo con una de sus patas amarillentas de tres dedos. A pesar de la enorme envergadura que tenía, lo más peligroso era su cuerno, largo como un hombre y más duro que el acero. Le sobresalía de su huesuda frente y estaba cubierto con la sangre seca de sus numerosas víctimas.

Anas se plantó frente a la bestia y enderezó los hombros.

Al final hubo poco entretenimiento para el rey. Anas no corrió, ni intentó escapar, ni suplicó clemencia. Y la bestia no parecía de humor para torturar a su presa. Lo embistió con un bramido y empaló al jeque por la cintura antes de levantar la cabeza y arrojarlo sobre la arena.

Todo sucedió muy rápido. Alí dejó escapar el aire, apenas consciente de que lo había estado conteniendo.

Pero entonces Anas se removió. El karkadann se dio cuenta. Esta vez la bestia se acercó más despacio, olfateando y resoplando en el suelo. Toqueteó a Anas con la nariz.

Muntadhir se estremeció y desvió la mirada en el mismo momento en que el karkadann alzaba una pata sobre el cuerpo tendido de Anas. Alí, en cambio, siguió mirando, incluso cuando un repugnante crujido interrumpió el breve grito de Anas. A cierta distancia de ellos, uno de los soldados vomitó.

Ghassán se quedó mirando el cadáver destrozado del que había sido el líder del Tanzeem. Después les dirigió una prolongada e intencionada mirada a los ulema antes de volverse hacia sus hijos.

—Vamos —dijo en tono seco.

La multitud se dispersó mientras el karkadann movía a su presa ensangrentada con las patas delanteras. Alí se quedó plantado en el sitio. Tenía los ojos clavados en el cuerpo de Anas. El grito del jeque aún resonaba en sus oídos.

—Yalla, Zaydi. —Muntadhir, quien aún parecía descompuesto, le dio un codazo en el hombro—. Vámonos.

No desperdicies esta oportunidad. Alí asintió. No había lágrimas que contener. Estaba demasiado conmocionado para llorar, demasiado entumecido para hacer otra cosa que seguir en silencio a su hermano en dirección al palacio.

El rey recorrió el largo pasillo con la túnica color ébano rozando el suelo. Dos sirvientes dieron media vuelta bruscamente para internarse a toda prisa por un pasillo opuesto, y un secretario se postró a sus pies.

—Quiero que esos fanáticos se marchen —exigió Ghassán en voz alta a nadie en particular—. Y que no vuelvan. No quiero que el mes que viene aparezca otro shafit perturbado que se declare jeque y siembre el caos en las calles.

Abrió de un empujón la puerta de su despacho, que golpeó al sirviente encargado de abrírsela y lo arrojó al suelo.

Alí siguió a Muntadhir al interior del despacho; Kaveh y Wajed los acompañaban. Situada entre los jardines y la corte real, la espaciosa estancia era una mezcla deliberada de diseño daeva y geziri. Los delicados tapices de figuras lánguidas y los mosaicos florales eran obra de artistas de la provincia circundante de Daevastana, mientras que las sencillas alfombras geométricas y los toscos instrumentos musicales procedían de Am Gezira, donde los artistas Qahtani eran mucho más austeros.

—Habrá descontento en las calles, mi rey —advirtió Wajed—. Bhatt era un hombre muy querido, y los shafit son fáciles de provocar.

—Bien. Espero que se amotinen —replicó Ghassán—. Así será más sencillo erradicar a los alborotadores.

—A menos que primero maten a más miembros de mi tribu —intervino Kaveh con voz chillona—. Caíd, ¿dónde estaban los soldados cuando dos daeva fueron asesinados a hachazos en su propio barrio? ¿Cómo cruzó la puerta el Tanzeem? ¿No se supone que está vigilada?

Wajed hizo una mueca.

—Tenemos pocos efectivos, gran visir. Lo sabes bien.

—¡Entonces dejadnos tener nuestros propios guardias! —Kaveh alzó las manos—. Hay predicadores djinn que declaran infieles a los daeva, los shafit reclaman que nos quemen vivos en el Gran Templo... Por el Creador, ¡al menos dadnos una oportunidad de protegernos!

—Cálmate, Kaveh —le cortó Ghassán. Se dejó caer en una silla baja detrás del escritorio y apartó con la mano un pergamino sin abrir. El pergamino rodó por el suelo, aunque Alí supuso que a su padre le importaba poco. Como la mayoría de los djinn de alta cuna, el rey era analfabeto, y creía que leer era inútil. Para eso estaban los escribas—. Veamos si los daeva pueden pasar medio siglo sin rebelarse. Ya sé lo sentimental que se pone tu gente al rememorar el pasado.

Kaveh no dijo nada y Ghassán continuó.

—Pero estoy de acuerdo: es hora de que los mestizos aprendan cuál es su lugar. —Señalando a Wajed, añadió—: Quiero que empieces a hacer cumplir la prohibición que impide las reuniones de más de diez shafit en las residencias privadas. Sé que ha caído en desuso.

Wajed se mostró reacio.

—Parecía una crueldad, mi señor. Los mestizos son pobres..., viven varios en una sola habitación.

—Pues que no se rebelen. Quiero lejos de aquí a todo aquel que sienta la más mínima simpatía por Bhatt. Que sepan que, si tienen hijos, los venderé. Y si tienen mujeres, las entregaré... a mis soldados.

Horrorizado, Alí abrió la boca para protestar, pero Muntadhir se adelantó.

—Abba, no puedes...

Ghassán dirigió aquella temible mirada a su primogénito.

—¿Quieres entonces que permita a esos fanáticos actuar con impunidad? ¿Esperar hasta que hayan prendido fuego a toda la ciudad? —El rey negó con la cabeza—. Estos son los mismos hombres que afirman que podríamos disponer de más puestos de trabajo y viviendas para los shafit si quemáramos a los daeva en el Gran Templo.

Alí levantó la cabeza. Había descartado la idea cuando Kaveh lo había dicho, pero su padre no era propenso a exagerar. Alí sabía que Anas, como la mayoría de los shafit, había sufrido muchos agravios por parte de los daeva. Su fe les exigía que segregaran a los shafit; en el pasado, sus Nahid les habían ordenado de forma rutinaria que se deshicieran de los mestizos con la misma emoción con la que uno limpiaría una casa infestada de ratas. Pero Anas jamás habría abogado por la aniquilación de los daeva, ¿verdad?

El siguiente comentario de su padre sacó a Alí de sus pensamientos.

—Debemos cortarles los fondos. Si les arrebatamos eso, el Tanzeem es poco más que un puñado de mendigos puritanos. —Fijó sus ojos grises en Kaveh—. ¿Sabemos ya de dónde provienen sus recursos?

El gran visir levantó las manos.

—Nada concreto. Solo sospechas.

Ghassán adoptó un tono burlón:

—Armas, Kaveh. Un hospital en Maadi. Colas del pan. Eso es cosa de ricos. Dinero de casta alta, puros de sangre. ¿Cómo es posible que no hayas podido dar con quienes los financian?

Alí se tensó, pero a juzgar por la frustración de Kaveh, el hombre no tenía más respuestas.

—Sus finanzas son sofisticadas, mi rey; puede incluso que su sistema de recaudación haya sido diseñado por alguien que trabaja en las Arcas. Hacen circular las distintas monedas tribales, intercambian suministros con un ridículo papel moneda que usan los humanos…

Alí palideció mientras Kaveh enumeraba solo algunos de los numerosos problemas financieros de Daevabad de los que él mismo se había quejado ante Anas, con exhaustivas explicaciones, a lo largo de los años.

Wajed se animó.

—¿Dinero humano? —Señaló con el pulgar a Alí y le dijo—: Tú siempre estás con esas tonterías relativas a la moneda. ¿Has echado un vistazo a las pruebas de Kaveh?

A Alí se le aceleró el corazón. No era la primera vez que agradecía al Altísimo porque los Nahid estuvieran muertos. Incluso un niño que aún se estuviese formando habría percibido que mentía.

—Esto…, no. El gran visir no me consultó. —Pensó rápido, consciente de que Kaveh lo tenía por un idiota celoso. Miró al daeva—. Supongo que si tienes problemas…

Kaveh se enfureció.

—He contado con el apoyo de las mejores mentes del gremio de eruditos; dudo que el príncipe pueda ser de gran ayuda. —Dirigió a

Alí una mirada fulminante—. He escuchado una serie de nombres ayaanle entre sus supuestos patrocinadores —añadió con frialdad antes de volverse hacia el rey—. Entre ellos, uno que podría interesarle: Ta Musta Ras.

Sorprendido, Wajed parpadeó.

—¿Ta Musta Ras? ¿No es uno de los primos de la reina?

Alí se avergonzó ante la mención de su madre. El rey frunció el ceño.

—Así es, y no me sorprendería que pudiera estar apoyando a un grupo de terroristas de sangre sucia. A los ayaanle siempre les ha gustado considerar la política de Daevabad como si fuera un tablero de ajedrez para pasar el rato..., sobre todo cuando viven tranquilamente en Ta Ntry. —Clavó la vista en Kaveh—. ¿Y dices que no tienes pruebas?

El gran visir negó con la cabeza.

—Ninguna, mi rey. Aunque sí muchos rumores.

—No puedo detener al primo de mi esposa por simples rumores. Por no mencionar que el oro y la sal de ayaanle constituyen un tercio de mi erario.

—La reina Hatset está en Ta Ntry en estos momentos —señaló Wajed—. ¿Creéis que la escucharía a ella?

—Oh, no me cabe ninguna duda —dijo Ghassán en tono sombrío—. Puede que ya lo esté haciendo.

Alí se miró los pies. Desde que habían empezado a hablar de su madre, tenía las mejillas coloradas. Hatset y él no estaban muy unidos. A los cinco años habían sacado a Alí del harén y se lo habían entregado a Wajed para que lo convirtiera en el futuro caíd de Muntadhir.

Su padre suspiró.

—Tendrás que ir en persona, Wajed. No confío en nadie más para hablar con ella. Hazle saber, tanto a ella como a toda su maldita familia, que no regresará a Daevabad hasta que el dinero deje de correr. Si desea volver a ver a sus hijos, la solución está en sus manos.

Alí notó la mirada de Wajed sobre él.

—Sí, mi rey —dijo Wajed en voz baja.

Kaveh parecía alarmado.

—¿Quién hará las funciones de caíd mientras él esté fuera?

—Alizayd. Serán solo unos meses y supondrá una buena práctica para cuando yo haya muerto y este —Ghassán señaló a Muntadhir con la cabeza— esté demasiado ocupado con bailarinas para gobernar el reino.

Alí se quedó con la boca abierta y Muntadhir soltó una carcajada.

—Bueno, eso debería reducir los robos. —Su hermano hizo un movimiento cortante con la muñeca—. Literalmente.

Kaveh palideció.

—Mi rey, el príncipe Alizayd no es más que un niño. Ni siquiera está cerca de su primer cuarto de siglo. No puede confiar la seguridad de la ciudad a alguien con dieciséis...

—Dieciocho —le corrigió Muntadhir con una sonrisa siniestra—. Vamos, gran visir, la diferencia es enorme.

Era evidente que a Kaveh no le resultó gracioso el comentario del emir. Su voz se hizo más aguda.

—Dieciocho años. Un chico que, me gustaría recordar, una vez hizo azotar a un noble daeva en la calle... ¡como a un vulgar ladrón shafit!

—Es que era un ladrón —se defendió Alí. Recordaba el incidente; lo que le sorprendió fue que Kaveh también lo recordara. Había sucedido hacía años, la primera y última vez que Alí había sido autorizado a patrullar por el barrio daeva—. La ley de Dios se aplica a todos por igual.

El gran visir tomó aire.

—Créeme, príncipe Alizayd, me decepciona profundamente que no estés en el Paraíso, donde todos seguimos la ley de Dios...

No hubo tiempo para que el doble sentido de sus palabras se hiciera evidente, pero Alí lo captó a la perfección. El visir prosiguió:

—Sin embargo, según la ley de Daevabad, los shafit no son iguales a los puros de sangre. —Dirigió una mirada implorante al rey—. ¿O acaso no acabamos de ejecutar a una persona por decir justo eso?

—Así es —reconoció Ghassán—. Una lección que harías bien en recordar, Alizayd. El caíd hace cumplir mi ley, no sus propias creencias.

—Por supuesto, abba —dijo Alí rápidamente, consciente de que había sido una imprudencia hablar de forma tan clara delante de ellos—. Haré lo que ordenas.

—¿Lo ves, Kaveh? Nada que temer. —Ghassán señaló la puerta con un gesto de la cabeza—. Podéis marcharos. La corte se reunirá después de la oración del mediodía. Haced correr la voz esta mañana; tal vez eso reduzca el número de peticionarios que me acosan.

El ministro daeva parecía tener algo más que decir, pero se limitó a asentir. Antes de salir, le lanzó a Alí una mirada despiadada.

Wajed cerró la puerta de un golpe.

—Esa serpiente tiene una lengua viperina, Abu Muntadhir —le dijo al rey, y acto seguido añadió en idioma geziriyya mientras acariciaba el zulfiqar—: Y como tal me gustaría verlo retorcerse, aunque fuese solo una vez.

—No le des ideas a tu protegido. —Ghassán se quitó el turbante y dejó la brillante seda que lo componía amontonada sobre el escritorio—. Kaveh tiene derecho a estar molesto, y eso que no sabe ni la mitad. —Señaló con la cabeza una caja de grandes dimensiones que había junto al balcón. Alí no había reparado en ella—. Enséñaselo.

El caíd suspiró, pero se acercó a la caja.

—El imán de una mezquita próxima al Gran Bazar se puso en contacto con la Guardia Real hace unas semanas porque sospechaba que Bhatt había reclutado a uno de sus congregantes. —Wajed retiró los listones de madera de la caja con ayuda de su janyar. Indicó a Alí y a Muntadhir que se acercaran—. Mis hombres siguieron al hombre hasta uno de sus escondites. Allí encontramos esto.

Angustiado, Alí se acercó un poco más. Sabía perfectamente lo que había en la caja.

Las armas que Anas había jurado que no tenía, perfectamente empaquetadas. Rudimentarios garrotes de hierro y maltrechas dagas de acero, mazas tachonadas y un par de ballestas. Media docena de espadas y unos cuantos de esos artefactos incendiarios inventados por los humanos —rifles, los llamaban—, junto a una caja de munición. Los ojos incrédulos de Alí escudriñaron la caja y el corazón le dio un vuelco.

—Zulfiqares de entrenamiento. —Las palabras salieron de su boca antes de que pudiera contenerlas.

—Alguien de la Guardia Real los robó.

Wajed asintió sombríamente.

—Eso sospecho. Un geziri; nadie más puede acercarse a ese tipo de espadas. —Cruzó los brazos sobre su enorme pecho—. Deben de haber sido robadas de la Ciudadela, pero presumo que el resto de las armas fueron compradas a contrabandistas. —Se encontró con la mirada horrorizada de Alí—. Había otras tres cajas como esta.

A su lado, Muntadhir resopló.

—En nombre de Dios, ¿qué pensaban hacer con todo esto?

—No estoy seguro —admitió Wajed—. Como mucho podrían haber armado a una docena de hombres. Lo que no hubiera supuesto un gran problema para la Guardia Real, aunque...

—Podrían haber asesinado a una veintena de personas en el Gran Bazar —intervino el rey—. O estar al acecho frente al templo daeva durante uno de sus festivales y masacrar a un centenar de peregrinos antes de que llegara ayuda. Podrían haber iniciado una guerra.

Alí se sujetó a la caja, aunque no recordaba haber apoyado las manos en ella. Pensó en los soldados con los que había crecido; los cadetes que se quedaban dormidos con la cabeza apoyada en el hombro de su compañero tras largos días de entrenamiento, los jóvenes que se burlaban e insultaban mutuamente cuando salían en sus primeras patrullas. A los que pronto juraría liderar y proteger como caíd. Todos ellos habrían tenido que enfrentarse a aquellas armas.

Se sintió invadido por una cólera feroz y vertiginosa, pero no tenía a nadie a quien culpar salvo a sí mismo. *Deberías haberlo sabido. Cuando te llegaron los primeros rumores acerca de las armas, deberías haberlo detenido.* Pero no lo había hecho. En lugar de eso, había ido con Anas a la taberna. Había permanecido inmóvil mientras asesinaban a dos hombres.

Respiró hondo. Por el rabillo del ojo, vio que Wajed le dedicaba una mirada extraña. Se enderezó.

—Pero ¿por qué? —insistió Muntadhir—. ¿Qué ventaja podía obtener el Tanzeem?

—No lo sé —respondió Ghassán—. Y tampoco me importa. Costó años traer la paz a Daevabad tras la muerte de los últimos Nahid. No pienso permitir que unos impuros de sangre fanáticos y ansiosos de martirio nos separen.

Señaló a Wajed y añadió:

—La Ciudadela encontrará a los responsables y los ejecutará. Si son geziri, hazlo con discreción. Lo último que quiero es que los daeva crean que apoyamos al Tanzeem. Y encárgate de aplicar las nuevas restricciones sobre los shafit. Prohíbe sus reuniones. Mételos en el calabozo aunque lo único que hayan hecho sea pisarle el pie a un puro de sangre. Al menos por el momento. —Sacudió la cabeza—. Si, quiera Dios, los próximos meses no tenemos más sorpresas, volveremos a relajar las medidas.

—Sí, mi rey.

Ghassán señaló la caja.

—Y deshazte de esa cosa antes de que Kaveh la huela. Ya he tenido suficientes desvaríos por su parte durante una temporada. —Se frotó la frente y volvió a recostarse en la silla, acompañado por el brillo de sus anillos enjoyados. Levantó la vista y clavó una aguda mirada en Muntadhir—. Además…, cuando tenga que ejecutar a otro traidor shafit, el emir se limitará a observar sin inmutarse. De lo contrario, la próxima vez tendrá que ejecutar la sentencia él mismo.

Muntadhir se cruzó de brazos y se recostó en el escritorio con una naturalidad de la que Alí no habría sido capaz.

—Ya, abba, de haber sabido que le ibas a aplastar la cabeza como a un melón, no habría desayunado.

Los ojos de Ghassán destellaron.

—Tu hermano se las arregló para controlarse.

Muntadhir se echó a reír.

—Sí, pero Alí ha entrenado en la Ciudadela. Bailaría delante del karkadann si se lo pidieras.

A su padre no pareció gustarle la broma. Su expresión se volvía más y más severa.

—O tal vez pasarte el día bebiendo con cortesanos y poetas ha debilitado tu constitución. Deberías mostrarte agradecido por la formación que ha recibido tu futuro caíd; Dios sabe que la necesitarás. —Lo fulminó con la mirada, pero lo que hizo fue levantarse del escritorio—. Por cierto, me gustaría hablar con tu hermano a solas.

¿Cómo? ¿Por qué? Alí apenas podía contener las emociones; no quería quedarse a solas con su padre.

Mientras Ghassán se ponía de pie y se acercaba al balcón, Wajed le dio un apretón en el hombro a Alí y se inclinó brevemente para decirle al oído:

—Respira, muchacho. No muerde.

Le dirigió una sonrisa tranquilizadora y salió del despacho detrás de Muntadhir.

Se produjo un largo silencio. Su padre contemplaba el jardín con las manos entrelazadas a la espalda. Sin girarse, dijo:

—¿De verdad lo crees?

—¿El qué? —preguntó Alí, angustiado.

—Lo que dijiste antes. —Se dio la vuelta. La decisión se acentuaba en aquellos ojos oscuros—. Eso de que la ley de Dios se aplica por igual... Por el Altísimo, Alizayd, ¿puedes dejar de temblar? Necesito hablar con mi caíd sin que se sacuda de la cabeza a los pies.

La vergüenza de Alí se vio atenuada por el alivio. Mejor que Ghassán atribuyera su ansiedad a los nervios por haber sido nombrado caíd.

—Lo siento.

—Está bien. —Ghassán volvió a clavar en él su mirada—. Responde a la pregunta.

Alí pensó rápido, pero no podía mentir. Su familia sabía que era devoto desde niño, y su religión era clara respecto al tema de los shafit.

—Sí —respondió—. Creo que los shafit deben recibir el mismo trato. Por eso nuestros antepasados vinieron a Daevabad. Por eso Zaydi al Qahtani les declaró la guerra a los Nahid.

—Una guerra que estuvo a punto de destruir a toda nuestra raza. Y que terminó con el saqueo de Daevabad, por no mencionar la enemistad con la tribu daeva hasta el día de hoy.

Alí se sobresaltó ante las palabras de su padre.

—¿Crees que no mereció la pena?

Ghassán parecía irritado.

—Claro que mereció la pena. Pero soy capaz de entender las razones que mueven a ambos bandos; una habilidad que deberías intentar adquirir. —Alí notó que se sonrojaba. Su padre continuó—: Además, en los tiempos de Zaydi no había tantos shafit como ahora.

Alí frunció el ceño.

—¿Tan numerosos son?

—Casi un tercio de la población. Sí —dijo al notar la sorpresa en el rostro de Alí—. Su número ha crecido mucho en las últimas décadas; una información que sería mejor que no hicieras pública. —Señalando las armas, añadió—: Ahora hay casi tantos shafit en Daevabad como daeva. Lo cierto, hijo mío, es que si decidieran llevar la guerra a las calles, no estoy seguro de que la Guardia Real pudiera detenerlos. Al final los daeva se impondrían, por supuesto, pero se derramaría mucha sangre, además de destruir la paz de la ciudad durante generaciones.

—Pero eso no va a suceder, abba —argumentó Alí—. Los shafit no son estúpidos. Solo quieren una vida mejor, poder trabajar y vivir en edificios que no se derrumben sobre sus cabezas. Cuidar de sus familias sin el miedo de que un puro de sangre les arrebate a sus hijos…

Ghassán le interrumpió:

—Cuando se te ocurra la manera de proporcionar trabajo y vivienda a miles de personas, házmelo saber. Además, si su vida fuera más fácil, se reproducirían más rápido.

—Entonces deja que se vayan. Que traten de encontrar una vida mejor en el mundo de los humanos.

—Que provoquen el caos en el mundo de los humanos, querrás decir. —Negó con la cabeza—. En absoluto. Puede que parezcan humanos, pero muchos de ellos aún tienen habilidades mágicas. Estaríamos invitando a que viniera otro Salomón para maldecirnos. —Suspiró—. No hay respuestas fáciles, Alizayd. Lo único que podemos hacer es buscar el equilibrio.

—Pero no es lo que estamos haciendo —argumentó Alí—. Hemos priorizado a los adoradores del fuego sobre los shafit que nuestros antepasados juraron proteger.

Ghassán se giró bruscamente.

—¿Adoradores del fuego?

Alí recordó demasiado tarde que los daeva odiaban aquel apelativo para referirse a su tribu.

—No pretendía...

—Entonces no vuelvas a afirmar algo así en mi presencia. —Su padre lo fulminó con la mirada—. Los daeva están bajo mi protección, igual que nuestra propia tribu. No me importa qué fe practiquen. —Levantó las manos—. Diablos, tal vez su obsesión por la pureza de sangre no sea tan descabellada. En todos mis años jamás he conocido a un shafit de la tribu de los daeva.

Probablemente los asfixien en la cuna, pensó Alí, pero no lo dijo. Había sido un necio al elegir aquella discusión precisamente aquel día.

Ghassán pasó una mano por el húmedo alféizar y después sacudió las gotas de agua que se habían acumulado en la punta de sus dedos.

—Aquí siempre hay humedad. Siempre hace frío. Hace un siglo que no voy a Am Gezira pero cada mañana me despierto pensando en su cálida arena. —Volvió a mirar a Alí—. Este no es nuestro hogar. Nunca lo será. Siempre será la tierra de los daeva.

Pues yo sí lo considero mi hogar. Alí estaba acostumbrado al frío húmedo de Daevabad y le gustaba la diversidad humana que llenaba sus calles. Durante sus raros viajes a Am Gezira, se había sentido fuera de lugar, siempre consciente de su apariencia ayaanle.

—Es su hogar —continuó Ghassán—. Y yo soy su rey. No permitiré que los shafit, un problema del que ellos no tienen responsabilidad alguna, les amenacen en su propio territorio. —Se volvió a Alí—. Si vas a ser caíd, deberás aceptarlo.

Alí bajó la mirada. No lo respetaba; de hecho, estaba totalmente en desacuerdo con su padre.

—Disculpa mi impertinencia.

Supuso que aquella no era la respuesta que esperaba Ghassán. Su padre siguió clavando en él sus afilados ojos durante un momento más antes de cruzar bruscamente la habitación hacia las estanterías de madera que cubrían la pared opuesta.

—Acércate.

Alí obedeció. Ghassán sacó un largo estuche negro lacado de uno de los estantes superiores.

—No dejan de llegarme cumplidos desde la Ciudadela acerca de tu progreso, Alizayd. Tienes una mente despierta para la ciencia militar y eres uno de los mejores zulfiqari de tu generación. Nadie lo pone en duda. Pero eres muy joven.

Ghassán sopló el polvo del estuche antes de abrirlo. En el interior había una flecha de plata sobre un lecho de frágil tejido.

—¿Sabes qué es esto?

Alí lo sabía:

—La última flecha que disparó un Afshín.

—Intenta doblarla.

Algo confundido, Alí tomó la flecha de manos de su padre. Pese a ser increíblemente ligera, no pudo doblarla lo más mínimo. La plata todavía brillaba a pesar de los años y la punta en forma de guadaña estaba manchada de sangre. La misma sangre que corría por las venas de Alí.

—Los Afshín también eran buenos soldados —dijo Ghassán en voz baja—. Probablemente los mejores guerreros de nuestra raza. Pero ahora están muertos, al igual que sus líderes Nahid, y nuestro pueblo ha gobernado Daevabad desde hace catorce siglos. ¿Sabes por qué?

¿Porque eran infieles y Dios nos guio hacia la victoria? Alí contuvo la lengua; supuso que si decía aquello, la flecha recibiría una nueva capa de sangre Qahtani.

Ghassán volvió a agarrar la flecha.

—Porque eran como esta flecha. Como tú. Poco dispuestos a doblegarse, a aceptar que no todo encajaba en su mundo perfectamente ordenado. —Volvió a dejar el arma en el estuche y lo cerró con un chasquido—. Ser caíd es mucho más que ser un buen soldado. Si Dios quiere, Wajed y yo tenemos por delante otro siglo de vino y ridículos peticionarios, pero un día Muntadhir será rey. Y cuando necesite orientación, cuando necesite discutir cosas que solo su sangre pueda escuchar, te necesitará.

—Sí, abba. —A aquellas alturas, Alí estaba dispuesto a decir cualquier cosa que le permitiera salir de allí, escapar de la circunspecta mirada de su padre.

—Una cosa más. —El rey se alejó de la estantería—. Te trasladarás al palacio. Inmediatamente.

Alí se quedó con la boca abierta.

—Pero la Ciudadela es mi hogar.

—No... tu hogar es mi hogar —dijo Ghassán con tono irritado—. Tu lugar está aquí. Es hora de que empieces a asistir a la corte para ver cómo funciona el mundo más allá de los libros. Así podré vigilarte de cerca; no me gusta la forma en que hablas de los daeva.

Alí sintió pavor, pero su padre no insistió.

—Puedes marcharte. Te espero en la corte una vez que te hayas instalado.

Alí asintió e hizo una reverencia; tuvo que hacer un esfuerzo para no salir corriendo en dirección a la puerta.

—Que la paz sea contigo.

En cuanto salió al pasillo, se encontró con su hermano, que sonreía de oreja a oreja.

Muntadhir lo abrazó.

—Felicidades, akhi. Estoy seguro de que serás un magnífico caíd.

—Gracias —murmuró Alí.

Acababa de presenciar la muerte brutal de su mejor amigo. La idea de estar al cargo de la seguridad de una ciudad repleta de djinn pendencieros era algo en lo que aún no había reflexionado.

Muntadhir no pareció darse cuenta de su angustia.

—¿Te ha dado abba la otra gran noticia? —Alí emitió un ruidito poco comprometedor y su hermano continuó—: ¡Vuelves al palacio!

—Ah. —Alí frunció el ceño—. Eso.

La expresión de su hermano se agrió.

—No pareces muy emocionado.

Una nueva oleada de culpa invadió a Alí al reconocer el dolor en la voz de Muntadhir.

—No es eso, dhiru. Es que… ha sido una mañana muy larga. El relevo de Wajed, las noticias sobre las armas… —Soltó un bufido—. Además, nunca me he sentido demasiado… —Buscó el modo de evitar insultar a todo el círculo social de su hermano— cómodo con la gente que vive aquí.

—Ah, estarás bien —le aseguró Muntadhir mientras le rodeaba los hombros con un brazo y lo arrastraba por el pasillo—. Quédate cerca de mí y me aseguraré de que solo te veas envuelto en los escándalos más deliciosos.

Alí le lanzó una mirada de sorpresa y él se echó a reír.

—Vamos. Zaynab y yo te hemos escogido unas estancias cerca de la cascada. —Doblaron una esquina—. Con el mobiliario más aburrido y las instalaciones menos cómodas. Te sentirás como en ca… ¡vaya!

Los hermanos se detuvieron en seco. No les quedó más remedio. Una pared se interponía en su camino. Sobre ella, un colorido mural salpicaba la piedra.

—Vaya… —repitió Muntadhir con voz temblorosa—. Esto no estaba aquí antes.

Alí se acercó.

—Sí, sí que lo estaba —dijo en voz baja. Reconoció la escena al tiempo que recordaba las lecciones de historia—. Es uno de los viejos murales Nahid. Antes de la guerra las paredes del palacio estaban cubiertas de murales así.

—Pues ayer no estaba aquí —insistió Muntadhir, tocando el brillante sol del mural.

El sol destelló a su contacto y los dos hermanos se sobresaltaron.

Alí observó el mural con inquietud.

—¿Y te preguntas por qué no quiero volver a este lugar encantado?

Muntadhir hizo una mueca.

—Normalmente no es tan malo. —Señaló con la cabeza una de las figuras en la agrietada pared—. ¿Sabes quién es?

Alí estudió la imagen. La figura parecía humana, un hombre con una vaporosa barba blanca y un halo plateado sobre la cabeza coronada. Estaba de pie ante un sol carmesí, con una mano apoyada en el lomo de un amenazador shedu y la otra sosteniendo un báculo con un sello de ocho puntas. El mismo que decoraba la sien derecha de Ghassán. Alí comprendió de quién se trataba.

—Es Salomón. Que la paz sea con él. —Observó el resto de la pintura—. Creo que representa la ascensión de Anahid tras recibir las habilidades y el sello de Salomón.

Sus ojos se posaron en la figura encorvada a los pies de Salomón. Estaba de espaldas, pero sus orejas alargadas delataban que era una djinn. O, mejor dicho, una daeva. Anahid, la primera de su estirpe.

La pintura azul inundaba la túnica de Salomón.

—Qué raro —comentó Muntadhir—. Me pregunto por qué habrán elegido precisamente hoy para empezar a reparar catorce siglos de deterioro.

Un escalofrío recorrió la espalda de Alí.

—No lo sé.

7

NAHRI

—Levanta más el brazo.

Nahri alzó el codo mientras sujetaba con más fuerza la daga.

—¿Así?

Dara hizo una mueca.

—No. —Se acercó a ella, lo que provocó que el aroma de su piel ahumada le hiciera cosquillas en la nariz, y le colocó bien el brazo—. Tienes que estar relajada. Estás lanzando un cuchillo, no golpeando a alguien con un palo.

La mano de Dara se detuvo un momento más de lo necesario en su codo. Nahri notó su cálido aliento en el cuello y se estremeció. No era sencillo relajarse con un apuesto daeva tan cerca. Por fin se alejó y ella pudo concentrarse en el árbol achaparrado que tenía delante. Lanzó la daga, que pasó volando junto al árbol para aterrizar en un grupo de arbustos.

Dara soltó una risotada mientras ella profería una maldición.

—No estoy muy seguro de que consigamos convertirte en guerrera. —Abrió una mano y la daga voló de regreso hasta él.

Nahri le lanzó una mirada de envidia.

—¿No puedes enseñarme a hacer eso?

Dara le devolvió el cuchillo.

—No. Ya te he dicho muchas veces...

—... que la magia es impredecible —terminó por él. Volvió a lanzar la daga. Habría jurado que aquella vez había caído un poco más cerca del árbol, aunque también podían ser las ganas de que así fuera—. ¿Y qué más da que lo sea? ¿De verdad tienes miedo de lo que pueda hacer con ella?

—Sí —contestó él sin rodeos—. Lo más probable es que nos lloviesen cincuenta cuchillos.

Bueno, quizá tuviera razón. Cuando Dara trató de devolverle el cuchillo, Nahri hizo un gesto de desdén.

—No. Ya he tenido bastante por hoy. ¿No podemos descansar? Hemos estado viajando como si...

—¿Como si una manada de ifrit nos persiguiera? —Dara enarcó las cejas.

—Viajaríamos más rápido si no estuviéramos tan agotados —replicó ella mientras lo agarraba del brazo y tiraba de él en dirección a su pequeño campamento—. Vamos.

—Viajaríamos más rápido si no estuviéramos cargando con una caravana de bienes robados —replicó Dara. Arrancó una ramita de un árbol moribundo y la dejó arder entre sus manos—. ¿De verdad necesitas toda esa ropa? Y ni siquiera te comes las naranjas... por no hablar de esa flauta completamente inútil.

—Esa flauta es de marfil, Dara. Vale una fortuna. Además... —Nahri extendió los brazos, y admiró brevemente la túnica bordada y las botas marrones de cuero que había escamoteado de un puesto en uno de los pueblos ribereños por los que habían pasado—. Solo intento mantener nuestras provisiones bien abastecidas.

Llegaron al campamento. Aunque «campamento» sonaba demasiado exagerado para definir el pequeño claro de hierba que Nahri había aplanado a pisotones antes de dejar en él sus pertenencias. Los caballos pastaban en un campo a cierta distancia de allí, comiendo hasta las raíces cualquier planta a su alcance. Dara se arrodilló y reavivó el fuego con un chasquido de los dedos. Las llamas resucitaron, iluminando el oscuro tatuaje en su rostro ceñudo.

—Tus antepasados estarían horrorizados al ver la facilidad con la que te dedicas a robar.

—Según tú, mis antepasados se horrorizarían al saber de mi existencia. —Nahri sacó un trozo de pan rancio—. Así es como funciona el mundo. A estas alturas, seguro que ya han entrado en mi casa de El Cairo para llevarse todas mis cosas.

Dara arrojó una rama rota al fuego, lo que provocó una lluvia de chispas.

—¿Y eso lo justifica todo?

—Alguien me roba a mí, yo robo a otras personas. Estoy convencida de que la gente a la que he robado no tardará mucho en llevarse algo que no le pertenece. Es el círculo de la vida —añadió en tono sabio mientras roía el pan gomoso.

Dara la observó detenidamente durante un buen rato antes de hablar.

—Hay algo realmente extraño en ti.

—Seguramente sea por culpa de mi sangre daeva.

Dara frunció el ceño.

—Te toca ir a por los caballos.

Nahri protestó; no tenía ningunas ganas de alejarse del fuego.

—Y tú, ¿qué vas a hacer?

Pero Dara ya estaba sacando una olla maltrecha de una de las bolsas. Nahri la había robado con la esperanza de encontrar algo para comer que no fuera maná. Y después de haber oído sus protestas ante su precaria situación culinaria durante días, Dara había decidido que iba a tratar de descubrir el modo de conjurar algo distinto. Sin embargo, Nahri no tenía muchas esperanzas. Lo único que había logrado hacer aparecer hasta el momento era una sopa gris vagamente tibia cuyo sabor le recordaba demasiado al hedor que despedían los necrófagos.

Ya se había hecho de noche cuando Nahri regresó con los caballos. La oscuridad en aquella tierra llegaba con rapidez, y era lo bastante densa como para sentirla en los huesos, una negrura pesada e impenetrable que la habría puesto nerviosa si no hubiera tenido la fogata para guiarla. Ni siquiera el espeso dosel de estrellas en lo alto del cielo ayudaba mucho, ya que su luminosidad era absorbida por las blancas montañas que los rodeaban. Estaban cubiertas de nieve, le había explicado Dara, un concepto que a ella le costaba imaginar. El paisaje le resultaba completamente ajeno y, a pesar de la novedad y, en cierto modo, de su hermosura, echaba mucho de menos las bulliciosas calles de El Cairo, los bazares abarrotados y los comerciantes pendencieros. Añoraba el desierto dorado que abrazaba su ciudad y el ancho y rojizo Nilo que serpenteaba a través de ella.

Nahri ató los caballos a un árbol famélico. Tras la puesta de sol, la temperatura había bajado drásticamente, por lo que sus fríos dedos hicieron el nudo torpemente. Se envolvió los hombros con una manta y se sentó tan cerca del fuego como pudo.

Dara ni siquiera llevaba puesta la túnica. Observó con envidia sus brazos desnudos. *Debe de ser agradable estar hecho de fuego.* Fuera cual fuere el tipo de sangre daeva que corría por sus venas, no era suficiente para mantener el frío a raya.

La olla humeaba a sus pies, y Dara la empujó con una sonrisa triunfal.

—Come.

Ella la olfateó con desconfianza. Olía bien, a cebolla y lentejas mantecosas. Nahri arrancó una tira de pan de la bolsa y la sumergió en la olla. Dio un mordisco cauteloso y después otro. El sabor era tan delicioso como su olor, a nata, lentejas y algún tipo de verdura. No tardó mucho en echar mano de más pan.

—¿Te gusta? —le preguntó con voz esperanzada.

Después del maná, cualquier cosa comestible le habría parecido apetitosa, pero debía reconocer que aquello estaba delicioso.

—¡Me encanta! —Se metió otra buena porción en la boca, saboreando el guiso caliente—. ¿Cómo has logrado hacerlo?

Dara parecía tremendamente satisfecho de sí mismo.

—Me he concentrado en el plato que mejor conozco. Creo que esa ha sido la clave; la magia tiene mucho que ver con las intenciones. —Hizo una pausa y su sonrisa se desvaneció—. Solía prepararlo mi madre.

Nahri casi se atragantó; Dara no le había contado nada acerca de su pasado, e incluso en aquel momento su expresión seguía siendo reservada. Con la esperanza de que no cambiara de tema, Nahri se apresuró a contestar:

—Debe de ser muy buena cocinera.

—Lo era. —Se bebió de un trago el vino que le quedaba y la copa volvió a llenarse de inmediato.

—¿Era? —intentó Nahri.

Dara clavó la vista en el fuego. Tenía los dedos crispados, como si anhelara tocarlo.

—Murió.

Nahri dejó caer el pan.

—Ah. Lo siento, Dara, no lo sabía.

—No te preocupes —la interrumpió él, aunque, por el tono de su voz, Nahri comprendió que le había dolido—. Fue hace mucho tiempo.

Nahri vaciló, pero no pudo contener la curiosidad.

—¿Y el resto de tu familia?

—Murieron también. —Le dirigió una mirada penetrante con aquellos resplandecientes ojos color esmeralda—. Solo quedo yo.

—Te comprendo —dijo ella en voz baja.

—Claro. Supongo que sí. —Una copa se materializó de repente en la mano de Nahri y Dara alzó la suya—. Bebe conmigo, pues. Si no riegas un poco la comida, te atragantarás. Creo que nunca he visto a nadie comer tan rápido.

Ambos eran conscientes de que había cambiado de tema. Nahri se encogió de hombros y bebió un poco de vino.

—Tú también comerías rápido si hubieras tenido la misma infancia que yo. Muchas veces no sabía cuándo volvería a comer.

—Ya lo veo —dijo él con un resoplido—. Cuando te encontré, no pesabas mucho más que un necrófago. Puedes maldecir el maná tanto como quieras, pero al menos ha servido para que engordases un poco.

Nahri enarcó una ceja.

—¿Cómo que para que engordase? —dijo ella.

Dara se aturulló.

—No… no pretendía ofenderte. Es solo que, ya sabes… —Hizo un vago gesto hacia el cuerpo de Nahri y después se sonrojó, tal vez al darse cuenta de que estaba empeorando la situación. Luego apartó la mirada avergonzada y murmuró—: Da igual.

Oh, me he dado cuenta, créeme. Por mucho que Dara supuestamente aborreciera a los shafit, Nahri lo había sorprendido mirándola más de una vez, y la sesión de lanzamiento de dagas no había sido la primera vez que apoyaba la mano sobre ella un momento más del necesario.

Mantuvo la mirada fija en él, aprovechando para estudiar la ancha línea de sus hombros y observando cómo jugueteaba nerviosamente con la copa. Dara rehuía su mirada. Vio que le temblaban los dedos alrededor del pie de la copa y, por un momento, Nahri no pudo evitar preguntarse si serían capaces de moverse así sobre su piel.

Como si la situación entre nosotros no fuera suficientemente complicada como para añadir «eso» a la mezcla. Antes de que pudiera ahondar en la idea, Nahri volvió a cambiar de tema. Optó por mencionar algo que sabía que arruinaría por completo la atmósfera que se había creado entre ambos.

—Háblame de los Qahtani.

Dara se sobresaltó.

—¿Qué?

—Esos djinn a los que no dejas de insultar, los que supuestamente lucharon contra mis antepasados. —Dio otro sorbo de vino—. Háblame de ellos.

Dara puso cara de haber mordido algo agrio. Misión cumplida.

—¿De verdad tenemos que hablar de eso ahora? Es tarde...

Nahri movió un dedo delante de su cara.

—No me hagas ir en busca de otro demonio para hacerte hablar bajo amenaza.

Dara no sonrió ante la broma; de hecho, cada vez parecía más preocupado.

—No es una historia agradable, Nahri.

—Razón de más para sacárnosla de encima cuanto antes.

Dara dio un largo trago de vino, como si necesitara una buena dosis de valor.

—Ya te he dicho que Salomón era un hombre inteligente. Antes de su maldición, todos los daeva éramos iguales. Teníamos un aspecto similar, hablábamos la misma lengua, practicábamos los mismos rituales. —Dara movió las manos cerca del fuego y los zarcillos de humo acudieron a sus manos como un amante ansioso—. Después de habernos liberado, Salomón nos dispersó por todo el mundo que conocía, y transformó nuestras lenguas y apariencia en función de los humanos que ocupaban las nuevas tierras donde nos establecimos.

Dara extendió las manos y el humo se aplanó y condensó hasta formar un grueso mapa sobre sus cabezas. El templo de Salomón ocupaba el espacio central. Mientras Nahri observaba, unos puntitos de luz ardiente se dispersaron por todo el mundo desde el templo, para caer luego al suelo como meteoritos y brotar de nuevo como personas completamente formadas.

—Nos dividió en seis tribus. —Dara señaló a una mujer de piel pálida que se dedicaba a pesar monedas de jade en el borde oriental del mapa; tal vez la ubicación correspondiera a China—. Los tukharistaníes. —Señaló hacia el sur, donde una bailarina enjoyada daba vueltas sobre el subcontinente indio—. Los agnivanshi. —Un diminuto jinete emergió del humo, galopando a través del sur de Arabia blandiendo una espada de fuego. Dara frunció los labios y con un chasquido de dedos le cortó la cabeza—. Los geziri. —Al sur de Egipto, un erudito de ojos dorados se cubría los hombros con un brillante pañuelo verde azulado mientras observaba un pergamino. Dara lo señaló con un gesto de la cabeza—. Los ayaanle —dijo, y entonces señaló a un hombre con cabellos de fuego que reparaba un barco en la costa marroquí—. Los sahrayn.

—¿Y tu pueblo?

—*Nuestro* pueblo —la corrigió y señaló las llanuras de lo que parecía Persia, o quizás Afganistán. Luego dijo en tono afectuoso—: Daevastana. La tierra de los daeva.

Nahri frunció el ceño.

—¿Tu tribu adoptó como propio el nombre original de toda la raza daeva?

Dara se encogió de hombros.

—Estábamos al mando.

Dara estudió el mapa. Las vaporosas figuras gritaban en silencio y gesticulaban entre sí.

—Según se cuenta, fue una época violenta y aterradora. La mayoría de la gente aceptó su nueva tribu, se ayudaron mutuamente para poder sobrevivir y dentro de cada tribu se formaron castas en función de sus nuevas habilidades. Algunos eran cambiaformas, otros podían manipular los metales, otros conjurar productos raros y así sucesivamente. Nadie podía hacerlo todo, y las tribus estaban demasiado ocupadas luchando entre sí como para pensar en vengarse de Salomón.

Nahri sonrió, impresionada.

—Tendrás que reconocer que fue una jugada brillante por su parte.

—Es posible —respondió Dara—. Pero por muy brillante que fuera, Salomón no tuvo en cuenta las consecuencias que traería el hecho de habernos entregado cuerpos sólidos y mortales.

Las diminutas figuras siguieron multiplicándose, construyendo pequeñas aldeas y atravesando el vasto mundo en enjutas caravanas. De vez en cuando, una alfombra voladora en miniatura surcaba las vaporosas nubes.

—¿Qué consecuencias? —preguntó Nahri, confusa.

Dara la miró con una sonrisa juguetona que no llegó a iluminarle los ojos.

—La capacidad de aparearnos con los humanos.

—Y crear shafit —comprendió Nahri—. Gente como yo.

Dara asintió.

—Aunque estaba completamente prohibido, eso sí. —Suspiró—. Ya te habrás dado cuenta a estas alturas de que no se nos da especialmente bien seguir las normas.

—Supongo que esos shafit se multiplicaron muy rápido.

—Mucho. —Dara señaló el mapa cubierto de humo—. Como ya te he dicho, la magia es impredecible. —Una pequeña ciudad del Magreb estalló en llamas—. Y más aún en manos de mestizos sin preparación alguna. —Unos barcos enormes y de formas extrañas cruzaron el Mar Rojo, y gatos alados con rostros humanos se elevaron sobre el Indo—. Aunque son pocos los shafit que tienen habilidades, quienes sí las tienen pueden infligir daños terribles a las sociedades humanas.

Como por ejemplo liderar una manada de necrófagos por las calles de El Cairo y timar a bajás para desposeerlos de sus riquezas. En eso Nahri no podía llevarle la contraria.

—Pero ¿cómo les afectaba eso a los daeva, o djinn, o como quiera que os llamarais por entonces? —preguntó—. Creía que a tu raza no le importaba mucho lo que les ocurriera a los humanos.

—Así es —admitió Dara—. Pero Salomón dejó bastante claro que, si ignorábamos su ley, llegaría otro en su lugar para volver a castigarnos. El Consejo Nahid se esforzó durante años para contener el problema shafit. Ordenaron que cualquier humano sospechoso de tener sangre mágica fuera trasladado a Daevabad para que pudieran seguir allí con su vida.

Nahri se quedó inmóvil.

—¿El Consejo Nahid? Pero creía que los Qahtani eran los que...

—Ya llegaremos a esa parte —le interrumpió Dara en un tono más frío, y ligeramente más torpe, de lo habitual. Dio otro largo trago de vino. La copa no parecía vaciarse nunca, por lo que Nahri no podía saber cuánto había bebido exactamente. En cualquier caso, mucho más que ella, y eso que la cabeza empezaba a darle vueltas.

Una ciudad emergió del vaporoso mapa en Daevastana, en el centro de un lago sombrío. Sus murallas brillaban como el bronce, hermosas bajo el cielo oscuro.

—¿Eso es Daevabad? —preguntó ella.

—Así es —confirmó Dara. Sus ojos se oscurecieron mientras contemplaba la diminuta ciudad y el anhelo se hizo evidente en su rostro—. Nuestra grandiosa ciudad. Donde Anahid construyó su palacio y desde donde sus descendientes gobernaron el reino hasta que fueron derrocados.

—Déjame adivinar: los derrocaron los shafit secuestrados a los que habían mantenido encerrados.

Dara negó con la cabeza.

—No. Ningún shafit podría haber hecho tal cosa; son demasiado débiles.

—Entonces, ¿quién lo hizo?

El rostro de Dara se ensombreció.

—Pues todos. —Nahri frunció el ceño en señal de confusión, y él continuó—: Las otras tribus nunca prestaron demasiada atención al decreto de Salomón. Aunque aseguraban estar de acuerdo en que humanos y daeva vivieran segregados, ellos eran la fuente de los shafit.

Dara señaló el mapa con la cabeza.

—Los geziri eran los peores. Estaban fascinados con los humanos de la tierra donde residían, alababan a sus profetas y adoptaron su cultura. Como no podía ser de otro modo, algunos se acercaron demasiado. Son la tribu más pobre, una panda de fanáticos religiosos convencidos de que lo que Salomón nos hizo fue una bendición, no una maldición. A menudo se negaban a entregar a familiares shafit, y cuando el Consejo Nahid se volvió más severo en la aplicación de la ley, los geziri no reaccionaron bien.

Un enjambre negro se formó en Rub al Khali, el desierto prohibido al norte de Yemen.

—Empezaron a denominarse a sí mismos «djinn» —continuó Dara—. El nombre que los humanos de su tierra usaban para referirse a nuestra raza. Y cuando su líder, un hombre llamado Zaydi al Qahtani, llamó a la invasión, las otras tribus se le unieron. —La nube negra aumentó de tamaño mientras descendía sobre Daevabad y cubría el lago adyacente—. Derrocó el Consejo Nahid y robó el sello de Salomón.

Las siguientes palabras de Dara salieron en un siseo:

—Y sus descendientes gobernaron Daevabad hasta el día de hoy.

Nahri observó cómo la ciudad se ennegrecía lentamente.

—¿Cuánto tiempo hace que ocurrió todo esto?

—Hará unos mil cuatrocientos años. —La boca de Dara era una fina línea. En el humeante mapa, la diminuta versión de Daevabad, negra como el carbón, se derrumbó.

—¿Mil cuatrocientos años? —Nahri estudió al daeva y percibió la tensión de su cuerpo, el ceño fruncido en su apuesto rostro. Un recuerdo acudió a su mente y se quedó boquiabierta—. Se trata... de la guerra de la que hablabas con Khayzur, ¿verdad? Dijiste que la habías presenciado.

Dara se bebió el resto del vino.

—No se te escapa nada, ¿verdad?

Nahri giró la cabeza bruscamente ante la revelación.

—¿Pero cómo es posible? ¡Dijiste que los djinn solo vivían unos cuantos siglos!

—Eso da igual. —Dio por concluido el asunto con un gesto de la mano, aunque en aquella ocasión el movimiento no fue tan elegante como de costumbre—. Mi historia es mía y de nadie más.

Nahri no podía creerlo.

—¿Y no crees que ese rey va a exigir una explicación cuando aparezcamos por Daevabad?

—Yo no voy a ir a Daevabad.

—¿Qué? Pensaba que… ¿a dónde vamos entonces?

Dara apartó la mirada.

—Te acompañaré hasta las puertas de la ciudad. Desde allí no tendrás problemas para llegar al palacio. Te recibirán mejor sola, créeme.

Nahri retrocedió, sorprendida y mucho más dolida de lo que debería estar.

—¿Vas a abandonarme así, sin más?

—No voy a abandonarte. —Dara resopló, levantó las manos y señaló con brusquedad el montón de armas a su espalda—. Nahri, ¿eres consciente del pasado que comparto con esa gente? No puedo regresar.

Enfurecida, Nahri se puso de pie.

—Eres un cobarde —acusó—. Me engañaste en el río y lo sabes. Jamás habría aceptado venir a Daevabad contigo si hubiera sabido que tenías tanto miedo de los djinn que planeabas…

—No les tengo miedo. —Dara también se levantó, con los ojos enardecidos—. ¡Vendí mi alma por los Nahid! No voy a pasarme la eternidad languideciendo en una mazmorra mientras escucho cómo los djinn se burlan de ellos por ser unos hipócritas.

—Pero es que eran unos hipócritas. ¡Mírame! ¡Yo soy la prueba viviente!

Su rostro se ensombreció.

—Lo sé demasiado bien.

Aquello le dolió, no podía negarlo.

—¿De eso se trata, entonces? ¿Te avergüenzas de mí?

—Es que… —Dara sacudió la cabeza. Algo parecido al arrepentimiento parpadeó brevemente en su rostro antes de darse la vuelta—. Nahri, tú no creciste en mi mundo. No puedes entenderlo.

—¡Y doy gracias a Dios por ello! ¡Lo más probable es que me hubieran matado antes de cumplir un año!

Dara no dijo nada, y aquel silencio fue más revelador que cualquier negativa. A Nahri se le formó un nudo en el estómago. Había imaginado a sus antepasados como nobles sanadores, pero la sugerencia de Dara pintaba un cuadro mucho más siniestro.

—Entonces me alegro de que los djinn os hayan invadido —dijo con voz ronca—. ¡Espero que hayan obtenido la venganza que buscaban por todos los shafit que mis antepasados asesinaron!

—¿Venganza? —Los ojos de Dara relucieron y le salió humo del cuello de la túnica—. Zaydi al Qahtani masacró hasta al último daeva, hombres, mujeres y niños, cuando tomó la ciudad. Mi familia estaba en la ciudad. ¡Mi hermana no tenía ni la mitad de tu edad!

Nahri retrocedió de inmediato al ver el dolor reflejado en el rostro de Dara.

—Lo siento. No pretendía…

Pero él ya se había dado la vuelta y avanzaba hacia las provisiones, a tal velocidad que la hierba ardió bajo sus pies.

—Me niego a seguir escuchándote. —Recogió la bolsa del suelo y se echó el arco y el carcaj al hombro antes de dirigirle una mirada hostil—. Crees que tus antepasados, *mis* líderes, eran unos monstruos y los Qahtani, unos pobres indefensos…

Sacudió la cabeza hacia la oscuridad circundante y añadió:

—La próxima vez que necesites ayuda, ¿por qué no pruebas a conjurar un djinn?

Y, entonces, antes de que Nahri pudiera abrir la boca siquiera o comprender lo que estaba ocurriendo, Dara se alejó airadamente hasta desaparecer en la noche.

8

ALÍ

¿Dónde se ha metido?

Alí se paseaba frente al despacho de su padre. Había quedado allí con Muntadhir para ir juntos a la corte, pero aún no había ni rastro de su hermano, que siempre llegaba tarde.

Miró con inquietud la puerta cerrada del despacho. Aunque varias personas habían entrado y salido de ella durante toda la mañana, Alí no se atrevía a entrar. No se sentía preparado para su primer día en la corte y apenas había dormido la noche anterior. La espaciosa cama en sus nuevas y extravagantes estancias era demasiado blanda y estaba cubierta de demasiados cojines de cuentas. Sin embargo, tras decidir instalarse en el suelo, su sueño había estado poblado de pesadillas en las que era arrojado a la arena para ser devorado por el karkadann.

Alí suspiró. Echó un último vistazo al pasillo, pero seguía sin haber rastro de Muntadhir.

Cuando entró en el despacho lo recibió un frenesí de actividad: escribas y secretarios cargados de pergaminos corriendo entre ministros que discutían en una docena de idiomas. Su padre estaba sentado frente al escritorio, escuchando atentamente a Kaveh mientras un sirviente agitaba un humeante incensario sobre su cabeza y otro le ajustaba el rígido cuello de la dishdasha blanca que llevaba bajo una inmaculada túnica negra.

Nadie pareció reparar en su presencia, y Alí no hizo nada por evitarlo. Esquivando a un copero, se quedó pegado a una de las paredes de la estancia.

Como movida por una señal preestablecida, la sala empezó a vaciarse. Los sirvientes se escabulleron y los ministros y secretarios se dirigieron hacia las puertas que conducían a la enorme sala de audiencias real. Alí vio cómo Kaveh anotaba algo en un papel que tenía en la mano y asentía.

—Me aseguraré de decirles a los sumos sacerdotes que... —Al reparar en la presencia de Alí, se detuvo y se enderezó de repente. Su rostro se tornó sombrío—. ¿Es una broma?

Alí no tenía ni idea de lo que había hecho mal.

—Se... se suponía que tenía que venir aquí, ¿no?

Kaveh hizo un gesto brusco para indicar su indumentaria.

—Se suponía que debías engalanarte con la vestimenta ceremonial, príncipe Alizayd. Con la túnica oficial. Anoche te envié a los sastres.

Alí soltó una maldición en silencio. La noche anterior había recibido la visita de dos ansiosos daeva que habían balbuceado algo relativo a medidas, pero se los había sacado de encima sin darle demasiadas vueltas al asunto. Ni deseaba ni necesitaba ropa nueva.

Bajó la vista. La túnica gris sin mangas que llevaba tenía un par de cuchilladas que se había hecho durante el entrenamiento, y el chaleco índigo era lo suficientemente oscuro como para ocultar los rasgones del zulfiqar. Tampoco le quedaba tan mal.

—Esto que llevo está limpio. Me lo puse ayer. —Se señaló el turbante, cuya tela carmesí indicaba su nueva posición como caíd, y añadió—: Esto es lo más importante, ¿no?

—¡No! —gritó Kaveh, incrédulo—. Eres un príncipe Qahtani. ¡No puedes asistir a la corte como si acabasen de sacarte a tirones del campo de entrenamiento!

Hizo un aspaviento y se volvió hacia el rey. Ghassán no había dicho nada; se había limitado a observarlos discutir con un extraño brillo en los ojos.

—¿Lo veis? —preguntó—. Ahora tendremos que empezar tarde para que vuestro hijo pueda...

Ghassán se echó a reír.

Fue una carcajada a todo pulmón. Alí no le había visto reír así desde hacía años.

—Está bien, Kaveh, déjalo ya.

El rey se acercó y le dio una palmada en la espalda a Alí, tras lo cual dijo con orgullo:

—Lleva a Am Gezira en la sangre. En casa nunca nos preocupábamos de toda esta parafernalia. —Continuó riéndose mientras acompañaba a Alí hasta la puerta—. Si tiene el aspecto de haber apaleado a alguien con un zulfiqar, que así sea.

Su padre era parco en elogios, por lo que Alí no pudo evitar sentir cómo le mejoraba el estado de ánimo. Miró a su alrededor al tiempo que el sirviente se acercaba a la puerta que daba a la sala de audiencias.

—Abba, ¿dónde está Muntadhir?

—Con el ministro de comercio de Tukharistán. Está... negociando un acuerdo para reducir la deuda por los nuevos uniformes de la Guardia Real.

—¿Muntadhir negociando deudas? —preguntó Alí con escepticismo. Su hermano y los números no se llevaban bien—. Creía que la economía no era su fuerte.

—No es ese tipo de negociación. —Alí frunció aún más el ceño y Ghassán sacudió la cabeza—. Vamos, muchacho.

Habían pasado varios años desde la última vez que Alí había estado en la sala del trono de su padre, por lo que, al entrar, se detuvo un momento para apreciarla con detenimiento. La cámara era enorme, ocupaba la primera planta del zigurat en su totalidad, y estaba sostenida por unas columnas de mármol tan descomunales que desaparecían en el altísimo techo. Pese a que las pinturas y los mosaicos que cubrían las paredes estaban deteriorados, aún se podían distinguir las parras floridas y las antiguas criaturas daevastani que las decoraban, así como las marcas parecidas a las de la viruela allá donde sus antepasados habían arrancado las gemas. A los geziri no les gustaba derrochar recursos en ornamentación.

El lado oeste de la sala daba a unos elegantes y cuidados jardines. Unos enormes ventanales, casi tan altos como el techo, dividían las paredes restantes, protegidas por pantallas de madera tallada que mantenían fresco el cavernoso espacio pero dejaban entrar la luz del sol y el aire fresco. Unas fuentes llenas de flores cumplían la misma función, y en su interior el agua fluía continuamente por obra de un hechizo a través de canales de hielo tallado. Brillantes braseros de madera de cedro y espejos incrustados colgaban de cadenas de plata sobre un suelo de mármol verde veteado de blanco. El suelo se elevaba en dirección al muro oriental y estaba dividido en cinco niveles, cada uno de ellos asignado a una rama distinta del gobierno.

Alí y su padre entraron por el nivel superior. Al acercarse al trono, Alí no pudo evitar admirarlo. Era dos veces más alto que él y estaba tallado en mármol color azul cielo. No cabía duda de que había pertenecido originalmente a los Nahid, pues era un monumento a la extravagancia que los había derrocado. Estaba diseñado para darle a su ocupante apariencia de shedu viviente, el legendario león alado que había sido el símbolo de su familia. Los rubíes, las cornalinas y los topacios rosas y naranjas representaban el sol naciente, mientras que los brazos, igualmente enjoyados, imitaban las alas, y las patas estaban talladas en forma de poderosas garras.

Las joyas brillaban a la luz del sol, como los miles de ojos que, de repente, vio que estaban fijos en él. Alí bajó la mirada. No había nada que uniera más a las tribus que cotillear acerca de sus líderes, y sospechaba que ver al segundo hijo de Ghassán en su primer día en la corte se convertiría rápidamente en el tema de la jornada.

Su padre indicó con la cabeza el almohadón enjoyado que había debajo del trono.

—Tu hermano no está aquí. Será mejor que ocupes su asiento.

Más cotilleos.

—Me quedaré de pie —se apresuró a decir Alí, y se apartó del almohadón de Muntadhir.

—Como quieras.

El rey se encogió de hombros y se acomodó en su trono, flanqueado por Alí y Kaveh. Alí se obligó a contemplar a la multitud. Aunque la sala del trono tenía espacio para unas diez mil personas, Alí calculó que aquel día debía de haber la mitad de esa cifra. Nobles de todas las tribus, cuya lealtad quedaba demostrada por su asistencia regular, compartían el espacio con clérigos de blancos turbantes, mientras que los escribas de la corte, visires menores y funcionarios de las Arcas Reales pululaban en un vertiginoso despliegue de trajes ceremoniales.

Sin embargo, la mayoría de los asistentes parecían plebeyos. Ningún shafit, por supuesto, a excepción de los sirvientes, pero muchos de herencia tribal heterogénea, como el propio Alí. Aunque todos iban bien vestidos, pues a nadie se le hubiera ocurrido presentarse a la corte de otra manera, algunos pertenecían claramente a las clases bajas de Daevabad. Estos últimos llevaban ropas limpias pero remendadas y parcos adornos que consistían en poco más que brazaletes de metal.

Una mujer ayaanle vestida de color mostaza con una banda de escriba alrededor del cuello se puso de pie.

—¡En nombre del rey Ghassán ibn Khader al Qahtani, Defensor de la Fe, y en el nonagésimo cuarto Rabi' al Thani de la vigésimo séptima generación después de la Bendición de Salomón, llamo esta sesión al orden!

La mujer prendió una lámpara de aceite cilíndrica de cristal y la dejó sobre el estrado. Alí sabía que su padre escucharía peticiones hasta que el aceite de la lámpara se terminara, pero mientras observaba a los funcionarios del tribunal poner un poco de orden en la multitud de abajo, se quedó boquiabierto ante su número. Su padre no tenía intención de escuchar a toda aquella gente, ¿verdad?

Fueron presentados los primeros peticionarios: un comerciante de sedas de Tukharistán y su agraviado cliente agnivanshi. Ambos se postraron ante su padre y se pusieron de pie cuando Ghassán les indicó que podían alzarse.

El agnivanshi fue el primero en hablar.

—Que la paz sea con vos, mi rey. Me siento honrado de estar en vuestra presencia. —Al señalar con el pulgar al mercader de sedas, las perlas que le colgaban del cuello tintinearon—. ¡Ruego vuestro perdón por haber arrastrado ante vos a un descarado mentiroso y ladrón impenitente!

Su padre suspiró mientras el mercader de sedas ponía los ojos en blanco.

—¿Por qué no te limitas a exponer el problema?

—Aceptó venderme media docena de fardos de seda a cambio de dos barriles de canela y pimienta, y yo incluí en el acuerdo tres cajas de mangos como gesto de buena voluntad. —Se giró hacia el otro mercader—. Yo cumplí con mi parte, pero cuando volví a casa, ¡la mitad de tu seda se había convertido en humo!

El tukharistaní se encogió de hombros.

—No soy más que un mero intermediario. Le advertí de que si tenía problemas con el producto, tendría que hablar con el proveedor. —El hombre soltó un resoplido satisfecho—. Además, esos mangos que con tan buena voluntad me regalaste estaban agrios.

El agnivanshi se enfureció como si el mercader acabara de insultar a su madre.

—¡Mentiroso!

Ghassán levantó una mano.

—Calmaos. —Dirigió su mirada de halcón al comerciante de sedas—. ¿Es cierto lo que dice?

—Es posible —reconoció el comerciante, inquieto.

—Entonces págale por la seda que desapareció. Es tu responsabilidad recompensar a los clientes por las pérdidas. Las Arcas Reales fijarán el precio. Dejaremos al juicio de Dios la cuestión de la acidez de los mangos. —Hizo un gesto con la mano—. ¡Siguiente!

Los comerciantes enemistados dieron paso a una viuda sahrayn que se había quedado en la indigencia por culpa de un marido derrochador. Ghassán le concedió inmediatamente una pequeña pensión, además de un puesto en la Ciudadela para su joven hijo. La siguió un erudito que solicitaba fondos para investigar las propiedades incendiarias de las vejigas de zahhak (que fue firmemente denegada), una petición de ayuda para combatir a un pájaro roc que asolaba las aldeas del oeste de Daevastana y varias acusaciones más de fraude, entre ellas, una imitación de pociones Nahid con resultados bastante embarazosos.

Horas más tarde, todas las quejas se confundían en un galimatías borroso, un torrente de demandas, algunas tan disparatadas que Alí tuvo que contenerse para no zarandear a quienes las hacían. El sol ya atravesaba las rejas de madera de las ventanas, en la sala de audiencias cada vez hacía más calor y Alí había empezado a balancearse visiblemente mientras miraba con anhelo el almohadón que había rechazado al entrar.

Nada de todo eso parecía molestar a su padre. Ghassán estaba tan tranquilo e impasible como cuando habían llegado. Aunque, tal vez, el motivo fuera la copa en su mano, que un portador de vino mantenía llena en todo momento. Alí nunca había considerado a su padre un hombre paciente y, a pesar de eso, no mostraba la más mínima irritación hacia sus súbditos, y escuchaba con la misma atención tanto a las viudas como a los nobles ricos que discutían sobre vastas extensiones de terreno. A decir verdad, Alí estaba impresionado.

Pero, por Dios, quería que terminara cuanto antes.

Cuando la luz de la lámpara de aceite finalmente se apagó, Alí tuvo que contenerse para no caer postrado en el suelo. Su padre se levantó del trono y al instante lo rodeó una multitud de escribas y ministros. A Alí no le importó; estaba deseoso por escapar de allí para ir a tomarse una taza de té tan espeso que pudiera sostener la cuchara en posición vertical. Se dirigió hacia la salida.

—¿Caíd?

Alí no prestó atención a la voz hasta que el hombre volvió a llamarle, y entonces se dio cuenta, con cierta vergüenza, de que el caíd ahora era él. Se dio la vuelta y vio a un geziri de baja estatura frente a sí. Llevaba el uniforme de la Guardia Real, con un turbante negro que indicaba su grado de secretario militar. Lucía una barba bien recortada y lo miraba con unos ojos grises y amables. Alí no le reconoció, aunque tampoco le extrañaba. Existía una sección entera de la Guardia Real encargada de los quehaceres de palacio, y si el hombre era un secretario, debía de hacer muchos años desde que había pasado por la Ciudadela.

Inmediatamente, el hombre se tocó el pecho y la frente, el saludo habitual de los geziri.

—Que la paz sea contigo, caíd. Siento molestarte.

Alí sonrió. Después de horas de haber estado escuchando querellas civiles, agradecía la compañía de un guerrero geziri.

—No es ninguna molestia. ¿En qué puedo ayudarte?

El secretario le tendió un grueso rollo de pergamino.

—Estos son los registros de los sospechosos de fabricar las alfombras defectuosas que se estrellaron en Babili.

Alí lo miró sin comprender.

—¿Cómo?

El secretario entrecerró los ojos.

—El incidente de Babili... Tu padre acaba de indemnizar a los supervivientes. Nos ha ordenado detener a los fabricantes e incautar las existencias restantes de alfombras antes de que puedan ponerse a la venta.

Alí recordaba vagamente que se había mencionado algo así.

—Ah..., por supuesto. —Hizo ademán de agarrar el pergamino de manos del hombre.

Pero este lo retuvo.

—Tal vez debería dárselo a tu secretario —dijo con delicadeza—. Perdóname, mi príncipe, pero pareces un poco... abrumado.

Alí sintió vergüenza. No se había dado cuenta de que fuera tan obvio.

—No tengo secretario.

—Entonces, ¿quién ha tomado notas para ti en la sesión de hoy? —preguntó el hombre, visiblemente alarmado—. Al menos una docena de casos estaban relacionados con la Guardia Real.

¿Debía tener a alguien tomando notas? Alí se devanó los sesos. Wajed le había explicado detalladamente sus nuevas responsabilidades antes de partir hacia Ta Ntry, pero conmocionado por la ejecución de Anas y la revelación sobre las armas, Alí no le había prestado mucha atención.

—Nadie —confesó al fin. Dirigió la mirada al mar de escribas. Seguramente uno de ellos tendrá la transcripción de la sesión de hoy.

El geziri se aclaró la garganta.

—Si me permites el atrevimiento, caíd..., suelo tomar notas para mi uso personal de las cuestiones relativas a la Ciudadela. Estaría encantado de compartirlas contigo. Y aunque estoy seguro de que prefieres nombrar a un pariente o a un miembro de la nobleza como secretario, si necesitas a alguien mientras tanto...

—Sí —cortó Alí, aliviado—. Por favor... —volvió a interrumpirse, avergonzado—. Lo siento. Creo que no te he preguntado tu nombre.

El secretario volvió a llevarse una mano al pecho.

—Rashid ben Salkh, mi príncipe —dijo con un brillo en los ojos—. Estoy deseando empezar a trabajar contigo.

Alí empezó a sentirse mejor mientras se dirigía a sus aposentos. Aparte del atuendo y la incapacidad para tomar notas, no creía haberlo hecho tan mal en la corte.

Pero, por Dios, todos aquellos ojos... Por si no fuera poco permanecer de pie durante horas mientras escuchaba estúpidas peticiones, el hecho de ser examinado por miles de extraños lo convertía en una tortura. Entendía perfectamente la afición de su padre por la bebida.

Un guardia de palacio hizo una reverencia cuando Alí se acercó.

—Que la paz sea contigo, príncipe Alizayd. —Le abrió la puerta y se hizo a un lado.

Puede que sus hermanos se hubieran esforzado por encontrarle un alojamiento sencillo, pero seguía siendo una estancia del palacio, el doble de grande que las barracas que había compartido con dos docenas de cadetes. El dormitorio era sucinto pero espacioso, con una cama demasiado blanda, y el único baúl con sus pertenencias que había traído de la Ciudadela descansaba pegado a la pared. Junto al dormitorio había un despacho repleto de estanterías medio llenas. El fácil acceso a la Biblioteca Real era la única ventaja de vivir en palacio, una ventaja que Alí no pensaba desaprovechar.

Entró en la habitación y se quitó las sandalias. Sus aposentos daban a la parte más agreste de los jardines del harén, una selva con monos ululantes y chillones pájaros mynah. Un pabellón de mármol cubierto, bordeado de columpios, dominaba las frescas aguas del canal.

Alí se quitó el turbante. La luz de la tarde se filtraba a través de las cortinas de lino y en la estancia reinaba un silencio que agradeció. Cruzó la alfombra hasta su escritorio y rebuscó entre los montones de papeles: informes criminales, solicitudes de créditos, invitaciones a un sinfín de actos sociales a los que no tenía intención de asistir, notas extrañamente personales que solicitaban favores, indultos... Alí lo recogió todo con rapidez, descartó lo que le parecía innecesario o ridículo y ordenó los papeles más importantes.

Los destellos en el agua del canal llamaron su atención, tentadores. Aunque su madre le había enseñado a nadar de niño, hacía años que no lo hacía, avergonzado de participar en una actividad tan fuertemente asociada con los ayaanle y que muchos en la tribu de su padre veían con repulsión y horror.

Pero en aquel momento no había nadie cerca que pudiera verlo. Se aflojó el cuello de la camisa y alzó la parte inferior mientras se encaminaba hacia el pabellón.

Entonces se detuvo. Retrocedió para mirar de nuevo a través del arco que daba a la habitación contigua. Sus ojos no lo habían engañado.

Había dos mujeres esperando en su cama.

Las dos se echaron a reír.

—Creo que por fin nos ha visto —dijo una de ellas con una sonrisa. Estaba tumbada boca abajo, con los tobillos cruzados en alto. Alí recorrió con la mirada las capas de tela transparente, las suaves curvas y el cabello oscuro antes de clavar con rapidez los ojos en el rostro de la mujer.

Aunque tampoco sirvió de mucho; era realmente hermosa. Sus orejas redondeadas y su piel morena dejaban claro que era shafit. Llevaba los ojos delineados con kohl y un brillo perverso relucía en ellos. Bajó de la cama y las campanillas en sus tobillos tintinearon al acercarse. Se mordió los labios pintados y el corazón de Alí se aceleró.

—Nos estábamos preguntando cuánto tardarías en dejar de mirar los documentos —dijo en tono jocoso. De repente estaba delante de él y recorría con los dedos la parte interior de su muñeca.

Alí tragó saliva.

—Creo que ha habido un error.

Ella volvió a sonreír.

—No hay ningún error, mi príncipe. Nos enviaron para que te diéramos la bienvenida a palacio.

La mujer echó mano del nudo de la faja.

Alí retrocedió tan rápido que estuvo a punto de tropezar.

—Por favor…, no es necesario.

—Venga, Leena, deja de asustar al muchacho. —La otra mujer se puso de pie y avanzó hasta que la luz del sol la iluminó. Alí se quedó inmóvil y el ardor que había estado intentando contener se esfumó en un instante.

Era una de las cortesanas daeva de la taberna de Turán.

Caminaba con mucha más elegancia que la joven shafit, y fijaba en su rostro dos líquidos ojos negros. Aunque no parecía haberle reconocido, el recuerdo de la noche en cuestión regresó a él con fuerza: la taberna llena de humo, la espada que atravesaba la garganta del guardia, la mano de Anas en su hombro.

El modo en que el grito de Anas se había extinguido abruptamente sobre la arena.

La mirada de la cortesana lo atravesó.

—Me gusta —le dijo a la otra mujer—. Parece más dulce de lo que dicen.

Le dedicó una suave sonrisa. Ya no era la mujer risueña que disfrutaba de una noche en compañía de sus amigos; ahora era una profesional.

—No hay necesidad de estar tan nervioso, mi príncipe —añadió suavemente—. Nuestro amo solo desea tu satisfacción.

Sus palabras atravesaron la niebla de miedo y deseo que nublaba la mente de Alí, pero antes de que pudiera interrogarla, se oyó otra risa femenina procedente del pabellón. Una risa demasiado familiar.

—Bueno, no has tardado mucho en instalarte.

Alí se apartó de la cortesana cuando su hermana entró en la habitación. Las dos mujeres se postraron de inmediato.

Los ojos dorados de Zaynab brillaban con el malicioso deleite que solo un hermano puede sentir. Era unos diez años mayor que Alí, y aunque de adolescentes podrían haber pasado por gemelos, las mejillas afiladas y los rasgos alargados de su madre le sentaban mucho mejor a Zaynab que a él. Iba vestida a la moda ayaanle, con un vestido púrpura y dorado y un pañuelo a juego bordado con perlas. El oro envolvía sus muñecas y cuello, y las joyas brillaban en sus orejas.

Incluso en la intimidad del harén, la única hija de Ghassán parecía realmente una princesa.

—Disculpa la interrupción —dijo mientras se adentraba aún más en la estancia—. Hemos venido a asegurarnos de que la corte no te hubiera devorado las entrañas, pero está claro que no necesitas ayuda.

Se dejó caer sobre la cama y pateó la manta perfectamente doblada en el suelo mientras ponía los ojos en blanco.

—No me digas que duermes en el suelo, Alizayd —dijo.

—Pues...

La otra persona que completaba ese «hemos venido» entró en la habitación antes de que Alí pudiera replicar. Muntadhir parecía más desaliñado que de costumbre. Llevaba la dishdasha desabrochada a la altura del cuello y el pelo rizado al descubierto. Sonrió ante el espectáculo.

—¿Dos? ¿No crees que deberías ir más despacio, Zaydi?

Alí se alegró de que sus hermanos se divirtieran a su costa.

—No es lo que parece —espetó—. ¡No he sido yo quien las ha traído!

—¿No? —La diversión abandonó el rostro de Muntadhir y miró a las cortesanas, quienes seguían arrodilladas en el suelo—. Levantaos, por favor. No hay necesidad de eso.

—Que la paz sea contigo, emir —murmuró la cortesana daeva mientras se levantaba.

—Que contigo sea la paz. —Muntadhir sonrió, pero el gesto no iluminó sus ojos—. Sé que yo no he sido, porque resistí la tentación de hacerlo, así que decidme: ¿quién ha organizado esta encantadora bienvenida para mi hermano?

Las dos mujeres cruzaron una mirada; su actitud juguetona había desaparecido. Finalmente la cortesana daeva volvió a hablar con voz vacilante:

—El gran visir.

Indignado, Alí abrió la boca para decir algo pero Muntadhir la detuvo con un gesto de la mano.

—Por favor, agradecedle a Kaveh el gesto, pero me temo que tengo que interrumpiros. —Señaló la puerta con la cabeza—. Podéis iros.

Las dos mujeres se despidieron en silencio y se apresuraron a salir. Muntadhir miró a su hermana.

—Zaynab, ¿te importaría? Alí y yo tenemos que hablar.

—Ha crecido en la Ciudadela rodeado de hombres, Dhiru... Creo que ya ha tenido esa «conversación». —Zaynab se rio de su propia broma, pero bajó de la cama ignorando la mirada de irritación que le dirigió Alí. Al pasar por su lado, le dio un toquecito en el hombro—. Procura no meterte en líos, Alí. Espera al menos una semana antes de empezar una guerra santa. Y no seas tan rancio —le dijo por encima del hombro mientras se dirigía hacia el jardín—. Confío en que vendrás a escuchar mis cotilleos al menos una vez por semana.

Alí ignoró aquello último y se encaminó a toda prisa hacia las puertas que conducían al palacio.

—Discúlpame, akhi. Necesito mantener una pequeña conversación con el gran visir.

Muntadhir se interpuso en su camino.

—¿Y qué piensas decirle?

—¡Que se guarde sus putas adoradoras del fuego para él!

Muntadhir frunció las oscuras cejas.

—¿Y cómo crees que se interpretará eso? —le preguntó—. El hijo adolescente del rey, del que ya se rumorea que es una especie de fanático religioso, regañando a uno de los daeva más respetados de la ciudad, un hombre que ha servido lealmente a su padre durante décadas. ¿Y por qué motivo? Un regalo que la mayoría de los jóvenes estarían encantados de recibir.

—Yo no soy así, y Kaveh sabe...

—Sí, lo sabe —terminó Muntadhir—. Lo sabe muy bien, y estoy convencido de que se ha tomado la molestia de estar ahora mismo en algún lugar concurrido donde un gran número de testigos pueda presenciar la escena que estás dispuesto a provocar.

Alí se quedó estupefacto.

—¿Qué insinúas?

Su hermano le dirigió una mirada sombría.

—Que su intención es alterarte, Alí. Te quiere lejos de abba, y si puede ser también lejos de Daevabad, en Am Gezira, donde no puedas hacerle nada a su gente.

Alí levantó las manos.

—¡Yo no le he hecho nada a su gente!

—Todavía no. —Muntadhir cruzó los brazos delante del pecho—. Pero las personas religiosas como tú no suelen ocultar sus sentimientos hacia los daeva. Kaveh te tiene miedo; probablemente piense que tu presencia aquí es una amenaza. Que vas a convertir a la Guardia Real en una especie de policía de la moralidad y que vas a ordenarles golpear a todos los hombres que tengan marcas de ceniza. —Se encogió de hombros—. A decir verdad, le comprendo; los daeva suelen pasarlo mal cuando la gente como tú llega al poder.

Alí se apoyó en su escritorio, conmocionado por las palabras de su hermano. Ya estaba tratando de sustituir a Wajed mientras ocultaba su implicación con el Tanzeem. No se sentía capaz de mantener una lucha política con el paranoico de Kaveh.

Se frotó las sienes.

—¿Qué puedo hacer?

Muntadhir se sentó junto a la ventana.

—Podrías intentar acostarte con la próxima cortesana que te envíe —dijo con una sonrisa—. Vamos, Zaydi, no me mires así. Lo dejarías desconcertado. —Muntadhir hizo girar distraídamente una diminuta llama alrededor de sus dedos—. Hasta que recuperara los sentidos y te denunciara como un hipócrita, por supuesto.

—No me dejas muchas opciones.

—Podrías intentar dejar de comportarte como la versión real del Tanzeem —le sugirió Muntadhir—. En realidad, no sé…, intenta hacerte amigo de un daeva. Jamshid lleva tiempo queriendo aprender a usar un zulfiqar. ¿Por qué no le enseñas?

Alí se mostró incrédulo.

—¿Quieres que enseñe al hijo de Kaveh a usar un arma geziri?

—No es solo el hijo de Kaveh —replicó Muntadhir con un tono ligeramente irritado—. Es mi mejor amigo, y además has sido tú quien me ha pedido consejo.

Alí suspiró.

—Lo siento. Tienes razón. Pero es que ha sido un día muy largo. —Se recostó aún más en el escritorio y tiró al suelo una de las pilas de documentos que había estado ordenando cuidadosamente—. Parece que no se va a acabar nunca.

—Tal vez debería haberte dejado con las mujeres. Te habrían puesto de mejor humor. —Muntadhir se apartó del alféizar de la ventana—. Solo quería asegurarme de que hubieras sobrevivido a tu primer día en la corte, pero parece que tienes mucho trabajo. Al menos piensa en lo que te he dicho sobre los daeva. Sabes que solo quiero ayudar.

—Lo sé. —Alí resopló—. ¿Has tenido éxito con tus negociaciones?

—¿Mis qué?

—Tus negociaciones con el ministro tukharistaní —le recordó Alí—. Abba dijo que estabas intentando reducir una deuda.

Los ojos de Muntadhir despidieron un destello divertido. Frunció los labios como si luchara por contener una sonrisa.

—Sí. *La ministra* resultó ser muy… complaciente.

—Me alegro. —Alí recogió los papeles y enderezó las pilas sobre su escritorio—. Dime si necesitas que compruebe las cifras del acuerdo. Sé que las matemáticas no son lo tuyo…

Muntadhir le plantó de repente un beso en plena frente. Alí se detuvo, sorprendido.

—¿Qué pasa?

Muntadhir se limitó a negar con la cabeza.

—Oh, akhi…, que aquí te van a comer vivo.

9
NAHRI

río. Ese fue su primer pensamiento al despertar. Nahri tembló y se hizo un ovillo, tapándose la cabeza con la manta y metiendo las manos heladas bajo la barbilla. ¿Ya había amanecido? Tenía la cara húmeda y la punta de la nariz completamente entumecida.

Lo que vio al abrir los ojos fue tan extraño que se incorporó inmediatamente.

Nieve.

Tenía que serlo; coincidía perfectamente con la descripción de Dara. El suelo estaba cubierto por un fino manto blanco del que tan solo asomaban unos cuantos manchurrones de tierra oscura. El aire parecía más inmóvil que de costumbre, con un silencio congelado por la llegada de la nieve.

Dara seguía sin aparecer, al igual que los caballos. Nahri se envolvió los hombros con la manta y alimentó el fuego moribundo con la rama más seca que pudo encontrar mientras trataba de no perder los nervios. Tal vez había llevado a los caballos a pastar.

O tal vez se había marchado para siempre. Después de obligarse a tragar unos cuantos bocados del frío estofado, empezó a recoger las escasas provisiones. Había algo en el silencio y la belleza solitaria de la nevada que la hacía sentirse aún más sola.

El pan duro y el picante estofado le dejaron la boca seca. Buscó por el pequeño campamento, pero no encontró la cantimplora por ninguna parte. Entonces sí que empezó a sentir pánico. ¿De verdad la había dejado sin agua?

Menudo desgraciado. Menudo desgraciado engreído y santurrón. Trató de derretir un poco de nieve entre las manos, pero solo consiguió un puñado de barro. Escupió, molesta, y se puso las botas. Al diablo con Dara. Había visto un arroyo en el bosque detrás del campamento. Si Dara no estaba por allí cuando regresara, bueno…, tendría que cambiar de planes.

Caminó en dirección al bosque. *Si muero aquí, espero regresar como necrófago. Pienso perseguir a ese arrogante y borracho daeva hasta el Día del Juicio Final.*

A medida que se adentraba en el bosque, dejó de oír el canto de los pájaros. La oscuridad lo cubría todo; los altos y centenarios árboles bloqueaban la escasa luz que atravesaba el cielo nublado de la mañana. Las agujas de los pinos proyectaban pequeñas nubes de nieve crujiente a su alrededor.

Una fina capa de hielo cubría el vivaz arroyo. Nahri la rompió sin mucha dificultad con ayuda de una piedra. Se arrodilló para beber. El agua estaba tan fría que le dolieron los dientes, pero bebió unos cuantos sorbos y se salpicó la cara mientras le temblaba todo el cuerpo. Echaba de menos El Cairo; su calor y sus gentes eran la contrapartida perfecta de aquel lugar frío y solitario.

Un destello atrajo su atención aguas arriba. Cuando se fijó, vio un pez brillante que se escabullía detrás de una roca sumergida. Volvió a reaparecer brevemente para luchar contra la rápida corriente; sus escamas brillaban en la tenue luz de la mañana.

Nahri apoyó las palmas de las manos en la orilla fangosa para observarlo mejor. El pez era de un llamativo color plateado con brillantes bandas azules y verdes que le cruzaban el cuerpo. Aunque no debía de ser más grande que su mano, parecía rollizo, y Nahri no tardó en imaginarlo haciéndose a la brasa sobre su humilde fogata.

El pez debió de adivinar sus intenciones. Justo cuando estaba considerando el mejor modo de atraparlo, volvió a desaparecer detrás de las rocas. Una suave brisa atravesó el fino pañuelo con el que se cubría la cabeza. Nahri sintió un escalofrío y se levantó; no valía la pena seguir allí solo por aquel pez.

Volvió a la linde del bosque y se detuvo.

Dara había vuelto.

Parecía no haberla visto. Estaba entre los caballos, de espaldas a los árboles y, mientras Nahri lo observaba, apoyó la frente contra la mejilla peluda de uno de ellos y le rascó el hocico con gesto afectuoso.

Aquello no la conmovió. Lo más seguro era que Dara pensase que incluso los animales eran superiores a los shafit.

Sin embargo, cuando llegó al campamento, reconoció el alivio reflejado en su rostro.

—¿Dónde estabas? —le preguntó él—. Temía que te hubiera devorado algún animal.

Nahri lo empujó contra el caballo.

—Siento decepcionarte.

Agarró el borde de la silla de montar y metió un pie en el estribo.

—Deja que te ayude...

—No me toques. —Dara se apartó con brusquedad, y Nahri montó torpemente en la silla.

—Escucha... —intentó decir de nuevo tras morderse el labio—. Anoche estaba borracho. Hacía mucho tiempo que no tenía compañía. Supongo que perdí las formas.

Nahri se dio la vuelta.

—¿Las formas? —se mofó—. Empiezas a despotricar sobre los djinn, ya sabes, los que detuvieron la matanza indiscriminada de los shafit como yo; me insultas cuando muestro cierto alivio al enterarme de su victoria, y después me dices que piensas dejarme a las puertas de esa maldita ciudad. Y ahora pones como excusa el vino y tu falta de modales. Por el Altísimo, eres tan arrogante que ni siquiera sabes disculparte como es debido.

—Está bien. Lo siento —dijo con exagerado hincapié en esas dos últimas palabras—. ¿Es eso lo que quieres oír? Eres la primera shafit con la que me relaciono. No me había dado cuenta... —Se aclaró la garganta mientras jugueteaba con las riendas, nervioso—. Nahri, debes entender que de niño me enseñaron que el mismísimo Creador nos castigaría si nuestra raza continuaba quebrantando las leyes de Salomón. Que llegaría otro humano para despojarnos de nuestros poderes y trastornar nuestras vidas si no éramos capaces de poner orden entre las otras tribus. Nuestros líderes nos decían que los shafit no tenían alma, que todo lo que salía de sus bocas era falso. —Sacudió la cabeza—. Nunca me cuestioné nada de todo eso. Nadie se lo cuestionaba. —Vaciló y el arrepentimiento iluminó sus ojos—. Cuando pienso en las cosas que he hecho…

—Creo que ya he oído bastante. —Nahri le arrancó las riendas de las manos—. Vamos. Cuanto antes lleguemos a Daevabad, antes podremos seguir con nuestros respectivos caminos.

Espoleó el caballo con más fuerza que de costumbre y el animal dio un resoplido molesto antes de empezar a trotar. Nahri agarró con firmeza las riendas y apretó las piernas, rezando para que su precipitado movimiento no terminara con sus huesos en el suelo. Era una pésima jinete, mientras que Dara parecía haber nacido sobre una silla de montar.

Trató de relajarse, sabiendo por experiencia que la forma más cómoda de montar era dejar que su cuerpo siguiera los movimientos del animal, que las caderas se balancearan en lugar de rebotar con cada bache del camino. Tras ella oyó que el caballo de Dara trotaba sobre el suelo helado.

No tardó mucho en alcanzarla.

—Venga, no te alejes de ese modo. Te he dicho que lo sentía. Además… —Nahri percibió que la emoción invadía la voz de Dara. Cuando volvió a hablar, le costó entender lo que dijo—: Iré contigo a Daevabad.

—Sí, lo sé. Hasta las puertas. Ya me lo has dicho.

Dara negó con la cabeza.

—No. Entraré contigo en Daevabad. Yo mismo te escoltaré hasta el rey.

Al instante, Nahri tiró de las riendas para detener el caballo.

—¿Es algún tipo de trampa?

—No. Lo juro por las cenizas de mis padres. Te llevaré ante el rey.

Juramento macabro aparte, le costaba confiar en aquel repentino cambio de opinión.

—¿No seré una vergüenza para el legado de tus queridos Nahid?

Avergonzado, Dara bajó la cabeza y clavó la vista en las riendas.

—No importa. De hecho, soy incapaz de predecir cómo reaccionarán los djinn y... —Se ruborizó—. No podría soportar que te pasara algo. No me lo perdonaría nunca.

Nahri estuvo a punto de burlarse de aquel arranque insincero de afecto por la «ladrona de sangre sucia», pero se lo pensó mejor, sorprendida por el tono de voz de Dara y por la forma en que retorcía nervioso el anillo. Parecía tan ansioso como un novio antes de la boda. Decía la verdad.

Nahri lo miró fijamente. Se detuvo en la espada que le colgaba a la cintura y el arco de plata que brillaba a la luz de la mañana. Independientemente de los comentarios que de vez en cuando salían de su boca, Dara era un buen aliado.

Mentiría si dijera que su mirada no se detuvo un momento más del necesario. El corazón le dio un vuelco. *Aliado*, se recordó a sí misma. *Eso es todo.*

—¿Y cómo esperas que te reciban en Daevabad? —le preguntó. Dara levantó la vista y esbozó una sonrisa irónica—. ¿No dijiste que te habían encerrado en una mazmorra?

—Por eso me alegra viajar junto a la mejor especialista en abrir cerraduras de todo El Cairo. —Le dedicó una sonrisa malévola antes de espolear al caballo—. Intenta seguirme el ritmo. Ahora no puedo permitirme perderte.

Viajaron toda la mañana a través de llanuras heladas. Su único compañero era el estruendo de los cascos de los caballos sobre el suelo duro y congelado. La nieve desapareció, pero se levantó viento, que arrastró ondulantes nubes grises por el horizonte sur y azotó las ropas de Nahri. Una vez que desapareció la nieve, Nahri pudo contemplar las montañas azules que los rodeaban, coronadas de hielo y repletas de oscuros bosques cuyos árboles se volvían más dispersos a medida que se acercaban a los acantilados rocosos. Asustaron a un grupo de cabras salvajes que mascaban hierba, animales de espeso pelaje enmarañado y cuernos curvos.

Nahri las miró, hambrienta.

—¿Crees que podrías cazar una? —le preguntó a Dara—. Hasta ahora lo único que has hecho con ese arco ha sido sacarle brillo.

Dara miró a las cabras con el ceño fruncido.

—¿Cazar una? ¿Por qué? —Su confusión se convirtió en repugnancia y el asco le tiñó la voz—. ¿Para comértela? Olvídate. Nada de comer carne.

—¿Qué? ¿Por qué no? —La carne era un lujo que no se había podido permitir en El Cairo—. ¡Pero si está deliciosa!

—Es impura. —Dara se estremeció—. La sangre contamina. Ningún daeva comería carne. Especialmente una Banu Nahida.

—¿Banu Nahida?

—Es el título que reciben las líderes Nahid. Un puesto de altos honores —añadió con un deje de reprimenda en la voz—. De responsabilidad.

—¿Me estás diciendo que tengo que comer kebabs a escondidas?

Dara suspiró.

Siguieron cabalgando, pero por la tarde a Nahri empezaron a dolerle las piernas. Se movió sobre la montura para estirar los músculos acalambrados y se arrebujó en la manta. Solo podía pensar en una taza de té caliente con especias de Khayzur. Llevaban horas viajando; ya era tiempo de descansar. Espoleó al caballo para intentar acortar la distancia que la separaba de Dara, con la intención de sugerirle si podían detenerse un rato.

Molesto por su inexperta jinete, su caballo resopló y se deslizó hacia la izquierda antes de rebasar a Dara. Este soltó una carcajada.

—¿Tienes algún problema?

Nahri soltó una maldición y tiró de las riendas para que su caballo redujera el trote.

—Creo que me odia... —Se detuvo al reparar en una oscura mancha carmesí que teñía el cielo—. Oye, Dara... ¿hay un pájaro del tamaño de un camello volando hacia nosotros o es que me he vuelto loca?

El daeva se dio la vuelta y se detuvo mientras soltaba una maldición. Le arrebató las riendas de las manos y dijo:

—Por el ojo de Salomón. Creo que aún no nos ha visto, pero…
—Parecía preocupado—. No hay ningún lugar donde guarecernos.

—¿Guarecernos? —dijo ella. Dara hizo un gesto con la mano y bajó la voz—. ¿Qué pasa? Es solo un pájaro.

—No, es un roc. Son criaturas sedientas de sangre; devoran todo lo que encuentran.

—¿Todo? ¿Te refieres a nosotros? —Él asintió y Nahri soltó un gemido—. ¿Por qué en este lugar todo el mundo quiere comernos?

Dara empuñó con sigilo el arco mientras observaba al roc, que sobrevolaba en círculos el bosque.

—Creo que ha encontrado nuestro campamento.

—¿Eso es malo?

—Los roc tienen muy buen olfato. Nos rastreará hasta aquí. —Dara dirigió una mirada hacia el norte, a los espesos bosques que cubrían las montañas—. Hemos de llegar a esos árboles. Los roc son demasiado grandes para cazar en la espesura.

Nahri volvió a mirar al pájaro, cada vez más cerca del suelo, y luego a la linde del bosque. Estaba demasiado lejos.

—No lo conseguiremos.

Dara se quitó el turbante, el gorro y la túnica y se los entregó a Nahri. Desconcertada, ella observó cómo se ajustaba la espada a la cintura.

—No seas tan pesimista. Tengo una idea. La oí en cierta ocasión en un cuento. —Ensartó en el arco una reluciente flecha de plata—. Agacha la cabeza y agárrate bien al caballo. No mires atrás y no te detengas. Da igual lo que veas.

Dara tiró de las riendas del caballo para colocarlo en posición y puso a ambos animales al trote.

Nahri tragó saliva. Notaba el corazón en la garganta.

—¿Y tú?

—No te preocupes por mí.

Antes de que pudiera protestar, Dara palmeó con fuerza la grupa del caballo de Nahri, que sintió el calor de la mano del daeva por la silla de montar. El animal relinchó en señal de protesta y salió disparado hacia el bosque.

Nahri se inclinó hacia delante; agarró con una mano la silla de montar y con la otra las crines húmedas del caballo. Tuvo que hacer un gran esfuerzo para no gritar. Su cuerpo saltaba sin parar, por lo que hizo fuerza con las piernas con la vana esperanza de no acabar siendo proyectada por los aires. Antes de cerrar los ojos echó un rápido vistazo al suelo, que se había convertido en un borrón.

Un largo grito atravesó el aire, tan agudo que pareció desgarrarla por dentro. Incapaz de taparse los oídos, Nahri solo pudo rezar. *Por favor, Misericordioso* —suplicó—, *no permitas que esa cosa me devore*. Había sobrevivido a una ifrit que poseía cuerpos, a voraces necrófagos y a un daeva trastornado. No podía terminar engullida por una paloma gigante…

Nahri se asomó por encima de las crines del caballo, pero el bosque seguía estando muy lejos. Los cascos de su caballo golpeaban el suelo; oía su fuerte respiración. ¿Dónde estaba Dara?

El roc volvió a chillar; parecía furioso. Preocupada por el daeva, ignoró su advertencia y miró hacia atrás.

—Que Dios me proteja. —La oración brotó de sus labios en un susurro espontáneo ante la visión del roc. Comprendió de repente por qué nunca había oído hablar de ellos.

Porque nadie había sobrevivido para contarlo.

«Del tamaño de un camello» era un eufemismo bastante desacertado. El animal era más grande que la tienda de Yaqub y tenía una envergadura similar a la de su calle en El Cairo. Aquel monstruoso pájaro debía de comer camellos para desayunar. Tenía unos ojos de ébano del tamaño de bandejas y unas relucientes plumas del color de la sangre húmeda. El largo pico negro terminaba en una punta curvada. Parecía lo suficientemente grande como para tragársela entera, y cada vez estaba más cerca. Nahri no tenía la más mínima posibilidad de alcanzar el bosque.

De repente, Dara apareció detrás de ella. Con las botas bien caladas en los estribos, estaba prácticamente de pie sobre el caballo. Y se giró para enfrentarse al roc. Tensó el arco y soltó una flecha que fue a clavarse justo debajo del ojo de la bestia. El roc sacudió la cabeza y soltó otro chillido. Al menos una docena de flechas de plata atravesaron su cuerpo, pero la criatura no aminoró la velocidad ni un ápice. Dara le disparó dos veces más en la cara, y el roc se abalanzó sobre él, con las enormes garras extendidas.

—¡Dara! —gritó Nahri mientras el daeva dirigía la montura hacia el este de un tirón. El roc fue tras él. Al parecer, prefería a un daeva imprudente que a una humana cobarde.

Aunque era poco probable que pudiera oírla por encima de los aullidos enfurecidos del roc, Nahri no pudo evitar gritar:

—¡Vas por el camino equivocado! —Al este no había más que llanuras. ¿Intentaba que lo mataran?

Dara disparó a la criatura una vez más y después arrojó el arco y el carcaj. Se puso en cuclillas sobre la silla y sujetó la espada contra el pecho con un brazo.

El roc lanzó un grito triunfal al acercarse al daeva y abrió las garras de par en par.

—¡No! —gritó Nahri.

El roc atrapó el caballo y a Dara con él, con la misma facilidad con la que un halcón hubiera atrapado a un ratón. Se elevó en el aire mientras el caballo chillaba y pataleaba, y luego viró hacia el sur.

Nahri tiró con fuerza de las riendas para que su caballo diera la vuelta. El animal se encabritó, tratando de derribarla de la silla, pero Nahri perseveró hasta que el animal se giró.

—¡Yalla, vamos! ¡Vamos! —gritó en árabe presa del pánico. Espoleó con fuerza los flancos del animal, que salió disparado en pos del roc.

El pájaro se alejaba con Dara entre las garras. Volvió a soltar un chillido y lanzó a Dara y a su caballo por los aires. Abrió las fauces de par en par.

Tan solo fueron unos segundos, pero el lapso de tiempo entre ver a Dara y luego contemplar cómo se desvanecía pareció durar una eternidad. Algo en lo más profundo de su pecho se quebró. El roc volvió a agarrar al caballo con una garra, pero el daeva no estaba por ninguna parte.

Nahri recorrió el cielo con la mirada, con la esperanza de verlo reaparecer de la nada como el vino que solía conjurar. Al fin y al cabo se trataba de Dara, el ser mágico que viajaba en el interior de las tormentas de arena y que la había salvado de una manada de necrófagos.

Seguro que tenía un plan; no podía desvanecerse por el gaznate de un pajarraco sediento de sangre.

Pero no reapareció.

Los ojos se le llenaron de lágrimas mientras su mente insistía en algo que su corazón se negaba a aceptar. El caballo aminoró la marcha e hizo caso omiso a sus espoleos. Era evidente que el animal tenía más sentido común que ella; iban a acabar sirviéndole de postre al roc.

Distinguió la silueta del pájaro carmesí, con las montañas de fondo. No había llegado muy lejos, pero de repente se elevó en el cielo, batiendo frenéticamente las alas. Mientras Nahri miraba, la criatura empezó a caer y se enderezó apenas un instante con un chillido que parecía más asustado que triunfante. Y entonces volvió a desplomarse. Dio tumbos por el aire hasta que se estrelló contra el suelo helado.

La fuerza del lejano impacto estremeció al caballo. Nahri contuvo un grito. Nada podía sobrevivir a una caída como esa.

No dejó que su caballo aflojara el paso hasta que llegaron al cráter poco profundo que el cuerpo del roc había horadado en la tierra. Tuvo que apartar la mirada ante la visión del caballo muerto de Dara. Su propio animal se asustó y se removió inquieto. Nahri se controló como pudo mientras se acercaba al descomunal cuerpo del roc, que abultaba por encima de ellos. Una de sus enormes alas estaba deformada bajo el peso muerto del animal. Las brillantes plumas eran el doble de grandes que Nahri.

Dio una vuelta alrededor del pájaro, pero no vio al daeva por ninguna parte. Ahogó un sollozo. ¿De verdad se lo había comido? Aunque habría sido más rápido que estrellarse contra el suelo, aun así...

Sobrecogida por la pena, se tambaleó y sintió que un agudo escalofrío la atravesaba. Se fijó en la cabeza torcida de la criatura, en la sangre negra que le manaba del pico. La visión la llenó de una rabia que desplazó por un momento el dolor y la desesperación. Empuñó la daga, dominada por la necesidad irracional de arrancarle los ojos y desgarrarle la garganta al roc.

Pero entonces, el cuello del animal se sacudió.

Nahri dio un respingo y el caballo retrocedió. Sujetó con fuerza las riendas, dispuesta a huir. El cuello volvió a sacudirse... o más bien a hincharse, como si hubiera algo en su interior.

Nahri ya había desmontado cuando una espada oscura emergió por fin del interior del roc y abrió laboriosamente un largo tajo vertical antes de caer al suelo. Por la abertura surgió el daeva, en medio de una oleada de sangre negra. Cayó al suelo de rodillas.

—¡Dara! —Nahri corrió y se arrodilló a su lado. Lo abrazó antes de que su mente pudiera controlar lo que hacía. La sangre caliente del roc le empapó la ropa.

—Eh... —Dara soltó un escupitajo de sangre negra y se liberó del abrazo de Nahri antes de levantarse con mucho esfuerzo. Con manos temblorosas se limpió la sangre de los ojos y murmuró—. Fuego. Necesito fuego.

Nahri buscó alrededor, pero el suelo estaba cubierto de nieve húmeda y no había ramas a la vista.

—¿Qué puedo hacer? —gritó mientras el daeva jadeaba y se desplomaba en el suelo— ¡Dara!

Hizo ademán de tocarlo.

—No —protestó él—. No me toques.

Hundió los dedos en el suelo pero las chispas que produjo se apagaron al momento en la tierra helada. Un áspero sonido brotó de su boca.

A pesar de la advertencia, Nahri se acercó a él, ansiando poder ayudarlo de algún modo. Un terrible escalofrío le recorrió el cuerpo.

—Déjame curarte.

Él le apartó la mano de un golpe.

—No. Los ifrit...

—¡Aquí no hay ningún maldito ifrit!

Gotas de ceniza le resbalaban por el rostro. Antes de que Nahri pudiera volver a tocarlo, Dara soltó un chillido.

Tuvo la sensación de que todo su cuerpo se convertía en humo. Se le oscurecieron los ojos y las manos se le volvieron translúcidas ante la mirada de ambos. Aunque Nahri no sabía nada del funcionamiento del cuerpo de los daeva, comprendió por el pánico que contraía el rostro de Dara que aquello no era normal.

—Por el Creador, no. Ahora, no —susurró Dara mientras se miraba horrorizado las manos. Luego miró a Nahri con una mezcla de miedo y tristeza en el rostro—. Lo siento mucho, ladronzuela.

Apenas se hubo disculpado, todo su cuerpo palpitó como el vapor y cayó al suelo.

—¡Dara!

Nahri se dejó llevar por sus instintos: se arrodilló a su lado y lo examinó. Solo vio sangre negra y resbaladiza, aunque no sabía si era del daeva o del roc.

—¡Dara, háblame! —le suplicó—. ¡Dime qué puedo hacer!

Intentó abrirle la túnica con la esperanza de ver alguna herida que pudiera curar.

La tela se convirtió en cenizas entre sus dedos. Nahri jadeó e hizo un esfuerzo por contener el pánico mientras la piel del daeva adquiría el mismo tono que la ceniza. ¿Iba a convertirse en polvo entre sus brazos?

Su piel volvió a estabilizarse brevemente pero el cuerpo parecía cada vez más ligero. Cerró los ojos y Nahri se quedó paralizada.

—No —dijo, apartando la ceniza de sus ojos cerrados.

Así no. Después de todo lo que hemos pasado, no. Rebuscó en su memoria, intentando recordar algo útil que le hubiera contado sobre las técnicas de curación de los Nahid.

Le había dicho que podían contrarrestar venenos y maldiciones, de eso estaba segura. Pero no le había dicho cómo. ¿Tenían sus propias medicinas, sus propios hechizos? ¿O lo hacían simplemente con el tacto?

Bueno, el tacto era lo único que tenía. Le abrió la camisa y presionó las temblorosas manos contra el pecho de Dara. Tenía la piel tan fría que los dedos se le entumecieron. «La intención», había mencionado más de una vez. La intención era fundamental en la magia.

Cerró los ojos, concentrándose por completo en él.

Nada. Ni latidos, ni respiración. Frunció el ceño y trató de sentir algo más, de imaginarlo sano y alerta. Apretó los agarrotados dedos con más fuerza contra el pecho de Dara, cuyo cuerpo se estremeció.

Algo húmedo le hizo cosquillas en las muñecas. Era cada vez más rápido y espeso, como el vapor que saliese de una olla hirviendo.

Nahri no se movió. En su mente mantenía la imagen de Dara sano, con aquella sonrisa socarrona de siempre. Notó cómo se le calentaba ligeramente la piel. *Por favor, que funcione*, suplicó. *Por favor, Dara. No me dejes.*

Un dolor intenso le subió desde la base del cráneo, pero ella lo ignoró. De la nariz empezó a gotearle sangre caliente y luchó contra una oleada de vértigo. El vapor cada vez salía más rápido. Notó que la piel de Dara se endurecía bajo las yemas de sus dedos.

Y entonces apareció ante sus ojos el primer recuerdo. Una llanura verde, exuberante y totalmente desconocida, atravesada por un deslumbrante río azul. Una joven de ojos negros como la obsidiana sostenía un tosco arco de madera.

—*¡Mira, Daru!*

—*¡Una obra maestra!* —*exclamo, y ella sonríe. Mi hermanita, siempre una guerrera. Que el Creador ayude al hombre que se case con ella...*

Nahri sacudió la cabeza y espantó aquel recuerdo. Debía concentrarse. La piel de Dara por fin volvía a estar caliente, los músculos se solidificaban bajo sus manos.

Una corte deslumbrante, los muros del palacio cubiertos de metales preciosos y joyas. Respiro el aroma del sándalo y hago una reverencia.

—*¿Esto le complace, mi amo?* —*pregunto con una sonrisa obsequiosa, como siempre. Chasqueo los dedos y un cáliz de plata aparece en mi mano—. La bebida más apreciada por los antiguos, como me pidió.*

Le entrego el cáliz al sonriente y estúpido humano y espero a que muera; la bebida no es más que cicuta concentrada. Tal vez mi próximo amo sea más cuidadoso al formular sus deseos.

Nahri se liberó de la horripilante visión y se agachó para concentrarse. Solo necesitaba un poco más de tiempo...

Pero ya era demasiado tarde. La oscuridad tras sus párpados cerrados dio paso a una ciudad en ruinas rodeada de rocosas colinas. Un fragmento de luna salpicaba con una luz tenue la quebrada mampostería.

Me revuelvo contra los ifrit, arrastrando los pies por el suelo mientras me llevan hacia el sumidero, los restos de un antiguo pozo. Las aguas oscuras centellean, insinuando profundidades ocultas.

—¡No! —grito, por una vez indiferente a mi honor—. ¡Por favor! ¡No lo hagáis!

Los dos ifrit se ríen.

—¡Vamos, general Afshín! —La hembra hace una parodia de saludo castrense—. ¿No quieres vivir para siempre?

Intento forcejear, pero el hechizo ya me ha debilitado. Me atan las muñecas con una cuerda, pues no se atreven a tocar el hierro, y luego envuelven la cuerda alrededor de una de las pesadas piedras que recubren el pozo.

—¡No! —Suplico mientras me tiran por el borde—. ¡Ahora no! No entend...

La piedra me golpea en el estómago. Sus sonrisas negras son lo último que veo antes de que el agua oscura me cubra la cara.

La piedra se hunde en el fondo del pozo y me arrastra, bocabajo. Retuerzo frenéticamente las muñecas, me araño y me rasgo la piel. No, no puedo morir así. ¡No puedo morir con la maldición aún en mi interior!

La piedra golpea el fondo y mi cuerpo rebota contra la cuerda. Me arden los pulmones, la presión del agua oscura contra mi piel me aterroriza. Sigo la cuerda e intento desesperadamente encontrar el nudo que la ata a la piedra. No puedo utilizar mi magia, el hechizo ifrit corre por mi sangre, listo para apoderarse de mí en cuanto exhale el último aliento.

Seré un esclavo. El pensamiento resuena en mi mente mientras busco a tientas el nudo. La próxima vez que abra los ojos será para contemplar al amo humano cuyos caprichos estaré obligado a satisfacer. Me invade el horror. No, Creador, no. Por favor.

El nudo no cede. El pecho está a punto de estallarme, la cabeza me da vueltas. Una bocanada de aire, lo que daría por una sola bocanada de aire...

Un alarido procedente de otro mundo, un mundo lejano sobre una llanura nevada, gritando un nombre extraño que no significa nada.

El agua finalmente se cuela por mis mandíbulas apretadas y se me derrama por la garganta. Una luz brillante aparece delante de mí, tan exuberante y verde como los valles de mi tierra natal. Me llama, cálida y acogedora.

Y entonces Nahri se desmayó.

—¡Nahri! ¡Despierta, Nahri!

Los aterrorizados gritos de Dara se agolparon en su mente, pero Nahri los ignoró, cálida y cómoda en la espesa negrura que la rodeaba. Apartó la mano que le sacudía el hombro, asentándose todavía más en las cálidas brasas y saboreando el cosquilleo del fuego que le lamía los brazos.

¿Fuego?

Nahri abrió los ojos y vio una serie de llamas danzantes. Chilló y se levantó de un salto. Agitó los brazos y los zarcillos ardientes se desvanecieron, cayendo al suelo como serpientes y fundiéndose en la nieve.

—¡No pasa nada! ¡Tranquila!

Nahri apenas prestó atención a la voz de Dara mientras se frotaba el cuerpo, frenética, para apagar las llamas. Sin embargo, en lugar de carne chamuscada y ropa quemada, solo vio piel normal. Su túnica apenas estaba caliente. En nombre de todos los... Levantó la cabeza y miró al daeva con intensidad.

—¿Me has quemado?

—¡No despertabas! —se defendió él—. He pensado que serviría de algo.

Tenía el rostro más pálido que de costumbre, y el tatuaje del ala cruzada con la flecha destacaba como si estuviera hecho de carbón. Los ojos también le brillaban más, casi como cuando le había conocido en El Cairo. Pero estaba de pie, sano y salvo, y afortunadamente ya no era translúcido.

El roc, recordó de repente. Sentía la cabeza como si hubiera bebido demasiado vino. Se frotó las sienes y estuvo a punto de perder el equilibrio. *Lo curé, y luego...*

Sintió arcadas, el recuerdo del agua bajando por su garganta era lo suficientemente intenso como para provocarle náuseas. Pero no había sido su garganta, ni tampoco su recuerdo. Tragó saliva y volvió a centrarse en la figura del inquieto daeva.

—Por la misericordia divina —susurró—. Estás muerto. Te he visto morir..., sentí cómo te ahogabas.

La abrumadora sombra que le cubrió el rostro fue confirmación suficiente. Nahri jadeó e, instintivamente, dio un paso atrás, hasta chocar contra el cuerpo aún caliente del roc.

Sin aliento, sin latidos. Nahri cerró los ojos; la comprensión llegó demasiado rápido. Balbuceó:

—No... no lo entiendo. ¿Eres... algo así como un fantasma? —La palabra sonó ridícula en sus oídos, aunque su implicación le rompiera el corazón. Al instante se le humedecieron los ojos—. ¿Estás vivo?

—¡Sí! —exclamó en un torbellino—. Es decir, eso creo. Es... complicado.

Nahri levantó las manos.

—¡No debería ser muy complicado saber si estás vivo o muerto! —Se dio la vuelta y entrelazó los dedos detrás de la cabeza. Se sentía más cansada de lo que había estado nunca desde que emprendieran aquel agotador viaje. Se paseó por delante del vientre del roc—. No entiendo por qué cada...

Pero se detuvo al reparar en una de las enormes garras del animal.

Se abalanzó sobre las patas y arrancó el bulto de entre sus garras. El trozo de tela negra estaba sucio y roto, pero reconoció al instante las baratas monedas que contenía. Al igual que el pesado anillo de oro atado a uno de sus extremos. El anillo del bajá. Desató ambas cosas y sostuvo el anillo a la luz del sol.

Dara acudió con rapidez a su lado.

—No lo toques, Nahri, por el ojo de Salomón. Ni siquiera alguien como tú querría algo así. Probablemente sean de su última víctima.

—No, son míos —dijo en voz baja mientras un terror silencioso se apoderaba de su corazón. Frotó el anillo y recordó que varias semanas atrás le había hecho un corte en la palma de la mano—. Son de mi casa de El Cairo.

—¿Cómo? —Dara se acercó y le arrebató de las manos el pañuelo—. Debes de estar equivocada.

Dio vuelta a la tela sucia y se la llevó al rostro para olerla con detenimiento.

—¡No estoy equivocada! —Nahri tiró el anillo; de repente no quería saber nada de él—. ¿Cómo puede ser?

Dara bajó la mano con la que sostenía el pañuelo; había pánico en sus brillantes ojos.

—Nos estaba persiguiendo.

—¿Quieres decir que pertenecía a los ifrit? ¿Que fueron ellos los que entraron en mi casa? —preguntó Nahri, alzando la voz. Se le erizó la piel al pensar en aquellas criaturas en su pequeña caseta, rebuscando entre sus escasas pertenencias. ¿Y si eso no era todo? ¿Y si también habían atacado a sus vecinos? ¿O a Yaqub? Sintió un nudo en el estómago.

—No fue un ifrit. Los ifrit no pueden controlar a los roc.

—Entonces ¿quién? —A Nahri no le gustaba la fría inmovilidad que se había apoderado de él.

—Peri. —Dara tiró el pañuelo al suelo con un movimiento repentino y violento—. Las únicas criaturas que pueden controlar a los roc son los peri.

—Khayzur. —Nahri respiró entrecortadamente. Tartamudeó—: Pero ¿por qué? Creía que le caía bien.

Dara negó con la cabeza.

—No, no ha sido Khayzur.

Nahri no podía creer que fuera tan ingenuo.

—¿Qué otros peri saben de mi existencia? —dijo, y empezó a acercarse a la otra pata del roc—. Además, salió corriendo después de descubrir mi herencia Nahid, probablemente para ir a contárselo a sus amigos. Apuesto a que mi taza de té está atada a...

—No. —Dara le tendió una mano. Nahri se estremeció y él la retiró de inmediato con un destello de dolor en el rostro. Tragó saliva y se giró hacia el caballo—. Disculpa. Intentaré no volver a tocarte. Pero tenemos que irnos. Ahora.

La tristeza que transmitía su voz le llegó al corazón.

—Dara, lo siento. No quería...

—No tenemos tiempo. —Le hizo un gesto para que montara y ella obedeció de mala gana. A continuación le entregó la espada ensangrentada.

—Tendré que cabalgar contigo —le explicó, tras lo que subió y se acomodó detrás de ella—. Al menos hasta que encontremos otro caballo.

Espoleó al animal, que empezó a trotar. A pesar de la promesa de Dara, ella se recostó contra su pecho, momentáneamente sorprendida por el calor humeante y la cálida presión de su cuerpo. *No está muerto*, se dijo a sí misma para tranquilizarse. *Es imposible.*

Tiró de las riendas de repente cuando llegaron al lugar donde había arrojado el arco y el carcaj. Levantó las manos y las armas volaron hacia él como fieles gavilanes.

Nahri se agachó cuando él se pasó las armas por encima de la cabeza para colocárselas sobre el hombro izquierdo.

—¿Y ahora qué hacemos? —Volvió a recordar las bromas de Khayzur y la ocurrencia de Dara sobre cómo el peri era capaz de arrasar el paisaje con un solo movimiento de sus alas.

—Lo único que podemos hacer —dijo Dara, con los labios muy cerca de la oreja de Nahri. Volvió a agarrar las riendas y las sostuvo con firmeza. No había nada afectuoso ni remotamente romántico en el gesto; solo desesperación, como un hombre aferrado a una cornisa—. Huir.

10
ALÍ

A lí entrecerró los ojos y dio un golpecito al soporte de la balanza que había sobre el escritorio delante de él, consciente en todo momento de los ojos expectantes de los otros tres hombres.

—A mí me parece equilibrada.

Rashid se inclinó a su lado, los platillos de plata de la balanza reflejados en los ojos grises del secretario militar.

—Podría estar embrujada —dijo en geziriyya. Hizo un gesto con la cabeza en dirección a Soroush, el muhtasib del barrio daeva—. Podría haber ideado un hechizo para que el peso de las monedas le favoreciera.

Alí vaciló y levantó la cabeza para mirar a Soroush. El muhtasib, el funcionario encargado del cambio de moneda daeva por los innumerables tipos que se usaban en Daevabad, temblaba y mantenía los ojos clavados en el suelo. Alí se fijó en que tenía las yemas de los dedos manchadas de ceniza; desde que había llegado, se había estado toqueteando la marca de carboncillo que llevaba en la frente. La mayoría de los daeva religiosos la llevaban. Era un signo de su devoción al antiguo culto del fuego de los Nahid.

El hombre estaba aterrorizado, y Alí comprendía el motivo. Acababa de recibir la visita del caíd acompañado por dos miembros armados de la Guardia Real para una inspección no programada.

Alí se volvió hacia Rashid.

—No tenemos pruebas —le susurró en geziriyya—. No puedo arrestarlo sin pruebas.

Antes de que Rashid pudiera responder, la puerta del despacho se abrió de golpe. El cuarto hombre en la estancia, Abu Nuwas, el guardia personal de Alí, un hombre rudo y corpulento, se plantó entre la puerta y el príncipe en un abrir y cerrar de ojos, zulfiqar en mano.

Pero solo se trataba de Kaveh, que no pareció especialmente impresionado ante la presencia del formidable guerrero geziri. Asomó por debajo de uno de los amplios brazos de Abu Nuwas y, al mirar a Alí a los ojos, se le agrió el rostro.

—Caíd —saludó con sequedad—. ¿Te importaría decirle a tu perro que se retirase?

—Está bien, Abu Nuwas —dijo Alí antes de que su guardia personal pudiera hacer algo imprudente—. Déjalo entrar.

Kaveh cruzó el umbral. Mientras miraba entre los relucientes platillos de la balanza y el asustado muhtasib, la indignación tiñó su voz.

—¿Qué haces en mi barrio?

—Ha habido varias informaciones de fraudes procedentes de este lugar —le explicó Alí—. Estaba examinando la balanza...

—¿Examinando la balanza? ¿Ahora eres visir? —Kaveh hizo un gesto con la mano para detener a Alí antes de que pudiera responderle—. No importa... Ya he perdido demasiado tiempo esta mañana buscándote.

Hizo señas a alguien para que entrara y dijo:

—Adelante, Mir e-Parvez, presenta tu informe al caíd.

Se produjo un murmullo inaudible desde la puerta.

Kaveh puso los ojos en blanco.

—No me importa lo que hayas oído. No tiene dientes de cocodrilo ni va a comerte. —Alí se estremeció, pero Kaveh continuó—. Perdónale, ha tenido malas experiencias con los djinn.

Todos somos djinn. Alí se mordió la lengua mientras el nervioso mercader entraba en el despacho. Mir e-Parvez era grueso y de edad avanzada, lampiño como la mayoría de los daeva. Vestía una túnica gris y holgados pantalones oscuros, el atuendo habitual de los hombres daeva.

El mercader juntó las palmas a modo de saludo, pero mantuvo la mirada en el suelo. Le temblaban las manos.

—Perdóname, mi príncipe. Cuando supe que eras el nuevo caíd, no... no quería molestar.

—El trabajo del caíd es que lo molesten —cortó Kaveh haciendo caso omiso de la mirada de Alí—. Cuéntale lo que ha pasado.

El comerciante asintió.

—Regento una tienda de artículos humanos de lujo fuera del barrio —empezó el hombre. Su djinnistaní tenía un marcado acento divasti.

Alí enarcó las cejas cuando intuyó los derroteros que iba a seguir la conversación. Los únicos «artículos humanos de lujo» que un comerciante daeva vendería fuera de su barrio eran licores de fabricación humana. La mayoría de los djinn les tenían poca tolerancia, y además, el Libro Sagrado los prohibía, por lo que era ilegal venderlos en el resto de la ciudad. Los daeva no tenían tantos reparos, por lo que comerciaban libremente con ellos y los vendían a tribus extranjeras a precios desorbitados.

El hombre continuó.

—He tenido algunos problemas en el pasado con algunos djinn. Me rompen las ventanas, protestan y me escupen cuando paso por su lado. Yo no digo nada. No quiero problemas. —Negó con la cabeza—. Pero anoche unos hombres irrumpieron en la tienda mientras estaba mi hijo, rompieron todas las botellas y le prendieron fuego a todo. Cuando mi hijo intentó detenerlos, le golpearon y le cortaron la cara. Lo acusaron de ser un «adorador del fuego» y ¡de conducir a los djinn al pecado!

Acusaciones no del todo falsas. Alí se abstuvo de decirlo en voz alta, consciente de que Kaveh iría corriendo a su padre ante la menor sospecha de injusticia contra su tribu.

—¿Has informado a la guardia de tu barrio?

—Sí, Majestad —dijo el mercader, equivocándose en el tratamiento. A medida que se alteraba, su djinnistaní empeoraba—. Pero no han hecho nada. Nunca hacen nada con estos casos. Se ríen o «redactan un informe», pero todo sigue igual.

—No hay suficientes guardias en el barrio daeva —le interrumpió Kaveh—. Ni suficiente... diversidad entre sus filas. Llevo años diciéndoselo a Wajed.

—Así que le pediste más soldados, pero que no se parecieran a él —respondió Alí, aunque sabía que Kaveh tenía parte de razón. Los soldados que patrullaban los mercados eran a menudo los más jóvenes, muchos sacados directamente de las arenas de Am Gezira. Probablemente pensaran que proteger a un hombre como Mir e-Parvez era tan pecaminoso como beberse su mercancía.

A pesar de todo, no había ninguna solución fácil; el grueso del ejército estaba compuesto por geziri, y ya estaban al límite.

—Dime, ¿de qué distrito saco a mis soldados, Kaveh? —insistió Alí— ¿Debería dejar a los tukharistaníes sin protección para que los daeva vendieran licor más seguros?

—La asignación de la guardia no entra dentro de mis responsabilidades, príncipe Alizayd. Tal vez si dejaras de aterrorizar a mi muhtasib...

Alí se enderezó y rodeó el escritorio, interrumpiendo el comentario sarcástico de Kaveh. Mir e-Parvez dio un paso atrás mientras observaba con nerviosismo el cobrizo zulfiqar de Alí.

Por el Altísimo, ¿tan negativos eran los rumores que circulaban acerca de él? A juzgar por la expresión del mercader, debía de pensar que Alí dedicaba los viernes a masacrar a inocentes daeva.

—¿Tu hijo está bien? —preguntó con un suspiro.

Sorprendido, el mercader parpadeó.

—Eh... sí, mi príncipe —balbuceó—. Se recuperará.

—Alabado sea Dios. Hablaré con mis hombres y veré qué podemos hacer para mejorar la seguridad del barrio. Calcula los daños que has sufrido y presenta la factura a mi ayudante, Rashid. Las Arcas Reales cubrirán...

—El rey tiene que aprobar... —empezó a decir Kaveh.

Alí levantó una mano.

—Si es necesario, lo sacaré de mi cuenta —dijo con firmeza, consciente de que aquello pondría fin a la discusión.

Era de conocimiento público que su abuelo ayaanle le proporcionaba una cuantiosa dotación anual. Normalmente, Alí lo encontraba vergonzoso; no necesitaba el dinero y sabía que su abuelo solo lo hacía para enojar a su padre. Sin embargo, en aquella ocasión jugaba a su favor.

El comerciante daeva abrió los ojos de par en par, se postró en el suelo y presionó la frente cubierta de ceniza contra la alfombra.

—Oh, gracias, Majestad. Que las llamas ardan brillantes en tu honor.

Alí contuvo una sonrisa, perplejo ante el hecho de recibir, precisamente él, la tradicional bendición daeva. Tenía la sospecha de que el mercader iba a presentarle una factura considerablemente inflada, pero a pesar de todo se sintió complacido de haber manejado la situación correctamente. Puede que, a fin de cuentas, el papel de caíd no se le diera tan mal.

—Creo que hemos terminado, ¿verdad? —le preguntó a Kaveh cuando Rashid abrió la puerta. Un movimiento captó su atención: dos niños pequeños, armados con arcos improvisados, jugaban junto a una de las fuentes de la plaza. Cada uno tenía una flecha en la mano y las usaban a modo de espadas.

Kaveh siguió su mirada.

—¿Te gustaría unirte a ellos, príncipe Alizayd? No son mucho más pequeños que tú.

Recordó la advertencia de Muntadhir. «No permitas que te manipule».

—No me atrevería. Parecen demasiado temibles —dijo con suma calma.

Esbozó una sonrisa dirigida a sí mismo mientras agachaba la cabeza para pasar por debajo de la balaustrada. Emergió a la luz del sol mientras la sonrisa de Kaveh se convertía en una mirada de desaprobación. El reluciente cielo azul solo se veía perturbado por unas cuantas nubes blancas que circulaban desde el este. Otro día hermoso en una serie de días hermosos, cálidos y luminosos. Un patrón no demasiado habitual en Daevabad; la excepcionalidad podía empezar a llamar la atención.

Y el tiempo no era lo único extraño. Según algunos rumores, el altar de fuego original de los Nahid, extinguido después de que Manizheh y Rustam fueran asesinados, había vuelto a prender solo en una habitación cerrada. Un bosquecillo abandonado y lleno de maleza en el jardín donde uno de los hermanos solía ir a pintar apareció de repente limpio y radiante. La semana anterior, una de las estatuas de shedu que enmarcaban los muros del palacio había aparecido en lo alto del tejado del zigurat, con su mirada de bronce fija en el lago, como si esperara la llegada de una embarcación.

Y también estaba el mural de Anahid. En contra de los deseos de Muntadhir, Alí lo había mandado destruir. Sin embargo, al pasar por delante cada pocos días, tenía la extraña sensación de que había algo vivo bajo los restos.

Miró a Kaveh mientras se preguntaba qué pensaría el gran visir de los rumores que propagaba su supersticiosa tribu. Kaveh era un ardiente devoto del culto al fuego, y las familias Pramukh y Nahid habían estado muy unidas. Muchas de las plantas y hierbas utilizadas en la medicina tradicional Nahid se cultivaban en las vastas propiedades de los Pramukh. El propio Kaveh había llegado originalmente a Daevabad como delegado comercial, pero había ascendido con celeridad en la corte de Ghassán hasta convertirse en un consejero de confianza pese a su agresiva defensa de los derechos de los daeva.

Kaveh volvió a hablar.

—Discúlpame si mis chicas te pusieron nervioso la otra semana. Fue un gesto de cortesía.

Alí se mordió la lengua para evitar decir lo primero que le vino a la mente. Y también lo segundo. No estaba acostumbrado a aquel tipo de enfrentamientos verbales.

—Ese tipo de... gestos no son de mi gusto, gran visir —dijo al fin—. Te agradecería que lo recordaras en el futuro.

Aunque Kaveh no dijo nada más, Alí sintió su fría mirada mientras seguían caminando. Por el Altísimo, ¿qué había hecho para ganarse la enemistad de aquel hombre? ¿De verdad pensaba que las creencias de Alí representaban una amenaza tan grave para su pueblo?

Por lo demás, el paseo resultó ser de lo más agradable. El barrio daeva era mucho más hermoso cuando uno no debía correr para ponerse a salvo de los arqueros. Los adoquines estaban perfectamente nivelados y limpios. Los cipreses proyectaban su sombra sobre la avenida principal, interrumpida por fuentes llenas de flores y arbustos de agracejo plantados en macetas. Los edificios de piedra estaban bellamente pulidos; las mosquiteras de madera y paja, nuevas y pulcras. Nadie habría sospechado que aquel era uno de los barrios más antiguos de la ciudad. Más adelante, unos cuantos ancianos jugaban al chaturanga mientras sorbían de pequeños frascos de cristal, probablemente llenos de algún licor humano. Dos mujeres con velo paseaban, procedentes del Gran Templo.

Era una escena idílica que contrastaba con la suciedad del resto de la ciudad. Alí frunció el ceño. Tendría que comprobar qué estaba pasando con la limpieza de Daevabad. Se volvió hacia Rashid.

—Concierta una cita con…

Algo pasó zumbando junto su oreja derecha y le provocó un fuerte escozor. Alí soltó un grito de sorpresa e instintivamente empuñó el zulfiqar mientras se daba la vuelta.

De pie al borde de la fuente estaba uno de los chiquillos que había visto jugar antes. Aún llevaba el arco de juguete en la mano. Alí bajó la espada de inmediato. El niño lo miró con inocentes ojos negros. Alí vio que se había pintado con carboncillo una flecha negra torcida en la mejilla.

Una flecha Afshín. Alí frunció el ceño. Era propio de los adoradores del fuego dejar que sus hijos fingieran ser criminales de guerra. Se llevó una mano a la oreja y los dedos se le mancharon de sangre.

Abu Nuwas desenvainó el zulfiqar y se adelantó con un gruñido, pero Alí lo detuvo.

—No lo hagas. Es solo un niño.

Al ver que no iba a ser castigado, el chico les dedicó una sonrisa malévola y saltó de la fuente para escabullirse por un tortuoso callejón.

El regocijo hacía brillar los ojos de Kaveh. Al otro lado de la plaza, una mujer se cubría la boca con una mano, aunque Alí oyó su risa. Los ancianos que jugaban al chaturanga tenían los ojos fijos en las fichas, pero sus bocas se movían sin parar. Avergonzado, Alí se ruborizó.

Rashid se acercó a él.

—Deberías haber hecho arrestar al chico, caíd —murmuró en geziriyya—. Es joven. En la Ciudadela lo educarían para que se comportara como uno de nosotros. Tus antepasados lo hacían todo el tiempo.

Alí se quedó pensativo, casi convencido por el tono razonable de Rashid. Pero entonces se detuvo. *¿En qué se diferencia eso de lo que hacen los puros de sangre con los niños shafit?* El mero hecho de poder hacerlo, de poder arrebatar a un niño del único hogar que había conocido con apenas un chasquido de los dedos…, de arrancárselo a sus padres, a su gente…

Bueno, eso explicaba por qué alguien como Kaveh lo miraba con semejante hostilidad.

Alí sacudió la cabeza, inquieto.

—No. Volvamos a la Ciudadela.

—¡Oh, mi amor, mi luz! ¡Cómo me has arrebatado la felicidad!

Alí dejó escapar un suspiro malhumorado. Hacía una noche preciosa. Una escuálida luna colgaba sobre el oscuro lago de Daevabad y las estrellas centelleaban en el cielo despejado. El aire estaba perfumado de incienso y jazmín. Ante él tocaban los mejores músicos de la ciudad, al alcance de la mano tenía una fuente con los manjares del cocinero preferido del rey, y los ojos negros de la cantante habrían puesto de rodillas a una docena de hombres.

Alí se sentía deprimido. Se removía inquieto en su asiento sin apartar la mirada del suelo y tratando de ignorar el tintineo de los cascabeles y la suave voz de la joven que cantaba sobre cosas que le hacían hervir la sangre. Tironeó del rígido cuello de la nueva dishdasha plateada que Muntadhir le había obligado a ponerse. Bordada con docenas de hileras de perlas, le oprimía la garganta.

Su comportamiento no pasó desapercibido.

—Tu hermanito no parece estar pasándolo bien, mi emir. —Una voz femenina aún más sedosa interrumpió a la cantante. Alí levantó la cabeza para encontrarse con la tímida sonrisa de Khanzada—. ¿Mis chicas no son de vuestro agrado, príncipe Alizayd?

—No te lo tomes como algo personal, mi luz —interrumpió Muntadhir, besando la mano pintada de jena de la cortesana que estaba acurrucada a su lado—. Esta mañana un niño le ha disparado en la cara.

Alí le lanzó a su hermano una mirada enojada.

—¿Tienes que seguir sacando el tema?

—Es que es muy gracioso.

Alí frunció el ceño y Muntadhir le dio un golpecito en el hombro.

—Ya, akhi, ¿puedes al menos intentar parecer menos amenazador? Te he invitado para celebrar tu ascenso, no para que aterrorices a mis amigos. —Señaló a la docena de hombres sentados a su alrededor, un grupo selecto compuesto por los nobles más ricos e influyentes de la ciudad.

—No me has invitado —dijo Alí, molesto—. Me lo has ordenado.

Muntadhir puso los ojos en blanco.

—Ahora formas parte de la corte de abba, Zaydi. —Pasó al geziriyya y bajó la voz—. Socializar con esta gente es parte de ello...; diablos, se supone que es una ventaja.

—Ya sabes lo que pienso de este tipo de... —Alí señaló con un gesto de la mano a un noble que se reía como una niña. El tipo se calló de golpe— libertinaje.

Muntadhir suspiró.

—Tienes que dejar de hablar así, akhi. —Señaló la bandeja con la cabeza—. ¿Por qué no comes algo? Tal vez el peso de la comida en el estómago te haga olvidar tanta arrogancia.

Alí refunfuñó pero le obedeció. Se inclinó hacia delante para echar mano de un vasito de sorbete agrio de tamarindo. Sabía que Muntadhir solo intentaba ser amable e introducir a su torpe hermano pequeño, criado en la Ciudadela, en la vida de la corte. Sin embargo, el salón de Khanzada incomodaba terriblemente a Alí. Aquel lugar era el epítome de la maldad que Anas había querido erradicar de Daevabad.

Alí observó a la cortesana que se inclinó para susurrarle algo al oído a Muntadhir. Se decía que Khanzada, proveniente de una familia de aclamados ilusionistas agnivanshi, era la mejor bailarina de la ciudad. Alí debía reconocer que era despampanante. Incluso

Muntadhir, su apuesto hermano mayor, famoso por dejar una ristra de corazones rotos allá donde iba, se había enamorado de ella.

Supongo que sus encantos serán suficientes para pagar todo esto. El salón de Khanzada estaba situado en uno de los barrios más atrayentes de la ciudad, un frondoso enclave encajado en el corazón del distrito de recreo del barrio agnivanshi. La casa era grande y hermosa, tres plantas de mármol blanco y ventanas de cedro, y estaba rodeada de árboles frutales y una fuente de intrincados azulejos.

A Alí le habría gustado verla arrasada hasta los cimientos. Despreciaba aquellas casas de recreo. Si no era suficiente con que fueran antros de todos los vicios y pecados imaginables, exhibidos descaradamente en público, Anas le había contado que, además, la mayoría de las jóvenes eran esclavas shafit robadas a sus familias y vendidas al mejor postor.

—Señores.

Alí levantó la cabeza. La chica que había estado bailando se detuvo frente a ellos y se inclinó hasta presionar las manos sobre el suelo de baldosas. Aunque su pelo tenía el mismo brillo negro que el de Khanzada y su piel relucía como la de una mujer pura de sangre, Alí se fijó en las orejas redondeadas que le asomaban bajo el velo. Shafit.

—Levántate, querida —dijo Muntadhir—. Una cara tan bonita no debe estar en el suelo.

La muchacha se levantó y juntó las palmas de las manos, con un aleteo de largas pestañas y ojos almendrados que miraron a su hermano. Muntadhir sonrió y Alí se preguntó si Khanzada tendría competencia aquella noche. Su hermano le indicó a la chica que se acercara y deslizó un dedo entre sus brazaletes. Ella soltó una risita y él le quitó uno de los collares de perlas que llevaba al cuello y trató de volver a colocárselo sobre el velo. Muntadhir le susurró algo al oído y la joven volvió a reír. Alí soltó un suspiro.

—Tal vez el príncipe Alizayd desee un poco de tu atención, Rupa —se burló Khanzada—. ¿Te gustan los hombres altos, morenos y hostiles?

Alí la fulminó con la mirada, pero Muntadhir se limitó a reír.

—Puede que te pongas de mejor humor, akhi —dijo mientras acariciaba con la nariz el cuello de la joven—. Eres demasiado joven para haber renunciado por completo a las mujeres.

Khanzada se apretó más contra Muntadhir y deslizó los dedos por encima de su faja.

—Y los hombres geziri nos lo ponen muy fácil —dijo, trazando el dibujo bordado en su dobladillo—. Incluso su vestimenta es práctica.

Sonrió, apartó la mano del regazo de su hermano y la posó en el suave rostro de Rupa.

Parece que está comprobando una pieza de fruta en el mercado. Alí hizo crujir los nudillos. Era un hombre joven, y mentiría si dijera que la chica no lo estimulaba, pero eso solo conseguía que se sintiera más incómodo.

Khanzada se tomó a mal su desdén.

—Tengo otras si esta no te interesa. Y también chicos —añadió con una sonrisa malévola—. Tal vez un gusto tan aventurero corra en la...

—Ya está bien, Khanzada —la interrumpió Muntadhir con una nota de advertencia en la voz.

La cortesana rio y se deslizó en el regazo de Muntadhir para luego acercarse a los labios una copa de vino.

—Disculpa, amor mío.

El humor regresó al rostro de Muntadhir y Alí apartó la mirada. Cada vez se sentía más furioso. No le gustaba ver aquel lado de su hermano. Un despilfarro como tal sería una debilidad cuando fuera rey. La joven shafit miró primero a uno y después al otro.

Como si esperara órdenes. Algo dentro de Alí se quebró. Dejó caer la cuchara y se cruzó de brazos.

—¿Cuántos años tienes, hermana?

—Tengo... —Rupa volvió a mirar a Khanzada—. Lo siento, mi señor, pero no lo sé.

—Es lo bastante mayor —intervino Khanzada.

—¿Seguro? —preguntó Alí—. Bueno, estoy seguro de que lo sabes..., supongo que te habrás molestado en obtener todos los detalles de su pedigrí cuando la compraste.

Muntadhir dio un bufido.

—Cálmate, Zaydi.

Sin embargo, quien se había ofendido era Khanzada.

—Yo no compro a nadie —dijo a la defensiva—. La lista de chicas que desean entrar en mi escuela es más larga que mi propio brazo.

—No me cabe ninguna duda —dijo Alí con desprecio—. ¿Y con cuántos de tus clientes deben acostarse para que las taches de esa lista y las aceptes?

Khanzada se enderezó. El fuego ardía en aquellos ojos del color del estaño.

—¿Disculpa?

La discusión empezó a atraer miradas curiosas; Alí pasó al geziriyya para que solo Muntadhir pudiera entenderle.

—¿Cómo puedes estar aquí sentado, akhi? ¿Has pensado alguna vez de dónde...?

Khanzada se puso en pie de un salto.

—¡Si quieres acusarme de algo, al menos ten el valor de decirlo en una lengua que entienda, mocoso mestizo!

Muntadhir se enderezó de repente al oír aquello. El nervioso parloteo de los otros hombres se apagó y los músicos dejaron de tocar.

—¿Cómo le has llamado? —dijo. Alí nunca había oído tanto hielo en su voz.

Khanzada pareció darse cuenta de que había cometido un error. La ira desapareció de su rostro, sustituida por el miedo.

—Solo... solo pretendía...

—No me importa lo que pretendieras —espetó Muntadhir—. ¿Cómo te atreves a decirle algo así a tu príncipe? Discúlpate.

Alí agarró a su hermano por la muñeca.

—No pasa nada, Dhiru. No debería haber...

Muntadhir levantó una mano para interrumpirlo.

—Discúlpate, Khanzada —repitió—. Ahora.

Ella se apresuró a unir las palmas de las manos y bajar los ojos.

—Perdóname, príncipe Alizayd. No era mi intención insultarte.

—Bien. —Cuando Muntadhir miró a los músicos, a Alí le recordó tanto a su padre que se le erizó la piel—. ¿Qué miráis? ¡Seguid tocando!

Alí tragó saliva. Se sentía tan avergonzado que no se atrevió a mirar a nadie.

—Debería irme.

—Sí, creo que sería lo mejor. —Pero antes de que Alí pudiera levantarse, su hermano lo agarró por la muñeca—. Y no vuelvas a llevarme la contraria delante de estos hombres nunca más —le advirtió en geziriyya—. Sobre todo cuando eres tú el que se comporta como un idiota —añadió, y le soltó el brazo.

—De acuerdo —murmuró Alí.

Muntadhir todavía sujetaba el collar de perlas alrededor del cuello de Rupa como si se tratase de una suerte de extravagante correa. La muchacha sonreía, pero la expresión no le llegaba a los ojos.

Mientras se levantaba, Alí se quitó un pesado anillo de plata del pulgar. Cruzó una mirada con la joven shafit y dejó caer el anillo sobre la mesa.

—Mis disculpas.

Bajó los oscuros escalones que conducían a la calle de dos en dos, sorprendido por la rápida respuesta de su hermano. Era evidente que Muntadhir no había estado de acuerdo con su comportamiento, pero aun así lo había defendido y había humillado a su propia amante en el proceso. Ni siquiera había dudado.

Somos geziri. Es lo que hacemos. Alí acababa de salir de la casa cuando oyó una voz a su espalda.

—¿No es de tu agrado?

Alí giró la cabeza. Jamshid e-Pramukh descansaba frente a la puerta de Khanzada mientras fumaba de una larga pipa.

Alí dudó un instante. No le conocía muy bien. Aunque el hijo de Kaveh servía en la Guardia Real, lo hacía en un contingente daeva cuyo entrenamiento era segregado e intencionadamente inferior. Muntadhir siempre hablaba muy bien del capitán daeva, su guardaespaldas durante más de una década y su mejor amigo, pero Jamshid siempre guardaba silencio en presencia de Alí.

Probablemente porque su padre piensa que quiero meter a todos los daeva en el Gran Templo y prenderle fuego. Alí no podía ni imaginar las cosas que la familia Pramukh debía decir de él en la intimidad.

—Más o menos —respondió al fin Alí.

Jamshid se rio.

—Le dije que te llevara a un lugar más tranquilo, pero ya conoces a tu hermano cuando algo se le pone entre ceja y ceja. —Había un brillo extraño en sus ojos oscuros y su voz estaba cargada de afecto.

Alí hizo una mueca.

—Por suerte, creo que he agotado su paciencia.

—Entonces estás en buena compañía. —Jamshid dio otra calada a la pipa—. Khanzada me odia.

—¿En serio? —Alí no podía imaginar qué podía tener la cortesana en contra del apacible guardia.

Jamshid asintió y le tendió la pipa, pero Alí la rechazó.

—Creo que volveré al palacio.

—Por supuesto —dijo, y señaló la calle—. Tu secretario te está esperando en el midán.

—¿Rashid? —Alí frunció el ceño. Que recordara, no tenía ningún otro asunto pendiente aquella noche.

—No llegó a decirme su nombre. —Algo parecido al enojo brilló brevemente en los ojos de Jamshid—. Tampoco quiso esperar aquí.

Qué raro.

—Gracias por avisarme. —Alí empezó a alejarse.

—Príncipe Alizayd. —Alí se volvió y Jamshid continuó—: Siento lo que ha pasado hoy en nuestro barrio. No todos somos así.

La disculpa lo tomó por sorpresa.

—Lo sé —respondió Alí. No supo qué más decir.

—Bien. —Jamshid le guiñó un ojo—. No dejes que mi padre te manipule. Es algo en lo que destaca.

Aquello arrancó una sonrisa a Alí.

—Gracias —dijo con toda sinceridad. Se llevó una mano al pecho y después a la frente—. Que la paz sea contigo, capitán Pramukh.

—Que contigo sea la paz.

11
NAHRI

Nahri dio un largo trago de agua del odre, se enjuagó la boca y escupió. Habría dado hasta su último dirham por poder beber sin notar arenilla entre los dientes. Suspiró y se apoyó en la espalda de Dara, dejando que las piernas le colgaran de la grupa del caballo.

—Odio este lugar —murmuró pegada a su hombro.

Nahri estaba acostumbrada a la arena, todas las primaveras debía lidiar con las tormentas de arena que cubrían la ciudad de El Cairo de un polvo amarillento, pero aquello era insoportable.

Hacía varios días que habían dejado atrás el último oasis tras robar otro caballo y hacer un último esfuerzo para atravesar el terreno abierto y desprotegido. Dara había dicho que no tenían elección; entre el oasis y Daevabad solo había desierto.

Había sido un viaje durísimo. Apenas hablaban; los dos estaban demasiado cansados para hacer mucho más que agarrarse a la silla y seguir adelante en un silencio amigable. Nahri estaba sucia; el polvo y la arena se le pegaban a la piel y le enmarañaban el pelo. Estaban en la ropa y en la comida, bajo las uñas y entre los dedos de los pies.

—No falta mucho —le aseguró Dara.

—Siempre dices lo mismo —murmuró ella. Movió un poco el agarrotado brazo y volvió a rodear la cintura de Dara con él. Unas semanas atrás le habría dado vergüenza abrazarlo con semejante audacia, pero ahora ya no le importaba.

El paisaje empezó a cambiar: colinas y árboles frágiles y achaparrados sustituyeron progresivamente a la arena. Se levantó viento y unas nubes azuladas llegaron del este para oscurecer el cielo.

Cuando por fin se detuvieron, Dara se bajó de la silla y se quitó la sucia tela con la que se cubría el rostro.

—Alabado sea el Creador.

Le agarró la mano y Dara la ayudó a descabalgar. Por más veces que hubiera bajado del caballo, sus rodillas siempre necesitaban unos minutos para recordar cómo funcionar.

—¿Hemos llegado?

—Estamos en el río Gozán —respondió él con evidente alivio—. La entrada a Daevabad está justo al otro lado, y nadie que no sea de nuestra especie puede atravesarlo. Ni los ifrit, ni los necrófagos, ni siquiera los peri.

La tierra terminaba abruptamente en un acantilado que daba al río. A la luz tenue, el ancho y fangoso río tenía un color gris parduzco poco atractivo, y la otra orilla no parecía mucho más prometedora. Nahri solo vio más terreno llano.

—Creo que has exagerado un poco acerca de los encantos de Daevabad.

—¿De verdad crees que dejaríamos una enorme ciudad mágica a la vista de cualquier humano curioso? Está oculta.

—¿Cómo vamos a cruzar? —Incluso desde donde estaban, Nahri veía cómo la corriente de agua creaba crestas blancas en la superficie.

Dara se asomó por el borde del acantilado de piedra caliza.

—Podría lanzar un hechizo para volar con una de las mantas —sugirió sin demasiada convicción, y señaló al cielo con la cabeza—. Pero esperaremos hasta mañana. Parece que está a punto de llover y no quiero arriesgarme a cruzar el río con mal tiempo. Recuerdo que estos acantilados están plagados de cuevas. Nos refugiaremos en una de ellas para pasar la noche.

Y condujo el caballo por un serpenteante y estrecho sendero.

Nahri lo siguió.

—¿Crees que podría acercarme a la orilla?

—¿Por qué?

—Apesto como si algo se hubiera muerto entre mi ropa, y tengo tanto polvo encima que bastaría para hacer una estatua de mí misma.

Dara asintió.

—Pero ten cuidado. La bajada es empinada.

—No me pasará nada.

Nahri bajó la colina zigzagueando entre rocas y árboles achaparrados. Dara no le había mentido. Tropezó dos veces y se cortó las palmas de las manos con las afiladas rocas, pero la posibilidad de darse un baño merecía el esfuerzo. Se quedó cerca de la orilla del río mientras se frotaba rápidamente la piel, preparada para saltar hacia atrás si la corriente aumentaba de repente.

El cielo cada vez estaba más oscuro, y un malsano tinte verdusco revestía las nubes. Nahri salió del agua, se escurrió el pelo y empezó a tiritar. El aire era húmedo y olía a rayos. Dara no se equivocaba; habría tormenta.

Estaba metiendo los pies mojados en las botas cuando lo sintió. El roce del viento, tan sólido que le pareció como si alguien le hubiera apoyado una mano en el hombro. Se enderezó de inmediato y giró sobre sí misma, dispuesta a lanzarle la bota a quienquiera que estuviera allí.

Pero no vio a nadie. Nahri escudriñó la orilla rocosa, pero esta estaba vacía e inmóvil salvo por las hojas muertas que se movían con la brisa. Olfateó el aire y percibió un intenso olor a granos de pimienta y macis. Tal vez Dara estaba tratando de conjurar un nuevo plato.

Siguió el débil rastro de humo que flotaba en el aire detrás de ella hasta dar con Dara, quien estaba sentado en la entrada de una cueva oscura. Una olla de estofado burbujeaba sobre las llamas.

Levantó la vista y sonrió.

—Por fin. Empezaba a temer que te hubieses ahogado.

El viento azotó su pelo mojado y ella se estremeció.

—Imposible —dijo mientras se arrimaba al fuego—. Nado como un pez.

Él sacudió la cabeza.

—Todo eso de nadar me recuerda a los ayaanle. Debería comprobar si tienes escamas de cocodrilo en el cuello.

—¿Escamas de cocodrilo? —Nahri echó mano de la copa, con la esperanza de que el vino la calentara—. ¿De verdad?

—Ay, es algo que solemos decir sobre ellos. —Empujó la olla en su dirección—. Los cocodrilos son una de las formas preferidas de los marid. Supuestamente, los antiguos ayaanle los adoraban. Aunque a sus descendientes no les gusta hablar de ello, he oído historias extrañas sobre sus antiguos rituales.

Nahri negó con la cabeza. Le devolvió la copa y esta volvió a llenarse de vino en cuanto sus dedos tocaron la base.

—¿Qué te pasa esta noche? —le preguntó mirando el guiso con una sonrisa de complicidad. La pregunta se había convertido en un juego recurrente: por mucho que lo intentara, Dara nunca había sido capaz de conjurar otra cosa que no fuera el plato de lentejas de su madre.

El daeva sonrió.

—Pichones rellenos de cebolla frita y azafrán.

—Comida prohibida —dijo mientras se servía de la olla—. Los ayaanle viven cerca de Egipto, ¿no?

—Más al sur. Tu tierra está demasiado llena de humanos para el gusto de nuestra gente.

Empezó a llover. Los truenos retumbaron en la distancia y Dara hizo una mueca mientras se secaba la frente.

—Esta noche no es muy buena para contar historias —dijo Dara—. Ven.

Agarró la olla, sin reaccionar al contacto ardiente del metal.

—Deberíamos refugiarnos de la lluvia y dormir un poco. —Clavó la mirada en la ciudad oculta al otro lado del río y compuso una expresión impenetrable—. Mañana nos espera un día muy largo.

Nahri durmió de forma irregular, consumida por extravagantes sueños preñados de truenos. Cuando despertó, todavía estaba oscuro, el fuego reducido a brasas incandescentes. La lluvia azotaba la entrada de la cueva y oía el viento aullando más allá de los acantilados.

Dara estaba tendido a su lado sobre una de las mantas, pero ya le conocía lo suficiente como para saber por la cadencia de su respiración que también estaba despierto. Se dio la vuelta para mirarlo y vio que la había cubierto con su túnica mientras dormía. Estaba tumbado boca arriba, con las manos cruzadas sobre el estómago, como un cadáver.

—¿Problemas para dormir?

Él no se movió, sus ojos fijos en el techo rocoso.

—Más o menos.

Un relámpago iluminó la cueva, seguido de cerca por el rugido de un trueno. Nahri estudió su perfil en la penumbra. Recorrió con la mirada aquellos ojos de largas pestañas, el cuello y los brazos desnudos. Sintió un cosquilleo en el estómago; fue consciente súbitamente del poco espacio que los separaba.

Aunque tampoco importaba mucho; la mente de Dara estaba a varios mundos de distancia.

—Ojalá no estuviera lloviendo —dijo con una voz inusualmente melancólica—. Me habría gustado observar las estrellas por si...

Dejó la frase en el aire y Nahri preguntó:

—¿Por si qué?

Dara la miró, casi avergonzado.

—Por si esta es mi última noche como hombre libre.

Nahri se estremeció. Había estado demasiado ocupada buscando más roc en el cielo y tratando de sobrevivir a la última etapa de su penoso viaje, por lo que apenas había vuelto a pensar en el recibimiento que les darían cuando llegaran a Daevabad.

—¿De verdad crees que te detendrán?

—Es probable.

En su voz detectó un rastro de miedo, pero tras haber descubierto su propensión a exagerar, especialmente cuando se trataba de los djinn, Nahri trató de tranquilizarlo.

—Lo más probable es que te consideren una reliquia del pasado, Dara. No todo el mundo es capaz de guardar rencor durante catorce siglos. —Dara frunció el ceño y apartó la mirada, y Nahri se rio—. Venga, te estoy tomando el pelo.

Se incorporó sobre un codo y, sin pensárselo mucho, le puso una mano en la mejilla y le giró la cabeza para que volviera a mirarla.

Dara se sobresaltó ante el contacto y abrió mucho los ojos, sorprendido. No, no era por el contacto, comprendió Nahri con cierta vergüenza, sino por la posición en la que los había dejado sin darse cuenta, con su cuerpo medio tendido sobre su pecho.

Nahri se sonrojó.

—Lo siento. No pretendía...

Dara le tocó la mejilla.

Parecía casi tan asombrado como ella, como si sus dedos le recorrieran la mandíbula por voluntad propia. Había tanto anhelo en su rostro, además de una buena dosis de indecisión, que a Nahri se le aceleró el corazón y notó que le crecía una suerte de calor en el estómago. *No lo hagas*, se dijo. *Es, literalmente, el enemigo de la gente a la que estás a punto de pedir asilo. ¿Quieres añadir también esto a los lazos que ya os unen? Solo un necio haría algo así.*

Y le dio un beso.

Dara emitió un débil sonido de protesta contra su boca, pero inmediatamente después deslizó las manos en su pelo. Sus labios eran cálidos y urgentes, y cada partícula de su cuerpo pareció deleitarse cuando él le devolvió el beso, todo su ser colmado de un deseo contra el que su mente no dejaba de prevenirla.

Dara se separó de ella.

—No podemos —dijo con un jadeo, y su cálido aliento le hizo cosquillas en la oreja y le provocó un escalofrío que le recorrió toda la espalda—. Esto... es completamente inapropiado...

Tenía razón, por supuesto. No por lo de inapropiado; a Nahri nunca le había preocupado demasiado eso. Pero era una estupidez. Así era como arruinaban sus vidas muchos idiotas, y Nahri había ayudado a traer al mundo a suficientes bastardos y cuidado de suficientes esposas sifilíticas durante la última fase de la enfermedad para saber de lo que hablaba. Sin embargo, acababa de pasar un mes con aquel hombre altivo y exasperante, cada noche y cada día a su lado, un mes sufriendo la mirada de esos ojos ardientes y esas manos abrasadoras que la tocaban más de lo necesario pero nunca lo suficiente.

Nahri se colocó encima de él, y pensó que la mirada de atónita incredulidad del daeva ya era recompensa más que suficiente.

—Cállate, Dara. —Y volvió a besarle.

En esa ocasión no hubo protestas por su parte. Solo un jadeo, mezcla de exasperación y deseo. Cuando Dara la atrajo hacia él, los pensamientos de Nahri dejaron de ser coherentes.

Mientras ella se peleaba con el irritantemente complicado nudo de su cinturón y él deslizaba las manos bajo su túnica, la cueva trepidó con el trueno más fuerte que Nahri hubiera oído hasta entonces.

Se detuvo. No quería hacerlo, la boca de Dara acababa de encontrar un delicioso punto en la parte baja de su cuello y la presión de sus caderas le avivaba la sangre de un modo que nunca había creído posible. Pero, entonces, un relámpago más brillante que los demás iluminó la cueva. Una ráfaga de viento apagó la pequeña fogata y tiró al suelo el arco y el carcaj de Dara.

Al oír cómo caían al suelo sus preciadas armas, Dara alzó la vista, y se quedó inmóvil ante la expresión que vio en el rostro de Nahri.

—¿Qué pasa?

—No... no lo sé.

Los truenos seguían retumbando, pero debajo había algo más, casi como un susurro en el viento, una exhortación en una lengua que no entendía. El viento volvió a soplar, susurrando y tirando de su pelo. Y consigo traía un olor a especias: pimienta y cardamomo. Clavo y macis.

Té. El té de Khayzur.

Nahri retrocedió de inmediato por culpa de un presentimiento que no comprendía del todo.

—Creo que... hay algo ahí fuera.

Dara frunció el ceño.

—Yo no he oído nada.

Se incorporó de todos modos. Desenredó sus miembros de los de ella para empuñar el arco y el carcaj.

Sin la cálida presión de aquel cuerpo, Nahri empezó a temblar de frío. Agarró la túnica de Dara y se la puso.

—No era un sonido —insistió, consciente de lo extraño que sonaba aquello—. Era otra cosa.

Otro rayo iluminó el cielo, y su destello perfiló al daeva contra el fondo oscuro de la cueva. Él frunció el ceño.

—No, no se atreverían… —susurró, casi para sí mismo—. Estamos demasiado cerca de la frontera.

Aun así, le entregó su daga y luego colocó en el arco una de las flechas de plata. Se arrastró por el suelo hasta la entrada de la cueva.

—Quédate aquí —le advirtió.

Nahri no le hizo caso. Guardó la daga en el cinto y fue junto a él a la entrada de la cueva. La lluvia les azotó la cara, pero no estaba tan oscuro como antes. La luz de la luna se reflejaba en las hinchadas nubes.

Dara levantó el arco y empezó a tensarlo. La parte trasera de la flecha le acarició el estómago a Nahri, y el daeva le dedicó una mirada penetrante.

—Al menos échate un poco más atrás.

Cuando Dara salió de la cueva, ella permaneció a su lado. No le gustaba el modo en que se estremecía cada vez que la lluvia le salpicaba la cara.

—¿Estás seguro de que deberías salir con este tiempo?

Un rayo cayó justo delante de ellos y Nahri, sobresaltada, se protegió los ojos con una mano. Dejó de llover tan repentinamente que le pareció como si alguien hubiera cerrado una espita.

El viento le agitó el pelo húmedo. Parpadeó para tratar de borrar los puntitos negros que poblaban su visión. La oscuridad se estaba disipando. El rayo había caído en un árbol cercano y prendido fuego sus secas ramas.

—Vamos. Volvamos dentro —le instó Nahri. Pero Dara no se movió, la mirada fija en el árbol—. ¿Qué pasa? —le preguntó mientras trataba de apartarle el brazo.

Dara no respondió. No hacía falta. Las llamas descendieron por el árbol, el calor tan intenso que secó al instante su húmeda corteza. Un humo acre se desprendió de la madera y se filtró más allá de las raíces hasta acumularse en brumosos zarcillos negros que se deslizaban y giraban. Los zarcillos se solidificaron y fueron elevándose lentamente del suelo.

Nahri retrocedió y agarró el brazo de Dara.

—¿Es... otro daeva? —preguntó en tono esperanzado mientras los humeantes zarcillos se retorcían y se unían entre sí, cada vez más gruesos, cada vez más rápido.

Dara tenía los ojos desorbitados.

—Me temo que no —dijo tomándole la mano—. Creo que deberíamos irnos.

En cuanto se dieron la vuelta para regresar al interior de la cueva, más humo negro descendió de los acantilados y cayó por delante de la entrada rocosa como si fuera una cascada.

A Nahri se le erizó todo el vello del cuerpo mientras la energía zumbaba en la punta de sus dedos.

—Ifrit —susurró.

Sin su elegancia habitual, Dara saltó hacia atrás tan rápido que tropezó.

—El río —balbuceó—. Corre.

—Pero las provisiones...

—No hay tiempo. —La aferró con fuerza de la muñeca y la arrastró por la cresta rocosa—. ¿Sabes nadar tan bien como dices?

Nahri vaciló, recordando la rápida corriente del Gozán. Probablemente el río habría crecido por la tormenta, sus ya de por sí turbulentas aguas convertidas en un frenesí.

—Eh..., supongo. Claro —se corrigió al ver la alarma reflejada en el rostro de Dara—. ¡Pero tú no!

—Eso no importa.

Antes de que pudiera discutir, Dara tiró de ella. Corrieron por la colina de piedra caliza. El empinado descenso era especialmente traicionero en la oscuridad, y Nahri resbaló más de una vez en los guijarros sueltos y arenosos.

Corrían por un estrecho saliente cuando un ruido sordo atravesó el aire, una mezcla entre el rugido de un león y el crepitar de un fuego descontrolado. Nahri alzó la vista y vislumbró brevemente algo grande y brillante antes de chocar contra Dara.

La fuerza del golpe la derribó y, sin el firme agarre en la muñeca del daeva, perdió el equilibrio. Mientras caía, trató de agarrarse a la rama de un árbol, a una roca, a cualquier cosa, pero sus dedos solo arañaron el aire. Sus pies no encontraron nada sólido donde apoyarse y Nahri se precipitó más allá del acantilado rocoso.

Nahri trató de protegerse la cabeza al golpear el suelo con fuerza y rodar por la pendiente. Se arañó los brazos con las afiladas rocas. Tras rebotar contra otro pequeño saliente, terminó aterrizando en un gran charco de barro. Se golpeó la parte posterior de la cabeza con la protuberante raíz de un árbol.

Se quedó inmóvil, sin aliento, aturdida por un dolor cegador. Le dolía todo. Intentó respirar hondo y soltó un grito al comprender que se había roto una costilla.

Respira. No te muevas. Debía darle tiempo a su cuerpo para que se curara solo. Sabía que lo haría; notó cómo el escozor en la carne desgarrada empezaba a desvanecerse. Se tocó la nuca con cuidado, rezando para que el cráneo siguiera intacto. Sus dedos encontraron pelo ensangrentado, pero nada más. Gracias al Altísimo por aquel pequeño acto de fortuna.

Algo en su abdomen se encajó de nuevo en su lugar y se incorporó. Se limpió los ojos de sangre, barro o Dios sabía qué. Entrecerró los ojos. Estaba delante del Gozán, las vertiginosas aguas relucían antes de convertirse en rápidos.

Dara. Se puso de pie y avanzó tambaleante mientras escudriñaba el acantilado a través de la oscuridad.

Otro destello la cegó y el aire crepitó a su alrededor, seguido por un estampido ensordecedor que la hizo retroceder. Nahri levantó las manos para protegerse los ojos, pero la luz ya se había convertido en una bruma de humo azul que se evaporaba rápidamente.

Entonces, el ifrit apareció delante de ella, imponente y con unos brazos gruesos como ramas de árbol. Su carne era luz condensada, y la piel le relucía con una tonalidad entre el blanco ceniza del humo y el carmesí anaranjado del fuego. Tenía las manos y los pies del color del carbón, y su cuerpo lampiño estaba cubierto con un diseño de marcas color ébano aún más disparatado que el de Dara.

Y era hermoso. Extraño y mortal, pero hermoso. Un par de dorados ojos felinos se posaron en ella y Nahri se quedó inmóvil. La criatura esbozó una sonrisa de dientes ennegrecidos y afilados. Una mano color carbón asió la hoz de hierro que portaba a un costado.

Nahri se levantó de un salto y corrió por encima de las rocas en dirección al agua. Alcanzó los bajíos del río con un chapoteo, pero el ifrit era muy rápido. La agarró por el tobillo cuando intentaba huir nadando. Nahri arañó el fondo fangoso del río y rodeó con los dedos una raíz sumergida.

El ifrit era más fuerte que ella. Volvió a tirar y Nahri gritó mientras la arrastraba para sacarla del agua. Se había hecho más brillante; su piel palpitaba con una ardiente luz amarilla. Una cicatriz cruzaba su cabeza calva como una mancha de carbón apagado. La ladrona que había en ella no pudo evitar fijarse en la reluciente armadura de bronce que llevaba sobre una sencilla camisa de lino. Un collar de piedras de cuarzo sin pulir le colgaba del cuello.

Levantó la mano a modo de victoria compartida.

—¡La tengo! —gritó en un idioma que reverberaba como el fuego sin control. Volvió a sonreír y se pasó la lengua por sus afilados dientes, la inconfundible mirada del hambre iluminando sus ojos dorados—. ¡La joven! Tengo…

Nahri recuperó el control y empuñó la daga que Dara le había dado en la cueva. Estuvo a punto de cortarse un dedo en el proceso, pero finalmente logró hundirla profundamente en el ardiente pecho del ifrit. La criatura gritó y le soltó la muñeca, más sorprendida que herida.

Al ver la daga, enarcó una ceja pintada; no parecía estar muy impresionado. A continuación, le dio una fuerte bofetada.

El golpe derribó a Nahri. Se tambaleó y unas manchas negras le nublaron la vista. El ifrit se arrancó la daga y, sin apenas mirarla, la arrojó lejos.

Nahri se levantó como pudo entre resbalones, mientras trataba de retroceder a trompicones. No podía apartar los ojos de la hoz. La hoja de hierro era completamente negra, y el filo, irregular y romo. No le cupo duda de que sería una muerte dolorosa. Muy dolorosa.

Se preguntó cuántos de sus antepasados Nahid habrían encontrado su fin ante la misma hoz.

Dara. Necesitaba al afshín.

El ifrit la persiguió sin la menor prisa.

—Así que eres tú la que está exaltando a todas las razas... —empezó el ifrit—. El último engendro de los traicioneros y mestizos de Anahid.

El odio que destilaba su voz le provocó una nueva oleada de miedo que le recorrió todo el cuerpo. Nahri vio la daga en el suelo y la recogió. Puede que no sirviera para nada contra el ifrit, pero era lo único que tenía. La mantuvo extendida, tratando de mantener la mayor distancia posible entre ambos.

El ifrit volvió a sonreír.

—¿Tienes miedo, pequeña curandera? —le dijo—. ¿Estás temblando? —Acarició la hoja de su hoz—. Lo que daría por ver derramarse esa sangre traidora... —Pero entonces dejó caer la mano con semblante arrepentido—. Por desgracia, acordamos devolverte ilesa.

—¿Ilesa? —Nahri volvió a pensar en El Cairo, en el recuerdo de los dientes del demonio al abrirle la garganta—. ¡Pero si tus necrófagos intentaron devorarme!

El ifrit extendió las manos a modo de disculpa.

—He de admitir que mi hermano actuó precipitadamente. —Carraspeó como si tuviera problemas para hablar y después inclinó la cabeza para mirarla de cerca—. Realmente sorprendente, les doy crédito a los marid. A primera vista, pareces completamente humana, pero si miras un poco más allá..., ves a la daeva.

—No soy ninguna daeva —se apresuró a decir ella—. No sé para quién trabajas... no sé qué quieres de mí... Solo soy una shafit. No sé hacer nada —añadió con la esperanza de ganar algo de tiempo con la mentira—. No pierdas el tiempo conmigo.

—¿Solo una shafit? —La criatura se echó a reír—. ¿Eso es lo que piensa ese esclavo lunático?

No pudo responder porque el sonido de un árbol caído atrajo su atención. Una cortina de fuego bailó sobre la quebrada y empezó a consumir los matorrales como si fueran leña.

El ifrit siguió su mirada.

—Puede que las flechas de tu afshín sean más afiladas que su ingenio, pequeña curandera, pero ambos estáis en desventaja.

—Dijiste que no querías hacernos daño.

—No queremos hacerte daño a ti —la corrigió—. El esclavo no formaba parte del trato. Pero quizá…, si vienes voluntariamente…

La tos le impidió continuar. Respiraba con dificultad.

Resopló y se apoyó en un árbol cercano. Volvió a toser y se llevó una mano al pecho, justo donde Nahri le había clavado la daga. Se quitó la armadura y Nahri se quedó boquiabierta. Tenía ennegrecida la piel alrededor de la herida, como si se le hubiese infectado. Y la negrura se extendía. Unos zarcillos negros como el carbón se esparcían por su pecho a modo de delicadas venas.

—¿Qué… qué me has hecho? —gritó mientras las venas ennegrecidas se transformaban en una ceniza azulada ante sus ojos. Volvió a toser y esta vez escupió un líquido oscuro y viscoso que humeó al entrar en contacto con el suelo. Se acercó a ella, tambaleante, e intentó agarrarla—. No… no es posible. ¡Dime que no!

Tenía los ojos dorados desorbitados de puro pánico.

Aferrando aún la daga, Nahri retrocedió. Temía que el ifrit intentara engañarla. Pero cuando este se llevó las manos a la garganta y cayó al suelo de rodillas mientras sudaba ceniza, Nahri recordó algo que Dara le había dicho semanas atrás mientras sobrevolaban el Éufrates:

«Incluso la sangre Nahid era venenosa para un ifrit, más mortal que una espada». Como en trance, posó lentamente la mirada en la daga. Mezclada con la sangre negra del ifrit reconoció su propia sangre carmesí, del corte que se había hecho en la mano mientras trataba de apuñalarlo.

Volvió a mirar al ifrit. Estaba tendido sobre las rocas y de la boca le manaba sangre. Sus ojos, hermosos y aterrorizados, se encontraron con los de ella.

—No… —jadeó—. Teníamos un trato…

Me ha golpeado. Ha amenazado con matar a Dara. Nahri se dejó llevar por un torrente de odio frío y un instinto que probablemente la habría asustado si se hubiera detenido a reflexionar, y le soltó una fuerte patada en el estómago al ifrit. La criatura gritó y Nahri se arrodilló a su lado. Presionó el filo de la daga contra su garganta.

—¿Con quién has hecho el trato? —le preguntó—. ¿Qué quieren de mí?

El ifrit sacudió la cabeza y respiró entrecortadamente.

—Asquerosa Nahid… sois todos iguales —espetó—. Sabía que era un error…

—¿Quién? —volvió a preguntarle. El ifrit siguió sin contestar, por lo que Nahri se hizo un tajo en la mano y presionó la palma ensangrentada contra la herida.

El sonido que salió del ifrit no podía compararse con nada que hubiera oído hasta entonces: fue un chillido que le desgarró el alma. Sintió la necesidad de darse la vuelta, huir al río y sumergirse para escapar de todo aquello.

Nahri volvió a pensar en Dara. Más de mil años como esclavo, arrebatado a su pueblo y asesinado, entregado a los caprichos de innumerables y crueles amos. Vio la amable sonrisa de Baseema, la más inocente entre las inocentes, desaparecida para siempre. Apretó con más fuerza el puño.

Con la otra mantuvo la daga contra la garganta del ifrit, aunque a juzgar por los gritos, no parecía ser necesario. Esperó hasta que esos gritos se convirtieron en gemidos.

—Dímelo y te curaré.

El ifrit se retorció bajo la hoja de la daga y sus ojos se tornaron negros brevemente. La herida burbujeaba, humeante como un caldero demasiado lleno, y un terrible sonido líquido le brotó de la garganta.

—¡Nahri! —La voz de Dara se elevó desde algún lugar en la oscuridad, una distracción distante—. ¡Nahri!

El ifrit fijó en el rostro de Nahri una febril mirada. Algo parpadeó en sus ojos, algo calculador y vil. Abrió la boca.

—Tu madre —resolló—. Hicimos un trato con Manizheh.

—¿Qué? —dijo ella. Estuvo a punto de dejar caer la daga por la sorpresa—. ¿Mi qué?

El ifrit empezó a sufrir convulsiones y un gemido traqueteante brotó de algún lugar de su garganta. Los ojos volvieron a dilatarse y la boca se entreabrió; una neblina vaporosa salió de entre los labios de la criatura. Nahri hizo una mueca. Dudaba poder sacarle mucha más información.

El ifrit le arañó la muñeca.

—Cúrame... —le suplicó—. Me lo has prometido.

—Te mentí.

Con un movimiento brusco y despiadado, apartó la mano y, de un tajo, le rebanó el cuello. De la garganta mutilada del ifrit brotó un vapor negro que ahogó un grito. Sin embargo, sus ojos, firmes y llenos de odio, no se apartaron de la daga mientras esta se alzaba sobre su pecho. «La garganta», le había dicho Dara en una ocasión. Una de las pocas cosas debilidades de los ifrit, según le había contado.

«Y los pulmones». Volvió a acuchillarlo, pero en el pecho. Encontró resistencia, por lo que tuvo que contener el impulso de vomitar mientras apoyaba todo su peso sobre la daga. Una sangre negra y viscosa le inundó las manos. El ifrit se sacudió una, dos veces, y después se quedó inmóvil. El pecho se le deshinchó como si hubiera vaciado un saco de harina. Nahri lo observó un momento más, pero supo que estaba muerto al notar inmediatamente la falta de vida y vigor. Lo había matado.

Se puso en pie; le temblaban las piernas. *He matado a alguien.* Se quedó mirando al ifrit muerto, paralizada por la visión de su sangre chorreando y humeando sobre el suelo de guijarros. *Lo he matado.*

—¡Nahri! —Dara se detuvo frente a ella. La agarró del brazo mientras le inspeccionaba alarmado la ropa ensangrentada. Con dos dedos, le tocó la mejilla y el pelo mojado—. Por el Creador, estaba tan preocupado... ¡Por el ojo de Salomón!

Al ver al ifrit, dio un salto hacia atrás y tiró de ella para protegerla con su cuerpo. Más conmocionado de lo que Nahri lo había visto nunca, empezó a tartamudear:

—Él..., tú... Has matado a un ifrit. —Se giró hacia ella con sus fulgurantes ojos verdes—. ¿Has matado a un ifrit? —repitió mientras la miraba más de cerca.

«Tu madre...» Las últimas palabras del ifrit seguían burlándose de ella. No podía olvidar el extraño parpadeo de sus ojos antes de hablar. ¿Serían mentira? ¿Serían palabras destinadas a atormentar al enemigo que estaba a punto de matarlo?

Una cálida brisa le acarició las mejillas. Nahri levantó la cabeza. Los acantilados ardían; los húmedos árboles crepitaban y se resquebrajaban al arder. El aire olía a veneno, caliente y sembrado de pequeñas brasas ardientes que recorrían el paisaje muerto y centelleaban sobre el río oscuro.

Apretó una mano ensangrentada contra la sien mientras la invadía una oleada de náuseas. Se apartó del ifrit muerto, la visión de su cuerpo conjurando una extraña sensación de justicia que le desagradó.

—Ha dicho... ha dicho algo sobre... —Se interrumpió. El humo negro seguía llegando desde el acantilado, retorciéndose y deslizándose entre los árboles y convirtiéndose en una oleada espesa e hirviente a medida que se acercaba a ellos.

—¡Atrás! —Dara tiró de ella, y los zarcillos de humo se desplomaron con un débil silbido. Dara aprovechó la oportunidad para empujarla hacia el agua—. Vete, aún puedes alcanzar el río.

El río. Nahri sacudió la cabeza. Una rama de grandes dimensiones pasó volando por su lado como si la hubieran disparado con un cañón y el agua rugió cuando esta chocó contra las rocas de la orilla.

Ni siquiera podía ver el otro lado del río. No había forma de cruzar. Y Dara probablemente se disolvería en el proceso.

—No —respondió con voz sombría—. No lo lograremos.

El humo aumentó repentinamente y empezó a separarse, arremolinarse y amontonarse en tres formas distintas. El daeva soltó un gruñido y empuñó el arco.

—Nahri, métete en el agua.

Antes de que pudiera responder, Dara le dio un fuerte empujón y la arrojó a la fría corriente. Pese a no tener la suficiente profundidad para sumergirla, el río se empeñó en retenerla mientras Nahri se ponía de pie.

Dara disparó una de sus flechas, pero esta atravesó limpiamente las formas nebulosas. El daeva soltó una maldición y disparó de nuevo cuando uno de los ifrit destelló con una luz ardiente. Una mano ennegrecida agarró la flecha. Sin soltarla, el ifrit recuperó su forma sólida, seguido de inmediato por los otros dos.

El ifrit de la flecha era aún más corpulento que el que había matado Nahri. La piel alrededor de sus ojos ardía en una banda áspera, negra y dorada. Los otros dos eran más pequeños: otro hombre y una mujer que llevaba una diadema de metales trenzados.

El ifrit hizo girar la flecha de Dara entre los dedos y esta comenzó a derretirse; la plata centelleó al gotear sobre la tierra. El ifrit sonrió y su mano empezó a humear. La flecha había desaparecido, y en su lugar había una enorme maza de hierro. Las púas y crestas que coronaban la pesada arma estaban manchadas de sangre. Se cargó la horrible arma sobre un hombro y dio un paso al frente.

—Salaam alaykum, Banu Nahida. —Miró a Nahri con una sonrisa afilada—. Hacía mucho tiempo que deseaba conocerte.

Hablaba en un árabe impecable, y con suficiente acento de El Cairo como para conseguir que se estremeciera ligeramente. Inclinó la cabeza en una leve reverencia.

—Te haces llamar Nahri, ¿verdad?

Dara le apuntó con otra flecha.

—No respondas a eso.

El ifrit levantó las manos.

—No pasa nada. Sé que no es su auténtico nombre. —Volvió a posar en Nahri aquella mirada dorada—. Yo soy Aeshma, pequeña. ¿Por qué no sales del agua?

Nahri abrió la boca para responder, pero la mujer se acercó a Dara.

—Mi Flagelo, ha pasado mucho tiempo. —Se relamió los labios pintados—. Mira esa marca de esclavo, Aeshma. Una belleza. ¿Alguna vez habías visto una marca tan larga? —Suspiró y entrecerró los ojos de puro placer—. Y cómo se la ganó.

Dara palideció.

—¿No te acuerdas, Darayavahoush? —El interpelado no respondió y la mujer le dedicó una sonrisa triste—. Una pena. Nunca he visto a un esclavo tan despiadado. Por otro lado, siempre estabas dispuesto a hacer cualquier cosa para complacerme.

La mujer lo miró con desprecio y Dara retrocedió, asqueado. Una oleada de odio recorrió a Nahri.

—Ya es suficiente, Qandisha. —Aeshma silenció a su compañera con un gesto—. No estamos aquí para hacer enemigos.

Algo rozó las espinillas de Nahri bajo el agua negra. Lo ignoró y centró su atención en el ifrit.

—¿Qué quieres?

—Primero, que salgas del agua. No es un lugar seguro, pequeña curandera.

—¿Y lo es a tu lado? Uno de tus amigos nos prometió lo mismo en El Cairo y después envió una jauría de necrófagos a por nosotros. Al menos aquí no hay nada que intente devorarme.

Aeshma levantó los ojos.

—Una desafortunada elección de palabras, Banu Nahida. Los habitantes del aire y del agua ya os han hecho más daño del que creéis.

Nahri frunció el ceño mientras trataba de descifrar sus palabras.

—¿Qué es lo que...?

No terminó la pregunta. Un estremecimiento recorrió las aguas del río, como si algo imposiblemente grande se arrastrara por el lodoso fondo. Miró a su alrededor y habría jurado que vio un destello de escamas a lo lejos, un brillo húmedo que desapareció tan rápido como había aparecido.

El ifrit debió de percibir su reacción.

—Sal de ahí —le instó—. No estás a salvo.

—Miente —dijo Dara prácticamente en un gruñido. El daeva estaba inmóvil y le dedicaba una mirada llena de odio al ifrit.

El flacucho se enderezó de repente y olfateó el aire ardiente como un perro antes de salir corriendo hacia los arbustos donde yacía el cuerpo del ifrit muerto.

—¡Sakhr! —gritó, los ojos luminosos desorbitados de incredulidad mientras tocaba la garganta que Nahri había desgarrado— ¡No... no, no, no!

Echó la cabeza hacia atrás y soltó un chillido de desesperación que pareció rasgar el aire antes de volver a inclinarse sobre el ifrit muerto y apoyar la frente en el cuerpo inerte.

Su dolor la tomó completamente por sorpresa. Dara le había asegurado que los ifrit eran demonios. Nunca habría imaginado que se preocuparan los unos por los otros, y mucho menos de aquel modo.

El desconsolado ifrit miró a Nahri y dejó de llorar. El odio tiñó sus ojos dorados.

—¡Bruja asesina! —la acusó mientras se ponía de pie—. ¡Debería haberte matado en El Cairo!

El Cairo... Nahri retrocedió hasta que el agua le llegó a la cintura. *Baseema*. Aquel era el ifrit que había poseído a Baseema, que había condenado a la niña y enviado a los necrófagos tras ellos.

Crispó los dedos alrededor de la daga.

El ifrit arremetió contra ella, pero Aeshma lo agarró y lo arrojó al suelo.

—¡No! Hicimos un trato.

El ifrit flacucho se puso de pie de un salto y volvió a abalanzarse sobre ella, lanzando dentelladas y siseando mientras trataba de zafarse de Aeshma. La tierra bajo sus pies chisporroteó.

—¡Al diablo con tu trato! ¡Le ha envenenado la sangre! ¡Voy a arrancarle los pulmones y triturarle el alma hasta convertirla en polvo!

—¡Basta! —Aeshma volvió a tirarlo al suelo y levantó su maza—. La chica está bajo mi protección. —Levantó la cabeza y se encontró con los ojos de Nahri. Ahora tenía una mirada mucho más fría—. Pero el esclavo, no. Si Manizheh quería a su maldito Flagelo, debería habérnoslo dicho. —Bajó el arma y señaló a Dara—. Todo tuyo, Vizaresh.

—¡Un momento! —gritó Nahri mientras el ifrit flacucho saltaba sobre Dara, que le golpeó en la cara con el arco.

Entonces, Qandisha, más corpulenta que los dos hombres, agarró a Dara por el cuello y lo levantó del suelo.

—Ahógalo de nuevo —sugirió Aeshma—. Tal vez esta vez sea la definitiva.

El río bailaba y hervía alrededor de sus pies cuando se encaminó hacia Nahri.

Dara trató de darle una patada a Qandisha, pero sus gritos cesaron abruptamente cuando la ifrit lo sumergió en el agua oscura. La mujer se rio mientras los dedos de Dara le arañaban las muñecas.

—¡Detente! —gritó Nahri—. ¡Suéltalo!

Dio un salto hacia atrás con la esperanza de perder a Aeshma en el agua más profunda y nadar de regreso a Dara.

Pero mientras Aeshma se acercaba a ella, el río retrocedió, casi como si hubiera oleaje. El agua se retiró de la orilla, de debajo de sus tobillos y, en cuestión de segundos, dejó sus pies al descubierto; estaba de pie sobre el lodo.

Sin el estruendo de la corriente, el mundo enmudeció. Ni siquiera soplaba el viento, y el aire estaba saturado de olor a sal, humo y cieno.

Nahri aprovechó la distracción de Aeshma y corrió en dirección a Dara.

—Marid… —susurró la mujer con los ojos dorados muy abiertos por el miedo. Dejó caer a Dara, agarró al otro ifrit por un escuálido brazo y lo empujó—. ¡Corre!

Los ifrit huían cuando Nahri alcanzó a Dara, que se había llevado las manos a la garganta en un intento por inhalar algo de aire. Nahri tiró de él para levantarlo del suelo y entonces vio algo por encima del hombro. Se quedó pálida.

Giró la cabeza y se arrepintió al instante.

El Gozán había desaparecido.

Una zanja ancha y fangosa ocupaba su lugar, un antiguo curso cuajado de rocas húmedas y profundas crestas. Aunque el aire seguía lleno de humo, las nubes de tormenta se habían dispersado para dejar tras de sí una prominente luna y una gran cantidad de estrellas que iluminaban el cielo. O lo habrían iluminado, de no haber sido porque se fueron apagando a medida que algo más oscuro que la noche se alzaba delante de ellos.

El río. O lo que había sido el río. Había encogido pero se había vuelto más denso; los rápidos y las pequeñas olas aún ondulaban en su superficie, arremolinándose y agitándose, desafiando la gravedad. El agua, que se retorcía y ondulaba en el aire, se elevó poco a poco sobre ellos.

El miedo le formó un nudo en la garganta. Era una serpiente. Una serpiente del tamaño de una colina y hecha enteramente de agua negra y turbulenta.

La serpiente acuática se retorció y Nahri vislumbró una cabeza del tamaño de un edificio, con pequeñas olas espumosas a modo de dientes, que abrió la boca para rugir de nuevo a las estrellas. El sonido atravesó la noche, una horripilante combinación entre el bramido de un cocodrilo y el ruido de una ola rompiendo contra las rocas. Detrás de la serpiente, divisó las arenosas colinas donde, según Dara, se ocultaba Daevabad.

Dara estaba completamente paralizado, y sabiendo el miedo que le producía el agua, Nahri no esperaba ninguna mejora. Aumentó la presión alrededor de su muñeca.

—Levántate —dijo mientras tiraba de él—. ¡Levántate! —Cuando empezó a moverse con demasiada lentitud, Nahri le dio una fuerte bofetada y señaló hacia las dunas—. ¡Daevabad, Dara! ¡Vamos! ¡Puedes matar a todos los djinn que quieras una vez que lleguemos allí!

Ya fuera por la bofetada o por la promesa de sangre, el terror que lo paralizaba pareció quebrarse. Agarró su mano extendida y empezaron a correr.

Se produjo un nuevo rugido y una gruesa lengua de agua azotó el lugar donde habían estado momentos antes, como un gigante que aplastase una mosca. El agua chocó contra la orilla fangosa y les salpicó los pies mientras huían.

La serpiente se retorció y se posó en el suelo justo delante de ellos. Nahri se deslizó hasta detenerse y tiró de Dara en otra dirección para seguir corriendo por el lecho del río. Estaba todo lleno de algas húmedas y rocas secas; Nahri tropezó más de una vez, pero Dara la ayudó a mantenerse de pie mientras esquivaban los golpes demoledores del monstruo acuático.

Habían recorrido algo más de la mitad del camino cuando, de repente, la criatura se detuvo. Nahri no se giró para descubrir el motivo, pero Dara sí.

El daeva jadeó y recuperó la voz.

—¡Corre! —gritó, como si no lo estuvieran haciendo ya—. ¡Corre!

Nahri corrió. El corazón le latía con fuerza y le ardían los músculos. Corrió tan rápido que ni siquiera reparó en la zanja, la zona del río donde el agua debía de haber sido más profunda, hasta que estuvo encima de ella. Cayó en el fondo irregular y se torció el tobillo al aterrizar. Oyó el chasquido del hueso al romperse antes incluso de sentir el dolor.

Desde el suelo, vio lo que había hecho gritar a Dara.

Tras haberse elevado nuevamente para aullarle al cielo, la mitad inferior de la criatura se disolvía en una cascada más alta que una pirámide. El agua cayó con fuerza sobre ellos. La ola era, por lo menos, tres veces más alta que Nahri, y se extendía en ambas direcciones. Estaban atrapados.

Dara volvía a estar a su lado y la abrazó con fuerza.

—Lo siento —susurró. Deslizó los dedos por entre su pelo húmedo.

Nahri sintió el cálido aliento del daeva mientras le besaba la frente. Se agarró a él con todas sus fuerzas, la cabeza pegada al hombro. Respiró hondo y percibió el penetrante olor a humo de su aliento.

Pensó que sería la última vez que lo olería.

Y entonces algo se interpuso entre ellos y la ola.

El suelo se sacudió. Recorrió el aire un agudo chillido que habría helado la sangre del hombre más valiente del mundo. Parecía como si una bandada entera de pájaros roc descendiera sobre una presa.

Nahri apartó la cabeza del hombro de Dara. Recortado contra la ola gigante distinguió el enorme perfil de una alas que relucían de color lima bajo la luz de las estrellas.

Khayzur.

El peri volvió a chillar. Extendió las alas, levantó las manos y respiró hondo; mientras inhalaba, el aire que rodeaba a Nahri pareció fluir. Incluso tuvo la sensación de que le arrancaban el aire de los pulmones. Entonces el peri exhaló y envió una nube en forma de embudo en dirección a la serpiente.

La criatura soltó un bramido acuoso cuando las corrientes de aire colisionaron. Una nube de vapor se volatilizó a su lado; la serpiente se estremeció y se escurrió hacia el suelo. Khayzur batió las alas y envió otra ráfaga gigante. La serpiente emitió un grito de derrota. Con un gran estruendo, se desplomó en la distancia y se derramó sobre la tierra, tras lo que desapareció en un instante.

Nahri dejó escapar un suspiro. Aunque el tobillo ya se estaba curando solo, Dara tuvo que ayudarla a levantarse y salir de la zanja.

El río volvía a llenar las orillas y se afanaba en consumir los árboles y erosionar los acantilados de los que acababan de escapar. No había rastro del ifrit.

Estaban al otro lado del Gozán.

Lo habían conseguido.

Nahri se puso de pie y, tras girar con cuidado el tobillo, soltó un grito triunfal. Estaba tan emocionada por seguir con vida que podría haber echado la cabeza hacia atrás y aullado a las estrellas.

—¡Por el Todopoderoso, Khayzur sabe cuándo se le necesita!

Sonrió y echó un vistazo alrededor, en busca de Dara.

Pero el daeva no estaba detrás de ella, sino que corría hacia Khayzur. El peri se posó en el suelo y se desplomó, con las alas extendidas.

Nahri se apresuró a acudir a su lado. Dara sostenía al peri entre sus brazos. En las alas de color lima había forúnculos blancos y costras grises que crecían ante sus ojos. El peri se estremeció y varias plumas cayeron al suelo.

—… lo seguía y traté de advertiros… —le estaba diciendo a Dara—. Estabais tan cerca…

El peri se detuvo para respirar con dificultad. Parecía encogido, y su piel tenía un tono violáceo. Miró a Nahri con unos ojos apagados en los que parecía haber resignación. Ojos aciagos.

—Ayúdale —suplicó Dara—. ¡Cúralo!

Nahri se inclinó para agarrarle la mano, pero Khayzur la apartó. Con un susurro, dijo:

—No puedes hacer nada. He quebrantado la ley. —Alargó una mano para tocar el anillo de Dara con una de sus garras—. Y no es la primera vez.

—Deja que lo intente —le suplicó Dara—. ¡No puedes acabar así por habernos ayudado!

Khayzur le dedicó una sonrisa amarga.

—Dara, sigues sin entender el papel de mi pueblo. Tu raza nunca lo ha entendido. Han pasado muchos siglos desde que Salomón os castigó por interferir con los humanos… y seguís sin entenderlo.

Aprovechando que Khayzur estaba distraído, Nahri posó la palma de la mano sobre uno de los forúnculos, que siseó, se enfrió y aumentó de tamaño. El peri soltó un chillido y Nahri apartó la mano.

—Lo siento —se apresuró a decir—. Nunca he curado a alguien como tú.

—Y no puedes hacerlo —le dijo con dulzura. Tosió para aclararse la garganta y levantó la cabeza, sus largas orejas erguidas como las de un gato—. Tenéis que marcharos de aquí. Vendrán los míos. Y los marid también volverán.

—No pienso abandonarte —dijo Dara con firmeza—. Nahri puede cruzar el umbral sin mí.

—No es a Nahri a quien quieren.

Dara abrió de par en par sus relucientes ojos y echó un vistazo en derredor, como si buscara la presencia de alguien más junto a ellos.

—¿Te… te refieres a mí? —balbuceó—. No lo entiendo. ¡No soy nadie, ni para tu raza ni para los marid!

Khayzur sacudió la cabeza. En ese momento, el estridente grito de un gran pájaro atravesó el aire.

—Marchaos, por favor… —graznó.

—No. —A Dara le temblaba la voz—. Khayzur, no puedo dejarte aquí. Me has salvado la vida, el alma.

—Entonces haz lo mismo por otro. —Khayzur agitó sus despedazadas alas y señaló el cielo—. Lo que se acerca os supera. Salva a tu Nahid, Afshín. Es tu deber.

Fue como si lo hubiera hechizado. Dara tragó saliva y asintió; todo rastro de emoción desapareció de su rostro. Dejó al peri con cuidado en el suelo.

—Lo siento mucho, viejo amigo.

—¿Qué haces? —exclamó Nahri—. Ayúdale a ponerse de pie. Tenemos que… ¡Dara!

El daeva la levantó del suelo y se la echó al hombro. Ella protestó:

—¡No! ¡No podemos dejarlo aquí! —Le dio un rodillazo en el pecho y trató de desembarazarse de él, pero el daeva la sujetaba con fuerza—. ¡Khayzur!

Él le dirigió una mirada larga y triste antes de volver la vista hacia el cielo. Cuatro formas oscuras sobrevolaban los acantilados. Se levantó un viento que sembró el aire de afilados guijarros. Vio cómo el peri hacía una mueca de dolor y se cubría la cara con un ala marchita.

—¡Khayzur! —Volvió a patear a Dara, pero este se limitó a acelerar el paso mientras trepaba por una duna con Nahri todavía cargada al hombro—. ¡Dara, por favor! Dara, no...

Y entonces dejó de ver a Khayzur. Estaban al otro lado.

12
ALÍ

nimado por las amables palabras de Jamshid, Alí se sentía de mejor humor mientras se dirigía al midán. Pasó por debajo de la Puerta Agnivanshi, donde las dispersas lámparas de aceite le hicieron pensar que viajaba a través de una constelación. Más adelante, el midán estaba tranquilo, los cantos nocturnos de los insectos reemplazaban el sonido de la música y los juerguistas borrachos que acababa de dejar atrás. Una brisa fresca hacía volar restos de basura y plateadas hojas muertas sobre los viejos adoquines.

Vio a un hombre de pie al borde de la fuente. Rashid. Alí lo reconoció inmediatamente pese a que su secretario no llevaba el uniforme, sino una anodina túnica oscura y un turbante color pizarra.

—Que la paz sea contigo, caíd —saludó Rashid cuando Alí se acercó.

—Que contigo sea la paz —respondió Alí—. Discúlpame. Pensaba que no había más asuntos que tratar esta noche.

—¡Oh, no! —le aseguró Rashid—. Por lo menos, no es nada oficial.

Esbozó una sonrisa. Sus dientes brillaron en la oscuridad y añadió:

—Espero que perdones mi impertinencia. No pretendía apartarte de tus diversiones nocturnas.

Alí hizo una mueca.

—No es ninguna molestia, créeme.

Rashid volvió a sonreír.

—Bien. —Hizo un gesto en dirección a la Puerta Tukharistaní—. Me dirigía a visitar a un viejo amigo en el barrio tukharistaní y he pensado que te gustaría acompañarme. Has mencionado más de una vez que querías conocer mejor la ciudad.

Una oferta considerada, aunque algo extraña. Alí era el hijo del rey; no era muy normal invitarle a tomar el té de forma casual.

—¿Estás seguro? No quiero molestar.

—No es ninguna molestia. Mi amigo dirige un pequeño orfanato. En realidad, creo que sería bueno que la gente viera a un Qahtani allí. Últimamente no lo han pasado muy bien. —Rashid se encogió de hombros—. Pero decide tú. Sé que el día ha sido muy largo.

Era cierto, pero Alí estaba intrigado.

—Me gustaría mucho, la verdad —dijo con una sonrisa—. Te sigo.

Cuando llegaron al corazón del barrio tukharistaní, el cielo se había cubierto de nubes que ahogaban la luz de la luna, y caía una ligera llovizna. El mal tiempo, sin embargo, no había disuadido a la multitud de juerguistas y compradores nocturnos. Los niños djinn se perseguían unos a otros entre la multitud y correteaban tras hechizos en forma de mascotas de humo mientras sus padres chismorreaban bajo toldos metálicos erigidos apresuradamente para protegerse de la lluvia. El repiqueteo de las gotas al golpear las maltrechas superficies de cobre resonaba por todo el barrio. De los escaparates de los comercios colgaban globos de cristal llenos de fuego mágico que reflejaban los charcos y la vertiginosa gama de colores de la bulliciosa calle.

Alí apenas consiguió esquivar a dos hombres que regateaban por una reluciente manzana dorada. La reconoció: se trataba de una manzana de Samarcanda; muchos djinn aseguraban que un solo mordisco de su pulpa era tan eficaz como las manos de un Nahid. Aunque el tukharistaní de Alí no era muy bueno, reconoció la súplica en la voz del posible comprador y miró hacia atrás. El rostro del hombre estaba cubierto de tumores del color del óxido y su brazo izquierdo terminaba en un muñón.

Alí se estremeció. *Envenenamiento por hierro*. No era extremadamente infrecuente, sobre todo entre viajeros djinn que podían beber de un arroyo sin darse cuenta de que el agua circulaba a través de depósitos que contenían el mortal metal. El hierro se acumulaba en la sangre durante años antes de golpear violentamente y sin previo aviso, tras lo que provocaba atrofia en las extremidades y en la piel. Aunque rápido y mortal, podía curarse fácilmente con una simple visita a un Nahid.

El problema era que ya no quedaba ningún Nahid. Y la manzana no ayudaría al pobre condenado, como tampoco lo ayudaría la miríada de «remedios» que estafadores sin escrúpulos ofrecían a los desesperados djinn. Los curanderos Nahid no tenían sustituto, una oscura realidad que la mayoría de las personas, Alí incluido, intentaba obviar. Desvió la mirada.

Un trueno retumbó, inexplicablemente distante. Tal vez se estaba gestando una tormenta más allá del velo que ocultaba la ciudad. Alí caminaba con la cabeza gacha para evitar tanto la lluvia como las miradas curiosas de los transeúntes. Incluso sin el uniforme, su estatura y sus caros ropajes lo delataban; lo asaltaban sorprendidos *salaams* y reverencias apresuradas en su dirección.

Al llegar a una bifurcación en la calle principal, Alí se fijó en un llamativo monumento de piedra que lo doblaba en altura, construido con arenisca desgastada y en forma de cuenco alargado, casi como una embarcación dispuesta sobre su popa. La parte superior había empezado a desmoronarse, pero al pasar por su lado, vio incienso reciente en su base. Una pequeña lámpara de aceite ardía en su interior y arrojaba una luz parpadeante sobre una larga lista de nombres escritos en tukharistaní.

El monumento a Qui-zi. Se le erizó la piel al recordar lo sucedido en la malograda ciudad. ¿Qué Afshín había sido el responsable de semejante atrocidad? ¿Artash? ¿O había sido Darayavahoush? Alí frunció el ceño, tratando de recordar las lecciones de historia. Darayavahoush, por supuesto. Después de Qui-zi, la gente había empezado a denominarlo «el Flagelo». Un apodo que, a juzgar por los horrores que más tarde perpetraría durante su rebelión, el demonio daeva había honrado del todo.

Alí volvió a echar un vistazo al monumento. Las flores que había en el interior eran frescas, cosa que no le sorprendió. Su pueblo tenía mucha memoria, y lo que había sucedido en Qui-zi era algo que no podía olvidarse fácilmente.

Rashid finalmente se detuvo frente a una modesta vivienda de dos pisos. No era un lugar especialmente memorable: el tejado tenía las tejas agrietadas y cubiertas de un moho ennegrecido, y la fachada estaba llena de plantas moribundas en macetas rotas.

Su secretario llamó suavemente a la puerta con los nudillos. Abrió una mujer que le dedicó a Rashid una sonrisa cansada, una sonrisa que desapareció en cuanto vio a Alí.

Hizo una reverencia.

—¡Príncipe Alizayd! Que... que la paz sea contigo —tartamudeó, su djinnistaní mezclado con el marcado acento de la clase trabajadora de Daevabad.

—En realidad, puedes dirigirte a él como «caíd» —la corrigió Rashid, que parecía estar divirtiéndose—. Al menos por ahora. ¿Podemos pasar, hermana?

—Por supuesto. —La mujer abrió más la puerta—. Prepararé un poco de té.

—Gracias. Y, por favor, dile a la hermana Fatumai que estamos aquí. Estaré en la parte de atrás. Hay algo que quiero mostrarle al caíd.

¿Mostrarme? Intrigado, Alí siguió en silencio a Rashid por un oscuro pasillo. Aunque el orfanato parecía limpio, bien fregados los gastados suelos, estaba muy deteriorado. El agua que goteaba del techo roto se acumulaba en cacerolas dispuestas en el suelo y el moho cubría los libros pulcramente apilados en una pequeña aula. Los pocos juguetes que vio eran tristes: huesos de animales tallados, muñecas remendadas y una pelota hecha de trapos.

Al doblar una esquina oyó una terrible tos seca. Alí miró por el pasillo. A pesar de la escasa luz, vio la forma sombría de una mujer mayor que sostenía a un niño flaco sobre un almohadón descolorido. El niño volvió a sufrir un ataque de tos entre ahogados sollozos.

La mujer le frotó la espalda al niño mientras este luchaba por respirar.

—Tranquilo, cielo —oyó que decía en voz baja, mientras le acercaba un paño a la boca cuando volvió a toser. A continuación, le llevó una taza humeante a los labios—. Bebe un poco de esto. Te sentirás mejor.

Alí se fijó en el paño: estaba lleno de sangre.

—¿Caíd?

Alí levantó la cabeza y se dio cuenta de que Rashid estaba en mitad del pasillo. Se puso rápidamente a su altura.

—Lo siento —murmuró—. No pretendía husmear.

—No pasa nada. Estoy seguro de que normalmente no te dejan ver este tipo de cosas.

Fue una respuesta extraña. En ella se insinuaba una suerte de reprimenda que Alí nunca había oído en su apacible amigo. Pero antes de que pudiera darle más vueltas, llegaron a una gran estancia frente a un patio descubierto. Unas cortinas andrajosas, remendadas varias veces, eran lo único que separaba la sala de la fría lluvia que caía en el patio.

Rashid se llevó un dedo a los labios y descorrió una de las cortinas. El suelo estaba atestado de niños dormidos, todos envueltos en mantas y sacos de dormir, apiñados unos encima de otros para darse calor e, imaginó Alí, por falta de espacio. Dio un paso adelante.

Eran niños shafit. Y acurrucada bajo un edredón vio a la joven de la taberna de Turán. El cabello le había crecido bastante.

Alí retrocedió con tanta brusquedad que se tropezó. *Disponemos de un refugio en el barrio tukharistaní*, recordó horrorizado.

Rashid apoyó una pesada mano sobre su hombro. Alí se sobresaltó, como si temiera que lo acuchillaran. Rashid lo reprendió en voz baja:

—Tranquilo, hermano. No querrás asustar a los niños, ¿no? —Puso la otra mano sobre la de Alí cuando este hizo ademán de empuñar su zulfiqar—. Ni tampoco querrás huir de este lugar cubierto de sangre ajena. Todo el mundo te reconocería fácilmente.

—Bastardo —susurró Alí, aturdido ante la facilidad con la que había caído en una trampa tan obvia. No era muy dado a maldecir, pero las palabras salieron de su boca de todos modos—: Maldito traid...

Rashid aumentó la presión de sus dedos.

—Ya es suficiente. —Empujó a Alí por el pasillo y señaló la habitación contigua con un gesto de la cabeza—. Solo queremos hablar.

Alí dudó un instante. Podía vencer a Rashid en una pelea, de eso estaba seguro. Pero sería sangrienta y ruidosa. Había elegido bien el lugar. Un solo grito y despertaría a docenas de testigos inocentes. No tenía demasiadas opciones, así que se armó de valor y cruzó el umbral. El corazón le dio un vuelco.

—Pero si es el nuevo caíd —le saludó Hanno con frialdad. El cambiaformas apoyó una mano en la empuñadura del largo cuchillo que le asomaba del cinturón. Sus ojos cobrizos destellaron—. Espero que ese turbante rojo sea tan valioso como la vida de Anas.

Alí se tensó, pero antes de que pudiera responder, una cuarta persona, la anciana del pasillo, se unió a ellos en la puerta.

Le hizo un gesto a Hanno para que guardara silencio.

—Hermano, esas no son formas de tratar a nuestro invitado. —A pesar de las circunstancias, su voz sonaba extrañamente divertida—. Sé útil por una vez, viejo pirata, y tráeme algo donde pueda sentarme.

El cambiaformas refunfuñó, pero obedeció, colocando un almohadón sobre una caja de madera. La mujer entró en la estancia, apoyada en un bastón negro de madera.

Rashid se tocó la frente.

—Que la paz sea contigo, hermana Fatumai.

—Que contigo sea la paz, hermano Rashid. —La mujer se acomodó en el almohadón. Era shafit, dedujo Alí por sus ojos castaños y sus orejas redondeadas. Tenía el pelo gris, medio cubierto por un chal blanco de algodón. Levantó la cabeza para mirarle y una sonrisilla divertida iluminó su pálido rostro—. Así que eres Alizayd al Qahtani. Por fin nos conocemos. Vaya, sí que eres alto.

Alí, aún de pie, se movió incómodo. Era mucho más fácil enfurecerse con los hombres del Tanzeem que con aquella abuela entrañable.

—¿Debería saber quién eres?

—No, todavía no. Aunque supongo que en estos tiempos debemos ser flexibles. —La mujer inclinó la cabeza y la sonrisa se desvaneció—. Me llamo Hui Fatumai. Soy…, bueno, era una de las socias del jeque Anas. Dirijo este orfanato y muchas de las obras de caridad del Tanzeem. Por eso debo darte las gracias. Tu generosidad es lo que nos ha permitido hacer tanto bien.

Alí enarcó una ceja.

—Por lo visto, eso no es lo único que habéis hecho con mi «generosidad». Vi las armas.

—¿Y qué quieres decir con eso? —Señaló con la cabeza el zulfiqar que llevaba en el cinto—. Tú empuñas un arma para protegerte, ¿por qué mi pueblo no debería tener el mismo derecho?

—Porque va contra la ley. A los shafit no se les permite portar armas.

—También se les prohíbe la atención médica —intervino Rashid, y le lanzó a Alí una mirada astuta—. Dime, hermano, ¿de quién fue la idea de la clínica de la calle Maadi? ¿Quién la financió y robó libros de medicina de la biblioteca real para formar a sus trabajadores?

Alí se sonrojó.

—Eso es distinto.

—A los ojos de la ley, no —reprendió Rashid—. Ambas cosas preservan la vida de los shafit y, por tanto, ambas cosas están prohibidas.

Alí no supo qué contestar. Fatumai seguía estudiándolo. Algo parecido a la compasión parpadeó en sus ojos marrones.

—Eres muy joven —comentó en voz baja y chasqueó la lengua—. Imagino que mucho más próximo en edad a los niños que duermen en la otra habitación que a cualquiera de nosotros. Casi siento lástima por ti, Alizayd al Qahtani.

A Alí no le gustó cómo sonaba aquello.

—¿Qué quieres de mí? —preguntó. Estaba empezando a perder los nervios y le temblaba la voz.

Fatumai sonrió.

—Queremos que nos ayudes a salvar a los shafit, por supuesto. Lo ideal sería reanudar la financiación lo antes posible.

Alí no podía creer lo que oía.

—Es broma, ¿no? Anas debía comprar comida y libros con el dinero que le daba, no rifles y dagas. ¿Cómo pretendes que te dé ni una moneda más?

—Las barrigas llenas no significan nada si no podemos proteger a nuestros hijos de los esclavistas —le espetó Hanno.

—Además, ya educamos a nuestro pueblo, príncipe Alizayd —añadió Fatumai—. ¿Pero de qué nos sirve? Los shafit no podemos acceder al trabajo cualificado; con un poco de suerte, los nuestros pueden encontrar un trabajo como sirvientes o esclavos de alcoba. ¿Tienes idea de lo desesperada que puede ser la vida en Daevabad? No hay esperanza salvo la promesa del Paraíso. No podemos irnos, no podemos trabajar, nuestras mujeres y nuestros niños pueden ser legalmente robados por cualquier puro de sangre que asegure que son sus parientes...

—Ya oí ese discurso de boca de Anas —la interrumpió Alí con un tono más cortante del que pretendía. Pero había creído lo que le había dicho Anas, y saber que el jeque le había mentido aún le dolía—. Lo siento, pero he hecho todo lo que estaba en mi mano para ayudar a tu gente.

Era la verdad. En el pasado había dado una fortuna al Tanzeem y ahora estaba retrasando discretamente las medidas más estrictas que su padre pretendía aplicar a los shafit.

—No sé qué más esperáis de mí —añadió.

—Influencia. —Rashid tomó la palabra—. El jeque no te reclutó únicamente por dinero. Los shafit necesitan un paladín en palacio, una voz que defienda sus derechos. Y tú nos necesitas a nosotros, Alizayd. Sé que estás retrasando las órdenes que te dio tu padre. Las nuevas leyes que se supone que debes hacer cumplir. Encontrar al traidor de la Guardia Real que robó los zulfiqares de entrenamiento. —Una tímida sonrisa jugueteó en sus labios—. Déjanos ayudarte, hermano Alizayd. Ayudémonos mutuamente.

Alí negó con la cabeza.

—De ninguna manera.

—Esto es una pérdida de tiempo —dijo Hanno—. El mocoso es geziri. Dejaría arder Daevabad hasta los cimientos antes de ir en contra de los suyos.

Hubo un destello en sus ojos. Volvió a tensar los dedos sobre la empuñadura del cuchillo y añadió con rencor:

—Deberíamos matarlo. Para que Ghassán sepa lo que se siente al perder un hijo.

Alarmado, Alí dio un paso atrás, pero Fatumai silenció a Rashid con un gesto de su mano.

—En otras palabras, darle a Ghassán un motivo para masacrar a todos los shafit de la ciudad. No, no vamos a hacer tal cosa.

En el pasillo, el niño volvió a toser. Una tos seca y sanguinolenta enmarcada por un triste sollozo. Alí se estremeció.

Rashid se dio cuenta.

—Hay medicinas para eso, ¿sabes? Y aunque hay algunos médicos shafit instruidos por humanos en Daevabad que podrían ayudarle, sus servicios no son baratos. Sin tu ayuda, no podemos permitirnos su tratamiento. —Levantó las manos—. Ni el de ninguno de ellos.

Alí bajó la mirada. *No hay nada que les impida gastarse el dinero que les doy en armas.* Había confiado en Anas mucho más de lo que confiaba en aquellos extraños, y aun así el jeque le había engañado. Alí no podía volver a traicionar de nuevo a su familia.

Un ratón pasó corriendo junto a sus pies y una gota de lluvia le cayó sobre la mejilla, procedente de una gotera en el techo. De la habitación contigua le llegaron los ronquidos de los niños en las camas improvisadas en el suelo. Pensó con culpabilidad en la descomunal cama que tenía en el palacio, una cama que ni siquiera usaba. Probablemente cabrían en ella diez de aquellos niños.

—No puedo —dijo con voz entrecortada—. No puedo ayudaros.

Rashid se abalanzó sobre él.

—Debes hacerlo. Eres un Qahtani. Tus ancestros vinieron a Daevabad por los shafit. Gracias a ellos, tu familia ahora posee el sello de Salomón. Conoces el Libro Sagrado, Alizayd. Sabes que estás obligado a defender la justicia. ¿Cómo puedes decir que eres un hombre de Dios cuando…?

—Ya basta —intervino Fatumai—. Sé que eres apasionado, Rashid, pero esperar que un niño que ni siquiera ha alcanzado su primer cuarto de siglo traicione a su familia para evitar la condena de Dios no va a ayudar a nadie.

Dejó escapar un suspiro cansado mientras daba golpecitos con los dedos sobre su bastón. Al cabo añadió:

—No hace falta que tomemos la decisión esta noche. Piensa en lo que te hemos dicho, príncipe. En lo que has visto y oído aquí.

Alí parpadeó, incrédulo, y recorrió a los presentes con una mirada nerviosa.

—¿Vas a dejar que me marche?

—Ya lo estoy haciendo: puedes irte.

Hanno se quedó boquiabierto.

—¿Estás loca? ¡Irá corriendo a los pies de su abba! ¡Nos tendrá rodeados para el amanecer!

—No, no hará tal cosa. —Fatumai le sostuvo la mirada con semblante calculador—. Conoce demasiado bien el precio de hacer algo así. Su padre vendría a por nuestras familias, nuestros vecinos... un montón de inocentes shafit. Y si en verdad es el chico del que Anas hablaba con tanto cariño, aquel en el que puso tantas esperanzas..., no se arriesgará.

Aquellas palabras le provocaron un escalofrío. Tenía razón: Alí conocía el precio. Si Ghassán descubría lo del dinero, si sospechaba que otros podían saber que quien había financiado al Tanzeem era un príncipe Qahtani... las calles de Daevabad se llenarían de sangre shafit.

Y no solo shafit. Alí no sería el primer príncipe molesto en ser asesinado. Estaba seguro de que lo harían discretamente, tal vez con la mayor rapidez y el menor dolor posibles; su padre no era una persona cruel. Un accidente. Algo que no despertara demasiadas sospechas en la poderosa familia de su madre. Pero sucedería. Ghassán se tomaba el trono muy en serio, y la paz y la seguridad de Daevabad estaban por encima de la vida de Alí.

Así que, no, Alí no estaba dispuesto a pagar aquel precio.

Cuando intentó hablar, notó que se le había secado la boca.

—No diré nada —prometió—. Pero he terminado con el Tanzeem.

Fatumai no parecía preocupada en lo más mínimo.

—Ya veremos, hermano Alizayd. —Se encogió de hombros—. Allahu alam.

Pronunció las palabras sagradas humanas mejor de lo que Alí podría haberlo hecho en su propia lengua. No pudo evitar un ligero estremecimiento ante la confianza que destilaba la voz de la mujer, ante la frase que pretendía demostrar la locura de la confianza del hombre.

Dios sabe más.

13
NAHRI

F ue como atravesar una puerta invisible en el aire. En un momento, Nahri y Dara estaban trepando por dunas oscuras y, al siguiente, emergían a un mundo completamente nuevo. El río oscuro y las llanuras polvorientas dieron paso a una pequeña cañada en mitad de un tranquilo bosquecillo montañoso. Estaba amaneciendo; el cielo rosado brillaba sobre los troncos plateados de los árboles. El aire era cálido y húmedo, colmado del aroma de la savia y de las hojas muertas.

Dara dejó delicadamente a Nahri de pie sobre una zona cubierta de suave musgo. Respiró profundamente el aire fresco y limpio antes de darse la vuelta.

—Tenemos que volver —exigió, y le propinó un empellón. No había ni rastro del río, aunque a través de los árboles algo azul brillaba a la distancia. El mar, tal vez; parecía inmenso. Nahri agitó las manos en el aire mientras buscaba con la mirada un lugar por el que regresar —. ¿Qué hacemos? Tenemos que llegar a su lado antes de que...

—Lo más probable es que ya esté muerto —la interrumpió Dara. Nahri se dio cuenta de que se le había hecho un nudo en la garganta—. Según las historias que se cuentan sobre los peri..., son rápidos en aplicar sus castigos.

Nos ha salvado la vida. Nahri sintió náuseas. Se secó con rabia las lágrimas que le empañaban las mejillas.

—¿Cómo has podido dejarlo allí? ¡Tenías que haber cargado con él, no conmigo!

—No... —Dara se dio la vuelta con un sollozo ahogado y se dejó caer pesadamente sobre una gran roca cubierta de musgo. Apoyó la cabeza en las manos. La maleza a su alrededor empezó a ennegrecerse y un calor brumoso se elevó en oleadas por encima de la roca—. No podía, Nahri. Solo los de nuestra sangre pueden cruzar el umbral.

—Podríamos haber intentado ayudarle. Luchar...

—¿Cómo? —Dara levantó la cabeza. Aunque sus ojos estaban apagados por la tristeza, su expresión era decidida. Apretó los labios para esbozar una línea sombría—. Tú misma has visto lo que el marid hizo con el río, y cómo se defendió Khayzur. Comparados con los marid y los peri, somos meros insectos. Khayzur tenía razón; debía ponerte a salvo.

Nahri se apoyó en un árbol torcido; ella también tenía ganas de derrumbarse.

—¿Qué crees que les pasó a los ifrit? —preguntó al fin.

—Si hay justicia en este mundo, espero que hayan caído contra las rocas y se hayan ahogado. Esa... mujer —dijo con desprecio— fue quien me esclavizó. Vi su rostro en el recuerdo que desencadenaste.

Nahri se rodeó el cuerpo con los brazos; aún estaba mojada, y el aire del amanecer era fresco.

—El que he matado dijo que estaban trabajando con mi madre, Dara. —Se atragantó al pronunciar aquella palabra—. Esa Manizheh de la que hablaban.

Se tambaleó; la muerte de Khayzur, la mención de su madre, un río entero que se alzaba para despedazarlos... todo aquello era demasiado.

Dara se acercó a ella con celeridad. La agarró de los hombros y se inclinó para mirarla a los ojos.

—Están mintiendo, Nahri —dijo con firmeza—. Son demonios. No puedes fiarte de nada de lo que digan. Solo saben engañar y manipular. Se lo hacen a los humanos y también a los daeva. Son capaces de decir cualquier cosa para engañarte. Para doblegarte.

Nahri asintió y él le sostuvo brevemente la mejilla con una mano.

—Vayamos a la ciudad —dijo en voz baja—. Deberíamos encontrar refugio en el Gran Templo. Una vez allí pensaremos el siguiente paso.

—De acuerdo. —El roce de su mano le hizo pensar en lo que habían estado haciendo antes del ataque de los ifrit. Se sonrojó. Giró la cabeza y buscó la ciudad con la mirada. Pero solo vio árboles plateados y, a lo lejos, destellos veteados sobre el agua—. ¿Dónde está Daevabad?

Dara señaló a través de los árboles. El bosque descendía abruptamente delante de ellos.

—Hay un lago al pie de la montaña. Daevabad está en una isla en el centro del lago. En la playa seguro que hay alguna embarcación.

—¿Los djinn usan embarcaciones? —Se le antojó tan inesperado y humano que estuvo a punto de echarse a reír.

Dara enarcó una ceja.

—¿Se te ocurre una forma mejor de cruzar un lago?

Un movimiento atrajo su atención. Nahri levantó la vista y vio un halcón gris posado en los árboles que tenía delante. El halcón le devolvió la mirada mientras se sacudía para encontrar una posición más cómoda.

Nahri se volvió hacia Dara.

—Supongo que no. Ve delante.

Nahri lo siguió a través de los árboles mientras el sol ascendía cada vez más e inundaba el bosque de una encantadora luz ambarina. Sus pies descalzos crujían sobre la maleza y, al pasar junto a un espeso arbusto de hojas enjutas de color verde oscuro, dejó que sus manos acariciaran brevemente un ramillete de capullos color salmón. Se calentaron al tacto y se abrieron ligeramente.

Miró al daeva con el rabillo del ojo y vio cómo contemplaba el bosque. A pesar de la muerte de Khayzur, Dara tenía una nueva luz en los ojos. *Está en casa*, comprendió Nahri. Y no solo le brillaban los ojos; cuando alargó una mano para apartar una rama baja, entrevió el anillo. La esmeralda relucía con fuerza. Nahri frunció el ceño, pero al acercarse más, el brillo desapareció.

El bosque por fin se fue aclarando; los árboles empezaron a escasear y dieron paso a una orilla de guijarros. El lago era enorme.

En la orilla sur estaba rodeado de montañas de bosques verdes y frondosos y, en la lejana orilla norte, de escarpados acantilados. El agua, de un color verde azulado, estaba completamente inmóvil, como una lámina de cristal ininterrumpida. Nahri no vio isla alguna, nada, ni siquiera una aldea, y mucho menos una gran ciudad.

Sin embargo, había una embarcación de grandes dimensiones varada no muy lejos de donde se encontraban, muy parecida a los faluchos que navegaban por el Nilo. El sol destellaba en los extraños diseños negros y dorados que decoraban su casco, y una vela negra triangular ondeaba inútilmente con la brisa que soplaba en la dirección del lago. Había un hombre de pie en la proa, con los brazos cruzados y mascando el extremo de una delgada pipa. Su vestimenta le recordó a Nahri a la de los comerciantes yemeníes que había visto en El Cairo: un chal estampado y una sencilla túnica. La piel del hombre era tan morena como la suya. Tenía una recortada barba negra de la longitud de un puño. Un turbante gris con borlas le remataba la cabeza.

Había otros dos hombres en la playa. Ambos vestían voluminosas túnicas de color verde azulado y pañuelos a juego. Mientras Nahri los observaba, uno de ellos le dirigió un gesto enojado al hombre de la barca y gritó algo que ella no pudo entender. El hombre señaló algo que quedaba detrás de él. De entre los árboles al otro lado del bosque aparecieron varios hombres a lomos de camellos cargados de tablillas blancas atadas.

—¿Son daeva? —preguntó en un susurro ansioso mientras observaba las túnicas brillantes y humeantes y la resplandeciente piel negra que tenían aquellos hombres.

Dara no parecía tan entusiasmado.

—Probablemente no les guste mucho el apelativo.

Nahri ignoró su hostilidad.

—¿Djinn, entonces?

Dara asintió y ella volvió a observarlos. A pesar de los meses que había pasado junto a Dara, el espectáculo que se desarrollaba ante ella seguía pareciéndole inimaginable. Eran djinn, casi una docena. Los protagonistas de las leyendas y de los cuentos susurrados alrededor del fuego en carne y hueso, regateando como viejas.

—Los hombres de las túnicas son ayaanle —dijo Dara—. Deben de ser comerciantes de sal, a juzgar por la carga. Ese otro hombre… —Miró al barquero con los ojos entrecerrados antes de volver la vista a Nahri—. Probablemente sea uno de los agentes del rey, aunque la verdad es que su aspecto no es muy oficial. Cuando nos acerquemos, cúbrete la cara con el pañuelo, o lo que queda de él.

—¿Por qué?

—Porque ningún daeva viajaría en compañía de un shafit —dijo sin rodeos—. Al menos en mi época estaba prohibido. No quiero llamar la atención.

Desprendió un manchurrón de lodo de la manga izquierda y se lo frotó con cuidado por la mejilla para ocultar el tatuaje. Acto seguido dijo:

—Devuélveme la túnica. Tengo que cubrirme las marcas de los brazos.

Nahri obedeció.

—¿Crees que te reconocerán?

—Tarde o temprano. Pero, al parecer, mis únicas opciones son ser arrestado en Daevabad o volver al Gozán para morir a manos de los marid y los peri por algún delito que desconozco. —Se enrolló el extremo del turbante alrededor de la mandíbula—. Me arriesgaré con los djinn.

Nahri se tapó la cara con el pañuelo. Cuando llegaron al barco, los hombres seguían discutiendo. La lengua que hablaban era estridente, una mezcla de todas las lenguas que Nahri había oído en los bazares.

—¡El rey se enterará de esto! —declaró uno de los comerciantes ayaanle, y lanzó con rabia un pergamino a los pies del barquero—. ¡El palacio nos dio un contrato fijo para el transporte!

Nahri observó a los hombres, asombrada. Todos los ayaanle eran al menos dos cabezas más altos que ella y sus brillantes túnicas verde azuladas ondeaban como las plumas de un pájaro. Tenían los ojos dorados, pero sin la dureza amarillenta de los ifrit. Estaba completamente paralizada; ni siquiera tuvo que tocarlos para percibir la vida y la energía que fulguraba bajo sus pieles. Oía su respiración, los pulmones que se llenaban y resoplaban como fuelles. Los latidos de unos corazones que eran como tambores de boda.

El barquero geziri resultaba mucho menos impresionante, aunque la culpa de ello probablemente la tenían tanto sus andares encorvados como su manchada túnica. Soltó una larga humareda negra acompañada de pavesas anaranjadas y dejó la pipa colgando de sus largos dedos.

—Un precioso trozo de papel —dijo señalando el contrato de los comerciantes—. Quizás os sirva de balsa si no queréis pagar el precio del transporte.

Nahri entendió la lógica del hombre, aunque Dara parecía menos impresionado. Cuando se acercó a la embarcación, los otros hombres por fin repararon en ellos.

—¿Y cuál es el precio? —preguntó Dara.

El barquero le dedicó una mirada sorprendida.

—Los peregrinos daeva no pagan, idiota. —Esbozó una sonrisa maliciosa hacia los ayaanle—. Los cocodrilos, sin embargo...

El otro djinn levantó bruscamente la mano y las chispas giraron alrededor de sus dedos.

—Te atreves a insultarnos, idiota de sangre aguada ofuscado por las olas...

Dara condujo discretamente a Nahri al otro extremo de la embarcación.

—Tardarán un rato —dijo mientras subían por la estrecha rampa pintada.

—Parece que se van a matar. —Nahri miró hacia atrás cuando uno de los comerciantes ayaanle empezó a golpear el casco del barco con una larga vara de madera. El capitán geziri soltó una carcajada.

—Al final acordarán un precio. Lo creas o no, sus tribus son aliadas. Aunque, por supuesto, bajo dominio daeva, todo pasaje era gratis.

Nahri captó un deje de suficiencia en la voz de Dara y dejó escapar un suspiro. Algo le decía que, comparada con las disputas entre las diversas tribus djinn, la guerra entre turcos y francos no era más que una querella amistosa.

No obstante, por muy enconada que fuera la discusión, el capitán y los mercaderes debieron de acordar finalmente un precio, porque antes de que se diera cuenta, los mercaderes conducían a los camellos al interior del barco. La embarcación se meció a cada paso de los animales, y las tablas de madera crujieron. Nahri observó cómo los mercaderes se acomodaban en el extremo opuesto de la embarcación y cruzaban con elegancia sus largas piernas bajo las amplias túnicas.

El capitán saltó a bordo y recogió la rampa con un fuerte estruendo. A Nahri se le revolvió el estómago por culpa de los nervios. Vio que el capitán sacaba una vara corta del chaleco. Al girarla entre las manos, la vara se hizo cada vez más larga.

Frunció el ceño y miró por encima de la borda. Todavía estaban varados en la arena de la playa.

—¿No deberíamos estar en el agua?

Dara negó con la cabeza.

—Oh, no. Los pasajeros solo embarcan desde tierra. Si no, es demasiado arriesgado.

—¿Arriesgado?

—Los marid lanzaron un hechizo sobre el lago hace siglos. Si metes aunque solo sea la punta del pie en el agua, te atrapará, te hará pedazos y enviará tus restos a todos los lugares que seas capaz de imaginar.

Nahri se quedó boquiabierta.

—¿Cómo? —dijo con un jadeo—. ¿Y vamos a cruzarlo? En esta desvencijada embar…

—¡No hay más dios que Dios! —gritó el capitán al tiempo que apoyaba la vara, que ahora tenía aproximadamente la misma longitud que el barco, en la arena de la orilla.

La embarcación salió impulsada a tal velocidad que durante unos instantes surcó el aire por encima del agua. Se posó en el lago con gran estruendo y provocó una ola que salpicó por encima de ambas bordas. Nahri soltó un grito y se cubrió la cabeza, pero el capitán se interpuso rápidamente entre ella y la ola. Chasqueó la lengua y amenazó al agua con la larga pértiga, como quien espanta a un perro. La ola se retiró.

—Relájate —le dijo Dara con expresión avergonzada—. El lago sabe comportarse. Aquí estamos perfectamente a salvo.

—Que sabe comp…, hazme un favor —gruñó Nahri, fulminando con la mirada al daeva—. La próxima vez que estemos a punto de hacer algo como cruzar un lago hechizado capaz de hacer pedazos a la gente, asegúrate de explicármelo paso a paso. Por el Altísimo…

Nadie más parecía preocupado. Los ayaanle charlaban entre ellos y compartían una cesta de naranjas. El capitán se balanceaba precariamente sobre el borde del casco mientras ajustaba la vela. Bajo la mirada atenta de Nahri, el hombre se guardó la pipa en la túnica y empezó a cantar.

Las palabras la envolvieron por completo. Pese a parecerle extrañamente familiares, le resultaron incomprensibles. Era una sensación tan rara que tardó un momento en darse cuenta de lo que sucedía.

—Dara. —Le dio un tironcito de la manga para desviar su atención del agua centelleante—. Dara, no le entiendo.

Era la primera vez que le pasaba algo así.

Dara miró al djinn.

—No, está cantando en geziriyya. No podemos entender su lengua. Las otras tribus ni siquiera pueden aprenderla. —Sus labios esbozaron una sonrisa—. Una habilidad muy apropiada para un pueblo tan hipócrita.

—No empieces.

—No empiezo. No se lo he dicho a la cara.

Nahri suspiró.

—Entonces, ¿en qué lengua estaban hablando antes? —Señaló al capitán y los mercaderes.

Dara puso los ojos en blanco.

—En djinnistaní. Una lengua áspera y poco refinada, una mezcla de los sonidos más desagradables de todas sus lenguas.

Bueno, ya había tenido bastante de las opiniones de Dara por un día. Se dio la vuelta y levantó la cabeza hacia el reluciente sol. Mientras disfrutaba de la cálida sensación del sol sobre la piel, tuvo que hacer un esfuerzo por mantener los ojos abiertos, pues el rítmico movimiento de la embarcación le estaba provocando sueño. Observó perezosamente cómo un halcón gris los sobrevolaba y se acercaba, tal vez en busca de restos de naranja, antes de desviarse hacia los distantes acantilados.

—Sigo sin ver nada que se parezca a una ciudad —dijo en tono distraído.

—No tardarás mucho en verla —respondió Dara mientras oteaba las verdes colinas—. Debemos atravesar una última ilusión.

Mientras Dara hablaba, un sonido estridente zumbó en los oídos de Nahri. Antes de que pudiera gritar, todo su cuerpo se contrajo repentinamente como si lo hubieran embutido en una ceñida funda. Le ardía la piel y tuvo la sensación de tener los pulmones llenos de humo. El zumbido se intensificó y durante un momento se le nubló la visión...

Y luego desapareció. Nahri yacía de espaldas en la cubierta, intentando recuperar el aliento. Dara se inclinó sobre ella con semblante preocupado.

—¿Qué ha pasado? ¿Te encuentras bien?

Nahri se incorporó y se frotó la cabeza. Tras quitarse el chal, se secó el sudor que le cubría la cara.

—Estoy bien —murmuró.

Uno de los comerciantes ayaanle también se levantó. Al ver el rostro descubierto de Nahri desvió los ojos dorados.

—¿Está enferma, hermano? Tenemos algo de comida y agua...

—No es asunto tuyo —espetó Dara.

El comerciante se estremeció como si le hubieran dado una bofetada y volvió a sentarse con brusquedad junto a sus compañeros.

A Nahri le sorprendió la mala educación de Dara.

—¿Qué te pasa? Ese hombre solo quería ayudar. —Habló en voz alta con la esperanza de que el ayaanle oyera lo avergonzada que estaba.

Dara hizo ademán de ayudarla a levantarse, pero ella apartó la mano. Estuvo a punto de volverse a caer cuando vio aparecer delante de ellos una enorme ciudad amurallada. Era tan grande que ocultaba la mayor parte del cielo y cubría por completo la isla rocosa sobre la que se asentaba.

Las murallas por sí solas habrían empequeñecido las Pirámides, y los únicos edificios que podía vislumbrar a lo lejos eran lo bastante altos como para apenas poder asomarse por encima: una vertiginosa variedad de esbeltos minaretes, palacios en forma de huevo con tejados verdes inclinados y achaparrados edificios de ladrillo decorados con intrincada mampostería blanca que más bien parecían encajes. La propia muralla resplandecía a la luz del sol, el cual refulgía en su superficie dorada como si fuera...

—Bronce —dijo en un susurro. La descomunal muralla estaba hecha enteramente de un bronce pulido hasta la perfección.

Se acercó en silencio hasta la borda del barco. Dara la siguió.

—Sí —dijo él—. El bronce mantiene mejor la magia utilizada para construir la ciudad.

Los ojos de Nahri recorrieron la muralla. Se estaban aproximando a un puerto de muelles y dársenas de piedra que parecían lo suficientemente grandes como para dar cabida a las flotas franca y otomana juntas. Un gran tejado de piedra perfectamente tallada, sostenido por enormes columnas, protegía gran parte de la zona.

A medida que el barco se acercaba a la ciudad, Nahri reparó en las figuras hábilmente talladas sobre la superficie de bronce de la muralla: decenas de hombres y mujeres ataviados con antiguas vestimentas que no pudo identificar y gorras planas que cubrían sus cabezas de cabello rizado. Algunas estaban de pie mientras señalaban algo, con pergaminos y balanzas en las manos. Otras simplemente estaban sentadas con las palmas abiertas, los rostros serenos cubiertos por velos.

—Santo Dios —susurró. Abrió los ojos de par en par cuando se acercaron más: unas estatuas de bronce que representaban a esas mismas figuras se alzaron sobre la embarcación.

Una sonrisa que Nahri nunca había visto antes iluminó el rostro de Dara mientras contemplaba la ciudad. Sus mejillas se sonrojaron de emoción, y cuando bajó la mirada, le brillaban tanto los ojos que Nahri tuvo que mirar para otro lado.

—Tus antepasados, Banu Nahida —dijo señalando las estatuas. Juntó las palmas de las manos e inclinó la cabeza—. Bienvenida a Daevabad.

14
ALÍ

A lí volvió a dejar el montón de papeles sobre el escritorio y estuvo a punto de volcar la taza de té.

—Estos informes están llenos de mentiras, Abu Zebala. Eres el inspector de sanidad de la ciudad. Explícame por qué las calles del barrio daeva casi relucen mientras que el otro día un hombre del distrito de los sahrayn murió aplastado por un montón de basura.

El funcionario geziri que tenía delante le dedicó una obsequiosa sonrisa.

—Primo...

—No soy tu primo. —Aunque no era técnicamente cierto, Abu Zebala había conseguido el puesto por compartir un tatarabuelo con el rey. No iba a permitir que evitara responder a su pregunta.

—*Príncipe* —se corrigió Abu Zebala amablemente—. Estoy investigando el incidente. Era un niño pequeño; no debería haber estado jugando entre la basura. En realidad, la culpa es de sus padres por no...

—Tenía doscientos ochenta y un años, idiota.

—Ah, ¿de verdad? —Abu Zebala parpadeó. Tragó saliva y Alí vio cómo discurría su siguiente mentira—. De cualquier modo..., la idea de distribuir equitativamente los servicios de saneamiento entre las tribus es anticuada.

—¿Cómo dices?

Abu Zebala se estrujó las manos.

—Los daeva valoran enormemente la limpieza. Su culto al fuego está íntimamente relacionado con la pureza, ¿no? En cambio, los sahrayn... —El otro djinn negó con la cabeza, decepcionado—. Venga ya. Todo el mundo sabe que esos bárbaros occidentales vivirían alegremente rodeados de su propia basura. Si la limpieza fuera tan importante para los daeva, estarían dispuestos a ponerle un precio..., ¿y quién soy yo para negarles algo así?

Alí entrecerró los ojos mientras desentrañaba las palabras de Abu Zebala.

—¿Acabas de admitir que te han sobornado?

El otro hombre ni siquiera tuvo la decencia de parecer avergonzado.

—No lo llamaría «soborno»...

—Ya es suficiente. —Alí le devolvió los informes—. Haz las correcciones necesarias. Todos los barrios deben tener el mismo nivel de limpieza y el mismo presupuesto para la recogida de la basura. Si no lo tienes listo para finales de semana, te mandaré otra vez a Am Gezira.

Abu Zebala hizo ademán de protestar, pero Alí levantó una mano con tanta brusquedad que el otro hombre se sobresaltó.

—Lárgate. Y si vuelvo a oírte hablar de corrupción, te arrancaré la lengua para evitar que lo hagas más.

Alí no hablaba en serio; solo estaba agotado y molesto. Pero Abu Zebala palideció y la sonrisa condescendiente se esfumó de su rostro. Asintió y se marchó a toda prisa con un repiqueteo de sandalias.

Alí suspiró y se acercó a la ventana. No había actuado bien, pero no tenía paciencia con los hombres como Abu Zebala. Y menos después de lo que había sucedido la noche anterior.

Una embarcación cruzaba las tranquilas aguas del lejano lago, la luz del sol reflejada en su casco negro y dorado. Hacía un hermoso día para navegar. *Quienquiera que viajara en él debería considerarse afortunado*, pensó; la última vez que Alí había cruzado el lago, la lluvia caía con tanta fuerza que había temido por la estabilidad del barco.

Bostezó. El cansancio se apoderaba de nuevo de él. La noche anterior no había vuelto al palacio, incapaz de soportar la idea de ver su lujoso apartamento, o encontrarse con la familia a la que el Tanzeem quería que traicionara, después del desastroso encuentro en el orfanato. Pero tampoco había podido dormir mucho en su despacho; en realidad, no había dormido mucho desde la noche en que había ido con Anas al barrio daeva.

Volvió a sentarse frente al escritorio, su plana superficie repentinamente tentadora. Apoyó la cabeza sobre un brazo y cerró los ojos. *Solo unos minutos...*

Lo despertó un repentino golpeteo. Dio un respingo que esparció sobre la mesa los papeles y volcó la taza de té. El gran visir entró con brusquedad y Alí no se molestó en ocultar su irritación.

Kaveh cerró la puerta mientras Alí retiraba de los manchados informes las hojas de té mojadas.

—¿Mucho trabajo, mi príncipe?

Alí lo fulminó con la mirada.

—¿Qué quieres, Kaveh?

—Necesito hablar con tu padre. Es muy urgente.

Alí indicó el despacho con un gesto de la mano.

—Sabes que estás en la Ciudadela, ¿verdad? Entiendo que debe de ser confuso a tu edad..., todos estos edificios que no se parecen entre sí, situados en lados opuestos de la ciudad...

Sin esperar a que le diera permiso, Kaveh se sentó en la silla que había delante de Alí.

—No quiere verme. Sus sirvientes dicen que está ocupado.

Alí ocultó la sorpresa. Kaveh era un hombre muy molesto, pero su puesto normalmente le garantizaba el acceso al rey, especialmente si el asunto era urgente.

—Tal vez hayas caído en desgracia —sugirió, esperanzado.

—Entonces supongo que los rumores no te preocupan lo más mínimo, ¿no? —Kaveh hizo caso omiso de la respuesta de Alí—. Los chismes del bazar acerca de una joven daeva que supuestamente se convirtió a tu fe para fugarse con un hombre djinn. La gente dice que su familia la robó anoche y la están ocultando en nuestro barrio.

Ah. Alí reconsideró la preocupación de Kaveh. No había muchas cosas que provocaran más tensión en su mundo que las conversiones y los matrimonios mixtos. Y, por desgracia, la situación que el visir acababa de exponer era combustible para una revuelta. La ley de Daevabad daba protección absoluta a los conversos; bajo ninguna circunstancia las familias daeva podían acosarlos o detenerlos. Alí no veía ningún problema en ello; al fin y al cabo, la fe djinn era la fe verdadera. Sin embargo, los daeva podían ser extremadamente posesivos con los suyos, algo que rara vez terminaba bien.

—¿No sería mejor que volvieras con tu gente y encontraras a la chica? Seguro que tienes recursos. Devuélvesela a su marido antes de que la situación se descontrole.

—Por mucho que disfrute entregando jóvenes daeva a turbas de djinn enfurecidos —dijo Kaveh en tono sarcástico—, parece que la joven en cuestión no existe. Nadie conoce su nombre ni tiene información para poder identificarla. Algunos dicen que su marido es un comerciante sahrayn, otros que se trata de un herrero geziri e incluso otros que es un mendigo shafit. —Frunció el ceño—. Si fuera real, lo sabría.

Alí entrecerró los ojos.

—¿Cuál es el problema, entonces?

—Que es un rumor. No hay ninguna joven que devolver a su marido. Pero esa respuesta enoja aún más a los djinn. Me temo que están buscando la más mínima excusa para saquear nuestro barrio.

—¿Y a quién te refieres exactamente con ese «están», gran visir? ¿Quién sería tan necio como para atacar el barrio daeva?

Kaveh levantó la barbilla.

—Tal vez los hombres que ayudaron a Anas Bhatt a asesinar a dos miembros de mi tribu, los mismos hombres que, según creo, tú debías encontrar y detener.

Alí tuvo que echar mano de todo su autocontrol para no estremecerse. Se aclaró la garganta.

—Dudo mucho que a unos cuantos fugitivos que ya están huyendo de la Guardia Real les interese llamar tanto la atención.

Kaveh le sostuvo la mirada un momento más.

—Es posible. —Suspiró y frunció los labios—. Príncipe Alizayd, simplemente te cuento lo que he oído. Sé que tú y yo tenemos nuestras diferencias, pero te ruego que las dejes de lado por un momento. Hay algo en todo esto que me tiene muy preocupado.

La sinceridad en la voz de Kaveh lo impresionó.

—¿Qué quieres que haga?

—Declarar un toque de queda y doblar la guardia en la puerta del barrio de nuestra tribu.

Alí abrió mucho los ojos.

—Sabes que no puedo hacer eso sin el permiso del rey. Provocaría el pánico en las calles.

—Pues tienes que hacer algo —insistió Kaveh—. Eres el caíd. La seguridad de la ciudad es responsabilidad tuya.

Alí se levantó de su escritorio. Probablemente todo aquello no eran más que tonterías. Pero si existía la menor posibilidad de que aquel rumor tuviera un atisbo de verdad, quería hacer lo que estuviera en su mano para evitar un motín. Lo que significaba que debería ir a ver a su padre.

—Vamos —dijo invitando a Kaveh a seguirle—. Soy su hijo, no puede negarse a recibirme.

—El rey no admite visitas ahora mismo, mi príncipe.

Alí se sonrojó ante la cortés negativa del guardia. Kaveh se cubrió la boca para toser en un pobre esfuerzo por ocultar una risa. Alí se quedó mirando la puerta de madera, avergonzado y molesto. ¿Su padre se negaba a ver al gran visir y ahora estaba demasiado ocupado para su caíd?

—Esto es ridículo. —Alí pasó por delante del guardia y empujó la puerta. No le importaba qué clase de devaneo estuviera interrumpiendo.

Sin embargo, la escena que se encontró no estaba compuesta por una coqueta caterva de concubinas. Se trataba de un reducido grupo de hombres apiñados alrededor del escritorio de su padre: Muntadhir, Abu Nuwas y, lo más extraño de todo, un hombre con aspecto de shafit a quien no reconoció, enfundado en una raída túnica marrón y un turbante blanco manchado de sudor.

El rey levantó la vista, claramente sorprendido.

—Alizayd..., llegas pronto.

¿Pronto para qué? Alí parpadeó e intentó recuperar la compostura.

—Es que... lo siento, no sabía que estabas...

Se interrumpió. ¿Conspirando? A juzgar por la rapidez con la que los hombres se enderezaron cuando irrumpió en la estancia y por la mirada vagamente culpable de su hermano, la palabra «conspiración» fue la primera que le vino a la mente. El shafit bajó la mirada y se puso detrás de Abu Nuwas, como si no quisiera que le reconocieran.

Kaveh entró detrás de él.

—Perdonadnos, majestad, pero hay un asunto urgente...

—Sí, recibí tu mensaje, gran visir —le cortó su padre—. Me ocuparé de ello.

—Oh. —Kaveh se abochornó bajo la mirada fulminante del rey—. Es que temo que si...

—He dicho que me ocuparé de ello. Puedes retirarte.

Alí casi sintió lástima por el daeva mientras abandonaba el despacho a toda velocidad. Ignorando a su hijo menor, Ghassán señaló con la cabeza a Abu Nuwas.

—Entonces, ¿está todo claro?

—Sí, mi señor —dijo Abu Nuwas con voz grave.

El rey dirigió su atención al shafit.

—Y si te atrapan...

El hombre se limitó a hacer una reverencia y su padre asintió.

—Bien, también podéis marcharos. —Miró a Alí y su rostro se endureció. Le ordenó en geziriyya—: Ven aquí y siéntate.

A pesar de haber entrado en la sala como caíd, en aquel momento Alí se sintió como un niño que se preparaba para recibir una reprimenda. Se sentó en la silla delante de su padre. Se dio cuenta entonces de que el rey llevaba puesta la vestimenta ceremonial, túnica negra y turbante enjoyado, lo cual era extraño. La corte se celebraba por la tarde, y su padre no solía vestirse así a menos que esperara tratar asuntos oficiales. Una taza humeante de café verde reposaba junto a su mano cubierta de joyas, y la pila de pergaminos parecía aún más desordenada que de costumbre. Fuera cual fuere la tarea en la que estaba enfrascado, era obvio que llevaba bastante tiempo sumido en ella.

Muntadhir se acercó al escritorio y señaló la taza con el mentón.

—¿Me la llevo antes de que se la tires a la cabeza?

Alí contuvo una oleada de pánico, inquieto ante la dura mirada de su padre.

—¿Qué he hecho?

—Parece que no mucho —dijo Ghassán, tamborileando con los dedos sobre la maraña de papeles—. He estado revisando los informes de Abu Nuwas sobre tu… mandato como caíd.

Alí se echó para atrás.

—¿Hay informes? —Había imaginado que Abu Nuwas lo estaría observando, pero había suficiente papel sobre el escritorio como para haber escrito una historia detallada de Daevabad—. No era consciente de que me estuviera espiando.

—Claro que te espiaba —se burló Ghassán—. ¿En serio pensaste que le entregaría ciegamente el control de la seguridad de la ciudad a mi hijo menor de edad? ¿A alguien con un historial de decisiones más que cuestionable?

—Imagino que los informes no son halagüeños, ¿no?

Muntadhir hizo una mueca y el rostro de su padre se ensombreció.

—Alizayd, espero que conserves ese sentido del humor cuando te envíe a alguna guarnición miserable en los páramos del Sáhara. —Golpeó con rabia los papeles—. Debías encontrar a los restantes miembros del Tanzeem y darles una lección a los shafit. Sin embargo, los calabozos están prácticamente vacíos y no hay evidencias de un aumento de los arrestos o desalojos. ¿Qué ha pasado con las nuevas ordenanzas sobre los shafit? La mitad de ellos no debería estar en la calle.

Así que Rashid no se había equivocado cuando la noche anterior le dijo que Ghassán no tardaría en darse cuenta de que no estaba aplicando las nuevas leyes. Alí pensó rápido.

—¿Acaso no es bueno que las cárceles estén vacías? No ha habido demasiada violencia desde la ejecución de Anas, ni tampoco excesiva delincuencia... No puedo arrestar a la gente por cosas que no ha hecho.

—Entonces deberías haberte deshecho de ellos. Te dije que no los quería ver más por aquí. Eres el caíd. Es tu responsabilidad encontrar el modo de hacer cumplir mis órdenes.

—¿Inventando acusaciones?

—Sí —dijo Ghassán en tono vehemente—. Si es necesario. Además, Abu Nuwas dice que en las últimas semanas varias familias de sangre pura han denunciado el secuestro de sus hijos adoptivos. ¿No podrías haber hecho un seguimiento de eso?

¿Hijos adoptivos? ¿Así los llaman ahora? Alí miró a su padre con expresión de incredulidad.

—Te das cuenta de que la gente que denuncia tales cosas son esclavistas, ¿verdad? Secuestran a esos niños de los brazos de sus verdaderos padres para venderlos al mejor postor. —Alí hizo ademán de levantarse de su asiento.

—Siéntate —le espetó su padre—. Y no me vengas con esa propaganda shafit. La gente entrega a sus hijos todo el tiempo. Y si esos a los que llamas «esclavistas» tienen el papeleo en regla, en lo que a ti y a mí respecta están dentro de la ley.

—Pero, abba...

Su padre dejó caer el puño sobre el escritorio con tanta fuerza que los pergaminos saltaron por los aires. Un tintero se derramó en el suelo.

—Basta ya. Ya he informado a Abu Nuwas que tales transacciones pueden realizarse a partir de ahora en el bazar si con eso conseguimos que sean más seguras.

Alí abrió la boca, pero su padre levantó una mano y le advirtió:

—Basta. Si dices una palabra más sobre el asunto, te juro que te despojaré de todos tus títulos y te enviaré de vuelta a Am Gezira durante el resto de tu primer siglo. —Sacudió la cabeza—. Estaba dispuesto a darte la oportunidad de demostrar tu lealtad, Alizayd, pero...

Muntadhir se interpuso entre ambos y, con tono críptico, habló por primera vez:

—Aún no hemos llegado a ese punto, abba. Veamos lo que nos depara el día, tal y como habíamos decidido, ¿no? —Ignoró la mirada interrogante de Alí—. Aunque, tal vez, cuando Wajed regrese, Alí debería volver a Am Gezira. Ni siquiera ha cumplido el cuarto de siglo. Dale el mando de una guarnición cerca de casa y deja que se curta unas cuantas décadas entre los nuestros, en un lugar donde pueda hacer menos daño.

—No será necesario. —Alí se ruborizó, pero su padre ya asentía.

—Sí, es una idea a considerar. Pero las cosas no pueden seguir así hasta que regrese Wajed. Después de hoy, tendrás excusa más que suficiente para castigar a los shafit.

—¿Qué? —Alí se enderezó—. ¿Por qué?

El estridente chillido de un pájaro al otro lado de la ventana los interrumpió. Un halcón gris atravesó limpiamente el marco de piedra de la ventana y se posó. Al instante se transmutó en un soldado geziri con el uniforme perfectamente planchado. El soldado hizo una reverencia mientras las últimas plumas humeantes se fundían en su piel. *Un explorador,* se dijo Alí, uno de los cambiaformas que patrullaban regularmente la ciudad y las tierras circundantes.

—Majestad —dijo el explorador—. Disculpad la intrusión, pero tengo noticias urgentes.

Ghassán frunció el ceño con impaciencia cuando el explorador guardó silencio.

—¿Qué noticias?

—Un esclavo daeva con una marca Afshín en el rostro está cruzando el lago.

Su padre frunció el ceño.

—¿Y qué? Al menos una vez cada década, un daeva enloquece, se pinta la cara con marcas Afshín y se dedica a recorrer las calles semidesnudo. El hecho de que sea un esclavo explica su locura.

—No..., no parecía loco, mi rey —insistió el explorador—. Un poco demacrado quizá, pero resulta imponente. Me pareció que era un guerrero, y llevaba una daga al cinto.

Ghassán se lo quedó mirando.

—¿Sabes cuándo murió el último Afshín, soldado? —El explorador se sonrojó y Ghassán continuó—: Hace mil cuatrocientos años. Los esclavos no viven tanto. Los ifrit se los dan a los humanos para que provoquen el caos durante unos cuantos siglos y, cuando se vuelven completamente locos, los dejan a las puertas de Daevabad para asustarnos. —Enarcó las cejas—. Con bastante éxito, por cierto.

El explorador bajó la mirada y balbuceó algo ininteligible, pero Alí notó que su hermano fruncía el ceño.

—Abba —intervino Muntadhir—. No pensarás...

Ghassán le lanzó una mirada exasperada.

—¿No has oído lo que acabo de decir? No seas ridículo. —Se volvió hacia el explorador—. Si os sirve de consuelo a los dos, síguelo. Si saca un arco y empieza a matar shafit en mitad de la calle... bueno, entonces supongo que el día mejorará un poco. Márchate.

El nervioso explorador hizo una reverencia. Le brotaron plumas de los brazos y salió volando por la ventana, visiblemente aliviado de poder escapar de allí.

—Un Afshín... —Ghassán sacudió la cabeza—. Lo próximo será que Salomón ha aparecido sentado en mi trono para sermonear a las masas.

Hizo un gesto desdeñoso dirigido a sus hijos y los despachó con un breve comentario:

—Vosotros dos también podéis marcharos, aunque estáis confinados en el palacio durante el resto del día.

—¿Qué? —Alí se puso en pie de un salto—. Soy el caíd, es posible que se produzcan disturbios en las calles, un esclavo enajenado está a punto de llegar a la ciudad, ¿y quieres que me quede encerrado en mi habitación?

El rey alzó las oscuras cejas.

—No serás caíd por mucho tiempo si sigues cuestionando mis órdenes. —Señaló con la cabeza la puerta y añadió—: Largo.

Muntadhir agarró a Alí por los hombros, lo obligó a darse la vuelta y lo empujó hacia la puerta.

—Basta, Zaydi —siseó en voz baja.

Están tramando algo. A Alí no le gustaba pensar que su padre fuera capaz de fomentar intencionadamente rumores tan peligrosos, pero aun así, no quería que los shafit se vieran arrastrados a un motín. Hizo ademán de echar a correr por el pasillo. Por mucho que la idea le revolviera el estómago, sabía que debía encontrar a Rashid.

Muntadhir lo agarró por la muñeca.

—Oh, no, akhi. Hoy no te separas de mi lado.

—Necesito unos papeles de la Ciudadela.

Muntadhir lo miró durante un largo rato. Demasiado largo. Luego se encogió de hombros.

—Bien, vayamos, pues.

—No es necesario que me acompañes.

—¿En serio? —Muntadhir se cruzó de brazos—. ¿E irías solo allí? A la Ciudadela. Irías solo y volverías sin hablar con nadie, ¿verdad? Pues no, Alizayd.

Muntadhir lo agarró de la barbilla. Alí apartó la mirada, incapaz de enfrentarse al suspicaz escrutinio de su hermano mayor.

—Mírame cuando te hablo.

Un grupo de cortesanos parlanchines dobló un recodo del pasillo y Muntadhir le soltó la mano. Se apartó de Alí cuando pasaron por su lado, pero la ira regresó a su rostro en cuanto se perdieron de vista.

—Eres idiota. Ni siquiera sabes mentir, ¿lo sabías? —Muntadhir hizo una pausa y luego dejó escapar un suspiro exasperado—. Ven conmigo.

Lo agarró del brazo y tiró de él en la dirección opuesta a la de los cortesanos, a través de una entrada de sirvientes próxima a las cocinas. Demasiado asustado para protestar, Alí permaneció en silencio hasta que su hermano se detuvo ante una discreta alcoba. Muntadhir levantó una mano y susurró un conjuro en voz baja.

La superficie de la alcoba empezó a humear y se desvaneció. Un conjunto de polvorientos escalones de piedra se adentraban en la oscuridad.

Alí tragó saliva.

—¿Vas a asesinarme?

No lo dijo en broma. Muntadhir lo fulminó con la mirada.

—No, akhi. Voy a salvarte la vida.

Muntadhir lo condujo por unas interminables escaleras que desembocaban en pasillos desiertos. Cada vez estaban a más profundidad, tanto que Alí apenas podía creer que aún se encontrasen en el palacio. No había antorchas; la única luz provenía de un puñado de llamas que Muntadhir había conjurado. La luz del fuego bailaba en las húmedas y resbaladizas paredes, haciendo que Alí fuera incómodamente consciente de lo angosto que era el pasillo. El aire era espeso, olía a moho y a tierra mojada.

—¿Estamos debajo del lago?

—Es posible.

Alí se estremeció. ¿Estaban bajo tierra y bajo el agua? Intentó no pensar en la presión de la piedra, la tierra y el agua sobre su cabeza. A pesar del esfuerzo, se le aceleró el corazón. La mayoría de los djinn puros de sangre eran manifiestamente claustrofóbicos, él incluido. Y su hermano también, a juzgar por la agitada respiración de Muntadhir.

—¿A dónde vamos? —se atrevió a preguntar finalmente.

—Es mejor verlo que explicarlo —le dijo Muntadhir—. No te preocupes, estamos cerca.

Unos instantes después, el pasillo terminó bruscamente frente a un par de gruesas puertas de madera que apenas les llegaban a la barbilla. No había pomos ni tiradores, nada que indicara cómo se abrían.

Alí hizo ademán de tocarlas y Muntadhir le agarró la mano con brusquedad.

—Así no —le advirtió—. Dame el zulfiqar.

—No vas a rebanarme el cuello y dejarme en este lugar olvidado de Dios, ¿verdad?

—No me des ideas —dijo simplemente Muntadhir. Enarboló el zulfiqar, se agachó y se abrió un tajo superficial en el tobillo. Oprimió la palma de la mano contra la herida ensangrentada y le devolvió el zulfiqar a Alí—. Te toca. Sácate sangre de algún lugar que abba no pueda ver. Si se entera de que te he traído aquí es capaz de matarme.

Alí frunció el ceño pero siguió el ejemplo de su hermano.

—¿Y ahora qué?

—Pon la mano aquí. —Muntadhir señaló un par de mugrientos sellos de cobre en la puerta y ambos presionaron una mano ensangrentada contra cada uno de ellos. Con un susurro de polvo, las viejas puertas se abrieron en un bostezo de negrura. Su hermano entró y alzó el puño, del que brotaron llamas.

Alí se agachó bajo la puerta y lo siguió. Muntadhir extendió la mano y esparció las llamas para encender las antorchas que había en las paredes, iluminando una gran caverna excavada toscamente en la roca de la ciudad. Alí se cubrió la nariz al dar otro paso sobre el suelo blando y arenoso. La caverna apestaba, y mientras sus ojos se adaptaban a la negrura, se quedó inmóvil.

El suelo estaba cubierto de ataúdes. Cientos de ataúdes, comprendió cuando Muntadhir prendió otra antorcha. Algunos estaban perfectamente alineados en filas idénticas de sarcófagos de piedra, mientras que otros eran simplemente pilas desordenadas de toscas cajas de madera. El olor no lo producía el moho, sino la putrefacción. El hedor repugnante de la descomposición cenicienta de un djinn.

Alí ahogó un grito, horrorizado.

—¿Qué es esto? —Todos los djinn, independientemente de su tribu, quemaban a sus muertos. Era uno de los pocos rituales que todos compartían después de la división de Salomón.

Muntadhir estudió la estancia.

—Obra nuestra, al parecer.

—¿Cómo es posible?

Su hermano lo invitó a inspeccionar un gran estante lleno de pergaminos ocultos detrás de un enorme sarcófago de mármol. Todos estaban guardados en recipientes de plomo sellados con alquitrán. Muntadhir abrió uno de los sellos, sacó el pergamino y se lo entregó a Alí.

—Tú eres el erudito.

Alí desenrolló con cuidado el frágil pergamino. Estaba escrito en una versión arcaica de geziriyya, una simple línea de nombres que conducían a otros nombres.

Nombres daeva.

Un árbol genealógico. Echó un vistazo a la siguiente página. Esta tenía varias entradas, y todas seguían más o menos el mismo formato. Se esforzó por leer una.

—Banu Narin e-Ninkarrik, ciento un años. Ahogada. Verificado por Qays al Qahtani y su tío Azad... Azad e-Nahid... Aleph, mediodía, nueve, nueve. —Alí leyó en voz alta los símbolos al final de la entrada y levantó la mirada hacia la pila de ataúdes ante él. Todos tenían un patrón de números y letras pintadas con alquitrán negro en los laterales.

—Dios misericordioso —susurró—. Son los Nahid.

—Todos —confirmó su hermano con un filo de voz—. En cualquier caso, todos los que han muerto desde la guerra. Independientemente de la causa.

Señaló con la cabeza un rincón oscuro; Alí solo pudo distinguir la silueta sombría de varias cajas.

—También algunos Afshín —prosiguió su hermano—, aunque la familia fue aniquilada en la guerra, por supuesto.

Alí miró a su alrededor. Distinguió un par de pequeños ataúdes al otro lado de la habitación y se giró con el estómago revuelto. Independientemente de lo que sintiera por los adoradores del fuego, aquello era espantoso. En su mundo solo se enterraba a los peores criminales. Según se decía, la suciedad y el agua eran tan contaminantes para los restos de los djinn que ocultaban completamente su alma del juicio de Dios. Alí no estaba seguro de creerlo, pero aun así, eran criaturas de fuego, por lo que se suponía que debían regresar al fuego, no a una cueva oscura y húmeda bajo un lago maldito.

—Esto es una aberración —dijo en voz baja mientras enrollaba el pergamino. No necesitaba seguir leyendo—. ¿Abba te enseñó esto?

Su hermano asintió y se quedó mirando los pequeños ataúdes.

—Cuando murió Manizheh.

—¿Supongo que está aquí abajo, en alguna parte?

Muntadhir negó con la cabeza.

—No. Ya sabes que abba la tenía en gran estima. La hizo quemar en el Gran Templo. Dijo que cuando se convirtió en rey quería

274

que todos los restos fueran bendecidos y quemados, aunque no creía que hubiera una forma discreta de hacerlo.

La vergüenza carcomía a Alí.

—Los daeva derribarían las puertas del palacio si descubrieran la existencia de este lugar.

—Es probable.

—Entonces, ¿qué razón tiene todo esto?

Muntadhir se encogió de hombros.

—¿Crees que fue decisión de abba? Fíjate en lo viejos que son algunos de estos cuerpos. Este lugar probablemente fue construido por el mismismo Zaydi…, vamos, no me mires así, Alí; sé que es tu héroe, pero no seas tan ingenuo. Ya sabes las cosas que se dicen de los Nahid, que podían mudar sus rostros, cambiar de forma, resucitarse unos a otros de las cenizas…

—Rumores —dijo Alí con desdén—. Propaganda. Cualquier erudito podría…

—Da igual —dijo Muntadhir serenamente y señaló los pergaminos—. Mira este lugar, Alí. Tenían registros, verificaban los cuerpos. Puede que ganáramos la guerra, pero al menos algunos de nuestros antepasados estaban tan asustados de los Nahid que, literalmente, guardaron sus cuerpos para asegurarse de que estuvieran realmente muertos.

Alí no respondió. No estaba muy seguro de qué podía decir. Aquel lugar le ponía los pelos de punta; los elegidos de Salomón, reducidos a pudrirse en sus mortajas. La caverna… no, la tumba, estaba en silencio salvo por el sonido de las crepitantes antorchas.

Muntadhir volvió a hablar.

—Pues hay algo peor. —Abrió con dificultad un pequeño cajón en el lateral del estante y sacó una caja de cobre del tamaño de su mano. Se la tendió a Alí—. Otro sello de sangre, aunque la que tienes en la mano debería bastar para abrirlo. Créeme, nuestros antepasados no querían que nadie lo descubriera. Ni siquiera estoy seguro de por qué lo guardaron.

La caja se calentó en la mano ensangrentada de Alí y un pequeño resorte se liberó. En su interior había un polvoriento amuleto de bronce.

Una reliquia. Todos los djinn portaban algo similar, un poco de sangre y pelo, a veces un diente de leche o un trozo de piel desollada, todo amarrado con versos sagrados y metal fundido. Era el único medio de regresar a un cuerpo si eran esclavizados por un ifrit. Alí también llevaba uno, al igual que Muntadhir, pasadores de cobre perforados en la oreja derecha a la manera de los geziri.

Alí frunció el ceño.

—¿A quién pertenece esta reliquia?

Muntadhir le dedicó una sombría sonrisa.

—A Darayavahoush e-Afshín.

Alí dejó caer el amuleto como si le hubiera mordido.

—¿El Flagelo de Qui-zi?

—Que Dios lo fulmine.

—No deberíamos tener esto —insistió Alí. Un escalofrío le recorrió la espalda—. Ese... ese no fue su destino, según dicen los libros.

Muntadhir le dirigió una mirada cómplice.

—¿Y qué dicen los libros que ocurrió, Alizayd? ¿Que el Flagelo desapareció misteriosamente cuando su rebelión estaba en su apogeo, mientras se preparaba para reconquistar Daevabad? —Su hermano se arrodilló para recoger el amuleto—. Qué momento más inoportuno.

Alí negó con la cabeza.

—No es posible. Ningún djinn entregaría a otro a los ifrit. Ni siquiera a su peor enemigo.

—A ver si maduras, hermanito —le reprendió Muntadhir mientras volvía a colocar la caja en su sitio—. Fue la peor guerra que haya conocido nuestro pueblo. Y Darayavahoush era un monstruo. Hasta yo sé eso de nuestra historia. Si a Zaydi al Qahtani le preocupaba su pueblo, habría hecho cualquier cosa para ponerle fin. Incluso esto.

Alí se tambaleó. Un destino peor que la muerte; eso era lo que todo el mundo decía sobre la esclavitud. Servidumbre eterna, forzado a conceder los deseos más salvajes e íntimos a un sinfín de amos humanos. De los esclavos que conseguían liberarse, muy pocos sobrevivían con la cordura intacta.

No puede ser que Zaydi al Qahtani organizase algo así, intentó decirse a sí mismo. El largo reinado de su familia no podía ser el producto de una traición tan terrible a su propia raza.

El corazón le dio un vuelco.

—Espera, ¿no creerás que el hombre que vio el explorador...?

—No —dijo Muntadhir, un poco demasiado rápido—. Es decir, no puede ser. Su reliquia está aquí. No puede haber sido devuelto a un cuerpo.

Alí asintió.

—No, por supuesto que no. Tienes razón. —Intentó apartar de la cabeza la horripilante idea de que el Flagelo de Qui-zi pudiera haber sido liberado después de siglos de esclavitud y ahora buscara vengar con sangre a los Nahid asesinados—. Entonces, ¿por qué me has traído aquí, Dhiru?

—Para poner en orden tus prioridades. Para recordarte quién es nuestro verdadero enemigo. —Muntadhir señaló los restos de los Nahid dispuestos a su alrededor—. Nunca has conocido a un Nahid, Alí. Nunca viste a Manizheh chasquear los dedos y partirle los huesos a un hombre desde la otra punta de una habitación.

—No importa. Están muertos de todos modos.

—Pero los daeva, no —replicó Muntadhir—. ¿Qué es lo peor que puede pasarle a esos niños por los que estabas tan preocupado antes? ¿Crecer pensando que son puros de sangre? —Muntadhir negó con la cabeza—. El Consejo Nahid los habría quemado vivos. Diablos, probablemente la mitad de los daeva todavía piensen que es una buena idea. Abba camina por la fina línea que los separa. Nosotros somos neutrales. Es lo único que ha mantenido la paz en la ciudad. —Bajó la voz—. Tú no eres neutral. La gente que piensa y habla como tú es peligrosa. Y abba no se toma a la ligera las amenazas contra su ciudad.

Alí se apoyó en el sarcófago de piedra y, recordando lo que contenía, se enderezó rápidamente.

—¿Qué tratas de decirme?

Su hermano le miró.

—Hoy va a pasar algo, Alizayd. Algo que no te va a gustar. Y quiero que me prometas que no vas a reaccionar de forma estúpida.

La letal admonición que detectó en la voz de Muntadhir lo tomó por sorpresa.

—¿Qué va a pasar?

Muntadhir negó con la cabeza.

—No puedo decírtelo.

—Entonces, ¿cómo esperas que...?

—Lo único que te pido es que dejes que abba haga lo que tenga que hacer para mantener la paz en la ciudad. —Muntadhir le dirigió una mirada sombría—. Sé que estás tramando algo con los shafit, Zaydi. No sé exactamente qué es ni quiero saberlo. Pero se ha acabado. A partir de hoy.

A Alí se le secó la boca. Se esforzó por encontrar una respuesta.

—Dhiru...

Muntadhir lo silenció.

—No, akhi. No hay discusión que valga. Soy tu emir, tu hermano mayor, y te lo digo claramente: aléjate de los shafit. Zaydi..., mírame. —Agarró a Alí por los hombros y lo obligó a mirarlo a los ojos. Estaban llenos de preocupación—. Por favor, akhi. De otro modo, no voy a poder protegerte.

Alí respiró entrecortadamente. A solas con su hermano mayor, la persona a la que admiraba desde hacía años, a quien había jurado proteger con su vida y servir como caíd; Alí sintió que el terror y la culpa acumulada de las últimas semanas, la ansiedad que pesaba sobre él como una armadura, finalmente cedía.

Para desmoronarse a continuación.

—Lo siento mucho, Dhiru. —Se le quebró la voz y parpadeó para contener las lágrimas—. Nunca he pretendido que nada de esto...

Muntadhir lo abrazó.

—No pasa nada. Mira..., demuestra tu lealtad a partir de ahora y te prometo que cuando sea rey, escucharé lo que tienes que decir sobre los mestizos. No quiero hacer daño a los shafit. De hecho, creo que abba a veces es demasiado duro con ellos. Y te conozco, Alí. A ti y tu mente activa, tu obsesión por los hechos y las cifras. —Le dio un golpecito en la sien—. Sospecho que hay algunas buenas ideas detrás de tu propensión a tomar decisiones precipitadas y equivocadas.

Alí dudó. *No desperdicies esta oportunidad.* Siempre tenía presente la última orden de Anas y, cuando cerraba los ojos, Alí aún podía ver el orfanato en ruinas, aún podía oír la tos trémula del niño.

Pero no puedes salvarlos solo. ¿Acaso aquel hermano a quien quería y en quien confiaba, el hombre que algún día detentaría el poder real, no sería mejor socio que las facciones enfrentadas del Tanzeem?

Alí asintió. Y luego, con una voz que reverberó en la caverna, dijo:

—Sí, mi emir.

15

NAHRI

Nahri echó la vista atrás, pero el barco ya se alejaba con su capitán cantando mientras regresaba al lago abierto. Respiró hondo y siguió a Dara y a los mercaderes ayaanle hacia las enormes puertas de la muralla de bronce flanqueadas por dos estatuas de leones alados. Los muelles estaban desiertos y en mal estado. Se abrió paso con cuidado entre los monumentos en ruinas. Un halcón gris los observaba desde lo alto de una de las estatuas.

—Este lugar se parece a Hierápolis —susurró. La decadencia y el silencio sepulcral hacían difícil creer que hubiera una bulliciosa ciudad al otro lado de los altos muros de bronce.

Dara echó una mirada consternada a un muelle derruido.

—En mi época era mucho más impresionante —convino—. Los geziri nunca fueron muy refinados. Dudo mucho que se preocupen por su mantenimiento. —Bajó la voz antes de continuar—: Y no creo que haya demasiada actividad en los muelles. Hace años que no veo a otro daeva; supongo que, tras la aniquilación de los Nahid, la gente tuvo miedo de viajar. —Esbozó una tímida sonrisa—. Quizás ahora eso cambie.

Nahri no le devolvió el gesto. La idea de que su mera presencia allí podría volver a impulsar el comercio era desalentadora.

Las pesadas puertas de hierro se abrieron cuando el grupo se aproximaba. Unos cuantos hombres se arremolinaban en la entrada;

por su aspecto, Nahri supuso que eran soldados. Todos llevaban fajas blancas que les llegaban a la pantorrilla, túnicas negras sin mangas y turbantes de color gris oscuro. Tenían el mismo tono de piel moreno y la misma barba negra que el capitán del barco. Nahri vio que uno de ellos saludaba con la cabeza a los mercaderes y les indicaba que podían entrar.

—¿Son geziri? —preguntó sin apartar la vista de las largas lanzas que portaban dos de ellos. Los extremos en forma de guadaña desprendían un brillo cobrizo.

—Sí. La Guardia Real. —Dara respiró hondo y, por mero reflejo, se tocó la marca cubierta de barro en la sien—. Vamos.

Los guardias estaban ocupados con los comerciantes; hurgaban entre las tabletas de sal y registraban los pergaminos con los labios fruncidos. Un guardia se giró en su dirección y su mirada gris plomo se detuvo brevemente en el rostro de Nahri.

—¿Peregrinos? —les preguntó con aire aburrido.

Dara mantuvo la mirada baja.

—Sí. De Sarq…

El guardia le indicó que siguiera adelante.

—Pasad —dijo en tono distraído, y estuvo a punto de chocar con Nahri al darse la vuelta para ir a ayudar a sus compañeros con los sufridos comerciantes de sal.

Nahri parpadeó, sorprendida por lo fácil que había sido.

—Vamos —le susurró Dara mientras tiraba de ella—. Antes de que cambien de opinión.

Se deslizaron por las puertas abiertas.

Cuando sintió toda la fuerza de la ciudad sobre ella, Nahri se dio cuenta de que las murallas debían de contener el sonido tanto como la magia, pues se encontraban en el lugar más ruidoso y caótico que hubiera visto jamás, rodeados de oleadas de gente que se desplazaba a empujones.

Nahri trató de asomarse por encima de las cabezas para echar un vistazo a la calle abarrotada.

—¿Dónde estamos?

Dara miró a su alrededor.

—En el Gran Bazar, creo. El nuestro también estaba aquí.

¿Bazar? Contempló la frenética escena que se desarrollaba a su alrededor con semblante escéptico. En El Cairo también había bazares, pero aquello más bien parecía un cruce entre un disturbio y el hach. Lo que más le asombró no fue el número de personas, sino la variedad. Los djinn de sangre pura caminaban entre la multitud. Su extraña y efímera elegancia resaltaba entre la mayoría de los shafit de aspecto más humano. Los atuendos eran salvajes; literalmente. Vio pasar a un hombre con una enorme pitón sobre los hombros como si se tratase de una mascota satisfecha. La gente vestía túnicas de brillantes tonos cúrcuma y vestidos que parecían sábanas enrolladas sujetos con caracolas y dientes afilados. Vio tocados con piedras preciosas y pelucas de metales trenzados. Capas de brillantes plumas y al menos una túnica que parecía un cocodrilo desollado, con la boca dentada apoyada en el hombro de su portador. Estuvo a punto de topar con un hombre enjuto con una poblada barba humeante. Una joven que portaba una cesta pasó por su lado y le dio un golpe en la cadera. La chica lanzó una breve mirada atrás para examinar a Dara de arriba abajo. Un brillo de irritación iluminó los ojos de Nahri y una de las largas trenzas negras de la joven dejó escapar un siseo como si se tratase de una serpiente. Nahri dio un respingo.

Dara, mientras tanto, parecía sencillamente irritado. Observaba la bulliciosa muchedumbre con obvio desagrado y emitió un resoplido de insatisfacción ante la calle embarrada.

—Ven —dijo, y tironeó de ella—. Llamaremos la atención si nos quedamos aquí en medio con la boca abierta.

Sin embargo, Nahri continuó anonadada mientras se abrían paso a través de la multitud. La calle de piedra era ancha, bordeada por docenas de puestos de mercado y edificios dispuestos erráticamente. Un vertiginoso laberinto de callejones cubiertos serpenteaban desde la avenida principal, repletos de apestosos montones de basura en descomposición y cajas apiladas. El aire olía a carbón y a los aromas que salían de las cocinas. Los djinn gritaban y chismorreaban a su alrededor; los vendedores anunciaban sus mercancías mientras los clientes regateaban.

Nahri no pudo identificar ni la mitad de los productos a la venta. Peludos melones púrpura se removían y temblaban junto a naranjas comunes y oscuras cerezas, mientras que pepitas negras y grandes como puños se apilaban entre los anacardos y los pistachos. Rollos de pétalos de rosa prensados perfumaban el aire entre los de seda estampada y los de resistente muselina. Un vendedor de joyas sacudió muy cerca de la cara de Nahri un par de pendientes con unos ojos de cristal pintado que parecieron hacerle un guiño. Una robusta mujer con un chador púrpura brillante vertía un humeante líquido blanco en diversos braseros, y un niño pelirrojo intentaba sacar a un pájaro dorado del doble de su tamaño de una jaula de ratán. Nahri se alejó, nerviosa; ya estaba harta de pájaros gigantes.

—¿Dónde está el Gran Templo? —preguntó mientras esquivaba un charco de agua iridiscente.

Antes de que Dara pudiera responder, un hombre salió de entre la multitud y se plantó frente a ellos. Iba vestido con unos pantalones y una ceñida túnica carmesí que le llegaba a las rodillas. Sobre la cabellera negra llevaba una gorra plana a juego.

—Que los fuegos ardan con fuerza en vuestro honor —les saludó en divasti—. ¿He oído que preguntabais por el Gran Templo? Sois peregrinos, ¿verdad? ¿Estáis aquí para rezar por la gloria de nuestros queridos y difuntos Nahid?

Era tan obvio que se había aprendido de memoria aquellas floridas palabras que Nahri no pudo evitar una sonrisa de reconocimiento. Otro timador como ella. Lo observó con detenimiento y se fijó en sus ojos negros y en sus afilados pómulos morenos. Iba bien afeitado a excepción de un cuidado bigote azabache. Un estafador daeva.

—Puedo llevaros al Gran Templo —siguió diciendo—. Mi primo tiene una pequeña taberna, con habitaciones a muy buen precio.

Dara pasó por su lado y lo apartó de un empujón.

—Conozco el camino.

—Pero aun así necesitaréis alojamiento —insistió el hombre mientras los seguía—. Los peregrinos que vienen del campo no saben lo peligroso que puede llegar a ser Daevabad.

—Ah, y apuesto a que le sacas una buena tajada a ese primo tuyo con precios muy justos —dijo Nahri con complicidad.

La sonrisa del hombre se desvaneció.

—¿Trabajas para Gushnap? —Volvió a plantarse delante de ellos, se enderezó y agitó un dedo ante el rostro de Nahri—. Se lo dejé claro, este es mi territorio y… ¡ah!

El tipo soltó un chillido cuando Dara lo agarró por el cuello y lo apartó de Nahri.

—Suéltalo —siseó ella.

Pero el daeva ya había visto la marca oculta por el barro en la mejilla de Dara, que lo levantó del suelo. El tipo palideció y soltó un chillido ahogado.

—*Dara*. —Nahri sintió una brusca punzada detrás de las orejas. Alguien los estaba observando. Se enderezó bruscamente y miró por encima del hombro.

Sus ojos se encontraron con la mirada gris preñada de curiosidad de un djinn al otro lado de la calle. Parecía geziri y, pese a que iba vestido de manera informal, con turbante y una sencilla túnica gris, no le gustó la postura que adoptaba. Mientras ella lo observaba, el hombre se volvió hacia un puesto cercano y fingió que echaba un vistazo al género allí expuesto.

Fue entonces cuando Nahri se dio cuenta de que la multitud en el bazar disminuía. Algunos rostros nerviosos desaparecieron por los callejones contiguos y un comerciante de cobre cerró de golpe la mosquitera metálica de su local.

Nahri frunció el ceño. Había presenciado suficiente violencia en su vida: las luchas de poder entre las facciones otomanas y la invasión francesa. Sabía reconocer la calma tensa que se apoderaba de una ciudad antes de que estallara la tormenta. Se cerraron ventanas y se aseguraron puertas. Una mujer gritó a un par de niños distraídos y un anciano cojeó callejón abajo.

Detrás de ella, Dara amenazaba con arrancarle los pulmones al estafador si volvía a verlo. Nahri le tocó el hombro.

—Tenemos que…

Su advertencia se vio interrumpida por un repentino estruendo. En la avenida, un soldado golpeó con una hoz una serie de címbalos de bronce que colgaban de dos tejados opuestos.

—Toque de queda —gritó.

Dara soltó al buscavidas, que salió corriendo.

—¿Toque de queda?

Nahri sintió la tensión de la multitud que aún quedaba en las calles con cada latido acelerado de su corazón. *Aquí pasa algo de lo que no sabemos nada.* Echó un rápido vistazo y vio que el geziri que los había estado espiando había desaparecido.

Agarró la mano de Dara.

—Vámonos.

Mientras se apresuraban por las calles del bazar desierto, Nahri captó algunos murmullos.

—Es lo que dice la gente…, secuestrada en plena noche de su lecho matrimonial…

— … reunidos en el midán…, solo el Altísimo sabe lo que piensan que van a conseguir…

—A los daeva no les importa —oyó que decía alguien—. Los adoradores del fuego consiguen lo que quieren. Siempre pasa lo mismo.

Dara le aferró la mano con más fuerza y tiró de ella a través de la multitud. Cruzaron una alta puerta ornamental y se adentraron en una gran plaza rodeada de paredes de cobre que el tiempo había tornado verdes. Aunque había menos gente que en el bazar, un centenar de djinn se paseaba alrededor de la sencilla fuente de mármol blanco y negro que había en el centro de la plaza.

A pesar de que el enorme arco bajo el que habían pasado carecía de adornos, las otras seis puertas más pequeñas que daban a la plaza estaban decoradas con estilos muy distintos. Algunos djinn, mucho mejor vestidos y de aspecto más próspero que los shafit del bazar, desaparecían a través de ellas. Un par de niños pelirrojos jugaban a perseguirse a través de una puerta de columnas estriadas y parras serpenteantes. Un alto ayaanle pasó por su lado en dirección a una puerta circundada por dos estrechas pirámides tachonadas.

Seis puertas para seis tribus, compendió de repente, y otra que desembocaba en el bazar. Dara la empujó hacia la que quedaba justo al otro lado de la plaza. La Puerta Daeva estaba pintada de azul cielo y dos estatuas de bronce en forma de leones alados la mantenían abierta. La vigilaba un único guardia geziri que empuñaba una hoz cobriza mientras intentaba guiar a la nerviosa multitud.

Se acercaron a la fuente y una voz airada llamó su atención.

—¿Y qué conseguís por defender a los fieles, por ayudar a los necesitados y oprimidos? ¡La muerte! ¡Una muerte espantosa mientras nuestro rey se esconde tras las faldas del gran visir, ese adorador del fuego!

Un djinn vestido con una sucia túnica marrón y un turbante blanco manchado de sudor se había encaramado a la fuente y gritaba a un grupo cada vez más numeroso de hombres reunidos en la base. Hizo un gesto airado hacia la Puerta Daeva.

—¡Mirad, hermanos! —continuó—. ¡Incluso ahora reciben favores, custodiados por los propios soldados del rey! Y eso que acaban de llevarse a una inocente recién casada del lecho de su piadoso marido…, una mujer cuyo único crimen fue abandonar el culto supersticioso de su familia. ¿Es eso justo?

La multitud que esperaba para entrar en el barrio daeva rodeaba la fuente. Los dos grupos se mantenían separados y se lanzaban miradas recelosas, pero Nahri vio a un joven daeva que parecía especialmente molesto.

—¡Sí que lo es! —replicó el joven en voz alta—. Esta es nuestra ciudad. ¿Por qué no dejas en paz a nuestras mujeres y vuelves arrastrándote al cuchitril humano del que procede tu sucia sangre?

—¿Sangre sucia? ¿Es eso lo que crees que soy? —dijo el hombre encaramado a la fuente. Trepó a un bloque más alto para que la multitud pudiera verlo mejor. Sin esperar respuesta, sacó un largo cuchillo de su cinturón y se cortó la muñeca con él. Varias personas soltaron un jadeo cuando la sangre negra del hombre empezó a gotear y chisporrotear—. ¿Esto os parece sucio? Pasé a través del velo. ¡Soy tan djinn como tú!

El joven daeva ni se inmutó. Todo lo contrario, se acercó a la fuente con la ira hirviendo en sus oscuros ojos negros.

—Esa asquerosa palabra humana no significa nada para mí —le espetó—. Esto es Daevabad. Los que se hacen llamar djinn no tienen cabida aquí. Ni tampoco sus engendros shafit.

Nahri se acercó aún más a Dara.

—Parece que tienes un amigo —murmuró en tono sombrío. Dara frunció el ceño pero no dijo nada.

—¡Tu gente es una enfermedad! —gritó el shafit—. ¡Un banda degenerada de esclavistas que siguen adorando a una familia de asesinos!

Dara siseó, los dedos con los que sujetaba la muñeca de Nahri estaban cada vez más ardientes.

—No lo hagas —le susurró ella—. Sigue caminando.

No obstante, el insulto había enfurecido a la multitud daeva que quedaba en la plaza. Cada vez eran más los que se volvían hacia la fuente. Un anciano de pelo blanco levantó un garrote de hierro.

—¡Los Nahid eran los elegidos de Salomón! ¡Los Qahtani no son más que moscas de la arena geziri, sucios bárbaros que hablan la lengua de las serpientes!

El shafit abrió la boca para responder pero se detuvo para llevarse una mano a la oreja.

—¿Oís eso? —Sonrió y la multitud se calló. A lo lejos, Nahri oyó cánticos procedentes del bazar. El suelo empezó a temblar con el golpeteo de pies de una multitud cada vez mayor de manifestantes.

Los daeva empezaron a retroceder, nerviosos, y el hombre se echó a reír. Aparentemente, la amenaza de una turba fue suficiente para convencerlos de que debían huir.

—¡Corred! ¡Id a apiñaros en vuestros altares de fuego y rogad a vuestros muertos Nahid que os salven! —Más hombres airados entraron en la plaza. Aunque Nahri no vio muchas espadas, había suficientes cuchillos de cocina y muebles rotos para alarmarla.

—¡Esta será vuestra hora de la verdad! —gritó el hombre—. ¡Destrozaremos vuestras casas hasta encontrar a la joven! ¡Hasta encontrar y liberar a todos los piadosos esclavos a manos de los infieles!

Nahri y Dara fueron los últimos en cruzar la puerta. Dara se aseguró de que Nahri estuviera más allá de los leones de bronce antes de detenerse a hablar con el guardia geziri.

—¿No has oído? —dijo señalando la creciente multitud—. ¡Cierra la puerta!

—No puedo —respondió el soldado. Parecía joven, su barba poco más que pelusa negra. Tragó saliva con aire inquieto mientras sujetaba la hoz—. Estas puertas nunca se cierran. Va contra la ley. Además, llegan refuerzos. No hay de qué preocuparse.

Nahri no compartía su optimismo. Cuando los cánticos se hicieron más notorios, el soldado abrió los ojos grises de par en par. Aunque no podía oír al djinn instigador por encima de los gritos de la muchedumbre, le vio gesticular a los hombres reunidos a sus pies. El tipo señaló desafiante la Puerta Daeva y un clamor recorrió la plaza.

A Nahri se le aceleró el corazón. Hombres y mujeres daeva, tanto jóvenes como viejos, se precipitaron por las cuidadas calles del barrio y desaparecieron en el interior de los edificios de piedra que los rodeaban. Una docena de hombres se afanaba por sellar rápidamente puertas y ventanas con las manos desnudas, las cuales habían adoptado el brillante color carmesí de las herramientas de un herrero. Sin embargo, solo habían conseguido sellar aproximadamente la mitad de los edificios y el gentío ya se aproximaba. Calle abajo, un niño pequeño gemía mientras su madre golpeaba desesperadamente una puerta cerrada.

El rostro de Dara se endureció. Antes de que Nahri pudiera reaccionar, le arrebató la hoz al soldado geziri y lo tiró al suelo de un empujón.

—Perro inútil. —Dara intentó cerrar las puertas y, cuando estas no se movieron, dejó escapar un suspiro más irritado que preocupado. Se volvió hacia la multitud.

Nahri se asustó.

—Dara, no creo…

Él hizo caso omiso y cruzó la plaza en dirección a la muchedumbre mientras giraba la hoz entre las manos como si quisiera comprobar su peso. Con el resto de los daeva detrás de la puerta, estaba solo. Un hombre contra un centenar. A la multitud debió de parecerle un espectáculo divertido; Nahri alcanzó a ver algunos rostros perplejos y escuchó algunas risas dispersas.

El shafit bajó de la fuente con una sonrisa pintada en el rostro.

—¿Es posible que haya al menos un adorador del fuego con algo de valor?

Dara se cubrió los ojos con una mano mientras que, con la otra, apuntaba con la hoz hacia la masa.

—Dile a esta chusma que se vaya a casa. Nadie va a destruir ningún hogar daeva esta noche.

—Tenemos motivos —insistió el hombre—. Tu gente robó a una mujer conversa.

—Volved a casa —repitió Dara. Sin esperar una respuesta, regresó hacia la puerta. Al lado de Nahri, uno de los leones alados pareció estremecerse. Ella se sobresaltó, pero cuando echó un vistazo, la estatua continuaba inmóvil.

—¿O qué? —El shafit empezó a caminar en dirección a Dara.

Todavía de espaldas a la multitud, Dara miró a Nahri mientras se quitaba el turbante que le cubría parcialmente la cara.

—Atrás, Nahri —dijo mientras se limpiaba el barro que ocultaba el tatuaje—. Yo me encargo de esto.

—¿Cómo que tú te encargas? —Nahri habló en voz baja pese a que la ansiedad empezaba a dominarla—. ¿No has oído al guardia? Vienen soldados.

Dara sacudió la cabeza.

—Pero aún no están aquí. He presenciado la muerte de suficientes daeva en mi vida.

Se volvió hacia la muchedumbre.

Nahri oyó algunos susurros de incredulidad provenientes de los hombres que tenía más cerca, pero los murmullos no tardaron en extenderse por la plaza.

El shafit soltó una carcajada.

—Oh, pobre desgraciado, ¿se puede saber qué te has hecho en la cara? ¿Crees que eres un Afshín?

Un hombre corpulento que le sacaba dos cabezas a Dara enfundado en un delantal de herrero dio un paso al frente.

—Tiene ojos de esclavo —dijo en tono desdeñoso y alzó un martillo de hierro—. Obviamente está trastornado. ¿Quién en su sano juicio querría ser uno de esos demonios? Apártate, necio, o serás el primero en caer. Esclavo o no, sigues siendo solo un hombre.

—Solo un hombre, ¿verdad? Gracias por compartir tus preocupaciones. Tal vez deberíamos igualar las fuerzas.

Dara hizo un gesto hacia la puerta.

Lo primero que pensó Nahri fue que le estaba indicando que se acercara. Aunque resultaba halagador, era una estimación errónea de sus habilidades. Pero entonces el león de bronce que tenía a su lado se sacudió.

Nahri retrocedió cuando la estatua se estiró y arqueó la espalda como un gato doméstico, con un chirrido metálico. La otra estatua sacudió las alas, abrió la boca y soltó un rugido.

Aunque Nahri no imaginaba que algo pudiera rivalizar con el terrorífico aullido de la serpiente de río del marid, aquel rugido se acercaba bastante. El primer león le gruñó a su compañero con idéntica ferocidad, un horrible bramido que, mezclado con el crujido de la piedra, hizo que Nahri se estremeciera hasta la médula. La estatua eructó un penacho de humo ardiente, como si tosiera una bola de pelo, y luego caminó hasta Dara con una gracia sinuosa que contrastaba enormemente con su forma metálica.

A juzgar por los gritos de la muchedumbre, Nahri supuso que ver leones alados animados que escupen llamas no era algo habitual en el mundo de los djinn. Aproximadamente la mitad de ellos corrió hacia las salidas, pero el resto enarboló las armas, más decididos que nunca.

No hizo así el shafit, que parecía totalmente desconcertado. Dirigió a Dara una mirada inquisitiva.

—No... lo entiendo —balbuceó mientras el suelo empezó a retumbar bajo sus pies—. ¿Trabajas con...?

El herrero shafit ni se inmutó. Levantó el martillo de hierro por encima de la cabeza y embistió.

Dara apenas había elevado la hoz cuando una flecha se clavó en el pecho del herrero, seguida rápidamente por otra que le desgarró la garganta. Sorprendida, Dara miró hacia atrás mientras el sonido de trompetas llenaba el aire a su alrededor.

Una enorme bestia emergió de la puerta que conducía al bazar. Tenía el doble de tamaño que un caballo, con unas patas grises tan gruesas como troncos de árbol. La criatura agitó un par de orejas en forma de abanico y levantó su larga trompa para soltar otro bramido furioso. Un elefante, se dio cuenta Nahri. Había visto uno una vez, en una finca privada que había entrado a robar.

El jinete montado sobre el elefante agachó la cabeza para pasar bajo la puerta. En las manos llevaba un largo arco de plata. El arquero contempló con frialdad el caos que se desarrollaba en la plaza. Parecía tener su edad, aunque eso tampoco significaba mucho para los djinn; Dara podía pasar por un hombre de unos treinta años pese a ser más viejo que su civilización. El jinete también parecía daeva; tenía los ojos y el pelo ondulado tan negros como los de ella, pero llevaba el mismo uniforme que los soldados geziri.

Montaba el elefante con destreza, las piernas apoyadas en una silla de tela, y se balanceaba con los movimientos del animal. Nahri vio que se sobresaltaba ante la visión de las estatuas animadas. Volvió a levantar el arco sin vacilar, aunque probablemente comprendió que las flechas no eran muy útiles contra las bestias de bronce.

Más soldados aparecieron por las otras puertas y empujaron hacia atrás a la muchedumbre que huía, desplegándose para impedir que nadie escapara. Vio el brillo de una espada cobriza antes de oír que alguien gritaba.

Tres soldados geziri avanzaron hacia Dara. El que estaba más cerca desenfundó su arma y uno de los leones se abalanzó sobre él, gruñendo mientras azotaba una cola metálica en el aire.

—¡Alto! —Era el arquero. Desmontó rápidamente del elefante y se posó con gracia en el suelo—. Es un esclavo, necios. Dejadlo en paz. —Entregó el arco a otro hombre y levantó las manos mientras se acercaba a ellos—. Por favor —dijo en divasti—. No pretendo hacerte daño...

Sus ojos se clavaron en la marca de la sien de Dara. Emitió un sonido ahogado de sorpresa.

Dara no parecía tan impresionado. Estudió al arquero con ojos brillantes, desde el turbante gris hasta las sandalias de cuero, y después puso cara de haberse bebido una jarra entera de vino agrio.

—¿Quién eres tú?

—Me… me llamo Jamshid —dijo el arquero en un susurro de incredulidad—. Jamshid e-Pramukh. Soy capitán… —tartamudeó. Su mirada osciló entre el rostro de Dara y los leones que retozaban cerca de Nahri—. ¿Eres…, es decir…, no es…? —Negó con la cabeza—. Creo que debería llevarte ante la presencia de mi rey.

Miró a Nahri por primera vez.

—Tu…, eh…, compañera —decidió— puede acompañarte también, si lo deseas.

Dara retorció la hoz entre las manos.

—Y si deseara…

Nahri le dio un fuerte pisotón antes de que dijera una estupidez. Los otros soldados estaban ocupados distribuyendo a la multitud, separando a los hombres de las mujeres y los niños, aunque Nahri vio que empujaban a unos chicos muy jóvenes contra la misma pared que a los hombres. Varios lloraban y unos cuantos rezaban, postrados. La escena le resultó tan familiar que tuvo que mirar hacia otro lado. Aunque no estaba segura de lo que entendían por justicia en Daevabad, ni cómo castigaba el rey a aquellos que le insultaban y amenazaban a otra tribu, por las miradas perdidas de los hombres que estaban siendo detenidos, se lo podía imaginar.

Y no quería correr el mismo destino. Miró a Jamshid con una cortés sonrisa a través del velo.

—Muchas gracias por la invitación, capitán Pramukh. Será un honor conocer a tu rey.

—La tela es demasiado gruesa —se quejó Nahri. Volvió a sentarse y dejó caer la cortina con un suspiro frustrado—. No veo nada. —Mientras hablaba, el palanquín que les habían enviado se tambaleaba hacia adelante y atrás hasta adoptar un ángulo incómodo que estuvo a punto de proyectarla sobre el regazo de Dara.

—Estamos subiendo por la colina que conduce al palacio —le dijo Dara en voz baja mientras hacía girar su daga entre las manos y miraba fijamente la hoja de hierro con ojos brillantes.

—¿Puedes guardarla? Hay decenas de soldados armados. ¿Qué pretendes hacer con eso?

—Me están entregando a mi enemigo en una caja laqueada —Dara agitó las floreadas cortinas con la daga—. Prefiero ir armado.

—¿No dijiste que tratar con los djinn era preferible a morir ahogado a manos de los demonios del río?

Dara le lanzó una mirada sombría y continuó haciendo girar el cuchillo entre los dedos.

—Ver a un daeva vestido como ellos... sirviendo a ese usurpador...

—No es ningún usurpador, Dara. Y Jamshid te ha salvado la vida.

—No me ha salvado la vida —replicó Dara, ofendido por la sugerencia—. Me ha impedido silenciar para siempre a ese desgraciado.

Nahri dejó escapar un susurro exasperado.

—¿Y cómo va a ayudarnos asesinar a uno de los súbditos del rey en nuestro primer día en Daevabad? —le preguntó ella—. Estamos aquí para hacer las paces con esta gente, además de para encontrar refugio de los ifrit, ¿recuerdas?

Dara puso los ojos en blanco.

—Está bien —dijo con un suspiro mientras seguía jugueteando con la daga—. Pero lo cierto es que no pretendía hacer nada con los shedu.

—¿Los qué?

—Los shedu, los leones alados. Simplemente quería que bloquearan la puerta, pero...

Frunció el ceño, preocupado, y añadió:

—Nahri, me he sentido extraño desde que entramos en la ciudad. Casi como...

El carruaje se detuvo y Dara no terminó la frase. Las cortinas se abrieron de golpe y tras ellas apareció Jamshid e-Pramukh.

Nahri bajó de la litera, asombrada por el espectáculo que tenía delante.

—¿Ese es el palacio?

Tenía que serlo; no podía imaginar qué otro edificio podría ser tan enorme. Asentado pesadamente en una colina pedregosa por encima de la ciudad, el palacio de Daevabad era un formidable edificio de mármol tan grande que bloqueaba parte del cielo. No era especialmente bonito; el edificio principal era un simple zigurat de seis niveles. Sin embargo, distinguió la silueta de dos delicados minaretes y una brillante cúpula dorada que asomaba más allá de la muralla de mármol, lo que prometía más maravillas al otro lado.

En los muros del palacio había un par de puertas doradas, iluminadas por antorchas. No..., no eran antorchas, sino otros dos leones alados..., dos shedu, los había llamado Dara..., y el fuego brotaba de sus fauces de bronce. Tenían las alas rígidas sobre los hombros, y Nahri de pronto los reconoció. El ala tatuada que Dara llevaba en la mejilla, cruzada con la flecha. El símbolo Afshín, la marca de servicio a la que una vez había sido la familia real Nahid.

Mi familia. Nahri se estremeció pese a que la brisa era agradable.

Al pasar junto a las antorchas, Dara se inclinó repentinamente para susurrarle al oído:

—Nahri, tal vez sea mejor que no des muchos detalles de tu pasado.

—¿Quieres decir que no le cuente a mi ancestral enemigo que soy una ladrona mentirosa?

Dara inclinó la cabeza para pegarla a la suya mientras seguía mirando al frente. Su olor ahumado la envolvió y notó un cosquilleo en el estómago.

—Di que la familia de la niña Baseema te encontró en el río cuando eras pequeña —le sugirió—. Que trabajaste de criada para ellos. Di que intentaste mantener ocultas tus habilidades y que estabas jugando y cantando con Baseema cuando me conjuraste por accidente.

Nahri le dirigió una mirada mordaz.

—¿Y el resto?

Una de sus manos encontró la de Nahri y le dio un suave apretón.

—La verdad —dijo en voz baja—. Hasta donde sea posible. No sé qué otra cosa podemos hacer.

Se le aceleró el corazón al entrar en un enorme jardín. Senderos de mármol recorrían el soleado césped a la sombra de cuidados árboles. Una brisa fresca transportaba el aroma de las rosas y los azahares. Delicadas fuentes gorgoteaban cerca, moteadas por hojas y pétalos de flores. El dulce trino de los pájaros cantores llenaba el aire, junto a la melodía de un laúd lejano.

A medida que se acercaban, Nahri vio que el primer nivel del enorme zigurat estaba abierto por un lado y que cuatro hileras de gruesas columnas sostenían el techo. Había fuentes llenas de flores incrustadas en el suelo, y el suelo de mármol era casi blando, tal vez desgastado por milenios de pisadas. Era de un verde que se asemejaba a la hierba, trasladando el jardín al interior del edificio.

Aunque el espacio parecía lo bastante grande como para albergar a miles de personas, Nahri calculó que habría menos de doscientos hombres, reunidos en torno a una plataforma escalonada hecha del mismo mármol que el suelo. Se elevaba aproximadamente en el centro de la sala y su nivel más alto se unía a la pared frente al jardín.

La mirada de Nahri se posó de inmediato en la figura que tenía delante. El rey de los djinn descansaba en un trono brillante, adornado con joyas e intrincada mampostería, y su piel morena y bronceada irradiaba poder. Sus ropajes de ébano humeaban y se arremolinaban a sus pies, y un hermoso turbante de seda azul, púrpura y dorada, le coronaba la cabeza. No obstante, a juzgar por el modo en que todos los presentes inclinaban la cabeza en señal de deferencia, el rey no necesitaba vestimentas caras ni trono alguno para demostrar quién gobernaba allí.

Tenía aspecto de haber sido apuesto en el pasado, pero la barba canosa y la tripa que asomaba bajo los oscuros ropajes daban fe de su edad. Sin embargo, el rostro seguía siendo afilado como el de un halcón, y los ojos eran del color del acero, brillantes y alertas.

Intimidante. Nahri tragó saliva y apartó la mirada para estudiar al resto de los presentes. Aparte de un séquito de guardias, había otros tres hombres en los niveles superiores de la plataforma de mármol. El primero era mayor, y tenía los hombros encorvados. Parecía daeva; una oscura línea de carbón le cruzaba la frente morena.

En la siguiente plataforma había otros dos djinn. Uno estaba sentado en un cómodo almohadón e iba vestido igual que el rey, el negro cabello rizado despeinado y las mejillas ligeramente sonrojadas. Se frotaba la barba y pasaba los dedos distraídamente por el borde de una copa de bronce. Era apuesto, con un aire relajado que Nahri sabía que era habitual entre los ricos y perezosos. Guardaba un gran parecido con el rey. Su hijo, supuso; y se fijó en el pesado anillo de zafiro que llevaba en el dedo meñique. Un príncipe.

Detrás del príncipe había un hombre más joven, vestido de forma similar a los soldados, aunque el turbante que llevaba era de color carmesí en lugar de gris. Era alto, con una barba desaliñada y una expresión severa en un rostro escuálido. Pese a tener la misma piel luminosa y las mismas orejas puntiagudas típicas de los puros de sangre, no supo identificar a qué tribu pertenecía. Era casi tan moreno como los mercaderes ayaanle, pero sus ojos tenían el gris acerado de los geziri.

Nadie pareció reparar en ellos. Un par de hombres discutían en el nivel inferior y atraían la atención del rey. Finalmente, el monarca suspiró e hizo chasquear los dedos. Un sirviente descalzo le colocó una copa de vino en la mano extendida.

—… es un monopolio. Sé que más de una familia tukharistaní teje hilo de jade. No debería permitirse que se asociaran cada vez que venden a un comerciante agnivanshi.

Un hombre elegantemente vestido y de pelo largo y negro se cruzó de brazos. Llevaba un collar de perlas en el cuello y dos más alrededor de su muñeca derecha. Un pesado anillo de oro le brillaba en una mano.

—¿Y cómo sabes eso? —acusó el otro hombre. Era más alto y se parecía ligeramente a los eruditos chinos que Nahri había visto en El Cairo. Nahri pasó junto a Dara, interesada en echar una mirada más próxima a los dos hombres—. Admítelo: ¡estás enviando espías a Tukharistán!

El rey levantó una mano y los interrumpió.

—¿No acabo de tratar con vosotros dos? Por el Altísimo, ¿por qué seguís haciendo negocios? Seguro que hay otras…

El rey se interrumpió. La copa le resbaló de la mano mientras se levantaba. Se hizo añicos en el suelo de mármol y le salpicó la túnica. La sala quedó en silencio, pero él no pareció darse cuenta.

Clavaba los ojos en los de Nahri. Entonces, una sola palabra salió de sus labios, como una plegaria susurrada:

—¿Manizheh?

16
Nahri

asta la última cabeza de la enorme estancia se giró en dirección a Nahri. En los ojos de tonos metálicos de los djinn, ya fuera acero oscuro o cobre, oro o bronce; Nahri vio una mezcla de perplejidad y diversión, como si fuese objeto de una broma que aún no le habían explicado. Se oyeron algunas risitas disimuladas entre la multitud. El rey se alejó un paso del trono y el sonido de las risas se cortó de repente.

—Estás viva —susurró.

La cámara estaba tan sumida en el silencio que Nahri oyó la respiración profunda que dio el rey. Los pocos cortesanos que se interponían entre ella y el trono se apresuraron a retroceder.

El hombre que Nahri había supuesto que se trataba de un príncipe le dedicó al rey una mirada desconcertada, para luego observar a Nahri con ojos entornados, como si se tratase de un extraño tipo de insecto.

—Esa chica no es Manizheh, abba. Parece tan humana que ni siquiera debería haber podido atravesar el velo.

—¿Humana?

El rey descendió a la plataforma inferior. Mientras se acercaba a ella, un rayo de sol de las ventanas le cayó sobre el rostro. Al igual que Dara, tenía un tatuaje negro en la sien. En su caso se trataba de una estrella de ocho puntas. El borde del tatuaje tenía un leve fulgor humeante que pareció reaccionar a ella con un parpadeo.

La expresión en el rostro del rey pareció arrugarse.

—No…, no es Manizheh. —La contempló un instante más y frunció el ceño—. Pero ¿por qué dices que es humana? Parece una daeva pura de sangre.

Ah, ¿sí? Estaba claro que Nahri no era la única a quien confundía la convicción con la que hablaba el rey. La gente de atrás empezó a cuchichear, y el joven soldado del turbante carmesí atravesó la plataforma hasta situarse al lado del rey. Le puso una mano en el hombro, visiblemente preocupado.

—Abba… —El resto de sus palabras salieron en un siseo incomprensible en idioma geziriyya. Fueran cuales fueren, consiguieron desconcertar al rey.

¿Abba? ¿Sería aquel soldado otro de los hijos del rey?

—¡Ya le veo las orejas! —replicó el rey en djinnistaní, con tono enojado—. Pero ¿cómo va a ser una shafit?

Nahri vaciló, no muy segura de cómo reaccionar. ¿Estaba permitido dirigirse así como así al rey? Quizá tendría que hacer antes una reverencia, o bien…

De repente, el rey emitió un sonidito impaciente. Alzó las manos y el sello que llevaba en la frente se encendió con una llamarada.

Fue como si sacasen todo el aire de la estancia. Las antorchas de la pared se apagaron, las fuentes interrumpieron su suave borboteo y las banderas negras que colgaban tras el rey dejaron de ondear. Una oleada de debilidad y náuseas recorrió a Nahri, y sintió una aguda punzada en las varias partes del cuerpo que habían resultado magulladas el día anterior.

Dara, junto a ella, emitió un lamento estrangulado. Cayó de rodillas al tiempo que de su piel empezaban a desprenderse cenizas.

Nahri se dejó caer a su lado.

—¡Dara!

Le puso una mano en el brazo tembloroso, pero Dara no respondió. Tenía la piel fría y pálida, casi tanto como después del ataque del roc. Nahri se giró hacia el rey.

—¡Basta! ¡Le estáis haciendo daño!

Los hombres de la plataforma se quedaron tan pasmados como pasmado había estado el rey al verla. El príncipe soltó todo el aire de los pulmones, mientras que el daeva de más edad dio un paso al frente y se cubrió la boca con una mano.

—Bendito sea el Creador —dijo en divasti. Contempló a Nahri, desorbitados los ojos negros, el rostro prendido de una mezcla de algo parecido al miedo, la esperanza y el éxtasis, todo a la vez—. Eres... eres...

—No es una shafit —interrumpió el rey—. Ya os lo he dicho.

Dejó caer la mano y las antorchas volvieron a la vida. Dara, junto a Nahri, se estremeció.

El rey Qahtani no había apartado los ojos de ella en ningún momento.

—Un encantamiento —concluyó al fin, con los ojos desorbitados, maravillados—. Hay un encantamiento que te da apariencia humana. Jamás había oído nada parecido. ¿Quién eres?

Nahri ayudó a Dara a ponerse en pie. El afshín seguía pálido y parecía tener dificultades para recuperar el aliento.

—Me llamo Nahri —dijo con un esfuerzo para acabar de levantar a Dara—. Esa Manizheh a quien habéis mencionado..., creo... creo que soy su hija.

El rey se enderezó de pronto.

—¿Disculpa?

—Es una Nahid. —Dara no se había recuperado del todo. Habló con una voz que más bien era un grave gruñido. Varios de los cortesanos retrocedieron aún más.

—¿Una Nahid? —repitió el príncipe que aún seguía sentado por encima de los crecientes murmullos de sorpresa de la multitud. La incredulidad le preñaba la voz—. ¿Estás loco?

El rey despachó a los presentes con un gesto.

—Todos fuera, vamos.

No hizo falta que lo dijera dos veces. Nahri no sabía que tanta gente pudiese moverse tan rápido al unísono. Presa de un miedo silencioso, contempló cómo los cortesanos salían para ser reemplazados por más soldados. Una hilera de guardias, armados con aquellas extrañas espadas de cobre, se formó tras Dara y ella y les bloqueó la salida.

La mirada acerada del rey se apartó por fin del rostro de Nahri y cayó sobre Dara.

—Si ella es la hija de Banu Manizheh, ¿tú quién eres?

Dara se llevó un dedo a la marca que tenía en la sien.

—Soy su afshín.

El rey enarcó las cejas oscuras.

—Me lo vais a tener que contar todo desde el principio.

—Nada de todo esto tiene el menor sentido —afirmó el príncipe cuando Dara y Nahri acabaron de contar todo lo que les había sucedido—. Conspiraciones de ifrit, pájaros roc asesinos, el Gozán alzándose para aullar a la luna…, es un relato cautivador, sin duda…, que os granjearía a buen seguro un puesto en el gremio de actores.

El rey se encogió de hombros.

—No sé qué decirte. Las mejores historias siempre albergan como mínimo una pizca de verdad.

Dara se crispó por completo.

—¿Acaso no contáis con vuestros propios testigos de lo que sucedió en el Gozán? Estoy seguro de que tenéis exploradores por la zona, siervos que se encargan de vigilar que no se aproxime un ejército a vuestras puertas sin que lo sepáis.

—Me lo tomaré como un consejo profesional —replicó el rey en tono ligero. Se mantenía impasible—. En cualquier caso, es una historia notable. No hay duda de que esta chica se encuentra bajo algún tipo de maldición…, una maldición que la muestra como una shafit ante todos vosotros, aunque yo puedo ver claramente que es pura de sangre.

Escrutó a Nahri una vez más y una nota de emoción se le coló en la voz al decir:

—Y la verdad es que se parece a Banu Manizheh. Muchísimo.

—¿Y qué más da? —replicó el príncipe—. Abba, no creerás de verdad que Manizheh tenía una hija secreta, ¿verdad? Estamos hablando de Manizheh, la mujer que causaba llagas a los hombres que contemplaban su rostro durante demasiado tiempo.

Semejante habilidad le habría venido bien a Nahri en aquel momento. En apenas un día había sufrido el ataque de varias criaturas y ahora le quedaba poca paciencia para soportar las dudas del Qahtani.

—¿Queréis más pruebas de que soy una Nahid? —preguntó. Señaló la daga curva que llevaba el príncipe a la cintura—. Lanzadme esa daga y veréis cómo me curo ante vuestros ojos.

Dara se interpuso frente a ella. El aire mismo empezó a humear.

—Eso sería del todo desaconsejable.

El joven soldado, o príncipe, o lo que fuera; el que tenía la barba desaliñada y la expresión hostil, se acercó de inmediato al príncipe. Se llevó la mano a la empuñadura de la espada de cobre.

—Alizayd —advirtió el rey—. Basta. Y tú, afshín, haz el favor de calmarte. Lo creas o no, apuñalar a nuestros huéspedes no entra dentro de la hospitalidad de los geziri. Al menos hasta que nos presentan formalmente.

Le mostró a Nahri una sonrisa sardónica y se llevó una mano al pecho:

—Soy el rey Ghassán al Qahtani, como ya sabrás. Estos son mis hijos, el emir Muntadhir y el príncipe Alizayd. —Señaló al príncipe sentado y al joven espadachín de ceño fruncido. Acto seguido, hizo un gesto hacia el daeva de mayor edad—. Y este es mi gran visir, Kaveh e-Pramukh. Su hijo, Jamshid, fue quien os escoltó hasta el palacio.

Nahri se quedó sorprendida por la familiaridad entre aquellos nombres árabes, al igual que por el hecho de que dos daevas sirviesen tan abiertamente a la familia real. *Supongo que son buenas señales.*

—Que la paz sea con vosotros —dijo en tono cauto.

—Y que contigo sea la paz. —Ghassán abrió las manos—. Tendrás que perdonar nuestros recelos, mi señora. Es que mi hijo Muntadhir dice la verdad: Banu Manizheh no tuvo hijos, y murió hace veinte años.

Nahri frunció el ceño. No solía revelar información con facilidad, pero se moría por sacarles más datos a aquellos hombres.

—El ifrit dijo que trabajaban con ella.

—¿Que trabajaban con ella? —Por primera vez, Nahri atisbó un ápice de ira en la expresión de Ghassán—. Los ifrit fueron quienes la asesinaron, y además de bastante buena gana, al parecer.

A Nahri se le puso la piel de gallina.

—¿A qué os referís?

Fue el gran visir quien respondió:

—Los ifrit emboscaron a Banu Manizheh y a su hermano Rustam de camino a mis terrenos de Zariaspa. Yo mismo..., yo mismo estaba entre el grupo que encontró los restos de su comitiva. —Carraspeó—. Resultó imposible identificar la mayoría de los cuerpos, pero los dos Nahid...

Dejó morir la voz. Parecía a punto de echarse a llorar.

—Los ifrit habían ensartado las cabezas de ambos en picas —concluyó Ghassán en tono lúgubre. Alrededor del cuello empezaron a brotarle zarcillos de humo—. Y les metieron en la boca todas las reliquias de los esclavos djinn que llevaban consigo en la comitiva, como gesto de burla adicional. No me parece propio de quienes trabajan juntos.

Nahri retrocedió. No captó señal alguna de engaño en lo que decían aquellos hombres, al menos no en cuanto a la muerte de Menizheh. El gran visir parecía asqueado, mientras que los ojos grises del rey apenas eran capaces de contener el dolor y la rabia.

Qué poco me faltó para caer en las garras de los demonios que mataron a Menizheh. Nahri estaba conmocionada. Se preciaba de saber detectar las mentiras con facilidad, pero los ifrit casi la habían convencido. Supuso que Dara estaba en lo cierto: eran unos mentirosos de primera.

Dara, por supuesto, no ocultó su rabia ante la descripción del asesinato de los hermanos Nahid. Su propia piel irradiaba un calor furioso.

—¿Por qué se permitió que Banu Manizheh y su hermano saliesen de la protección de los muros de la ciudad? ¿Acaso no visteis lo peligroso que era que los últimos dos Nahid se fuesen a hacer un viajecito fuera de Daevastana?

Los ojos del emir Muntadhir destellaron.

—No eran nuestros prisioneros —dijo en tono acalorado—. Y hacía más de un siglo que no se sabía nada de los ifrit. Apenas pudimos...

—No..., este hombre está en lo cierto. —La voz de Ghassán, queda y devastada, acalló a su hijo—. Bien sabe Dios que yo también me he culpado a diario por lo ocurrido.

Se echó hacia atrás en el trono. De pronto parecía mucho más viejo.

—Debería haber viajado Rustam solo. Zariaspa sufría una plaga que afectaba a las hierbas curativas y Rustam era quien tenía más pericia en botánica. Sin embargo, Manizheh se empeñó en acompañarlo. Yo le tenía mucho cariño, pero era muy, muy terca; admitiré que una cosa no casa bien con la otra. —Negó con la cabeza—. Insistió tanto que al final... ah.

Nahri entornó los ojos.

—¿Qué?

Ghassán la miró a los ojos con una emoción latente en el rostro que Nahri no consiguió descifrar del todo. La escrutó durante un largo instante hasta que, al cabo, preguntó:

—¿Cuántos años tienes, Banu Nahri?

—No sabría decirlo con exactitud. Unos veinte, creo.

La boca del rey se convirtió en una fina línea.

—Interesante coincidencia.

No sonaba muy contento. El gran visir, por su parte, se sonrojó: manchas rojizas de pura rabia asomaron a sus mejillas.

—Mi rey, no pretenderás sugerir que Banu Manizheh..., una de las elegidas de Salomón, mujer de moral impecable...

—¿ ... tuvo motivos hace veinte años para escapar de Daevabad y dirigirse a un lugar lejano en las montañas donde podría rodearse de daevas discretos y completamente leales? —El rey arqueó una ceja—. Cosas más raras se han visto.

A Nahri le quedó de pronto claro qué era lo que sugerían con aquella conversación. Un aleteo de esperanza, de estúpida e ingenua esperanza, creció en su pecho antes de que pudiese reprimirlo.

—En ese caso..., mi padre..., ¿sigue vivo? ¿Vive en Daevabad? —No fue capaz de reprimir el ansia en la voz.

—Manizheh se negó a casarse —dijo Ghassán en tono seco—. Y no tenía ningún... vínculo, con nadie. Al menos que yo supiera.

Fue una respuesta escueta que no dejaba espacio para más discusión. Sin embargo, Nahri frunció el ceño mientras intentaba desentrañar el pasado.

—Pero es que eso no tiene sentido. Los ifrit sabían quién soy. Si Manizheh se escapó de aquí antes de que nadie se enterase de que estaba embarazada, si la mataron durante el viaje, entonces...

Yo no podría haber nacido. Nahri no dijo aquella última conclusión, pero Ghassán compuso igualmente una expresión frustrada.

—No sé qué decirte —admitió—. Quizá naciste durante el viaje, pero no entiendo cómo pudiste sobrevivir, ni mucho menos cómo acabaste en una ciudad humana al otro lado del mundo. —Alzó las manos—. Puede que jamás lo averigüemos. Solo puedo rezar para que tu madre, en sus últimos momentos, experimentase el alivio de saber que su hija sobreviviría.

—Alguien debió de salvarla —señaló Dara.

El rey alzó las manos.

—Tu suposición es tan válida como la mía. La maldición que influye en su apariencia es poderosa..., quizá no la lanzó un djinn.

Dara le echó una mirada de soslayo a Nahri. Ella captó algo indescifrable en los ojos brillantes del daeva, que se dirigió de nuevo al rey:

—¿De verdad no te parece que sea una shafit?

Nahri captó un atisbo de alivio en la voz de Dara. Un alivio que le dolió, sin duda. Estaba claro que, por más que se hubiesen «acercado» el uno a la otra, la pureza de sangre era importante para Dara.

Ghassán negó con la cabeza.

—Tiene tanto aspecto de daeva como tú. Y si de verdad es hija de Banu Manizheh... —vaciló apenas un momento y algo aleteó en su semblante, algo que se vio reemplazado por una máscara de calma en menos de un segundo. Aun así, a Nahri se le daba bien interpretar la expresión de la gente, y no se le escapó lo que era.

Miedo.

Dara insistió.

—Y si de verdad es hija suya, entonces, ¿qué hacemos?

Fue Kaveh quien respondió primero, con los ojos negros clavados en los de Nahri. Ella sospechó que el gran visir, que también era daeva, no quiso que el rey diese una respuesta a medias:

—Banu Manizeh fue la sanadora de más talento de entre todos los Nahid del último milenio. Si eres hija suya... —adoptó un tono de voz reverente… pero también algo desafiante—, es que el Creador nos ha bendecido.

El rey le dedicó al gran visir una mirada enojada.

—Mi gran visir se deja llevar con facilidad por el entusiasmo, pero sí, puede que tu llegada a Daevabad sea una bendición. —Desvió los ojos hacia Dara—. La tuya, por otra parte…, dices que eres un Afshín, pero aún no nos has dicho tu nombre.

—Debe de habérseme pasado —dijo Dara en tono frío.

—Pues es momento de decirlo.

Dara alzó ligeramente el mentón antes de decir:

—Darayavahoush e-Afshín.

Fue como si hubiese desenvainado una espada. Los ojos de Muntadhir se desorbitaron. Kaveh palideció. El joven príncipe volvió a llevar la mano a la hoja y se acercó un paso a su familia.

Hasta el implacable rey pareció tenso.

—Solo para dejar las cosas claras: ¿eres el Darayavahoush que lideró la rebelión daeva contra Zaydi al Qahtani?

¿Qué? Nahri se giró hacia Dara, pero el daeva no la miraba, sino que centraba toda su atención en Ghassán al Qahtani. Una diminuta sonrisa, la misma que había esbozado ante el shafit en la plaza, asomó a su boca.

—Ah…, así que tu gente aún lo recuerda.

—Ya lo creo —dijo Ghassán en tono frío, y cruzó los brazos sobre la túnica negra—. Nuestra historia dice bastante de ti, Darayavahoush e-Afshín, aunque juraría que uno de mis ancestros te decapitó en Isbanir.

Nahri comprendió que aquellas palabras eran una treta, una pullita al honor de Dara destinada a sacarle información.

Y por supuesto, Dara cayó de bruces en la trampa.

—Por supuesto que vuestro ancestro no me decapitó —dijo en tono ácido—. Jamás llegué a Isbanir…; de haberlo hecho, no estaríais sentado en el trono ahora mismo.

Alzó la mano y la esmeralda del anillo soltó un destello.

—Me capturaron los ifrit mientras luchaba contra las fuerzas de Zaydi en el Dasht-e-Lut. Supongo que sabéis lo que sucedió cuando me atraparon.

—Sí, y por eso sé que no deberías estar aquí ahora mismo —dijo Ghassán en tono agudo—. Solo un Nahid podría haber roto la maldición ifrit que te esclavizaba, ¿no?

A pesar de que a Nahri le daba vueltas la cabeza con aquel nuevo caudal de información, se percató de que Dara vacilaba antes de contestar:

—No lo sé —confesó al fin—. Yo también creía que era así, pero quien me liberó fue Khayzur, el peri que nos salvó en el río. Me dijo que encontró el anillo en el cadáver de un viajero humano. Su pueblo no suele mezclarse en nuestros asuntos, pero...

Nahri oyó cómo se le quebraba la voz antes de concluir:

— ... se apiadó de mí.

A Nahri se le encogió el corazón. ¿Así que Khayzur había liberado a Dara de la esclavitud aparte de salvarles la vida en el Gozán? El repentino recuerdo del peri, solo y agonizante mientras aguardaba a que sus compañeros alados lo matasen, asomó a su mente.

Ghassán, sin embargo, no pareció muy preocupado por el destino de un peri con el que jamás se había cruzado.

—¿Cuándo te liberó?

—Hará una década —respondió Dara en tono despreocupado.

Ghassán volvió a parecer pasmado.

—¿Una década? No me irás a decir que te has pasado los últimos catorce siglos como esclavo de los ifrit.

—Es justo lo que digo, sí.

El rey juntó las manos y le dedicó una larga mirada.

—Discúlpame por hablar sin tapujos, pero conozco a muchos recios guerreros que han perdido la razón tras apenas tres siglos de esclavitud. Nadie podría sobrevivir a catorce.

¿Qué? Las oscuras palabras de Ghassán le helaron la sangre en las venas a Nahri. La vida de Dara como esclavo era el único tema del que no había intentado sonsacarle. El daeva no quería hablar de ello y Nahri no quería pensar en los sangrientos recuerdos que se habría visto obligada a revivir junto a él.

—No he dicho que haya sobrevivido —le corrigió Dara con voz seca—. Casi no recuerdo nada del tiempo que pasé como esclavo. Resulta difícil que te vuelvan loco unos recuerdos que ya no posees.

—Qué conveniente —murmuró Muntadhir.

—Pues sí —se apresuró a replicar Dara—. Está claro que, si hubiese..., ¿qué expresión habéis usado?... perdido la razón..., tendría poca paciencia para esta conversación.

—¿Y qué pasa con tu vida antes de la esclavitud?

Nahri se sobresaltó al oír aquella nueva voz. Se dio cuenta de que quien había hablado era Alizayd, el joven príncipe a quien había tomado por un guardia.

—¿Recuerdas la guerra, Afshín? —preguntó Alizayd con uno de los tonos de voz más fríos que Nahri hubiese oído en su vida—. ¿Recuerdas las aldeas de Manzadar y Bayt Qadr?

Alizayd contemplaba a Dara con abierta hostilidad, con un odio equiparable al que Dara profesaba a los ifrit.

—¿Te acuerdas de Qui-zi? —añadió.

Dara, aún junto a Nahri, se tensó.

—Recuerdo lo que tu gente hizo en mi ciudad cuando se apoderó de ella.

—Vamos a dejarlo aquí —interrumpió Ghassán con una mirada de advertencia a su hijo menor—. La guerra ha terminado y nuestros pueblos están en paz. Cosa que debes de saber, Afshín; de lo contrario, no habrías traído aquí a una Nahid.

—Supuse que era el lugar más seguro para ella —dijo Dara en tono frío—. Hasta que llegué y me encontré con una muchedumbre colérica lista para saquear el barrio de los daeva.

—Un problema interno —lo tranquilizó Ghassán—. Créeme, tu gente no llegó a estar en peligro en ningún momento. Antes de que acabe la semana, aquellos a quienes hemos detenido hoy serán arrojados al lago.

Dara resopló, pero el rey se mantuvo impasible. Resultaba bastante impresionante; Nahri supuso que no era fácil alterar a Ghassán al Qahtani. No estaba segura de si aquella impasibilidad le gustaba o no, pero decidió ser tan franca como el rey:

—¿Qué es lo que queréis?

El rey esbozó una sonrisa..., una sonrisa verdadera.

—Lealtad, nada más. Juradme lealtad y prometed que preservaréis la paz entre nuestras tribus.

—¿Y qué recibiremos a cambio? —preguntó Nahri antes de que Dara pudiese abrir la boca.

—Anunciaré que eres la hija pura de sangre de Banu Manizheh. Tengas o no apariencia de shafit, nadie en toda Daevabad se atreverá a poner en duda tus orígenes después de mi anuncio. Vivirás en nuestro palacio y tendrás todo aquello que desees. Ocuparás el lugar que te corresponde por derecho como Banu Nahida. —El rey adelantó la cabeza hacia Dara—. A tu afshín le ofreceré el perdón formal y le concederé una pensión, así como un puesto adecuado a su rango. Si así lo deseas, puede seguir sirviéndote.

Nahri contuvo la sorpresa. No podía imaginar una oferta mejor, y precisamente eso despertó sus sospechas. Básicamente, el rey no le pedía nada y a cambio le otorgaba todo lo que podría desear.

Dara bajó la voz.

—Es una treta —le advirtió en divasti—. Apenas hayas hincado la rodilla ante esta mosca de la arena, te pedirá…

—Esta mosca de la arena habla divasti a la perfección —interrumpió Ghassán—. Y no os voy a pedir que hinquéis rodilla alguna. Soy geziri. A diferencia de vuestra tribu, la mía no tiene tanto apego por las ceremonias pomposas. Me bastará vuestra palabra.

Nahri vaciló. Volvió a mirar a los soldados que había tras ellos. La Guardia Real los superaba en número por mucho…, por no mencionar que el joven príncipe estaba ansioso por empezar una pelea. Por más aberrante que le resultase la idea a Dara, estaban en la ciudad de Ghassán.

Y Nahri no había sobrevivido tanto sin aprender a reconocer cuándo llevaba las de perder.

—Tenéis mi palabra —dijo.

—Excelente. Y que Dios nos fulmine a ambos si la rompemos. —Nahri se encogió, pero Ghassán se limitó a sonreír—. Y ahora que hemos acabado con los asuntos más desagradables, ¿me permitís hablar con franqueza? Tenéis los dos un aspecto horrible. Banu Nahida, tienes más manchas de sangre en la ropa de las que deberían caber en un viaje entero.

—No pasa nada —insistió ella—. Solo parte de ella es mía.

Kaveh palideció, pero el rey se echó a reír.

—Me parece que nos vamos a llevar bien, Banu Nahri. —La estudió un instante más—. ¿Has dicho que venías del país del Nilo?

—Así es.

—¿Tatakallam arabi?

El rey hablaba un árabe tosco pero comprensible. Aun así, Nahri respondió, sorprendida:

—Por supuesto.

—Ya me imaginaba. Es uno de vuestros lenguajes litúrgicos. —Ghassán hizo una pausa y compuso una expresión pensativa—. Mi hijo pequeño, Alizayd, lo estudia con devoción.

Señaló con un gesto de la cabeza al joven y ceñudo príncipe y añadió:

—Alí, ¿qué tal si acompañas a Banu Nahri a los jardines? —Se volvió hacia ella—. Puedes relajarte, asearte y comer algo. Todo lo que desees. Le pediré a mi hija Zaynab que te haga compañía. Tu afshín puede quedarse a discutir con nosotros la estrategia contra los ifrit. Sospecho que volveremos a saber de esos demonios.

—No será necesario —protestó ella, y no fue la única. Alizayd señaló en dirección a Dara y soltó una retahíla en geziriyya.

El rey siseó una réplica y alzó la mano. Alizayd cerró la boca, aunque Nahri no quedó muy convencida. No quería acompañar a aquel maleducado del príncipe a ninguna parte, y desde luego no quería separarse de Dara.

El daeva, sin embargo, asintió a regañadientes.

—Deberías descansar, Nahri. Necesitarás fuerzas para los próximos días.

—¿Y tú no?

—Por extraño que parezca, me encuentro muy bien.

Le apretó la mano y le envió una ráfaga de calor directa al corazón.

—Vete —la instó—. Te prometo que no declararé ninguna guerra sin tu permiso.

Aquello último lo añadió junto con una sonrisa afilada en dirección a los Qahtani. Le soltó la mano y Nahri captó la mirada cuidadosa que el rey les dedicaba a ambos. Ghassán asintió en su dirección, y Nahri atravesó unas puertas enormes junto con el príncipe.

Alizayd había cruzado la mitad de la amplia arcada para cuando Nahri lo alcanzó. Avanzó al trote para mantener el paso de las largas zancadas del príncipe, mientras dedicaba miradas curiosas al resto del palacio. Todo lo que vio estaba bien conservado, si bien percibió el peso del tiempo en aquellas piedras antiguas y fachadas medio desmenuzadas.

Un par de sirvientes hicieron una reverencia al pasar junto a ellos, aunque el príncipe ni siquiera pareció darse cuenta de su presencia. Mantuvo la cabeza baja mientras avanzaban. Estaba claro que no había heredado la calidez diplomática de su padre. El modo claramente hostil con el que se había dirigido a Dara la inquietaba.

Nahri le lanzó una mirada de soslayo al príncipe. Lo primero que pensó fue que era muy joven. Con las manos apretadas a la espalda y la columna encorvada, Alizayd se movía con aquel cuerpo desgarbado como si acabase de dar un último estirón y aún tuviese que acostumbrarse. Tenía un rostro alargado y elegante que habría pasado por hermoso de no haber estado contraído y ceñudo en todo momento. Lucía la barba desaliñada, más bien un atisbo esperanzado que una pelambrera sustancial. Junto a la cimitarra de cobre llevaba una daga curva al cinto, y Nahri captó que también tenía un pequeño puñal en el tobillo.

Él también la miró, probablemente con la esperanza de escrutarla de un modo análogo al de ella, pero sus miradas se cruzaron y apartó la vista al instante. Nahri se encogió ante el silencio cada vez más tenso que se estableció entre los dos.

Sin embargo, se trataba del hijo del rey, y Nahri no se iba a frenar fácilmente.

—Bueno —empezó a decir en árabe, al recordar que Ghassán había mencionado que el príncipe estudiaba el idioma—. ¿Crees que tu padre nos acabará matando a los dos?

Había pretendido que fuse un chiste malo que relajase el ambiente, pero el rostro de Alizayd se contrajo de puro disgusto.

—No.

El hecho de que hubiese respondido al instante, como si él mismo hubiese estado rumiando aquella misma pregunta, la sorprendió tanto que aquella fachada de tranquilidad fingida se vino abajo.

—Suenas decepcionado.

Alizayd le lanzó una mirada sombría.

—Tu afshín es un monstruo. Merece que lo decapiten cien veces por los crímenes que ha cometido. —Nahri se sobresaltó, pero antes de que pudiera responder, el príncipe abrió una puerta de un tirón y le hizo un gesto para que entrase—. Vamos.

La repentina aparición de la luz de media tarde la aturdió. La cadencia del canto de los pájaros y los chillidos de los monos rompía la quietud, a la que se sumaban ocasionalmente el croar de alguna rana o el estridular de los grillos. El aire era cálido y húmedo, tan preñado de la fragancia de las rosas recién florecidas, de la tierra fértil y la madera húmeda que le picó la nariz.

Mientras los ojos se le adaptaban a la luz, Nahri se quedó aún más asombrada. Lo que había ante ella no podía denominarse «jardín», pues era tan amplio y lujuriante como los bosques silvestres que había atravesado junto a Dara en el viaje. Más bien era una jungla que pretendía brotar de un jardín hasta engullirlo. Oscuras enredaderas surgían de las profundidades como lenguas ansiosas que devorasen los restos derruidos de alguna que otra fuente y ahogasen los indefensos árboles frutales. Por el suelo crecían flores de tonos casi violentos: un carmesí que resplandecía como la sangre, un índigo constelado como una noche estrellada. Un par de palmeras picudas destellaba al sol frente a Nahri; se dio cuenta de que estaban hechas por completo de cristal y que sus frutos abultados eran joyas doradas.

Algo voló rasante sobre sus cabezas. Nahri se agachó al tiempo que un pájaro de cuatro alas la sobrevoló, con plumas de los colores del ocaso. El animal se desvaneció entre los árboles con un gruñido grave que podría haber pertenecido a un león diez veces más grande que él. Nahri dio un respingo.

—¿Este es tu jardín? —preguntó con incredulidad.

Frente a ella se extendía un camino de baldosas rotas por las que asomaban musgo y raíces nervudas y espinosas. Por encima del caminito resplandecían diminutos globos de cristal en los que ardían llamitas que iluminaban el retorcido sendero que llevaba al oscuro corazón del jardín.

Alizayd compuso una expresión ofendida.

—Supongo que mi pueblo no mantiene los jardines tan inmaculados como tus ancestros. Preferimos dedicar más tiempo a gobernar la ciudad y menos a la horticultura.

Nahri empezaba a perder la paciencia con aquel niñato real.

—Así que la hospitalidad de los geziri no contempla apuñalar a los huéspedes pero sí que permite insultarlos y amenazarlos, ¿no? —dijo con cierta dulzura burlona—. Fascinante.

—Eh... —Alizayd pareció desconcertado. Al cabo, dijo—: Te pido disculpas. Ha sido muy maleducado por mi parte. —Fijó la vista en sus pies e hizo un gesto hacia el camino—. Adelante, por favor.

Nahri sonrió, contenta por haberse vengado. Siguieron caminando. El sendero desembocaba en un puente de piedra que colgaba sobre un resplandeciente canal. Lo cruzaron y Nahri contempló las aguas más claras que jamás había visto. El riachuelo corría suavemente sobre rocas pulidas y guijarros lustrosos.

No mucho después llegaron a un achaparrado edificio de piedra que asomaba entre las enredaderas y los árboles frondosos. Estaba pintado de un alegre tono azul, con columnas de color cereza. De las ventanas surgían nubecillas de vapor, y en el exterior crecía un pequeño jardín de hierbas. Arrodilladas entre los arbustos había dos muchachas jóvenes que se dedicaban a recolectar hierbas y metían delicados pétalos púrpura en un cesto de mimbre.

Una mujer mayor de piel arrugada y cálidos ojos castaños salió del edificio mientras ellos se acercaban. *Es una shafit*, pensó Nahri al ver las orejas redondas y sentir la familiaridad de un corazón que latía rápido. La mujer llevaba el pelo canoso recogido en un sencillo moño y vestía unos ropajes complicados que le rodeaban el torso en varias vueltas.

—Que la paz sea contigo, hermana —saludó Alizayd después de que ella hiciera una reverencia, con un tono mucho más amable que el que le había dedicado a Nahri—. Esta huésped de mi padre viene de un viaje muy largo. ¿Te importaría ocuparte de ella?

La mujer contempló a Nahri sin disimular la curiosidad.

—Sería un honor, mi príncipe.

Alizayd cruzó una breve mirada con Nahri.

—Mi hermana se reunirá contigo enseguida, si Dios quiere. Es mejor compañía que yo.

Nahri no supo si lo había dicho en broma. El príncipe no le dio oportunidad de replicar, porque giró sobre sus talones de repente.

Hasta un ifrit sería mejor compañía que tú. Al menos, Aeshma había intentado brevemente parecer agradable. Nahri contempló a Alizayd mientras desandaba el camino a toda velocidad. Se sintió bastante inquieta, hasta que la shafit la agarró con delicadeza del brazo y la llevó al interior de la vaporosa casa de baños.

Minutos después, una docena de chicas se ocupó de ella. Las sirvientas eran shafit, todas pertenecientes a una vertiginosa variedad de etnias. Hablaban djinnistaní con trazas de árabe, circasiano, guyaratí y suajili, así como otros idiomas que Nahri no consiguió identificar. Algunas le ofrecieron té y un sorbete, mientras que otras le inspeccionaron con atención el pelo revuelto y la piel polvorienta. Nahri no tenía ni idea de quién pensaban que era, y las sirvientas pusieron mucho cuidado en no preguntar, sino que la trataron como si fuese una princesa.

No me costaría acostumbrarme a esto, pensó Nahri al cabo de lo que parecieron horas, mientras flotaba en un baño caliente cuyas aguas estaban preñadas de aceites lujosos. El aire vaporoso olía a pétalos de rosa. Una chica le masajeaba el cuero cabelludo y le impregnaba los cabellos de espuma, mientras que otra le masajeaba las manos. Nahri echó la cabeza hacia atrás y cerró los ojos.

Estaba demasiado adormilada como para percatarse del silencio que cayó sobre la habitación. Entonces, una voz clara la sacó de su ensueño:

—Ya veo que te has puesto cómoda.

Abrió los ojos al instante. Había una chica sentada en el banco frente al baño. Tenía las piernas cruzadas con delicadeza bajo el vestido de apariencia más cara que Nahri hubiese visto en su vida.

Era despampanante. Tenía una belleza tan perfecta que Nahri comprendió al instante que por sus venas no corría ni una gota de sangre humana. Tenía la piel oscura y tersa, los labios carnosos, y el pelo oculto tras un sencillo turbante de tono marfil decorado con un único zafiro. Los ojos de color gris dorado y los rasgos alargados se asemejaban tanto a los del joven príncipe que no cabía duda de quién era: la princesa Zaynab, hermana de Alizayd.

Nahri cruzó los brazos y se hundió aún más entre las burbujas del baño. Se sentía desnuda y tosca. La chica sonrió; estaba claro que disfrutaba de su incomodidad. Metió el dedo del pie en el baño. Llevaba una tobillera en la que destellaban diamantes.

—Está todo el mundo revolucionado con tu presencia —prosiguió—. Ahora mismo están preparando un enorme festín. Si prestas atención podrás oír los tambores del Gran Templo. Toda tu tribu celebra tu llegada en las calles.

—Lo… siento —tartamudeó Nahri, no muy segura de lo que debía decir.

La princesa se puso en pie con una elegancia que le dio ganas de llorar de envidia. La túnica le caía en ondulaciones perfectas. Nahri jamás había visto nada parecido: era una redecilla de tono rosa tan fina como la tela de una araña y tejida con un delicado patrón floral en el que se entrelazaban aljófares, todo ello sobre una muselina de un oscuro tono púrpura. Estaba claro que aquella prenda no la habían confeccionado manos humanas.

—Tonterías —replicó Zaynab—. No hay motivo alguno para disculparse. Eres la huésped de mi padre. Me complace verte satisfecha.

Le hizo un gesto a una criada que llevaba una bandeja de plata. La sirvienta se acercó y Zaynab tomó de la bandeja un dulce cubierto de un polvillo blanco. Se lo llevó a la boca sin mancharse los labios pintados con una sola mota de azúcar. Le dedicó una mirada a la criada.

—¿Le has ofrecido dulces a la Banu Nahida?

La chica soltó todo el aire de los pulmones y dejó caer la bandeja, que se estrelló contra el suelo. Varios pastelitos fueron a parar al agua aromática. La sirvienta desorbitó los ojos.

—¿Es la Banu Nahida?

—Eso parece. —Zayna esbozó una sonrisa conspiradora en dirección a Nahri, con un brillo malicioso en los ojos—. La mismísima hija de Manizheh, hechizada para parecer humana. ¿No te parece emocionante?

Señaló a la bandeja y añadió:

—Más vale que lo limpies todo rápido, chica. Ya deberías estar haciendo correr el rumor. —Se giró hacia Nahri y se encogió de hombros—. Por aquí no pasa nunca nada interesante.

La estudiada displicencia con la que la princesa había revelado su identidad dejó a Nahri momentáneamente incapaz de replicar, embargada por la rabia.

Me está poniendo a prueba. Nahri contuvo el temperamento y recordó lo que le había dicho Dara que debía contar sobre sus orígenes. *Me criaron como criada humana, el afshín me salvó y me trajo a un mundo mágico que apenas comprendo. Tengo que reaccionar como si esa fuera mi historia.*

Nahri se obligó a esbozar una sonrisa azorada. Se dio cuenta de que era el primero de los muchos jueguecitos que tendría que jugar en el palacio.

—Oh, no sé si voy a resultar interesante. —Le lanzó a Zaynab una mirada de abierta admiración—. Jamás había conocido a una princesa. Eres preciosa, mi señora.

Los ojos de Zaynab destellaron de puro placer.

—Gracias, pero llámame Zaynab, por favor. Vamos a ser compañeras, ¿verdad?

Dios no lo quiera.

—Por supuesto —dijo—. Así lo haré, si me llamas Nahri.

—Pues decidido, Nahri. —Zaynah sonrió y le hizo un gesto—. ¡Vamos! Debes de estar muerta de hambre. Voy a pedir que nos traigan algo de comer a los jardines.

Tenía más sed que hambre; el calor del baño le había arrebatado hasta la última gota de humedad de la piel. Echó un vistazo en derredor, pero no había rastro de la ropa hecha jirones que había llevado, y no tenía el menor deseo de mostrar su cuerpo ante aquella princesa de aspecto tan arrebatador que hasta miedo daba.

—Oh, vamos, no hay motivo para ser tímida.

Zaynab se echó a reír; había adivinado lo que pensaba. Por suerte, en aquel momento apareció otra de las sirvientas con una túnica de seda color azul cielo. Nahri se la puso y siguió a Zaynab. Salieron de la casa de baños y recorrieron el caminito de piedra que atravesaba el lujuriante jardín. El cuello del vestido de Zaynab se abría lo bastante como para mostrar la elegante nuca. Nahri no pudo sino contemplar los cierres dorados de los dos collares que llevaba. Parecían delicados. Frágiles.

Basta. Se reprendió a sí misma.

—Alizayd teme haberte ofendido —dijo Zaynab mientras guiaba a Nahri hasta un templete de madera que pareció surgir de la nada y que se alzaba frente a una alberca clara—. Te pido disculpas por ello. Tiene la desafortunada tendencia a decir justo lo que piensa.

En el interior del templete se extendía una tupida alfombra bordada cubierta de mullidos cojines. Nahri se dejó caer sobre ellos sin que nadie se lo indicase.

—Pensaba que la honestidad era una virtud.

—No siempre. —Zaynab se sentó en un almohadón frente a ella con un movimiento—. Sin embargo, sí que me ha hablado de tu viaje. ¡Ha debido de ser toda una aventura!

La princesa esbozó una sonrisa y añadió:

—No he podido resistirme a echar un vistazo a la corte de mi padre antes de venir a por ti; quería ver al afshín. Que Dios me perdone, pero qué hombre tan atractivo es. Es más guapo incluso de lo que dicen las leyendas. —Se encogió de hombros—. Aunque supongo que era de esperar al tratarse de un esclavo.

—¿A qué te refieres? —preguntó Nahri con más brusquedad de lo que pretendía.

Zaynab frunció el ceño.

—¿Acaso no lo sabes? —Al ver que Nahri no decía nada, prosiguió—: Es parte de la maldición, ¿no? Los hace más atractivos para incitar a sus amos humanos.

Dara no le había contado aquello. La idea de que el hermoso daeva tuviese que obedecer los caprichos de un puñado de amos embelesados por su belleza se le antojó de todo menos atractiva. Se mordió el labio y contempló sin decir nada al puñado de criadas que entró en el templete. Cada una de ellas llevaba una bandeja llena de comida. La que tenía más cerca, una mujer robusta con bíceps tan gruesos como los muslos de Nahri, se tambaleó a causa del peso de la bandeja y casi se la tiró encima a Nahri antes de depositarla.

—Alabado sea Dios —susurró Nahri.

Le habían puesto por delante suficiente comida como para alimentar a un barrio entero de El Cairo. Montones de arroz color azafrán, untados en resplandeciente mantequilla grasienta y salpicados de frutas secas; pilas enteras de cremosas verduras, montañas de empanadas fritas de tono almendrado. Había pliegos de pan plano tan grandes como su propio brazo y pequeños cuencos de cerámica con más variedades de nueces, quesos de hierbas y frutas de las que era capaz de identificar. Y sin embargo, todo ello palidecía en comparación con la bandeja que habían depositado frente a ella, la que la sirviente casi había dejado caer. Sobre ella había un pez rosado entero que descansaba sobre un lecho de hierbas relucientes, dos palomas rellenas y una olla de cobre con albóndigas que flotaban en una espesa salsa de yogur.

La mirada de Nahri cayó sobre un plato ovalado lleno de arroz especiado, limas secas y resplandecientes trozos de pollo.

—¿Eso es... kabsa?

Antes de que Zaynab pudiese responder, ya se había acercado el plato y servido una ración. Muerta de hambre y exhausta tras una dieta de semanas a base de maná rancio y sopa de lentejas, a Nahri le importó bien poco parecer zafia. Cerró los ojos y saboreó el pollo asado.

Mientras se echaba más arroz especiado captó la expresión divertida de la princesa.

—Así que te gusta la cocina geziri, ¿eh? —Zaynab sonrió, una sonrisa que no se trasladó a sus ojos—. Creía que los daeva no comían carne.

Nahri recordó que Dara había dicho algo parecido, pero descartó la idea con un encogimiento de hombros.

—En El Cairo comía carne. —Tosió, casi se había atragantado por engullir con demasiada rapidez. Se dirigió a las sirvientes con voz ahogada—. ¿Tenéis agua?

Zaynab, frente a ella, echó mano con ademán delicado de un cuenco lleno de cerezas negras. Hizo un gesto con la cabeza hacia una botella acristalada de boca ancha.

—Hay vino.

Nahri vaciló, pues aún recelaba un poco del alcohol. Sin embargo, la sacudió otra tos, así que decidió que un par de sorbitos no le harían daño a nadie.

—Sí, por favor…, gracias —añadió cuando una sirvienta vertió una buena cantidad en un cáliz y se lo tendió. Dio un largo sorbo. Era un vino bastante más seco que el licor de dátiles que Dara había invocado. También era más tostado y fresco, dulce sin pasarse, con un delicado regusto a algún tipo de baya.

—Es delicioso —se maravilló Nahri.

Zaynab volvió a sonreír.

—Me alegro de que te guste.

Nahri siguió comiendo mientras daba algún que otro sorbo al vino para aclararse la garganta. Era vagamente consciente de que Zaynab le contaba la historia de los jardines. El sol empezaba a calentar, pero una agradable brisa soplaba sobre el agua fresca de la alberca. En algún lugar en la lejanía captó el leve sonido de unas campanillas de cristal. Parpadeó y se retrepó sobre los almohadones, aturdida tras la comilona. Una extraña pesadez se había adueñado de sus extremidades.

—¿Te encuentras bien, Nahri?

—¿Eh? —Alzó la vista.

Zaynab hizo un gesto hacia el cáliz.

—Quizá deberías moderarte un poco con el vino. Es bastante fuerte.

Nahri parpadeó mientras intentaba mantener los ojos abiertos.

—¿Fuerte?

—Eso dicen. Yo no lo he probado. —Negó con la cabeza—. Mi hermano me daría un sermón tras otro si me viese beber.

Nahri contempló el cáliz. Estaba lleno; en aquel momento se dio cuenta de que las criadas se lo habían ido llenando con mucho cuidado. No sabía cuánto había bebido.

Le daba vueltas la cabeza.

—Creo que... —la voz le salió vergonzosamente pastosa.

Zaynab le dirigió una mirada azorada y se llevó una mano al corazón.

—¡Lo siento! —se disculpó con voz almibarada—. Debí haber supuesto que, dados tus... orígenes, no estabas acostumbrada a este tipo de manjares.

Nahri cayó de bruces, apenas capaz de detener la caída con las palmas de las manos.

—Oh, Banu Nahida, ve con cuidado —advirtió Zaynab—. ¿Por qué no te echas a descansar?

Nahri sintió que la tumbaban sobre un montón de cojines increíblemente suaves. Una sirvienta empezó a echarle aire con un abanico hecho de hojas de palma, mientras otra desplegaba un fino dosel para protegerla del sol.

—No..., no puedo —intentó quejarse. Bostezó. Se le nublaba la vista—. Tengo que ir a buscar a Dara...

Zaynab soltó una ligera risita.

—Estoy segura de que mi padre se encargará de él.

Desde algún rincón escondido en su mente, a Nahri le fastidió aquella risa confiada. Una advertencia intentó abrirse paso entre la neblina que le cubría los pensamientos para sacarla de aquel cansancio acechante.

No lo consiguió. La cabeza le cayó hacia atrás y sus ojos se cerraron.

Nahri se despertó con un escalofrío. Le habían puesto algo frío y húmedo en la frente. Abrió los ojos y parpadeó ante la luz tenue que la rodeaba. Se encontraba en una habitación oscura, tumbada en un sofá que no conocía y tapada con una colcha ligera.

El palacio, recordó de pronto. El festín. Los cálices que Zaynab no dejaba de darle para que bebiese… aquella extraña pesadez que se había adueñado de su cuerpo… Se puso en pie de inmediato. La rapidez del movimiento no le hizo gracia a su cabeza, que protestó al instante con una punzada de dolor en la base del cráneo. Nahri se encogió.

—Ssssh, tranquila.

Una sombra se movió en un oscuro rincón. Una mujer, identificó Nahri. Una mujer daeva, con los ojos tan oscuros como los de Nahri y una marca de ceniza en la frente. Llevaba el pelo negro apretado en un severo moño y tenía el rostro cubierto de arrugas que evidenciaban tanto edad avanzada como trabajo duro. La mujer se acercó a ella con una humeante taza de metal.

—Bébete esto. Te vendrá bien.

—No comprendo —murmuró Nahri mientras se frotaba la dolorida cabeza—. Estaba comiendo, y de pronto…

—Creo que esperaban que te desmayases a causa del alcohol en medio de los platos e hicieras el ridículo —dijo la mujer en tono ligero—, pero no te preocupes. Llegué en tu auxilio antes de que se armase ningún estropicio.

¿Qué? Nahri apartó la taza, de pronto menos dispuesta a aceptar bebidas de desconocidos.

—¿Por qué iban a esperar…, tú quién eres? —preguntó, desconcertada.

Una sonrisa amable iluminó el rostro de la mujer.

—Soy Nisreen e-Kinshur. Era la asistente primera de tu madre y de tu tío. Vine en cuanto me enteré…, aunque tardé bastante tiempo en atravesar la muchedumbre que festejaba en las calles. —Juntó los dedos de ambas manos e hizo una inclinación de cabeza—. Es un honor conocerte, mi señora.

Nahri no estaba segura de qué decir. La cabeza aún le daba vueltas.

—Bueno —consiguió decir al fin.

Nisreen señaló con un gesto la taza humeante. Fuera lo que fuere, desprendía un olor amargo parecido al del jengibre en escabeche.

—Te hará bien, te lo prometo. Es una receta de tu tío Rustam; le granjeó bastante fama entre los juerguistas de Daevabad. Y en cuanto a la primera parte de tu pregunta… —Nisreen bajó la voz—. Será mejor que no confíes en la princesa. Hatset, su madre, jamás le profesó mucha simpatía a tu familia.

¿Y eso qué tiene que ver conmigo?, quiso protestar Nahri. Apenas llevaba un día en Daevabad, ¿de verdad se había ganado ya una adversaria en aquel lugar?

Unos golpecitos en la puerta interrumpieron sus pensamientos. Nahri alzó la vista y atisbó un rostro familiar que se alegró de ver.

—Estás despierta. —Dara sonrió con aspecto aliviado—. Por fin. ¿Te sientes mejor?

—La verdad es que no —gruñó. Dio un sorbito al té e hizo un mohín, tras lo cual lo depositó en una mesita baja espejada que había junto a ella. Se apartó los mechones rebeldes de pelo que se le pegaban al rostro mientras Dara se le acercaba. No quería ni pensar en el aspecto que tendría—. ¿Cuánto llevo dormida?

—Desde ayer.

Dara se sentó a su lado. Parecía haber descansado. Se había dado un baño e iba afeitado. Vestía un abrigo largo de tono verde pino que resaltaba el brillo de sus ojos. También llevaba botas nuevas. Al acercarse, Nahri atisbó la alforja que Dara dejó en el suelo.

De pronto, aquel abrigo y las botas cobraron un nuevo sentido. Nahri entornó los ojos.

—¿Te vas a alguna parte?

La sonrisa de Dara se esfumó.

—Mi señora Nisreen —dijo mientras se giraba hacia la mujer—. Disculpa, ¿te importaría dejarnos solos un momento?

Nisreen arqueó una de sus cejas negras.

—Afshín, ¿tan diferentes eran las costumbres en tu época que os podíais quedar a solas con una muchacha daeva soltera?

Él se llevó una mano al corazón.

—Prometo que no pretendo hacer nada indecente. —Volvió a sonreír, una mueca pícara que le encogió el corazón a Nahri—. Por favor.

Al parecer, ni siquiera Nisreen era inmune a los encantos del guerrero. Algo se le descolgó en el rostro y sus mejillas se arrebolaron un poco. Suspiró.

—Que sea solo un momento, afshín. —Se puso en pie—. Debería ir a comprobar cómo van los albañiles que están reparando el dispensario. Queremos empezar las clases de formación tan pronto como sea posible.

¿Clases de formación? La cabeza de Nahri latía con más fuerza. Esperaba tener un momento de respiro en Daevabad después del agotador viaje. Abrumada, se limitó a asentir.

Nisreen se detuvo en la puerta y lanzó una mirada por encima del hombro. La preocupación asomó a aquellos ojos negros.

—En cualquier caso, Banu Nahida..., ten cuidado con los Qahtani —advirtió en tono amable—. Y con cualquiera que no sea de nuestra tribu.

Salió y cerró la puerta tras de sí. Dara se giró hacia Nahri.

—Me gusta.

—Me lo imaginaba —replicó Nahri. Señaló con un gesto hacia las botas y la alforja—. Dime por qué te has vestido como si fueras a marcharte.

Él inspiró hondo.

—Voy a ir en pos de los ifrit.

Nahri parpadeó.

—Has perdido la razón. Haber regresado a esta ciudad te ha vuelto literalmente loco.

Dara negó con la cabeza.

—La historia de los Qahtani sobre tus orígenes y el papel que jugaron los ifrit no tiene el menor sentido, Nahri. La sucesión de acontecimientos, esta supuesta maldición que afecta a tu apariencia..., las piezas no encajan.

—¿Y qué más da? Dara, estamos vivos. ¡Eso es lo único que importa!

—No, no lo es —dijo él—. Nahri, ¿y si... y si lo que dijo Aeshma sobre tu madre fuese cierto?

Nahri se quedó boquiabierta.

—¿Acaso no oíste lo que el rey dijo que le sucedió?

—¿Y si mentía?

Ella hizo un aspaviento.

—Dara, por el amor de Dios. ¿Por qué estás buscando una razón para no confiar en esta gente? ¿Para embarcarte en algún tipo de búsqueda desnortada?

—No es una búsqueda desnortada —dijo Dara en tono quedo—. No les he contado a los Qahtani la verdad sobre Khayzur.

Nahri se quedó fría.

—¿A qué te refieres?

—No fue Khayzur quien me liberó. Lo único que hizo fue encontrarme. —Los ojos brillantes de Dara se cruzaron con los de Nahri, que estaban preñados de sorpresa—. Me encontró hace veinte años, cubierto de sangre y apenas consciente. Caminaba por la misma región de Daevastana en la que supuestamente asesinaron a tus parientes…, un destino del que debías de haber escapado en aquel mismo momento.

Dara adelantó una mano y agarró la mano de Nahri.

—Veinte años después, tú usaste una magia que aún no comprendo y me invocaste.

Le apretó la mano. Nahri notó con fuerza su contacto, la callosidad de la palma de Dara contra la suya.

—Quizá los Qahtani no mienten; quizá están convencidos de que eso es lo que pasó. Pero los ifrit saben algo… y, ahora mismo, es lo único a lo que podemos aferrarnos. —Había un rastro de súplica en su voz—. Alguien me liberó, Nahri. Alguien te salvó. Tengo que averiguar quién es.

—Dara, ¿acaso no recuerdas lo poco que les costó derrotarnos en el Gozán? —se le quebró la voz de puro miedo.

—No voy a meterme en la boca del lobo a ciegas —la tranquilizó—. Ghassán me va a dar dos docenas de sus mejores hombres. Por más que me duela decirlo, los geziri son buenos soldados. Parece que luchar es lo único a lo que se les da bien. Hazme caso; sé de lo que hablo, aunque ya me gustaría que no fuera así.

Ella le dedicó una mirada oscura.

—Sí, habría estado bien que me comentases algo más de tu pasado antes de llegar aquí, Dara. Una rebelión, ¿eh?

Él se ruborizó.

—Es una larga historia.

—Parece que contigo siempre es una larga historia —se le tiñó la voz de amargura—. Entonces ya está, ¿no? Te vas a ir y me vas a dejar con esta gente.

—No tardaré mucho, Nahri, lo juro. Y estarás a salvo. El emir vendrá conmigo. —Se le arrugó el rostro—. Le he dejado claro al rey que, si algo te sucede, su hijo sufrirá tu mismo destino.

Nahri imaginaba que aquella conversación habría ido a las mil maravillas. Y también sabía que parte de lo que decía Dara tenía todo el sentido, pero, Dios, qué miedo le daba quedarse sola en aquella ciudad desconocida, rodeada de aquellos intrigantes djinn con resentimientos ocultos. No podía imaginar hacer todo eso sola, despertarse sin que Dara estuviese a su lado, o pasar los días sin sus bruscos consejos y comentarios odiosos.

Además, estaba claro que Dara estaba subestimando el peligro de la búsqueda. A fin de cuentas se trataba del mismo tipo que se había introducido por el gaznate de un roc con la vaga esperanza de matarlo desde dentro. Nahri negó con la cabeza.

—¿Y qué pasa con los marid? ¿Y con los peri? Khayzur dijo que iban a por ti.

—Espero que se hayan dado por vencidos. —Nahri alzó una ceja, incrédula, pero Dara continuó—. No perseguirán a un grupo numeroso de djinn. No pueden. Entre nuestras razas existen leyes.

—Eso no los ha detenido en el pasado.

Le ardían los ojos. Todo estaba sucediendo demasiado rápido.

Con expresión demudada, Dara dijo:

—Nahri, tengo que hacerlo… Oh, por favor, no llores — suplicó al tiempo que Nahri perdía la batalla contra las lágrimas que intentaba contener. Se las limpió de las mejillas con unos dedos cuyo calor sintió sobre la piel—. No te darás ni cuenta de que no estoy. Aquí hay tanto que robar que estarás ocupada por completo.

La broma no mejoró mucho su humor. Apartó la vista, de pronto azorada.

—Está bien —dijo al fin en tono seco—. A fin de cuentas, me has traído ante el rey. Has cumplido tu promesa…

—Basta.

Dara le tomó el rostro entre las manos y Nahri se sobresaltó. El daeva la miró a los ojos. Se le encogió el corazón.

Sin embargo, Dara no hizo nada más, aunque hubo un evidente destello de remordimiento en sus ojos mientras le acariciaba el labio con el pulgar.

—Voy a volver, Nahri —prometió, con expresión desafiante—. Eres mi Banu Nahida. Esta es mi ciudad. Nada me va a separar de ninguna de las dos.

17
ALÍ

El bote que flotaba ante Alí estaba hecho de bronce puro y era lo bastante grande como para albergar a una docena de hombres. Rayos de luz solar ondulaban sobre su rutilante superficie, reflejados en las aguas del lago, mucho más abajo. La embarcación se mecía en la brisa y arrancaba crujidos roncos a los goznes que la sujetaban al muro. Esos goznes eran antiguos; el bote de bronce llevaba casi dos mil años sujeto a ellos.

Era uno de los métodos de ejecución preferidos del Consejo Nahid.

Los prisioneros shafit que había delante de Alí debían de saber que estaban perdidos. Seguramente lo habían comprendido en cuanto los detuvieron. No hubo muchas súplicas mientras los hombres de Alí los obligaban a subir al bote de bronce. Eran conscientes de que no podían esperar clemencia por parte de los puros de sangre.

Han confesado. No son hombres inocentes. Daba igual qué clase de rumor los había exaltado, se habían hecho con armas y habían intentado saquear el barrio daeva.

Demuestra tu lealtad, Zaydi, recordó que decía su hermano. Trató de endurecer el corazón.

Uno de los prisioneros, el más pequeño, se doblegó de pronto. Antes de que los guardias pudieran echarle mano, se postró a los pies de Alí.

—¡Por favor, mi señor! Yo no he hecho nada, ¡lo juro! Vendo flores en el midán, ¡eso es todo!

El hombre alzó la vista con las manos juntas en señal de respeto.

Solo que no se trataba de un hombre. Alí se sobresaltó: no era más que un muchacho; parecía más joven que él. Tenía los ojos castaños hinchados de llorar.

El chico prosiguió, quizá debido a que percibió la inseguridad que se apoderaba de Alí. Dijo con voz desesperada:

—¡Ha sido culpa de mi vecino! ¡Quería el dinero de la recompensa y dio mi nombre, pero yo no he hecho nada! Tengo clientes daeva… ¡jamás les haría daño! ¡Zavan e-Kaosh! ¡Él responderá por mí!

Abu Nuwas levantó al chico de un tirón.

—Apártate de él —gruñó y metió de un empujón al sollozante shafit en el bote junto con los demás. La mayoría de ellos rezaba, con las cabezas inclinadas.

Turbado, Alí le dio la vuelta al pergamino que tenía en las manos. El papel se empezaba a desgastar. Contempló las palabras que se suponía que debía recitar, palabras que había pronunciado ya demasiadas veces aquella semana.

Una vez más. Esta será la última.

Abrió la boca.

—El noble e iluminado Ghassán al Qahtani, soberano de este reino y… defensor de la fe —el título le supo a veneno—, os ha hallado culpables y condenado a morir. Que el Altísimo se apiade de vosotros.

Uno de los artesanos metalúrgicos de su padre dio un paso al frente y se crujió las manos color carbón. Le lanzó a Alí una mirada expectante.

Alí contempló al chico. *¿Y si dice la verdad?*

—Príncipe Alizayd —dijo Abu Nuwas.

Las llamas lamían los dedos del metalúrgico.

Alí casi no oyó a Abu Nuwas. En cambio, vio a Anas en su mente.

Debería ser yo quien estuviera ahí arriba. Alí dejó caer el pergamino. *Seguramente soy quien más trato ha tenido con el Tanzeem por aquí.*

—Caíd, estamos a la espera. —Dado que Alí no decía nada, Abu Nuwas se giró hacia el metalúrgico y espetó—: Hazlo.

El hombre asintió y dio un paso al frente. Aquellas manos negras y ardientes adoptaron el tono carmesí del hierro bajo el yunque del herrero. Agarró el borde de la embarcación.

El efecto fue instantáneo. El bronce empezó a brillar y los shafit descalzos comenzaron a proferir chillidos. La mayoría de ellos saltó de inmediato al lago, lo que supondría una muerte mucho más rápida. Unos pocos duraron un par de instantes más, pero no tardaron mucho en saltar. No solían tardar mucho.

Excepto en aquella ocasión. El chico de la edad de Alí, el que había suplicado clemencia, no se movió lo bastante rápido y, para cuando intentó saltar por la borda, el metal líquido ya le había atrapado las piernas y lo había dejado pegado al bote. Desesperado, el chico se agarró a la borda, en un claro intento por saltar.

Fue un error. La borda del bote no estaba menos derretida que la cubierta. El metal hechizado se fundió con sus manos, y el chico soltó un alarido mientras intentaba liberarse.

—¡Aaaaaaaah! ¡No, Dios, no…, por favor!

Volvió a gritar, un aullido animal hecho de dolor y terror que le desgarró el alma a Alí. Por ese motivo saltaban los condenados de inmediato al lago. Era por eso por lo que aquel castigo en concreto inspiraba tanto terror en los corazones de los shafit. Quien no tenía el suficiente valor para enfrentarse a las implacables aguas acababa ardiendo lentamente hasta morir entre el bronce derretido.

Alí reaccionó. Nadie merecía morir así. Echó a andar, desenvainó el zulfiqar y apartó al metalúrgico de un empellón.

—¡Alizayd! —gritó Abu Nuwas, pero Alí ya estaba subiendo al barco. Soltó un siseo; estaba más caliente de lo que había esperado. Sin embargo, Alí era puro de sangre. Haría falta mucho más que bronce derretido para hacerle daño.

El chico shafit estaba a cuatro patas, obligado a contemplar por fuerza el metal al rojo. Ni siquiera tendría que ver el golpe. Alí alzó el zulfiqar con la intención de atravesarle el corazón al chico ya condenado.

Pero llegó tarde. Las rodillas del muchacho fallaron y una oleada de metal líquido le cubrió la espalda, un metal líquido que se endureció al instante. La hoja de Alí rebotó contra el metal, inútil. El chico chilló aún más alto, se sacudió en un desesperado intento por ver lo que sucedía tras él. Alí retrocedió horrorizado y alzó de nuevo el zulfiqar.

El cuello del chico seguía al aire.

No vaciló. El zulfiqar cobró vida y Alí lo descargó una vez más. La hoja ardiente atravesó el cuello del chico con una facilidad que le retorció el estómago. La cabeza cayó y se hizo un silencio misericordioso. El único sonido que permaneció fue el de los latidos desbocados del corazón de Alí.

Respiró entrecortadamente mientras se esforzaba por no desmayarse. La sanguinolenta escena que había ante él resultaba intolerable. *Que Dios me perdone.*

Salió del bote a trompicones. Ni un solo hombre se atrevió a cruzar la mirada con él. Tenía el uniforme manchado de sangre shafit, chillonas manchas carmesíes sobre el fajín blanco. La empuñadura del zulfiqar estaba pegajosa. Alí ignoró a sus hombres y se dirigió en silencio hacia las escaleras que daban al exterior. Ni siquiera llegó a la mitad cuando las náuseas se apoderaron de él. Cayó de rodillas y vomitó. Los gritos del chico reverberaban en su cabeza.

Cuando acabó de vomitar, se sentó con la espalda apoyada en la fría piedra de la oscura escalinata, solo, entre temblores. Sabía que se avergonzaría si alguien pasaba por allí y lo veía. El caíd de la ciudad, temblando y vomitando solo por haber ejecutado a un prisionero. Pero le daba igual. ¿Qué honor le quedaba? Era un asesino.

Alí se restregó los ojos húmedos y se rascó un punto que le picaba en la mejilla. Horrorizado, descubrió que el picor era por una gota de sangre del chico, que le había salpicado y se secaba contra su piel caliente. Se restregó las manos y las muñecas con fruición sobre la basta tela del fajín, y luego se limpió la sangre de la cara con el extremo del turbante rojo de caíd.

Luego se detuvo y contempló la tela en sus manos. Llevaba años soñando con llevar aquel turbante. Se había entrenado para ocupar ese puesto toda su vida.

Deslió el turbante y lo soltó en el suelo.

Que abba me quite mis títulos. Que me destierre a Am Gezira. Me da igual.

Alí estaba harto.

Para cuando Alí llegó a la corte, las vistas oficiales habían terminado hacía rato. A pesar de que el despacho de su padre estaba cerrado, Alí oyó música en los jardines inferiores. Se abrió camino hasta abajo y vio a su padre, reclinado sobre un almohadón junto a una alberca sombría. Tenía una copa de vino a mano, al igual que la pipa de agua. Dos mujeres tocaban sendos laúdes, y junto a ellas había un escriba que leía un pergamino desenrollado. Sobre el hombro del escriba descansaba un pájaro con escamas y plumas humeantes, primo mágico de las palomas que los humanos usaban para enviarse mensajes.

Ghassán alzó la vista mientras Alí se acercaba. Sus ojos grises pasaron de la cabeza descubierta de Alí a las ropas manchadas de sangre, y se detuvieron en los pies descalzos. Alzó una ceja oscura.

El escriba elevó la vista y dio un respingo al ver al príncipe ensangrentado. El pájaro se asustó y saltó a un árbol cercano.

—Te-tengo que hablar contigo —tartamudeó Alí, la confianza perdida ante la presencia de su padre.

—Ya me imagino. —Ghassán despachó con un gesto al escriba y a las músicas—. Dejadnos.

Las músicas se apresuraron a guardar los laúdes y a pasar junto a Alí con total discreción. Sin mediar palabra, el escriba le puso el pergamino en la mano al padre de Alí. El sello de cera roto era de color negro: un sello real.

—¿Es de la expedición de Muntadhir? —preguntó Alí, preocupado de que su hermano eclipsase lo que había venido a decir.

Ghassán le hizo un gesto para que se acercase y le tendió el pergamino.

—Tú eres el estudioso, ¿no?

Alí paseó la vista por el mensaje, aliviado y decepcionado a partes iguales.

—No hay rastro de esos supuestos ifrit.

—No.

Leyó algo más y dejó escapar un suspiro de alivio.

—Pero Wajed se ha reunido con ellos por fin. Gracias sean dadas al Altísimo. —Darayavahoush no sería rival para el anciano guerrero. Alí frunció el ceño al llegar al final del mensaje y preguntó en tono sorprendido—: ¿Se dirigen a Babili?

Babili estaba cerca del confín con Am Gezira. La idea de que el Flagelo Afshín estuviese tan cerca de su tierra natal lo inquietaba. Ghassán asintió.

—Se ha visto con anterioridad a varios ifrit por la zona. Vale la pena investigar.

Alí soltó un resoplido burlón y tiró el pergamino sobre una mesita lateral. Ghassán se volvió a retrepar en el almohadón.

—¿Estás en desacuerdo?

—Lo estoy —dijo Alí en tono vehemente, demasiado disgustado como para contener el temperamento—. Los únicos ifrit que hay por allí residen en la imaginación del afshín. Jamás deberías haber enviado a Muntadhir a una campaña tan inútil.

El rey dio unos golpecitos al asiento a su lado.

—Siéntate, Alizayd. Pareces a punto de derrumbarte. —Llenó una tacita de cerámica con agua de un pichel cercano—. Bebe.

—Estoy bien.

—Tu apariencia contradice esa afirmación. —Le puso la taza en la mano a Alí.

Él dio un sorbo, pero se quedó de pie con aire obstinado.

—Muntadhir está perfectamente a salvo —lo tranquilizó Ghassán—. He enviado a dos docenas de mis mejores soldados con él. Y Wajed también los acompaña ahora. Además, Darayavahoush no se atreverá a hacerle daño mientras la Banu Nahida siga bajo mi protección. No se arriesgará a perderla.

Alí negó con la cabeza.

—Muntadhir no es ningún guerrero. Deberías haberme enviado en su lugar.

Su padre se echó a reír.

—Por supuesto que no. El afshín te habría estrangulado antes de que pasase siquiera un día, y me vería forzado a ir a la guerra, sin importar lo que hubieses dicho para merecerte semejante destino. Muntadhir, en cambio, sabe ser encantador. Y será el rey. Tiene que pasar más tiempo liderando a sus hombres y menos liderando coros de borrachos. —Se encogió de hombros—. A decir verdad, lo que más me interesaba era alejar a Darayavahoush de la chica... así que, ya que ha salido de él la idea de alejarse, mejor que mejor.

—Ah, sí. La hija perdida de Manizheh —dijo Alí en tono ácido—. La que aún no ha curado a una sola persona...

—De eso nada, Alizayd —interrumpió Ghassán—. Deberías estar más al tanto de los chismorreos de palacio. Banu Nahri sufrió una horrible caída esta misma mañana mientras salía del baño. Alguna sirvienta descuidada debió de dejar un jabón por el suelo. Se abrió la cabeza ante al menos media docena de mujeres. Para una chica normal y corriente, una herida así resultaría fatal.

Ghassán hizo una pausa para que Alí digiriese sus palabras.

—Ella se curó en pocos instantes.

Lo que implicaban las palabras del rey helaba la sangre.

—Ya veo. —Alí tragó saliva, pero la mera idea de que su padre fuese capaz de planear un accidente para una muchacha en los baños bastó para recordarle por qué había venido—. ¿Cuándo crees que regresarán Wajed y Muntadhir?

—En unos cuantos meses, si Dios quiere.

Alí dio otro sorbo de agua y dejó el vaso mientras reunía las agallas necesarias para decir:

—Para entonces tendrás que buscarte a otro caíd.

Su padre le lanzó una mirada que casi parecía divertida.

—Ah, ¿sí?

Alí señaló la sangre que le cubría el uniforme.

—Un muchacho me suplicó que lo dejase vivir. Me dijo que lo único a lo que se dedicaba era a vender flores en el midán. —Se le quebró la voz al proseguir—: No le dio tiempo a saltar del bote. Tuve que cortarle la cabeza.

—Era culpable —dijo su padre en tono frío—. Todos lo eran.

—¿De qué? ¿De encontrarse en el midán cuando tu rumor provocó una revuelta? Esto está mal, abba. Lo que estás haciendo con los shafit está mal.

El rey lo contempló durante unos largos instantes con una expresión indescifrable en los ojos. Acto seguido se puso en pie.

—Vamos a dar un paseo, Alizayd.

Alí vaciló. Entre la sorpresa del orfanato del Tanzeem y la cripta secreta de los Nahid, empezaba a odiar que lo llevasen a ninguna parte. Aun así, siguió a su padre mientras se dirigía a los amplios escalones de mármol que llevaban a las plataformas superiores del zigurat.

Ghassán les hizo un gesto con la cabeza al par de guardias del segundo nivel.

—¿Has ido a ver a la Banu Nahida?

¿La Banu Nahida? ¿Qué tenía que ver la chica con el hecho de que Alí fuera caíd?

—No. —Negó con la cabeza—. ¿Por qué iba a ir a verla?

—Esperaba que os hicierais amigos. Es a ti a quien le fascina el mundo de los humanos.

Alí se detuvo. No había vuelto a hablar con Nahri desde que la acompañó al jardín. Dudaba de que a su padre le gustase saber lo maleducado que había sido con ella en aquel momento. Optó por otra respuesta que también era verdad:

—No tengo tendencia a establecer amistades con mujeres solteras.

El rey resopló.

—Por supuesto. Mi hijo, el jeque…, siempre fiel a los libros sagrados.

Había una hostilidad desacostumbrada en su voz. Alí se sobresaltó al ver el hielo que tenía su padre en la mirada.

—Dime, Alizayd, ¿qué dice nuestra religión sobre la obediencia a los progenitores?

Lo embargó el frío.

—Que hay que obedecerlos en todos los asuntos…, a no ser que vayan en contra de Dios.

—A no ser que vayan en contra de Dios. —Ghassán le mantuvo la mirada otro largo instante mientras el pánico dominaba a Alí por dentro. Luego su padre señaló con el mentón la puerta que daba a la siguiente plataforma—. Sal. Quiero que veas algo.

Salieron a una de las gradas superiores del zigurat. Desde aquella altura se veía toda la isla. Alí se acercó a las almenaras del muro. La vista era hermosísima: la ciudad antigua, rodeada de los resplandecientes muros de bronce, los pulcros bancales perfectamente irrigados de las colinas del sur, el lago de tranquilas aguas que circundaban las montañas de tono verde esmeralda. Ante él se desplegaban tres mil años de arquitectura humana, que los djinn invisibles que habían pasado por ciudades humanas habían copiado meticulosamente mientras contemplaban el ascenso y la caída de sus imperios. Los edificios de diseño djinn se alzaban aparte; torres de altura imposible hechas con cristal pulido con arena, delicadas mansiones de plata derretida y templetes de seda pintada. Algo se le estremeció en el corazón ante aquel paisaje. Alí adoraba aquella ciudad a pesar de lo pérfida que podía llegar a ser.

Un penacho de humo blanco captó su atención. Se giró hacia el Gran Templo. Era el edificio más viejo de Daevabad, exceptuando el palacio, un complejo enorme aunque sencillo en pleno corazón del barrio daeva.

El complejo estaba tan rodeado de humo que apenas se distinguían los edificios. No era raro; lo días festivos de los daeva, el templo tendía a llenarse de fieles que rendían culto prendiendo fuego a los altares. Sin embargo, aquel día no era festivo.

Alí frunció el ceño.

—Los adoradores del fuego parecen ocupados hoy.

—Te he dicho que no los llamases así —lo reprendió Ghassán al tiempo que se situaba a su lado junto al muro—. Pero sí, llevan así toda la semana. Y no dejan de sonar los tambores.

—Ni de organizar celebraciones por las calles —dijo Alí en tono sombrío—. Cualquiera diría que el Consejo Nahid ha regresado y nos ha tirado a todos al lago.

—En realidad los comprendo —admitió el rey—. Si yo fuera daeva y un Afshín y una Banu Nahida apareciesen por milagro para evitar que una muchedumbre furiosa de shafit irrumpiese en el barrio, también estaría dispuesto a ponerme una marca de ceniza en la frente.

Alí habló antes de poder reprimirse:

—¿Puede ser que la revuelta no saliese como habías planeado, abba?

—Ojo con lo que dices, chico. —Ghassán le clavó la mirada—. Por el Altísimo, ¿te paras alguna vez a pensar lo que se te ocurre antes de soltarlo? Si no fueras hijo mío, te mandaría detener por semejante insolencia.

Negó con la cabeza y contempló la ciudad.

—Valiente idiota santurrón estás hecho…, a veces me parece que no comprendes la precariedad de tu posición. Tuve que mandar al mismísimo Wajed a lidiar con las conspiraciones de tus parientes de Ta Ntry, y aun así te atreves a hablarme de ese modo.

Alí se encogió.

—Perdón —murmuró. Su padre guardó silencio mientras que él cruzaba y descruzaba los brazos y tamborileaba con los dedos sobre el muro—. Aun así, sigo sin comprender qué tiene que ver esto con renunciar o no a ser caíd.

—Dime lo que sabes de la tierra de la Banu Nahida —dijo su padre, ignorando el comentario.

—¿De Egipto? —Alí se preparó para soltar una perorata, contento de entrar en un terreno conocido—. Lleva en pie más tiempo que la propia Daevabad. Por el Nilo siempre ha habido sociedades humanas avanzadas. Es una tierra fértil, hay muchos campos de cultivo, buena para la labranza… La ciudad de la chica, El Cairo, es bastante grande. Es un centro mercantil y estudioso. Cuentan con varios institutos afamados de…

—Con eso me vale. —Ghassán asintió. Por su semblante, parecía haber tomado una decisión—. Bien, me alegro de que tu obsesión por el mundo humano no resulte del todo inútil.

Alí frunció el ceño.

—No comprendo.

—Pienso casar a la Banu Nahida con Muntadhir.

Alí soltó todo el aire de los pulmones.

—¿Que vas a hacer qué?

Ghassán se echó a reír.

—No te sorprendas tanto. Imagino que comprenderás el potencial que tiene un matrimonio así. Podríamos dar por concluido todo el conflicto con los daeva, convertirnos en un pueblo unido y avanzar juntos. —Un desacostumbrado aire de nostalgia le sobrevoló el rostro—. Deberíamos haberlo hecho hace generaciones, si nuestras familias no hubiesen sido tan mojigatas y hubiesen visto con buenos ojos cruzar los linajes de las tribus. —Apretó los labios—. De hecho debería haberlo hecho yo mismo.

Alí no pudo evitar sentirse aturdido.

—¡Pero, abba, no tenemos ni idea de quién es esa chica! ¿De verdad estás dispuesto a aceptar que es la hija de Manizheh por lo que afirman que ha dicho supuestamente un ifrit y por el hecho de que no se haya matado tras una caída en el baño?

—Pues sí. —Ghassán habló con toda intención—: Me complace que sea la hija de Manizheh. Resulta útil. Y si decimos que así es, si tomamos como verdadera esa suposición, los demás también lo harán. Está claro que tiene sangre Nahid. Y me gusta; parece tener el instinto de autoconservación que tan trágicamente le faltaba al resto de sus congéneres.

—¿Y con eso te basta para convertirla en reina? ¿Para que sea la madre de la siguiente generación de reyes Qahtani? ¡No sabemos nada de su linaje!

Alí negó con la cabeza. Estaba al tanto de la estima de su padre hacia Manizheh, pero aquello era una locura.

—Y yo que pensaba que estarías de acuerdo, Alizayd —dijo el rey—. ¿Acaso no dices todo el tiempo que la pureza de sangre no importa?

Ahí su padre tenía razón.

—Supongo que Muntadhir no sabe nada de este matrimonio inminente. —Alí se rascó la cabeza.

—Muntadhir hará lo que se le ordene —dijo su padre con firmeza—. Y tenemos tiempo de sobra. La chica no puede casarse legalmente hasta cumplir el cuarto de siglo. Y me gustaría que lo hiciese voluntariamente. Los daeva no verán con buenos ojos que se muestre templada ante nosotros. El compromiso ha de ser sincero. —Abrió las manos sobre el muro—. Y tú tendrás que poner mucho cuidado en hacerte amigo suyo.

Alí se giró con brusquedad hacia él.

—¿Qué?

Ghassán rechazó el exabrupto con un gesto.

—Acabas de decir que no quieres ser caíd. Sería mejor que mantuvieras el título y el uniforme hasta que regrese Wajed, pero le diré a Abu Nuwas que asuma tus responsabilidades para que puedas pasar más tiempo con ella.

—¿Y qué se supone que he de hacer? —Resultaba asombroso lo poco que había tardado su padre en aprovecharse de su dimisión—. Yo no sé nada de las mujeres ni de… —intentó reprimir una oleada de calor vergonzoso— ni lo que sea que hagan.

—Por el Altísimo, Alizayd. —Su padre puso los ojos en blanco—. No te pido que te la lleves a la cama…, aunque admito que resultaría un espectáculo de lo más interesante. Lo que te pido es que te hagas amigo de ella. Imagino que entra dentro de tus capacidades.

Hizo un gesto despectivo con la mano.

—Háblale de todas esas sandeces humanas que te gusta leer. De esa obsesión que tienes ahora por las monedas de curso, de astrología…

—Astronomía —corrigió Alí en voz baja. Dudaba de que aquella chica criada entre humanos fuera a interesarse por el valor de las diferentes monedas según su peso—. ¿No puedes pedírselo a Zaynab?

Ghassán vaciló.

—Zaynab comparte la animadversión de tu madre hacia Manizheh. En su primer encuentro con Nahri ya se pasó de la raya. Dudo de que la chica vuelva a confiar en ella.

—Pues Muntadhir —propuso Alí, cada vez más desesperado—. Confías en que se gane la confianza del afshín, ¿y no crees que podrá seducir a la chica? ¡Si es lo que mejor se le da!

—Se van a casar —afirmó Ghassán—. Y será un matrimonio sincero, da igual lo que piensen los dos al respecto. Pero prefiero que lo hagan de buena gana. ¿Quién sabe qué tipo de propaganda le habrá metido en la cabeza Darayavahoush a la chica? Primero tendremos que reparar el daño que haya podido ocasionar. Y si la chica no está por la labor de hacerse tu amiga, al menos sabremos qué errores debe evitar Muntadhir para no envenenar el pozo de su matrimonio.

Alí contempló el templo humeante. Jamás había tenido una sola conversación de más de diez minutos con un daeva que no hubiese acabado en desastre. Y su padre quería que se hiciera amigo de una Nahid. Y encima una chica. Solo de pensarlo le corrió un escalofrío por la columna vertebral.

—No va a salir bien, abba —dijo al fin—. Va a descubrir nuestras intenciones al momento. Te estás equivocando. No tengo experiencia con este tipo de engaños.

—¿Seguro que no? —Ghassán dio un paso al frente y apoyó una mano en el muro. Tenía las manos marrones gruesas y muy callosas. El pesado anillo de oro que llevaba en el pulgar parecía más bien el brazalete de un niño—. A fin de cuentas te las has apañado para ocultar tu relación con el Tanzeem.

Alí se quedó frío. Debía de haber oído mal. Pero, al dedicarle a su padre una mirada alarmada, captó algo más por el rabillo del ojo.

Los guardias los habían seguido. Y en aquel momento bloqueaban la puerta.

Un terror sin nombre se adueñó del corazón de Alí. Se aferró al parapeto. De pronto sentía como si acabasen de arrebatarle de un tirón la alfombra bajo los pies. Se le encogió la garganta y lanzó una mirada hacia el lejano suelo, brevemente tentado de saltar.

Ghassán ni siquiera lo miró. Tenía una expresión de completa serenidad mientras contemplaba la ciudad.

—Tus tutores siempre han elogiado lo bien que se te daban las cuentas. «Vuestro hijo tiene talento para las cifras», me decían. «Será una excelente incorporación a las Arcas Reales». Siempre supuse que exageraban y consideré que esta obsesión tuya por monedas de cambio no era más que otra de tus excentricidades. —Algo se contrajo en su rostro—. Pero luego el Tanzeem empezó a traer de cabeza a mis mejores contables. Me decían que era imposible rastrear la fuente de sus riquezas, que su sistema financiero era una maraña tumultuosa, sin duda diseñada por alguien con un meticuloso conocimiento de las finanzas humanas…, alguien con demasiado tiempo libre.

»No soportaba sospecharlo siquiera. No podía ser que mi hijo, mi propia sangre, me traicionase. Pero comprendí que al menos tendría que auditar tus cuentas. Imagina mi sorpresa al ver el dinero que extraías de tu asignación regularmente, Alizayd. Quise pensar que o bien mantenías a una concubina particularmente hermosa o sufrías una fuerte adicción por sustancias intoxicantes humanas…, pero, por desgracia, siempre has sido repugnantemente claro al afirmar lo mucho que te desagradan tanto las concubinas como las drogas.

Alí no dijo nada. Lo habían descubierto.

Una sonrisita carente de humor se dibujó en el rostro de su padre.

—Alabado sea Dios, ¿de verdad me las he arreglado para dejarte callado por una vez? Debería haberte acusado de traición antes, así me habría ahorrado tantos comentarios insufribles por tu parte.

Alí tragó saliva y apretó las manos contra el muro para disimular los temblores. *Pide perdón*, pensó, aunque no iba a suponer diferencia alguna. ¿Había estado al tanto su padre durante todos aquellos meses de que Alí había financiado al Tanzeem? ¿Sabría también lo de la muerte de los dos daeva?

El dinero, Dios, que solo sepa lo del dinero. Alí supuso que no sobreviviría si su padre supiera el resto.

—P-pero si me has nombrado caíd —tartamudeó.

—Ha sido una prueba —replicó Ghassán—. Una prueba en la que estabas fracasando miserablemente antes de la llegada de Afshín, que al parecer ha servido para recordarte dónde debe estar tu lealtad.

Cruzó los brazos y añadió:

—Tienes una deuda enorme con tu hermano. Muntadhir te ha defendido contra viento y marea. Dice que tienes tendencia a malgastar el dinero con cualquier shafit de ojos tristes que te viene lloriqueando. Puesto que tu hermano te conoce mejor que yo, me he dejado convencer para darte otra oportunidad.

Por eso me llevó a la tumba, comprendió Alí. Recordó que Muntadhir le había implorado que se mantuviese alejado de los shafit. Su hermano no había interferido directamente con la prueba de su padre, pues eso habría supuesto traición, pero cerca había estado. La devoción de Muntadhir sorprendió a Alí. Había visto con malos ojos la afición a la bebida y el comportamiento superficial de su hermano..., y sin embargo, probablemente seguía vivo gracias a Muntadhir.

—Abba... —empezó de nuevo—. Yo no...

—Ahórrate las disculpas —espetó Ghassán—. La sangre que tienes en la ropa y el hecho de que hayas venido a compartir tu dolor conmigo en lugar de acudir a alguna mugrienta calle de los shafit bastan para disipar mis dudas.

Por fin, el rey cruzó una mirada con los ojos aterrorizados de Alí. Su expresión era tan fiera que Alí se encogió.

—Pero te vas a ganar la confianza de la chica para mí.

Alí tragó saliva y asintió. No dijo nada. Bastante tenía con mantenerse erguido.

—Me gustaría pensar que no necesito perder el tiempo contándote todos los castigos que te aguardan si vuelves a engañarme —prosiguió Ghassán—. Pero aun así, dado lo mucho que la gente como tú aprecia el martirio, te dejaré una cosa clara: tú no serás el único que sufra. Si se te ocurre siquiera volver a traicionarme, te acompañarán cien inocentes muchachos shafit a bordo de ese maldito bote. ¿Entendido?

Alí volvió a asentir, pero su padre no pareció convencido.

—Dilo, Alizayd. Dime que lo has entendido.

Tenía la voz hueca:

—Entendido, abba.

—Bien. —Su padre le dio un manotazo tan fuerte en el hombro que Alí dio un respingo. Luego lo soltó e hizo una seña al uniforme desastrado—. Y ahora ve a lavarte, hijo mío. Tienes las manos manchadas de sangre.

18
NAHRI

Nahri se despertó al alba.

La llamada matutina a la oración, venida de las bocas de una docenas de diferentes almuédanos asomados a los minaretes de Daevabad, se le coló como un susurro en los oídos. Resultaba extraño, aquella misma llamada jamás la despertaba en El Cairo, pero allí, la cadencia la despertaba cada día. Se parecía mucho a la de El Cairo y al mismo tiempo no era igual. Nahri se desperezó, medio adormilada y aún confundida por el tacto sedoso de las sábanas. Abrió los ojos.

Solía tardar unos minutos en recordar dónde estaba, en reconocer que el lujoso apartamento que la rodeaba no era un sueño y que aquella cama enorme, repleta de suaves almohadones con brocados y apoyada en las lujosas alfombras del suelo con cuatro patas de caoba, era suya y de nadie más. Aquella mañana sufrió la misma impresión. Nahri escrutó el enorme dormitorio y contempló las hermosas alfombras y los preciosos paramentos de seda pintada. Uno de ellos era un gigantesco paisaje de la campiña de Daevastana pintado por Rustam…, su tío, se recordó. La idea de tener parientes parecía irreal.

Una puerta de madera tallada llevaba hacia su propio baño privado, mientras que otra puerta daba a un vestidor para ella sola. Para una chica que había pasado años durmiendo en las calles de El Cairo, una chica que en su día se había considerado afortunada de haber tenido dos abayas lisas y llanas en buen estado, el contenido de aquel vestidor parecía sacado de un sueño. Un sueño en el que Nahri habría acabado vendiendo toda la ropa que había ahí dentro y llevándose todas las ganancias, pero sueño al fin y al cabo. Camisones de seda más livianos que el aire, bordados con hilos de oro; abrigos de fieltro hechos a medida con toda una gama de colores adornados con una salvaje amalgama de flores enjoyadas; sandalias con cuentas tan hermosas e intrincadas que daba hasta pena ponérselas.

También había ropa más práctica, incluyendo una docena de túnicas que le llegaban a la altura de las pantorrillas, junto con pantalones bordados a juego; el típico conjunto que Nisreen había dicho que vestían las mujeres daeva. Otros tantos chadores, prendas que llegaban hasta el suelo muy típicas de las mujeres de su tribu, colgaban de globos de cristal, mucho más elegantes que cuando se los ponía Nahri. Aún no se había acostumbrado a las ornamentadas horquillas que sujetaban el chador a la cabeza, y además solía pisarse los bajos y arrancárselo sin querer.

Nahri soltó un bostezo y se restregó los ojos. Se apoyó en las manos y estiró el cuello. Su mano aterrizó en un bulto: había guardado varias joyas y un brazalete de oro debajo de las sábanas bajeras. Tenía varios botines similares por todo el apartamento: regalos que un caudal constante de ricos advenedizos le había ofrecido. Estaba claro que los djinn tenían auténtica obsesión por las gemas, y Nahri no confiaba en la cantidad de sirvientes que pasaban por sus habitaciones.

Hablando de lo cual… Nahri apartó la mano del botín y alzó la mirada. Contempló la figura diminuta e inmóvil agazapada en las sombras del otro extremo de la habitación.

—Por el Altísimo, ¿es que nunca duermes?

La chica hizo una inclinación de cabeza y se levantó. La voz de Nahri la puso en movimiento, como uno de esos juguetes infantiles que salían de sopetón de una caja impulsados por un muelle.

—Quiero estar disponible para ti en todo momento, Banu Nahida. Espero que hayas dormido bien.

—Todo lo bien que se puede dormir cuando te vigilan la noche entera —gruñó Nahri en divasti, a sabiendas de que la criada shafit no comprendía la lengua daeva.

Era la tercera chica que ponían a su servicio desde que había llegado. A las otras dos las había acabado espantando. Aunque a Nahri siempre le había parecido atractiva la idea de tener sirvientes, la devoción servil de aquellas chicas, que apenas eran niñas, la ponía de los nervios. Sus ojos de colores humanos eran un recordatorio demasiado familiar de la estricta jerarquía que regía el mundo de los djinn.

La chica se acercó a ella con la vista clavada en el suelo y una gran bandeja de estaño en las manos.

—El desayuno, mi señora.

Nahri no tenía hambre pero no pudo resistirse a echar un vistazo a la bandeja. Lo que se preparaba en las cocinas de palacio la asombraba tanto como el contenido de su guardarropa. Cualquier tipo de comida que se le antojase, en la cantidad que se le antojase, a la hora que se le antojase. Aquella mañana descansaba sobre la bandeja una pila humeante de esponjosos panes planos salpicados de semillas de sésamo, un cuenco con llamativos albaricoques y varios de aquellos pastelitos de pistacho con crema de cardamomo que tanto le gustaban. De una tetera de cobre brotaba un aroma a té verde mentolado.

—Gracias —dijo Nahri, y señaló las cortinillas que daban al jardín—. Puedes dejarlo todo ahí fuera.

Bajó de la cama y se echó un suave chal por encima de los hombros desnudos. Rozó con los dedos el objeto liviano que llevaba a la cintura, tal y como hacía una docena de veces al día. Se trataba de la daga de Dara. Se la había dado antes de marcharse a aquella estúpida misión suicida en busca de los ifrit.

Cerró los ojos y reprimió una punzada en el pecho. La idea del temperamental afshín, rodeado de soldados djinn, en busca de los mismos ifrit que casi los habían matado, bastaba para dejarla sin respiración.

No, se dijo a sí misma. *No empieces*. Temer por el destino de Dara no los ayudaría a ninguno de los dos en nada. El afshín era más que capaz de cuidarse a sí mismo. Nahri no necesitaba distracciones. Y menos aún aquel día.

—¿Te peino el cabello, mi señora? —intervino la criada, sacándola de sus cavilaciones.

—¿Qué? No…, no, está bien así —dijo Nahri en tono distraído mientras se echaba los rebeldes rizos por detrás de los hombros y atravesaba la estancia en busca de un vaso de agua.

La chica se apresuró a tomar la jarra.

—¿La túnica, quizá? —preguntó mientras le servía agua en un vaso—. He mandado limpiar y planchar las ropas ceremoniales Nahid…

—No —interrumpió Nahri con más brusquedad de la que pretendía. La chica se estremeció como si la hubiese abofeteado. Nahri se encogió al ver el miedo en su rostro. No pretendía asustarla—. Perdona. Verás…, eh… —Se devanó los sesos en busca del nombre de la chica, pero la habían bombardeado con tanta información a diario que no lo consiguió—: ¿Me dejas sola unos minutos?

La chica parpadeó como un gatito asustado.

—No. O sea…, no puedo marcharme, Banu Nahida —dijo en un diminuto murmullo suplicante—. Tengo que estar disponible…

—Yo me encargo de Banu Nahri esta mañana, Dunoor —dijo una voz calmada proveniente del jardín.

La chica shafit hizo una reverencia y se esfumó antes de que quien había hablado atravesase las cortinillas. Nahri alzó la mirada al techo.

—Cualquiera diría que voy por ahí prendiéndole fuego a la gente o envenenando el té —se lamentó—. No sé por qué me tienen tanto miedo por aquí.

Nisreen entró en la estancia sin un solo sonido. La mujer madura se movía como un fantasma.

—Tu madre disfrutaba de una reputación algo… temible.

—Sí, pero mi madre era una genuina Nahid —replicó Nahri—, y no una shafit perdida que no es capaz de invocar ni una llama.

Fue con Nisreen al templete que daba a los jardines. El mármol blanco relucía con tonos rosados a la luz del alba. Un par de pajarillos piaban y salpicaban en la fuente.

—Solo han pasado un par de semanas, Nahri. Date tiempo. —Nisreen esbozó una sonrisa sardónica—. Pronto serás capaz de conjurar suficientes llamas como para incinerar todo el dispensario. Además, no importa el aspecto que tengas, no eres shafit. El mismísimo rey lo ha dicho.

—Bueno, pues me alegro de que esté tan seguro —murmuró Nahri.

Ghassán había cumplido su parte del trato y había anunciado públicamente que Nahri era la hija perdida y de sangre pura de Manizheh. Asimismo, había afirmado que su apariencia humana se debía a una maldición marid.

Y sin embargo, Nahri no estaba muy convencida. A cada día que pasaba en Daevabad percibía más y más diferencias entre los shafit y los puros de sangre. El aire tremolaba de calor cerca de los elegantes puros de sangre, que respiraban más profundamente y cuyos corazones latían con más lentitud. Su piel luminosa desprendía un olor a humo que picaba en la nariz. Nahri no pudo evitar la comparación con el olor férreo de su sangre roja, el sabor salado de su sudor y el modo más desgarbado y lento en que se movía su cuerpo. Desde luego, se sentía más shafit que pura de sangre.

—Deberías comer algo —dijo Nisreen en tono ligero—. Hoy va a ser un día importante.

Nahri echó mano de un pastelito y lo sopesó antes de volver a dejarlo donde estaba. Sentía náuseas. Decir que aquel día iba a ser importante era quedarse muy corta. Aquel era el día en que Nahri iba a tratar a su primera paciente.

—Estoy segura de que seré capaz de matar a alguien aun con el estómago vacío.

Nisreen le dedicó una mirada. La antigua asistente de su madre tenía ciento cincuenta años de edad, una cifra que le había dado en el mismo tono de quien habla del tiempo, pero sus ojos afilados y oscuros parecían carecer de edad.

—No vas a matar a nadie —dijo Nisreen en tono plano.

Siempre hablaba con mucha confianza. Nisreen se le antojaba una de las personas más constantemente capaces que había conocido. No solo había frustrado el intento de Zaynab de avergonzar a Nahri, sino que también llevaba más de un siglo tratando Dios sabía qué tipo de enfermedades mágicas.

—Es un procedimiento muy sencillo —añadió Nasreen.

—¿Extraer una salamandra de fuego del cuerpo de una persona te parece sencillo? —Nahri se estremeció—. Sigo sin entender por qué has decidido que sea este mi primer caso. De hecho no sé por qué tengo que tener ningún caso. En el mundo de los humanos, los médicos tardan años en instruirse, pero tú quieres que vaya a sacar reptiles mágicos de otra persona con apenas un par de semanas de lec...

—Aquí hacemos las cosas de otro modo —interrumpió Nisreen. Le puso a Nahri una taza de té caliente en las manos y le señaló con un gesto una silla que había en el interior de la habitación—. Bebe un poco de té y ve a sentarte. Con el aspecto que tienes no puedes dejarte ver en público.

Nahri obedeció. Nisreen sacó un peine de un arcón cercano y empezó a peinarla. Le dividió los cabellos en mechones para trenzarlos. Nahri cerró los ojos y se dejó hacer, disfrutando del contacto del peine y de la pericia de los dedos de Nisreen.

Me pregunto si mi madre llegó a hacerme trenzas alguna vez.

La idea apareció en su mente como una grieta en la armadura con la que Nahri protegía esa parte de sí misma. En realidad era una idea ridícula; por lo que parecía, la madre de Nahri había sido asesinada poco después de dar a luz. Manizheh nunca tuvo la oportunidad de trenzarle los cabellos, ni siquiera de presenciar sus primeros pasos. No había vivido lo suficiente como para enseñarle a su hija la magia Nahid, ni para oírla quejarse de ningún hombre arrogante y hermoso que se moría de ganas de lanzarse al peligro.

A Nahri se le hizo un nudo en la garganta. En cierto modo había sido más sencillo pensar que sus padres eran unos bastardos negligentes que la habían abandonado. Puede que no recordase a su madre, pero resultaba difícil pasar por alto la idea de que la mujer que le dio la vida había sido violentamente asesinada.

Como también era difícil de ignorar el hecho de que quizá su padre seguía estando en Daevabad. Nahri imaginó los chismorreos que habría al respecto, pero Nisreen le había advertido de que lo mejor era no centrarse en su padre. Al parecer, la indiscreción de Manizheh no agradaba en absoluto al rey.

Nisreen acabó de hacerle la cuarta trenza y le engarzó una ramita de albahaca dulce al extremo.

—¿Para qué es eso? —preguntó Nahri, ansiosa por distraer la mente de aquellos pensamientos oscuros.

—Para que tengas suerte. —Nisreen sonrió, algo azorada—. En el lugar del que vengo, mi pueblo solía ponerles ramitas de albahaca a las chicas para que tuvieran suerte.

—¿Y de dónde vienes?

—Vengo de Ashunuur, una aldea en la costa sur de Daevastana. Mis padres eran sacerdotes, nuestros ancestros estuvieron al frente del templo durante siglos.

—¿De veras? —Nahri se enderezó, intrigada. Acostumbrada al hermetismo de Dara, le resultaba extraño estar con gente que hablase con tanta naturalidad de su pasado—. ¿Y por qué viniste a Daevabad?

La mujer madura pareció vacilar; sus dedos temblaron alrededor de la trenza de Nahri.

—De hecho, fue por los Nahid —dijo en tono suave. Nahri frunció el ceño en señal de confusión y Nisreen se explicó—: Mis padres murieron a manos de unos saqueadores djinn cuando yo era pequeña. Resulté herida de gravedad y los supervivientes me trajeron a Daevabad. Tu madre me curó. Tanto ella como su hermano me acogieron.

Nahri estaba horrorizada.

—Lo siento —balbuceó—. No tenía ni idea.

Nisreen se encogió de hombros, aunque Nahri atisbó un destello de dolor en sus ojos oscuros.

—No pasa nada. Es bastante común. La gente suele traer ofrendas caras a los templos; son un objetivo evidente para los saqueadores. —Se puso de pie—. Además, con los Nahid tuve una buena vida. Me gustaba mucho trabajar en el dispensario, aunque en lo tocante a la fe…

Nisreen atravesó la estancia y se dirigió al altar de fuego olvidado en el otro extremo.

—Veo que has vuelto a dejar que se apagase el altar.

Nahri se encogió.

—Lo rellené de aceite hace unos días.

—Nahri, ya lo hemos hablado.

—Tienes razón. Lo siento.

Tras la llegada de Nahri, los daeva le habían regalado el altar de fuego que había usado Manizheh, un armatoste de metal y agua, restaurado y pulido a la perfección, y que servía para despertarle un gran sentimiento de culpa. El altar, que debía de llegarle por la cintura, tenía una pileta de plata llena de agua que siempre brillaba bajo el resplandor de las diminutas lámparas de aceite que flotaban en la superficie. Un puñado de ramitas de cedro ardía en la pequeña cúpula que se alzaba sobre el centro de la pileta.

Nisreen llenó las lámparas con el aceite de una jarra cercana y echó mano de otra ramita de cedro de entre los utensilios consagrados al mantenimiento del altar. La usó para volver a encender las llamas y, acto seguido, le hizo un gesto a Nahri para que se acercase.

—Deberías cuidarlo un poco más —la regañó, si bien con voz amable—. Nuestra fe es parte importante de nuestra cultura. Si te preocupa tratar a un paciente, quizá deberías usar los mismos métodos que usaron tus abuelos, arrodillarte y rezar, tal y como habría hecho tu madre antes de empezar una nueva intervención.

Le hizo un gesto a Nahri para que inclinase la cabeza.

—Encontrarás fuerzas en la única conexión que te queda con tu familia.

Nahri suspiró, pero dejó que Nisreen le hiciese una marca de ceniza en la frente. Probablemente le vendría bien toda la suerte que pudiese reunir aquel día.

El dispensario debía de medir la mitad que la enorme cámara de audiencias. Era una sala escueta de muros blancos sin decoración alguna, una puerta de piedra pintada de azul y un espacioso techo abovedado hecho por completo de vidrio templado que dejaba pasar la luz del día. Una de las paredes estaba completamente cubierta de ingredientes medicinales, cientos de anaqueles de cristal y cobre de diferentes tamaños. Otra parte de la estancia se destinaba a la faena en sí: varias mesas bajas llenas de herramientas y experimentos farmacéuticos fallidos, así como un pesado escritorio de vidrio esmerilado que descansaba en una esquina, rodeado de estantes repletos de libros y un pequeño foso en el que hacer fuego.

En el otro extremo de la habitación se dejaba a los pacientes, separados por una cortina. Sin embargo, aquel día la cortina estaba descorrida. Al otro lado se veía un sofá vacío y una mesa pequeña. Nisreen pasó junto a la mesa, cargada con una bandeja llena de suministros.

—Debería llegar en cualquier momento. Ya he preparado el elixir.

—¿Sigues pensando que es buena idea? —Nahri tragó saliva, inquieta—. Hasta ahora no he tenido la mayor de las suertes a la hora de usar mis habilidades.

Decir eso era quedarse muy corta. Nahri había supuesto que ser sanadora entre los djinn sería lo mismo que serlo en el mundo de los humanos, donde se había dedicado a reparar huesos rotos, alumbrar bebés y coser heridas. Sin embargo, resultó que los djinn no necesitaban la menor ayuda con semejantes menesteres... al menos, los puros de sangre. En cambio, sí que necesitaban a Nahri cuando la situación era... complicada.

¿Y cuándo se consideraba complicada la situación? Cuando los bebés nacían de madrugada y presentaban marcas en la piel. O bien cuando la picadura de un simurg, el tipo de pájaro de fuego que tanto gustaba a los djinn, causaba que las entrañas del paciente empezasen a arder por dentro. En primavera, los djinn solían sudar gotas de plata. Entraba dentro de lo posible que creasen con magia un doble malvado de sí mismos, que transmutasen sus propias manos en flores, que se embrujasen con alucinaciones o se convirtiesen en manzana. Esto último suponía una gran afrenta al honor.

Las curas no eran mejores. Las hojas de las copas de los cipreses, *solo* de las copas, se podían hervir hasta formar una solución que descongestionaba los pulmones cuando una Nahid la administraba. Un insecto cocoideo mezclado con la cantidad justa de cúrcuma podía ayudar a concebir a una mujer infértil, pero el bebé resultante tendría para siempre un olor salado y sería alérgico al marisco. Y no se trataba solo de las enfermedades y esas curas que sonaban increíbles, sino de la interminable lista de situaciones a solucionar, situaciones que poco tenían que ver con la salud.

—Lo más seguro es que no funcione, pero a veces tomar durante dos semanas cicuta mezclada con cola de paloma y ajo al amanecer, siempre en el exterior, puede curar la mala suerte crónica —le había dicho Nisreen la semana pasada.

Nahri recordaba la incredulidad aturdida con la que había reaccionado.

—La cicuta es venenosa. Además, ¿desde cuándo la mala suerte es considerada una enfermedad?

La ciencia en la que se apoyaban las curas no tenía el menor sentido. Nisreen hablaba de los cuatro humores que componían el cuerpo de los djinn y la importancia de mantenerlos en equilibrio. El fuego y el aire debían ser equivalentes, y al mismo tiempo, juntos debían sumar el doble de la cantidad de sangre y cuatro veces la de bilis. Un desequilibrio en las proporciones podría ocasionar enfermedad, locura o que crecieran plumas.

—¿Que crezcan plumas? —había preguntado Nahri, incrédula.

—Por el exceso de aire —había explicado Nisreen—. Evidentemente.

Y aunque Nahri se esforzaba, el constante caudal de información día tras día, hora tras hora, la abrumaba. Desde que había llegado al palacio solo había estado en el ala donde se encontraban sus aposentos y el dispensario. Ni siquiera estaba segura de que le permitiesen marcharse. Cuando preguntó si podía aprender a leer, algo con lo que soñaba desde hacía años, Nisreen reaccionó con bastantes reservas y mencionó algo de que los textos Nahid estaban prohibidos, para luego cambiar extrañamente de tema enseguida. Aparte de Nisreen y de las aterrorizadas criadas, Nahri no tenía compañía alguna. Zaynab la había invitado educadamente a tomar el té en un par de ocasiones, pero Nahri había rechazado la invitación. No pensaba volver a ingerir ningún líquido cerca de aquella chica. Aun así, era una persona extrovertida; estaba acostumbrada a charlar con sus clientes y a deambular por El Cairo. El aislamiento y la concentración en un solo tema que requería la formación la estaban llevando al límite.

Además, notaba que la frustración estaba afectando a sus habilidades. Nisreen le había repetido lo que ya había dicho Dara: la sangre y el propósito resultaban vitales en la magia. Muchas de las medicinas que Nahri estudiaba no funcionarían si no las creaba una Nahid que creyese en ellas. No se podía mezclar una poción, moler unos polvos o siquiera ponerle la mano encima a un paciente sin confiar plenamente en lo que se hacía. Y a Nahri le faltaba esa confianza.

Y de pronto, el día anterior Nisreen le había dicho, bastante de improviso, que iban a probar una táctica distinta. El rey quería verla curar a alguien, y Nisreen se había mostrado de acuerdo, pues creía a pies juntillas que, si Nahri tenía la oportunidad de tratar a unos cuantos pacientes cuidadosamente seleccionados, la teoría empezaría a cobrar sentido para ella. A Nahri todo aquello se le antojó una buena medida para reducir poco a poco la población de Daevabad, pero al parecer no tenía voz ni voto en el asunto.

Llamaron a la puerta. Nisreen la miró.

—Lo vas a hacer bien. Ten fe.

Su paciente era una mujer mayor. La acompañaba un hombre que parecía ser su hijo. Nisreen les dio la bienvenida en divasti y Nahri soltó un suspiro de alivio. Esperaba que, al ser de su propia gente, se mostrasen compasivos ante su falta de experiencia. Nisreen llevó a la mujer hasta la cama y la ayudó al desprenderse del chador del color de la medianoche que llevaba. Bajo el chador, el pelo gris acero de la mujer estaba recogido en un complejo moño trenzado. El vestido carmesí oscuro que llevaba tenía bordados en oro. De las orejas le colgaban grandes pendientes de rubíes. La mujer apretó los labios pintados y le dedicó a Nisreen una mirada poco impresionada, mientras que su hijo, vestido con ropas de la misma finura, se cernió nervioso sobre ella.

Nahri inspiró hondo y se les acercó. Unió las palmas tal y como había visto hacer a otros miembros de su tribu.

—Que la paz sea con vosotros.

El hombre unió sus propias manos e hizo una pronunciada reverencia.

—Banu Nahida, es todo un honor —dijo en un susurro—. Que los fuegos ardan con brío para ti. Rezo para que el Creador te bendiga con la más larga de las vidas y los niños más felices y...

—Haz el favor de calmarte, Firouz —dijo la anciana. Miró a Nahri con ojos negros y escépticos. Husmeó en el aire—. ¿Y tú eres la hija de Banu Manizheh? Tienes un aspecto horriblemente humano.

—¡Madar! —siseó Firouz, claramente avergonzado—. No seas maleducada. Ya te comenté lo de la maldición, ¿a que sí?

Este es el crédulo de los dos, pensó Nahri, y se encogió, algo avergonzada de haber pensado algo así. Aquellas dos personas eran pacientes, no víctimas de sus timos.

—Hmm. —La anciana debió de captar lo que pensaba Nahri. Sus ojos destellaron como los de un cuervo—. ¿Puedes hacer algo por mí o no?

Nahri agarró de la bandeja un escalpelo de plata de aspecto siniestro y lo giró entre los dedos.

—Insha'Allah.

—Por supuesto que puede. —Nisreen apareció con un movimiento fluido entre ellos—. Se trata de un procedimiento sencillo.

Se llevó a Nahri hasta el rincón donde descansaba el elixir que ya había preparado y le susurró una advertencia.

—Cuidado con el tono que empleas. Y no hables ese idioma humano que suena como el geziriyya. La familia de estos dos es muy poderosa.

—Ah, bien, pues vamos a experimentar con ella, por supuesto.

—Es un procedimiento sencillo —le aseguró Nisreen por centésima vez—. Lo hemos repasado. Dale el elixir, busca la salamandra y extráela. Eres la Banu Nahida, debería resultarte tan fácil de ver como una mancha negra en el ojo.

Fácil. A Nahri le temblaban las manos, pero suspiró y aceptó el elixir que le tendió Nisreen. La copa de plata se calentó en sus manos y el líquido ambarino empezó a despedir vapor. Nahri regresó junto a la anciana y le tendió el elixir. La contempló mientras daba un sorbo.

La paciente puso una mueca.

—Esto sabe horrible. ¿No tienes nada para mejorar el amargor? ¿Un dulce, a lo mejor?

Nahri alzó las cejas.

—¿Qué pasa, que la salamandra estaba bañada en miel cuando te la tragaste?

La mujer compuso una expresión ofendida.

—No me la tragué. Fue una maldición. Seguramente fue mi vecina, Rika. ¿Sabes quién es, Firouz? La que tiene esos rosales tan patéticos, que está casada con un sahrayn, que su hija está todo el día armando escándalo. —Frunció el ceño—. Tendrían que haber echado a toda la familia del barrio daeva cuando se casó con ese pirata con turbante.

—Quién iba a pensar que tu vecina tuviese motivos para maldecirte.

—Propósito —susurró Nisreen, que se acercó con una bandeja llena de instrumentos.

Nahri puso los ojos en blanco.

—Recuéstate —le dijo a la mujer.

Nisreen le pasó una perilla de plata con un extremo afilado que acababa en punta.

—Recuerda, bastará un roce con esto y la salamandra quedará paralizada. Así podrás extraerla.

—Eso suponiendo… ¡agh! —Nahri soltó un exabrupto cuando un bulto del tamaño de su puño brotó bajo la piel del antebrazo izquierdo de la anciana como si fuera un globo. La piel parecía a punto de rasgarse. El bulto le corrió por la piel a la mujer y desapareció bajo el hombro.

—¿La has visto? —preguntó la mujer.

—Claro, ¿vosotros no? —preguntó Nahri, conmocionada.

La anciana le dirigió una mirada contrariada.

Nisreen sonrió.

—Ya te dije que podrías hacerlo. —Le tocó el hombro a Nahri—. Inspira hondo y ten lista la aguja. Volverá a aparecer en cualquier…

—¡Ahí está!

Nahri volvió a ver la salamandra, que apareció cerca del abdomen de la anciana. A toda prisa, hundió la aguja en el estómago de la mujer, pero el bulto pareció hundirse.

—¡Ay! —chilló la anciana. Una gota de sangre negra le manchó el vestido—. ¡Me ha dolido!

—¡Pues no te muevas!

La mujer gimoteó y le aferró una mano a su hijo.

—¡No me grites!

El bulto volvió a aparecer cerca del cuello de la mujer. Nahri intentó apuñalarlo una vez más, pero solo consiguió derramar más sangre y arrancarle otro grito a la señora. La salamandra se escabulló por el cuello; Nahri veía a la perfección el contorno del cuerpo del animal.

—¡Eeeh! —chilló la mujer cuando Nahri intentó agarrar a la criatura. Sus dedos se cerraron en torno a la garganta de la anciana—. ¡Eeeh! ¡Estás intentando matarme! ¡Estás intentando matarme!

—Claro que no…, ¡silencio! —gritó Nahri, procurando concentrarse mientras sujetaba a la salamandra para que no se escapase y alzaba la aguja. En cuanto pronunció aquellas palabras, el tamaño de la criatura pareció triplicarse. Se enrolló con más fuerza alrededor del cuello de la mujer.

La cara de la anciana se oscureció al instante, los ojos se tornaron rojos. Empezó a resoplar y se arañó la garganta en un intento por respirar.

—¡No! —Nahri intentó apretar al parásito para que empequeñeciera, pero no sucedió nada.

—¡Madar! —gritó el hombre—. ¡Madar!

Nisreen echó a correr al otro extremo de la habitación y sacó un frasquito de cristal de un cajón.

—Quita —se apresuró a decir.

Apartó a Nahri a un lado y echó la cabeza de la anciana hacia atrás. Le abrió la boca y le vertió el contenido del frasquito en la garganta. El bulto desapareció y la señora empezó a toser. El hijo le dio palmaditas en la espalda.

Nisreen alzó el frasquito.

—Carbón vegetal líquido —dijo en tono calmado—. Encoge a la mayoría de los parásitos internos. —Señaló con la cabeza a la anciana—. Voy a traerle algo de agua. Dejemos que recupere el aliento y volveremos a intentarlo.

Bajó la voz para que solo Nahri pudiese oírla y dijo:

—Tienes que tener un propósito más… positivo.

—¿Qué? —Nahri se sintió confundida un instante, pero al momento comprendió la advertencia de Nisreen.

La salamandra no había empezado a estrangular a la anciana al contacto con la aguja. Lo había hecho cuando Nahri le dijo que guardase silencio.

Casi la había matado. Nahri dio un paso atrás y derribó una de las bandejas que había en la mesa. Cayó con estruendo al suelo. Los frasquitos de cristal se hicieron añicos contra el mármol.

—Necesito… necesito aire.

Se giró hacia las puertas que daban a los jardines, pero Nisreen le salió al paso.

—Banu Nahida… —dijo con voz calmada pero con un brillo de alarma en los ojos—. No puedes marcharte así como así. Esta señora está bajo tu cuidado.

Nahri apartó a Nisreen de un empujón.

—Ya no. Que se vaya a casa.

Bajó de dos en dos los escalones que descendían hasta el jardín. Pasó a toda prisa entre las parcelas de plantas curativas y sobresaltó a dos jardineros. Siguió más allá hasta internarse por un estrecho sendero que llevaba al salvaje corazón del jardín real.

No pensó mucho a dónde iba. Le daba vueltas la cabeza. *No debía haber tocado a esa mujer.* ¿A quién quería engañar? No era ninguna sanadora. Era una ladrona, una timadora que a veces tenía suerte. Había dado por sentadas sus habilidades curativas en El Cairo, donde le resultaban tan fáciles como respirar.

Se detuvo al borde del canal y se apoyó en los restos medio derruidos de un puente de piedra. Un par de libélulas sobrevolaban las aguas agitadas. Nahri vio cómo se zambullían bajo un tronco caído cuyas ramas oscuras asomaban del agua como un hombre que intentase no ahogarse. Envidió su libertad. *En El Cairo, yo era libre.* La embargó una oleada de nostalgia hacia su antiguo hogar. Anhelaba encontrarse en El Cairo, en aquellas ajetreadas calles, entre los aromas familiares de la ciudad, con clientes que tenían problemas amorosos y poco más. Añoraba las tardes de preparar cataplasmas con Yaqub. Con frecuencia se había sentido extranjera en El Cairo, pero ahora comprendía que no era cierto. Hizo falta que se marchase de Egipto para que comprendiera que era su casa.

Pero no volveré a verlo. Nahri no era ninguna ingenua. Sospechaba que, a pesar de las palabras educadas de Ghassán, en Daevabad era más prisionera que huésped. Dara se había ido; no había nadie a quien pedirle ayuda. Estaba claro que esperaban que empezase a dar resultados como sanadora.

Se mordisqueó el interior de las mejillas mientras escrutaba el agua. Que hubiese aparecido una paciente en el dispensario apenas dos semanas después de su llegada no era muy halagüeño. Se preguntó cómo castigaría Ghassán su incompetencia si seguía incurriendo en ella. ¿Empezarían a quitarle privilegios tras cada fracaso? El apartamento privado, la ropa elegante, las joyas, las criadas y la comida lujosa...

Quizá al rey le complazca verme fracasar. Nahri no había olvidado el modo en que los Qahtani la habían recibido: la abierta hostilidad de Alizayd, el intento de Zaynab de humillarla..., por no mencionar aquel aleteo de miedo en el rostro de Ghassán.

Captó un movimiento por el rabillo del ojo y alzó la mirada. Cualquier distracción que la apartase de aquellas lúgubres cavilaciones era bienvenida. A través de una pantalla de hojas moteadas de púrpura atisbó un claro cercano en el que el canal se ensanchaba. Un par de brazos oscuros chapotearon en la superficie del agua.

Nahri frunció el ceño. ¿Había alguien... nadando? Había supuesto que el recelo que Dara tenía ante el agua era común a todos los djinn.

Algo preocupada, Nahri avanzó por el puente. Al entrar en el claro, sus ojos se desorbitaron.

El canal se alzaba en el aire.

Era como una cascada invertida. El canal desembocaba en el claro desde la jungla y se estrellaba contra el muro de palacio, para a continuación subir por él. Era una visión hermosa aunque estrambótica que la cautivó al instante. Entonces un chapoteo venido del neblinoso estanque captó su atención. Se acercó a toda prisa y vio que alguien se esforzaba por mantenerse a flote.

—¡Aguanta!

Tras haberse enfrentado al tumultuoso Gozán, aquel pequeño estanque era pan comido. Nahri entró a la carrera y agarró un brazo que se sacudía frenético. A tirones, trajo a la persona que se ahogaba hasta la orilla.

—¿Tú?

Nahri emitió un sonidito de disgusto al reconocer a un perplejo Alizayd al Qahtani. Le soltó el brazo al instante y el príncipe volvió a caer de espaldas al estanque. Las aguas se cerraron sobre su cabeza, pero el príncipe se levantó un momento después, tosiendo y escupiendo agua.

Se restregó los ojos y la miró con los párpados entornados, como si no pudiera creer a quién veía.

—¿Banu Nahri? ¿Qué haces tú aquí?

—¡Pensaba que te estabas ahogando!

Él se enderezó, tan arrogante como siempre a pesar de lo mojado y confuso que estaba.

—No me estaba ahogando —resopló, enfurruñado—. Estaba nadando.

—¿Nadando? —preguntó ella, incrédula—. Pero ¿dónde se ha visto a un djinn nadando?

Hubo un aleteo de puro alborozo en el rostro del príncipe.

—Es una costumbre ayaanle —murmuró al tiempo que echaba mano de un chal pulcramente doblado que descansaba al borde del estanque—. ¿Te importa?

Nahri puso los ojos en blanco, pero se giró. En un claro soleado entre la hierba un poco más adelante habían dejado una esterilla de tela sobre la que descansaban libros, un fajo de notas y un lápiz de carboncillo.

Nahri lo oyó salir del agua. Alizayd pasó junto a ella y se dirigió a la esterilla. Se envolvió la parte superior del cuerpo con el chal, con la misma meticulosidad que, según Nahri había visto, se cubrían el pelo las novias más tímidas. El agua goteaba del fajín empapado que llevaba el príncipe.

Alizayd echó mano de un gorro que descansaba sobre la alfombra y se lo puso en la cabeza mojada.

—¿Qué haces aquí? —preguntó por encima del hombro—. ¿Te ha enviado mi padre?

¿Por qué iba el rey a enviarme a verte? Nahri no formuló aquella pregunta. No tenía la menor intención de seguir hablando con el desagradable príncipe Qahtani.

—Da igual, ya me iba...

Dejó morir la frase en el aire al ver uno de los libros abiertos que descansaban sobre la esterilla. Una ilustración cubría media página: un shedu estilizado atravesado por una flecha de punta curva.

Un símbolo Afshín.

Nahri se acercó de inmediato al libro. Alizayd se adelantó y lo agarró antes que ella, pero dio igual: Nahri echó mano de otro libro y lo apartó cuando el príncipe intentó quitárselo.

—¡Devuélvemelo!

Ella esquivó el brazo del príncipe y hojeó el libro a toda prisa, en busca de más ilustraciones. Llegó a una serie de dibujos que había en una página. Media docena de djinn con los brazos alzados y tatuajes negros que los recorrían en espiral hasta las muñecas. En algunos de ellos, los tatuajes llegaban hasta los hombros desnudos. Diminutas líneas como travesaños en una escalera de mano sin base.

Como los de Dara.

Nahri no había prestado mucha atención a los tatuajes del daeva. Había supuesto que tendrían algo que ver con su linaje. Sin embargo, mientras contemplaba la ilustración, un dedo frío le recorrió la columna vertebral. Aquellas figuras parecían componer diversas tribus, y todas tenían expresiones de pura angustia en los rostros. Una mujer elevaba los ojos hacia un cielo invisible, con los brazos alzados y la boca abierta en un grito mudo.

Alizayd aprovechó la concentración de Nahri para arrebatarle el libro.

—Qué interesante, este tema que estás estudiando —dijo ella con tono mordaz—. ¿De qué se trata? ¿Qué son esas figuras y las marcas de sus brazos?

—¿Acaso no lo sabes? —Ella negó con la cabeza y una sombra atravesó el semblante de Alizayd, que no dio más explicaciones. Se puso los libros bajo el brazo—. No importa. Vamos, te acompaño al dispensario.

Nahri no se movió del sitio.

—¿Qué son esas marcas? —volvió a preguntar.

Alizayd se detuvo. Aquellos ojos grises parecieron evaluarla.

—Es un registro —dijo al fin—. Parte de la maldición de los ifrit.

—¿Un registro de qué?

Dara habría respondido a aquella pregunta con una mentira. Nisreen la habría esquivado y cambiado de tema. Pero Alizayd se limitó a apretar los labios hasta formar una fina línea y responder:

—Vidas.

—¿Qué vidas?

—Las de los amos humanos que asesinaron. —Torció el rostro—. Se supone que a los ifrit les gusta llevar un registro de víctimas.

Los amos humanos que asesinaron. A la mente de Nahri regresó el recuerdo de las incontables veces que había contemplado el tatuaje que recorría el brazo de Dara, aquellas diminutas líneas negras, opacas bajo la luz de sus fuegos constantes. Debía de haber centenares.

Consciente de que el príncipe la observaba, Nahri hizo un esfuerzo por mantener la compostura. A fin de cuentas había tenido aquella visión en Hierápolis en la que había observado cómo había subyugado a Dara su amo. A buen seguro no se lo podía culpar por haberlo asesinado.

Además, por más espeluznante que fuese el significado de las marcas de Dara, Nahri fue de pronto consciente de que había una amenaza más cercana. Contempló los libros en manos de Alizayd y un sentimiento de protección la embargó en una oleada, acompañado de la punzada del miedo.

—Lo estás estudiando.

El príncipe ni siquiera se molestó en mentir.

—Entre los dos habéis compuesto un relato de lo más interesante.

Se le encogió el corazón. *Nahri, las piezas no encajan...* Las palabras apresuradas de Dara volvieron a ella. El misterio sobre sus orígenes lo había impulsado a mentirle al rey y a salir en busca de los ifrit. El daeva había dejado caer que quizá los Qahtani no se daban cuenta de que había algo que no encajaba.

Sin embargo, estaba claro que al menos uno de ellos tenía ciertas sospechas.

Nahri carraspeó.

—Ya veo —consiguió decir al fin, sin ocultar del todo la alarma en su voz.

Alizayd bajó la mirada.

—Deberías irte —dijo—. Tus guardianes deben de estar preocupándose.

¿Guardianes?

—Conozco el camino —replicó Nahri y se giró hacia el lujuriante interior del jardín.

—¡Espera! —Alizayd se interpuso entre ella y la arboleda. Había un ápice de pánico en su voz—. Lo siento. No debería haber dicho eso. —Cambió el peso de un pie a otro—. He sido un maleducado... y no por primera vez.

Ella entornó los ojos.

—Me voy acostumbrando ya.

Una expresión sardónica le sobrevoló el rostro. Casi se podría decir que era una sonrisa.

—Te pediría que no lo hicieras. —Se llevó una mano al corazón y señaló con la cabeza las hojas mojadas que se le pegaban al chador—. Por favor, deja que te acompañe al palacio. No hace falta que te recorras toda la jungla solo por mi falta de modales.

Nahri consideró el ofrecimiento. Parecía sincero, y siempre existía la posibilidad de tirar sus libros a alguno de aquellos braseros ardientes que tanto gustaban entre los djinn.

—Está bien.

Él señaló con la cabeza al muro de palacio.

—Por aquí. Primero he de cambiarme.

Nahri siguió al príncipe a través del claro. Llegaron a un templete de piedra frente al muro y de ahí pasaron a una balaustrada abierta que daba a una habitación sencilla que debía de ser la mitad de grande que su dormitorio. Estanterías llenas de libros ocupaban una de las paredes, mientras que en el resto de la estancia escaseaba la decoración: un nicho semicircular de oración, una esterilla solitaria y una baldosa de cerámica de gran tamaño que tenía inscritos lo que parecían ser versos religiosos en árabe.

El príncipe fue derecho a la puerta principal, un enorme y antiguo panel de teca. Asomó la cabeza y luego hizo un gesto para que alguien de fuera se acercase. Segundos después apareció un miembro de la Guardia Real que se apostó en silencio frente a la puerta abierta.

Nahri le lanzó al príncipe una mirada incrédula.

—¿Me tienes miedo?

Él pareció ofendido.

—No. Pero, como se suele decir, un hombre y una mujer nunca están solos en una habitación cerrada; los acompaña el diablo.

Ella alzó una ceja e hizo un esfuerzo por contener la hilaridad.

—Bueno, pues supongo que toda precaución es poca. —Contempló el agua que seguía goteando del príncipe—. ¿No tenías que...?

Ali siguió su mirada y emitió un sonidito avergonzado. Al instante desapareció por una arcada de la que colgaba una cortinilla..., aún con los libros en la mano.

Qué tipo tan extraño. La habitación era extraordinariamente sencilla para ser de un príncipe. No tenía nada que ver con el lujoso apartamento de Nahri. Un escuálido camastro había sido doblado pulcramente y colocado sobre un solitario arcón de madera. Había un escritorio bajo que daba al jardín; la superficie estaba cubierta de papeles y pergaminos, todos ellos colocados en inquietantes ángulos rectos. Un estilete descansaba junto a un tintero inmaculado.

—Tus aposentos no parecen muy... habitados —comentó.

—No llevo mucho viviendo en el palacio —dijo él desde la estancia contigua.

Ella se aproximó a las estanterías.

—¿Y dónde vivías antes?

—Aquí. —Nahri dio un respingo ante lo cerca que había sonado la voz de Alizayd. Había regresado sin hacer sonido alguno, vestido con un largo fajín gris y una túnica a rayas de lino—. En Daevabad, digo. Crecí en la Ciudadela.

—¿La Ciudadela?

Él asintió.

—Me estoy formando para ser el caíd de mi hermano.

Nahri almacenó aquel dato en la cabeza, pero en aquel momento seguía cautivada por las atestadas estanterías. Había cientos de libros y pergaminos, incluyendo algunos la mitad de grandes que ella, así como varios más gruesos que su propia cabeza. Pasó una mano por aquellos lomos de distintos colores, abrumada por una sensación de anhelo.

—¿Te gusta leer? —preguntó Alizayd.

Nahri vaciló. Le daba vergüenza admitir que era analfabeta ante el dueño de semejante biblioteca personal.

—Supongo que se podría decir que me gusta la idea de leer. —Como la respuesta de Alí se limitó a un confuso fruncimiento de ceño, aclaró—: O sea, que no sé leer.

—¿De veras? —pareció sorprendido, pero al menos no percibió rechazo en él—. Pensaba que todos los humanos sabían leer.

—En absoluto. —Aquella idea errónea la divirtió. Quizá los humanos suponían para los djinn el mismo misterio que los djinn para los humanos—. Siempre he querido leer. Creí que aquí tendría la oportunidad de aprender, pero parece ser que no será el caso. —Suspiró—. Nisreen dice que es una pérdida de tiempo.

—Imagino que muchos piensan así en Daevabad. —Mientras Nahri tocaba el lomo dorado de uno de los volúmenes sintió que el príncipe la estudiaba—. Y si pudieras aprender, ¿sobre qué te gustaría leer?

Sobre mi familia. La respuesta acudió de forma inmediata a su mente, pero de ninguna manera pensaba decírselo a Alizayd. Se giró hacia él.

—Los libros que estabas leyendo fuera parecen interesantes.

Él ni siquiera parpadeó.

—Me temo que esos volúmenes en particular no están disponibles en este momento.

—¿Y cuándo crees que lo estarán?

Vio que algo se suavizaba en el rostro del príncipe.

—No creo que quieras leerlos, Banu Nahri. Creo que no te gustaría saber lo que dicen.

—¿Por qué no?

Él vaciló.

—Porque la guerra no es un tema agradable —dijo al fin.

Fue una respuesta más diplomática de la que Nahri habría esperado, teniendo en cuenta el tono de su conversación anterior. Con la esperanza de que siguiera hablando, Nahri decidió responder a su pregunta inicial de otro modo.

—Sobre negocios. —Ante la visible confusión de Alizayd, se explicó—. Me has preguntado sobre qué leería si supiera. Me gustaría saber cómo funcionan los negocios en Daevabad, cómo se gana dinero, cómo se negocia…, ese tipo de cosas.

Cuanto más lo pensaba, mejor idea le parecía. A fin de cuentas, se había ganado la vida en El Cairo gracias a su propia pericia en los negocios, desplumando viajeros y encontrando el mejor modo de timar a las víctimas más confiadas.

Él se quedó inmóvil por completo.

—O sea… ¿economía?

—Supongo.

El príncipe entornó los ojos.

—¿Estás segura de que mi padre no te ha enviado?

—Bastante segura.

Pareció animar algo más el semblante.

—Está bien, pues economía… —su voz adoptó un tono extrañamente emocionado—. Bueno, desde luego tengo bastante material sobre el tema.

Se acercó a las estanterías y Nahri se apartó. Sí que era alto; se cernía sobre ella como una de las viejas estatuas que aún salpicaban los desiertos en Egipto, y de hecho tenía la misma expresión severa de leve desaprobación.

Sacó un grueso tomo de color azul y dorado de la estantería superior.

—Historia de los mercados de Daevabad. —Le tendió el libro—. Está escrito en árabe, así que debería resultarte familiar.

Ella abrió el libro y hojeó un par de páginas.

—Muy familiar, y aun así del todo incomprensible.

—Puedo enseñarte a leer. —Había cierta incertidumbre en su voz.

Nahri le lanzó una mirada brusca.

—¿Qué?

Alizayd abrió las manos.

—Puedo enseñarte…, o sea, si quieres. A fin de cuentas, Nisreen no manda sobre mi tiempo. Puedo convencer a mi padre de que sería una buena manera de afianzar las relaciones entre nuestras tribus. —Su sonrisa se desvaneció—. Suele… apoyar mucho ese tipo de empresas.

Nahri se cruzó de brazos.

—¿Y qué sacarías tú de ello?

No confiaba en absoluto en aquel ofrecimiento. Los Qahtani eran demasiado listos para creerse lo que decían al pie de la letra.

—Eres la huésped de mi padre. —Nahri resopló, y Alizayd casi volvió a sonreír—. Está bien. Admito que tengo obsesión por el mundo humano. Puedes preguntarle a cualquiera y te lo confirmará —añadió, tal vez al captar el recelo en ella—. En especial me interesa el rincón del que provienes. Jamás había conocido a nadie de Egipto. Me encantaría aprender más del país, oír tus historias y quizá mejorar mi árabe.

Ya, no me cabe duda de que te encantaría aprender de todo. Nahri consideró la oferta mientras evaluaba mentalmente al príncipe. Era joven, incluso más que ella, sospechaba. Con muchos privilegios y mal carácter. Tenía una sonrisilla ansiosa, quizá demasiado esperanzada para que la oferta hubiese sido casual. Aliazyd quería pasar tiempo con ella, por el motivo que fuera.

Y Nahri quería saber qué había en sus libros, sobre todo si aquella información podía dañar de alguna manera a Dara. Si aceptar a aquel chico extraño como tutor era la mejor manera de protegerse a sí misma y al afshín, que así fuera.

Además…, sí que quería aprender a leer.

Nahri se dejó caer sobre uno de los almohadones del suelo.

—¿A qué esperamos, pues? —preguntó en el mejor árabe cairota que era capaz de hablar. Dio unos golpecitos en un libro con los dedos—. Empecemos.

19
ALÍ

— **N**o te estás esforzando al máximo.

Alí le lanzó una mirada desde el otro extremo de la sala de entrenamiento.

—¿Qué?

Jamshid e-Pramukh esbozó una sonrisa sardónica.

—Ya te he visto practicar con el zulfiqar..., no te estás esforzando.

Alí paseó la vista por el atuendo de Jamshid. Iba vestido con el mismo uniforme de entrenamiento que Alí, de un blanco desteñido diseñado para marcar todos los golpes de la ardiente espada. Sin embargo, mientras que la ropa de Alí estaba inmaculada, el uniforme del guardia daeva estaba cubierto de manchurrones de hollín. Le sangraba el labio y tenía hinchada la mejilla derecha a causa de una de las veces que Alí lo había derribado.

Alí alzó una ceja.

—Tienes una idea interesante de lo que es no esforzarse.

—Nah —dijo Jamshid en divasti. Al igual que su padre, tenía cierto acento cuando hablaba djinnistaní, una traza de los años que había pasado en las tierras exteriores de Daevastana—. Deberías haberme dejado mucho peor. Debería haber cachitos abrasados de Jamshid e-Pramukh desparramados por el suelo.

Alí suspiró.

—No me gusta luchar con extranjeros con el zulfiqar —confesó—. Aunque sea con armas de entrenamiento. No me parece justo.

Además, si Muntadhir regresa a Daevabad, no le hará gracia encontrarse a su amigo reducido a cachitos abrasados.

Jamshid se encogió de hombros.

—Sabrá que habrá sido culpa mía. Hace años que busco a un zulfiqari que acceda a entrenarme.

Alí frunció el ceño.

—Pero ¿por qué? Eres un guerrero experto con la espada ancha, y el arco se te da aún mejor. ¿Por qué quieres aprender a usar un arma que jamás podrás empuñar correctamente?

—Una hoja es una hoja. Quizá no sea capaz de invocar sus llamas venenosas como un geziri, pero si lucho junto a los de tu tribu, tiene todo el sentido que conozca sus armas. —Jamshid se encogió de hombros—. Al menos lo bastante como para no dar un respingo cada vez que una de ellas empieza a llamear.

—No sé yo si de verdad te vendría bien reprimir ese instinto.

Jasmshid se echó a reír.

—Tienes razón. —Alzó la hoja—. ¿Seguimos?

Alí se encogió de hombros.

—Si insistes.

Trazó un arco por el aire con el zulfiqar. Las llamas estallaron entre sus dedos y se extendieron por la hoja de cobre a su voluntad, abrasando la punta bifurcada y activando los venenos mortales que albergaba el afilado borde. O que habría albergado si el arma fuera real. La hoja que sostenía Alí había sido desprovista de veneno para el entrenamiento; el príncipe olía la diferencia en el aire. La mayoría de los soldados no sería capaz, pero claro, la mayoría de los soldados no había practicado obsesivamente con el arma desde los siete años de edad.

Jamshid cargó contra él, pero Alí lo esquivó sin dificultad y le propinó al daeva un golpe en el cuello antes de aprovechar su propia inercia.

Jamshid se giró para enfrentarse a Alí e intentó romper la siguiente parada.

—Tampoco ayuda que te muevas como un maldito colibrí —se quejó en tono de buen humor—. ¿Seguro que no eres un mestizo peri?

Alí no pudo evitar una sonrisa. Por extraño que pareciese, disfrutaba del tiempo que pasaba con Jamshid. Había algo desenfadado en su carácter; se comportaba como si fueran iguales, sin el servilismo que la mayoría de los djinn mostraba cerca del príncipe Qahtani, ni la altanería típica de la tribu daeva. Resultaba fresco; a Alí no le sorprendía que Muntadhir le tuviese tanto aprecio. Costaba creer que Jamshid fuese hijo de Kaveh. No se parecía en nada al quisquilloso gran visir.

—La espada más alta —aconsejó Alí—. El zulfiqar no es como la mayoría de las espadas. No hay que apuñalar ni pinchar tanto, es mejor lanzar tajos y ataques laterales. Recuerda que la hoja suele estar envenenada; apenas necesitas hacer una herida menor.

Giró el zulfiqar por encima de la cabeza y las llamas rugieron. Jamshid viró, tal y como esperaba. Alí aprovechó la distracción para agacharse y propinarle otro golpe en las caderas.

Jamshid saltó hacia atrás con un resoplido frustrado. Alí no tardó en arrinconarlo contra la pared opuesta.

—¿Cuántas veces me habrías matado a estas alturas? —preguntó Jamshid—. ¿Veinte? ¿Treinta?

Más. Un zulfiqar auténtico era de las armas más mortales del mundo.

—No más de una docena —mintió Alí.

Siguieron entrenando. Jamshid no mejoraba mucho, pero a Alí le impresionaba su valor. El daeva estaba visiblemente exhausto, cubierto de cenizas y sangre, pero se negaba a descansar.

Alí le colocó la hoja en el garganta por tercera vez. Estaba a punto de insistir en que hicieran una pausa cuando unas voces distrajeron su atención. Alzó la vista y vio a Kaveh e-Pramukh. Claramente enzarzado en una conversación amistosa con alguien que lo seguía, el gran visir entró en la sala de entrenamiento. Se quedó helado al instante. Sus ojos contemplaron el zulfiqar apoyado en la garganta de su hijo y Alí oyó que emitía un sonidito estrangulado.

—¿Jamshid?

Alí bajó el arma de inmediato y Jamshid giró sobre sus talones.

—¿Baba? —sonó sorprendido—. ¿Qué haces aquí?

—Nada —se apresuró a decir Kaveh. Dio un paso atrás e intentó cerrar la puerta tras de sí. Extrañamente parecía más nervioso de lo que había estado al ver a su hijo en semejante posición—. Perdonad. No pretendía...

La puerta se abrió a pesar del intento del gran visir de cerrarla, y Darayavahoush e-Afshín entró en la sala.

Entró como si de su propia tienda se tratase, con las manos a la espalda. Se detuvo al verlos.

—Sahzadeh Alizayd —saludó a Alí en divasti con tono calmado.

Alí, por su parte, no estaba calmado. Lo que estaba era mudo de asombro. Parpadeó, medio esperando que fuese otra persona y se hubiese confundido. En nombre de Dios, ¿qué hacía Darayavahoush allí? ¡Se suponía que estaba en Babili con Muntadhir, muy lejos, en el otro extremo de Daevastana!

El afshín estudió la sala como un general que contemplase el campo de batalla. Sus ojos verdes pasearon por las armas dispuestas en la pared y los diferentes monigotes, dianas y demás material amontonado en el suelo. Volvió a mirar a Alí.

—Naeda pouri mejnoas.

—¿Qué? No... no hablo divasti —tardamudeó Alí.

Darayavahoush ladeó la cabeza con un resplandor sorprendido en los ojos.

—¿No hablas el idioma de la ciudad sobre la que gobiernas? —preguntó en un djinnistaní con mucho acento. Se giró hacia Kaveh y señaló a Alí con el pulgar, la expresión divertida—. ¿Spa snasatiy un hyat vaken gezr?

Jamshid palideció y Kaveh se apresuró a situarse entre Alí y Darayavahoush con una patente expresión de miedo.

—Perdona la intromisión, príncipe Alizayd. No sabía que serías tú quien estaría entrenando con Jamshid. —Le puso una mano en la muñeca a Darayavahoush—. Vamos, afshín, deberíamos marcharnos.

Darayavahoush se libró de un tirón.

—Tonterías. Sería una falta de educación por nuestra parte.

El afshín llevaba una túnica sin mangas que dejaba ver el tatuaje negro que le recorría el brazo. Ya el hecho de que no lo cubriese resultaba elocuente, pero quizás Alí no debería de sorprenderse: el afshín había sido un asesino de gran talento antes de que lo esclavizaran los ifrit.

Alí vio que el afshín pasaba una mano por una grieta en el entramado de una de las ventanas y contemplaba las muecas repintadas de distintos colores de las paredes.

—Vuestra gente no ha mantenido nuestro palacio en buenas condiciones —señaló.

¿Nuestro palacio? Alí se quedó boquiabierto y le lanzó a Kaveh una mirada incrédula, pero el gran visir se limitó a encogerse de hombros con expresión impotente.

—¿Qué haces aquí, afshín? —espetó Alí—. No se espera que tu expedición regrese hasta dentro de unas semanas.

—Me marché —se limitó a decir Darayavahoush—. No veía la hora de regresar al servicio de mi señora, y tu hermano parecía perfectamente capaz de arreglárselas sin mí.

—¿Y el emir Muntadhir estuvo de acuerdo?

—No le pedí permiso. —Darayavahoush le sonrió a Kaveh—. Y aquí estoy. Me están haciendo una visita guiada a mi antiguo hogar.

—El afshín deseaba ver a la Banu Nahida —dijo Kaveh con una mirada cuidadosa a Alí—. Le dije que, por desgracia, ahora mismo está ocupada con su formación. Y de hecho, ahora que lo menciono, debemos marcharnos, Alí. Tengo una reunión con...

—Pues márchate tú —interrumpió Darayavahoush—. Sé orientarme solo. Defendí este palacio durante años, lo conozco como la palma de mi mano.

Dejó que las palabras flotasen en el aire un instante antes de centrar su atención en Jamshir. Recorrió con la mirada las heridas del joven daeva.

—Fuiste tú quien frustró la revuelta, ¿verdad?

Jamshid pareció completamente asombrado de que el afshín se dirigiese a él.

—Pues... eh... sí. Pero solo me limité a...

—Tienes muy buena puntería. —El afshín miró al joven guerrero y le dio una palmada en la espalda—. Deberías entrenarte conmigo. Podrías mejorar mucho gracias a mí.

—¿En serio? —exclamó Jamshid—. ¡Sería maravilloso!

Darayavahoush le arrebató el zulfiqar al hijo de Kaveh con un movimiento habilidoso.

—Por supuesto. Esto déjaselo mejor a los geziri. —Alzó la espada y la giró en el aire, contemplando cómo resplandecía a la luz del sol—. Así que esto es uno de esos famosos zulfiqar.

La sopesó y la contempló con ojo experto antes de mirar a Alí.

—¿Te importa? No vaya a ser que las manos de un..., ¿cómo nos llamáis, adoradores del fuego?..., contaminen un objeto tan sagrado para tu pueblo.

—Afshín... —empezó a decir Kaveh con la voz preñada de advertencia.

—Puedes marcharte, Kaveh —dijo Darayavahoush con un gesto—. Jamshid, ¿por qué no vas con él? Voy a ocupar tu lugar y a entrenar un poco con el príncipe Alizayd. He oído hablar mucho de sus habilidades en combate.

Jamshid le lanzó una mirada a Alí, incapaz de hablar y con aire de disculpa. Alí no podía culparlo; si Zaydi al Qahtani regresase a la vida y elogiase sus habilidades con el zulfiqar, él también se quedaría sin palabras. Además, el destello de arrogancia en los ojos de Darayavahoush lo estaba llevando al límite de sus nervios. Si quería enfrentarse a él con un arma que jamás había enarbolado, que así fuera.

—Está bien, Jamshid. Vete con tu padre.

—Príncipe Alizayd, no creo que...

—Que tengas buen día, gran visir —dijo Alí en tono brusco, sin apartar los ojos de Darayavahoush.

Oyó el suspiro de Kaveh, pero nadie se atrevería a desobedecer una orden directa de uno de los Qahtani. Jamshid, a regañadientes, salió junto a su padre.

El afshín le lanzó una mirada mucho más fría en cuanto se hubieron marchado los Pramukh.

—Le has hecho bastante daño al hijo del gran visir. —Alí se puso rojo de ira.

—¿Acaso tú nunca has herido a algún compañero de entrenamiento?

—Nunca con un arma que sabía que mi oponente jamás podría usar correctamente. —Darayavahoush alzó el zulfiqar y lo examinó mientras describía un círculo alrededor de Alí—. Es mucho más ligero de lo que había imaginado. Por el Creador, no te creerías los rumores que corrían sobre estas armas durante la guerra. Provocaban terror entre mi gente. Se decía que Zaydi se las había robado a los mismísimos ángeles que custodian el Paraíso.

—Así sucede siempre, ¿no? —dijo Alí—. Las leyendas suelen superar por mucho a las personas en las que se basan.

El afshín captó claramente a qué se refería. Compuso una expresión divertida.

—Seguramente tengas razón.

Cargó contra Alí y trazó un mandoble que, de haber enarbolado una espada ancha, le habría arrancado la cabeza solo por la fuerza del impacto. Pero el zulfiqar no era ninguna espada ancha, y Alí pudo esquivar sin dificultad el ataque. Aprovechó el impulso de Darayavahoush para pasarle la parte plana de la espada por la espalda.

—Hacía tiempo que quería reunirme contigo, príncipe Alizayd —prosiguió Darayavahoush tras esquivar el siguiente ataque de Alí—. Los hombres de tu hermano hablaban de ti todo el tiempo. He oído que eres el mejor zulfiqari de tu generación, que tienes tanto talento como el propio Zaydi. Hasta Muntadhir lo afirmaba. Decía que te mueves como un bailarín y que atacas como una víbora. —Se echó a reír—. Está muy orgulloso de ti. Resulta enternecedor. Rara vez se oye a un hombre hablar con tanto afecto de un rival.

—Yo no soy su rival —espetó Alí.

—¿No? ¿Y quién se sentaría en el trono si algo le ocurriese a Muntadhir?

Alí retrocedió.

—¿Qué? ¿Por qué lo preguntas? —Un miedo irracional se adueñó de su corazón—. ¿Acaso has...?

—Así es —dijo Darayavahoush, con la voz preñada de sarcasmo—. He asesinado al emir y luego he regresado a Daevabad a presumir de ello, porque siempre me he preguntado qué pinta tendría mi cabeza ensartada en una lanza.

Alí sintió calor en el rostro.

—No temas, principito —prosiguió el afshín—. He disfrutado de la compañía de tu hermano. Muntadhir gusta de los placeres de la vida y habla demasiado cuando se le va la mano con el vino... ¿cómo no va a caerme bien?

El comentario lo desestabilizó, como probablemente había planeado el afshín. Alí no estaba preparado cuando el Darayavahoush alzó el zulfiqar y se abalanzó sobre él. Hizo una finta a la izquierda y luego giró, más rápido de lo que Alí había visto moverse jamás a nadie, para a continuación lanzar un fuerte tajo con la espada. Alí paró el golpe a duras penas; su propio zulfiqar vibró con la fuerza del impacto. Intentó quitárselo de encima de un empujón, pero el afshín se mantuvo firme. Sostuvo el zulfiqar con una mano sin el menor atisbo de cansancio.

Alí aguantó la presa, pero sus manos temblaron sobre la empuñadura mientras la hoja del afshín se aproximaba a su rostro. Darayavahoush se acercaba, apoyando cada vez más peso sobre el arma.

Enciéndete. El zulfiqar de Alí estalló en llamas y Darayavahoush se lanzó hacia atrás por puro instinto. Sin embargo, el afshín se recobró enseguida y le lanzó un tajo al cuello a Alí. Este lo esquivó, pero notó el zumbido del arma al pasarle justo sobre la cabeza. Se mantuvo encorvado y propinó un ardiente golpe a la parte trasera de las rodillas del afshín. Darayavahoush se tambaleó y Alí aprovechó para apartarse de él de un salto.

Podría matarme, comprendió. Bastaba con que diera un único paso en falso. Darayavahoush podría decir que había sido un accidente; ¿quién iba a negarlo? Los Pramukh eran los únicos testigos, y probablemente a Kaveh le habría encantado encubrir el asesinato de Alí.

Estás paranoico. Sin embargo, cuando Darayavahoush volvió a atacar, Alí lo interceptó con algo más de entusiasmo, tanto fue así que lo obligó a retroceder por la sala.

El afshín bajó el zulfiqar con una amplia sonrisa.

—No está nada mal, Zaydi. Luchas muy bien para un chico de tu edad.

Alí se estaba cansando de aquella sonrisa petulante.

—No me llamo Zaydi.

—Muntadhir te llama así.

Él entornó los ojos.

—Pero tú no eres mi hermano.

—No —concordó Darayavahoush—. Desde luego que no. Aunque es cierto que me recuerdas a tu lejano pariente.

Teniendo en cuenta que el Zaydi original y Darayavahoush habían sido enemigos mortales durante una guerra de siglos que diezmó su raza, Alí comprendió que aquello no era un cumplido, aunque como tal se lo tomó.

—Gracias.

El afshín volvió a estudiar el zulfiqar. Lo sostuvo para reflejar la luz del sol que se derramaba por las ventanas.

—No me des las gracias. El Zaydi al Qahtani que yo conocí era un rebelde fanático y sediento de sangre, no el santo en que tu gente lo ha convertido.

Alí se crispó ante el insulto.

—Ah, ¿era él quien estaba sediento de sangre? Tu Consejo Nahid se dedicaba a quemar vivos a los shafit en el midán cuando Zaydi se rebeló.

Darayavahoush alzó una de sus oscuras cejas.

—¿Tan bien informado estás de cómo era la situación un milenio antes de que nacieras?

—Nuestros registros dicen…

—¿Vuestros registros? —El afshín soltó una risa sin el menor rastro de humor—. Oh, me encantaría saber lo que dicen. ¿De verdad saben escribir los geziri? Pensaba que lo único que hacíais en vuestros pozos de arena era guerrear entre vosotros y suplicarles a los humanos que os diesen la comida que tiraban.

El temperamento de Alí llameó. Abrió la boca para replicar, pero se detuvo al darse cuenta de la atención con la que Darayavahoush lo miraba. Había puesto mucho cuidado a la hora de elegir el insulto. El afshín intentaba provocarlo, pero maldito si iba a conseguirlo. Alí inspiró hondo.

—Para oír insultos sobre mi tribu ya están las tabernas de los daeva —dijo en tono despectivo—. Pensaba que querías entrenar.

Un destello apareció en los ojos brillantes del afshín.

—Tienes toda la razón, chico.

Alzó la hoja.

Alí bloqueó el siguiente ataque. Hubo un restallido de ambas espadas. Sin embargo, el afshín era bueno, y aprendía con una celeridad pasmosa, como si literalmente absorbiese todas las acciones de Alí. Se movía más rápido y atacaba con más fuerza que nadie con quien se hubiese enfrentado. Casi parecía imposible. Empezó a hacer mucho calor en la sala. La sien de Alí estaba desacostumbradamente húmeda. Aquello no podía ser; los djinn puros de sangre no sudaban.

El afshín atacaba con tanta fuerza que Alí tuvo la impresión de estar luchando contra una estatua. Le dolían las muñecas y cada vez le costaba más mantener sujeta el arma.

Darayavahoush empezaba a arrinconarlo cuando, de pronto, se apartó de él y bajó el arma. Soltó un suspiro y admiró la hoja.

—Ah, cómo lo he echado de menos. Los tiempos de paz tienen sus virtudes, pero no hay nada comparable al estruendo del arma contra la del enemigo.

Alí se tomó un instante para recuperar el aliento.

—Yo no soy tu enemigo —dijo con dientes apretados, aunque en aquel momento sentía todo lo contrario—. La guerra se acabó.

—Eso me dice todo el mundo.

El afshín giró sobre sus talones y cruzó la sala despacio, dejando deliberadamente desprotegida su espalda. Los dedos de Alí se crisparon sobre el zulfiqar. Se obligó a reprimir la enorme tentación de atacarlo. Darayavahoush no se pondría en una posición tan vulnerable de no estar absolutamente seguro de que podría defenderse.

—¿Separarnos ha sido idea de tu padre? —preguntó el afshín—. Me sorprendió ver las ganas que tenía de que me fuera de Daevabad. Hasta me ofreció a su primogénito como garantía. Y sin embargo, seguís sin dejarme ver a mi Banu Nahida. Me han dicho que la lista de espera para reunirse con ella es más larga que mi brazo.

Alí vaciló, descolocado ante el brusco cambio de tema.

—Nadie esperaba tu llegada y la Banu Nahida está ocupada. Quizá...

—Nahri no ha dado la orden de hacerme esperar —espetó Darayavahoush.

En apenas un instante, Alí notó cómo aumentaba la temperatura de la sala. La antorcha de la pared de enfrente llameó, pero el afshín no pareció darse cuenta, tenía la vista clavada en el muro donde descansaba la mayoría de las armas. Cien variedades distintas de muerte colgaban de ganchos y cadenas.

Alí no pudo evitar contestar:

—¿Buscas un flagelo?

Darayavahoush se giró hacia él, los ojos verdes resplandecientes de rabia. Demasiado resplandecientes. Alí jamás había visto nada igual, y eso que el afshín no era el primer esclavo con el que se cruzaba. Contempló una vez más las antorchas, que llameaban descontroladas, casi como si el fuego intentase alcanzar al antiguo esclavo.

La luz abandonó los ojos del afshín y dejó una expresión calculadora en su semblante.

—He oído que tu padre pretende casar a Banu Nahri con tu hermano.

Alí se quedó boquiabierto. ¿Cómo se había enterado? Apretó los labios en un intento por disimular la sorpresa. Tenía que haber sido Kaveh. A juzgar por el modo en que ambos adoradores del fuego cuchicheaban cuando entraron en la sala, seguramente Kaveh le estaba contando hasta el último de los secretos que conocía.

—¿Te lo ha dicho el gran visir?

—No. Me lo acabas de confirmar tú. —Darayavahoush se detuvo lo suficiente como para disfrutar de la sorpresa en el rostro de Alí—. Tu padre me parece un hombre muy práctico. Casarlos a los dos sería un movimiento político muy astuto. Además, se rumorea que tú eres un fanático religioso, aunque según Kaveh pasas bastante tiempo con Banu Nahri. No resultaría apropiado, a no ser que ella pasara a formar parte de tu familia. —Sus ojos recorrieron el cuerpo de Alí—. Y está claro que a Ghassán no le importa cruzar tribus.

Alí estaba sin palabras. Le ardía la cara de vergüenza. Su padre iba a asesinarlo cuando se enterase de que se le había escapado aquel dato.

Pensó a toda prisa en un modo de arreglar el estropicio.

—Banu Nahri es huésped en casa de mi padre, afshín —empezó—. Me limito a intentar ser amable con ella. Quería aprender a leer… y no veo nada inapropiado en ello.

El afshín se acercó, pero ya no sonreía.

—¿Y qué le estás enseñando a leer? ¿Esos mismos registros geziri que demonizan a mis ancestros?

—No —replicó Alí—. Quería aprender economía. Aunque estoy bastante seguro de que has vertido muchas mentiras sobre nosotros en sus oídos.

—Le he dicho la verdad. Tenía derecho a saber que tu pueblo le robó su derecho de nacimiento y casi destruyó nuestro mundo.

—¿Y qué le has contado del papel que jugaste tú en todo ello? —dijo Alí, desafiante—. ¿Le has hablado de eso, Darayavahoush? ¿Sabe por qué te llaman «el Flagelo»?

Hubo un silencio. Y entonces, por primera vez desde que el afshín había entrado en la sala con aquella sonrisa petulante y aquellos ojos burlones, Alí vio un rastro de incertidumbre en su semblante.

La chica no sabe nada. Alí sospechaba que era así, aunque Nahri siempre ponía cuidado de no hablar del afshín en su presencia. Por raro que pareciese, sintió alivio. Hacía semanas que se veían y Alí disfrutaba de su compañía. No le gustaba la idea de que su futura cuñada supiese la verdad y aun así fuese leal a semejante monstruo.

Darayavahoush se encogió de hombros, aunque hubo un destello de advertencia en sus ojos.

—Me limité a seguir órdenes.

—Mentira.

El afshín alzó una de sus cejas oscuras.

—¿Ah, sí? Pues cuéntame qué es lo que se dice de mí en vuestras injustas historias.

Alí casi pudo oír la advertencia de su padre en la mente, pero aun así no se reprimió.

—Pues para empezar hablan de Qui-zi. —El rostro del afshín se contrajo—. Una vez que Daevabad cayó y el Consejo Nahid fue derrocado, ya no recibías órdenes de nadie. Lideraste la rebelión en Daevastana. Si es que se puede denominar «rebelión» a esa carnicería indiscriminada.

—¿Carnicería indiscriminada? —Darayavahoush se irguió con una expresión desdeñosa—. Tus ancestros masacraron a mi familia, saquearon mi ciudad e intentaron exterminar a mi tribu... y aun así te atreves a juzgar mis actos.

—Exageraciones —despreció Alí—. Nadie intentó exterminar a tu tribu. Los daeva sobrevivieron perfectamente sin que vinieras a destruir aldeas en las que se mezclaban con otras tribus, sin que enterrases vivos a djinn inocentes.

El afshín resopló.

—Sí, sobrevivimos y nos convertimos en ciudadanos de segunda clase en nuestra propia ciudad, obligados a inclinarnos y a aceptar vuestras sobras.

—Sí, una opinión que te has formado después de haber pasado... ¿cuánto, quizá dos días en Daevabad? —Alí puso los ojos en blanco—. Tu tribu es rica y tiene contactos. Su barrio es de los más limpios y mejor gestionados de la ciudad. ¿Sabes quiénes son ciudadanos de segunda? Los shafit a los que...

Darayavahoush puso los ojos en blanco.

—Ah, ya estamos. Ni una sola discusión con un djinn en la que no empiece a lamentarse por los pobres y tristes shafit que no dejan de crear. Por el ojo de Salomón, si tanto os cuesta controlaros, probad con cabras, que de todos modos se parecen mucho a los humanos.

Las manos de Alí apretaron el zulfiqar. Quería hacerle daño a aquel hombre.

—¿Sabes qué más dicen de ti las historias?

—Ilústrame, djinn.

—Que podrías haberlo conseguido. —Darayavahoush frunció el ceño. Alí prosiguió—: La mayoría de los estudiosos concuerda en que podrías haber defendido una Daevastana independiente durante bastante tiempo. Lo suficiente como para liberar a unos pocos de los Nahid supervivientes. Quizás incluso lo bastante como para recuperar Daevabad.

El afshín guardó silencio. Alí comprendió que había dado en el blanco. Contempló al príncipe y, cuando por fin habló, fue con voz suave y toda la intención en las palabras:

—Parece que tu familia tuvo suerte de que los ifrit me asesinasen, pues.

Alí no se apartó de la mirada fría de aquel hombre.

—Dios así lo quiso.

Había sido un comentario cruel, pero le daba igual. Darayavahoush era un monstruo.

Darayavahoush alzó el mentón y esbozó una sonrisa afilada que le recordó a Alí a la mueca feroz de un perro.

—Basta ya de discutir sobre historia antigua. Te había prometido un desafío.

Alzó el zulfiqar.

La hoja empezó a arder. Los ojos de Alí se desorbitaron.

Nadie que no fuese geziri era capaz de encender las llamas de un zulfiqar.

El afshín pareció más intrigado que sorprendido. Contempló las llamas, el fuego que se reflejaba en sus brillantes ojos.

—Ah... ¿qué te parece? ¿No es fascinante?

Esa fue la única advertencia.

Darayavahoush cargó contra Alí. Este se apartó, con llamas lamiendo su propio zulfiqar. Ambas hojas chocaron con un estruendo. Darayavahoush deslizó la hoja sobre la de Alí hasta que la empuñadura chocó con sus manos. Luego le dio una patada en el estómago. Alí cayó y giró sobre sí mismo para evitar un tajo de Darayavahoush, tan rápido y fuerte que le habría abierto el pecho en dos de no haberlo esquivado. *Bueno, supongo que abba estaba en lo cierto,* pensó mientras el afshín barría el suelo con el zulfiqar. *Darayavahoush y yo no habríamos sido buenos compañeros de viaje.*

La calma del afshín había desaparecido, y con ella, buena parte de la contención que había estado demostrando, tal y como Alí se percató en ese momento. En realidad era mucho mejor luchador de lo que había mostrado.

Sin embargo, el zulfiqar era un arma geziri, y Alí no pensaba permitir que ningún carnicero daeva lo derrotase con ella. Dejó que el afshín lo persiguiese por la sala de entrenamiento, mientras las ardientes armas chocaban y chisporroteaban. Aunque era más alto que Darayavahoush, su oponente era probablemente el doble de corpulento que él. Esperaba que su juventud y su agilidad decantasen el combate a su favor.

Y sin embargo, no parecía ser el caso. Alí esquivó golpe tras golpe, cada vez más exhausto. Empezaba a tener miedo. Bloqueó otra carga del afshín y captó el destello de un janyar que descansaba en un anaquel junto a la ventana en el otro extremo de la sala. La daga asomaba de entre un montón de suministros apilados de cualquier manera; la sala de entrenamiento tenía fama de estar siempre desordenada, pues la supervisaba un amable aunque distraído anciano guerrero geziri que nadie se atrevía a sustituir, pues habría supuesto una crueldad.

Una idea floreció en la mente de Alí. Mientras luchaban, empezó a dar muestras de cansancio y de miedo. En realidad no fingía, y de hecho atisbó un brillo triunfal en los ojos del afshín, que claramente disfrutaba de la oportunidad de poner en su lugar al hijo de un enemigo muy odiado.

Los contundentes ataques de Darayavahoush le sacudían el cuerpo entero, pero Alí mantuvo el zulfiqar en alto mientras el afshín lo seguía hacia las ventanas. Las ardientes hojas sisearon una contra la otra; Alí se vio empujado contra el cristal de una ventana. El afshín sonrió; tras su cabeza, las antorchas llamearon y danzaron contra el muro como si las hubiesen empapado en aceite.

Alí soltó de pronto el zulfiqar.

Agarró el janyar y se lanzó al suelo. Darayavahoush se tambaleó. Alí rodó sobre sí mismo y se lanzó sobre el afshín antes de que este pudiera recuperar el equilibrio. Le puso la daga en la garganta, respirando entrecortadamente, pero no hizo presión.

—¿Hemos acabado?

El afshín escupió.

—Vete al infierno, mosca de la arena.

Y entonces, todas y cada una de las armas que había en la estancia salieron volando hacia él.

La pared donde descansaban las armas se vació por completo. Alí se lanzó al suelo. Una maza que giraba en el aire zumbó por encima de su cabeza, y un arma de asta tukharistaní le atravesó la manga y lo clavó al suelo. Todo acabó en cuestión de segundos, pero antes de que Alí pudiese procesar lo sucedido, el afshín le pisoteó con fuerza la muñeca derecha.

Alí necesitó de todo su autocontrol para no gritar. Darayavahoush le clavó el tacón de la bota en los huesos de la muñeca. Oyó un crujido y lo atravesó una punzada ardiente de dolor. Se le entumecieron los dedos. Darayavahoush alejó la daga janyar de una patada.

Le puso el zulfiqar en la garganta.

—Levántate —siseó el afshín.

Alí obedeció, mientras se sujetaba la muñeca herida bajo la manga rota. Por el suelo había desparramadas todo tipo de armas. Las cadenas y los ganchos que las sostenían colgaban rotos en la pared opuesta. Un escalofrío recorrió la espalda de Alí. Ya era raro que un djinn pudiese controlar desde lejos un único objeto... y siempre requería una concentración considerable, aparte de que no solía funcionar a gran distancia. Aquello era imposible. Y encima, el afshín lo había logrado después de haber despertado las llamas del zulfiqar.

No era posible que supiera hacer todo aquello.

Darayavahoush estaba impertérrito. Juzgó a Alí con la mirada.

—No te creía capaz de semejantes truquitos.

Alí apretó los dientes e intentó ignorar el dolor en la muñeca.

—Supongo que soy un dechado de sorpresas.

Darayavahoush lo contempló durante un instante, al cabo del cual dijo:

—No. La verdad es que no lo eres. Eres justo lo que esperaba. —Recogió el zulfiqar de Alí y se lo tiró. Alí, sorprendido, lo atrapó con la mano buena—. Gracias por la sesión, pero, por desgracia, el arma no está a la altura de su temible reputación.

Alí envainó el zulfiqar, ofendido en nombre del arma.

—Siento haberte decepcionado —dijo en tono sarcástico.

—No he dicho que estuviera decepcionado. —Darayavahoush acarició un hacha de guerra clavada en una de las columnas de piedra—. Con ese hermano tan encantador y cultivado que tienes, por no mencionar a tu padre, tan pragmático..., empezaba a preguntarme qué les había sucedido a los Qahtani que conocí en su día. Empezaba a temer que lo que recordaba de los fanáticos armados con zulfiqares que destruyeron mi mundo fuese mentira. —Le clavó la vista a Alí—. Gracias por recordarme que todo es cierto.

—Yo no... —A Alí le faltaban las palabras. De pronto temió haber hecho algo peor que revelar los planes de su padre para Nahri—. Me has malinterpretado.

—En absoluto. —El afshín le mostró una sonrisa afilada—. Yo también fui en su día un guerrero joven de la tribu dominante. Es una posición de privilegio. Se imbuye uno de confianza, se convence de que su pueblo no puede equivocarse. La fe se arraiga.

La sonrisa se esfumó y el afshín adoptó un tono nostálgico.

—Disfruta del momento.

—Yo no me parezco en nada a ti —replicó Alí—. Jamás haría todo lo que tú hiciste.

Darayavahoush abrió la puerta de un tirón.

—Reza para que nadie te pida que lo hagas, Zaydi.

20
NAHRI

—Es un candado.

—¿Un candado? No, no puede ser. Fíjate bien. Está claro que es algún tipo de mecanismo avanzado. Una herramienta científica... o, a juzgar por la forma de pez, quizá sea un dispositivo para navegar por el mar.

—Que es un candado.

Nahri le arrebató el objeto de metal a Alí de las manos. Estaba hecho de hierro y tenía la forma de un pez ornamentado con aletas y cola curva. También tenía grabada en un lateral una serie de pictogramas cuadrados. Nahri se sacó una horquilla del pañuelo de la cabeza y giró el objeto. En el otro lado había un agujero en el que cabía una llave. Un ojo de cerradura. Se lo acercó y metió la horquilla con ademán experto. La barra superior del objeto se abrió.

—¿Ves? Un candado. Solo le falta la llave.

Con aire triunfal, Nahri le tendió el candado ornamental a Alí y se retrepó en un almohadón. Alzó los pies y los apoyó en una mullida otomana de seda. Tanto ella como su avanzado tutor se encontraban en una de las balconadas superiores de la biblioteca real, el mismo lugar en el que se habían estado reuniendo cada tarde desde hacía semanas. Nahri dio un sorbito de té y contempló las intrincadas cristaleras de la ventana más cercana.

La impresionante biblioteca no había tardado en convertirse en su lugar favorito de todo el palacio. Era más grande que el salón del trono de Ghassán. Por el enorme patio cubierto pululaban numerosos sabios y estudiantes enzarzados en debates. En la balconada de enfrente, un tutor sahrayn había invocado una nube de humo que se convirtió en un mapa mucho más grande que el que Dara había hecho para ella en su viaje a través del desierto. Un barco en miniatura hecho de vidrio soplado flotaba sobre aquel mar. El tutor alzó las manos y una ráfaga de viento hinchó las sedosas velas del barco, que avanzó en una travesía marcada por diminutas ascuas, bajo la mirada de varios estudiantes. En el aula sobre la balconada, un sabio agnivanshi enseñaba matemáticas. Cada vez que chasqueaba los dedos aparecía un número abrasado en la pared encalada ante ella, un auténtico mapa de ecuaciones que sus pupilos se afanaban por copiar.

Y luego estaban los libros en sí. Las estanterías se alzaban hasta donde se perdía la vista, hacia aquel techo de vertiginosa altura. Alí, a quien parecía encantar el interés que la biblioteca despertaba en Nahri, le había dicho que aquella enorme colección albergaba ejemplares de prácticamente todos los libros que se habían escrito, tanto por manos humanas como de djinn. Al parecer había una clase entera de djinn que se pasaba la vida viajando entre bibliotecas humanas para copiar meticulosamente las obras que contenía cada una, obras que luego enviaban a Daevabad para que se almacenasen allí.

Las estanterías también estaban llenas de resplandecientes herramientas e instrumentos, de turbios jarrones de conservación y artefactos polvorientos. Alí le advirtió que no se acercase a ellos; al parecer no era extraño que alguno estallase. Los djinn eran propensos a explorar las propiedades del fuego en todas sus formas.

—Un candado.

Las palabras de Alí la sacaron de sus cavilaciones. El príncipe sonaba decepcionado. Dos asistentes de la biblioteca atravesaron volando el aire a su espalda, subidos en alfombras del tamaño de esterillas de oración. Los dos iban sacando libros de lugares concretos para llevárselos a los estudiantes del piso de abajo.

—Efl —corrigió ella la pronunciación en árabe de Alí—. No se dice «qefl» sino «efl».

Él frunció el ceño y sacó un trozo de pergamino de la pila que estaban usando para practicar las letras.

—Pero si se escribe así. —Garabateó la palabra y señaló la primera letra—. Qaf, ¿no?

Nahri se encogió de hombros.

—Mi gente dice «efl».

—Efl —repitió él con atención—. Efl.

—Eso. Ahora suenas como un auténtico egipcio. —Sonrió ante la expresión seria que compuso Alí mientras hacía girar la cerradura entre las manos—. ¿Qué pasa, acaso los djinn no usan candados?

—Pues lo cierto es que no. Hemos descubierto que las maldiciones protegen mucho mejor.

Nahri hizo un mohín.

—Suena desagradable.

—Pero efectivo. A fin de cuentas… —la miró a los ojos con cierto brillo desafiante en sus ojos grises—, una criada acaba de abrir este candado con bastante facilidad.

Nahri se maldijo por el desliz.

—Cuando servía como criada tenía que abrir muchas alacenas. Productos de limpieza y demás.

Alí se echó a reír, un sonido cálido que Nahri oía tan poco por su parte que se sorprendió.

—¿Tanto valor tienen las escobas entre los humanos?

Ella se encogió.

—Mi señora era bastante tacaña.

Él sonrió y echó un vistazo al interior de la cerradura del candado.

—Creo que me gustaría aprender a abrir uno de estos.

—¿A abrir cerraduras? —Se rio—. ¿Planeas emprender una carrera como criminal en el mundo de los humanos?

—Me gusta contar con tantas opciones como sea posible.

Nahri resopló.

—Entonces tendrás que mejorar el acento. Cuando hablas árabe suenas como un viejo sabio de las antiguas cortes de Bagdad.

Alí encajó la pulla sin más y contraatacó con un cumplido:

—Supongo que no estoy avanzando tanto como tú en tus estudios —confesó—. Has mejorado mucho tu escritura. Deberías empezar a pensarte qué idioma querrás aprender a escribir después.

—El divasti. —No había duda alguna—. Quiero poder leer los textos Nahid yo sola en lugar de escuchar los devaneos de Nisreen.

A Alí se le descompuso el semblante.

—En ese caso me temo que necesitarás otro tutor. Yo apenas lo hablo.

—¿En serio? —Él asintió, y Nahri entornó los ojos—. Me dijiste en cierta ocasión que dominabas cinco idiomas. ¿Cómo es que no has encontrado el momento de aprender el idioma del pueblo original de Daevabad?

El príncipe se encogió.

—Vaya, si lo pones así...

—¿Y qué me dices de tu padre?

—Lo habla con fluidez —respondió Alí—. Mi padre tiene bastante... apego por la cultura daeva. Muntadhir también.

Interesante. Nahri almacenó aquel dato en la cabeza.

—Bueno, pues decidido. Lo estudiaremos juntos. No hay motivo alguno para que no aprendas a escribirlo.

—Me encantará que me superes —dijo Alí.

En ese momento se acercó a ellos un sirviente que llevaba una bandeja cubierta. El rostro del príncipe se iluminó.

—Salaams, hermano, gracias. —Le sonrió a Nahri—. Tengo una sorpresa para ti.

Ella enarcó las cejas.

—¿Más artefactos humanos que identificar?

—No exactamente.

El sirviente alzó la tapa de la bandeja y un rico aroma a azúcar quemado y masa mantecosa inundó las narices de Nahri. En la bandeja descansaban varios triángulos de pan de hojaldre dulce salpicado de pasas, coco y azúcar. Tanto el olor como la visión le resultaron inmediatamente familiares.

—¿Es... feteer? —preguntó. De inmediato, el estómago le lanzó un rugido ante aquel delicioso aroma—. ¿Cómo lo has encontrado?

Alí estaba encantado.

—Oí que un shafit venido de El Cairo estaba trabajando en las cocinas y le pedí que te preparase algún plato de casa. También ha hecho esto. —Señaló con la cabeza una jarra llena de un líquido rojo como la sangre.

Té frío de hibisco. El sirviente le llenó una taza y Nahri dio un largo sorbo, disfrutando del sabor dulzón. A continuación arrancó un gran trozo de aquel dulce mantecoso y se lo metió en la boca. Sabía exactamente como lo recordaba. Sabía a hogar.

Pero ahora este es mi hogar, se recordó. Dio otro bocado de feteer.

—Pruébalo —instó—. Está delicioso.

Alí tomó un trozo mientras ella daba sorbos de té. Aunque disfrutaba del tentempié, algo en la combinación la molestaba…, y de pronto comprendió qué era. Era lo mismo que había comido antes de entrar en el cementerio de El Cairo. Antes de que su vida se volviese del revés.

Antes de conocer a Dara.

Se le pasó el apetito y se le encogió el corazón, como siempre solía sucederle, ya fuese por preocupación o por un anhelo; ni lo sabía ni tenía interés en averiguarlo ya. Dara llevaba dos meses de viaje, más tiempo del que habían pasado juntos, y sin embargo, cada mañana Nahri se despertaba esperando verlo. Lo echaba de menos. Aquella sonrisa astuta, aquella dulzura inesperada, incluso la tendencia que tenía a refunfuñar por todo…, por no mencionar el contacto accidental y ocasional de su cuerpo contra el de ella.

Nahri apartó la comida, pero antes de que Alí se percatase, se oyó la llamada a la oración del ocaso.

—¿Ya es la magrib? —preguntó Nahri mientras se limpiaba el azúcar de los dedos. El tiempo parecía volar cuando estaba con el príncipe—. Nisreen me va a asesinar. Le dije que volvería hace horas.

Su asistente, que a veces parecía más bien una severa profesora o una inflexible tía, había dejado claro que ni el príncipe Alí ni aquellas sesiones de aprendizaje le hacían la menor gracia.

Alí esperó a que acabase la llamada a la oración para responder.

—¿Tienes algún paciente?

—Nadie nuevo, pero Nisreen quería… —Alí echó mano de uno de sus libros y Nahri se detuvo: la muñeca del príncipe estaba muy hinchada bajo la manga de la túnica—. ¿Qué te ha pasado?

—Ah, nada. —Se bajó la manga—. Un accidente durante un entrenamiento el otro día.

Nahri frunció el ceño. Los djinn se recuperaban con bastante rapidez de las heridas no mágicas. Tenía que haber sido todo un golpe.

—¿Quieres que te cure? Tiene pinta de doler bastante.

Él negó con la cabeza y se puso en pie, aunque Nahri se percató entonces de que llevaba todos los bártulos con el brazo izquierdo.

—No es tan grave —dijo, y apartó los ojos mientras ella se reajustaba el chador—. Además, me lo merecí. Cometí un error estúpido. —Frunció el ceño—. Varios errores, en realidad.

Ella se encogió de hombros. Ya se había acostumbrado a la testarudez del príncipe.

—Como prefieras.

Alí colocó el candado en una cajita de terciopelo y se lo tendió al sirviente.

—Un candado —volvió a musitar—. Y pensar que los sabios más eminentes de Daevabad están convencidos de que este cachivache se usa para calcular el número de estrellas del cielo.

—¿Y no podrían haberle preguntado a algún otro shafit venido del mundo de los humanos?

Él vaciló.

—Por aquí no suelen hacerse así las cosas.

—Pues deberían —replicó ella mientras salían de la biblioteca—. Lo contrario parece una pérdida de tiempo.

—No podría estar más de acuerdo contigo.

Su voz tenía un tinte extrañamente fiero. Nahri se preguntó si debería indagar más en el tema. Sabía que, si insistía, Alí le respondería. Siempre respondía a todas sus preguntas. Por Dios, a veces hablaba tanto que era difícil que volviese a cerrar la boca. A Nahri no solía importarle, el príncipe joven y taciturno que había conocido cuando llegó se había convertido en una entusiasta fuente de información sobre el mundo de los djinn. Por extraño que pareciese, Nahri empezaba a disfrutar de las tardes que pasaban juntos. Solían ser el único punto álgido en sus días monótonos y frustrantes.

Sin embargo, también sabía que el tema de los shafit dividía a las tribus. Era, de hecho, lo que había precipitado la caída de sus ancestros a manos de los ancestros de Alí.

Así pues, guardó silencio, y ambos siguieron caminando. El pasillo de mármol blanco resplandecía con la luz de tonos de azafrán del ocaso. Oyó cantos de los últimos que habían acudido a realizar la llamada a la oración desde los lejanos minaretes de la ciudad. Volver al dispensario cada día, para fallar inevitablemente en cualquier nuevo empeño, era como ponerse encima una pesada prenda de arpillera.

Alí volvió a hablar:

—No sé si te interesa, pero los mercaderes que encontraron el candado también trajeron una especie de lentes para observar las estrellas. Nuestros sabios están intentando restaurarlas antes de la llegada del cometa que pasará en unas semanas.

—¿Seguro que no son un par de anteojos? —lo chinchó ella.

Él se rio.

—Dios no lo permita. Se morirían de pura decepción. Pero, si te apetece, puedo concertar una reunión para que te dejen ver el artefacto. —Alí vaciló al tiempo que un sirviente hacía gesto de abrirles las puertas del dispensario—. Quizá pueda unirse a nosotros Muntadhir, mi hermano. Para entonces ya habrá regresado de su expedición y...

Nahri dejó de escuchar al príncipe. Una voz familiar captó su atención al tiempo que se abrían las puertas del dispensario. Entró a la carrera, rezando para que sus oídos no la engañasen.

Y no, no la engañaban. Sentado frente a una de las mesas de trabajo, con aspecto tan tenso y hermoso como siempre, estaba Dara.

A Nahri se le cortó la respiración. Dara, encorvado, cuchicheaba algo con Nisreen, pero al ver a Nahri se enderezó bruscamente. Sus ojos brillantes se encontraron con los de ella, rebosantes del mismo torbellino de emociones que, Nahri sospechaba, ella misma tenía en el rostro. Sintió como si el corazón estuviese a punto de salírsele del pecho.

Por el Altísimo, contrólate. Nahri cerró la boca al darse cuenta de que la tenía abierta de sorpresa. Alí entró en la sala tras ella.

Nisreen se puso de pie al instante y unió las palmas de las manos. Hizo una reverencia.

—Mi príncipe.

Dara continuó sentado.

—Pequeño Zaydi... ¡salaam alaykum! —saludó en árabe manchado de un acento atroz y sonrió—. ¿Qué tal va esa muñeca?

Alí se irguió, indignado.

—No deberías estar aquí, afshín. La Banu Nahida no tiene tiempo que perder. Solo quienes están enfermos o heridos...

Dara alzó de repente un puño y golpeó la pesada mesa de vidrio esmerilado. La superficie se agrietó y por todas partes volaron esquirlas de vidrio, que cayeron por el suelo y sobre el afshín. Este último ni siquiera se encogió; en cambio, alzó la mano y contempló con fingida sorpresa los trozos aserrados de vidrio que se le habían clavado en la piel.

—¿Ves? —dijo en tono seco—. Estoy herido.

Alí dio un paso al frente con expresión enfadada. Nahri se puso en movimiento al instante. Aquella locura por parte de Dara la había devuelto a la realidad. Rompiendo seguramente una docena de reglas de protocolo, agarró al príncipe de los hombros y lo giró hasta orientarlo hacia la puerta.

—Creo que Nisreen y yo podemos encargarnos de la situación —dijo con jovialidad forzada mientras lo sacaba a empujones—. ¡Será mejor que te apresures para no perderte la oración!

El asombrado djinn empezó a abrir la boca para protestar, pero Nahri sonrió y le cerró la puerta en la cara.

Inspiró hondo para recuperar el control antes de girar sobre sí misma.

—Déjanos, Nisreen.

—Banu Nahida, no es apropiado...

Nahri ni siquiera la miró. Seguía con la vista clavada en Dara.

—¡Que te vayas!

Nisreen suspiró, pero antes de que se marchase, Dara alargó la mano y le tocó la muñeca.

—Gracias —dijo con tanta sinceridad que Nisreen se sonrojó—. Me causa gran alivio en el corazón saber que alguien como tú cuida de mi Banu Nahida.

—Es un honor —replicó Nisreen, con un desacostumbrado tono azorado que Nahri entendió a la perfección. Más de una vez se había sentido así en presencia de Dara.

Sin embargo, en aquel momento no se sentía así en absoluto, y comprendió que Dara lo notaba. En cuanto Nisreen se marchó, la apariencia bravucona se esfumó de su rostro. Le mostró una débil sonrisa.

—Te has acostumbrado con rapidez a dar órdenes.

Nahri se acercó a los restos de la mesa destrozada.

—¿Es que has perdido por completo el juicio? —preguntó mientras alargaba una mano para inspeccionar la herida de Dara.

Él retrocedió.

—Yo podría preguntarte lo mismo. ¿Alizayd al Qahtani? ¿En serio, Nahri? ¿Qué pasa, que no has podido hacerte amiga de ningún ifrit?

—No somos amigos, idiota —dijo, y volvió a agarrarle la mano—. Es una víctima; lo estoy timando. De hecho, el timo iba a las mil maravillas hasta que decidiste darte un paseíto hasta aquí y romperle la muñeca... ¡estate quieto!

Dara alzó el brazo sobre la cabeza.

—¿De verdad se la he roto? —preguntó con una mueca de malicia—. Eso me parecía. Sus huesos emitieron un sonido de lo más delicioso... —Salió de la ensoñación y la miró—. ¿Sabe que lo estás engañando?

Nahri recordó el comentario que había hecho Alí después de que abriese el cerrojo.

—Es probable —admitió—. No es tan idiota como yo esperaba.

No mencionó el hecho de que su «amistad» había dado comienzo cuando se enteró de que Alí estaba investigando sobre Dara en sus libros. Suponía que el daeva no se lo tomaría bien.

—Sabes que él también te engaña a ti, ¿verdad? —Hubo un aleteo de temor en el rostro de Dara—. No puedes confiar en él. Apostaría a que cada palabra que te ha soltado es una mentira destinada a que te pases a su bando.

—¿Sugieres que mi enemigo ancestral esconde algo? Ay, pero si le he contado todos mis secretos... ¿qué voy a hacer ahora? —Nahri se llevó una mano al corazón con gesto de horror fingido, pero luego entornó los ojos—. ¿Acaso te has olvidado de quién soy, Dara? Puedo manejar a Alí sin problemas.

—¿A Alí? —Frunció el ceño—. ¿Ya usas diminutivo con esa mosca de la arena?

—También lo uso contigo.

Nahri no habría podido imitar la reacción de Dara por más que se hubiese esforzado en ello. El rostro del daeva se contrajo en una mezcla de dolida indignación y puro ultraje.

—Espera. —Nahri sintió que empezaba a sonreír sin poder evitarlo—. No me dirás que estás celoso, ¿no?

A Dara se le enrojecieron las mejillas y ella empezó a reírse y a aplaudir de puro gozo.

—¡Sí que estás celoso, por el Altísimo! —Contempló aquellos hermosos ojos y la complexión musculosa del daeva, asombrada como siempre ante su presencia—. ¿Cómo puedes siquiera sentir celos de nadie? ¿Te has mirado al espejo en el último siglo?

—No estoy celoso de ese niñato —espetó Dara. Se restregó la frente y Nahri se encogió al ver un trozo de cristal que tenía clavado en la mano—. No es con él con quien te van a desposar.

—¿Disculpa? —Su buen humor se esfumó.

—¿No te lo ha comentado tu mejor amigo? Quieren casarte con el emir Muntadhir. —Los ojos de Dara destellaron—. Cosa que no va a suceder.

—¿Con Muntadhir? —Nahri no recordaba mucho del hermano mayor de Alí. Había pensado que era el tipo de hombre a quien no le costaría desplumar—. ¿Dónde has oído un rumor tan absurdo?

—Por boca del mismísimo Alí —respondió él, exagerando el diminutivo—. ¿Por qué crees que le he roto la muñeca?

Dara soltó un resoplido enojado y cruzó los brazos sobre el pecho. Vestía como un auténtico noble daeva, un ajustado abrigo gris que le llegaba a las rodillas, cinturón amplio con bordados y pantalones de bombachos. Presentaba una imagen imponente, y al cambiar de postura, Nahri captó el leve aroma ahumado a cedro que solía desprender su piel.

Una sensación de calor se apoderó del pecho de Nahri al ver que Dara apretaba los labios hasta formar una fina línea. Recordaba bien el tacto de aquella boca contra la suya, un recuerdo que hacía girar su mente en todas direcciones.

—¿Qué pasa, no vas a decir nada? —la desafió él—. ¿No te has formado una opinión sobre tu boda inminente?

Pero Nahri tenía bastantes opiniones, aunque ninguna sobre Muntadhir.

—Pareces oponerte —dijo en tono manso.

—¡Pues claro que me opongo! ¡No tienen ningún derecho a interferir en tu linaje! Tu herencia de sangre ya está en entredicho. Deberías casarte con el noble daeva de mayor casta que puedan encontrar.

Ella le lanzó una mirada ecuánime.

—¿Como tú?

—No —dijo él, aturullado—. No es eso a lo que me refiero. Esto… esto no tiene nada que ver conmigo.

Ella se cruzó de brazos.

—Pues si te preocupaba tanto mi futuro en Daevabad, quizá deberías haberte quedado aquí en lugar de marcharte a perseguir a los ifrit. —Hizo un aspaviento—. Así que, cuéntame, ¿qué ha pasado? No has entrado a bombo y platillo con sus cabezas en un saco ensangrentado, así que imagino que no has tenido mucha suerte.

Dara hundió los hombros, ya fuese por decepcionarla o por haber perdido la oportunidad de participar en la posibilidad de la boda.

—Lo siento, Nahri. —La rabia desapareció de su voz—. No había rastro de ellos.

Se apagó la pequeña esperanza que Nahri había albergado en el pecho sin saberlo. Aun así, al ver lo abatido que sonaba Dara, disimuló la decepción.

—No te preocupes, Dara. —Lo agarró de la mano buena—. Ven.

Recogió un par de pinzas de la otra mesa de trabajo que seguía intacta y lo llevó hasta un montón de almohadones.

—Siéntate. Podemos hablar mientras te quito los trozos de mobiliario que tienes clavados en la mano.

Se dejaron caer en los almohadones y Dara tendió la mano, obediente. No tenía tan mal aspecto como se había temido Nahri: apenas había media docena de fragmentos clavados en su piel, y todos eran de buen tamaño. No había sangre, un hecho por el que Nahri no quiso preguntar. El calor que desprendía la piel de Dara ya era lo bastante patente para ella.

Sacó una de las esquirlas y la dejó caer en un pequeño recipiente de hojalata a su lado.

—Entonces no sabemos nada más, ¿no?

—Nada —respondió él con voz amarga—. No tengo la menor idea de dónde seguir buscando.

Nahri pensó en los libros de Alí, así como en los millones de volúmenes que atestaban la biblioteca. Quizás albergasen una respuesta, pero Nahri no podía siquiera imaginar dónde empezar a buscar sin ayuda. Y parecía demasiado arriesgado involucrar a nadie más en la búsqueda, incluso a Nisreen, quien probablemente estaría dispuesta a ayudar.

Dara parecía destrozado, más incluso de lo que Nahri habría esperado.

—En serio, Dara, no te preocupes —insistió—. Lo pasado, pasado está.

La oscuridad se cernió sobre el semblante del daeva.

—Claro que no —murmuró—. En absoluto.

Se oyó un graznido dolorido de detrás de una cortina corrida en el extremo opuesto de la sala. Dara dio un respingo.

—No pasa nada. —Nahri suspiró—. Es un paciente.

Dara compuso una expresión incrédula.

—¿Estás curando pájaros?

—Puede que dentro de una semana sí. Un sabio agnivanshi abrió un pergamino que no debía y le ha salido pico. Cada vez que intento ayudarlo le crecen más y más plumas. —Dara se apartó, alarmado, con una mirada por encima del hombro. Nahri se apresuró a alzar una mano—. No nos oye. Se reventó los tímpanos y casi me revienta los míos. —Soltó otra esquirla en el recipiente—. Como ves, tengo suficiente aquí como para ocupar el tiempo sin tener que preocuparme de mis orígenes.

Él negó con la cabeza, pero volvió a recostarse en los almohadones.

—¿Y cómo va? —preguntó en tono más amable—. ¿Qué tal avanza tu formación?

Nahri se preparó para soltar algún comentario frívolo, pero se contuvo.

A fin de cuentas, se trataba de Dara.

—No lo sé —confesó—. ¿Sabes el tipo de vida que llevaba antes…? En más de un sentido, este lugar es como un sueño. Las ropas, las joyas, la comida. Es como estar en el Paraíso.

Él sonrió.

—Ya me parecía que te ibas a aficionar a los lujos reales.

—Pero es que siento como si todo fuera una ilusión, como si me lo fuesen a arrebatar todo si cometo un solo error. Y una cosa te diré, Dara… Estoy cometiendo muchísimos errores —confesó—. Soy una sanadora horrible. Y tampoco se me da bien el politiqueo. Además estoy…

Inspiró hondo, consciente de que divagaba, antes de proseguir:

—Estoy cansada, Dara. Mi mente vaga en un millar de direcciones diferentes. Y la formación…, por Dios…, Nisreen está intentando condensar en dos meses lo que a veces se me antoja que son veinte años de estudio.

—No eres una sanadora horrible. —Le mostró una sonrisa tranquilizadora—. De verdad que no. Me sanaste después del ataque del pájaro roc, ¿verdad? Lo único que pasa es que necesitas concentrarte. La magia no casa con las mentes distraídas. Tienes que darte tiempo. Estás en Daevabad. Empieza a pensar en décadas y siglos en lugar de meses y años. No te preocupes por el politiqueo. Tú no tienes que inmiscuirte con la política. Hay miembros de nuestra tribu que están más cualificados que tú para ello. Tú céntrate en la formación.

—Supongo que es así. —Era el tipo de respuesta típica de Dara: consejo práctico acompañado de cierta condescendencia. Nahri cambió de tema—. Ni siquiera sabía que habías vuelto. Supongo que no duermes en palacio, ¿no?

Dara resopló.

—Preferiría dormir en la calle antes que compartir techo con esta gente. Me quedo en casa del gran visir. Fue compañero de tu madre, tanto ella como su hermano pasaron buena parte de la infancia en los terrenos de su familia en Zariaspa.

Nahri no supo muy bien cómo interpretar aquello. Kaveh e-Pramukh tenía un cierto deseo de agradar que la intranquilizaba. Cuando llegó, no dejaba de pasarse por el dispensario; le traía regalos y se pasaba horas viéndola trabajar. Al final, Nahri le pidió a Nisreen que interviniese discretamente. Desde entonces no lo había visto mucho.

—No sé si es buena idea, Dara. No confío en él.

—¿Será porque esa mosca del desierto que se hace pasar por príncipe te ha dicho que no lo hicieras? —Dara le clavó una mirada—. Porque te diré que Kaveh tiene mucho que decir sobre Alizayd al Qahtani.

—Y nada bueno, supongo.

—Ni por asomo. —Dara bajó la voz para advertirla—: Tienes que andarte con cuidado, ladronzuela. Los palacios suelen ser lugares peligrosos para los hijos segundos, y me parece que este en concreto es un exaltado. No quiero que te veas envuelta en alguna enemistad política si Alizayd al Qahtani acaba con un cordel de seda anudado al cuello.

Aquella imagen la molestó más de lo que quiso admitir. *No somos amigos*, se recordó a sí misma. *Es mi víctima; lo estoy timando.*

—Puedo cuidar de mí misma.

—Pero es que no hace falta, Nahri —replicó Dara en tono molesto—. ¿Acaso no has oído lo que acabo de decirte? Deja que sean otros los que se mezclen en politiqueos. Tú estás por encima de todo eso.

Y eso lo dice alguien cuyos conocimientos sobre política están desfasados mil años.

—Está bien —mintió. No tenía la menor intención de alejarse de la mejor fuente de información con la que contaba, pero tampoco tenía ganas de discutir. Dejó caer la última esquirla en el recipiente—. Ya no tienes más cristales clavados.

Él le mostró una sonrisa irónica.

—La próxima vez intentaré encontrar algún modo menos destructivo de verte.

Intentó apartar la mano, pero ella la mantuvo agarrada con firmeza. Era la mano izquierda de Dara, la misma mano que estaba marcada con lo que ahora Nahri sabía que era un registro de su época como esclavo. Pequeños travesaños negros que se extendían en espiral desde la palma, como un caracol, que se retorcían por su muñeca y desaparecían bajo la manga. Nahri acarició con el pulgar una de aquellas líneas, justo en la parte inferior de la mano.

El rosto de Dara se ensombreció.

—Imagino que tu amigo te ha explicado qué significan.

Nahri asintió con expresión neutral.

—¿Cuántas..., hasta dónde llegan?

Por una vez, Dara respondió sin discutir.

—Me suben por el brazo y me cubren la espalda entera. Dejé de contar cuando iba por unas ochocientas.

Ella le apretó la mano y la soltó.

—Hay muchas cosas que no me has contado, Dara —dijo en tono suave, y lo miró a los ojos—. De la esclavitud, de la guerra..., de liderar la rebelión contra Zaydi al Qahtani.

—Lo sé. —Dejó caer la mirada y jugueteó con su anillo—. Pero te he dicho la verdad sobre el rey..., bueno, sobre la esclavitud, en realidad. Excepto lo que tú y yo vimos juntos, no recuerdo nada de la época que pasé como esclavo. —Carraspeó—. Lo que vimos ya era bastante.

Ella se mostró de acuerdo. Le parecía toda una bendición que Dara no recordase la época que pasó en cautividad. Aun así, eso no respondía al resto de las cuestiones.

—¿Y qué pasa con la guerra, Dara? ¿Y la rebelión?

Él alzó la vista, con los ojos preñados de temor.

—¿Qué te ha contado ese niñato?

—Nada. —Nahri había evitado los oscuros rumores del pasado de Dara—. Quiero que me lo cuentes tú.

Él asintió.

—Está bien —dijo con una suave resignación en la voz—. Kaveh está intentando organizar una recepción para ti en el Gran Templo. Ghassán no está muy por la labor...

Por el tono con el que hablaba, estaba claro que no le importaba mucho la opinión del rey.

—En cualquier caso, sería una buena oportunidad para que hablásemos sin interrupciones. La rebelión..., lo que pasó antes de la guerra..., es una larga historia. —Dara tragó saliva, visiblemente nervioso—. Vas a tener preguntas y quiero contar con tiempo para poder explicártelo todo, para que entiendas por qué hice todo lo que hice.

El hombre-pájaro lanzó otro chirrido y Dara puso una mueca.

—Pero hoy, no. Deberías ir a echarle un vistazo antes de que saliese volando. Y yo tengo que irme. Nisreen tiene razón, no es adecuado que estemos solos. Esa mosca de la arena sabe que estás aquí conmigo y no quiero perjudicar tu reputación.

—No te preocupes por mi reputación —dijo ella en tono ligero—. Ya me ocupo yo de perjudicarla.

Una sonrisa irónica asomó a los labios de Dara, pero no dijo nada. Se limitó a contemplarla como si absorbiese hasta el último detalle. Bajo la tenue luz del dispensario, a Nahri le costó no hacer lo mismo, no memorizar el modo en que la luz del sol jugueteaba con aquella melena ondulada, con el brillo esmeralda de sus ojos.

—Estás muy guapa con esa ropa —dijo en tono dulce, y acarició con un dedo el dobladillo bordado de la manga de Nahri—. Cuesta creer que seas la misma chica desastrada que saqué de las fauces de un necrófago, la que dejó un rastro de pertenencias robadas desde El Cairo a Constantinopla.

Negó con la cabeza y añadió:

—Y encima descubrir que eres la hija de una de nuestras sanadoras más importantes. —Una nota de reverencia vibró en su voz—. Debería estar quemando resina de cedro en tu honor.

—Estoy bastante segura de que ya han gastado bastante en mi cuerpo.

Dara esbozó una sonrisa que no se vio reflejada en sus ojos. Apartó la mano de ella y algo parecido al remordimiento le sobrevoló el rostro.

—Nahri, hay algo que deberíamos...

De repente frunció el ceño y alzó la cabeza, como si acabase de oír un ruido sospechoso. Contempló la puerta y pareció escuchar durante un segundo. La ira desterró la confusión que le asomaba al semblante. Se puso en pie de pronto y fue hacia la puerta. La abrió con tanta fuerza que casi la sacó de los goznes.

Al otro lado estaba Alizayd al Qahtani.

El príncipe no parecía en absoluto avergonzado de que lo hubiesen descubierto. De hecho, dio unos golpecitos en la puerta con el pie y cruzó los brazos, con una mirada acerada fija en Dara.

—Pensé que necesitarías ayuda para orientarte de camino a la salida.

El cuello de Dara empezó a echar humo. Se crujió los nudillos y Nahri se tensó. Sin embargo, la situación no pasó a mayores. Sin dejar de clavarle la mirada a Alí, Dara se dirigió a ella y habló en divasti. Nahri se sintió aliviada de inmediato, pues sabía que el príncipe no comprendería lo que decía:

—No puedo hablar contigo con este niñato husmeando por aquí. —Prácticamente le escupió aquellas palabras a Alí—. Ten cuidado.

Le dio un golpecito en el pecho a Alí para que se apartase de la puerta y salió.

A Nahri se le encogió el corazón al verlo marchar. Le lanzó a Alí una mirada enojada.

—¿Tan abiertamente nos espiamos ahora?

Por un instante casi esperó que se le cayese la careta con la que fingía ser su amigo, ver el rostro de Ghassán reflejado en el de Alí, captar al menos un atisbo de lo que lo impulsaba a encontrarse cada día con ella.

En cambio, lo que vio fue más una pugna de lealtades sobre el rostro del príncipe, quien al cabo bajó la mirada. Abrió la boca y se detuvo, como si considerase qué decir a continuación.

—Por favor, ten cuidado —dijo en tono suave—. Él..., Nahri, tú no...

Cerró la boca de pronto y dio un paso atrás antes de tartamudear:

—L-lo siento. Que pases buena noche.

21
ALÍ

Alí metió medio cuerpo por la polvorienta estantería, bocabajo, hacia el rollo. Alargó el brazo e intentó agarrarlo, pero los dedos no llegaron ni a rozarlo.

—Sería negligente por mi parte no señalar *otra vez* que tienes personal que podría hacer eso por ti. —La voz de Nahri llegó hasta él desde el exterior de aquellos anaqueles que más bien parecían una cripta en la que Alí estuviese encajado—. Al menos tres ayudantes de biblioteca se han ofrecido a recuperar ese rollo para ti.

Alí gruñó. Nahri y él estaban en la parte más profunda de los antiguos archivos de la Biblioteca Real, en una estancia cavernosa excavada en el lecho de roca en el que se aposentaba la ciudad. Solo los textos más viejos y oscuros se almacenaban allí, repartidos por estrechos y profundos anaqueles de piedra que, como Alí estaba descubriendo con rapidez, no estaban hechos para que nadie se arrastrase por ellos. El rollo que querían recuperar se hallaba en lo más hondo del anaquel; el papiro color hueso resplandecía bajo la luz de la antorcha.

—No me gusta que nadie haga por mí cosas que puedo hacer yo perfectamente —replicó Alí mientras intentaba estirarse un centímetro más. La rocosa parte superior del anaquel le arañó la cabeza y los hombros.

—Alí, nos han dicho que por aquí hay escorpiones. De los grandes.

—En este palacio hay cosas mucho peores que los escorpiones —murmuró él.

Alí lo sabía bien. Sospechaba que una de esas cosas lo vigilaba en aquel mismo instante. El rollo que quería alcanzar estaba apoyado en otro el doble de grande, hecho de lo que parecía ser el pellejo de algún lagarto enorme, y que no había dejado de estremecerse desde que se asomó al anaquel. No le había mencionado aquel detalle a Nahri, pero al atisbar algo que podían ser dientes, el corazón se le desbocó.

—Nahri… ¿te importa subir un poco más la antorcha?

El interior del anaquel se iluminó más al instante. Las llamas danzarinas dibujaron la silueta de Alí.

—¿Qué sucede? —preguntó ella al captar la inquietud en la voz de Alí.

—Nada —mintió él mientras aquel rollo de pellejo de lagarto se mecía y movía la escamas. Sin hacer caso de los arañazos en la cabeza, Alí se echó hacia delante y alargó la mano para agarrar el papiro.

Justo cuando acababa de agarrarlo, el rollo de pellejo de lagarto soltó un gran aullido. Alí retrocedió a trompicones, pero no lo bastante rápido como para esquivar una repentina ráfaga de viento que lo expulsó del interior del anaquel como una bala de cañón, tan fuerte que voló hasta el otro extremo de la sala. Aterrizó de espaldas y sin aliento.

El rostro preocupado de Nahri apareció sobre el suyo.

—¿Te encuentras bien?

Alí se llevó la mano a la nuca y se encogió.

—Estoy bien —dijo—. Era justo lo que quería hacer.

—Claro que sí. —Nahri lanzó una mirada nerviosa al anaquel—. ¿Deberíamos…?

Desde el anaquel llegó hasta ellos un claro murmullo de papeles.

—Todo va bien. —Alí alzó el rollo de papiro—. Creo que el compañero de este no quería que lo molestasen.

Nahri negó con la cabeza. Se llevó una mano a la boca y Alí se dio cuenta de que intentaba reprimir una risotada.

—¿Qué? —preguntó, de pronto avergonzado—. ¿Qué pasa?

—Perdona. —Le dedicó una mirada divertida—. Es que…

Abarcó su cuerpo con un gesto. Él miró hacia abajo y se ruborizó. Una gruesa capa de polvo le cubría la dishdasha, las manos y el rostro. Alí tosió y lo envolvió una nube de polvo.

Nahri alargó la mano hacia el papiro.

—¿Qué tal si lo llevo yo?

Azorado, Alí se lo tendió y se puso en pie para sacudirse el polvo de la ropa.

Vio demasiado tarde la serpiente marcada en el antiguo sello de cera.

—¡Espera, Nahri, no!

Sin embargo, ella ya había metido un dedo bajo el sello. Nahri soltó un chillido y dejó caer la antorcha. El rollo le salió volando de las manos y se descorrió en el aire. De su interior brotó una brillante serpiente. La antorcha cayó en el suelo arenoso y se apagó. Las tinieblas los envolvieron.

Alí reaccionó por puro instinto. Le dio un tirón a Nahri para colocarla detrás de sí y desenvainó el zulfiqar. Las llamas brotaron de la hoja de cobre e iluminaron el interior del archivo con un tinte verdoso. En la esquina opuesta, la serpiente siseó. Aumentaba de tamaño mientras la contemplaban; anillos dorados y verdes brotaban de aquel cuerpo del color de la medianoche. Se duplicó en tamaño y se volvió más gruesa que un melón. Se cernió sobre ellos con unos colmillos curvos de los que goteaba la sangre.

La sangre de Nahri. Alí cargó contra el animal cuando se preparaba para morder otra vez. La serpiente era rápida, pero la habían creado para ocuparse de ladrones humanos, y desde luego Alí no era ningún ladronzuelo. Con un único tajo del zulfiqar le arrancó la cabeza al animal y dio un paso atrás, jadeando. La cabeza rebotó en el suelo.

—¿Qué…? —jadeó Nahri—. En el nombre de Dios, ¿qué era esa criatura?

—Una apep. —Alí apagó el zulfiqar y limpió la hoja en la dishdasha antes de volver a envainarla. La espada era demasiado peligrosa como para mantenerla desenvainada en aquellos pasillos estrechos—. Había olvidado los rumores que afirman que los antiguos egipcios eran bastante... creativos, a la hora de proteger sus textos.

—Quizá la próxima vez sea mejor dejar que traiga un texto alguien que se conozca mejor la biblioteca.

—No te lo voy a discutir. —Alí se acercó a ella y alzó el puño envuelto en llamas—. ¿Te encuentras bien? ¿Te ha mordido?

Nahri puso un mohín.

—Estoy bien. —Alargó la mano. Tenía sangre en el pulgar, pero bajo la mirada de Alí, las dos heridas hinchadas que habían dejado los colmillos de la serpiente se desvanecieron hasta no ser más que piel tersa.

—Vaya —susurró, asombrado—. Realmente extraordinario.

—Puede ser. —Nahri les lanzó una mirada celosa a aquellas llamas que danzaban en la mano de Alí—. Por otro lado, a mí no me importaría ser capaz de hacer eso.

Alí se rio.

—¿Te curas en apenas unos instantes de la mordedura de una serpiente maldita pero te dan celos unas pocas llamas? Cualquiera que domine un poco de magia es capaz de hacer esto.

—Yo, no.

Él no la creyó.

—¿Lo has intentado?

Ella negó con la cabeza.

—Casi no me cabe en la cabeza que sea capaz de curar con magia, ni siquiera con la ayuda de Nisreen. No sabría ni por dónde empezar con todo lo demás.

—Pues inténtalo conmigo —se ofreció Alí—. Es fácil. Haz que el calor de tu piel... eh... prenda, digamos, y mueve la mano como si fueras a chasquear los dedos, pero con fuego.

—No es la explicación más útil del mundo —dijo, pero alzó la mano y se concentró, los ojos entornados—. Nada.

—Pronuncia la palabra «fuego». En divasti —aclaró—. Luego bastará con que la pienses, pero para principiantes suele ser más fácil realizar encantamientos diciéndolos en voz alta en el idioma nativo.

—Está bien. —Nahri se contempló de nuevo la mano y frunció el ceño—. Azar —dijo, y luego, en tono enojado—: ¿Ves? Nada.

Alí no se rindió así como así. Hizo una señal hacia los anaqueles de piedra.

—Tócalos.

—¿Que los toque?

Él asintió.

—Estás en el palacio de tus ancestros, un lugar modelado a base de magia Nahid. Saca la magia de las piedras, como harías con el agua de un pozo.

Nahri no pareció convencida en absoluto, pero obedeció: colocó la mano en el sitio que le había indicado. Inspiró hondo y alzó la otra palma.

—Azar. ¡Azar! —espetó, lo bastante alto como para que se desprendiese algo de polvo del anaquel más cercano. Al ver que su mano seguía vacía, negó con la cabeza—. Olvídalo. Otra cosa que tampoco se me da bien, igual que el resto.

Empezó a bajar la mano.

Alí la detuvo.

Los ojos de Nahri destellaron al tiempo que Alí comprendía lo que acababa de hacer: agarrarla. Luchó contra una oleada de vergüenza y mantuvo la mano contra la de ella, sobre la pared.

—Lo has intentado dos veces —dijo—. Eso no es nada. ¿Sabes cuánto tardé yo en aprender a invocar las llamas de mi zulfiqar? —Dio un paso atrás—. Inténtalo otra vez.

Ella dejó escapar un resoplido molesto, pero no bajó la mano.

—Está bien. Azar.

Ni siquiera una chispa. El rostro de Nahri se contrajo de decepción. Alí disimuló su propio fruncimiento de ceño, consciente de que, para alguien como Nahri, aquello debería haber sido fácil. Se mordió el interior del labio e intentó pensar.

Y de pronto se le ocurrió.

—Inténtalo en árabe.

Ella pareció sorprendida.

—¿En árabe? ¿De verdad crees que un idioma humano servirá para invocar magia?

—Es un idioma importante para ti. —Alí se encogió de hombros—. Daño no hará intentarlo.

—Supongo que no. —Agitó los dedos y se contempló la mano—. Naar.

El aire sobre la palma abierta empezó a echar humo. Nahri desorbitó los ojos.

—¿Lo has visto?

Él sonrió.

—Otra vez.

Ya no hizo falta que la convenciese.

—Naar. Naar. ¡Naar! —Se le demudó el rostro—. ¡Casi lo había conseguido!

—Sigue —instó él.

Se le ocurrió una idea. Nahri volvió a abrir la boca, pero Alí se le adelantó, sospechando que lo que estaba a punto de decir conseguiría que invocase la llama…, o bien que le diese un puñetazo:

—¿Qué crees que estará haciendo hoy Darayavahoush?

Los ojos de Nahri se iluminaron de puro ultraje…, y el aire sobre su mano estalló en llamas.

—¡No dejes que se apague! —Alí la agarró de la muñeca antes de que pudiese sofocar el fuego. Le sujetó los dedos para que la llama respirase—. No te va a hacer daño.

—Por el Altísimo… —Ella dejó escapar todo el aire de los pulmones.

La luz de las llamas bailaba en sus facciones, se reflejaba en sus ojos negros e iluminaba los adornos de oro del chador.

Alí le soltó la muñeca y dio un paso atrás para recoger la antorcha apagada. Se la acercó.

—Enciéndela.

Nahri acercó la mano para que la llama saltase de ella a la antorcha, que se encendió. Parecía hipnotizada… y mucho más emocionada de lo que Alí la había visto jamás. La acostumbrada máscara de frialdad se había esfumado: le brillaba el rostro de gozo, de alivio.

Y entonces, la emoción desapareció. Nahri enarcó una ceja.

—¿Me puedes explicar a qué venía esa última pregunta?

Él bajó la vista y apoyó el peso del cuerpo en un pie y en otro.

—A veces la magia funciona mejor con un poco de… —Carraspeó en busca de la palabra menos inapropiada que pudiera ocurrírsele—. Eh… emoción.

—¿Emoción?

Nahri movió de pronto los dedos por el aire.

—Naar —susurró, y una ráfaga de fuego bailó frente a ella. Alí dio un salto hacia atrás y ella sonrió—. En ese caso, supongo que la rabia funciona igual de bien.

Aun así, seguía sonriendo cuando las diminutas brasas cayeron al suelo y se apagaron sobre la arena.

—Bueno, fuera cual fuere tu intención, te doy las gracias —añadió—. De verdad. Gracias, Alí. Me alegro de poder aprender algo más de magia aquí.

Él intentó encogerse de hombros con aire despreocupado, como si enseñarle habilidades potencialmente mortales a su enemiga ancestral fuese para él cosa de todos los días…, en lugar de, comprendió de pronto, una maniobra que debería haberse pensado dos veces.

—No hace falta que me des las gracias —dijo con voz algo ronca. Tragó saliva y de repente se acercó a recoger el rollo de donde Nahri lo había tirado—. Supongo… supongo que deberíamos echarle un vistazo a lo que habíamos venido a buscar.

Nahri lo siguió.

—De verdad que no tenías que tomarte tantas molestias —dijo de nuevo—. No era más que curiosidad.

—Querías saber más sobre los marid egipcios. —Le dio un golpecito al pergamino—. Este es el único registro que queda del encuentro entre un djinn y un marid… Oh —añadió al abrirlo.

—¿Qué? —preguntó Nahri. Se asomó por encima de su brazo y parpadeó—. Por el ojo de Salomón… ¿qué se supone que es esto?

—No tengo la menor idea —confesó Alí.

Fuera cual fuere el lenguaje en el que estaba escrito el papiro, no se parecía a nada que hubiese visto antes. Era una confusa espiral de pictogramas diminutos y marcas en forma de cuña. Las letras, si es que eran letras, estaban tan apretujadas que resultaba difícil ver dónde terminaba una y empezaba la siguiente. Una senda trazada en tinta, que quizá representaba un río que podía ser el Nilo, recorría el pergamino de una esquina a la opuesta. Más pictogramas estrambóticos circundaban las cascadas del supuesto río.

—Imagino que de aquí no vamos a sacar mucha información. —Nahri suspiró.

Alí la acalló con un gesto.

—No te rindas tan pronto. —Una idea le brotó en la mente—. Conozco a alguien que quizá podría traducirlo. Un erudito ayaanle. Está jubilado, pero quizás esté dispuesto a ayudarnos.

Nahri compuso una expresión reticente.

—Preferiría que no se supiera de mi interés en el tema.

—Nos guardará el secreto. Es un esclavo liberado, hará cualquier cosa por una Nahid. Además, pasó dos siglos viajando por las tierras del Nilo, copiando textos antes de que lo capturasen los ifrit. No se me ocurre nadie mejor. —Enrolló el pergamino y captó la confusión en el rostro de Nahri, que no había dicho nada a pesar de no haber comprendido la conexión. Al final, cuando estuvo claro que no iba a hablar, añadió—. Puedes preguntármelo cuando quieras.

—¿Preguntarte qué?

Alí le dedicó una mirada de complicidad. Llevaban semanas evitando el tema…, o más bien, llevaban semanas evitando muchos temas, pero especialmente aquel.

—Lo que has querido preguntarme desde aquel día en el jardín. Desde que te dije lo importante que era la marca del brazo de tu afshín.

Nahri se crispó. Toda la calidez desapareció de su rostro.

—No voy a hablar contigo de Dara.

—No me refería a Dara específicamente —señaló él—. Quieres saber más sobre los esclavos, ¿verdad? Te pones tensa cada vez que oyes la más mínima mención al respecto.

Nahri pareció aún más molesta al verse descubierta. Hubo un destello en sus ojos. Qué bien había elegido Alí el momento para aquella pelea; justo después de haberle enseñado a invocar llamas.

—Y si me interesa el tema, ¿qué pasa? —dijo, desafiante—. ¿Vas a ir corriendo a contárselo a tu papá?

Alí se encogió. No tenía réplica alguna a eso. Hacía unos días la había estado espiando en el dispensario, cuando estaba con el afshín, aunque ninguno de los dos había mencionado el incidente hasta aquel momento.

La miró a los ojos. Alí no estaba acostumbrado a los ojos de los daeva; esas profundidades de ébano siempre se le antojaban desagradables, aunque había que admitir que los ojos de Nahri eran bonitos, pues las facciones humanas suavizaban de algún modo su dureza. Sin embargo, esos mismos ojos estaban tan cargados de sospecha, sospecha justificada, por cierto, que Alí casi sintió un escalofrío. Sin embargo, también sospechaba que bastante gente de Daevabad, incluyendo al afshín a quien tanto defendía, había mentido a Nahri. Así pues, decidió decirle la verdad.

—¿Y qué pasa si se lo cuento? —preguntó—. ¿Acaso piensas que tu interés en los esclavos va a sorprender a alguien? Te criaste en el mundo humano con leyendas sobre esclavos djinn. Es de esperar que quieras saber más al respecto. —Se llevó la mano al corazón y esbozó una diminuta sonrisa—. Vamos, Nahid. Este idiota Qahtani te ofrece en bandeja la posibilidad de averiguar nueva información. Está claro que tus instintos te están diciendo que la aproveches.

Eso consiguió sacarle una sonrisilla manchada de exasperación.

—Está bien. —Hizo un aspaviento—. La curiosidad puede más que el sentido común. Háblame de los esclavos.

Alí alzó la antorcha y señaló con la cabeza el corredor que llevaba a la parte principal de la biblioteca.

—Hablemos mientras regresamos. Resultaría inapropiado que pasásemos demasiado tiempo aquí abajo solos.

—¿Otra vez lo del diablo? —Él se ruborizó y ella se echó a reír. Giró sobre sus talones y añadió—: Encajarías bien en El Cairo, ¿sabes?

Sí, lo sé. A fin de cuentas, por eso mismo su padre lo había elegido para llevar a cabo aquella tarea.

—Entonces, ¿funciona como se cuenta en las historias? —prosiguió Nahri con aquel acento egipcio en árabe, cargado en aquel momento de emoción—. ¿Djinn atrapados en anillos y lámparas, obligados a conceder deseos a sus amos humanos?

Él asintió.

—La maldición esclaviza a los djinn y nos devuelve a nuestro estado natural, a como éramos antes de que el profeta Salomón, la paz sea con él, nos bendijese. Sin embargo, la contrapartida es que solo podemos usar nuestras habilidades al servicio de un amo humano. Nuestra voluntad queda sujeta a sus caprichos.

—¿Caprichos? —Nahri se estremeció—. En las historias que yo he oído, suele tratarse de buenos deseos, gente que quiere enormes fortunas, palacios lujosos, aunque… —se mordió el labio—, supongo que los humanos somos capaces de hacer todo tipo de maldades.

—En eso se parecen a nuestra raza —señaló Alí en tono sombrío—. Y a los marid y los peri, supongo.

Nahri pareció pensativa durante un instante, pero al cabo frunció el ceño.

—Pero los ifrit odian a los humanos, ¿no? ¿Por qué les regalarían esclavos tan poderosos?

—Porque no se trata de ningún regalo —explicó Alí—. Desde la maldición de Salomón, pocos ifrit se han atrevido a hacer daño directamente a los humanos. Por otro lado, no les hizo falta: un esclavo djinn en manos de un humano ambicioso siempre causa una inmensa cantidad de destrucción. —Negó con la cabeza—. No es un regalo, no: es una venganza. Y encima, un beneficio añadido es que el djinn esclavizado acaba por volverse loco.

Nahri palideció.

—Pero pueden liberarse, ¿no? Los esclavos, digo.

Alí vaciló. Pensó en la reliquia del afshín, escondida en la tumba bajo sus pies. Aquella reliquia que no debería haber estado ahí. Ni siquiera su padre sabía cómo podía haberse liberado Darayavahoush sin esa reliquia. Aun así, no parecía haber peligro en responder a aquella pregunta; estaba claro que Nahri jamás averiguaría la existencia de la tumba.

—Sí. Solo tenían que unir el recipiente que los aprisionaba; anillo, lámpara o lo que fuera; junto con su reliquia Nahid. Entonces se liberaban.

Casi pudo ver cómo giraban los engranajes en la mente de Nahri.

—¿Reliquia, dices?

Él se tocó con un dedo el pendiente de cobre que llevaba en la oreja derecha.

—Nos dan una cuando somos niños. Cada tribu tiene sus tradiciones, pero básicamente consiste en…, bueno, una reliquia de nuestro propio cuerpo: algo de sangre, de pelo, un diente de leche. Lo sellamos en metal y lo llevamos encima.

Ella puso una expresión de desagrado.

—¿Por qué?

Alí vaciló, no muy seguro de cómo decir lo siguiente:

—Para esclavizar a un djinn hay que matarlo, Nahri. La maldición esclaviza el alma, no el cuerpo. Y los ifrit… —tragó saliva—, nosotros descendemos de la gente a quienes consideran traidores. Esclavizan a los nuestros para aterrorizarnos. Para aterrorizar a los supervivientes que encuentran el cadáver vacío de un djinn esclavizado. El proceso es bastante… truculento.

Nahri frenó en seco. El terror preñaba sus ojos.

Alí se apresuró a añadir, en un intento por aplacar la alarma en su rostro:

—Sea como fuere, se considera que una reliquia es el mejor modo de preservar una parte de nosotros. Sobre todo porque se puede tardar siglos en localizar un recipiente con un esclavo djinn.

Nahri parecía tener náuseas.

—¿Y cómo los liberan los Nahid? ¿Invocan un cuerpo nuevo o algo así?

A juzgar por su tono de voz, Alí comprendió que la idea le parecía ridícula. Por eso mismo debió de palidecer cuando Alí asintió.

—Justo eso era lo que hacían, sí. No sé cómo, porque tus ancestros no solían compartir sus secretos, pero sé que es algo parecido a invocar un cuerpo nuevo.

—Y yo que apenas puedo invocar una llama —susurró ella.

—Date tiempo —la consoló Alí, mientras echaba mano a la puerta que salía del corredor—. Tiempo es lo que más tenemos, sobre todo en comparación con los humanos.

Sujetó la puerta para que Nahri pasase y ambos salieron a la enorme rotonda del salón principal de la biblioteca.

—¿Tienes hambre? —añadió Alí—. Podría pedirle al cocinero egipcio que nos preparase...

Se le secó la boca. En el otro extremo de la atestada biblioteca, apoyado en una vieja columna de piedra, se encontraba Rashid.

Estaba claro que esperaba a Alí. Se enderezó en cuanto Alí lo vio, y echó a andar en su dirección. Iba de uniforme, con el rostro perfectamente sobrio, la imagen viva de la lealtad. A nadie se le ocurriría pensar que la última vez que se habían visto, Rashid lo había engañado para que fuese a uno de los refugios del Tanzeem, y que lo había amenazado por haberles retirado el apoyo financiero a los militantes shafit.

—Que la paz sea contigo, caíd —saludó educadamente Rashid. Hizo una inclinación de cabeza—. Banu Nahida, es un honor.

Alí se situó delante de Nahri, no muy seguro de si era para proteger el papiro o para protegerla a ella de la vaga hostilidad que había en la sonrisa de Rashid al pronunciar su título. Carraspeó.

—Banu Nahida, ¿qué tal si te adelantas? Debe de tratarse de un asunto de la Ciudadela, pero no tardaré mucho en despacharlo.

Rashid alzó una ceja con aire escéptico, pero Nahri se alejó, no sin antes echarles a ambos una mirada de franca curiosidad. Alí paseó la vista por el resto de la biblioteca. La planta principal estaba atestada, ocupada en todo momento por eruditos atareados y charlas que se sucedían sin fin, pero aun así, Alí era un príncipe Qahtani, y solía atraer la atención allá donde iba.

Rashid habló en tono frío:

—Me parece que no te alegras mucho de verme, hermano.

—Por supuesto que no —siseó Alí—. Hace semanas que ordené que te trasladaran a Am Gezira.

—Ah, ¿te refieres a mi jubilación anticipada y repentina? —Rashid sacó un pergamino de la túnica y se lo tiró a Alí—. Más vale que le prendas fuego. Gracias por la generosa pensión, pero no será necesaria. —Bajó la voz, pero la ira destelló en sus ojos—. Me he jugado la vida para ayudar a los shafit, Alizayd. No soy el tipo de persona que acepta sobornos.

Alí se encogió y cerró los dedos sobre el pergamino.

—No pretendía sobornarte.

—¿Ah, no? —Rashid dio un paso al frente y preguntó en un susurro—. ¿Qué estás haciendo, hermano? Te he llevado a una casa llena de huérfanos shafit, niños enfermos y hambrientos de los que no podemos cuidar por falta de fondos, y como respuesta nos abandonas. Te retiras al palacio a jugar a ser el compañerito de la Nahid. De una Nahid que ha traído al Flagelo de Qui-zi de regreso a Daevabad. —Hizo un aspaviento—. ¿Es que has perdido toda noción de decencia?

Alí lo agarró de la muñeca y la sujetó.

—Baja la voz —advirtió, y señaló con la cabeza el sombrío archivo del que acababa de salir junto con Nahri—. No vamos a hacer esto aquí.

Aún con el ceño fruncido, Rashid lo siguió hasta la puerta del archivo. En cuando Alí la cerró, el otro se cernió sobre él una vez más.

—Dime si es que hay algo que no comprendo, hermano —quiso saber—. Por favor. Porque no reconozco al joven por el que se sacrificó Anas en este hombre que mete a los shafit en el bote de bronce.

—Soy el caíd de la ciudad —dijo Alí. No soportaba el tono defensivo de su propia voz—. Esos hombres atacaron el barrio daeva. Se los sometió a juicio y se los condenó según nuestra ley. Era mi deber.

—Tu deber —se mofó Rashid al tiempo que se apartaba de él—. Ser el caíd no es el único deber que tienes en esta vida. —Le clavó una mirada hostil—. Supongo que, a fin de cuentas, no eres tan distinto de tu hermano. Basta un batir de pestañas por parte de una adoradora del fuego bonita y...

—Basta —espetó Alí—. Dejé claro que no iba a seguir financiando al Tanzeem cuando descubrí que estabais comprando armas con mi dinero. Te ofrecí la jubilación para salvarte la vida. Y en cuanto a la Banu Nahida... —Se le acaloró la voz—. Por Dios, Rashid, es una chica criada entre humanos en Egipto. No es una predicadora belicosa del Gran Templo. Es huésped de mi padre. Ni siquiera tú puedes odiar tanto a los daeva como para oponerte a que me haga amigo...

—¿Amigo? —interrumpió Rashid con el semblante incrédulo—. ¡Los adoradores del fuego no se hacen amigos de nadie, Alizayd! ¡Te está engañando! Te acercan a los daeva, los integran en la corte y en la Guardia Real... ¡por eso tu familia se ha apartado del camino!

Alí respondió con voz fría:

—Imagino que comprenderás la hipocresía que hay en acusar a otra persona de engañarme para que me haga amigo suyo. —Rashid enrojeció. Alí insistió—: Mis relaciones con el Tanzeem han terminado, Rashid. No podría ayudaros por más que quisiera. Ya no. Mi padre ha descubierto lo del dinero.

Eso por fin cortó la hostil diatriba de Rashid.

—¿Sospecha que hayas hecho algo más?

Alí negó con la cabeza.

—Si supiera lo de Turán, dudo mucho que me encontrase aquí hablando contigo. Pero lo del dinero ha sido suficiente. Estoy seguro de que tiene espías vigilándome en todo momento, por no mencionar que habrá intervenido mis cuentas en las Arcas Reales.

Rashid se detuvo. Parte de la ira que tenía había desaparecido.

—Entonces intentaremos no llamar la atención. Esperaremos un año o así hasta que dejen de vigilarte. Y mientras tanto...

—No —interrumpió Alí con voz firme—. Mi padre me dejó claro que muchos shafit inocentes pagarían si volvía a descubrir el menor atisbo de traición en mi comportamiento. No pienso arriesgarme. Y tampoco necesito hacerlo.

Rashid frunció el ceño.

—¿Cómo que no necesitas hacerlo?

—He hecho un trato con mi hermano —explicó Alí—. De momento, obedeceré las órdenes de mi padre. Cuando Muntadhir sea rey, me dará más potestad para gestionar la situación con los shafit. —La emoción embargó su voz; desde aquel día, no dejaba de darle vueltas a varias ideas—. Rashid, piensa en lo que podríamos hacer por los shafit si tuviésemos un rey que apoyase abiertamente nuestros objetivos. Podríamos organizar programas de trabajo, expandir los orfanatos con fondos de las Arcas y…

—¿Tu hermano? —repitió Rashid en tono incrédulo—. ¿Crees que Muntadhir te va a permitir ayudar a los shafit… y encima, con dinero del palacio? —Estrechó los ojos—. No puedes ser tan crédulo, Alí. Lo único que va a hacer tu hermano con las Arcas será vaciarlas para gastarse el dinero en vino y bailarinas.

—Claro que no —protestó Alí—. Muntadhir no es así.

—Muntadhir es justo así —replicó Alí—. Además, no estás siguiendo los planes de tu padre. Si fueras leal de verdad nos habrías detenido. —Señaló con la cabeza los documentos de su jubilación—. Yo debería estar muerto, no con una pensión.

Alí vaciló.

—Tenemos visiones diferentes de cómo podemos ayudar a los shafit, pero no por ello te deseo mal alguno.

—O tal vez es que sabes que tenemos razón. Al menos, parte de ti lo sabe. —Rashid dejó que las palabras flotasen en el aire y luego soltó un suspiro. De repente parecía haber envejecido diez años. Le advirtió—: No podrás seguir así, Alizayd. No puedes recorrer la senda entre la lealtad a tu familia y la lealtad a lo que sabes que es justo. Más pronto que tarde tendrás que elegir.

Ya he elegido. Por más que, en un principio, Alí estuviese en desacuerdo con los planes de su padre hacia Nahri, empezaba a ver lo que conseguirían. Un matrimonio entre el emir y la Banu Nahida traería la paz entre los daeva y los geziri. Y una Banu Nahida criada en el mundo humano, aún con aspecto humano, quizá podría convencer a su tribu de que fuese más tolerante con los shafit. Alí percibía que había una buena oportunidad, una oportunidad real, de sacudir un poco la situación en Daevabad hasta corregirla.

Sin embargo, no podría hacer nada desde el interior de una celda. Alí le volvió a tender los documentos de la jubilación.

—Deberías aceptarlos. Vete a casa, Rashid.

—No pienso volver a Am Gezira —dijo su interlocutor en tono cortante—. No me voy a marchar de Daevabad. La hermana Fatumai no va a dejar el orfanato y Hanno no va a dejar de liberar esclavos shafit. Nuestro cometido aquí es mayor que cualquiera de nosotros. Creía que la muerte del jeque Anas había servido para que lo comprendieses.

Alí no dijo nada. La verdad era que la muerte de Anas, así como lo que la había precedido y seguido, le había servido para comprender muchas cosas. Aun así, sospechaba que Rashid no vería con buenos ojos nada de lo que había comprendido.

Algo se agrietó en el rostro de Rashid.

—¿Sabes que fue idea mía contar contigo? Tenía la esperanza de que sirvieses. Anas se mostró reticente a reclutarte. Creía que eras demasiado joven. Yo fui quien lo convenció. —Se le preñó la voz de remordimiento—. Quizás era él quien tenía razón.

Giró sobre sus talones y se dirigió a la puerta.

—No volveremos a molestarte, príncipe. Si cambias de parecer, ya sabes dónde estoy. Espero que así sea, porque cuando llegue el día en que seas juzgado, Alizayd... Cuando te pregunten por qué no defendiste lo que sabías que era justo... —Hizo una pausa. Sus siguientes palabras se le clavaron a Alí en el corazón como una saeta—. La lealtad a tu familia no te valdrá como excusa.

22
NAHRI

El palanquín que llevaba a Nahri desde palacio era bien distinto del que la había traído, aquella «caja floral» que había compartido con el irritado afshín. El nuevo era un símbolo de su estatus elevado; podría haber albergado a una docena de personas y descansaba sobre las espaldas del doble. El interior era vergonzosamente lujoso: almohadones brocados, un tonel de vino intacto y hasta borlas colgantes de seda que despedían un aroma a incienso.

Y ventanas cubiertas por completo. Nahri intentó apartar la cortinilla de seda del panel que daba al exterior, pero la habían cosido a conciencia. De pronto se contempló la mano al ocurrírsele otra posibilidad. Abrió la boca.

—No —se apresuró a decir Nisreen—. Ni se te ocurra quemar las cortinas. Y sobre todo, ni se te ocurra invocar el fuego con ese lenguaje humano tuyo. —Chasqueó la lengua—. Ya sabía yo que el chico de los Qahtani iba a resultar una mala influencia.

—De hecho ha resultado ser una influencia de lo más útil —dijo Nahri, pero se echó hacia atrás con una mirada enojada hacia las ventanas cubiertas—. Es la primera vez que salgo de palacio en meses. Quién iba a pensar que iba a ser tan difícil contemplar la ciudad que construyeron mis ancestros.

—Verás el Gran Templo cuando lleguemos. Los Nahid no se deben mezclar con el populacho; sería una desgracia.

—Lo dudo mucho —murmuró Nahri. Cruzó las piernas y golpeteó con la punta del pie uno de los palos de apoyo del palanquín—. Y si estuviese al frente de los daeva, ¿podría cambiar las reglas? Ahora se permite comer carne —canturreó—. La Banu Nahida puede interactuar con quien quiera del modo que prefiera.

Nisreen palideció un poco.

—Así no hacemos las cosas por aquí.

Sonaba incluso más nerviosa que Nahri. La invitación al Gran Templo había llegado el día anterior, de improviso. Nisreen había pasado hasta el último minuto intentando preparar a Nahri con todo tipo de charlas apresuradas sobre etiqueta daeva y rituales religiosos que prácticamente le habían entrado por una oreja y salido por la otra.

—Mi señora... —Nisreen inspiró hondo—. Te suplicaría *otra vez* que reflexionases sobre lo que este momento significa para nuestro pueblo. Los Nahid son nuestras más preciadas figuras. Hemos pasado años de duelo por ellos, años creyendo que su pérdida implicaba el fin de todo, hasta tu...

—Sí, hasta mi regreso milagroso, ya lo sé.

Sin embargo, Nahri no se sentía milagrosa en absoluto. Se sentía más bien como una impostora. Se revolvió, incómoda con el atuendo ceremonial que la habían obligado a ponerse: un elegante vestido azul pálido tejido con hilos de plata y pantalones hilvanados en oro con dobladillos cargados de perlas y cuentas de lapislázuli. Llevaba un velo de seda blanca en la cara y un chador blanco, tan fino y ligero como una bocanada de humo, que le llegaba de la cabeza a los pies. No le importaba llevar chador, pero la pieza que lo sujetaba, una pesada diadema de oro engarzada con resplandecientes topacios y zafiros, así como una banda de diminutos discos dorados que se le enganchaba a la sien, le daba dolor de cabeza.

—Deja de toquetearte la diadema —le aconsejó Nisreen—. Se va a desprender y se te va a caer al suelo. —El palanquín se detuvo con una sacudida—. Bien, ya hemos llegado. Ay, niña, no pongas los ojos en blanco. No presentas una estampa muy inspiradora. —Nisreen abrió la puerta—. Vamos, mi señora.

Nahri se asomó para echar su primer vistazo al Gran Templo de Daevabad. Nisreen había dicho que era uno de los edificios más viejos de Daevabad, y desde luego lo parecía. Eran tan enorme e imponente como las Grandes Pirámides de Egipto. Se trataba de un zigurat, al igual que el palacio, pero más pequeño y empinado, una pirámide de techo plano de tres niveles, hecha de enladrillado cubierto por mármol pintado en un vertiginoso torbellino de colores con molduras de bronce. Tras el templo se alzaba una torre que lo doblaba en altura. De las almenaras que lo coronaban se elevaban nubes de humo.

Un amplio patio se extendía entre ambas construcciones. En él crecía un jardín, bastante más cuidado que la jungla salvaje del palacio, que había sido diseñado con ojo experto: dos estanques rectangulares se unían en cruz, ribeteados por parterres florecientes en los que abundaban los colores. A cada lado de los estanques se abrían amplios senderos que invitaban a los visitantes a merodear por el jardín, a recorrerlo sin prisa y a disfrutar de la sombra aromática de los ancianos árboles de anchas hojas con forma de abanico. Todo el complejo estaba amurallado, enormes bloques de piedra ocultos tras enrejados repletos de rosas.

Parecía un lugar de paz, diseñado para fomentar la reflexión y la oración…, al menos, si no lo hubiese ocupado una muchedumbre emocionada de unas doscientas personas que rodeaba a una figura solitaria.

Dara.

El afshín estaba de pie en el centro del jardín, rodeado de la multitud de admiradores. Niños daeva, muchos con marcas que imitaban las del afshín dibujadas en las mejillas, se habían aferrado a él hasta conseguir que se arrodillase entre ellos. Se apretujaban a empujones para enseñarle al legendario guerrero sus escuálidos músculos y sus pequeñas posturas de lucha. Dara sonreía y contestaba a todo lo que le decían. Aunque Nahri no oía sus palabras entre el alboroto de la multitud, vio cómo le daba un amistoso tirón de la trenza a una niñita y se quitaba el gorro para ponérselo a un niño justo a su lado.

Los adultos parecían igual de fascinados por él. El asombro se dibujaba en sus rostros mientras se apretujaban para acercarse al afshín cuya desaparición había dado al traste con la rebelión de antaño. Nahri comprendió que, precisamente por eso, Dara debía de haberse convertido en algún tipo de figura romántica. No solo era asombro lo que había en aquellos rostros. Dara esbozó aquella sonrisa tan encantadora y Nahri oyó un suspiro perfectamente audible y claramente femenino que recorría la multitud.

Dara alzó la vista y vio a Nahri antes de que la vieran sus admiradores. Esbozó una sonrisa aún más abrumadora que consiguió desbocar su estúpido corazón. Un par de daevas miraron hacia ella, y luego más. Los rostros empezaron a iluminarse a medida que atisbaban el palanquín.

Nahri se encogió.

—Dijiste que habría algunas docenas de asistentes —le susurró a Nisreen mientras reprimía el impulso de volver al interior del palanquín.

Hasta Nisreen parecía impresionada ante el tamaño del gentío que se dirigía hacia ellas.

—Supongo que algunos de los sacerdotes tenían familiares y amigos que querían asistir, y que esos familiares y amigos tenían otros familiares y amigos… —Abarcó el complejo del Gran Templo con un gesto—. Juegas un papel importante en todo esto, ¿sabes?

Nahri murmuró una maldición en árabe a media voz. Al ver que el resto de las mujeres se había quitado el velo de la cara, hizo ademán de desprenderse del suyo.

Nisreen la detuvo.

—No, déjatelo puesto. Los Nahid, tanto hombres como mujeres, siempre llevan velo en el Gran Templo. El resto se lo quita. —Apartó la mano—. Además, ya no puedo volver a tocarte. Nadie puede tocarte aquí, así que no intentes tocar a tu afshín. En su día, a cualquiera que se atreviese a tocar a una Nahid en el Gran Templo le habrían cercenado la mano.

—Bueno, pues le deseo suerte a quien intente cercenarle la mano a Dara.

Nisreen le lanzó una mirada sombría.

—Sería Dara quien cercenase manos, Nahri. Es un Afshín; su familia ha servido a la tuya desde la maldición de Salomón.

Nahri sintió que la sangre le abandonaba el rostro al oír aquello. Sin embargo, salió del palanquín, con Nisreen detrás.

Dara la saludó. Parecía llevar algún tipo de atuendo ceremonial: abrigo de fieltro teñido con los resplandecientes colores de una llama viva, pantalones tono carbón que desaparecían bajo unas botas altas. El pelo de la cabeza descubierta le caía en brillantes rizos hasta los hombros; los niños se seguían pasando el gorro de unos a otros.

—Banu Nahida —Dara habló con tono solemne y reverente, pero le guiñó el ojo antes de postrarse de rodillas y pegar el rostro al suelo mientras ella se le acercaba.

El resto de los daevas hizo una reverencia. Todos unieron las manos en señal de respeto.

Nahri se detuvo frente a Dara, que seguía de rodillas, un tanto aturullada.

—Dile que se levante —susurró Nisreen—. No puede levantarse si no le das permiso.

¿Que no puede? Nahri arqueó una ceja. Si Dara y ella hubieran estado a solas, quizá se habría aprovechado de semejante dato. Sin embargo, en aquel momento se limitó a hacerle un gesto para que se alzase.

—Sabes que no tienes que postrarte ante mí.

Él se puso de pie.

—Es un placer. —Unió las manos—. Bienvenida, mi señora.

Dos hombres se apartaron de la concurrencia y se unieron a ellos: el gran visir, Kaveh e-Pramukh, y su hijo, Jamshid. Kaveh parecía reprimir las lágrimas, no en vano Nisreen le había dicho a Nahri que era íntimo de Manizheh y Rustam.

Los dedos de Kaveh temblaron al unir las manos.

—Que los fuegos ardan con fuerza en tu honor, Banu Nahida.

Jamshid le mostró una sonrisa cálida. El capitán había dejado su uniforme de la Guardia Real y aquel día iba a la moda daeva, con un abrigo de terciopelo de tono jade oscuro y pantalones a rayas. Hizo una reverencia.

—Es un honor volver a verte, mi señora.

—Gracias. —Nahri evitó las miradas curiosas de la multitud y alzó la vista a una bandada de gorriones que volaron más allá de la humeante torre con alas negras recortadas sobre el brillante cielo de mediodía—. Así que este es el Gran Templo.

—Sigue en pie, sí. —Dara negó con la cabeza—. Tengo que admitir que ni yo mismo estaba seguro de si aguantaría todo este tiempo.

—Nuestro pueblo no se rinde con facilidad —replicó Nisreen con una nota de orgullo en la voz—. Siempre contraatacamos.

—Pero solo cuando es necesario —le recordó Jamshid—. Ghassán es un buen rey.

Una expresión divertida cruzó el rostro de Dara.

—Siempre tan leal, ¿eh, capitán? —Señaló a Nahri con la cabeza—. ¿Qué te parece si escoltas a la Banu Nahida al interior? Tengo que hablar con tu padre y con la dama Nisreen un momento.

Jamshid pareció algo sorprendido…, no, más bien algo intranquilo. Sus ojos oscilaron entre su padre y Dara con un ápice de preocupación, pero aceptó con una pequeña inclinación.

—Por supuesto. —Le lanzó una mirada y señaló con un gesto el amplio sendero que llevaba al Gran Templo—. ¿Banu Nahida?

Nahri le dedicó a Dara una mirada irritada. Llevaba toda la mañana muerta de ganas de verlo. Aun así, contuvo la lengua. No pretendía ponerse en evidencia delante de la multitud daeva. En cambio, siguió a Jamshid por el sendero.

El capitán daeva la esperó y ajustó sus zancadas a las de ella. Caminaba con aire despreocupado, con las manos unidas a la espalda. Era un tanto pálido, pero tenía el rostro hermoso, con una nariz elegante y aquilina, así como profusas cejas negras.

—¿Qué tal encuentras la vida en Daevabad? —preguntó en tono educado.

Nahri se pensó la respuesta. Aún no había visto nada de la ciudad y no estaba segura de qué tipo de respuesta podría dar.

—Me parece ajetreada —dijo al fin—. Muy hermosa, muy extraña, y muy, muy ajetreada.

Él se echó a reír.

—No puedo ni imaginar la conmoción que te supondrá. Aun así, según me dice todo el mundo, lo soportas con elegancia.

Sospecho que tus informantes han sido muy diplomáticos, pensó Nahri, pero no dijo nada. Siguieron caminando. En el jardín reinaba una quietud profunda, casi solemne. Era algo extraño, como la ausencia de…

—Magia —dijo en voz alta al darse cuenta. Jamshid le dedicó una mirada confundida y ella se explicó—: Aquí no hay magia.

Abarcó aquellas sencillas plantas que los rodeaban. No había globos llameantes voladores, ni flores enjoyadas ni criaturas mitológicas que asomasen entre las hojas.

—Al menos, yo no veo magia alguna —aclaró.

Jamshid asintió.

—Nada de magia, nada de armas, nada de joyas. El Gran Templo ha de ser lugar de contemplación, de rezo. No se admiten distracciones. —Abarcó el entorno con un gesto—. Diseñamos nuestros jardines como un reflejo del Paraíso.

—¿Quieres decir que el Paraíso no está lleno de tesoros y delicias prohibidas?

Él se rio.

—Supongo que todo el mundo tiene su propia definición del Paraíso.

Nahri apartó la gravilla del camino de una patada. En realidad no era gravilla, sino piedrecitas planas y perfectamente pulidas del tamaño de canicas de todos los colores. Algunas estaban salpicadas de motas de lo que parecían ser metales preciosos, mientras que otras tenían vetas de cuarzo o topacio.

—Vienen del lago —explicó Jamshid al seguir la dirección de su mirada—. Las trajeron los mismísimos marid como tributo.

—¿Tributo?

—Las leyendas dicen que Daevabad les perteneció en su día.

—¿En serio? —preguntó Nahri, sorprendida, aunque supuso que tenía sentido. La neblinosa Daevabad, rodeada de montañas brumosas y un lago mágico sin fondo, parecía un lugar hecho para criaturas de agua, no de fuego—. ¿Y a dónde fueron los marid?

—Nadie lo sabe a ciencia cierta —respondió Jamshid—. Se decía que se habían aliado con nuestros primeros antepasados, que los ayudaron a construir la ciudad. —Se encogió de hombros—. Sin embargo, dada la maldición que cayó sobre el lago antes de su desaparición, debieron de tener alguna disputa.

Jamshid guardó silencio mientras se aproximaban al Gran Templo. Columnas imposiblemente delicadas sujetaban una toldilla tallada en piedra que arrojaba sombra sobre un gran pabellón frente a la entrada.

Jamshid señaló al enorme shedu pintado sobre la superficie de la toldilla, con alas desplegadas sobre un ocaso.

—El estandarte de tu familia, por supuesto.

Nahri se rio.

—No es la primera vez que le haces esta visita a alguien, ¿verdad?

Jamshid sonrió.

—Lo creas o no, lo es. Pero fui novicio aquí. Pasé buena parte de mi juventud formándome para entrar en el sacerdocio.

—¿Y los sacerdotes de tu religión suelen montar en elefantes y disparar flechas para disgregar revueltas?

—No se me daba bien el sacerdocio —reconoció él—. En realidad, quería ser como él. —Señaló a Dara con la cabeza—. Sospecho que la mayoría de los chicos daeva quieren serlo, pero yo seguí en mi empeño y, en mi adolescencia, le pedí permiso al rey para unirme a la Guardia Real. —Negó con la cabeza—. Por suerte, mi padre no me arrojó al lago.

Nahri comprendió algo mejor que Jamshid hubiese defendido antes a los Qahtani.

—¿Te gusta ser parte de la Guardia Real? —preguntó, intentando recordar lo poco que sabía del capitán daeva—. Eres el guardaespaldas del príncipe, ¿verdad?

—Del emir —corrigió él—. Creo que el príncipe Alizayd no necesita guardaespaldas. Quien se atreva a levantarle la mano cuando enarbola ese zulfiqar suyo está pidiendo a gritos una muerte rápida.

Nahri no pudo discutírselo. Aún recordaba la velocidad con la que Alí había matado a la serpiente en la biblioteca.

—¿Y cómo es el emir?

A Jamshid se le iluminó el semblante.

—Muntadhir es un buen hombre. Muy generoso, muy abierto..., el tipo de hombre que invita a extraños a su casa y los agasaja con su mejor vino. —Negó con la cabeza, con la voz preñada de afecto—. Es a él a quien me encantaría hacerle esta visita. Siempre ha apreciado la cultura daeva, apoya a muchos de nuestros artistas. Creo que le gustaría ver el Gran Templo.

Nahri frunció el ceño.

—¿Y no puede? Es el emir, imagino que puede hacer lo que le plazca.

Jamshid negó con la cabeza.

—Solo los daeva pueden entrar en los terrenos del Gran Templo. Así ha sido desde hace siglos.

Nahri miró por encima del hombro. Dara seguía junto al palanquín, con Nisreen y Kaveh, pero los miraba a ella y a Jamshid. Había algo extraño, casi reprimido, en su rostro.

Se giró hacia Jamshid. Él se quitó los zapatos y ella lo imitó.

—Oh, no —se apresuró a decir Jamshid—. Tu puedes quedarte con los zapatos puestos. Aquí los Nahid no tienen que observar la mayoría de las restricciones.

Entraron en el templo y Jamshid metió las manos en un brasero ardiente. Se restregó los antebrazos con las brasas. Se desprendió del gorro y se pasó una mano cubierta de cenizas por todo el pelo.

—Esto tampoco tienes que hacerlo. Creo que se presupone que siempre sois puros para cualquier ritual.

Nahri quiso reírse ante aquello. Estaba claro que no se sentía «pura para cualquier ritual». Aun así, siguió a Jamshid al interior del templo, mirando en derredor, apreciando el entorno. Todo el interior era enorme y bastante sobrio, sencillo mármol blanco que cubría las paredes y el suelo. Un enorme altar de fuego hecho de fina plata pulida dominaba la estancia. Las llamas en la cúpula danzaban alegremente y llenaban el templo con el cálido aroma del cedro quemado.

Alrededor de una docena de personas, tanto hombres como mujeres, aguardaban bajo el altar. Vestían largas túnicas carmesíes con cordones azules. Al igual que Jamshid, todos llevaban la cabeza descubierta, excepto un anciano con un gorro picudo de tono azur de casi la mitad de su tamaño. Nahri les lanzó una mirada temerosa. Los nervios le atenazaban el estómago. Bastante fracasada se había sentido ya en el dispensario, y solo estaba Nisreen para presenciar sus fallos. En aquel momento se encontraba allí, en el templo de sus ancestros y recibida como algún tipo de líder, y todo resultaba terriblemente intimidante.

Jamshid señaló los huecos que circundaban el perímetro interior del templo. Había docenas de ellos, tallados minuciosamente en mármol, las entradas cubiertas por cortinas de diseños intrincados.

—Mantenemos esos santuarios para las figuras más idolatradas de nuestra historia. En su mayoría son Nahid y Afshín, aunque de vez en cuando alguno de nosotros, los que tenemos sangre de menor prestigio, conseguimos colarnos.

Nahri señaló con la cabeza al primer santuario por el que pasaron. En el interior había una impresionante estatua de piedra de un hombre musculoso montado a lomos de un shedu rugiente.

—¿Quién se supone que es?

—Zal e-Nahid, el nieto mayor de Anahid. —Señaló al shedu rugiente—. Fue quien domó a los shedu. Zal subió a los picos más altos de las Bami Dunya, las tierras montañosas de los peri. En ellas encontró a los líderes de las manadas de los shedu y luchó con ellos hasta doblegarlos. Lo trajeron volando de regreso a Daevabad, y se quedaron en ella durante generaciones.

Nahri desorbitó los ojos.

—¿Luchó contra un león volador mágico hasta subyugarlo?

—No, no. Contra varios.

Nahri miró de soslayo el siguiente santuario. La estatua en él representaba a una mujer vestida con armadura de placas y una lanza en la mano. El rostro de piedra tenía una expresión fiera, pero lo que llamó la atención de Nahri fue que sostuviese su propia cabeza bajo el brazo.

—Irtemiz e-Nahid —dijo Jamshid—. Una de nuestros ancestros más valientes. Hace unos seiscientos años rechazó un asalto de los Qahtani al Gran Templo. —Señaló una serie de marcas de abrasión que había en las paredes y en las que Nahri no había reparado—. Intentaron quemarlo todo con tantos daevas dentro como fue posible meter. Irtemiz usó sus habilidades para sofocar las llamas. Luego atravesó de una lanzada el ojo del príncipe Qahtani que lideraba la carga.

Nahri echó todo el cuerpo hacia atrás.

—¿Le atravesó el ojo?

Jamshid se encogió de hombros. Aquel detalle sangriento no lo perturbaba en demasía.

—Históricamente, nuestras relaciones con los djinn son complicadas. Al final Irtemiz pagó el precio: le cortaron la cabeza y tiraron su cuerpo al lago. —Negó con la cabeza, con aire triste, y unió los dedos—. Que la paz sea con ella a la sombra del Creador.

Nahri tragó saliva. Ya tenía bastante de historia familiar por todo aquel día. Se apartó de los santuarios, pero a pesar del esfuerzo que hizo por ignorarlos, uno de ellos captó su atención. Cargado de guirnaldas de rosas e imbuido de un aroma a incienso recién encendido, el santuario estaba dedicado a la figura de un arquero a caballo. El arquero estaba de pie sobre los estribos, vuelto de espaldas y con el arco tensado para apuntar sin duda a sus perseguidores.

Nahri frunció el ceño.

—¿Ese no es…?

—¿Yo? —Nahri dio un respingo al oír la voz de Dara. El afshín apareció tras ellos como un espectro—. Eso parece.

Se asomó por encima del hombro de Nahri para examinar más de cerca el santuario. El aroma a humo de la melena de Dara le hizo cosquillas a Nahri en la nariz.

—¿Eso que pisotea mi caballo son moscas de la arena? —soltó una risita con un destello de hilaridad en los ojos mientras inspeccionaba la nube de insectos que rodeaba los cascos del caballo—. Muy agudo. Me habría encantado conocer a quien tuvo las agallas de introducir semejante detalle.

Jamshid estudió la estatua con aire nostálgico.

—Ya me gustaría a mí cabalgar y disparar así. En la ciudad no hay espacio para practicar.

—Tendrías que habérmelo dicho antes —replicó Dara—. Te llevaré a las planicies al otro lado del Gozán. Cuando yo era joven íbamos allí todo el tiempo a entrenar.

Jamshid negó con la cabeza.

—Mi padre no quiere que atraviese el velo.

—Tonterías. —Dara le dio una palmada en la espalda—. Yo convenceré a Kaveh. —Le echó una ojeada a los sacerdotes—. Vamos, ya los hemos hecho esperar lo suficiente.

Los sacerdotes hicieron profundas reverencias cuando Nahri se acercó…, aunque quizá fuera su postura natural. Todos eran muy ancianos, no había pelo en sus cabezas que no fuera canoso.

Dara unió los dedos de las manos.

—Os presento a Banu Nahri e-Nahid. —Se volvió hacia ella con una sonrisa radiante—. Mi señora, los sumos sacerdotes de Daevabad.

El que llevaba aquel gorro tan largo dio un paso al frente. Tenía ojos amables rematados por las cejas grises más grandes y profusas que Nahri hubiese visto jamás, así como una marca de carbón en la frente.

—Que los fuegos ardan con fuerza en tu honor, Banu Nahri —la saludó en tono cálido—. Me llamo Kartir e-Mennushur. Bienvenida al templo. Rezo para que esta sea la primera de muchas visitas.

Nahri carraspeó.

—Yo también. —Una réplica un tanto extraña, pues Nahri se incomodaba más y más a cada segundo que pasaba. Jamás se había llevado bien con el clero. Al ser timadora, solía chocar mucho con sus enseñanzas.

Ya que no tenía nada más que decir, señaló con la cabeza el enorme altar de fuego.

—¿Es el altar de Anahid?

—Así es. —Kartir dio un paso atrás—. ¿Te gustaría verlo?

—Pues… sí, claro —dijo, aunque esperaba, inquieta, que no quisiesen verla llevar a cabo ningún tipo de ritual en el altar. Todo lo que Nisreen había intentado enseñarle sobre su religión se había esfumado de su cabeza.

Dara la siguió y Nahri reprimió el impulso de tomarlo de la mano. Le habría venido bien un poco de consuelo en su contacto.

De cerca, el altar de Anahid era aún más impresionante. La base era tan grande que habría cabido media docena de personas cómodamente. En el interior de la fuente central flotaban lámparas de aceite con forma de barcas, que se mecían sobre el agua caliente. La cúpula de plata se alzaba por encima del agua, una auténtica hoguera de incienso que ardía bajo el resplandeciente metal. Nahri sintió en el rostro el calor que desprendía.

—Juré mis votos en este mismo lugar —dijo Dara en tono quedo. Se llevó la mano al tatuaje de la sien—. Me pusieron la marca y me entregaron el arco. Aquí juré proteger a tu familia a toda costa. —Una mezcla de nostalgia y asombro sobrevoló su rostro—. Creí que no volvería a verlo. Desde luego, no pensaba que habría aquí un santuario dedicado a mí cuando regresase.

—Banu Manizheh y Baga Rustam también cuentan con un santuario —dijo Kartir, señalando al otro extremo del templo—. Si queréis ir a presentar vuestros respetos luego, estaré encantado de enseñároslo.

Dara le dedicó a Nahri una sonrisa esperanzada.

—Quizás algún día tú también tengas el tuyo.

A ella se le encogió el estómago.

—Sí, pero a ser posible, que mi cabeza siga pegada a mi cuerpo.

Las palabras le salieron más sarcásticas y altas de lo que había pretendido. Vio que varios de los sacerdotes más atrasados se envaraban. A Dara se le demudó el rostro.

Kartir se deslizó entre ellos.

—Banu Nahida, ¿te importa acompañarme un momento? Hay algo que me gustaría mostrarte en el santuario… a solas —aclaró cuando Dara se giró para seguirlos.

Nahri se encogió de hombros, pues sentía que no tenía mucha elección.

—Te sigo.

El sacerdote abrió el camino hacia un par de puertas de bronce que había tras el altar. Nahri fue tras él y dio un respingo cuando las puertas se cerraron a su espalda.

Kartir le lanzó una mirada por encima del hombro.

—Mis disculpas. Supongo que entre mis colegas y yo no sumamos suficientes oídos sin sordera como para que nos perturbe el estruendo.

—No pasa nada —dijo ella en tono quedo.

El sacerdote la guio por un laberinto retorcido de corredores oscuros y escalinatas estrechas, con mucho más brío de lo que había pensado Nahri en un primer momento. De pronto llegaron a un pasillo que acababa en otro par de puertas de bronce. El sacerdote abrió una de ellas e hizo un gesto para que Nahri entrase.

Algo inquieta, Nahri cruzó el umbral y entró en una estancia pequeña y circular que apenas era más grande que su guardarropa. Se quedó inmóvil, asombrada ante el aire de solemnidad que imperaba en la sala, tan potente que casi lo sentía sobre los hombros. Estanterías abiertas de cristal cubrían las paredes curvas y albergaban pequeños cojines de terciopelo en su interior.

Nahri se acercó, los ojos desorbitados. Cada cojín contenía un único y diminuto objeto. En su mayoría eran anillos, pero también había lámparas, pulseras y algún que otro collar enjoyado.

Todos compartían el mismo detalle: una única esmeralda.

—Son recipientes de esclavos —susurró Nahri, conmocionada.

Kartir asintió tras situarse a su lado junto a la estantería más cercana.

—Así es. Todos los que hemos recuperado desde la muerte de Manizheh y Rustam.

Guardó silencio. En la sombría quietud de la estancia, Nahri podría haber jurado que oía el suave murmullo de su respiración. Posó la vista sobre el recipiente más cercano, un anillo tan parecido al de Dara que tuvo que obligarse a dejar de mirarlo.

Así fue Dara en su día, comprendió. *Un alma atrapada durante siglos, durmiente, hasta que otro amo brutal lo despertaba para obligarlo a cumplir su voluntad.* Nahri inspiró hondo y se esforzó por mantener la compostura.

—¿Por qué están aquí? —preguntó—. Quiero decir, sin contar con un Nahid que rompa la maldición…

Kartir se encogió de hombros.

—No sabíamos qué hacer con ellos, así que decidimos almacenarlos aquí para que descansasen cerca de las llamas del altar de fuego original de Anahid.

Señaló un baqueteado cuenco de bronce que descansaba sobre un sencillo taburete en el centro de la habitación. El metal estaba deslustrado y abrasado, pero en el interior ardía una llama que se alimentaba de la madera de cedro acumulada en el centro.

Nahri frunció el ceño.

—Pero yo creía que el altar en el templo...

—Este altar fue lo que siguió al otro altar —explicó Kartir—. Cuando se completó la ciudad, los ifrit quedaron subyugados, al igual que las demás tribus. Solo tardamos tres siglos de penurias, guerras y trabajo.

Alzó el antiguo cuenco de bronce. Era un objeto humilde, tosco y carente de decoración, lo bastante pequeño como para caberle entre las manos.

—Esto de aquí... es lo que Anahid y sus seguidores usaron cuando los liberó Salomón. Cuando los transformaron y los dejaron en esta tierra extraña llena de marid, sin el menor conocimiento sobre sus poderes, sin manera de saber cómo sustentarse ni protegerse. —Depositó con cuidado el cuenco en las manos de Nahri y clavó en ella una mirada cargada de significado—. Se tarda tiempo en alcanzar la grandeza, Banu Nahida. A menudo los más poderosos tienen orígenes humildes.

Nahri parpadeó. De pronto se le habían saltado las lágrimas. Apartó la vista, avergonzada, y Kartir tomó el cuenco de sus manos. Sin mediar palabra volvió a dejarlo en su lugar y salió junto con ella.

Hizo un gesto hacia una arcada estrecha e iluminada por el sol que había al otro lado del pasillo.

—Desde ahí se disfruta de una vista bastante encantadora del jardín. ¿Qué te parece si descansas un poco? Veré si puedo librarme de la multitud.

La gratitud la inundó.

—Gracias —consiguió decir al cabo.

—No hace falta que me lo agradezcas. —Kartir unió las manos—. De verdad espero que te encuentres como en casa aquí, Banu Nahida. Has de saber que estamos a tu disposición para lo que necesites.

Volvió a hacer una reverencia y se marchó.

Nahri cruzó la arcada y salió a un pequeño templete situado en el tercer nivel del zigurat. Era poco más que un rinconcito escondido tras un muro de piedra y una barrera de datileras en macetas. Seguramente Kartir estaba en lo cierto en cuanto a la vista, pero Nahri no tenía el menor deseo de contemplar otra vez la multitud. Se derrumbó en una de las sillas bajas de mimbre e intentó recuperarse de tantas emociones.

Apoyó la mano derecha en el regazo.

—Naar —susurró, y vio cómo una única llama cobraba vida en la palma.

Se había acostumbrado poco a poco a invocar llamas, para poder aferrarse a la idea de que estaba aprendiendo algo en Daevabad.

—¿Me permites que me siente contigo?

Nahri cerró la mano y apagó la llama. Se giró. Dara estaba en la arcada. Tenía un aire desacostumbradamente tímido.

Ella hizo un gesto hacia la otra silla.

—Toda tuya.

Dara tomó asiento frente a ella y se inclinó hacia adelante.

—Lo siento —empezó—. De verdad creía que esto sería buena idea.

—Seguro que sí.

Nahri suspiró y se quitó el velo tras desprenderse de la pesada diadema que sujetaba el chador. No se le escapó el modo en que Dara contemplaba su rostro, pero no le importó. Que fuese él quien tuviese que lidiar con un poco de inquietud, para variar. Ella desde luego ya tenía bastante.

Dara bajó la vista.

—Kartir te admira…, vaya reprimenda me he llevado ahora mismo.

—Del todo merecida.

—Sin la menor duda.

Nahri le lanzó una mirada de soslayo. Dara parecía nervioso; se restregaba las palmas contra las rodillas.

—¿Te encuentras bien? —preguntó ella frunciendo el ceño.

Él se quedó inmóvil.

—Sí, estoy bien. —Nahri vio cómo tragaba saliva—. Bueno, ¿qué te ha parecido Jamshid?

La pregunta la sorprendió.

—Pues... es muy amable. —A fin de cuentas, era verdad—. Si su padre se parece aunque sea un poco a él, no me extraña que haya ascendido tanto dentro de la corte de Ghassán. Parece muy diplomático.

—Ambos lo son. —Dara titubeó—. Los Pramukh son una familia muy respetable cuya lealtad hacia la tuya se remonta en el pasado. Me sorprendió ver que ahora sirve a los Qahtani. Jamshid parece profesarle un afecto lamentablemente sincero a Muntadhir. Aun así..., es un buen hombre. Es brillante y de buen corazón. Un guerrero con talento.

Nahri entornó los ojos. Dara no era dado a sutilezas, y hablaba de Jamshid con demasiada indiferencia fingida.

—¿Qué es lo que intentas no decir, Dara?

Él se ruborizó.

—Solo digo que hacéis buena pareja.

—¿Buena pareja?

—Sí. —Nahri oyó que algo se atoraba en la garganta de Dara—. Jamshid sería... una buena alternativa en caso de que Ghassán insistiera en ese estúpido plan para casarte con su hijo. Sois casi de la misma edad, su familia es leal tanto a la tuya como a los Qahtani...

Nahri se envaró, tan rabiosa como indignada.

—Así que Jamshid e-Pramukh es el primer nombre que se te ha ocurrido para mi lista de pretendientes daeva, ¿no?

Dara tuvo la decencia de parecer avergonzado.

—Nahri...

—No —cortó ella, alzando la voz de pura ira—. ¿Cómo te atreves? ¿De verdad crees que puedes presentarme como una sabia Banu Nahida y luego intentar engatusarme para que me case con otro hombre? ¿Después de lo que pasó aquella noche en la cueva?

Él negó con la cabeza, algo ruborizado.

—Eso no debería haber sucedido nunca. Estás bajo mi protección. No tenía el menor derecho a tocarte así.

—Que yo recuerde fue bastante mutuo.

Sin embargo, en cuanto pronunció aquellas palabras, Nahri recordó que había sido ella quien le había besado primero. Dos veces, en realidad. Darse cuenta de ello le ató un nudo de pura inseguridad en el estómago.

—¿O es que… fue una impresión errónea? —preguntó, con la voz cada vez más apenada—. ¿Tú no sentías lo mismo?

—¡No! —Dara se hincó de rodillas ante ella y se le acercó—. No pienses eso, por favor. —Hizo ademán de agarrarle una mano y la sujetó con fuerza cuando ella intentó apartarla—. Aunque no debí haberlo hecho, eso no significa… —Tragó saliva—. No significa que no quisiera, Nahri.

—Y entonces, ¿dónde está el problema? Tú estás soltero y yo también. Ambos somos daeva…

—No estoy vivo —interrumpió Dara. Dejó caer la mano con un suspiro y se puso en pie—. Nahri, no sé quién liberó mi alma de la esclavitud, y tampoco sé cómo lo consiguió. Pero sé que morí, tal y como tú lo viste. Ahora mismo mi cuerpo no debe de ser más que cenizas en el fondo de algún pozo antiguo.

Una fiera negación floreció en el pecho de Nahri, tan estúpida como poco práctica.

—Me da igual —insistió—. Todo eso no me importa.

Él negó con la cabeza.

—Pues a mí sí —adoptó un tono suplicante—. Nahri, sabes lo que comenta la gente. Piensan que eres pura de sangre, la hija de una de las mayores sanadoras de la historia.

—¿Y qué?

Vio la disculpa en el rostro de Dara antes de que llegase la respuesta:

—Pues que necesitas tener hijos. Te mereces tenerlos. Una camada entera de pequeños Nahid que sean tan capaces de curarte como de vaciarte los bolsillos. Y yo… —Se le quebró la voz—. Nahri…, yo no sangro. No respiro…, no creo que pueda darte hijos. Sería imprudente y egoísta por mi parte intentarlo siquiera. La supervivencia de tu familia es demasiado importante.

Ella parpadeó. Aquel razonamiento la había tomado por sorpresa. ¿La supervivencia de su familia? ¿A eso se reducía todo?

Por supuesto. A eso se reduce todo por aquí. Las habilidades que en su día sirvieron para ganarle un techo bajo el que guarecerse se convertían en una maldición en aquella ciudad. Aquella conexión con parientes muertos hacía mucho a los que jamás había conocido era una condena. Nahri había sido raptada y perseguida por medio mundo por ser Nahid. Era poco menos que prisionera en el palacio debido a ello. Nisreen controlaba sus días y el rey decidía su futuro. Y ahora el hombre al que...

Al que ¿qué? ¿Al que amas? ¿Tan idiota eres?

Nahri se puso en pie de repente, tan enfadada consigo misma como lo estaba con Dara. Ya estaba bien de mostrarse débil ante aquel hombre.

—Bueno, pues si eso es lo único que importa, Muntadhir servirá —afirmó con palabras afiladas—. Los Qahtani parecen bastante fértiles, y seguramente la dote me convertirá en la mujer más rica de Daevabad.

Aquella frase fue equivalente a abofetearlo. Dara retrocedió, y ella giró sobre sus talones.

—Me vuelvo al palacio.

—Nahri..., Nahri, espera. —En menos de un latido, Dara se interpuso entre ella y la salida. Se había olvidado de lo rápido que era—. Por favor. No te vayas así. Deja que te explique...

—Al infierno tus explicaciones —espetó ella—. Es lo que siempre dices. De eso iba la visita de hoy, ¿te acuerdas? Me prometiste contarme más sobre tu pasado, pero lo que has hecho es ponerme a desfilar delante de un puñado de sacerdotes e intentar convencerme de que me case con otro hombre. —Nahri lo apartó de un empujón—. Haz el favor de dejarme en paz.

Él la agarró de la muñeca.

—¿De verdad quieres saber más sobre mi pasado? —siseó con voz peligrosamente grave. Los dedos le quemaron la piel. Dara la soltó y apartó la mano de golpe—. Está bien, Nahri, he aquí mi historia: me desterraron de Daevabad cuando apenas era un poco mayor que tu Alí. Quedé exiliado de mi hogar por seguir las órdenes que me dio tu familia. Por eso sobreviví a la guerra. Por eso no estaba en Daevabad para impedir que mi familia fuese masacrada cuando los djinn hicieron brecha en las puertas.

Los ojos de Dara llameaban.

—Me pasé el resto de mi vida, una vida muy corta, te lo aseguro, luchando contra la misma familia a la que tantas ganas tienes de unirte, contra el pueblo que preferiría barrer a nuestra tribu de la faz de la Tierra. Y luego los ifrit dieron conmigo. —Alzó la mano y el anillo de esclavo destelló bajo el sol—. Jamás he tenido nada de todo esto… ni a nadie parecido a ti. —Se le quebró la voz—. ¿Crees que me resulta fácil? ¿De verdad crees que disfruto al imaginar que vas a pasar tu vida con otro?

Aquella confesión apresurada, el horror que había tras aquellas palabras, amortiguaron la ira de Nahri. La absoluta pena que había en el rostro de Dara la conmovió a pesar de lo dolida que se encontraba. Pero aun así…, no era excusa para sus actos.

—Pues… podrías habérmelo contado, Dara. —Le tembló un poco la voz al pronunciar su nombre—. Podríamos haber intentado arreglar la situación juntos. ¡Habría sido mejor que trazar un plan para mi vida junto con un montón de extraños!

Dara negó con la cabeza. La pena aún oscurecía sus ojos, pero habló en tono firme:

—No hay nada que arreglar, Nahri. Esto es lo que soy. Sospecho que tarde o temprano habrías llegado a esta misma conclusión. Quería que tuvieses otra alternativa a mano cuando lo comprendieses. —La amargura se adueñó de su semblante—. Pero no te preocupes. Estoy seguro de que los Pramukh también tendrán buena dote.

Eran las mismas palabras que había empleado Nahri, pero le hicieron daño al oírlas dirigidas hacia sí misma.

—Eso es lo que piensas de mí, ¿no? Da igual lo que sientas por mí, sigo siendo una ladronzuela asquerosa. Una timadora que intenta llevar a cabo la estafa definitiva. —Agarró los bordes del chador con manos temblorosas de ira y de algo más, algo mucho más profundo que la ira, algo que no quería admitir. Ni muerta pensaba llorar delante de él—. Qué más da que haya tenido que engañar para sobrevivir..., qué más da que me haya dejado la piel por ti.

Se irguió y Dara apartó la vista.

—No necesito que planees mi futuro aquí, Dara. Ni tú ni nadie lo va a planear.

Se marchó y Dara no intentó detenerla.

23
ALÍ

—Esto es extraordinario —dijo Nahri mientras alzaba un poco más el telescopio para apuntar a la luna llena—. Realmente se ve dónde empieza la sombra. Y la superficie está toda llena de agujeros…, me pregunto qué los habrá hecho.

Alí se encogió de hombros. Nahri, Muntadhir, Zaynab y él mismo estaban contemplando estrellas desde un puesto de observación en lo alto del palacio desde el que se veía el lago. Bueno, al menos Alí y Nahri contemplaban las estrellas. Ninguno de sus hermanos había tocado el telescopio; estaban retrepados sobre los almohadones de los sofás y disfrutaban de las atenciones de los sirvientes y de las bandejas de comida que llegaban de las cocinas.

Alí miró por encima del hombro y vio que Muntadhir le daba de beber un sorbo de vino a una sirvienta que se deshacía en risitas, mientras que Zaynab examinaba la alheña.

—Quizá deberías preguntarle a mi hermana —dijo en tono seco—. Seguro que prestó mucha atención al erudito que nos lo ha explicado.

Nahri se echó a reír. Era la primera vez que Alí la oía reírse en varios días. El sonido le ablandó el corazón.

—Imagino que tus hermanos no tienen el mismo interés que tú por las ciencias humanas.

—La cosa sería bien distinta si las ciencias humanas implicasen estar todo el día tumbados como niños mim… —Se detuvo y recordó que tenía el objetivo de hacerse amigo de Nahri. Se apresuró a retractarse—. Aunque bien es cierto que Muntadhir se ha ganado el derecho a descansar un poco; acaba de regresar de dar caza a los ifrit.

—Puede ser. —Nahri sonó poco impresionada. Alí le lanzó a Muntadhir una mirada enojada antes de ir con ella hasta el pretil. La chica se llevó el telescopio al ojo una vez más al tiempo que preguntaba—: ¿Cómo es tener hermanos?

La pregunta lo tomó por sorpresa.

—Soy el más joven, así que desconozco cómo es no tenerlos.

—Pero todos parecéis muy diferentes. A veces tiene que ser difícil.

—Supongo. —Su hermano acababa de regresar a Daevabad aquella misma mañana y Alí no podía negar el alivio que le había supuesto verlo—. En cualquier caso, estaría dispuesto a morir por cualquiera de los dos —dijo en tono suave—. En menos de un latido.

Nahri le lanzó una mirada. Alí sonrió y añadió:

—Nuestras peleas son de lo más interesantes.

Ella no le devolvió la sonrisa. Sus ojos oscuros parecían preocupados. Alí frunció el ceño.

—¿He dicho algo inapropiado?

—No. —Ella suspiró—. Ha sido una semana muy larga… Varias, de hecho. —Mantuvo la vista fija en las lejanas estrellas—. Debe de estar bien tener familia.

La queda tristeza que había en su voz lo sorprendió. Alí no supo si lo que dijo a continuación fue a causa de la pena en la voz de Nahri o de las órdenes de su padre:

—Podrías…, si quisieras, ¿sabes? —tartamudeó—. Tener familia, digo. Aquí. Con nosotros.

Nahri guardó silencio. Cuando volvió a mirarlo, su rostro estaba cuidadosamente desprovisto de expresión alguna.

—Disculpadme, mis señores… —Una chica shafit de ojos grandes se asomó por el borde de las escaleras—. Me han enviado a buscar a la Banu Nahida.

—¿Qué pasa, Dunoor? —Nahri se dirigió a la chica, pero siguió mirando a Alí, con algo indescifrable en los ojos oscuros.

La sirvienta unió las palmas de las manos e hizo una reverencia.

—Lo siento, mi señora, pero no lo sé. Nisreen ha dicho que es urgente.

—Por supuesto que es urgente —murmuró Nahri con un deje de miedo en la voz. Le tendió el telescopio a Alí—. Gracias por la velada, príncipe Alizayd.

—Nahri…

Ella le mostró una sonrisa forzada.

—A veces hablo sin pensar. —Se llevó una mano al corazón—. La paz sea contigo.

Murmuró un brusco *salaam* a sus hermanos y siguió a Dunoor escaleras abajo.

Zaynab echó la cabeza hacia atrás y dejó escapar un teatral suspiro en cuanto Nahri se hubo alejado.

—Dado que esta farsa intelectual familiar ha concluido, ¿puedo marcharme yo también?

Alí se sintió ofendido.

—Pero ¿qué os pasa a los dos? —preguntó—. No solo habéis sido maleducados con nuestra huésped, sino que rechazáis la oportunidad de contemplar una de las más hermosas obras de Dios, una oportunidad que solo tiene apenas una fracción de los seres vivos sobre la faz de la…

—Haz el favor de calmarte, jeque. —Zaynab se estremeció—. Hace frío aquí arriba.

—¿Frío? ¡Somos djinn! Estás hecha literalmente de fuego.

—No te preocupes, Zaynab —interrumpió Muntadhir—. Vete, yo me quedo con él.

—Se aprecia tu sacrificio —replicó Zaynab, y le dio una palmada afectuosa en la mejilla a Muntadhir—. No te metas en muchos líos celebrando tu regreso esta noche. Si llegas tarde a la corte mañana, abba es capaz de ahogarte en una tinaja de vino.

Muntadhir se llevó la mano al corazón con gesto exagerado.

—Me doy por advertido.

Zaynab se marchó. Su hermano se puso en pie y, negando con la cabeza, fue hasta el pretil junto a Alí.

—Os peleáis como niños.

—Es una mimada y una frívola.

—Sí, y tú eres un santurrón insufrible. —Su hermano se encogió de hombros—. Bastantes quejas les he oído a ambos. —Se apoyó contra el muro—. Pero bueno, dejémoslo. ¿Cómo va la cosa? —preguntó mientras pasaba la mano por el telescopio.

—Ya te lo he dicho antes. —Alí torció el dial del telescopio para enfocar la imagen—. Localizas una estrella y luego...

—Por el amor de Dios, Zaydi. No me refiero al telescopio. Te hablo de la nueva Banu Nahida. ¿Qué hacéis los dos cuchicheando como colegialas?

Alí alzó la vista, sorprendido ante la pregunta.

—¿Acaso abba no te ha dicho nada?

—Me ha dicho que la estabas espiando e intentando convencerla de que se pasase a nuestro bando. —Alí frunció el ceño ante lo simplista de aquella frase, pero Muntadhir le dedicó una mirada sagaz—. Pero te conozco, Zaydi. Esa chica te gusta.

—¿Y qué si me gusta? —No podía evitarlo, disfrutaba del tiempo que pasaba con Nahri. Era tan curiosa intelectualmente hablando como él, y su vida en el mundo humano le daba material más que suficiente para que sus conversaciones fueran interesantes—. Mis primeras sospechas sobre ella estaban erradas.

Su hermano dejó escapar el aire con tono exasperado.

—No te habrá suplantado un cambiaformas mientras yo estaba de viaje, ¿no?

—¿De qué hablas?

Muntadhir se aupó al borde de piedra del pretil que los separaba del lejano lago.

—Te has hecho amigo de una daeva y acabas de admitir haberte equivocado en algo. —Muntadhir le dio una patadita al telescopio—. Dame ese cacharro, quiero asegurarme de que el mundo no se haya vuelto del revés.

—No le des patadas —dijo Alí, y se apresuró a dar un paso atrás con el delicado instrumento en la mano—. Además, no soy tan extremo.

—No, lo que te pasa es que tardas muy poco en confiar en la gente, Zaydi. Siempre ha sido así. —Su hermano le lanzó una mirada cargada de significado—. Sobre todo en quienes tienen apariencia humana.

Alí dejó el telescopio en el atril y centró toda su atención en Muntadhir.

—Me imagino que abba te habrá comentado todo lo que hablamos, ¿no?

—Dijo que por poco no te tiras por la muralla.

—Mentiría si dijese que no se me pasó por la cabeza. —Alí se estremeció al recordar el enfrentamiento con su padre—. Abba me dijo lo que hiciste —dijo en tono quedo—. Que me defendiste. Que fuiste tú quien lo convenció de que me diera otra oportunidad. —Le lanzó una mirada de soslayo a su hermano—. Si no hubiésemos hablado en la tumba...

Dejó morir la frase. Era consciente de que habría hecho algo imprudente si Muntadhir no lo hubiese prevenido.

—Gracias, akhi —añadió—. De verdad. Si puedo compensártelo de algún modo...

Muntadhir descartó la frase con un gesto.

—No tienes que compensarme por nada, Zaydi —se burló—. Sabía que no eras del Tanzeem. Lo único que pasa es que tienes mucho dinero y muy poco sentido común en lo tocante a los shafit. Deja que lo adivine: aquel fanático te contó algún tipo de penoso cuento sobre huérfanos hambrientos, ¿verdad?

Alí puso una mueca y sintió una oleada de la vieja lealtad hacia Anas.

—Sí, algo así.

Muntadhir se echó a reír.

—¿Recuerdas cuando le diste el anillo de tu abuelo a la vieja que solía merodear por las puertas del palacio? Por el Altísimo, te pasaste meses con una fila de mendigos que te seguía a todas partes. —Negó con la cabeza y le dedicó a Alí una sonrisa afectuosa—. Por aquella época apenas me llegabas al hombro. Yo estaba convencido de que tu madre te iba a arrojar al lago.

—Creo que aún tengo cicatrices de la azotaina que me dio.

El rostro de Muntadhir se puso serio. Algo indescifrable asomó a sus ojos.

—Tienes suerte de ser el hijo favorito, ¿sabes?

—¿El favorito de quién? ¿De mi madre? —Alí negó con la cabeza—. Muy errado andas. Lo último que me dijo mi madre fue que hablaba su idioma como un salvaje, y ya hace años de eso.

—No —dijo Muntadhir—. De tu madre, no. De abba.

—¿De abba? —Alí se rio—. Debes de haberte pasado con el vino para pensar eso. Tú eres su emir, su primogénito. Yo no soy más que el hijo segundo en quien no confía.

Muntadhir negó con la cabeza.

—En absoluto… es decir, sí, lo eres, pero también eres lo que se espera del hijo de un geziri: un devoto zulfiqari inmune a las delicias de Daevabad. —Su hermano sonrió, pero la sonrisa no se contagió a sus ojos—. Por el Altísimo, si yo le hubiese dado dinero al Tanzeem, todavía estarían recogiendo pedacitos carbonizados de mi cuerpo de las alfombras.

Había en la voz de Muntadhir algo que incomodó a Alí. Y aunque sabía que su hermano se equivocaba, decidió cambiar de tema.

—Empezaba a pensar que así sería como el afshín te devolvería a Daevabad: a pedacitos.

A Muntadhir se le agrió el semblante.

—Si vamos a hablar de Darayavahoush, voy a necesitar más vino.

Bajó del borde del pretil y se dirigió al templete.

—¿Tan mala ha sido su compañía?

Su hermano regresó y depositó ante ellos una de las bandejas de comida y un cáliz lleno de vino tinto. Acto seguido volvió a subir al muro.

—Malísima, por Dios. Apenas come, apenas bebe, se limita a observarlo todo, como si aguardase el mejor momento para atacar. Ha sido como compartir tienda con una víbora. Por el Altísimo, se ha pasado tanto tiempo clavándome la mirada que seguramente debe saber cuántos pelos tengo en la barba. Y no dejaba de comentar que todo era mejor en su época. —Puso los ojos en blanco y empezó a hablar con un exagerado acento divasti—. Si los Nahid siguieran gobernando, los ifrit jamás se habrían atrevido a acercarse a la frontera. Si los Nahid siguieran gobernando, el Gran Bazar estaría más limpio. Si los Nahid siguieran gobernando, el vino sería más dulce y las bailarinas más atrevidas y todo el mundo estallaría en una explosión de felicidad. —Dejó el acento—. Entre esas tonterías y las sandeces del culto al fuego, casi me vuelvo loco.

Alí frunció el ceño.

—¿De qué culto al fuego?

—Me llevé algunos soldados daeva conmigo, pensando que Darayavahoush estaría más cómodo entre su gente. —Muntadhir dio un sorbo de vino—. No dejó de chincharlos para que mantuvieran encendidos esos malditos altares suyos. Para cuando regresamos, todos llevaban marcas de ceniza y apenas hablaban con nosotros.

Un escalofrío recorrió la columna de Alí. La devoción renovada entre los adoradores del fuego rara vez acababa bien en Daevabad. Subió junto a su hermano al muro.

—Aunque no puedo culparlos —prosiguió Muntadhir—. Deberías haber visto cómo dispara con el arco, Zaydi. Da miedo. No tengo la menor duda de que, si su pequeña Banu Nahida no estuviese en Daevabad, nos habría asesinado ya a todos mientras dormimos. Y no le habría supuesto el menor esfuerzo.

—¿Pero dejabas que llevase un arma? —preguntó Alí en tono afilado.

Muntadhir se encogió de hombros.

—Mis hombres querían saber si el afshín estaba a la altura de su leyenda. Me pidieron varias veces que se lo permitiese.

Alí estaba incrédulo.

—Pues deberías haber dicho que no. Estabas al mando, Muntadhir. Habría sido responsabilidad tuya si algo...

—Intentaba ganarme su amistad —interrumpió su hermano—. No lo entenderías; te has formado con ellos en la Ciudadela, y a juzgar por cómo hablan de ti y del maldito zulfiqar, tú ya te la has ganado.

Había amargura en la voz de su hermano, pero Alí insistió.

—No tienes que hacer amigos. Tienes que liderar.

—¿Dónde te dejaste todo este sentido común cuando decidiste entrenarte un poco con el Flagelo de Qui-zi? ¿O acaso creías que Jamshid no me iba a contar semejante idiotez?

Alí no tenía mucho que decir al respecto en su defensa.

—Sí, fue una idiotez —admitió. Se mordió el labio al recordar la violenta interacción con el afshín—. Dhiru..., durante el viaje..., ¿te pareció que Darayavahoush se comportaba de manera extraña?

—¿Pero es que no has oído lo que te acabo de decir?

—No, no, me refiero a que, cuando entrenamos... bueno, nunca he visto a nadie emplear la magia como él.

Muntadhir se encogió de hombros.

—Es un esclavo liberado. ¿No mantienen algo del poder que tenían cuando estaban al servicio de los ifrit?

Alí frunció el ceño.

—Pero ahora está libre. Tenemos su reliquia. Y he estado leyendo un poco sobre los esclavos..., pero no he encontrado nada que dijera que los peri fueran capaces de romper una maldición ifrit. No se mezclan en los asuntos de nuestro pueblo.

Muntadhir partió una nuez y sacó el fruto.

—Estoy seguro de que abba tiene a alguien que se ocupa del asunto.

—Supongo. —Alí acercó la bandeja y echó mano de un puñado de pistachos. Abrió uno y tiró la pálida cáscara al agua negra a sus pies—. ¿Te ha contado abba la otra buena nueva?

Muntadhir dio otro sorbo de vino. Alí captó un temblor enojado en sus manos.

—No pienso casarme con esa chica de cara humana.

—Lo dices como si tuvieses alternativa.

—No va a pasar.

Alí abrió otro pistacho.

—Deberías darle una oportunidad, Dhiru. Es asombrosamente inteligente. Deberías ver lo rápido que ha aprendido a leer y a escribir; es increíble. Desde luego es muchísimo más lista que tú —añadió, y se agachó cuando Muntadhir le tiró una nuez—. Podrá ayudarte con las políticas económicas cuando seas rey.

—Sí, justo lo que cualquier hombre espera de su esposa —dijo Muntadhir en tono seco.

Alí le lanzó una mirada ecuánime.

—Una reina necesita cualidades más importantes que tener aspecto de pura de sangre. La chica es encantadora. Tiene sentido del humor...

—Quizá deberías desposarla tú.

Eso fue un golpe bajo.

—Sabes que no me puedo casar —dijo Alí en tono quedo. Entre los Qahtani, los hijos segundos..., en especial los que tenían sangre ayaanle..., no tenían derecho a tener descendencia legal. Ningún rey quería una cola de jóvenes ansiosos por llegar al trono—. Además, ¿con quién te ibas a casar, si no? No creerás que abba te va a dejar casarte con esa bailarina agnivanshi, ¿verdad?

Muntadhir adoptó un tono burlón:

—No seas ridículo.

—Entonces, ¿con quién?

Muntadhir alzó las rodillas y dejó a un lado el cáliz vacío.

—Pues literalmente con cualquier otra, Zaydi. Manizheh era la persona más aterradora que he conocido en mi vida..., y lo digo después de haber pasado dos meses con el Flagelo de Qui-zi. —Se estremeció—. Lamento no morirme de ganas de meterme en la cama con esa chica que, según abba, es hija de Manizheh.

Alí puso los ojos en blanco.

—Eso que dices es absurdo. Nahri no se parece en absoluto a Manizheh.

Muntadhir no parecía convencido.

—Aún no. Pero aunque no lo sea, hay otro detalle más importante.

—¿Cuál?

—Darayavahoush me usaría de alfiletero en mi noche de bodas.

Alí no pudo replicar nada a eso. No había modo de negar la cruda emoción que asomó al rostro de Nahri cuando vio al afshín en el dispensario, como tampoco podía negarse el modo fiero y protector con el que él hablaba de Nahri.

Muntadhir alzó las cejas.

—Ah, así que para eso no tienes respuesta, ¿eh? —Alí abrió la boca para protestar, pero Muntadhir lo acalló—. No pasa nada, Zaydi. Acabas de congraciarte de nuevo con abba. Sigue sus órdenes y disfruta de esa amistad tan estrambótica que tienes con la chica. Yo me encargaré de abba. —Bajó del pretil de un salto—. Pero ahora, si no te importa que dedique mi atención a temas más placenteros…, me esperan en casa de Khanzada.

Se ajustó el cuello de la túnica y le lanzó a Alí una sonrisa maliciosa.

—¿Quieres venir?

—¿A casa de Khanzada? —Alí compuso una expresión de desagrado—. No.

Muntadhir se echó a reír.

—Algún día sentirás la tentación —dijo por encima del hombro mientras se dirigía hacia las escaleras—. Alguien lo conseguirá.

Su hermano se marchó y la mirada de Alí volvió a caer en el telescopio.

No harán buena pareja, pensó por primera vez al recordar la curiosidad con la que Nahri estudiaba las estrellas. Muntadhir tenía razón: a Alí le gustaba la sagaz Banu Nahida; sus preguntas constantes y afiladas respuestas le suponían un desafío extrañamente gozoso. Sin embargo, sospechaba que no sucedería lo mismo con Muntadhir. Por más que a su hermano le gustasen las mujeres, las prefería sonrientes y cargadas de joyas; suaves, dulces y complacientes. Muntadhir jamás pasaría horas en la biblioteca junto a Nahri, discutiendo la ética del regateo o arrastrándose por anaqueles repletos de pergaminos malditos. Del mismo modo, Alí no podía imaginar a Nahri apoltronada en un sofá durante horas, escuchando a poetas que sufrían por amores perdidos o discutiendo las cualidades del vino.

Además, Muntadhir no le será fiel. Eso por descontado. Lo cierto era que pocos reyes se mantenían fieles. La mayoría tenía múltiples esposas y concubinas, aunque su propio padre era más bien una excepción. Solo había consentido casarse con Hatset tras la muerte de su primera esposa, la madre de Muntadhir. Fuera como fuere, Alí jamás había puesto en duda aquella costumbre, pues era un modo de asegurar alianzas y la cohesión de su mundo.

Aun así, no le gustaba que Nahri tuviese que regirse por esa costumbre.

No te compete a ti poner nada de esto en duda, se reprendió mientras se llevaba el telescopio a los ojos. *Ni ahora ni mucho menos cuando se casen.* La negativa desafiante de Muntadhir no lo convencía; nadie conseguía oponerse a los deseos de su padre durante mucho tiempo.

Alí no estuvo muy seguro de cuánto tiempo más se quedó en el tejado, perdido en sus pensamientos mientras contemplaba las estrellas. Semejante soledad era un lujo desacostumbrado en palacio. El terciopelo negro del cielo, el brillo lejano de aquellos soles remotos parecía invitarlo a entretenerse allí. Al cabo dejó el telescopio sobre su regazo y se apoyó en el pretil de piedra mientras contemplaba despreocupado el oscuro lago.

Medio dormido y perdido en sus pensamientos, Alí tardó unos minutos en percatarse de que un esclavo shafit se había acercado a recoger los cálices abandonados y las bandejas de comida que habían dejado a la mitad.

—¿Has acabado con todo esto, mi príncipe?

Alí alzó la vista. El shafit señaló con un gesto la bandeja de frutos secos y el cáliz de Muntadhir.

—Sí, gracias.

Alí se inclinó para desprender la lente del telescopio y soltó una maldición: acababa de cortarse con uno de los bordes afilados del vidrio. Les había prometido a los eruditos que recogería él mismo el instrumento.

Algo lo golpeó en la nuca.

Alí retrocedió. La bandeja de frutos secos se estrelló contra el suelo. Con la cabeza aturdida, intentó girarse y vio al sirviente shafit, el brillo de una hoja oscura...

Y luego la terrible sensación de desgarro que se le hincó en el estómago.

Hubo un momento de absoluta frialdad, de extrañamiento, de algo duro y desacostumbrado donde antes no había habido nada. Un siseo, como si la hoja cauterizase la herida. El sirviente le metió un trapo entre los dientes para amortiguar el sonido y luego le dio un empujó contra el muro de piedra.

Pero no se trataba de un sirviente. Los ojos del hombre adoptaron el tono del cobre y el pelo se le puso rojo. Hanno.

—No me habías reconocido, ¿eh, cocodrilo? —escupió el cambiaformas.

Alí tenía el brazo doblado a la espalda. Intentó apartar a Hanno de un empujón con la mano libre. Como respuesta, el shafit giró la hoja. Alí gritó, con el paño en la boca, y apartó el brazo. Sangre caliente le corrió por la túnica y tiñó la tela de negro.

—Duele, ¿a que sí? —se burló Hanno—. Es una hoja de hierro. Muy cara. Irónicamente, la compramos con lo que nos quedaba de tu dinero.

Hundió aún más el cuchillo y solo se detuvo cuando la punta golpeó el muro de piedra detrás de Alí.

Puntos negros florecieron frente a los ojos de Alí. Sintió que se le llenaba el estómago de hielo, un hielo que poco a poco extinguía el fuego que anidaba en su interior. Desesperado por sacarse la hoja de dentro, intentó darle un rodillazo en el estómago a Hanno, que lo esquivó sin mayor problema.

—«Démosle algo de tiempo», me ha dicho Rashid. Como si fuéramos puros de sangre con siglos a nuestra disposición para reflexionar sobre el bien y el mal. —Hanno apoyó todo el peso en el puñal y Alí dejó escapar otro grito amortiguado—. Anas murió por ti.

Alí manoteó para aferrarse a la camisa de Hanno. El agente del Tanzeem tiró del cuchillo hacia arriba, peligrosamente cerca de los pulmones de Alí.

Hanno pareció leerle la mente.

—Sé cómo se mata a un puro de sangre, Alizayd. No pienso dejarte aquí medio muerto y arriesgarme a que te encuentren y te lleven a esa Nahid adoradora del fuego a la que se comenta que te estás follando en la biblioteca. —Se inclinó más hacia él, los ojos rebosantes de odio—. Sé cómo mataros…, pero lo vamos a hacer muy despacio.

Hanno cumplió su amenaza. Tiró del cuchillo hacia arriba con una lentitud tan exagerada, tan agonizante, que Alí estuvo seguro de sentir cada nervio al cercenarse.

—Yo tenía una hija, ¿lo sabías? —empezó a decir Hanno, con la mirada apenada—. Más o menos de tu edad. Bueno, no…, en realidad nunca llegó a tu edad. ¿Quieres que te diga por qué, Alizayd? —Agitó la hoja y Alí boqueó—. ¿Quieres saber lo que los puros de sangre como tú le hicieron cuando no era más que una niña?

Alí no encontraba palabras para disculparse, para suplicar. Se le cayó el paño de la boca, pero dio igual. Todo lo que pudo emitir fue un grave gimoteo cuando Hanno volvió a retorcer el cuchillo.

—¿No? —preguntó el cambiaformas—. No te preocupes. Prefiero contarle la historia al rey. Voy a esperar a que llegue, ¿sabes? Quiero ver su cara cuando encuentre estos muros cubiertos con tu sangre. Quiero que se pregunte cuántas veces lo llamaste a gritos para que viniese a salvarte. —Se le quebró la voz—. Quiero que tu padre sepa lo que se siente.

La sangre se acumulaba a los pies de Alí. Hanno lo sujetó con fuerza y le estrujó la mano izquierda. Sintió una punzada en la palma.

La lente de cristal del telescopio.

—¿Emir-joon? —oyó una voz familiar desde las escaleras—. Muntadhir, ¿sigues aquí? Te he estado buscando por…

Jamshid e-Pramukh apareció en las escaleras con una botella de vidrio azul llena de vino en una mano. Se quedó paralizado al contemplar la sangrienta escena.

Hanno sacó el cuchillo con un ladrido.

Alí le dio un cabezazo.

Golpeó con toda la fuerza que pudo reunir, lo bastante fuerte como para que su propia cabeza empezase a dar vueltas, pero también para que el cráneo de Hanno emitiese un crujido apagado. El cambiaformas retrocedió. Alí no dudó. Dio un golpe con la lente de cristal y le rajó el gaznate.

Hanno se tambaleó hacia atrás. De la garganta le fluía una sangre de color rojo oscuro. En aquel momento no parecía un asesino en potencia, sino más bien un padre doliente y roto, cubierto de sangre. Sangre que jamás había sido lo bastante negra para Daevabad.

Pero aún sostenía el cuchillo. Se abalanzó sobre Alí.

Jamshid fue más rápido que él. Alzó la botella y la estrelló contra la cabeza de Hanno.

Hanno cayó redondo al suelo. Jamshid sujetó a Alí mientras este caía también.

—¡Alizayd! Dios mío... ¿Estás...? —Contempló horrorizado sus manos ensangrentadas y ayudó a Alí a sentarse en el suelo—. ¡Voy a buscar ayuda!

—No —dijo Alí con un graznido que le supo a sangre. Agarró a Jamshid del cuello de la camisa antes de que se levantase—. Líbrate de él.

La orden salió como un gruñido grave. Jamshid se envaró.

—¿Qué?

Alí se esforzó por respirar. El dolor en el estómago desaparecía. Estaba bastante seguro de que se iba a desmayar pronto, o quizás incluso a morir, una posibilidad que debería haberlo inquietado bastante más en aquel momento. Sin embargo, se centró en una cosa: el asesino shafit que yacía a sus pies con una hoja empapada en sangre Qahtani en la mano. Su padre mataría a todos y cada uno de los mestizos de Daevabad si lo veía.

—Líbrate... del cuerpo —jadeó Alí—. Es una orden.

Vio que Jamshid tragaba saliva. Sus ojos negros oscilaron a toda prisa entre Hanno y el muro.

—Sí, mi príncipe.

Alí se apoyó en la piedra. El muro estaba helado en comparación con la sangre que le empapaba la ropa. Jamshid arrastró a Hanno hasta el pretil. Se oyó un chapoteo lejano. La visión de Alí empezaba a menguar, pero algo que resplandecía en el suelo captó su atención. El telescopio.

—N-Nahri... —balbuceó Ali cuando Jamshid se acercó—. Dile... Nahri...

Y el suelo se abalanzó sobre él.

24
NAHRI

*U**rgente.*
La palabra reverberaba en la mente de Nahri y le encogía el estómago mientras corría hacia el dispensario. No estaba lista para nada urgente. De hecho, estuvo tentada de ir más despacio. Mejor que alguien muriese esperándola que asesinarlo con su incompetencia.

Nahri abrió la puerta del dispensario.

—Está bien, Nisreen, ¿qué...?

Cerró la boca de golpe.

Ghassán al Qahtani estaba sentado junto a la cama de uno de sus pacientes, un clérigo geziri de trescientos y muchos años que se iba convirtiendo poco a poco en carbón. Nisreen le había dicho que era algo bastante común entre los ancianos, y que resultaba mortal de no tratarse. Nahri había señalado que tener trescientos años solía resultar mortal, pero aun así intentó tratar al hombre: lo colocó bajo un vaporizador humeante y le administró una dosis de fango acuoso sujeto a un encantamiento que Nisreen le había enseñado. El clérigo llevaba varios días en el dispensario, y cuando Nahri se marchó parecía estar bien: medio dormido, con las llamas contenidas a sus pies.

Un escalofrío recorrió la columna de Nahri al ver el cariño con el que el rey apretaba la mano del jeque. Nisreen estaba de pie tras él. Una advertencia preñaba sus ojos negros.

—Majestad —tardamudeó Nahri. Se apresuró a unir las palmas de las manos y, tras decidir que el gesto no haría daño, hizo una reverencia—. Perdonadme…, no sabía que estabais aquí.

El rey sonrió y se puso en pie.

—No hay razón para disculparse, Banu Nahida. Oí que mi jeque no se encontraba bien y vine a rezar por él.

Se giró hacia el anciano y le tocó el hombro, tras lo que añadió algo más en geziriyya. El paciente resopló algo como respuesta y Ghassán se rio.

Se acercó a ella y Nahri se obligó a mantenerle la mirada.

—¿Has disfrutado de la velada con mis hijos? —preguntó el monarca.

—Bastante. —Un hormigueo le recorrió la piel y casi pudo jurar que veía el poder que emanaba de él. No pudo resistirse a añadir—. Seguro que Alizayd os informará de todo más tarde.

Hubo un destello en los ojos del rey, a quien parecía divertir el descaro de Nahri.

—Así será, Banu Nahida. —Hizo un gesto hacia el anciano—. Por favor, haz lo que puedas por él. Descansaré más tranquilo al saber que mi profesor está en manos de la hija de Banu Manizheh.

Nahri hizo otra reverencia y aguardó hasta que se cerró la puerta para acudir a toda prisa junto al jeque. Esperaba no haber dicho nada demasiado brusco delante de él, aunque supuso que era bastante probable: el dispensario la ponía de un humor de perros.

Se obligó a sonreír.

—¿Cómo te encuentras?

—Mucho mejor —dijo con voz ronca—. Alabado sea Dios, ya no me duelen los pies.

—Hay algo que deberías ver —dijo Nisreen en tono suave.

Alzó la sábana que cubría al jeque de manera que este no viese lo que Nahri debía examinar.

Ya no tenía pies.

No era solo que hubieran desaparecido, convertidos en cenizas, sino que la infección le había subido por las piernas hasta adueñarse de los escuálidos muslos. Una línea carbonizada ascendía por su cadera derecha. Nahri tragó saliva en un intento de disimular el horror.

—M-me alegro de saber que te encuentras mejor —dijo con tanta jovialidad como fue capaz de reunir—. Deja… que consulte algo con mi asistente.

Apartó a Nisreen hasta un rincón donde el clérigo no las oyera.

—¿Qué ha pasado? —siseó—. ¡Dijiste que estaba mejor!

—Por supuesto que no he dicho tal cosa —la corrigió Nisreen con aire indignado—. No hay manera de curar esta enfermedad, y menos a su edad. Solo se lo puede tratar.

—¿Y eso de ahí es tratarlo? ¡El encantamiento ha empeorado la situación! —Nahri se estremeció—. ¿No acabas de oír al rey presumiendo de que está en buenas manos?

Nisreen le hizo un gesto para que se acercase a las estanterías donde almacenaban productos medicinales.

—Confía en mí, Banu Nahri, el rey Ghassán sabe lo grave que es la situación. Nuestra gente conoce bien la enfermedad que atenaza al jeque Auda. —Suspiró—. La abrasión avanza con rapidez. He mandado llamar a su esposa. Hasta que llegue intentaremos mantenerlo lo más cómodo posible.

Nahri contempló a Nisreen.

—¿Qué quieres decir? Debe de haber algo más que podamos hacer.

—Se muere, Banu Nahida. No vivirá hasta el alba.

—Pero…

—No puedes ayudarlos a todos. —Nisreen le apoyó una mano en el codo con gesto amable—. Es un anciano. Ha vivido una vida buena y larga.

Quizá sí, pero Nahri no pudo evitar pensar en el afecto con el que Ghassán había hablado de él.

—Supongo que mi siguiente fracaso es amigo del rey, pues.

—¿Eso te preocupa? —La compasión desapareció del rostro de su ayudante—. ¿Podrías poner las necesidades de tu paciente por delante de las tuyas por una vez? Además, aún no has fracasado. Ni siquiera hemos empezado.

—¡Acabas de decir que no hay nada que hacer!

—Intentaremos mantenerlo con vida hasta que venga su esposa. —Nisreen se dirigió a las estanterías—. Cuando la infección le llegue a los pulmones se ahogará. Hay un procedimiento que le conseguirá un poco más de tiempo, pero requiere mucha precisión y tendrás que llevarlo tú a cabo.

A Nahri no le gustó oír aquello. No había intentado ningún otro procedimiento avanzado desde que casi estranguló a la anciana daeva de la salamandra.

Siguió a Nisreen a regañadientes. Bajo la luz de las antorchas llameantes y el pozo de fuego, las estanterías de medicamentos parecían haber cobrado vida. Varios ingredientes temblaban y se estremecían tras las nebulosas estanterías de vidrio esmerilado, como también se estremeció Nahri al verlas. Echaba de menos la botica de Yaqub, repleta de suministros reconocibles que no se movían solos. Jengibre para la digestión, salvia para los sudores nocturnos... el tipo de ingredientes que Nahri sabía usar. Nada de gases venenosos, cobras vivas o un fénix entero disuelto en miel.

Nisreen sacó un par de delgadas pinzas de plata del delantal y abrió un pequeño armario. Con cuidado, sacó un resplandeciente tubo de cobre de la longitud de una mano, tan delgado como un puro. Se lo tendió a Nahri pero lo apartó cuando ella intentó agarrarlo.

—No, no lo toques con las manos desnudas —advirtió—. Es de factura geziri, del mismo material que las hojas zulfiqar. No hay manera de curar las heridas que causa.

Nahri apartó la mano.

—¿Ni siquiera puede curarlas una Nahid?

Nisreen le lanzó una mirada sombría.

—¿Cómo crees que el pueblo de tu príncipe les arrebató Daevabad a tus ancestros?

—Ya veo. ¿Y qué se supone que tengo que hacer con esta cosa?

—Se la introducirás en los pulmones y por la garganta para aliviar algo de la presión a medida que va perdiendo la capacidad de respirar.

—¿Quieres que lo apuñale con un arma mágica geziri que destruye la carne de los Nahid?

¿Qué clase de retorcido sentido del humor le había salido de pronto a Nisreen?

—No —dijo ella en tono seco—. Quiero que se la introduzcas en los pulmones y por la garganta para aliviar algo de la presión a medida que va perdiendo la capacidad de respirar. Su esposa vive en el otro extremo de la ciudad. Me temo que vamos a tardar en dar con ella.

—Bueno, esperemos que sea rápida, si Dios quiere, porque no puedo hacer nada con ese tubito.

—Sí que lo vas a hacer, sí —la reprendió Nisreen—. No vas a negarle a este hombre la despedida final de su amada solo porque tengas miedo. Eres la Banu Nahida, es tu responsabilidad. —La apartó de un suave empujón—. Prepárate tú y prepáralo a él para el procedimiento.

—Nisreen...

Su ayudante ya se acercaba al hombre enfermo. Nahri se aseó a toda prisa. Con las manos temblorosas, vio que Nisreen ayudaba a enderezarse al anciano para darle sorbitos de té humeante. El anciano soltó un gemido y Nisreen le puso un paño frío en la frente.

Ella debería ser la Banu Nahida. No era la primera vez que Nahri tenía aquella idea. Nisreen se ocupaba de los pacientes como si fuesen miembros de su propia familia. Era acogedora y cálida, confiaba en sus propias habilidades. Y a pesar de lo mucho que se quejaba de los geziri, no vio en ella la menor sombra de prejuicio al cuidar al anciano. Nahri la contempló e intentó apartar los celos que le embargaban el pecho. Qué no daría por volver a sentirse competente.

Nisreen alzó la vista.

—Estamos listos para ti, Banu Nahri. —Miró al clérigo—. Va a doler. ¿Seguro que no quieres un poco de vino?

Él negó con la cabeza.

—N-no —se las arregló para decir con voz temblorosa. Contempló la puerta con un movimiento que le causó un evidente dolor—. ¿Crees que mi esposa...?

Soltó una tos brusca y humeante.

Nisreen le apretó la mano.

—Te conseguiremos todo el tiempo que podamos.

Nahri se mordisqueó el interior de las mejillas. El estado emocional del hombre la perturbaba. Estaba acostumbrada a buscar debilidad en el miedo, credulidad en el dolor. No tenía la menor idea de cómo charlar con alguien a punto de morir. Aun así, se acercó y se obligó a esbozar lo que creía que era una sonrisa de seguridad.

Los ojos del jeque aletearon hasta ella. Se le torció la boca, como si intentase devolverle la sonrisa, y luego soltó un gemido amortiguado, tras el que soltó la mano de Nisreen.

La ayudante de Nahri se puso en movimiento al instante. Apartó la túnica del anciano y descubrió un pecho ennegrecido de piel carbonizada. Un olor agrio, séptico, llenó el aire. Los dedos precisos de Nisreen recorrieron el esternón del anciano y se desplazaron un poco a la izquierda. La escena no parecía perturbarla.

—Trae la bandeja y pásame el escalpelo.

Nahri obedeció. Nisreen hundió el escalpelo en el pecho del hombre, que soltó un lamento ahogado mientras ella cortaba un trozo de piel quemada. Abrió la piel con unas pinzas y le hizo un gesto a Nahri.

—Ven aquí.

Nahri se inclinó sobre la cama. Bajo la corriente de sangre negra y espumosa había una masa en movimiento de resplandeciente tejido dorado. Se estremecía suavemente, cada vez más lento, mientras iba adoptando un tono ceniciento poco a poco.

—Dios mío —se asombró Nahri—. ¿Es un pulmón?

Nisreen asintió.

—Hermoso, ¿verdad? —Agarró las pinzas que sujetaban el tubo de cobre y se lo tendió a Nahri—. Apunta al centro e introdúcelo con delicadeza. No lo hundas más de un milímetro.

Aquella breve sensación de maravilla se desvaneció. Nahri paseó la vista entre el tubo y el pulmón cada vez más muerto del hombre. Tragó saliva. A ella misma también le costaba respirar.

—Banu Nahida —instó Nisreen en tono urgente.

Nahri agarró las pinzas y sostuvo el tubo sobre aquel delicado tejido.

—N-no puedo hacerlo —susurró—. Voy a hacerle daño.

La piel del anciano llameó de pronto. Los pulmones se convirtieron en polvo de ceniza y las brasas ardientes avanzaron hacia su cuello. Nisreen le apartó con rapidez la larga barba y dejó el cuello a la vista.

—Entonces, la garganta. Es su única posibilidad. —Ella dudó y Nisreen le lanzó una mirada urgente—. ¡Nahri!

Nahri reaccionó y clavó el tubo en el lugar que señalaba Nisreen. Entró con la facilidad de un cuchillo caliente que se hunde en mantequilla. Sintió un instante de alivio.

Y el tubo siguió entrando.

—¡No, espera! —Nisreen agarró las pinzas mientras Nahri intentaba sacar el tubo.

Se oyó un terrible sonido de succión en la garganta del jeque. La sangre burbujeó, hirviente, sobre sus manos. El cuerpo entero del anciano se sacudió.

A Nahri le entró el pánico. Le puso las manos en la garganta e imploró que la sangre se detuviese, desesperada. Los ojos aterrados del anciano se cruzaron con los de ella.

—Nisreen, ¿qué hago? —gritó.

El hombre se sacudió con más violencia.

Y luego, todo cesó.

Nahri lo comprendió al instante. El débil latido del corazón se detuvo con un estremecimiento. La chispa sagaz que había en sus ojos grises se desvaneció. Se le hundió el pecho y el tubo soltó un silbido cuando el aire por fin escapó.

Nahri no se movió. No podía apartar la vista de la expresión agónica del hombre. Una lágrima cayó de entre las escasas pestañas del anciano.

Nisreen cerró los ojos.

—Lo hemos perdido, Banu Nahida —dijo en tono suave—. Bueno, lo has intentado.

Lo he intentado. Nahri había convertido los últimos instantes de aquel hombre en un infierno en la Tierra. Su cuerpo estaba desastrado, la mitad inferior abrasada y la garganta abierta y ensangrentada.

Temblorosa, dio un paso atrás y contempló sus propias ropas chamuscadas. Tenía las manos y las muñecas cubiertas de sangre y ceniza. Sin mediar otra palabra, se acercó al lavabo y empezó a restregarse las manos con furia. Sentía los ojos de Nisreen clavados en su espalda.

—Deberíamos asearlo antes de que llegue su esposa —dijo su ayudante.

—¿Para que no parezca que lo hemos asesinado? —completó Nahri. No se giró. Le escocían las manos de tanto frotárselas.

—No lo has asesinado, Banu Nahri. —Nisreen fue junto a ella—. Iba a morir. Era cuestión de tiempo.

Intentó ponerle una mano en el hombro a Nahri, pero ella se apartó.

—No me toques. —Sentía cómo iba perdiendo poco a poco el control—. Esto es culpa tuya. Te he dicho que no podía usar ese instrumento. Te lo llevo diciendo desde que llegué: no estoy lista para tratar pacientes. Y te ha dado igual, ¡no has dejado de presionarme!

Nahri vio que algo se quebraba en el semblante de la mujer.

—¿Y crees que quiero presionarte? —preguntó con una extraña desesperación en la voz—. ¿Crees que te presionaría si tuviese elección?

Eso tomó a Nahri por sorpresa.

—¿Qué dices?

Nisreen se derrumbó en una silla cercana y enterró el rostro entre las manos.

—El rey no ha venido solo a ver a un viejo amigo, Nahri. Ha venido a contar las camas vacías y a preguntar por qué no estás tratando a más pacientes. Hay una lista de espera de veinte páginas que no deja de aumentar, de pacientes que quieren que los atiendas. Y eso solo contando a los nobles..., sabrá el Creador cuánta gente de la ciudad necesita tus habilidades. Si por los Qahtani fuera, todas las camas estarían llenas.

—¡Pues la gente tiene que tener paciencia! —replicó Nahri—. Daevabad ha sobrevivido veinte años sin sanadora, podrá esperar un poco más. —Se apoyó en la pileta—. Dios mío, hasta los médicos humanos estudian durante años, y lo que tratan son resfriados, no maldiciones. Necesito tiempo para formarme en condiciones.

Nisreen soltó una risa seca y carente de humor.

—Jamás te formarás en condiciones. Puede que Ghassán quiera que el dispensario esté lleno, pero lo que de verdad desea es que tus habilidades jamás vayan más allá de lo básico. Probablemente se alegraría de que muriese la mitad de tus pacientes. —Nahri frunció el ceño y su asistente se enderezó con una mirada de sorpresa—. ¿Es que no entiendes lo que está pasando?

—Parece que no lo entiendo en absoluto, no.

—Quieren que seas débil, Nahri. Eres la hija de Banu Manizheh. Has entrado en Daevabad con Darayavahoush e-Afshín a tu lado el día en que una turba shafit intentó asaltar el barrio daeva. Casi has matado a una mujer de pura irritación..., ¿no te has percatado de que, después de aquel día, hay el doble de guardias custodiando el dispensario? ¿Crees que los Qahtani quieren que te formes? —Nisreen le lanzó una mirada incrédula—. Bastante es ya que no te pongan esposas de hierro cada vez que vas a ver al príncipe.

—Pero... pero si me dejan tener el dispensario. Le han otorgado el perdón a Dara.

—El rey no tuvo más remedio que otorgárselo. Nuestro pueblo adora a Darayavahoush. Si los Qahtani le pusieran una mano encima, media ciudad se alzaría en armas. Y en cuanto al dispensario, es tan simbólico como tú misma. El rey espera de una sanadora Nahid lo mismo que un pastor espera de su perro: que sea útil de vez en cuando pero que dependa por completo de él.

Nahri se envaró, rabiosa.

—Yo no soy el perro de nadie.

—¿Ah, no? —Nisreen se cruzó de brazos, las muñecas aún cubiertas de ceniza y sangre—. ¿Y entonces por qué les sigues el juego?

—¿A qué te refieres?

Nisreen se le acercó.

—No hay forma de disimular tu falta de progresos en el dispensario, niña —advirtió—. Ignoraste por completo a los daeva que vinieron a verte al Gran Templo, y encima te marchaste de allí sin pronunciar palabra alguna. No cuidas tu altar de fuego, comes carne en público, te pasas todo el tiempo libre del que dispones con ese fanático Qahtani… —Se le ensombreció el rostro—. Nahri, nuestra tribu no ve con buenos ojos la deslealtad. Hemos sufrido mucho a manos de nuestros enemigos. La vida no es fácil para los daeva sospechosos de colaboracionismo.

—¿Colaboracionismo? —Nahri estaba incrédula—. Tener buenas relaciones con quien ostenta el poder no es colaboracionismo, Nisreen. Es sentido común. Y si comer kebab molesta a un montón de verduleras adoradoras del fuego…

Nisreen soltó todo el aire de los pulmones.

—¿Qué has dicho?

Demasiado tarde, Nahri recordó que los daeva odiaban aquel modo de llamarlos.

—Oh, venga ya, Nisreen, es solo una expresión. Sabes que no…

—¡No es *solo* una expresión! —Manchas rojas de rabia pura florecieron en las mejillas de Nisreen—. Ese tipo de maledicencias se ha usado desde hace siglos para demonizar a nuestra tribu. Es justo lo que escupen quienes les arrancan el velo a nuestras mujeres y apalean a nuestros hombres. Las autoridades usan esas mismas palabras cuando hacen redadas en nuestras casas y requisan nuestras propiedades. Y que seas tú quien las repita…

Su ayudante se puso en pie y fue hasta la parte principal del dispensario con las manos anudadas tras la nuca. Se giró y miró a Nahri.

—¿De verdad quieres mejorar? ¿Cuántas veces te he dicho lo importante que es la intención a la hora de sanar? ¿Cuántas veces te he dicho que la fe es vital a la hora de emplear la magia? —Abrió las manos y abarcó con un gesto el dispensario entero—. ¿Crees en algo de esto, Banu Nahri? ¿Te importa nuestro pueblo? ¿Nuestra cultura?

Nahri bajó la vista. Una oleada de culpabilidad le arreboló las mejillas. *No.* No soportó la rapidez con que la respuesta apareció en su mente, pero era la verdad.

Nisreen debió de sentir su incomodidad.

—Ya me parecía.

Agarró la sábana hecha un guiñapo a los pies de la cama del jeque y, en silencio, la extendió para cubrir su cuerpo. Le pasó los dedos por la frente. Al alzar la mirada, una evidente desesperación le dominaba el semblante.

—¿Cómo vas a ser la Banu Nahida si desprecias el modo de vida que crearon tus ancestros?

—¿Acaso untarme la frente de ceniza y perder medio día cuidando un altar de fuego me va a hacer mejor sanadora? —Nahri apartó la jofaina, con el ceño fruncido. ¿Pensaba Nisreen que no lamentaba la muerte del jeque?—. Se me ha ido la mano, Nisreen. ¡Y se me ha ido porque debería haber practicado ese procedimiento un centenar de veces antes de acercarme siquiera a ese hombre!

Nahri sabía que debía parar, pero, alterada y frustrada, harta de aquellas expectativas imposibles que le habían echado a los hombros en cuanto entró en Daevabad, prosiguió.

—¿Quieres saber lo que me parece la fe daeva? Un timo. Un montón de rituales demasiado complicados, diseñados para adorar a aquellos que los crearon. —Se quitó el mandil y lo apretó, enojada, hasta formar una bola con él—. No me extraña que los djinn hayan ganado la guerra. Sin duda los daeva estaban ocupados echando aceite en sus lamparitas y haciéndoles reverencias a una horda de Nahid sonrientes, y ni siquiera se dieron cuenta de que los Qahtani los invadían hasta que…

—¡Basta! —espetó Nisreen. Parecía más enfadada de lo que Nahri había visto jamás—. Los Nahid libraron a nuestra raza de la servidumbre a los humanos. Fueron los únicos lo bastante valientes como para luchar contra los ifrit. Construyeron esta ciudad, esta ciudad mágica incomparable, para gobernar un imperio que abarcaba continentes. —Se acercó a ella, los ojos llameantes—. Y cuando llegaron tus queridos Qahtani, cuando las calles se tiñeron del negro de la sangre daeva y el aire se llenó con los gritos de niños moribundos y mujeres violadas…, lo que hizo esta tribu de adoradores del fuego fue sobrevivir. Sobrevivimos a todo. —Torció la boca, asqueada—. Y nos merecemos a alguien mejor que tú.

Nahri apretó los dientes. Las palabras de Nisreen habían acertado de pleno, pero se negó a acusar el golpe.

En cambio, lo que hizo fue tirar el mandil a los pies de la mujer.

—Pues buena suerte en la búsqueda de un reemplazo.

Y luego, con cuidado de no mirar al hombre a quien acababa de matar, giró sobre sus talones y salió en tromba.

Nisreen la siguió.

—Viene su esposa. No puedes marcharte. ¡Nahri! —gritó mientras Nahri abría la puerta de su dormitorio—. Vuelve ahora mismo y...

Nahri le cerró la puerta en la cara.

La estancia estaba a oscuras. Como siempre, había dejado que el fuego del altar se extinguiese. No le importó. Se acercó a trompicones a la cama y se derrumbó bocabajo sobre el lujoso edredón. Por primera vez desde que llegó a Daevabad, probablemente por primera vez en una década, se permitió soltar un sollozo.

No supo cuánto tiempo pasó. No durmió. Nisreen llamó a su puerta al menos una docena de veces y le suplicó con voz queda que saliese. Nahri la ignoró. Se hizo una bola en la cama y contempló absorta el enorme paisaje pintado en la pared.

Era Zariaspa, según le habían dicho. Su tío había pintado aquel mural. «Tío», aquel término familiar le sonó más falso que nunca. Aquella gente no eran nada suyo. Aquella ciudad, aquella religión, su supuesta tribu..., le eran ajenos, extraños. Tuvo la repentina tentación de destruir la pintura, de derribar el altar de fuego, de librarse de todo recordatorio de aquel deber que no había pedido. El único daeva que le importaba la había rechazado. No quería tener nada que ver con los demás.

Como invocados por sus pensamientos, se oyeron unos golpes más suaves en la puerta que rara vez usaban los sirvientes. Nahri los ignoró unos segundos, pero los golpecitos siguieron, constantes como una tubería que gotease. Al fin apartó la sábana y se puso en pie. Se acercó en tromba a la puerta y la abrió de un tirón.

—¿Qué pasa ahora, Nisreen? —espetó.

Pero no era Nisreen. Era Jamshid e-Pramukh, con aire aterrado.

Entró a trompicones sin invitación alguna, doblado bajo el peso de un enorme saco que cargaba al hombro.

—Lo siento muchísimo, Banu Nahida, pero no me quedaba otra alternativa. Ha insistido en que lo trajese ante ti.

Dejó caer el saco sobre la cama y chasqueó los dedos. Unas llamas brotaron entre ellos e iluminaron la estancia.

No era un saco lo que había dejado en la cama. Era Alizayd al Qahtani.

Nahri llegó al lado de Alí en pocos segundos. El príncipe estaba inconsciente, cubierto de sangre. Una pálida capa de ceniza le cubría la piel.

—¿Qué ha pasado? —jadeó.

—Lo han apuñalado. —Jamshid sacó un largo cuchillo, la hoja cubierta de sangre negra—. He encontrado esto. ¿Crees que puedes curarlo?

Una oleada de miedo la cubrió.

—Llévalo al dispensario. Iré a buscar a Nisreen.

Jamshid le cortó el paso.

—Ha dicho que debías encargarte únicamente tú.

Nahri estaba incrédula.

—¡No me importa lo que haya dicho! Yo apenas estoy formada en la materia. ¡No voy a poder curar yo sola al hijo del rey en mi dormitorio!

—Creo que deberías intentarlo. Fue muy claro al respecto, Banu Nahida… —Jamshid contempló al príncipe inconsciente y bajó la voz—. Cuando un Qahtani da una orden en Daevabad… hay que obedecerla.

Sin darse cuenta habían empezado a hablar en divasti. Las palabras oscuras de su lengua nativa la estremecieron de la cabeza a los pies.

Nahri agarró el cuchillo ensangrentado y se lo acercó al rostro. Hierro, si bien no olía a nada que sugiriese que estaba envenenado. Tocó la hoja. No resplandeció ni estalló en llamas ni dio muestra alguna de cualquier insidiosa magia maligna.

—¿Sabes si está maldita?

Jamshid negó con la cabeza.

—Lo dudo. El hombre que lo atacó era shafit.

¿Shafit? Nahri contuvo la curiosidad, su atención centrada en aquel momento en Alí. *Si es una herida normal y corriente, debería dar igual que sea djinn. Has curado heridas así en el pasado.*

Se arrodilló al lado de Alí.

—Ayúdame a quitarle la camisa. Tengo que examinarlo.

La túnica de Alí estaba tan hecha jirones que apenas les costó romperla del todo. Nahri vio tres tajos, incluyendo uno que parecía haber perforado hasta la espalda. Puso las manos sobre el tajo de mayor tamaño y cerró los ojos. Recordó cuando había salvado a Dara e intentó hacer lo mismo; deseó que Alí se curase e imaginó su piel sana, completa.

Se preparó para recibir una visión, pero no vio nada. En cambio captó un aroma a agua salada, y un sabor salino le inundó la boca. Aun así, su propósito debía de ser claro, porque la herida se estremeció bajo sus dedos y tembló con un grave gemido.

—Por el Creador... —susurró Jamshid—. Es extraordinario.

—Sujétalo —advirtió ella—. No he terminado.

Apartó las manos. La herida había empezado a cerrarse, pero la piel de Alí seguía desprovista de color y casi parecía porosa. Nahri la rozó con la punta de los dedos y un chorro de sangre espumosa asomó a la superficie; fue como apretar una esponja empapada. Cerró los ojos otra vez y probó de nuevo, pero la herida siguió igual.

Aunque la habitación estaba fresca, ella estaba empapada de sudor, hasta el punto de que notaba los dedos pegajosos. Se los limpió en la camisola y probó con otras heridas. El sabor salino se intensificó. Alí no había abierto los ojos, pero el ritmo de su corazón se estabilizó al contacto de las puntas de los dedos de Nahri. Soltó el aire, trémulo, y Nahri se echó hacia atrás para contemplar su obra a medio terminar.

Algo no marchaba bien. ¿Quizá fuera por el hierro? Durante su viaje, Dara le había dicho que el hierro les hacía mucho daño a los puros de sangre.

Podría coserlo. Había aprendido a coser heridas con Nisreen, usando hilo de plata con algún tipo de encantamiento. Se suponía que ese tipo de hilo tenía alguna especie de cualidad curativa; valía la pena intentarlo. No parecía que Alí fuese a morir si ella dedicaba unos minutos a traer algunos suministros del dispensario, pero no podía estar segura. Que ella supiera, podría tener varios órganos destrozados que se desangrasen en aquel momento dentro de su cuerpo.

Alí murmuró algo en geziriyya y abrió despacio los ojos, que se desorbitaron al lanzar un vistazo confuso a la habitación. Intentó enderezarse y soltó un grave jadeo dolorido.

—No te muevas —advirtió ella—. Estás herido.

—No... —Le salió la voz como un graznido. Nahri vio que sus ojos se posaban en el cuchillo. Con el rostro demudado, una sombra derrengada cubrió su mirada—. Oh.

—Alí. —Nahri le tocó la mejilla—. Voy a por suministros del dispensario, ¿de acuerdo? Quédate aquí con Jamshid.

El guardia daeva no parecía entusiasmado con la idea, pero asintió. Nahri salió.

El dispensario estaba tranquilo. Los pacientes que Nahri no había matado seguían dormidos, y no había rastro de Nisreen. Nahri puso a hervir agua en las brasas del pozo de fuego y luego fue a por el hilo de plata y unas cuantas agujas. Mientras tanto, se esforzó por no mirar la cama ya vacía en la que había yacido el jeque.

Cuando el agua rompió a hervir, Nahri añadió una fangosa cucharada de betún, algo de miel y sal, según una de las recetas farmacéuticas que le había enseñado Nisreen. Tras un instante de vacilación, agregó un poco de opio. Sería más fácil coser a Alí si estaba sedado.

La mente le bullía de especulaciones. ¿Por qué quería Alí ocultar que alguien había atentado contra su vida? Le sorprendió que el mismísimo rey no hubiese aparecido por el dispensario para asegurarse de que le dieran a su hijo el mejor tratamiento posible, mientras la Guardia Real peinaba la ciudad, rompiendo puertas y apresando shafit en busca de los conspiradores. *Quizá sea por eso mismo por lo que quiere que no se sepa.* Era evidente que Alí tenía debilidad por los shafit. Pero no sería ella quien se quejase. Hacía apenas unas horas temía que Ghassán la castigase por haber matado accidentalmente al jeque. Y ahora su hijo menor, su favorito, según había oído cuchichear por ahí, estaba escondido en su dormitorio. Y su vida estaba en las manos de Nahri.

Haciendo equilibrio con los suministros y el té, Nahri se metió un aguamanil lleno bajo un brazo y volvió a la habitación. Abrió la puerta. Alí estaba en la misma postura en la que lo había dejado. Jamshid paseaba en círculos por la estancia. Tenía aspecto de lamentar profundamente el hilo de acontecimientos que lo había llevado hasta aquel punto.

Alzó la vista cuando ella llegó y se apresuró a ayudarla con la bandeja de suministros. Nahri señaló con la cabeza la mesita baja que descansaba delante de la chimenea. Jamshid depositó la bandeja.

—Voy a por su hermano —susurró en divasti.

Ella contempló a Alí. El príncipe empapado de sangre parecía estar sufriendo una conmoción. Sus manos temblorosas vagaban por las sábanas echadas a perder.

—¿Seguro que es buena idea?

—Mejor que descubran que quienes quieren ocultar el intento de asesinato son dos daevas.

Bien pensado.

—Apresúrate.

Jamshid se marchó y Nahri volvió a la cama.

—¿Alí? Alí —repitió al ver que no respondía. Él se sobresaltó y Nahri lo agarró—. Acércate al fuego. Necesito luz.

Alí asintió, pero no se movió.

—Vamos —dijo ella en tono suave, y lo ayudó a levantarse.

Él soltó un siseo de dolor con un brazo agarrado al estómago.

Nahri lo ayudó a tumbarse en el sofá y le puso una taza humeante en las manos.

—Bebe.

Acercó la mesa y dispuso el hilo y las agujas. Acto seguido fue a su hamán a por toallas. Al volver, vio que Alí había dejado la taza de té y bebía del aguamanil. Apuró el agua y lo dejó caer en la mesa con un golpe seco.

Ella alzó una ceja.

—¿Tenías sed?

Él asintió.

—Perdón. Lo vi y… —parecía confuso, tal vez por el opio o por la herida—. No pude contenerme.

—Seguramente estás deshidratado —replicó ella.

Nahri se sentó y enhebró la aguja. Alí se seguía sujetando el costado.

—Aparta la mano —dijo Nahri. Alí no se movió y ella hizo además de quitársela—. Tengo que…

Dejó morir la frase. La sangre que manchaba la mano de Alí no era negra. Era del tono carmesí oscuro de la sangre shafit. Y había muchísima. Nahri se quedó sin respiración.

—Imagino que tu asesino no ha escapado.

Alí se contempló la mano.

—No —dijo en tono suave—. No ha escapado. —Alzó la vista—. Le he pedido a Jamshid que lo tirase al lago.

Su voz sonaba extrañamente lejana, como si se maravillase ante algo que no estaba del todo conectado consigo mismo. Aun así, el dolor nubló sus ojos.

—Ni siquiera… estoy seguro de que estuviera muerto.

Los dedos de Nahri, que sujetaban la aguja, temblaron. Cuando un Qahtani da una orden en Daevabad, hay que obedecerla.

—Deberías acabarte el té, Alí. Te sentirás mejor y facilitará las cosas.

Alí no reaccionó cuando Nahri empezó a coser. Intentó dar puntadas precisas. No había margen de error. Trabajó en silencio durante unos cuantos minutos, a la espera de que el opio hiciera efecto del todo. Al cabo, preguntó:

—¿Por qué?

Alí dejó la copa, o lo intentó. Se le cayó de las manos.

—Por qué ¿qué?

—¿Por qué quieres ocultar el hecho de que hayan intentado matarte?

Él negó con la cabeza.

—No puedo decírtelo.

—Venga ya. No esperarás que arregle este desaguisado sin saber qué ha sucedido. La curiosidad me va a matar. Tendré que inventarme algún tipo de historia picante para divertirme. —Nahri mantuvo el tono ligero, de vez en cuando alzando la mirada para evaluar su reacción. Alí parecía exhausto—. Por favor, dime que ha sido por culpa de una mujer. Si no, te lo recordaré...

—No ha sido por una mujer.

—Entonces, ¿por qué?

Alí tragó saliva.

—Jamshid ha ido a por Muntadhir, ¿no? —Nahri asintió y él empezó a temblar—. Me va a matar. Me va... —De pronto se llevó la mano a la cabeza como si intentase reprimir un desmayo—. Disculpa... ¿tienes más agua? Me siento muy extraño.

Nahri llenó el aguamanil en un grifo cercano en la pared. Empezó a servirle una taza, pero Alí negó con la cabeza.

—Dámela toda —dijo.

Agarró el aguamanil y lo engulló tan rápido como el primero. Soltó un suspiro de alivio. Ella le lanzó una mirada de soslayo antes de volver a coser.

—Ten cuidado —le advirtió—. Creo que nunca he visto a nadie beber tanta agua tan rápido.

Él no respondió. Aquellos ojos cada vez más vidriosos pasearon por el dormitorio una vez más.

—El dispensario es mucho más pequeño de lo que recordaba —dijo en tono confuso. Nahri reprimió una sonrisa—. ¿Cuántos pacientes caben aquí?

—He oído que tu padre quiere que trate a más gente.

Alí desechó sus palabras con un gesto.

—Lo único que quiere es su dichoso dinero. Pero nosotros no necesitamos dinero. Tenemos muchísimo. Demasiado. Cualquier día de estos, las Arcas se van a desfondar por su propio peso. —Se contempló las manos y volvió a moverlas—. No siento los dedos —dijo, sorprendentemente imperturbable ante la revelación.

—Siguen ahí.

¿El rey gana dinero con mis pacientes? No debería haberla sorprendido, pero sintió igualmente que la ira volvía a encenderse en su interior. Pues sí, las Arcas se iban a desfondar.

Antes de que pudiera preguntar más, una repentina sensación de humedad en los dedos le llamó la atención. Miró la herida, alarmada, esperando ver sangre. Sin embargo, el líquido que soltaba la piel de Alí era claro. Nahri se frotó los dedos y comprendió qué era.

Agua. Brotaba de entre los puntos de las heridas medio curadas de Alí. Limpiaba la sangre y suavizaba la piel. Lo estaba curando.

En nombre de Dios, ¿qué...? Nahri le lanzó al aguamanil una mirada perpleja y se preguntó si no tendría algo que ella no supiese.

Qué extraño. Fuera como fuere, siguió trabajando y oyendo la diatriba sin sentido de Alí. De vez en cuando le decía que todo iba bien, que era normal que la habitación se hubiese puesto azul y que el aire supiera a vinagre. El opio mejoró el talante de Alí, y por extraño que pareciese, Nahri también empezó a relajarse al ver que cada vez daba mejor los puntos.

Si se me diese igual de bien la sanación mágica. Pensó en la mirada aterrorizada del anciano al dar su último aliento. No la iba a olvidar en la vida.

—Hoy he matado a mi primer paciente —confesó en tono suave. No estaba segura del porqué, pero se sintió mejor al decirlo en voz alta, y bien sabía Dios que Alí no estaba en condiciones de recordar nada—. Un anciano de tu tribu. He cometido un error que lo ha matado.

El príncipe dejó caer la cabeza y la contempló, pero no dijo nada. Tenía los ojos brillantes. Nahri prosiguió.

—Siempre he querido esto mismo..., o, bueno, algo como esto. Solía soñar con llegar a ser médica en el mundo humano. Ahorré hasta la última moneda que pude, con la esperanza de que algún día tendría suficiente dinero como para sobornar a alguna academia para que me aceptase. —Se le demudó el rostro—. Y ahora veo que se me da fatal. Cada vez que creo que domino alguna tarea surge una docena más, y todas me caen encima sin advertencia.

Alí entornó los ojos y le lanzó una larga mirada.

—No se te da fatal —declaró—. Se te da bien ser mi amiga.

La sinceridad en su voz no hizo sino aumentar la sensación de culpabilidad de Nahri. «No somos amigos», le había dicho a Dara. «Es mi víctima; lo estoy timando». Pues sí, y la víctima del timo se había convertido en lo más parecido a un aliado que tenía aparte de Dara.

Aquella certeza la perturbó. «No quiero que te veas envuelta en alguna enemistad política si Alizayd al Qahtani acaba con un cordel de seda anudado al cuello», le había advertido Dara. Nahri se estremeció. Imaginó lo que pensaría el afshín de aquella escena.

Le dio el último punto con un movimiento brioso.

—Tienes un aspecto horrible. Deja que te limpie la sangre.

Para cuando Nahri hubo humedecido un paño, Alí ya dormía en el sofá. Le quitó lo que quedaba de la túnica ensangrentada y la tiró al fuego, tras lo cual añadió el edredón echado a perder. Se guardó el cuchillo tras limpiarlo. Una nunca sabía cuándo podría ser útil un arma así. Limpió a Alí lo mejor que pudo y, tras echar un vistazo apreciativo a los puntos, lo cubrió con una manta.

Se sentó delante de él. Casi habría deseado que Nisreen estuviese presente. No solo porque ver a aquel «fanático Qahtani» dormido en su habitación le habría provocado a buen seguro un ataque al corazón, sino para poder echarle en cara lo bien que lo había curado.

La puerta de los sirvientes se abrió de golpe. Nahri dio un respingo y echó mano del puñal.

Pero solo se trataba de Muntadhir.

—Mi hermano —exclamó, con los ojos preñados de preocupación—. ¿Dónde...?

Su mirada se posó sobre Alí y se abalanzó a su lado. Cayó de rodillas y le tocó la mejilla.

—¿Se encuentra bien?

—Eso creo —respondió Nahri—. Le he dado algo para que durmiera. Será mejor que no toquetee los puntos.

Muntadhir alzó la manta y soltó un lamento ahogado.

—Dios mío...

Contempló las heridas de su hermano un segundo más antes de dejar caer la manta.

—Lo voy a matar —dijo en un susurro tembloroso y cargado de emoción—. Voy a…

—Emir-joon —dijo Jamshid, que se había acercado a ellos. Tocó a Muntadhir en el hombro—. Primero habla con él. Quizá tenga un buen motivo.

—¿Un motivo? Míralo. ¿Qué motivo podría tener para encubrir esto? —Muntadhir dejó escapar un suspiro exasperado antes de volver a mirar a Nahri—. ¿Podemos cambiarlo de sitio?

Ella asintió.

—Pero con cuidado. Iré más tarde a ver cómo está. Quiero que descanse unos cuantos días, al menos hasta que se curen esas heridas.

—Oh, te aseguro que descansará, pierde cuidado. —Muntadhir se masajeó las sienes—. Un accidente mientras entrenaba.

Ella alzó las cejas y Muntadhir se explicó:

—Eso es lo que ha sucedido. ¿Entendido? —dijo, paseando la mirada entre ella y Jamshid.

Este último se mostró escéptico.

—Nadie se va a creer que yo le haya hecho algo así a tu hermano. Si fuera al contrario, quizá.

—Nadie más va a ver las heridas —replicó Muntadhir—. Estaba tan avergonzado por la derrota que vino a ver a la Banu Nahida a solas, con la esperanza de que su amistad le granjeara cierta discreción…, lo cual es cierto, ¿verdad?

Nahri percibió que no era el mejor momento para negociar. Agachó la cabeza.

—Por supuesto.

—Bien. —Muntadhir le clavó la mirada un instante más. Había algún tipo de conflicto en ella, pero al cabo dijo—: Gracias, Banu Nahri. Esta noche le has salvado la vida. No pienso olvidarlo.

Nahri sujetó la puerta para que saliesen los dos hombres cargando con un Alí inconsciente. Aún podía percibir el constante latido de su corazón. Recordó el momento en que Alí había soltado un jadeo mientras la herida se cerraba sobre sus dedos.

Ella tampoco pensaba olvidarlo.

Cerró la puerta, recogió los suministros y regresó al dispensario para dejarlos en su sitio. No podía arriesgarse a levantar las sospechas de Nisreen. Todo estaba en calma, la quietud embargaba el aire nebuloso. Se acercaba el alba, comprendió. El sol de la mañana pronto entraría por el techo de cristal del dispensario y caería en rayos polvorientos sobre las estanterías de medicamentos y mesas de boticario. Sobre la cama vacía del jeque.

Nahri se detuvo a contemplar la escena. Las brumosas estanterías llenas de ingredientes temblorosos que a buen seguro su madre conocía como la palma de su mano. La mitad de la estancia, casi vacía en aquel momento, que debería haber estado repleta de pacientes quejándose de sus dolencias, de ayudantes que se afanasen entre ellos y que preparasen remedios y pociones.

Pensó una vez más en Alí, en la satisfacción que había sentido al ver cómo dormía, en la paz que había notado al conseguir hacer algo bien por una vez después de meses de fracasos. Era el hijo favorito del rey djinn y ella lo había salvado de la muerte. En ello residía una suerte de poder.

Ya era hora de que Nahri se adueñase de ese poder.

Lo consiguió al tercer día.

Casi parecía que hubiesen dejado libre en el dispensario a algún tipo de mono lunático. Por todas partes yacían plátanos pelados, pues Nahri había tirado alguno que otro al aire de pura frustración, junto con los restos desgarrados de vejigas húmedas de animales. En el aire flotaba el hedor de la fruta echada a perder. Nahri estaba segura de que jamás volvería a comerse un plátano. Por suerte, se encontraba a solas. Nisreen aún no había regresado y Dunoor, que le había traído tanto las vejigas como los plátanos, había huido, probablemente convencida de que Nahri había perdido el juicio por completo.

Nahri había arrastrado una mesa hasta el exterior del dispensario, a la parte soleada del templete que daba al jardín. El calor del mediodía era asfixiante; en aquel momento, el resto de Daevabad descansaba y se protegía del sol en dormitorios oscurecidos o a la sombra de árboles frondosos.

Pero Nahri, no. Ella sujetaba una vejiga contra la mesa con una mano. Al igual que con las anteriores, había llenado la vejiga de agua y había colocado sobre ella una piel de plátano.

Con la otra mano sostenía las pinzas que sujetaban el mortal tubo de cobre.

Nahri entrecerró los ojos y frunció el ceño mientras acercaba el tubo a la piel de plátano. Tenía la mano firme; había aprendido por las malas que el té la mantenía despierta pero hacía que le temblasen los dedos. Llevó el tubo hasta la piel de plátano y presionó apenas un milímetro. Aguantó la respiración, pero la vejiga no estalló. Apartó el tubo.

Un agujero perfectamente abierto en la piel de plátano. La vejiga debajo de la piel estaba intacta.

Nahri dejó escapar el aliento. Los ojos se le llenaron de lágrimas. *No te emociones tanto*, se reprendió. *Puede que haya sido buena suerte.*

Tras repetir el experimento una docena de veces, y tener éxito en todas y cada una de ellas, se permitió relajarse. Entonces contempló la mesa. Quedaba una piel de plátano sin agujerear.

Vaciló. Y luego se la puso sobre la mano izquierda.

Le latía el corazón con tanta fuerza que lo oía en las orejas. Sin embargo, comprendió que si no tenía la suficiente seguridad como para hacer aquello, jamás podría seguir adelante con lo planeado. Llevó el tubo hasta la piel de plátano y presionó.

Lo apartó. A través del estrecho y limpio agujero de la piel de plátano vio su propia piel, intacta.

Puedo hacerlo. Solo necesitaba centrarse, entrenar sin sentirse abrumada por centenar de preocupaciones y responsabilidades, sin pensar en pacientes que no estaba preparada para tratar ni en intrigas que podrían destruir su reputación.

«Se tarda tiempo en alcanzar la grandeza», le había dicho Kartir. Tenía razón.

Nahri necesitaba tiempo. Pero sabía de dónde sacarlo. Y sospechaba cuál sería el precio a pagar.

Soltó un trémulo aliento. Sus dedos acariciaron la daga que llevaba en la cadera. La daga de Dara. Aún no se la había devuelto. De hecho, no había vuelto a verlo desde aquel desastroso encuentro en el Gran Templo.

La desenvainó. Recorrió la empuñadura y colocó la palma justo donde él la habría sujetado. Durante un largo instante la contempló y deseó que hubiese otra manera.

Luego la dejó.

—Lo siento —susurró Nahri.

Se puso en pie y dejó la daga tras ella. Se le encogió la garganta, pero no se permitió llorar.

No le haría ningún bien parecer vulnerable cuando se presentase ante Ghassán al Qahtani.

25

ALÍ

Alí se zambulló en la irregular superficie del canal y giró sobre sí mismo para impulsarse en dirección opuesta. Le escocieron los puntos, pero apartó de sí el dolor. Solo un par de largos más.

Se deslizó por las aguas turbias con una facilidad nacida de la práctica. Su madre le había enseñado a nadar. Era la única tradición ayaanle que se empeñó en enseñarle, y lo hizo en contra de la voluntad del rey: cierto día, cuando Alí debía de andar por los siete años de edad, apareció por la Ciudadela vestida con un imponente y desacostumbrado velo real. Lo llevó a rastras al palacio mientras él le suplicaba que no lo ahogase. Ya en el harén, lo metió por la fuerza en la parte más profunda del canal sin mediar palabra alguna. Cuando Alí volvió a salir a la superficie, entre manoteos y patadas, intentando recuperar el aire mientras se deshacía en lágrimas, su madre pronunció por fin su nombre. Luego le enseñó a bucear, a hundir la cabeza en el agua y a respirar por un lado de la boca.

Años después, Alí recordaba hasta el último minuto de sus cuidadosas enseñanzas, así como el precio que había pagado por aquel desafío: jamás volvieron a permitir que estuvieran los dos a solas. Aun así, Alí siguió nadando. Le gustaba, aunque la mayoría de los djinn, sobre todo su padre, veían la natación con total repugnancia. Hubo incluso clérigos que afirmaron que el disfrute de los ayaanle por el agua era una suerte de perversión, herencia de una antigua secta del río en la que, supuestamente, retozaban con los marid en todo tipo de formas imaginables. Alí despreciaba aquellas historias como sórdidos chismes. Los ayaanle eran una tribu adinerada proveniente de un país seguro y fuertemente aislado, cosa que siempre inspiraba celos.

Alí completó otro largo y se dejó arrastrar por la corriente. El aire era denso, silencioso; el zumbido de los insectos y el canto de los pájaros eran lo único que rompía la calma del jardín. Casi se podría describir como pacífico.

Un momento ideal para que me embosque otro asesino del Tanzeem. Alí intentó apartar aquella idea de la cabeza, pero no le resultó fácil. Habían pasado cuatro días desde que Hanno intentó asesinarlo, y desde entonces no había salido de sus aposentos. La mañana tras el ataque, Alí se había despertado con el peor dolor de cabeza de toda su vida, así como con un hermano furioso que quería respuestas. En medio de horribles dolores y una sensación de culpabilidad, así como con una mente nublada, Alí le dio las respuestas que esperaba. Fragmentos de su relación con el Tanzeem escaparon de sus labios como agua entre los dedos. Resultó que tenía razón: lo único que sabían su padre y su hermano era lo del dinero.

A Muntadhir no le hizo gracia enterarse del resto.

Ante la rabia creciente de su hermano, Alí había tratado de explicar por qué había encubierto la muerte de Hanno. En ese momento había llegado Nahri a ver cómo se encontraba. Muntadhir lo acusó en geziriyya de ser un traidor y salió en tromba de la estancia. Desde entonces no había vuelto.

Quizá debería ir a hablar con él. Alí salió del canal, goteando sobre las baldosas decorativas que lo bordeaban. Echó mano de la camisa. *A lo mejor intentar explicarle...*

Se detuvo al echar un vistazo a su vientre. La herida había desaparecido.

Aturdido, Alí se pasó la mano por lo que, hacía menos de una hora, había sido un tajo a medio curar repleto de puntos. En aquel momento ya no era más que una cicatriz irregular. La herida de su pecho aún tenía puntos, pero también parecía haber mejorado notablemente. Se tocó la tercera herida, la que tenía bajo las costillas, y se encogió. Era por ahí por donde lo había atravesado Hanno de lado a lado, y aún le dolía.

¿Podía ser que el canal tuviese algún tipo de propiedad curativa? De ser así, era la primera noticia que tenía Alí al respecto. Tendría que preguntarle a Nahri. Había venido a verlo casi todos los días. El hecho de que se hubiese presentado en su dormitorio cubierto de sangre hacía unos cuantos días no parecía perturbarla. La única vez que mencionó que le había salvado la vida fue cuando se adueñó de un saco de libros de su pequeña biblioteca personal. Se llevó varios libros, un tintero de marfil y un brazalete de oro en calidad de pago.

Alí negó con la cabeza. Estaba claro que era una chica muy extraña. Aunque Alí no podía quejarse. Era posible que Nahri fuese la única amiga que le quedaba.

—Que la paz sea contigo, Alí.

Alí se sobresaltó al oír la voz de su hermana. Se puso la camisa.

—Y que contigo sea la paz, Zaynab.

Su hermana se acercó por el sendero y se detuvo a su lado entre las piedras mojadas.

—¿Estabas nadando? —fingió sorpresa—. Y yo que pensaba que los ayaanle no te interesábamos nada debido a nuestra... ¿cómo la llamabas... tendencia a las intrigas y la autoindulgencia?

—No han sido más que un par de largos —murmuró él. No estaba de humor para discutir con Zaynab. Ella se sentó y metió los pies desnudos en el canal—. ¿Qué quieres?

Ella se ubicó a su lado y pasó los dedos por el agua.

—Quería asegurarme de que siguieras con vida, para empezar. Hace casi una semana que no se te ve el pelo por la corte. También quería advertirte. No sé qué estás tramando con esa chica Nahid, Alí. No se te da bien la política, por no mencionar...

—¿De qué hablas?

Zaynab puso en blanco aquellos ojos gris dorado.

—De las negociaciones de matrimonio, idiota.

A Alí de pronto le dio un mareo.

—¿Qué negociaciones de matrimonio?

Ella se echó hacia atrás con aire sorprendido.

—Las de Muntadhir y Nahri. —Entornó los ojos—. ¿Me estás diciendo que no la estás ayudando? Por el Altísimo, le ha dado a abba una lista de porcentajes y cifras que más bien parecía un informe de las Arcas Reales. Abba está furioso contigo. Cree que la has escrito tú.

Que Dios me proteja... Alí sabía que Nahri era lo bastante capaz como para elaborar ella sola semejante lista, pero también supuso que era el único Qahtani que comprendía las habilidades de la chica. Se frotó la sien.

—¿Cuándo le ha entregado esa lista?

—Ayer por la tarde. Apareció por el despacho de abba, sin invitación y sin acompañante alguno, para decir que estaba harta de rumores y que quería saber cómo estaba la situación. —Zaynab se cruzó de brazos—. Exigió un reparto de los pagos de los pacientes, un puesto con sueldo para su afshín, un periodo sabático pagado para formarse en Zariaspa... y, por Dios, la dote...

A Alí se le secó la boca.

—¿De verdad ha pedido todo eso? ¿Ayer? ¿Estás segura?

Zaynab asintió.

—También se niega a permitir que Muntadhir tome una segunda esposa. Quiere dejarlo todo por escrito en el contrato para reconocer que los daeva no lo permiten. También quiere más tiempo para formarse, no tratar a ningún paciente durante al menos un año, acceso libre a las viejas anotaciones de Manizheh... —Zaynab flexionó los dedos—. Seguro que se me olvida algo. Se dice que estuvieron discutiendo hasta después de la medianoche.

Negó con la cabeza, indignada e impresionada a partes iguales.

—No sé quién se ha creído que es —añadió.

Pues la última Nahid del mundo. Y encima, una Nahid que tiene información bastante comprometida sobre el más joven de los Qahtani. Alí intentó mantener la voz queda:

—¿Y qué piensa abba?

—Pues primero de todo se miró los bolsillos cuando la chica salió del despacho, pero aparte de eso está eufórico. —Zaynab puso los ojos en blanco—. Dice que su ambición le recuerda a Manizheh.

Claro que sí.

—¿Y Muntadhir?

—¿Tú qué crees? No quiere casarse con una Nahid manipuladora y de sangre aguada. Vino enseguida a verme para preguntarme qué se sentía al provenir de dos tribus distintas, al no saber hablar geziriyya...

Eso lo tomó por sorpresa. Alí no se había dado cuenta de que algo así también formase parte de las objeciones de Muntadhir para casarse con Nahri.

—¿Y qué le dijiste?

Ella le dedicó una mirada ecuánime.

—La verdad, Alí. Que puedes fingir que te da igual, pero que hay un motivo por el que pocos djinn se casan con gente de fuera de la tribu. Yo jamás he sido capaz de dominar el geziriyya como tú, cosa que me ha alejado por completo del pueblo de abba. Con el de amma me llevo mejor, pero incluso cuando los ayaanle me dedican elogios, percibo lo mucho que los sorprende que una mosca de la arena se haya vuelto tan sofisticada.

Alí se quedó sorprendido.

—No lo sabía.

—¿Por qué ibas a saberlo? —Zaynab bajó la mirada—. Tampoco me has preguntado nunca. Me imagino que la política de harén te resulta frívola y despreciable.

—Zaynab...

La pena que asomaba a la voz de su hermana le dolió profundamente. A pesar del antagonismo que solía dominar su relación, su hermana había venido a advertirle. Y su hermano no dejaba de cubrirlo una y otra vez. Y lo que Alí hacía a cambio era despreciar a Zaynab por ser una niñata malcriada y ayudar a su padre a atrapar a Muntadhir en un compromiso con una mujer a la que no quería.

Se puso de pie al tiempo que el sol se ocultaba tras las altas murallas del palacio y el jardín se sumía en sombras.

—Tengo que encontrar a Muntadhir.

—Pues buena suerte. —Zaynab sacó los pies del agua—. A mediodía ya estaba bebiendo. Dijo algo así como que pensaba consolarse con la mitad de las nobles de la ciudad.

—Sé dónde estará. —Alí la ayudó a levantarse. Zaynab giró sobre sus talones para marcharse, pero él le tocó la muñeca—. ¿Tomamos juntos un té mañana?

Ella parpadeó, sorprendida.

—Seguro que tienes cosas más importantes que hacer que tomar té con la niñata mimada de tu hermana.

Él sonrió.

—En absoluto.

Ya había oscurecido para cuando Alí llegó al salón de Khanzada. La música se derramaba por las calles y un par de soldados merodeaban por el exterior. Alí les hizo un gesto con la cabeza y se preparó mientras subía las escaleras que llevaban al jardín del tejado. Desde alguno de los corredores oscuros oyó el gruñido de un hombre y el bajo gemido de placer de una mujer.

Un sirviente se interpuso delante de la puerta cuando Alí se acercó.

—Que la paz sea contigo, jeq... ¡príncipe! —se corrigió, azorado—. Perdonadme, pero la señora de la casa...

Alí apartó al sirviente y cruzó la puerta. Arrugó la nariz ante el denso perfume que preñaba el aire. El tejado estaba atestado, debía de haber unos doce nobles junto con sus criados. Los sirvientes se afanaban entre ellos, les traían vino o suplían las pipas de agua. Unos músicos tocaban al tiempo que dos chicas bailaban y conjuraban flores luminosas con las manos. Muntadhir estaba apoltronado sobre un mullido sofá. Khanzada se encontraba a su lado.

Muntadhir no pareció percatarse de la llegada de Alí, pero Khanzada sí, y se puso en pie en el acto. Alí alzó las manos y preparó una disculpa que murió en sus labios al ver al nuevo compañero de fiesta de Muntadhir. Se llevó la mano al zulfiqar.

Darayavahoush sonrió.

—Que la paz sea contigo, pequeño Zaydi.

El afshín estaba sentado junto a Jamshid y otro daeva al que Alí no reconoció. Parecían estar pasándolo bien; sus cálices estaban llenos. Un criado que sostenía una botella de vino se mantenía cerca de ellos junto al banco repleto de almohadones.

La mirada de Alí pasó del afshín a Jamshid. Estaba ante una situación que no sabía bien cómo manejar. Le debía al daeva la vida y mucho más, pues no solo había interceptado a Hanno, sino que también se había encargado del cadáver y lo había llevado hasta Nahri. No había modo de negarlo, pero, por Dios, cómo le gustaría que no hubiese sido el hijo de Kaveh. Bastaría una palabra, una insinuación, y el gran visir iría a por Alí en menos de un latido.

Khanzada apareció de pronto ante él y lo señaló con un dedo.

—¿Te ha dejado entrar mi sirviente? Le dejé claro que...

Muntadhir habló al fin.

—Deja que pase, Khanzada —dijo con voz exhausta.

Ella frunció el ceño.

—Está bien, pero nada de armas. —Le arrebató el zulfiqar—. Bastante nerviosas pones ya a mis chicas.

Alí contempló impotente cómo le pasaban su zulfiqar a un criado. Darayavahoush se echó a reír y Alí se giró hacia él, pero Khanzada lo agarró del brazo y tiró de él con una fuerza sorprendente para una mujer de aspecto tan delicado.

Lo obligó a sentarse de un empujón en una silla junto a Muntadhir.

—No hagas ninguna escena —le advirtió antes de alejarse. Alí sospechó que el sirviente de la puerta estaba a punto de llevarse una buena reprimenda.

Muntadhir no le saludó. Su mirada vacía estaba fija en las bailarinas.

Alí carraspeó.

—La paz sea contigo, akhi.

—Alizayd —dijo su hermano con voz fría. Dio un sorbo del cáliz de cobre—. ¿Qué trae a un hombre santo como tú a este bastión del pecado?

Un comienzo prometedor. Alí suspiró.

—Vengo a disculparme, Dhiru. Quería hablar contigo de...

Hubo una carcajada entre los daeva cercanos. El afshín parecía haber contado algún chiste en divasti, con rostro animado, mientras gesticulaba con las manos para dar énfasis. El tercer daeva dejó caer el cáliz y Jamshid se echó a reír. Alí frunció el ceño.

—¿Qué? —preguntó Muntadhir—. ¿Qué miras?

—Pues… nada —tartamudeó Alí, sorprendido por la hostilidad en la voz de su hermano—. Es que no sabía que Darayavahoush y Jamshid fuesen íntimos.

—No lo son —espetó Muntadhir—. Está siendo educado con el huésped de su padre. —Hubo un destello en sus ojos, algo oscuro y de profundidades inciertas—. No empieces a tener ideas raras, Alizayd. No me gusta esa cara que acabas de poner.

—¿Qué cara? ¿De qué hablas?

—Sabes bien de qué hablo. Has mandado arrojar a tu supuesto asesino al lago y arriesgado tu vida para encubrir lo que sea que estuvieras haciendo en las murallas, pero hasta aquí llega la historia. Jamshid no va a hablar. Le he pedido que no lo hiciera… y, a diferencia de algunos de los presentes, Jamshid no me miente.

Alí estaba horrorizado.

—¿Crees que pensaba hacerle algo a Jamshid? —Bajó la voz al percatarse de la mirada curiosa que les dedicaba un sirviente cercano. Puede que hablasen en geziriyya, pero una discusión tenía siempre el mismo aspecto, sin importar el idioma—. Por Dios, Dhiru, ¿de verdad me crees capaz de asesinar al hombre que me salvó la vida?

—No sé de lo que eres capaz, Zaydi. —Muntadhir apuró el cáliz—. Desde hace meses no dejo de decirme a mí mismo que todo esto es un error, que no eres un idiota blando de corazón que ha malgastado el dinero sin hacer ninguna pregunta al respecto.

A Alí se le encogió el corazón. Muntadhir le hizo un gesto al sirviente del vino. Guardó silencio mientras le llenaba el cáliz, y luego dio un sorbo antes de continuar:

—Pero tú no eres ningún idiota. De hecho eres de las personas más brillantes que conozco. No solo les diste dinero, sino que les enseñaste a ocultar las cuentas de las Arcas. Se te da mejor cubrir tus huellas de lo que jamás habría imaginado. Y, válgame Dios…, ni siquiera te tembló el pulso. Tuviste las malditas agallas de librarte de un cadáver mientras te estabas muriendo. —Muntadhir se estremeció—. Hay que ser muy frío, Zaydi. Hay que tener una frialdad que no sabía que tuvieras.

Negó con la cabeza y un ápice de remordimiento asomó a su voz.

—Intenté no hacer caso a los rumores que corren sobre ti. Como siempre he hecho.

Las náuseas invadieron a Alí. En las profundidades de su corazón, de pronto sospechó y temió a dónde se encaminaba aquella conversación. Tragó saliva para bajar lo que fuese que le bloqueaba la garganta.

—¿Qué rumores?

—Sabes bien qué rumores. —Los ojos grises de su hermano, los que compartía con él, estaban preñados de una emoción que mezclaba la culpabilidad, el miedo y la sospecha—. Los rumores que siempre corren sobre los príncipes que están en tu situación.

El miedo se avivó en el corazón de Alí. Y de pronto, con una rapidez que lo sorprendió a él mismo, se convirtió en ira. En un resentimiento que, Alí ni siquiera se había percatado hasta aquel momento, albergaba muy dentro, en un lugar al que no se atrevía a ir.

—Muntadhir, soy frío porque me he pasado toda la vida en la Ciudadela, entrenándome para servirte, fregando suelos mientras tú te acostabas con cortesanas en camas de seda. Porque me arrancaron de brazos de mi madre a los cinco años para enseñarme a matar gente bajo tus órdenes, a luchar batallas que tú nunca tendrías que ver. —Alí inspiró hondo e intentó controlar las emociones que se le arremolinaban en el pecho—. He cometido un error, Dhiru. Eso es todo. Intentaba ayudar a los shafit, no dar comienzo a una…

Muntadhir lo interrumpió.

—Los únicos que financian al Tanzeem sois el primo de tu madre y tú. Estaban acumulando armas para algún propósito desconocido, y algún soldado geziri que tenía acceso a la Ciudadela robó varios zulfiqares de entrenamiento para ellos. Aún no has detenido a nadie, y por lo que parece, hasta conoces a sus líderes.

Muntadhir apuró el cáliz de nuevo y se giró hacia Alí.

—Dime, akhi —imploró—, ¿qué harías si estuvieras en mi posición?

Había un rastro de miedo, de miedo genuino, en la voz de su hermano. Alí sintió náuseas. De haber estado solos se habría postrado a los pies de Muntadhir. De hecho tenía la tentación de postrarse igualmente, y al infierno con los testigos.

En cambio, lo que hizo fue agarrarlo de la mano.

—Jamás te haría daño, Dhiru. Jamás. Preferiría clavarme la espada en el corazón antes que alzarla contra ti... Lo juro ante Dios..., akhi. —Muntadhir soltó un resoplido burlón, Alí siguió suplicando—. Por favor. Dime cómo puedo arreglar las cosas. Haré lo que sea. Hablaré con abba, se lo contaré todo...

—Si se lo cuentas a abba te puedes dar por muerto —interrumpió Muntadhir—. Lo del asesino da igual. Si abba se entera de que estabas en la taberna cuando mataron a dos daevas, que llevas tantos meses sin arrestar al traidor que se esconde en la Guardia Real..., te arrojará al karkadann.

—Y entonces, ¿qué? —Alí no se molestó en disimular la amargura en la voz—. Si de verdad crees que planeo traicionaros a todos, ¿por qué no se lo dices tú mismo?

Muntadhir le lanzó una mirada abrupta.

—¿Crees que quiero cargar con tu muerte? Sigues siendo mi hermano pequeño.

Alí se vino abajo al momento.

—Deja que hable con Nahri —se ofreció, al recordar el motivo por el que había venido originalmente—. Puedo convencerla para que suavice algunas de sus peticiones.

Muntadhir soltó una risa ebria y desdeñosa.

—Me parece que tú y mi manipuladora prometida ya habéis hablado bastante..., y de hecho no voy a permitir que sigáis hablando.

Los músicos dejaron de tocar. Los daeva aplaudieron y Darayavahoush dijo algo a lo que las bailarinas respondieron con varias risitas.

Muntadhir le lanzó al afshín una mirada de gato que observa a un ratón. Carraspeó y Alí vio que algo muy peligroso, y muy estúpido, se adueñaba de su semblante.

—¿Sabes qué? Me parece que voy a encargarme de una de sus peticiones ahora mismo —alzó la voz—. ¡Jamshid! ¡Darayavahoush! Venid, bebamos juntos.

—Dhiru, no creo que sea buena... —Alí cerró la boca en cuanto se acercaron los dos daeva.

—Emir Muntadhir. Príncipe Alizayd. —Darayavahoush inclinó la cabeza y unió los dedos haciendo el saludo característico de los daeva—. Que los fuegos ardan con fuerza en vuestro honor esta hermosa velada.

Jamshid parecía nervioso. Alí supuso que había visto a Muntadhir borracho suficientes veces como para saber cuándo podían torcerse las cosas.

—Saludos, mis señores —dijo en tono dubitativo.

Muntadhir debió de percatarse de su inquietud. Chasqueó los dedos y señaló con la cabeza un almohadón que descansaba en el suelo a su izquierda.

—Haya paz, amigo. Siéntate.

Jamshid obedeció. Darayavahoush sonrió y chasqueó los dedos.

—¿Tan poco le cuesta ponerte en marcha? —preguntó, y añadió algo en divasti. Jamshid se ruborizó.

Sin embargo, a diferencia de Alí, Muntadhir dominaba el idioma de los daeva.

—Te aseguro que Jamshid aquí presente no es ningún perro entrenado —dijo en djinnistaní con tono frío—, sino mi mejor amigo. Por favor, afshín, toma asiento —dijo e indicó un sitio junto a Jamshid.

Le hizo un gesto de nuevo al copero.

—Vino para mis invitados. El príncipe Alizayd tomará lo que le sirváis a los niños que aún no aguantan la bebida.

Alí esbozó una sonrisa forzada. Recordó que Darayavahoush lo había aguijoneado con su rivalidad con Muntadhir durante el entrenamiento. Era el peor momento posible para que el afshín viese que había hostilidad entre los dos hermanos Qahtani.

Darayavahoush se giró hacia él.

—¿Qué te ha pasado?

Alí se puso en tensión.

—¿A qué te refieres?

El afshín señaló al estómago de Alí.

—¿Una herida? ¿Una enfermedad? No estás en la misma postura de siempre.

Alí parpadeó, demasiado asombrado para replicar.

Hubo un destello en los ojos de Muntadhir. A pesar de la discusión que habían tenido, su hermano habló con un tono fieramente protector:

—¿Tan de cerca vigilas a mi hermano, afshín?

Darayavahoush se encogió de hombros.

—Emir, tú no lo comprendes porque no eres guerrero. Tu hermano, en cambio, sí. Un muy buen guerrero, por cierto. —Le guiñó el ojo a Alí—. Enderézate, chico, y aparta la mano de la herida. No conviene que tus enemigos vean semejante debilidad.

Muntadhir respondió al instante:

—Te aseguro que ya está recuperado. Banu Nahri no se ha apartado en ningún momento de su lado. Le tiene mucho apego.

El afshín frunció el ceño, y Alí, que tenía tanto apego a Nahri como a su propia cabeza, se apresuró a añadir:

—Estoy seguro de que trata con el mismo entusiasmo a todos sus pacientes.

Muntadhir hizo caso omiso del comentario.

—De hecho, precisamente de la Banu Nahida quería hablar contigo. —Le lanzó una mirada de soslayo a Jamshir—. Hay un cargo de gobernador vacante en Zariaspa, ¿verdad? Creo haber oído a tu padre comentar algo al respecto.

Jamshid compuso una expresión confundida, pero contestó:

—Sí, creo que sí.

Muntadhir asintió.

—Un puesto muy codiciado. Una remuneración envidiable en una parte hermosísima de Daevastana. Pocas responsabilidades. —Dio un sorbo al vino—. Creo que te vendría muy bien, Darayavahoush. Ayer, mientras hablábamos de la boda, Banu Nahri se mostró algo preocupada por tu futuro y…

—¿Qué? —La peligrosa sonrisa del afshín se esfumó.

—Tu futuro, afshín. Nahri quiere asegurarse de que tu lealtad se vea bien recompensada.

—Zariaspa no es Daevabad —espetó Darayavahoush—. ¿Y a qué boda te refieres? Nahri no tiene ni un cuarto de siglo. Legalmente, no se le permite...

Muntadhir lo cortó con un gesto de la mano.

—Ayer vino a vernos por voluntad propia. —Sonrió con un desacostumbrado brillo malicioso en la mirada—. Supongo que se muere de ganas.

Dejó flotar la frase en el ambiente para darle un tono de decidida vulgaridad. Darayavahoush se crujió los nudillos. Alí se llevó la mano al zulfiqar por mero instinto, pero ya no tenía el arma; se la habían llevado los criados de Khanzada.

Por suerte, el afshín siguió sentado. Sin embargo, el movimiento de sus manos captó la atención de Alí. Se sobresaltó. El anillo del afshín había empezado a... ¿brillar? Entornó los ojos. Eso parecía. El más leve resplandor había comenzado a brotar de la esmeralda, como una llama contenida dentro de una lámpara de cristal sucio.

El afshín no pareció percatarse.

—Sigo a la Banu Nahida en todo lo que haga —dijo con una voz más helada de lo que Alí creía posible—. Sin importar lo abominables que puedan ser sus decisiones. Así pues, supongo que he de darte la enhorabuena.

Muntadhir empezó a abrir la boca, pero, gracias fueran dadas, Khanzada eligió ese momento para acercarse.

Tomó asiento en el borde del sofá de Muntadhir y le pasó un brazo elegante por los hombros.

—Querido, ¿qué asuntos serios estáis rumiando en esta hermosa velada? —Le acarició la mejilla—. Tenéis todos cara de amargados. Mis chicas empiezan a sentirse insultadas por el poco caso que les estáis haciendo.

—Perdónanos, mi señora —intervino el afshín—. Discutíamos sobre la boda del emir. Imagino que asistirás.

La expresión de su hermano se volvió acalorada, pero si Darayavahoush esperaba prender alguna chispa de celos que causara una riña de enamorados, había subestimado por mucho la lealtad de la cortesana.

Khanzada esbozó una dulce sonrisa.

—Por supuesto. Estaré encantada de bailar con su esposa. —Se deslizó hasta el regazo de Muntadhir, con aquellos ojos afilados aún clavados en el rostro de Darayavahoush—. Quizá pueda darle un par de consejos sobre cómo satisfacerlo.

Aumentó la temperatura en el aire. Alí se tensó, pero el afshín no respondió. En cambio, soltó todo el aire de los pulmones y se llevó la mano a la cabeza como si lo embargase una inesperada migraña.

Khanzada fingió preocuparse.

—¿Te encuentras bien, afshín? Si estás cansado de toda la velada, tengo habitaciones en las que puedes reposar. A buen seguro te podremos encontrar compañía —añadió con una sonrisa fría—. Tienes una planta de lo más aparente.

Se habían pasado de la raya, tanto ella como Muntadhir. Darayavahoush se recompuso al instante. Sus ojos verdes destellaron y mostró los dientes en una sonrisa casi animal.

—Perdona la distracción, mi señora —dijo—. Es una imagen muy hermosa. Debes de fantasear con ella a menudo. Y cuántos detalles... hasta la casita de Agnivansha. De arenisca roja, ¿verdad? —preguntó. Khanzada palideció—. En las riberas del Chambal..., y ese columpio de dos plazas de cara al río...

La cortesana se enderezó con un gemido ahogado.

—¿Cómo... cómo lo sabes?

Darayavahoush no apartó los ojos de ella.

—Por el Creador, cómo lo deseas... lo deseas tanto que estarías dispuesta a huir de aquí, a abandonar este hermoso palacio y todas sus riquezas. De todos modos estás convencida de que no será buen rey... ¿no sería mejor que se escapase contigo, que envejecierais juntos, leyendo poesía y bebiendo vino?

—En el nombre de Dios, ¿de qué hablas? —espetó Muntadhir al tiempo que Khanzada se apartaba de su regazo, los ojos llenos de lágrimas avergonzadas.

El afshín clavó la mirada en el emir.

—De sus deseos, emir Muntadhir —dijo con total calma—. Que no son los tuyos. Oh, no... —Hizo una pausa y se inclinó hacia adelante, con los ojos fijos en el rostro de Muntadhir. Una sonrisa de puro gozo asomó a su rostro—. En absoluto, por lo visto. —Paseó la vista entre Jamshid y Muntadhir y se echó a reír—. Vaya, qué interesante...

Muntadhir se puso en pie de un salto.

Alí se interpuso al instante entre los dos.

Puede que su hermano no se hubiese entrenado en la Ciudadela, pero estaba claro que, en algún momento de su vida, alguien le había enseñado a dar un puñetazo. Sin embargo, Alí estaba en medio. El puño de Muntadhir se estrelló contra la barbilla de Alí y lo derribó.

Alí cayó en redondo e hizo añicos la mesa en la que descansaban las bebidas. Los músicos se detuvieron bruscamente y una de las bailarinas soltó un grito. Varias personas dieron un respingo. Todos los presentes parecieron conmocionados.

Dos soldados holgazaneaban cerca del borde del tejado. Alí vio que uno de ellos llevaba la mano al zulfiqar, pero su compañero le sostuvo el brazo. *Por supuesto*, comprendió Alí. Para el resto de los asistentes, lo que parecía haber ocurrido era que el emir de Daevabad le había dado un puñetazo en la cara a su hermano pequeño. Sin embargo, Alí también era el futuro caíd, así como oficial de la Guardia Real. Estaba claro que los soldados no sabían bien a cuál de los dos tenían que proteger. Si Alí hubiese sido otro, ya lo estarían arrastrando lejos del emir antes siquiera de que pudiese reaccionar. Eso era lo que deberían haber hecho, y Alí rezó para que Muntadhir no se percatase de que habían contravenido el protocolo, sobre todo dadas las preocupaciones que sentía su hermano hacia él.

Jamshid le tendió una mano.

—¿Estás bien, mi príncipe?

Alí resopló al sentir una punzada en la herida medio curada.

—Sí, todo bien —mintió mientras Jamshid lo ayudaba a ponerse en pie.

Muntadhir le lanzó una mirada sorprendida.

—¿Pero en qué demonios estabas pensando?

Él soltó un resoplido tembloroso.

—En que si le dabas un puñetazo al Flagelo de Qui-Zi en la cara tras insultar públicamente a su Banu Nahida, te dejaría reducido a un montón de papelillos. —Alí se tocó la barbilla, que ya se le hinchaba, y admitió—: Pegas bastante bien.

Jamshid paseó la vista por entre los presentes y le rozó la muñeca a Muntadhir.

—Se ha ido, emir —advirtió en voz baja.

Pues que se vaya con viento fresco. Alí negó con la cabeza.

—De todos modos, ¿a qué se refería con todo eso de Khanzada...? Jamás había oído que un antiguo esclavo pudiese adivinar los deseos de otro djinn. —Le lanzó una mirada a la cortesana—. ¿Eso que ha dicho era cierto?

Ella parpadeó con furia y cuchillas en la mirada. Sin embargo, no estaban destinadas a él, comprendió Alí.

Sino a Muntadhir.

—No lo sé —dijo Khanzada—. ¿Qué tal si le preguntas a tu hermano?

Sin mediar más palabra, se echó a llorar y salió corriendo.

Muntadhir musitó una maldición.

—¡Espera, Khanzada!

Echó a correr tras su amante y se perdió en el interior de la casa.

Alí, confundido, miró a Jamshid en busca de alguna explicación. Sin embargo, el capitán daeva clavaba la vista en el suelo, con las mejillas extrañamente arreboladas.

Alí dejó a un lado los enredos amorosos de su hermano y consideró sus opciones. Tenía la tentación de llevarse a los soldados del piso de abajo y ordenarles que diesen con el afshín y lo detuviesen. Pero ¿por qué motivo exactamente iban a detenerlo? ¿Una pelea de borrachos por una mujer? Por eso habría que meter a media Daevabad en prisión. El afshín no había golpeado a Muntadhir, y de hecho ni siquiera lo había insultado.

No seas idiota. Alí tomó una decisión. Chasqueó los dedos para llamar la atención de Jamshid. No tenía la menor idea de por qué parecía tan nervioso el capitán.

—Jamshid. Darayavahoush reside con tu familia, ¿verdad?

Jamshid asintió, aún sin mirar a Alí a los ojos.

—Sí, mi príncipe.

—Está bien. —Le dio un manotazo en el hombro y Jamshid se sobresaltó—. Vete a casa. Si al alba no ha regresado, da aviso a la Ciudadela. Y si regresa, dile que mañana lo espero en la corte para discutir lo sucedido aquí esta noche.

Se detuvo un instante y a continuación añadió en tono reticente:

—Cuéntaselo a tu padre. Sé que a Kaveh le gusta estar al tanto de todos los asuntos que conciernen a los daeva.

—Así lo haré, mi príncipe.

Sonaba ansioso por marcharse.

—Ah, y otra cosa, Jamshid. —Él por fin lo miró a los ojos—. Gracias.

Jamshid se limitó a asentir y a alejarse a toda prisa. Alí respiró hondo e intentó ignorar el dolor que lo atravesaba. Tenía la dishdasha empapada a la altura del abdomen. Al tocarla vio que se le manchaban los dedos de sangre. Debía de haberse abierto la herida. Se arrebujó en la túnica oscura que llevaba encima, para ocultar la sangre. Si fuese de día habría ido a buscar discretamente a Nahri, pero era casi medianoche, y para cuando llegase al dispensario, la Banu Nahida estaría ya durmiendo.

No puedo ir a buscarla. Bastante suerte tenía de que no lo hubiesen descubierto en el dormitorio de Nahri la primera vez. No podía arriesgarse de nuevo, sobre todo en vista de los chismes que empezarían a circular después de aquella noche. *Me vendaré yo solo,* decidió, *y esperaré en el dispensario.* Así, al menos, si seguía sangrando no estaría muy lejos de ella. Parecía un plan razonable.

Aunque, por otro lado, casi todo había parecido un plan razonable antes de estallarle en la cara.

26
NAHRI

—N ahri. Nahri, despierta.

—¿Eh?

Nahri alzó la cabeza del libro sobre el que se había quedado dormida. Se frotó una marca que le había dejado en la mejilla una página arrugada y parpadeó, somnolienta, en la oscuridad.

Había un hombre de pie ante su cama, su cuerpo definido contra la luz de la luna.

Una mano caliente le cubrió la boca antes de que pudiese gritar.

El hombre abrió la otra mano y unas llamas danzantes le iluminaron el rostro.

—¿Dara? —consiguió decir Nahri con voz amortiguada bajo sus dedos. Él apartó la mano y Nahri se enderezó, sorprendida. La sábana cayó hasta su regazo. Tenían que ser más de las doce de la noche. El dormitorio estaba desierto y a oscuras—. ¿Qué haces aquí?

Él se derrumbó en la cama.

—¿Qué parte de «no te acerques a los Qahtani» no habías entendido? —La rabia hervía en su voz—. Dime que no has aceptado casarte con esa lasciva mosca de la arena.

Ah. Se estaba preguntando cuándo se enteraría Dara.

—De momento no he aceptado nada —replicó—. Se presentó una oportunidad y quise...

—¿Una oportunidad? —Los ojos de Dara destellaron, dolidos—. Por el ojo de Salomón, Nahri, ¿podrías por una vez hablar como si tuvieras corazón y no como si estuvieses trapicheando con mercancías robadas en el bazar?

El temperamento de Nahri se avivó.

—Ah, ¿soy yo quien no tiene corazón? Te pedí que te casaras conmigo y me dijiste que me fuera a criar una cuadra de niños Nahid con el daeva más rico que pudiera encontrar en cuanto...

Dejó morir la frase al ver mejor a Dara, una vez que sus ojos se habían acostumbrado a la oscuridad. Llevaba una oscura túnica de viaje, un arco de plata y un carcaj lleno de flechas al hombro. En el cinturón asomaba un cuchillo largo.

Nahri carraspeó. Sospechaba que no le iba a gustar la respuesta a la siguiente pregunta:

—¿Por qué vas vestido así?

Él se puso de pie. Las cortinas de lino se mecían suavemente bajo la fresca brisa nocturna tras él.

—Porque voy a sacarte de aquí. Vamos a irnos de Daevabad y alejarnos de esta familia de moscas de la arena, lejos de nuestro hogar corrupto y sus turbas de shafit ansiosos de sangre daeva.

Nahri soltó todo el aire de los pulmones.

—¿Quieres marcharte de Daevabad? ¿Has perdido el juicio? ¡Hemos arriesgado nuestras vidas para llegar aquí! Es el sitio más seguro para resguardarnos de los ifrit, de los marid...

—No es el único sitio seguro.

Ella retrocedió. Al rostro de Dara asomó una vaga expresión de culpabilidad. Nahri conocía aquella expresión.

—¿Qué? —quiso saber—. ¿Qué es lo que me estás ocultando ahora?

—No puedo...

—Si dices «no puedo decírtelo», te juro por el nombre de mi madre que te apuñalo con tu propio cuchillo.

Él emitió un sonidito enojado y empezó a dar vueltas alrededor de la cama de Nahri, como un león enfadado, las manos a la espalda y humo brotando de sus pies.

—Tenemos aliados, Nahri. Tanto aquí como fuera de la ciudad. No te dije nada en el templo porque no quería darte falsas esperanzas...

—... ni tampoco dejarme decidir mi propio destino —interrumpió Nahri—. Como siempre.

Enfadada, le tiró una almohada a Dara a la cabeza, pero él la esquivó con facilidad.

—Además —añadió—, ¿aliados? ¿Qué se supone que significa eso? ¿Has planeado algún tipo de conspiración secreta entre los daeva para raptarme? —lo dijo en tono sarcástico, pero al ver que Dara se ruborizaba y apartaba la mirada, ahogó un grito—. Espera... ¿has planeado algún tipo de conspiración sec...?

—No hay tiempo para ahondar en detalles —interrumpió Dara—, pero te lo contaré todo de camino.

—Nada de «de camino». No me voy a ninguna parte contigo. Le he dado mi palabra al rey... y, por Dios, Dara, ¿acaso no has oído cómo castiga esta gente a los traidores? ¡Tienen a algún tipo de bestia con cuernos que te aplasta en el estadio!

—Eso no va a pasar —la tranquilizó Dara. Se sentó de nuevo a su lado y la tomó de la mano—. No tienes que hacerlo si no quieres, Nahri. No voy a permitirles...

—¡No necesito que me salves! —Nahri apartó la mano—. Dara, ¿acaso escuchas alguna vez nada de lo que digo? He sido yo quien ha iniciado las negociaciones del matrimonio. Fui yo quien fue a ver al rey. —Hizo un aspaviento—. ¿De qué pretendes salvarme? ¿De convertirme en la próxima reina de Daevabad?

Él compuso una expresión de incredulidad.

—¿Y qué pasa con el príncipe, Nahri?

Nahri tragó saliva para despejar la presión que le había subido a la garganta.

—Tú mismo lo dijiste: soy la última Nahid. Necesito tener hijos. —Se obligó a encogerse de hombros, pero no pudo evitar la amargura en la voz—. Más vale que escoja la mejor opción estratégica.

—La mejor opción estratégica —repitió Dara—. Con un hombre que no te respeta. Con una familia que siempre te verá con ojos sospechosos. ¿Eso es lo que quieres?

No. Pero Nahri le había confesado sus sentimientos a Dara. Y él la había rechazado.

Y, en su corazón, empezaba a comprender que había otras cosas en Daevabad que quería, aparte de a él.

Inspiró hondo y se obligó a hablar en tono calmado.

—Dara…, esto no tiene por qué ser malo. Estaré a salvo. Tendré todo el tiempo y los recursos que necesito para formarme en condiciones. —Se le quebró la voz—. Dentro de un siglo, quizá vuelva a sentarse un Nahid en el trono.

Volvió a mirarlo, con los ojos húmedos a pesar de lo mucho que se estaba esforzando por contener las lágrimas.

—¿Acaso no es eso lo que quieres? —añadió.

Dara la contempló. Nahri veía las emociones que pugnaban por asomar a su semblante, pero antes de que pudiese hablar, sonaron unos golpes en la puerta.

—¿Nahri? —llamó una voz amortiguada. Una voz familiar.

El humo brotó del cuello de la camisa de Dara.

—Disculpa, pero —empezó a decir en un susurro mortal— ¿cuál era el hermano con el que te ibas a casar?

Cruzó la estancia en tres zancadas. Nahri se apresuró a alcanzarlo y bloqueó la puerta antes de que el daeva la sacase de sus goznes.

—No es lo que piensas —susurró—. Me libraré de él.

Él frunció el ceño, pero retrocedió hasta confundirse con las sombras. Nahri inspiró hondo para calmar los latidos desbocados de su corazón antes de abrir la puerta.

Se encontró con el rostro sonriente de Alizayd al Qahtani.

—La paz sea contigo —dijo en árabe—. Siento… eh…

Parpadeó al verla en camisón y con el cabello descubierto. Apartó la vista de inmediato.

—No te preocupes —se apresuró a decir ella—. ¿Qué sucede?

Alí se sujetaba el costado izquierdo, pero en aquel momento se abrió la túnica y le enseñó la dishdasha ensangrentada que ocultaba debajo.

—Se me han saltado los puntos —dijo en tono de disculpa—. Quería esperar por la noche en el dispensario, pero no consigo detener el sangrado y... —Frunció el ceño—. ¿Va todo bien? —Dejó de lado las buenas formas por un instante y escrutó su rostro—. Estás... temblando.

—Estoy bien —insistió ella, consciente de que Dara los observaba desde el otro lado de la puerta.

Pensó a toda velocidad. Quiso decirle a Alí que huyese, gritarle por haberse atrevido a venir sin acompañante hasta su puerta, cualquier cosa que lo mantuviese a salvo, pero la verdad era que parecía necesitar ayuda.

—¿Segura? —Se le acercó un paso.

Ella se obligó a esbozar una sonrisa.

—Segura.

Consideró la distancia que los separaba del dispensario. Dara no se atrevería a seguirlos, ¿verdad? No podía saber cuántos pacientes había dentro ni cuántos guardias esperaban en el corredor exterior.

Señaló con la cabeza la dishdasha ensangrentada de Alí.

—Tiene una pinta horrible. —Cruzó la puerta—. Deja que... Pero Dara se adelantó.

Le arrebató la puerta de las manos. Intentó agarrarla de la muñeca, pero Alí, con los ojos desorbitados, fue más rápido. Tiró de ella para retroceder hasta el dispensario y se la colocó detrás. Nahri perdió el equilibrio y cayó redonda al suelo de piedra. El zulfiqar de Alí estalló en llamas.

En pocos segundos, el dispensario se convirtió en un caos. Una ráfaga de flechas cayó sobre la balaustrada de madera en pos de Alí, cuyo zulfiqar prendió las cortinas que separaban la sección de las camas de los pacientes. El hombre pájaro chilló y empezó a aletear con los brazos cubiertos de plumas sobre las ramitas que había acumulado en su cama. Nahri se puso en pie, aún mareada por la caída.

Alí y Dara estaban peleando.

No, peleando, no. Pelearse era lo que hacían dos borrachos en la calle. Alí y Dara danzaban. Dos guerreros que giraban entre sí en un salvaje borrón de fuego y hojas de metal.

Alí se subió al escritorio de Nahri de un salto, grácil como un gato, y aprovechó la altura para golpear a Dara desde arriba. Sin embargo, el afshín lo esquivó justo a tiempo. Juntó las manos de golpe y el escritorio se prendió fuego; no tardó en derrumbarse bajo el peso de Alí. El príncipe cayó al suelo en llamas. Dara intentó darle una patada en la cabeza, pero Alí se apartó rodando y golpeó las pantorrillas de Dara en el mismo movimiento.

—¡Basta! —gritó Nahri mientras Dara le tiraba una de las patas llameantes del escritorio a Alí a la cabeza—. ¡Basta, los dos!

Alí esquivó el trozo quemado y cargo contra el afshín. El zulfiqar trazó un arco descendente hacia su garganta.

Nahri ahogó un grito. El miedo que sentía por ambos se invirtió de pronto.

—¡No! Dara, cuid…

Ni siquiera había terminado de formular la advertencia cuando el anillo de Dara emitió una llamarada de luz esmeralda. El zulfiqar de Alí se estremeció y menguó; la hoja de cobre se retorció y se sacudió. Con un rabioso siseo, el arma adoptó la forma de una fiera víbora. Alí se sobresaltó y dejó caer la serpiente, que intentó morderlo.

Dara no dudó. Agarró al príncipe djinn de la garganta y lo estrelló contra una de las columnas de mármol. Toda la estancia se sacudió. Alí le dio una patada y Dara volvió a estrellarlo contra la columna. Una sangre negra chorreó por la cara de Alí. Dara apretó aún más y Alí jadeó mientras le clavaba las uñas en las muñecas. Lo estaba estrangulando.

Nahri atravesó la estancia a la carrera.

—¡Suéltalo! —Agarró el brazo de Dara e intentó forzarlo, pero era como forcejear con una estatua—. ¡Por favor, Dara! —gritó mientras los ojos de Alí se oscurecían—. ¡Te lo suplico!

Dara soltó al príncipe.

Alí se derrumbó en el suelo. Estaba destrozado, los ojos aturdidos y sangre en el rostro, la misma sangre que empezaba a emparparle la dishdasha. Por una vez, Nahri no vaciló. Se hincó de rodillas, le quitó el turbante y le rajó la dishdasha hasta la cintura. Le puso una mano en cada herida y cerró los ojos.

Curaos, ordenó. La sangre se coaguló entre sus dedos y la piel se recolocó en su sitio. Nahri ni siquiera había comprendido lo inmediato y extraordinario de la curación hasta que Alí gimoteó y empezó a toser en busca de aire.

—¿Te encuentras bien? —preguntó en tono urgente. Era consciente de que Dara los contemplaba.

Alí consiguió asentir. Escupió un chorro de sangre.

—¿Qué... qué te ha hecho? —resolló.

Por el Altísimo, ¿eso es lo que creías estar interrumpiendo? Le apretó una mano.

—Nada —lo tranquilizó—. No me estaba haciendo nada. Estoy bien.

—Nahri, tenemos que irnos —advirtió Dara en voz grave—. Ahora.

Alí paseó la vista entre los dos, y la conmoción se adueñó de su semblante.

—¿Te vas a escapar con él? Pero... pero si le dijiste a mi padre...

Se oyeron fuertes golpes en la puerta que daba al pasillo.

—¿Banu Nahida? —llamó una voz de hombre amortiguada—. ¿Va todo bien?

Alí se enderezó.

—¡No! —vociferó—. ¡Es el af...!

Nahri le tapó la boca con una mano. Alí se apartó de golpe, con expresión traicionada.

Pero ya era tarde. Los golpes en la puerta aumentaron.

—¡Príncipe Alizayd! —gritó la voz—. ¿Eres tú?

Dara soltó una maldición y fue a toda prisa hasta las puertas, donde colocó las manos sobre los pomos. La plata se derritió al instante y se extendió por las puertas formando un patrón anudado que las selló.

Sin embargo, Nahri dudaba que fuesen a mantenerse mucho tiempo en el sitio. *Tiene que marcharse*, comprendió, y algo se le rompió en el corazón.

Y aunque sabía que solo podía culparse a sí misma, Nahri se atragantó igualmente al decir:

—Dara, tienes que escapar. Vete, por favor. Si te quedas en Daevabad, el rey te matará.

—Lo sé.

Agarró el zulfiqar de Alí, convertido aún en serpiente, mientras se deslizaba a su lado. El arma volvió a adoptar su forma original. Dara se acercó al escritorio de Nahri y vació un cilindro de cristal que contenía alguno de sus instrumentos. Apartó varias de las herramientas hasta dar con un candado de hierro. Lo derritió en sus manos.

Nahri se quedó inmóvil. Hasta ella sabía que era imposible que Dara tuviese semejante poder.

Sin embargo, Dara ni siquiera pestañeó mientras convertía el maleable hierro en una fina tira de cuerda.

—¿Qué haces? —preguntó Nahri.

Dara se agachó y apartó las manos de Alí de ella. Rodeó las muñecas del príncipe con el cordel de hierro, que se endureció al instante. Los golpes en la puerta aumentaban, y por debajo empezaba a entrar humo.

Dara le hizo un gesto.

—Ven.

—Ya te lo he dicho: no pienso irme de Daevabad.

Dara le puso el zulfiqar en la garganta a Alí.

—Ya lo creo que sí —dijo con la voz suave y firme.

Nahri se quedó helada. Miró a Dara a los ojos y rezó por estar equivocada. Rezó para que el hombre en quien confiaba por encima de todos los demás no la estuviese obligando a tomar esa decisión.

Pero en su rostro, en su hermoso rostro, vio que Dara estaba decidido. Quizá lamentara tener que hacerlo, pero estaba decidido.

Alí eligió aquel momento tan poco adecuado para abrir la boca.

—Vete al infierno, asesino de niños, señor de la guerra...

Un destello en los ojos de Dara. Apretó el zulfiqar contra la garganta de Alí.

—Basta —dijo Nahri—. Está... —Tragó saliva—. Está bien. Iré contigo. No le hagas daño.

Dara apartó el zulfiqar del príncipe, con aire aliviado.

—Gracias. —Señaló bruscamente con la cabeza a Alí—. Vigílalo un momento.

Se apresuró a cruzar la estancia en dirección a la pared tras el escritorio de Nahri.

Nahri se sentía entumecida. Sentada junto a Alí, no se atrevía a levantarse, por si le fallaban las piernas.

Él la contempló con absoluta perplejidad.

—No sé si darte las gracias por salvarme o acusarte de traición. Nahri inspiró.

—Te avisaré cuando yo misma me decida.

Alí se atrevió a mirar de soslayo a Dara y bajó la voz.

—No vamos a poder salir de aquí —advirtió, y la miró a los ojos con preocupación—. Y si mi padre piensa que estás detrás de esto…, Nahri, le diste tu palabra.

Un estruendo los interrumpió. Nahri alzó la vista y vio que Dara se esforzaba por desmontar toda la pared. Humo y brillantes llamas blancas le brotaban de las manos. Abrió un agujero lo bastante grande para pasar y se detuvo.

—Vamos.

Dara agarró a Alí de la parte de atrás de la túnica y se lo puso por delante de un empujón. El príncipe cayó de rodillas.

Nahri se encogió. Ya no podía pensar que estaba simplemente timando a Alí. El príncipe se había convertido en su amigo, no había forma de negarlo. Y comparado con Dara no era más que un niño, un niño de buen corazón, amable, por más defectos que tuviera.

—Dame tu túnica —dijo en tono seco. Dara se giró hacia ella. Nahri no había tenido tiempo de vestirse y no pensaba atravesar Daevabad entera en camisón.

Él se la tendió.

—Nahri… lo siento —dijo en divasti. Ella sabía que eran palabras sinceras, pero no sirvieron de mucho—. Lo único que pretendo es…

—Ya sé lo que pretendes —replicó con tono brusco—. Y una cosa te diré: si le pasa algo, jamás te lo perdonaré. Y jamás me olvidaré de lo que has hecho esta noche.

No esperó a que respondiese, no esperaba respuesta alguna. En cambio, pasó por el hueco y echó un último vistazo a su dispensario. Cruzaron, y el hueco se selló tras ellos.

Caminaron durante lo que parecieron horas.

El estrecho pasadizo por el que los llevó Dara era tan diminuto que literalmente tuvieron que arrastrarse entre paredes en un par de puntos. Incluso se arañaron los hombros con los toscos muros de piedra. El techo ascendía y descendía, a veces era tan alto que se perdía de la vista y otras tan bajo que tenían que reptar.

Dara invocó pequeñas bolas de fuego que bailaban en las alturas mientras ellos atravesaban lo que de otro modo sería un túnel totalmente a oscuras. Ninguno habló. Dara parecía intensamente concentrado en sostener la magia que mantenía abierto el pasadizo, mientras que Alí tenía la respiración cada vez más entrecortada. A pesar de que Nahri lo había curado, el príncipe no tenía buen aspecto. Nahri oía cómo le galopaba el corazón. Alí no dejaba de chocarse contra las paredes cercanas, como un borracho atolondrado.

Al cabo se derrumbó en el suelo e impactó contra los gemelos de Dara. El afshín soltó una maldición y se giró.

Nahri se apresuró a interponerse entre los dos.

—Déjalo en paz. —Ayudó a Alí a ponerse en pie. El príncipe sudaba ceniza. Parecía incapaz de centrar la vista en la cara de Nahri—. ¿Te encuentras bien?

Él parpadeó y se balanceó levemente.

—Este aire me está afectando un poco.

—¿El aire? —Nahri frunció el ceño. El túnel olía raro, sí, pero ella respiraba sin dificultad.

—Es porque no pertenece a este lugar —dijo Dara en tono sombrío—. Esta no es tu ciudad, ni tu palacio. Las paredes lo saben, aunque los perros geziri como tú lo ignoren.

Nahri le clavó la mirada.

—Entonces será mejor que nos apresuremos.

Mientras caminaban, el túnel se ensanchó y se volvió más empinado. Al cabo desembocó en una larga escalinata medio derruida. Nahri se apretó contra la pared, pero se encogió al notar que la piedra se humedecía al contacto de sus manos. Oyó que Alí, frente a ella, inspiraba hondo aquel aire húmedo. Los escalones estaban cada vez más resbaladizos, pero a medida que descendían, Nahri creyó que las zancadas del príncipe se estabilizaban.

Dara se detuvo.

—El camino está inundado más adelante.

Las llamas en las alturas se intensificaron. Los escalones terminaban en un estanque de aguas quietas y negras que tenía tan mal olor como mal aspecto. Nahri se detuvo en el borde y contempló el reflejo de las luces parpadeantes sobre la superficie oleosa del agua.

—¿Te da miedo un poco de agua?

Alí pasó frente a Dara y entró con seguridad en el oscuro estanque. Se detuvo cuando el agua le llegó por la cintura y se giró. Su túnica de ébano flotaba en el agua y daba la impresión de que el mismo líquido negro se le derramaba por los hombros.

—¿Te preocupa acaso que te atrapen los marid?

—Aquí te sientes como en casa, ¿verdad, pequeño cocodrilo? —se burló Dara—. ¿Te recuerda a los fétidos pantanos de Ta Ntry?

Alí se encogió de hombros.

—Mosca de la arena, perro, cocodrilo… estás haciendo una lista de todos los animales que te sabes, ¿verdad? ¿Cuántos te quedarán? ¿Cinco, seis?

Hubo un destello en los ojos de Dara. Acto seguido, el daeva hizo algo que Nahri jamás le había visto hacer.

Se acercó al agua.

Dara alzó las manos y el agua huyó de él, retrocediendo hasta cubrir las rocas y escurrirse por las grietas en derredor. Las gotas que no consiguieron huir chisporrotearon bajo sus pies al pasar.

Nahri se quedó boquiabierta. El anillo de Dara resplandecía con una brillante luz verde, como la del sol al iluminar una hoja mojada. Volvió a pensar en lo que Dara había hecho con el shedu, con el zulfiqar de Alí, con la cerradura de hierro. De pronto se preguntó cuántos secretos tendría Dara. Parecía haber pasado mucho desde que se besaron en la cueva. El afshín empujó a un Alí visiblemente conmocionado para que avanzase.

—Sigue caminando, djinn, y cuidado con lo que dices. La Banu Nahida se llevaría un disgusto si tuviera que cortarte la lengua.

Nahri se apresuró a alcanzar a Alí.

—¿O sea que su mera presencia hierve el agua? —susurró Alí, y le lanzó a Dara una mirada nerviosa—. ¿Qué clase de aberración es esta?

No tengo ni idea.

—Quizá tenga que ver con su esclavitud —dijo en tono débil.

—He conocido a otros esclavos liberados. No tienen ese tipo de poder. Puede que haya seguido el camino de los ifrit y se haya entregado a los demonios hace mucho. —Hizo una mueca y la miró. Bajó la voz aún más—. Por favor, en el nombre del Altísimo, dime que no pretendes escaparte con él.

—¿Recuerdas el zulfiqar que te ha puesto en la garganta?

—Preferiría arrojarme al lago antes que permitir que este monstruo usase mi vida para raptarte. —Negó con la cabeza—. Debería haberte dado aquel libro en el jardín. Debería haberte hablado de las ciudades que destruyó, de los inocentes a los que asesinó... y tú misma le habrías clavado un cuchillo en la nuca.

Nahri retrocedió.

—Jamás. —Sabía que Dara tenía un pasado sangriento, pero a buen seguro Alí exageraba—. Era una guerra..., una guerra que empezó tu propio pueblo. Dara se limitaba a defender nuestra tribu.

—Nahri, ¿acaso no sabes por qué le llaman el Flagelo?

El frío le recorrió la columna, pero se obligó a reprimir la sensación.

—No, no lo sé. Pero permíteme que te recuerde que fuiste tú quien apareció hace unas cuantas noches en mi dormitorio cubierto con la sangre de otro hombre —señaló—. Dara no es el único que guarda secretos.

Alí se detuvo de pronto.

—Estás en lo cierto. —Se giró hacia ella con expresión resuelta—. Era la sangre de un asesino shafit. Lo maté. Era miembro de un grupo político llamado Tanzeem. Defienden, a veces con violencia, los derechos de los shafit. Se los considera traidores y criminales. Yo era su principal benefactor. Mi padre se enteró y, como castigo, me ordenó que me hiciese amigo tuyo y te convenciese para casarte con mi hermano. —Alzó las cejas oscuras, con sangre seca en la frente—. Ya está, ya te lo he contado.

Nahri parpadeó mientras lo digería todo. Sabía que Alí tenía planes ocultos, al igual que ella..., pero al oírlos tan directamente se quedó pasmada.

—El interés que tenías en mi país, en aprender árabe..., ¿era todo mentira?

—No, no lo era. Lo juro. Aunque nuestra amistad empezase con una falsedad, aunque tu familia no despierte mis simpatías... —Alí pareció azorado—. Han sido unos meses muy oscuros. Y el tiempo que he pasado contigo... me ha dado luz.

Nahri apartó la cara. Tuvo que hacerlo; no podía soportar la sinceridad en su rostro. Echó un vistazo a las muñecas de Alí, aún sujetas por el hierro. *Va a sobrevivir a esto*, se juró a sí misma. *Cueste lo que cueste.*

Aunque supusiese escapar con Dara.

Siguieron caminando. Alí le echaba de vez en cuando una mirada hostil a la espalda de Dara.

—Quizás ahora te tocaría a ti.

—¿A qué te refieres?

—A que, para ser criada, se te da muy bien forzar cerraduras y negociar contratos, ¿no?

Ella dio un par de pataditas en el suelo y esparció algunos guijarros.

—Si te cuento de dónde provengo, quizá dejes de verme como una luz.

—Nahri —llamó Dara, e interrumpió la conversación.

La caverna había llegado a su fin. Se detuvieron junto a Dara en un saliente rocoso que daba a una estrecha playa cubierta que bordeaba una laguna quieta. En la lejanía, más allá de la boca de la caverna, Nahri vio las estrellas que asomaban en el fragmento de cielo que veían desde ahí. La laguna tenía una extraña luminiscencia. El agua era de un tono azul cobrizo que resplandecía como si la iluminase un sol tropical.

Dara la ayudó a descender hasta la playa y le tendió su cuchillo. Acto seguido trajo a rastras a Alí.

—Necesito tu sangre —dijo en tono de disculpa—. Bastará un poco en la hoja.

Nahri se pasó el cuchillo por la palma de la mano y derramó un par de gotas de sangre antes de que la herida se cerrase sola. Dara tomó el cuchillo y susurró una plegaria a media voz. La sangre carmesí empezó a arder sobre la hoja.

El agua comenzó a arremolinarse. Se oyó un enorme sonido de succión proveniente de las profundidades a medida que las aguas se apartaban y una forma metálica surgía del centro de la laguna. Nahri vio un elegante bote de cobre que surgía de las profundidades y se aposentaba en la superficie de la laguna, con gotas de agua corriendo por el brillante casco. Era un bote bastante pequeño, seguramente podría albergar a una docena de pasajeros. No había vela a la vista, pero parecía rápido, con la popa protuberante acabada en punta.

Nahri dio un paso al frente, pasmada ante la hermosa embarcación.

—¿Esto lleva aquí todo el tiempo?

Dara asintió.

—Desde antes de la caída de la ciudad. El asedio Qahtani fue tan brutal que nadie tuvo oportunidad de escapar. —Empujó a Alí en dirección a los bajíos—. Sube, mosca de la arena.

Nahri hizo ademán de seguirlo, pero Dara la agarró de la muñeca.

—Voy a dejar que se vaya —le dijo en divasti en voz baja—. Lo prometo. Al otro lado de la laguna nos esperan suministros, una alfombra, provisiones, armas. Lo dejaré en la playa, intacto, y nosotros podremos marcharnos volando.

Las palabras de Dara no hicieron más que empeorar la sensación de traición que sentía Nahri.

—Me alegra saber que estaremos bien aprovisionados cuando los ifrit nos asesinen.

Intentó apartarse de él, pero Dara la sujetó con fuerza.

—Los ifrit no van a asesinarnos, Nahri —la tranquilizó—. Ahora todo es diferente. Estarás a salvo.

Nahri frunció el ceño.

—¿A qué te refieres?

A la distancia se oyó un grito, seguido de una orden inaudible. Las voces, que pertenecían a hombres que aún no estaban a la vista, se encontraban demasiado lejos. Aun así, Nahri sabía lo rápido que podían desplazarse los djinn.

Dara le soltó la muñeca.

—Te lo contaré cuando nos hayamos alejado de la ciudad. Te diré todo lo que quieras saber. Debería habértelo contado antes. —Le rozó la mejilla—. Vamos a superar esto.

No estoy tan segura, pensó, pero dejó que Dara la ayudase a subir al bote. Dara echó mano de una larga vara de cobre que recorría el centro del barco. La hundió en la arena e impulsó el bote, que se introdujo en la laguna.

Cruzaron el borde de la caverna con un murmullo. Nahri miró hacia atrás y vio la cara rocosa en la que se abría la cueva, suave e intacta. A lo lejos atisbó algunos muelles que recorrían figuras diminutas con antorchas encendidas y hojas resplandecientes.

Alí miró hacia aquellos soldados mientras el bote atravesaba las aguas quietas en dirección a las oscuras montañas.

Nahri se le acercó.

—Con eso que me has contado del acuerdo con tu padre..., ¿crees que te castigará si me escapo?

Alí bajó la mirada.

—Da igual.

Vio que Alí flexionaba los nudillos, rezando, o quizá contando, o simplemente haciendo un gesto nervioso. Parecía muy abatido.

Las palabras salieron de boca de Nahri antes de que pudiese reflexionar:

—Ven con nosotros.

Alí se quedó inmóvil.

Nahri, en un arranque de estupidez, insistió en voz baja:

—Quizá puedas librarte de lo que sucederá a continuación. Cruza el Gozán con nosotros y ven a ver ese mundo humano que tanto te fascina. Ve a rezar a la Meca, estudia con los eruditos de Tombuctú. —Tragó saliva, con la voz embargada de emoción—: Tengo un viejo amigo en El Cairo. Le vendría bien un nuevo socio.

Alí mantuvo la mirada baja.

—Lo dices en serio, ¿verdad? —preguntó en un tono extrañamente vacío.

—Sí.

Alí cerró los ojos un instante.

—Ay, Nahri... lo siento mucho.

Se giró hacia ella con una expresión de culpabilidad que colonizaba hasta la última arruga de su rostro.

Nahri retrocedió.

—No —susurró—. ¿Qué has...?

El aire destelló a su alrededor y las palabras se le atascaron en la garganta. Se agarró a la borda y aguantó la respiración en medio del asfixiante aire del lago. Al igual que la primera vez que cruzó el velo, aquel mareo duró apenas un instante, tras el cual el mundo volvió a centrarse. Las montañas oscuras, el cielo salpicado de estrellas...

Y alrededor de una docena de barcos de guerra cargados de soldados.

Por poco no chocaron con el más cercano, un trirreme enorme que flotaba pesadamente sobre el agua. El pequeño bote de cobre lo esquivó por poco y destrozó un par de remos, pero los hombres a bordo estaban listos para recibirlo. La cubierta estaba repleta de arqueros con arcos tensos. Otros soldados lanzaron cadenas con garfios destinados a sujetar su embarcación. Uno de los arqueros lanzó una única flecha llameante al cielo. Una señal.

Alí se puso en pie con dificultad.

—Mis ancestros encontraron el bote de cobre poco después de la revolución —explicó—. Nadie fue capaz de alzarlo de su sitio, así que lo dejaron ahí. Y hace siglos que aprendimos a esconder navíos al otro lado del velo. —Bajó la voz—. Lo siento, Nahri. De verdad que lo siento.

Nahri oyó el rugido de Dara. Se encontraba en el otro extremo del bote, pero sacó el arco en menos de un parpadeo y apuntó con una flecha a la garganta de Alí. Nahri no sabía lo que pensaba hacer. Los superaban en número por completo.

—¡Afshín! —Jamshid asomó por la borda del barco de guerra—. No hagas ninguna estupidez. Baja el arma.

Dara no se movió. Los soldados se abrieron en formación, como si se preparasen para abordar el bote. Nahri alzó las manos.

—¡Zaydi! —se oyó un grito proveniente de la nave. Muntadhir se abrió paso entre los soldados. Vio a su hermano, ensangrentado y con grilletes, con una flecha apuntada a su garganta. El odio le retorció las hermosas facciones y se inclinó hacia adelante—. ¡Bastardo!

Jamshid lo agarró.

—¡Muntadhir, no!

Dara le lanzó a Muntadhir una mirada incrédula.

—¿Qué haces tú en un barco de guerra? ¿Lleváis los lastres llenos de vino?

Muntadhir dejó escapar un siseo iracundo.

—Espera a que llegue mi padre. Veremos lo valiente que eres cuando hables con él.

Dara se echó a reír.

—Verás cuando se entere mi baba. El lema de todos los héroes geziri.

Hubo un destello en los ojos de Muntadhir. Miró hacia atrás, al parecer juzgando cuán lejos estaban las demás naves, e hizo un gesto enojado hacia sus arqueros.

—¿Por qué le apuntáis a él? Apuntad a la chica y ya veréis lo pronto que se rinde el afamado Flagelo.

La sonrisa desapareció del rostro de Dara.

—Si lo hacéis, os mataré a todos, del primero al último.

Alí se apresuró a colocarse frente a Nahri.

—Ella es tan inocente como yo, Dhiru.

Nahri vio que Alí también miraba de soslayo a las otros navíos. Parecía hacer el mismo cálculo que su hermano.

Y entonces lo comprendió. Por supuesto que querían esperar a que llegase Ghassán. Dara estaría completamente indefenso ante el sello de Salomón. Si esperaban a que el rey llegase, podía darse por perdido.

Se lo ha buscado él solo. Nahri era consciente de ello, pero no pudo evitar pensar en su viaje, en la pena que lo embargaba constantemente, en la angustia que había en él cuando hablaba del destino que había corrido su familia, en los sangrientos recuerdos de su época como esclavo. Se había pasado la vida luchando por los daeva contra los Qahtani. No era de extrañar que estuviera desesperado por salvarla de lo que parecía ser el peor destino posible.

Y, Dios, la mera idea de verlo engrilletado, arrastrado ante el rey y ejecutado ante una multitud enloquecida de djinn...

No. Jamás. Se giró con un repentino calor en el pecho.

—Dejad que se marche —suplicó—. Por favor. Dejad que se marche y me quedaré. Me casaré con tu hermano. Haré todo lo que quiera tu familia.

Alí vaciló.

—Nahri...

—Por favor. —Le agarró la mano e intentó ahogar la reticencia que asomaba a sus ojos por pura fuerza de voluntad. No podía dejar morir a Dara. Solo de pensarlo se le rompía el corazón—. Te lo suplico. Es lo único que pido —añadió, y en ese momento era cierto; no tenía otro deseo en el mundo—. Lo único que deseo es que viva.

Hubo un instante de extraña quietud en el navío. La temperatura aumentó como si se aproximase un monzón.

Dara dejó escapar un jadeo estrangulado. Nahri giró sobre sí misma a tiempo de ver cómo se tambaleaba. El arco le tembló en las manos mientras intentaba frenético recuperar el aliento.

Horrorizada, Nahri se abalanzó sobre él. Alí la agarró del brazo en el mismo momento en que el anillo de Dara soltaba una llamarada.

Dara alzó la vista y Nahri ahogó un grito. Aunque la miraba directamente a ella, no había el menor rastro de reconocimiento en sus ojos. No había nada familiar en su rostro. Tenía una expresión más salvaje de la que ya le había visto en Hierápolis. Era la mirada de algo dolido, embrujado.

Dara se giró hacia los soldados. Soltó un ladrido y el arco creció hasta doblar su tamaño. El carcaj también se transformó: brotó en él una variedad de flechas de todo tipo de aspectos extravagantes.

La que Dara sostenía transformó su punta en una medialuna, con el asta llena de púas.

El frío embargó a Nahri. Recordó sus últimas palabras. El modo en que las había formulado. No podía ser que… no, ¿verdad?

—¡Dara, espera! ¡No!

—¡Disparad! —gritó Muntadhir.

Alí agachó a Nahri de un empellón. Cayeron ambos al suelo, pero no oyeron silbido alguno sobre sus cabezas. Ella alzó la vista.

Las flechas de los soldados habían quedado congeladas en el aire.

Nahri tuvo la sospecha de que el rey Ghassán iba a llegar tarde.

Dara chasqueó los dedos y las flechas cambiaron bruscamente de dirección, surcaron el aire y se clavaron en sus dueños. Luego empezó a arrojar sus propias flechas; sus manos se movían con tanta celeridad entre el carcaj y el arco que Nahri no alcanzaba a captar el movimiento. Una vez abatidos todos los arqueros, Dara echó mano del zulfiqar de Alí.

Clavó los ojos brillantes en Muntadhir y su mirada destelló como si lo reconociese.

—Zaydi al Qahtani —dijo. Escupió—. Traidor. He esperado mucho tiempo para hacerte pagar por lo que le hiciste a mi pueblo.

En cuanto Dara terminó de pronunciar aquella frase demencial, cargó contra la nave. La barandilla de madera estalló en llamas en cuanto la tocó, y el daeva se desvaneció en la nube de humo. Nahri oyó gritos de varios hombres.

—Libérame —le suplicó Alí, poniendo las muñecas en su regazo—. ¡Por favor!

—¡No sé cómo liberarte!

El cuerpo descabezado de un oficial agnivanshi se desplomó junto a ellos. Nahri soltó un chillido. Alí se puso de pie con gran esfuerzo.

Ella lo agarró del brazo.

—¿Es que estás loco? ¿Qué pretendes hacer estando así? —preguntó, señalando las ataduras de sus muñecas.

Él la apartó.

—¡Mi hermano está en ese barco!

—¡Alí!

Pero el príncipe ya se había marchado. Desapareció en la misma nube de humo negro que se había tragado a Dara.

Ella retrocedió. En el nombre de Dios, ¿qué le había ocurrido a Dara? Nahri había pasado semanas a su lado, seguro que había formulado algún deseo en voz alta sin que…, bueno, sin que sucediese lo que acababa de suceder.

Va a matar a todos los que están a bordo de ese barco. Ghassán llegaría y descubriría a sus hijos asesinados, y luego les daría caza hasta el último rincón de la Tierra, los colgaría en el midán y empezaría una guerra entre sus tribus que duraría un siglo.

No podía permitirlo.

—Que Dios me guarde —sususurró, y entonces hizo lo menos propio de ella misma que podía imaginar.

Echó a correr hacia el peligro.

Nahri trepó por los remos rotos y la cadena del ancla y subió al barco mientras intentaba no mirar abajo, al agua maldita que resplandecía bajo sus pies. No había olvidado lo que le había contado Dara, que aquel líquido era capaz de despedazar a cualquier djinn.

Sin embargo, al contemplar la carnicería que se había desatado sobre el trirreme, el lago mortal quedó expulsado de su mente. El fuego lamía la superficie de la cubierta y ascendía por las jarcias hacia la vela negra del navío. Los arqueros yacían despatarrados allá donde los habían alcanzado las docenas de flechas que habían caído sobre ellos. Uno llamaba a su madre a gritos y se aferraba el estómago destrozado. Nahri vaciló, pero comprendió que no había tiempo que perder. Pasó por entre los cuerpos, tosiendo y apartándose con aspavientos el humo de la cara entre montones de lona ensangrentada.

Oyó gritos por toda la embarcación y atisbó a Alí, que corría algo más adelante. El humo se apartó brevemente y entonces lo vio.

De pronto comprendió el motivo de que, aunque hubiesen pasado mil años, el nombre de Dara siguiera inspirando terror entre los djinn. Se había puesto el arco a la espalda; en una mano enarbolaba el zulfiqar de Alí y en la otra un janyar robado. Empleaba ambas armas para despachar rápidamente a los soldados que quedaban en torno a Muntadhir. No parecía un hombre, sino más bien un colérico dios de la guerra proveniente de la era remota en la que había nacido. Hasta su cuerpo estaba iluminado, el fuego parecía arderle bajo la piel.

Al igual que los ifrit, reconoció Nahri con horror, de pronto no muy segura de quién era Dara en realidad. El daeva apuñaló la garganta del último guardia que se interponía entre él y Muntadhir y extrajo el arma de un tirón, cubierta de sangre.

El emir ni siquiera se percató. Muntadhir estaba sentado en cubierta junto al cuerpo cubierto de flechas de un soldado, a quien sostenía entre los brazos.

—¡Jamshid! —chilló—. ¡No! Dios, no…, ¡mírame, por favor!

Dara alzó al zulfiqar. Nahri se detuvo y abrió la boca para gritar.

Alí se lanzó sobre el afshín.

Nahri casi no se había percatado de la presencia del príncipe, asombrada por la horrible escena que componía la danza de muerte de Dara. Sin embargo, Alí apareció de pronto y aprovechó su altura para saltar sobre la espalda de Dara y envolver la garganta del afshín con los grilletes como si de una soga se tratase. Alzó las piernas y Dara se tambaleó bajo el repentino peso. Alí le arrancó el zulfiqar de las manos de una patada.

—¡Muntadhir! —gritó, y añadió algo en geziriyya que Nahri no llegó a comprender.

El zulfiqar aterrizó a menos de un cuerpo de distancia de los pies del emir. Muntadhir ni siquiera alzó la vista, no parecía haber oído el grito de su hermano. Nahri corrió entre los cadáveres tan rápido como pudo.

Dara emitió un rugido rabioso e intentó quitarse de encima al príncipe. Alí alzó las manos e hizo más presión sobre la garganta del afshín con los grilletes. Dara jadeó, pero se las arregló para clavarle el codo en el estómago al príncipe y estrellarlo de espaldas contra el mástil del navío.

Alí no lo soltó.

—¡Akhi!

Muntadhir se sobresaltó y alzó la vista. Un segundo después se abalanzó sobre el zulfiqar, al tiempo que Dara por fin conseguía lanzar a Alí por encima de su cabeza. El afshín sacó el arco.

El joven príncipe se estrelló contra la empapada borda y se deslizó hasta la barandilla.

—Munta...

Y Dara le atravesó la garganta con una flecha.

27

NAHRI

Nahri gritó y se abalanzó sobre Alí en el momento en que una segunda flecha se le clavaba al príncipe en el pecho. Él retrocedió y tropezó contra la borda, con lo que perdió el equilibrio.

—¡Alí! —Muntadhir echó a correr hacia su hermano, pero no llegó a tiempo.

Alí cayó por la borda y se zambulló en el lago con apenas un chapoteo. Hubo un sonido de succión, como si hubiese caído una pesada roca, y luego silencio.

Nahri corrió hacia la borda, pero Alí había desaparecido. Lo único que quedó de su presencia fueron unas ondas en el agua oscura. Muntadhir cayó de rodillas con un largo gemido.

A Nahri se le inundaron los ojos de lágrimas. Se giró hacia Dara.

—¡Sálvalo! —exclamó—. ¡Deseo que vuelva!

Dara se tambaleó ante la orden, pero Alí no regresó. En cambio, Dara parpadeó y aquella luminosidad se desvaneció de sus ojos. Paseó una mirada confundida por la cubierta ensangrentada. Dejó caer el arco, con aspecto inestable.

—Nahri...

Muntadhir se puso de pie de un salto y echo mano del zulfiqar.

—¡Te voy a matar!

Las llamas envolvieron la hoja al tiempo que Muntadhir cargaba contra el afshín.

Dara bloqueó el ataque de Muntadhir con el janyar, con la misma facilidad con la que se espanta un mosquito. Bloqueó otro de los ataques de Muntadhir y, con aire despreocupado, esquivó el tercero, tras lo que le clavó el codo en la cara al emir. Muntadhir soltó un grito y un chorro de sangre negra le brotó de las narices. Nahri no necesitaba ser ninguna espadachina experta para ver lo torpe que era Muntadhir en comparación con la rapidez mortal del afshín. Las hojas volvieron a chocar y Dara lo apartó de un empujón.

Sin embargo, en ese momento dio un paso atrás.

—Basta, al Qahtani. No hay razón para que tu padre pierda otro hijo esta noche.

Muntadhir no pareció recibir bien la misericordia de Dara. Tampoco parecía buen momento para razonar con él.

—¡Que te follen! —sollozó. Atacó sin mucho tino con el zulfiqar, con el rostro cubierto de sangre. Dara se defendió—. ¡Que te follen a ti y a todos esos Nahid capaces de follarse a sus hermanas! ¡Espero que ardáis todos en el infierno!

Nahri comprendía su dolor. Seguía paralizada junto a la borda. Contemplaba el agua con el corazón roto. ¿Habría muerto ya Alí? ¿Lo estarían haciendo pedazos en aquel mismo instante, sus gritos ocultos por el agua negra?

Más soldados salieron de la bodega del barco. Algunos enarbolaban remos rotos como si fuesen porras. La escena la sacó de su dolorido ensimismamiento. Se puso en pie, con las piernas temblorosas.

—Dara...

Él la miró y, de pronto, alzó la mano izquierda. Un crujido recorrió la nave y una muralla de maderos astillados de dos veces su altura se alzó frente a los soldados.

Muntadhir volvió a atacar con el zulfiqar, pero el afshín estaba preparado. Enganchó el janyar en la punta bífida de la espada y se lo arrancó de las manos a Muntadhir. El zulfiqar salió volando por cubierta y Dara le propinó una patada en el pecho al emir, que acabó en el suelo.

—Te voy a perdonar la vida —espetó—. Acepta esta oportunidad, idiota.

Giró sobre sus talones y se alejó de él en dirección a Nahri.

—Eso… corre, cobarde —le dijo Muntadhir—. Es lo que mejor se te da, ¿verdad? ¡Corre! ¡Que sea el resto de tu tribu quienes paguen por tus actos!

Dara se detuvo.

Nahri vio que los ojos dolidos de Muntadhir recorrían la cubierta, desde el cadáver lleno de flechas de Jamshid al lugar donde Dara había disparado a su hermano. Una expresión de pura angustia, de rencor irracional y escarpado, dominó su rostro.

Se puso en pie.

—¿Sabes? Alí me contó lo que le pasó a tu gente cuando Daevabad cayó. Lo que pasó cuando los tukharistaníes irrumpieron en el barrio daeva para buscarte, para buscar venganza. Pero solo encontraron a tu familia. —La cara de Muntadhir se contrajo de puro odio—. ¿Dónde estabas mientras te llamaban a gritos, afshín? ¿Dónde estabas mientras grababan los nombres de los muertos de Qui-zi en el cuerpo de tu hermana? No era más que una niña, ¿verdad? Esos tukharistaníes tienen nombres muy largos. —Añadió en tono salvaje—. Apostaría a que apenas pudieron escribir unos pocos antes de…

Dara gritó. En menos de un segundo llegó hasta Muntadhir y le golpeó la cara con tanta fuerza que un diente ensangrentado salió volando de su boca. El janyar echaba humo en la otra mano del afshín, y al alzarlo, el arma se transformó: se dividió en alrededor de una docena de tiras de cuero tachonadas de hierro.

Un flagelo.

—¿Quieres que sea el Flagelo? —gritó Dara. Le lanzó un azote a Muntadhir. El emir chilló y alzó los brazos para cubrirse la cara—. ¿Eso es lo que le gustaría a tu asqueroso pueblo, que volviera a convertirme en un monstruo?

A Nahri se le descolgó la boca de puro horror. *¿Sabes por qué le llaman el Flagelo?*, oyó la pregunta del príncipe ya muerto.

Dara volvió a darle otro azote a Muntadhir y le arrancó la piel de los antebrazos. Nahri quería huir. Aquel no era el Dara a quien conocía, el que le había enseñado a montar a caballo, el que había dormido a su lado.

Sin embargo, no huyó. En cambio, por mero impulso, llegó hasta él y le agarró la muñeca cuando alzaba el flagelo por tercera vez. Dara se giró, con el rostro demudado por el dolor.

El corazón de Nahri le galopaba en el pecho.

—Basta, Dara. Ya basta.

Él tragó saliva y su mano tembló bajo el contacto de Nahri.

—No, no basta. Nunca bastará. Lo destruyen todo. Asesinaron a mi familia, a mis líderes. Destriparon a mi tribu. —Se le quebró la voz—. Y no solo se lo han quedado todo, no solo se han quedado con Daevabad y me han convertido en un monstruo. También te quieren a ti. —Se le ahogó la voz con esa última palabra, y alzó el flagelo—. Voy a flagelarlo hasta que no quede de él más que polvo y sangre.

Ella le agarró el brazo con más fuerza y se interpuso entre él y Muntadhir.

—No se han apoderado de mí. Estoy aquí.

Él hundió los hombros y bajó la cabeza.

—Sí que se han apoderado de ti. Jamás me perdonarás lo que le he hecho al chico.

Nahri vaciló y contempló el lugar donde Alí había caído, donde se había perdido para siempre. Se le encogió el estómago, pero se obligó a apretar los labios hasta formar una fina línea.

—Ahora eso no importa —dijo, y odió cada una de las palabras que salió por su boca. Señaló con la cabeza a los barcos que se aproximaban—. ¿Puedes alcanzar la orilla antes de que lleguen?

—No pienso abandonarte.

Ella apretó la mano que sostenía el flagelo.

—No te pido que me abandones. —Dara bajó la vista y la miró a los ojos. Nahri le quitó el flagelo—. Pero tienes que dejar todo esto atrás. Ya es suficiente, tienes que sellar la herida.

Él inspiró hondo. Muntadhir soltó un gemido y se hizo un ovillo en el suelo. El odio volvió a asomar al rostro de Dara.

—No. —Nahri le agarró el rostro entre las manos y lo obligó a mirarla a los ojos—. Ven conmigo. Nos iremos, viajaremos por el mundo.

Estaba claro que no ya podrían volver a lo que tenían antes. Pero Nahri tenía que decir algo para frenarlo.

Dara asintió, húmedos los ojos brillantes. Arrojó el flagelo al lago y la tomó de la mano. Empezó a tirar de él cuando Muntadhir tartamudeó tras ellos, con una extraña mezcla de esperanza y alarma en la voz:

—¿Z-Zaydi?

Nahri giró sobre sus talones. Soltó un grito ahogado. Dara la rodeó con un brazo con gesto protector, al tiempo que la esperanza moría en su pecho.

Porque la criatura que acababa de trepar hasta el barco no era Alizayd al Qahtani.

El joven príncipe se acercó a la luz de las antorchas. Cimbreó, como si no estuviese acostumbrado al suelo firme. Parpadeó con un lento movimiento reptiliano, y Nahri vio que sus ojos se habían vuelto completamente negros, una negrura oleosa que había anegado el blanco. Tenía el rostro gris, y unos labios azulados que se movieron en un susurro silencioso.

Alí dio un paso al frente y paseó la vista por el navío con gesto mecánico. Tenía la ropa hecha jirones. De su cuerpo fluía el agua como si de un colador se tratase; se le derramaba por los ojos, por las orejas, por la boca. Brotaba con un burbujeo de su piel y le goteaba de las puntas de los dedos. Dio otro paso espasmódico hacia ellos y, bajo la luz, Nahri pudo ver su cuerpo, encostrado de todo tipo de residuos del lago. No había rastro de las flechas, ni de los grilletes. En su lugar, elodeas y tentáculos carentes de cuerpo le envolvían los brazos. En su piel crecían caracolas, escamas resplandecientes y dientes afilados.

Muntadhir se puso en pie lentamente. Palideció por completo.

—Oh, Dios mío. Alizayd…

Dio un paso al frente.

—No te acerques a él, mosca de la arena.

Dara también había palidecido. Se puso delante de Nahri y echó mano al arco.

Alí sufrió un espasmo ante el sonido de la voz de Dara. Husmeó el aire y se volvió hacia ellos. El agua formaba un charco a sus pies. No había dejado de susurrar desde que subió al barco, pero al acercarse, Nahri comprendió de pronto sus palabras, susurradas en un lenguaje que no se parecía a nada que hubiese oído antes. Un lenguaje fluido que se arrastraba a trompicones y que le corría como agua por los labios.

Mata al daeva.

Aunque, por supuesto, «daeva» no era la palabra que usaba, sino un sonido que Nahri sabía que no iba a ser capaz de reproducir, hecho con sílabas de puro odio y pura… oposición. Era como si aquel ser, aquel daeva, no tuviese derecho a existir, como si no tuviese derecho a mancillar las aguas del mundo con llamas y muerte ardiente.

Alí sacó una enorme cimitarra del interior de la túnica empapada. La hoja era verde y estaba salpicada de manchas de óxido. Parecía un objeto que el lago se hubiese tragado hacía siglos. Bajo la luz de las antorchas, Nahri vio que tenía un símbolo sangriento grabado con trazos bastos en la mejilla izquierda.

—¡Corre! —gritó Dara.

Le lanzó una flecha a Alí, pero el proyectil se disolvió en cuanto impactó contra él. Dara agarró el zulfiqar y echó a correr hacia el príncipe.

El símbolo de la mejilla de Alí resplandeció. Una onda de energía atravesó el aire. Toda la embarcación se sacudió. Nahri salió volando y chocó contra un montón de cajones de madera. Un trozo de madera aserrada se le clavó en el hombro. Se enderezó, pero la recorrió un dolor ardiente y una oleada de debilidad y náuseas se abatió sobre ella.

Había perdido sus poderes. De pronto comprendió qué era lo que Alí tenía grabado en la mejilla.

El sello de Salomón.

Dara.

—¡No!

Nahri se puso de pie. En el centro del navío, Dara acababa de caer de rodillas, al igual que había sucedido cuando Ghassán usó el sello para revelar la identidad de Nahri. El afshín alzó la vista hacia la criatura que había sido Alí, que se cernía sobre él y alzaba la hoja oxidada por encima de su cabeza. Dara intentó defenderse con el zulfiqar, pero hasta Nahri pudo ver lo lentos que eran sus movimientos.

Alí apartó el arma con tanta fuerza que se la arrancó de las manos. El zulfiqar voló más allá de cubierta y se zambulló en las aguas del lago. La criatura volvió a alzar la cimitarra oxidada. Empezó a trazar un arco hacia el cuello de Dara. Nahri soltó un grito. Alí vaciló. Ella inspiró hondo.

Alí cambió de dirección y dio un tajo limpio que le cercenó la mano izquierda a Dara.

Y lo separó del anillo.

Dara no emitió sonido alguno al caer. Nahri podría haber jurado que miró más allá de Alí, que la miró a ella por última vez, pero no pudo estar segura. Resultaba difícil verle la cara. El afshín empezaba a desvanecerse en humo y Nahri oía el grito de alguna mujer dentro de sus oídos.

Pero entonces, Dara se quedó inmóvil, demasiado, y se desmenuzó ante sus ojos hasta convertirse en cenizas.

28
ALÍ

A lí comprendió que iba a morir en cuanto se zambulló en la plácida superficie del lago.

El agua helada lo succionó y se abatió sobre él como un animal rabioso. Le destrozó la ropa y le desgarró la piel a un tiempo. Le inundó la boca y se introdujo por sus narices. Un calor al rojo vivo le estalló en el interior de la cabeza.

Gritó bajo el agua. Algo anidaba en ella, una presencia ajena que arraigaba en su mente, que escarbaba en sus recuerdos como un estudiante aburrido hojea un libro. Su madre cantando una nana de Ntaran, la empuñadura de un zulfiqar en sus manos por primera vez, la risa de Nahri en la biblioteca, Darayavahoush alzando el arco...

Todo se detuvo.

Hubo un siseo en su cabeza. *¿ESTÁ AQUÍ?*, pareció preguntar el mismísimo lago. Las aguas turbulentas se aquietaron. Alí sintió una presión cálida en la garganta y el pecho: las flechas se disolvieron.

El alivio fue temporal. Antes de que Alí pudiera pensar siquiera en empezar a nadar hacia la superficie, algo se enrolló alrededor de su tobillo izquierdo y tiró de él hacia abajo.

Se revolvió mientras las elodeas le envolvían el cuerpo y las raíces se le clavaban en la piel. Las imágenes en su mente destellaron mientras el lago devoraba sus recuerdos de Darayavahoush:

su duelo, el modo en que había mirado a Nahri en el dispensario, la ardiente luz que envolvía su anillo mientras cargaba contra el navío.

Unas palabras estallaron en su mente una vez más:

DIME CÓMO TE LLAMAS.

A Alí le ardían los pulmones. Dos almejas le laceraban el vientre y un par de mandíbulas colmilludas le mordían el hombro. *Por favor,* suplicó. *Déjame morir.*

Tu nombre, Alú-baba, el lago canturreó con la voz de su madre, un nombre de bebé que no había oído desde hacía años. *Dime cómo te llamas o verás lo que sucede si te niegas.*

La imagen de su odiado afshín lo abandonó y se vio reemplazada por Daevabad. O lo que fue Daevabad, y que en aquel momento no era más que una ruina envuelta en llamas, rodeada de algo evaporado y repleta de las cenizas a las que había quedado reducido su pueblo. Su padre yacía destrozado sobre los escalones de mármol de la corte real, saqueada por completo. Muntadhir colgaba de una ventana hecha pedazos. La Ciudadela se había derrumbado y había enterrado vivos a Wajed y a los demás soldados con los que Alí había crecido. La ciudad entera ardía, las casas estallaban en llamas y los niños chillaban.

¡No! Alí se retorció bajo el agarre del lago, pero no había modo alguno de detener aquellas horribles visiones.

Unos seres grises, esqueléticos, dotados de alas temblorosas, se inclinaban en señal de obediencia. Los ríos y los lagos se secaron y las ciudades junto a las que corrían fueron pasto de las llamas y el polvo. Un mar venenoso arrasó una tierra que Alí reconoció como Am Gezira. Un palacio solitario creció entre las cenizas de Daevabad, creado a partir de cristal y acero derretido por el fuego. Vio a Nahri. Llevaba el velo blanco de los Nahid, pero sus ojos oscuros estaban descubiertos, colmados de desesperación. Una sombra se cernió sobre ella. La silueta de un hombre.

Darayavahoush. Sin embargo, el afshín tenía los ojos negros y una cicatriz que le recorría el rostro. Se había desprendido de su grácil hermosura de esclavo. Luego, sus ojos volvieron a adoptar un color verde, más maduro, y aquella sonrisa de suficiencia retornó apenas un instante. Su piel resplandecía con una luz ardiente, y sus manos se convirtieron en carbón. De pronto, un brillo dorado y totalmente ajeno se adueñó de sus ojos.

Mira. Las visiones empezaron a repetirse, una vez más con las imágenes de su familia asesinada. El cadáver de Muntadhir abrió los ojos. *Di cómo te llamas, akhi,* le suplicó su hermano. *¡Por favor!*

A Alí le daba vueltas la cabeza. Tenía los pulmones vacíos y su sangre manchaba el agua. Empezaba a fallarle el cuerpo. Una oscuridad nebulosa iba invadiendo aquellas sangrientas visiones.

NO, siseó el lago, desesperado. *AÚN NO.* Lo sacudió y las imágenes se volvieron más violentas. Su madre, ultrajada, arrojada a los cocodrilos junto con el resto de los ayaanle mientras un grupo de daeva lanzaba vítores. Los shafit, reunidos y prendidos fuego juntos en el midán. Sus gritos en el aire, el aroma de la carne abrasada, tan fuerte que Alí sintió arcadas. Muntadhir de rodillas y decapitado ante los ojos amarillos de un grupo de ifrit que no dejaba de vitorear al verdugo. Una multitud de soldados desconocidos que sacaba a Zaynab de la cama y le desgarraba la ropa...

¡No! ¡Oh, Dios, no... basta!

Sálvala, pidió la voz de su padre. *Sálvanos a todos.* El óxido cubrió los grilletes de hierro, que se rompieron al instante. Algo metálico apareció en la mano de Alí. Una empuñadura.

Un par de manos ensangrentadas se cerraron sobre la garganta de su hermana. La mirada aterrorizada de Zaynab se clavó en la suya. *¡Hermano, por favor!,* chilló.

Y Alí se rompió.

Si hubiese estado menos seguro de su muerte inminente, o si hubiese crecido en las provincias exteriores, donde se enseñaba a los niños a no revelar jamás su nombre verdadero, a custodiarlo como hacían con su propia alma, quizás habría vacilado, pues habría entendido lo que implicaba aquella petición. Sin embargo, las imágenes de su familia destrozada, de su ciudad arrasada, consiguieron que no le importase el motivo por el que el lago quería que le entregase por propia voluntad aquello que ya debía de haber averiguado a partir de sus recuerdos.

—¡Alizayd! —gritó, y las aguas amortiguaron sus palabras—. ¡Alizayd al Qahtani!

El dolor se desvaneció. Sus dedos se cerraron alrededor de la empuñadura sin que él se lo mandase. Su cuerpo se le antojó de pronto muy lejano. Apenas era consciente de que ascendía, de que el agua lo expulsaba.

Mata al daeva.

Alí surgió de la superficie del lago, pero no recuperó el aire, pues ya no le hacía falta. Trepó por el casco del navío como un cangrejo y se plantó en cubierta, con el agua fluyendo de sus ropas, de su boca, de sus ojos.

Mata al daeva. Oyó que el daeva hablaba. El aire era hostil, vacío, seco. Parpadeó y algo le quemó en la mejilla. El mundo perdió el volumen, se volvió gris.

El daeva estaba frente a él. Parte de su mente captó la sorpresa en sus ojos verdes mientras alzaba la hoja para defenderse. Pero sus movimientos eran torpes. Alí apartó su arma, la arrojó al lago de un golpe. El soldado djinn que había en Alí vio la oportunidad, el cuello descubierto del hombre...

¡El anillo! ¡El anillo! Alí cambió de dirección y dirigió el arma a la gema que resplandecía con un brillo verdoso.

Alí flaqueó. El anillo repiqueteó en el suelo. La hoja se escapó de su mano, ya no era más que un artefacto oxidado, no tanto un arma. Los gritos de Nahri reverberaron por el aire.

—Mata al daeva —murmuró, y se derrumbó. Por fin la oscuridad le dio la bienvenida.

Alí soñaba.

Volvía a estar en el harén, en los jardines del placer del pueblo de su madre. Era un niño pequeño con su hermanita, ambos ocultos en su escondite habitual, bajo el sauce frondoso de ramas encorvadas que creaban un cómodo hueco del lado del canal, oculto a la vista de adultos fisgones.

—¡Hazlo otra vez! —suplicó—. ¡Por favor, Zaynab!

Su hermana se enderezó con una sonrisa maliciosa. Un cuenco lleno de agua descansaba en el polvo entre sus delgadas piernas cruzadas. Zaynab alzó las manos sobre el agua.

—¿Y qué me darás a cambio?

Alí pensó a toda velocidad, considerando cuál de sus pocos tesoros podría darle. A diferencia de Zaynab, no tenía juguetes. A los niños no se les daban baratijas y distracciones, pues se los criaba para que fueran guerreros.

—Puedo conseguirte un gatito —ofreció—. Cerca de la Ciudadela los hay a montones.

Los ojos de Zaynab se iluminaron.

—Trato hecho.

Movió los dedos con una mirada de intensa concentración en su diminuto rostro. El agua se agitó al son de sus dedos y se elevó despacio cuando ella alzó la mano derecha. Empezó a girar trazando un remolino, como un lazo líquido.

Alí se quedó boquiabierto, maravillado. Zaynab soltó una risita y dejó que el agua cayese a su estado natural.

—Dime cómo lo haces —dijo Alí mientras echaba mano al cuenco.

—Tú no puedes —dijo Zaynab con tono de importancia—. Eres un chico. Y un bebé. No sabes hacer nada.

—¡Yo no soy ningún bebé! —El tío Wajed le había dado un asta de lanza para que pudiera llevarla y espantar a las serpientes. Los bebés no hacían eso.

La barrera de hojas se apartó de pronto, y en su lugar apareció el rostro enojado de su madre. Echó un vistazo al cuenco y en sus ojos hubo un destello de miedo.

—¡Zaynab! —Le dio un tirón de orejas a su hermana—. ¿Cuántas veces te lo tengo que decir? Nunca debes…

Alí se escabulló hasta el fondo del escondite, pero su madre no tenía el menor interés en él. Jamás lo tenía. Aguardó hasta que se llevó a su hermana jardín abajo. Los sollozos de Zaynab se alejaron. Entonces volvió a cernirse sobre el cuenco. Contempló el agua quieta y el perfil oscuro de su rostro rodeado de hojas iluminadas por el sol.

Alí alzó los dedos y le hizo un gesto al agua para que se acercase a él. El agua empezó a moverse.

Sabía que no era ningún bebé.

El sueño retrocedió hasta ocupar su lugar en el reino de los recuerdos de la infancia, y quedó olvidado en el momento en que una punzada de dolor le recorrió el hombro. Algo gruñó en los rincones más oscuros de su mente, intentando aferrarse a la conciencia con garras y dientes. Volvió a sentir un tirón y una oleada de calor. Y luego, aquella presencia lo soltó.

—Ya está libre, mi rey —dijo una voz femenina.

Una delgada sábana descendió sobre su cuerpo.

—Tapadlo bien —ordenó una voz de hombre—. No quiero que lo vea hasta que no sea necesario.

Abba, reconoció lo bastante como para librarse de las nieblas de dolor y confusión que le enfangaban el cuerpo.

Y entonces oyó otra voz:

—Abba, te lo suplico. —Muntadhir. Su hermano sollozaba y rogaba—: Haré lo que quieras, me casaré con quien quieras, pero deja que lo cure la Nahid. Deja que Nisreen lo ayude..., ¡por Dios, yo mismo vendaré sus heridas! Jamshid me salvó la vida. No debería sufrir por...

—Tratarán al hijo de Kaveh cuando el mío abra los ojos. —Unos dedos bruscos se cerraron sobre la muñeca de Alí—. Será sanado cuando me entere del nombre del daeva que dejó esos suministros en la playa —La voz de Ghassán adoptó un tono helado—. Díselo. Y recomponte, Muntadhir. Deja de llorar por otro hombre, te estás poniendo en evidencia.

Alí oyó el sonido del aire en movimiento, y luego un portazo. Aquellas palabras no tenían el menor sentido para él, pero las voces..., oh, Dios, las voces.

Abba. Volvió a intentarlo:

—Abba... —dijo por fin con voz estrangulada, e intentó abrir los ojos.

El rostro de una mujer apareció ante su vista antes de que su padre respondiese. *Nisreen*, recordó Alí al reconocer a la ayudante.

—Abre los ojos, príncipe Alí. Ábrelos tanto como puedas.

Él obedeció. Nisreen se inclinó para examinar su mirada.

—No veo rastro alguno de negrura, mi rey.

Dio un paso atrás.

—No... no comprendo... —empezó a decir Alí. Estaba tendido de espaldas, exhausto. Le ardía el cuerpo, le escocía la piel y sentía la mente... cruda. Alzó la vista y reconoció el techo de vidrio esmerilado del dispensario. El cielo estaba gris y la lluvia salpicaba las placas transparentes de cristal—. El palacio había sido destruido..., estabais todos muertos...

—Te aseguro que no estoy muerto, Alizayd —dijo Ghassán—. Intenta relajarte. Te han herido.

Pero Alí no podía relajarse.

—¿Y Zaynab? —preguntó. Los gritos de su hermana aún le reverberaban en los oídos—. ¿Está..., esos monstruos...?

Intentó enderezarse y de pronto se dio cuenta de que lo habían atado a la cama. Lo invadió el pánico.

—¿Qué sucede? ¿Por qué estoy atado?

—Empezaste a luchar contra nosotros, ¿no te acuerdas? —Alí negó con la cabeza y su padre hizo un asentimiento en dirección a Nisreen—. Suéltalo.

—Mi rey, no estoy segura...

—No te lo estaba pidiendo.

Nisreen obedeció. Su padre lo ayudó a enderezarse y le apartó las manos cuando Alí intentó quitarse la sábana con la que lo habían cubierto, tensa como si de un sudario se tratase.

—Deja la sábana en su sitio. Tu hermana está bien. Todos estamos bien.

Alí volvió a contemplar la lluvia que repiqueteaba contra el techo de cristal. La presencia del agua le resultaba extrañamente atrayente. Parpadeó y se obligó a apartar la vista.

—Pero es que no comprendo..., te vi..., os vi a todos... muertos. Vi Daevabad destruida —insistió Alí, y al decir aquellas palabras, los detalles ya empezaron a escapársele, el recuerdo lejano como la marea, a medida que nuevos recuerdos lo reemplazaban.

Recordó la pelea con el afshín.

Me disparó. Me disparó y caí al lago. Alí se llevó la mano a la garganta pero no sintió herida alguna. Empezó a temblar. *No debería seguir vivo.* Nadie sobrevivía al lago desde que los marid lo maldijeron hacía miles de años.

—El afshín —tartamudeó—. Intentaba... escaparse con Nahri. ¿Lo habéis atrapado?

Vio que su padre vacilaba.

—Puede decirse que sí. —Le lanzó una mirada a Nisreen—. Llévate eso, que lo quemen. Y dile al emir que venga.

Nisreen se levantó con una mirada indescifrable. En los brazos sostenía un cuenco de madera lleno de lo que parecían ser restos ensangrentados del lago: caracolas y piedras, garfios retorcidos, un diminuto pez podrido y algunos dientes. Aquel cuenco le causó un estremecimiento. Contempló cómo se marchaba Nisreen, que pasó junto a dos grandes cestos de mimbre que descansaban en el suelo. Un tentáculo gris del tamaño de una víbora ocupaba uno de ellos, junto con elodeas arrancadas de cuajo. La mandíbula dentuda de un cocodrilo asomaba del segundo cesto.

Alí se enderezó del todo. *Dientes que se clavaban en mi hombro, hierbas y tentáculos que aprisionaban mis extremidades.* Bajó la vista y de pronto se percató del cuidado con el que le habían cubierto el cuerpo con la sábana. Aferró el borde.

Su padre intentó detenerlo.

—No, Alizayd.

Él la apartó de un tirón.

Lo habían flagelado.

No, flagelado no, comprendió a medida que su mirada horrorizada recorría su propio cuerpo. Las marcas eran demasiado irregulares como para que las hubiera hecho un flagelo. Había tajos que llegaban al músculo y arañazos que apenas habían derramado sangre. Un patrón escamoso le recorría la muñeca izquierda, mientras que varias hendiduras picudas le mutilaban el muslo derecho. En los brazos le faltaban franjas y trozos de carne que podrían haberse correspondido con vendas. También tenía marcas de mordiscos en el vientre.

—¿Qué me ha sucedido? —Empezó a temblar, y como nadie respondía, se le quebró la voz de miedo—. ¿Qué ha pasado?

Nisreen se quedó helada en la puerta.

—¿Llamo a los guardias, mi rey?

—No —espetó su padre—. Solo es mi hijo. —Agarró las manos de Alí—. Alizayd, cálmate. ¡Cálmate!

Nisreen salió.

Le corría agua por las mejillas, le empapaba las palmas de las manos, se le pegaba a la frente. Alí se contempló las manos goteantes con horror.

—¿Qué es esto? ¿Estoy… sudando?

Aquello no era posible: los djinn puros de sangre no sudaban.

La puerta se abrió de golpe y entró Muntadhir en tromba.

—Zaydi…, gracias a Dios. —Soltó un jadeo y se acercó a su cama. Palideció—. Oh…, oh.

No fue el único conmocionado. Alí contempló a su hermano: Muntadhir parecía haber salido perdiendo en una reyerta callejera. Tenía la mandíbula hinchada, puntos en varios tajos de la mejilla y la frente, y vendas ensangrentadas en los brazos. La túnica estaba hecha jirones. Parecía haber envejecido treinta años. Tenía el rostro demudado, los ojos hinchados y ojerosos de tanto llorar.

Alí ahogó un grito.

—¿Qué te ha pasado?

—El Flagelo me hizo una demostración de su apodo —dijo Muntadhir en tono amargo—. Hasta que tú lo convertiste en un montón de ceniza.

—¿Que yo hice qué?

El rey le lanzó una mirada enojada a Muntadhir.

—Aún no había llegado a esa parte. —Volvió a mirar a Alí, con expresión desacostumbradamente amable—. ¿Recuerdas haber regresado al barco? ¿Haber matado a Darayavahoush?

—¡No!

Su padre y su hermano intercambiaron una mirada sombría.

—¿Qué recuerdas del lago? —preguntó Ghassán.

Dolor. Un dolor indescriptible. Pero no hacía falta contárselo a su preocupado padre.

—Recuerdo... que algo me habló —evocó—. Me mostró ciertas imágenes. Imágenes horribles. Tú habías muerto, abba. Dhiru... te cortaron la cabeza delante de una multitud de ifrit. —Parpadeó para contener las lágrimas al tiempo que su hermano palidecía—. Unos hombres violaban a Zaynab..., las calles ardían..., pensé que todo era real.

Tragó saliva en un intento por recuperar el control. Más sudor le brotó de la piel y empapó las sábanas.

—La voz... me pedía algo. Quería que le dijese mi nombre.

—¿Tu nombre? —preguntó Ghassán con brusquedad—. ¿Te pidió que le dijeras tu nombre? ¿Y se lo dijiste?

—C-creo que sí —respondió Alí mientras intentaba juntar los recuerdos fragmentarios—. No recuerdo nada más después. —Su padre guardó silencio y el pánico empezó a invadir a Alí—. ¿Por qué?

—Jamás hay que revelar el nombre, Alizayd. —Ghassán intentaba claramente controlar la alarma creciente en su voz, y no lo conseguía—. No se revela nunca el nombre por propia voluntad, y menos a una criatura que no es de tu misma raza. Dar tu nombre implica ceder el control. Así nos esclavizan los ifrit.

—¿Qué dices? —Alí se tocó las heridas—. ¿Crees que los ifrit me han hecho esto? —Soltó un gemido ahogado—. ¿Significa eso...?

—Los ifrit, no, Zaydi —interrumpió Muntadhir en tono suave. Alí vio que su hermano miraba de soslayo a su padre, pero Ghassán no lo interrumpió—. No es un ifrit lo que anida en el lago.

Los ojos de Alí se desorbitaron.

—¿Un marid? Eso es una locura. ¡Hace miles de años que no se ve a un marid!

Su padre hizo un gesto para que no gritase.

—Baja la voz. —Le lanzó una mirada de soslayo a su hijo mayor—. Muntadhir, dale un poco de agua.

Muntadhir le llenó una taza de la jarra de cerámica que descansaba en la mesa tras él y se la puso en las manos antes de retroceder un paso con sumo cuidado. Alí agarró la taza y dio un sorbo, nervioso.

El semblante de Ghassán seguía grave.

—Se ha visto a los marid, Alizayd. El mismo Zaydi al Qahtani los vio cuando conquistó Daevabad... en compañía del ayaanle que los guiaba.

Alí se quedó helado.

—¿Qué?

—Zaydi vio a los marid —repitió Ghassán—. Previno a su hijo contra ellos cuando se convirtió en emir, una advertencia que ha pasado de rey en rey a lo largo de generaciones de Qahtani.

—No hay que traicionar a los ayaanle —recitó Muntadhir en tono suave.

Ghassán asintió.

—Zaydi dijo que la alianza de los ayaanle con los marid nos granjeó la victoria..., pero que los ayaanle pagaron un terrible precio a cambio. Jamás hemos de traicionarlos.

Alí estaba conmocionado.

—Entonces, ¿los marid nos ayudaron a arrebatarles Daevabad a los Nahid? Pero... eso es absurdo. Es... una aberración —comprendió de pronto—. Eso supondría...

—Haber traicionado a nuestra propia raza —completó Ghassán—. Por lo que no ha de salir de esta estancia. —Negó con la cabeza—. Mi propio padre jamás se lo creyó; dijo que no era más que un cuento que se iba pasando de padres a hijos a lo largo de los siglos para meternos miedo. —Se le demudó el rostro—. Hasta hoy, pensaba que mi padre estaba en lo cierto.

Alí entornó los ojos.

—¿Qué pretendes decir?

Ghassán lo tomó de la mano.

—Te caíste al lago, hijo mío. Le diste tu nombre a la criatura que anida en sus profundidades. Creo que se apoderó de tu nombre..., de ti.

Alí intentó apartar las sábanas con tanta indignación como fue capaz de reunir.

—¿Crees que iba a permitir que un marid... me poseyese o algo así? ¡Eso es imposible!

—Zaydi... —Muntadhir dio un paso al frente con expresión de disculpas—. Vi cómo subías al navío. Tenías todas esas cosas pegadas al cuerpo, tus ojos estaban negros, susurrabas en algún tipo de estrambótico idioma. Y cuando usaste el sello..., Dios mío, pudiste con Darayavahoush sin problema. Jamás he visto nada igual.

¿El sello? ¿Había usado el sello de Salomón? *No, todo esto es una locura. Una completa locura.* Alí era un hombre cultivado. Jamás había leído nada que indicase que un marid pudiese poseer a un djinn puro de sangre. Ni un marid ni nada en absoluto. ¿Significaba aquello que todos los chismes, todos los crueles rumores que había oído sobre el pueblo de su madre, tenían una base de verdad?

Alí negó con la cabeza.

—No. Tenemos eruditos que saben la verdad sobre la guerra. Además, los marid no pueden poseer a los djinn. De ser así, a buen seguro..., a buen seguro alguien habría estudiado el fenómeno. Habría algún libro...

—Oh, hijo mío. —La pena inundaba los ojos de su padre—. Hay cosas que no aparecen en los libros.

Alí bajo la vista e intentó contener las lágrimas. No soportaba la conmiseración que asomaba al rostro de Ghassán. *Están equivocados*, intentó decirse a sí mismo. *Están equivocados.*

Sin embargo, ¿cómo podía explicar aquellas lagunas que tenía en la memoria? ¿Aquellas horribles visiones? ¿El hecho de seguir con vida? Le habían clavado una flecha en la garganta y en los pulmones, se había caído a aquellas aguas sobre la que pesaba una maldición que hacía pedazos a los djinn que la tocaban. Y sin embargo, ahí estaba.

Un marid. Contempló sus manos goteantes y lo embargaron las náuseas. *Le di mi nombre a un demonio del agua y dejé que usase mi cuerpo como una hoja resplandeciente con la que asesinar al afshín.* Se le encogió el estómago.

Por el rabillo del ojo vio que la jarra de cerámica empezaba a tambalearse en la mesa detrás de su hermano. Dios, podía sentirla.

Podía sentir que el agua intentaba liberarse. La certeza lo sacudió hasta lo más profundo.

Su padre le apretó la mano.

—Mírame, Alizayd. El afshín ha muerto. Se acabó. Nadie tiene que saberlo.

Pero no, no se había acabado. Jamás acabaría. El sudor empapaba la frente de Alí incluso en aquel momento. Había cambiado.

—Alí, hijo. —Oyó la preocupación en la voz de su padre—. Háblame, por favor…

Alí inspiró hondo y la jarra de agua tras Muntadhir explotó. Por todos lados cayeron fragmentos de cerámica. El agua se derramó. Muntadhir dio un respingo y llevó la mano al janyar que portaba en la cintura.

Alí lo miró a los ojos. Muntadhir apartó la mano, algo avergonzado.

—Abba…, nadie puede verlo así —dijo en tono quedo—. Tenemos que sacarlo de Daevabad. A Ta Ntry. Seguro que los ayaanle sabrán…

—No pienso entregárselo a la gente de Hatset —dijo Ghassán en tono obstinado—. Tiene que estar con nosotros.

—¡Hace que exploten las jarras de agua y se está ahogando en su propio sudor! —Muntadhir hizo un aspaviento—. Es el segundo aspirante al trono. Está a dos latidos de controlar el sello de Salomón y de gobernar el reino. Que nosotros sepamos, el marid podría seguir en su interior, a la espera de volver a apoderarse de él. —Muntadhir miró a los ojos asustados de Alí—. Lo siento, Zaydi, de verdad que lo siento…, pero dejarte en Daevabad sería una absoluta irresponsabilidad. Solo las preguntas que surgirán a raíz de tu estado…

Negó con la cabeza y volvió a mirar a su padre.

—Fuiste tú quien me dio la charla cuando me nombraste emir. Fuiste tú quien me dijo lo que pasaría si los daeva llegaban a sospechar el modo en que ganamos la guerra.

—Nadie se va a enterar de nada —espetó el rey—. No había nadie lo bastante cerca en el navío como para ver lo que pasó.

Muntadhir se cruzó de brazos.

—¿Ah, nadie? Imagino entonces que ya te has encargado de nuestra supuesta Banu Nahida.

Alí se echó hacia atrás.

—¿A qué te refieres? ¿Dónde está Nahri?

—Se encuentra bien —lo tranquilizó el rey—. No he decidido aún qué destino correrá. Necesitaba antes tu testimonio para saber si hay que ejecutarla.

—¿Ejecutarla? —Alí ahogó un grito—. En el nombre de Dios, ¿por qué ibas a ejecutarla? Ese lunático no le dejó alternativa.

Su padre pareció pasmado.

—Muntadhir afirma que fue ella quien le ordenó al afshín que atacase. Que intentaban escapar cuando lo mataste.

¿De veras? Alí se encogió. Eso le dolió, no podía negarlo. Pero negó con la cabeza.

—No fue así como empezó. Me topé con él cuando intentaba raptarla del dispensario. Le dijo que me mataría si no se escapaba con él.

Muntadhir resopló.

—Qué conveniente todo. Dime, Zaydi..., ¿no se les escapó ninguna risita mientras decían todo eso, o se limitaron a suponer que eras demasiado estúpido como para darte cuenta?

—¡Es la verdad!

—La verdad. —Su hermano arrugó el rostro, con expresión sombría—. ¿Cómo ibas tú a reconocer la verdad?

Ghassán frunció el ceño.

—¿Y qué hacías en el dispensario en medio de la noche, Alizayd?

—Eso da igual, abba —dijo Muntadhir en tono desdeñoso—. Te dije que la iba a encubrir. Está tan enamorado de ella que ni siquiera lo ve. Probablemente crea que es inocente.

—No estoy enamorado —espetó Alí, ofendido por la mera sugerencia. La lluvia repiqueteaba con más fuerza en el techo e imitaba el ritmo al que le latía el corazón—. Sé lo que vi. Lo que oí. Y sé que es inocente. Lo gritaré por las calles si se os ocurre someterla a juicio.

—¡Pues adelante, hazlo! —le gritó a su vez Muntadhir—. No sería la primera vez que nos avergonzases en las calles.

Ghassán se puso en pie.

—En el nombre de Dios, ¿de qué habláis?

Alí no fue capaz de responder. Notaba cómo iba perdiendo poco a poco el control. La lluvia repiqueteaba contra el vidrio en las alturas, agua que se encontraba dolorosamente cerca.

Muntadhir le lanzó una mirada de enojo. La advertencia en sus ojos grises era tan clara que bien podría haberla formulado en voz alta.

—Veintiún hombres muertos, Zaydi. Varios de ellos murieron porque intentaban salvarme la vida, y muchos más porque fueron a rescatarte. —Parpadeó, con lágrimas prendidas a las negras pestañas—. Mi mejor amigo probablemente no tardará en morir. No pienso permitir que esa zorra Nahid se salga con la suya solo porque no se pueda confiar en tu palabra cuando se trata de los shafit.

Dejó que el desafío flotase en el aire. Alí inspiró hondo e intentó sofocar las emociones que ardían en su interior.

Hubo un quejido metálico en las alturas. Empezó a caer una gotera.

Ghassán alzó la vista y, por primera vez en toda su vida, Alí vio un miedo genuino en la cara de su padre.

El tejado se hundió.

El agua destrozó el tejado y se derramó en tromba por el interior. Tuberías de cobre y esquirlas de cristal volaron por todo el dispensario. El agua cayó sobre Alí y calmó sus ardientes heridas. Por el rabillo del ojo, vio que Muntadhir y su padre estaban agachados bajo lo que quedaba del techo. El rey parecía ileso. Conmocionado, pero ileso.

No era el caso de su hermano. A Muntadhir le corría sangre por la cara…, un trozo de cristal debía de haberle cortado la mejilla.

—¡Akhi, lo siento! —Alí sintió la punzada de la culpa, que se mezcló con su confusión—. ¡No pretendía hacerlo, no quería heriros, lo juro!

Sin embargo, su hermano no lo miraba a él. La mirada vacía de Muntadhir recorrió el dispensario destruido, digiriendo la escena, la lluvia y el techo destrozado. Se llevó la mano a la mejilla ensangrentada.

—No…, lo siento, Zaydi. —Muntadhir se limpió la sangre de la cara con el extremo del turbante—. Cuéntale a abba lo que te dé la gana. Invéntate la mejor historia que puedas. —Apretó los labios hasta formar una fina línea—. Pero yo ya no pienso volver a protegerte.

29
ALÍ

—As-salaamu alaykum wa rahmatullah. —Alí giró la cabeza y susurró la plegaria por encima del hombro—. As-salaamu alaykum wa rahmatullah.

Relajó los hombros y giró las palmas de las manos hacia arriba en señal de súplica. Sin embargo, al verse las manos, la mente se le quedó en blanco. Aunque sus heridas se curaban con notable velocidad, las cicatrices seguían presentes, obstinadas, convirtiéndose en oscuras líneas que recordaban tanto a los tatuajes del difunto afshín que Alí sentía náuseas al verlas.

Oyó que la puerta se abría a su espalda, pero la ignoró y volvió a centrarse en las plegarias. Acabó y se giró.

—¿Abba?

El rey se arrodilló en la alfombra a su lado. Tenía pronunciadas ojeras y llevaba la cabeza descubierta. A simple vista podría haber parecido un plebeyo, un viejo cansado vestido con una sencilla dishdasha de algodón que se detenía a descansar. Hasta su barba parecía más plateada que hacía unos días.

—Q-que la paz sea contigo —tartamudeó Alí—. Disculpa, no me había dado cuenta…

—No quería molestarte.

Ghassán palmeó el hueco en la alfombra a su lado y Alí volvió a postrarse de rodillas. Su padre miró hacia el mirhab, el pequeño nicho excavado en un rincón que indicaba la dirección en la que

Alí, así como todos los demás djinn creyentes, debían inclinarse en oración.

La mirada de Ghassán se ensombreció. Se acarició la barba.

—No soy muy creyente —dijo al fin—. Jamás lo he sido. Si te soy sincero, siempre he pensado que nuestra religión no era más que una maniobra política que ejecutaron nuestros ancestros. ¿Qué mejor modo de unificar las tribus y preservar las ideas de la revolución que adoptar la nueva fe humana de nuestra patria? —Ghassán se detuvo un instante—. Por supuesto, pensar eso ahora supone una total herejía a ojos de nuestra gente, pero si lo piensas… ¿no fue esta religión la que acabó principalmente con el culto a los Nahid? ¿No le otorgó a nuestro reinado el barniz de la aprobación divina? Una maniobra muy inteligente. Al menos, eso es lo que he pensado yo siempre.

Ghassán siguió contemplando el mihrab, pero su mente parecía estar a un mundo entero de distancia.

—Luego vi el navío ardiendo con mis hijos dentro, ambos a merced de un loco al que dejé entrar en nuestra ciudad. Oí los gritos, aterrado ante la posibilidad de que alguno de ellos me sonase familiar, ante la posibilidad de que pronto esos gritos pronunciaran mi nombre… —Alí sintió que se le atoraba la garganta—. Mentiría si dijera que no me postré en la alfombra para elevar una plegaria, más rápido que el más fanático de los jeques.

Alí guardó silencio. A través de la balaustrada abierta oía el canto de los pájaros bajo la brillante luz del día. El sol entraba por las ventanas y creaba intrincados diseños sobre el dibujo de la alfombra. Alí contempló el suelo y la frente se le perló de sudor. Ya empezaba a acostumbrarse a la sensación.

—¿Te he dicho alguna vez por qué te puse de nombre Alizayd? —Alí negó con la cabeza y su padre prosiguió—. Naciste poco después de los asesinatos de Manizheh y Rustan. Fueron tiempos oscuros para nuestro pueblo, probablemente los peores desde la guerra. Daevabad estaba atestada de inmigrantes que huían de los ifrit desde las provincias exteriores. Había un movimiento secesionista que empezaba a tomar fuerza entre los daeva. Los sahrayn ya se habían rebelado abiertamente. Muchos creían que el fin de nuestra raza era inminente.

»Dijeron que fue un milagro que tu madre se quedase encinta tras el nacimiento de Zaynab. Las mujeres puras de sangre suelen tener solo un hijo, y eso con suerte. Dos era impensable, y más tan seguido. —Ghassán negó con la cabeza. El fantasma de una sonrisa sobrevoló su rostro—. Dijeron que era una bendición del Altísimo, una señal de que favorecía mi reinado. —La sonrisa se desvaneció—. Y además eras niño. Un segundo hijo, de una madre poderosa, proveniente de una tribu acaudalada. Cuando acudí a Hatset tras el parto me suplicó que no te matase. —Negó con la cabeza—. Que fuese capaz de pensar algo así, mientras yo te contaba los dedos y te susurraba el adhan en la oreja…, fue entonces el momento en que comprendí que tu madre y yo nos habíamos convertido en dos extraños.

»Un día después de tu nacimiento, dos asesinos de Am Gezira se presentaron en la corte. Eran hombres habilidosos, los mejores en su oficio, y me ofrecieron varias maneras discretas de acabar con el dilema. Soluciones misericordiosas y rápidas que no despertarían la menor sospecha entre los ayaanle. —Su padre apretó los puños—. Los hice pasar a mi despacho. Escuché sus palabras calmadas y razonables. Y luego los maté con mis propias manos.

Alí se sobresaltó, pero su padre no pareció darse cuenta.

Ghassán miró por la ventana, perdido en sus recuerdos.

—Envié sus cabezas a Am Gezira, y cuando llegó el día de tu nombre, te bauticé como Alizayd mientras te ponía la reliquia en la oreja. El nombre de nuestro mayor héroe, el artífice de nuestro reinado, para que todos supieran que eras mi hijo. Te entregué a Wajed para que te criase como caíd, y a lo largo de los años, mientras te veía crecer siguiendo el camino marcado por tu nombre…, noble y amable, un zulfiqari respetado…, quedé satisfecho con mi decisión. A veces incluso me preguntaba…

Hizo una pausa y negó levemente con la cabeza, y por primera vez desde que había entrado en la habitación se giró para mirar a Alí a los ojos.

—Sin embargo, ahora creo que darle a mi segundo hijo el nombre del rebelde más famoso de nuestro mundo no fue una sabia decisión.

Alí bajó la cabeza. No podía soportar la mirada en los ojos de su padre. Al imaginarse aquella conversación se imaginaba investido de una rabia santa, justificada, pero en aquel momento solo sentía náuseas.

—Muntadhir te lo ha contado.

Ghassán asintió.

—Me ha contado lo que sabe. Bien que te cuidaste de no darle nombres, pero no me ha costado averiguarlos. Esta mañana he ejecutado a Rashid ben Salkh. Quizá te consuele un poco saber que no tuvo nada que ver con tu intento de asesinato. Al parecer el shafit actuó solo. Aún estamos buscando a la anciana.

Hanno había actuado solo. Alí se sintió entumecido, la culpa empezaba a hundirle los hombros. Así que Rashid había sido justo lo que parecía. Un creyente, un hombre tan entregado a la causa de ayudar a los shafit que había traicionado a su propia tribu y arriesgado los privilegios de una vida como oficial geziri puro de sangre. Y Alí había conseguido que lo matasen.

Comprendió que debería pedir disculpas, postrarse a los pies de su padre, pero la enormidad de lo que había hecho erradicó cualquier impulso de salvar su propia vida. Pensó en la niña a la que habían salvado. ¿Se quedaría en la calle después de que capturasen a la hermana Fatumai? ¿Sería el mismo destino de todos los demás niños?

—Es una anciana, abba. Una vieja shafit que cuida de huérfanos. ¿Cómo puedes considerar una amenaza a alguien así? —Alí oyó la frustración en su propia voz—. ¿Cómo puedes pensar que ninguno de ellos sea una amenaza? Solo quieren una vida decente.

—Sí. Una vida decente contigo como rey.

A Alí se le encogió el corazón. Miró a su padre para comprobar que no bromeaba, pero el rostro pétreo de Ghassán no estaba para bromas.

—No, no creo que lo hayas planeado tú, aunque tu hermano sí que lo cree. A Rashid ben Salkh lo apartaron de su destino en Ta Ntry hace años bajo sospecha de instigación a la rebelión. Cuando lo detuvieron estaba quemando cartas de los ayaanle. Confesó tras torturarlo, pero mantuvo en todo momento que eras inocente. —El rey se echó hacia atrás—. No sabía la identidad de sus contactos ayaanle, pero no tengo la menor duda de que su muerte supondrá una tragedia para más de un miembro de la casa de tu madre.

A Alí se le secó la boca.

—Abba…, castígame por haber ayudado al Tanzeem. Lo admito sin reservas. Pero eso, no. —No podía siquiera pronunciar la palabra—. Jamás. ¿Cómo puedes pensar que me alzaría en armas contra ti o contra Muntadhir? —Carraspeó, cada vez más embargado por la emoción—. ¿De verdad me crees capaz de…?

—Sí —dijo secamente Ghassán—. Te creo capaz. Reticente, pero del todo capaz. —Hizo una pausa y lo miró—. Incluso ahora veo la rabia que te arde en la mirada. Quizá te falte valor para desafiarme a mí, pero a Muntadhir…

—Es mi hermano —interrumpió Alí—. Jamás osaría…

Ghassán alzó una mano para silenciarlo.

—Y, como hermano suyo que eres, conoces sus debilidades. Tan bien como yo. Sus primeras décadas como rey serán tumultuosas. Derrochará las Arcas y se dedicará a la vida disipada de la corte. Reprimirá a tus amados shafit con fuerza para parecer duro, y desplazará a su reina, una mujer que, sospecho, te importa demasiado, en favor de un puñado de concubinas. Y como caíd, lo único que podrás hacer será contemplar el espectáculo. Contemplarás el espectáculo mientras los ayaanle te susurran en la oreja, mientras la lealtad de los soldados está contigo. Y acabarás cediendo.

Alí se irguió. Ese rincón helado, ese núcleo de resentimiento que Muntadhir había conseguido rozar en casa de Khanzada, volvió a sacudirse. Alí no estaba acostumbrado a enfrentarse directamente a su padre, pero no podía tolerar aquella acusación.

—Jamás —repitió—. Prácticamente di mi vida para salvar a Muntadhir en el barco. Jamás le haría daño. Quiero ayudarle. —Hizo un aspaviento con las manos—. De eso va todo este asunto, abba. ¡No quiero ser rey! No quiero el oro de los ayaanle. Quiero ayudar a mi ciudad, ¡ayudar a quienes hemos dejado de lado!

Ghassán negó con la cabeza. Parecía más decidido aún que antes.

—Te creo, Alizayd. Ese es el problema. Creo que, al igual que le sucedía a tu tocayo, ansías tanto ayudar a los shafit que estarías dispuesto a hacer caer la ciudad para que ellos se alzasen. Y no puedo arriesgarme a que lo hagas.

Su padre no añadió nada más. No hacía falta. Ghassán siempre había sido claro en cuanto al modo en que veía el reinado. Daevabad primero. Antes que su tribu. Antes que su familia.

Y antes que la vida de su hijo menor.

Alí se sintió extrañamente mareado. Carraspeó. Le costaba respirar. Pero no pensaba suplicar por su vida. En cambio, se endureció por dentro y miró a su padre a los ojos.

—¿Cuándo he de enfrentarme al karkadann?

Ghassán bajó la mirada.

—No te vas a enfrentar al karkadann. Voy a despojarte de tus títulos y cuentas de las Arcas. Luego te mandaré a Am Gezira. Las demás tribus asumirán que has ido a liderar el acuartelamiento.

¿El exilio? Alí frunció el ceño. *No puede ser todo.* Sin embargo, su padre guardó silencio. Alí comprendió que el relato de su nacimiento contenía una advertencia.

Puede que un extranjero creyese que se trataba solo de un destino militar, pero los geziri comprenderían. Cuando Alizayd al Qahtani, Alizayd el ayaanle, apareciese solo y empobrecido en Am Gezira, los geziri comprenderían que había perdido el favor de su padre. Que aquel segundo hijo, aquel hijo extranjero, había sido abandonado, y que podían derramar su sangre sin esperar venganza. Los asesinos eran los mejores y estaban disponibles. Cualquiera que esperase ganarse el favor de su hermano, de su padre, de Kaveh, o de cualquiera de los enemigos que Alí se había granjeado a lo largo de los años... ni siquiera tendría que ser alguien a quien Alí hubiese agraviado personalmente. Los Qahtani tenían un millar de adversarios, e incluso más dentro de su propia tribu.

Lo estaba ejecutando. Podría tardar unos meses en suceder, pero acabaría muerto. No sería en un campo de batalla, luchando valientemente en nombre de su familia. Tampoco sería como mártir, con la conciencia tranquila al haber decidido defender a los shafit. No, le darían caza en tierra extraña, y lo asesinarían antes de que cumpliera su primer cuarto de siglo. Sus últimos días transcurrirían en soledad, aterrorizado, y cuando acabase por caer, sería a manos de personas que lo apuñalarían una y mil veces, que se llevarían todos los trofeos sangrientos que necesitasen para reclamar una recompensa a cambio.

Su padre se puso en pie con movimientos lentos que traicionaban su edad.

—Hay una caravana de mercaderes que sale en dirección a Am Gezira mañana mismo. Te marcharás con ellos.

Alí no se movió. No era capaz.

—¿Por qué no te limitas a matarme? —La pregunta salió en tono apresurado, medio suplicante—. Tírame al foso del karkadann, envenena mi comida, manda a alguien a que me raje el gaznate mientras duermo. —Parpadeó para contener las lágrimas—. ¿No sería más fácil?

Alí vio su propio dolor reflejado en el rostro de su padre. Por más que bromeasen con lo mucho que se parecía a la familia de su madre, tenía los mismos ojos que Ghassán. Siempre había sido así.

—No puedo —admitió el rey—. No puedo dar semejante orden. Y por mi debilidad, hijo mío, te pido perdón.

Giró sobre sus talones.

—¿Y Nahri? —dijo Alí antes de que su padre llegase a la puerta, desesperado por tener algo de consuelo—. Sabes que he dicho la verdad sobre ella.

—No, no lo sé —replicó Ghassán—. Creo que Muntadhir está en lo cierto: no se puede confiar en tu palabra cuando se trata de la chica. Y aun así, eso no cambia nada de lo sucedido.

Alí había destruido su futuro por haber dicho la verdad. Tenía que servir para algo.

—¿Por qué no?

—Porque mataste a Darayavahoush delante de ella, Alizayd. Hicieron falta tres hombres para sujetarla mientras intentaba lanzarse a gritos sobre sus cenizas. Mordió a uno de ellos con tanta inquina que hubo que darle puntos. —Su padre negó con la cabeza—. Lo que había entre vosotros dos se ha roto. Si antes no nos veía como enemigos, ahora seguramente sí.

30
NAHRI

—Oh, guerrero de los djinn, te suplicamos…
Los ojos de Nahri, hinchados, estaban cerrados mientras canturreaba. Tamborileaba con los dedos sobre un cuenco volcado, aún con granos pegajosos de arroz en su interior. Lo había agarrado de la pila de platos mohosos que descansaba en la puerta, restos de las comidas que apenas había tocado.

Echó mano de una astilla de madera, parte de una silla que había estrellado contra la pared, y se la clavó profundamente en la muñeca. Ver su propia sangre resultó decepcionante. Funcionaría mejor si tuviese una gallina. Y músicos. Los zar tenían que ser precisos.

La sangre le goteó del brazo y salpicó el suelo antes de que la herida se cerrase.

—Gran guardián, yo te llamo. Darayavahoush e-Afshín —susurró con la voz quebrada—, ven a mí.

Nada. Su dormitorio permaneció tan silencioso como había estado desde hacía una semana, cuando la encerraron ahí todavía cubierta de cenizas. Sin embargo, Nahri no se desanimó. Volvería a probar y alteraría ligeramente la canción. No recordaba las palabras exactas que había cantado hacía tanto en El Cairo, pero en cuanto las pronunciase correctamente, funcionaría.

Se removió en el suelo. Volvió a captar el aroma de su pelo desgreñado mientras se acercaba una vez más el mugriento cuenco. Se estaba rajando la muñeca por enésima vez cuando se abrió la puerta de la estancia. La silueta oscura de una mujer apareció tras la luz cegadora del dispensario.

—Nisreen —dijo Nahri, aliviada—. Ven. Si llevas tú la percusión, yo puedo usar este plato como pandereta y…

Nisreen se abalanzó sobre ella y le arrebató la astilla.

—Ay, niña…, ¿qué es esto?

—Estoy invocando a Dara —respondió Nahri. ¿Acaso no era evidente?—. Ya lo hice una vez. No hay razón alguna para que no vuelva a funcionar. Solo tengo que seguir el ritual en el orden correcto.

—Banu Nahri. —Nisreen se arrodilló en el suelo y apartó el cuenco—. Ha muerto, niña. No va a volver.

Nahri le apartó las manos.

—Eso no lo sabes a ciencia cierta —dijo con fiereza—. No eres Nahid. No sabes nad…

—Sé de esclavos —interrumpió Nisreen—. Ayudé a tu madre y a tu tío a liberar a docenas de ellos. Y, niña…, no se pueden separar de sus recipientes. Ni un solo instante. Es lo que ata sus almas a este mundo. —Nisreen tomó el rostro de Nahri entre las manos—. Ha muerto, mi señora. Pero tú, no. Y si quieres seguir con vida tienes que recomponerte. —Una advertencia oscura asomó a sus ojos—. El rey quiere hablar contigo.

Nahri se quedó inmóvil. En su mente, vio la flecha que atravesó la garganta de Alí, oyó los gritos de Muntadhir mientras Dara lo flagelaba. Un sudor frío le perló la piel. No podía enfrentarse a su padre.

—No. —Negó con la cabeza—. No puedo. Me va a matar. Me va a entregar al karkadann y a…

—No te va a matar. —Nisreen ayudó a Nahri a levantarse—. Porque vas a decir justo lo que quiere oír y a hacer todo lo que te ordene, ¿me entiendes? Así sobrevivirás. —Tiró de Nahri en dirección al hamán—. Pero antes vamos a lavarte un poco.

La pequeña casa de baños estaba preñada de vapor, cálida. Las húmedas baldosas desprendían un aroma a rosas. Nisreen señaló con la cabeza un pequeño taburete de madera en medio de las neblinosas sombras.

—Siéntate.

Nahri obedeció. Nisreen acercó un cuenco de agua caliente y la ayudó a desprenderse de la mugrienta túnica. Le derramó el cuenco por la cabeza. El agua le corrió por los brazos y se tiñó de gris al limpiarle las cenizas de la piel. Las cenizas de Dara. Contemplarlas casi la rompió por dentro. Ahogó un sollozo.

—No puedo hacerlo. Sin él, no.

Nisreen chasqueó la lengua.

—¿Dónde está la chica que mató a un ifrit con su propia sangre y que se deshacía en comentarios ardientes y blasfemos sobre sus propios ancestros? —Se arrodilló y limpió el rostro mugriento de Nahri con un paño húmedo—. Vas a sobrevivir a esto, Banu Nahri. Tienes que sobrevivir. Eres todo lo que nos queda.

Nahri tragó saliva para deshacerse del nudo que tenía en la garganta. De pronto se le ocurrió algo:

—Su anillo…, quizá si lo encontrásemos…

—Ha desaparecido. —Un tono afilado impregnó la voz de Nisreen mientras la frotaba con una pastilla de jabón—. No queda nada. El rey mandó quemar y hundir el barco. —Le pasó el jabón por los largos cabellos—. Jamás había visto a Ghassán así.

Nahri se puso tensa.

—¿A qué te refieres?

Nisreen bajó la voz.

—Alguien ayudó a Darayavahoush, Nahri. Los hombres del rey encontraron suministros en la playa. No eran muy cuantiosos… quizá se tratase de un solo hombre, pero… —Suspiró—. Entre eso y las manifestaciones… se está desatando el caos.

Le echó un cubo de agua limpia por la cabeza.

—¿Manifestaciones? ¿Qué manifestaciones?

—Muchos daeva se han estado reuniendo ante las murallas día tras día. Exigen justicia por la muerte de Darayavahoush. —Nisreen le tendió una toalla—. Matar a un esclavo es un gran crimen en nuestro mundo, y el afshín…, bueno, sospecho que ya viste en el templo la estima en la que lo tenía la gente.

Nahri se encogió al recordar a Dara jugando con los niños daeva en el jardín, el asombro en los rostros de los adultos que lo rodeaban.

Sin embargo, Nahri también recordó demasiado bien quién tenía la culpa de la carnicería que se había desatado en el barco... y de la muerte que, sospechaba, el rey no iba a perdonar.

—Nisreen —empezó a decir mientras la otra mujer le peinaba los cabellos—. Dara mató a Alí. La única justicia que Ghassán va a...

Nisreen se echó hacia atrás, sorprendida.

—Dara no mató a Alizayd. —Se le ensombreció el rostro—. Lo sé bien; me obligaron a tratar sus heridas.

—¿A tratar...? ¿Alí sigue vivo? —preguntó Nahri, incrédula. Al príncipe le habían clavado dos flechas, se había ahogado y, al parecer, lo había poseído un marid. Nahri ni siquiera había considerado la posibilidad de que aún siguiese con vida—. ¿Se encuentra bien?

—¿Que si se encuentra bien? —Nisreen repitió, horrorizada ante la pregunta—. ¡Fue él quien asesinó a tu afshín!

Nahri negó con la cabeza.

—No fue él. —No había nada de Alí en aquel espectro de ojos oleosos que subió al barco canturreando en un idioma que más bien parecía el murmullo del mar—. Fue el marid. Probablemente lo obligó a...

—Probablemente se ofreció voluntario —interrumpió Nisreen en tono frío—. Aunque jamás lo sabremos. Ghassán ya lo ha enviado a escondidas a Am Gezira..., y me ha advertido que, si te contaba lo sucedido, te rajaría el gaznate.

Nahri se echó hacia atrás, y no solo por la amenaza, sino por el repentino recuerdo de las disculpas de Alí en el bote. No le había dicho nada; había dejado que se metieran de lleno en la trampa que sabía que los aguardaba.

Nisreen pareció leerle la mente.

—Mi señora, olvídate de los Qahtani. Preocúpate mejor por la gente, para variar. Están matando a muchos daeva, los cuelgan de las murallas de palacio, y solo porque piden justicia, por solicitar una investigación sobre la muerte de uno de los nuestros. Están sacando a los hombres daeva de sus casas, los interrogan y los torturan. Nos han despojado de protección real, no hay nadie que defienda nuestro barrio..., la mitad de nuestros negocios en el Gran

Bazar ya ha sido saqueada. —Se le quebró la voz—. Esta misma mañana me he enterado de que una turba de hombres shafit raptó a una chica daeva de su palanquín mientras la Guardia Real se limitaba a mirar.

La sangre abandonó las mejillas de Nahri.

—Lo s-siento. No tenía la menor idea.

Nisreen se sentó en el banco frente a ella.

—Escúchame, Nahri. Los Qahtani no son amigos. Siempre actúan así. Cuando uno de nosotros se pasa de la raya, o siquiera piensa en pasarse de la raya, cientos pagan el precio.

La puerta del hamán se abrió de golpe. Entró un soldado geziri.

Nisreen se puso en pie de un salto y ocultó a Nahri con el cuerpo.

—¿Es que no tienes decencia?

El soldado llevó la mano al zulfiqar.

—Para la zorra del Flagelo, no.

¿La zorra del Flagelo? La recorrió una oleada de miedo al oír aquellas palabras. Le temblaban tanto las manos que Nisreen tuvo que ayudarla a vestirse. Le puso un camisón holgado de lino y le anudó un pantalón sarouel. Luego le puso su propio chador negro sobre el pelo mojado.

—Por favor —le suplicó en divasti—. Eres la única que queda. Olvídate del dolor. Olvídate de lo que hemos hablado aquí. Dile al rey lo que necesite oír para concederte clemencia.

El impaciente soldado la agarró de la muñeca y tiró de ella hacia la puerta. Nisreen lo siguió.

—¡Por favor, Banu Nahri! Sabes que te amaba; él no querría que desperdiciases...

El soldado le cerró la puerta en la cara a Nisreen.

Llevó a Nahri por el caminito del jardín. El día estaba muy feo; nubes grises llenaban el cielo y un viento helado arrastraba una llovizna escasa que caía sobre el rostro de Nahri. Se ciñó el chador y se estremeció. Cómo deseaba desaparecer en el interior de la tienda.

Cruzaron el pabellón cubierto de lluvia hasta una carpa de madera en medio de un descuidado jardín de hierbas, al lado de una margosa de gran tamaño. El rey estaba en medio de la carpa, solo, tan compuesto como siempre. Llevaba una túnica negra y un brillante turbante en el que no había ni una gota de humedad.

A pesar de la advertencia de Nisreen, Nahri no hizo reverencia alguna. Cuadró los hombros y lo miró directamente a los ojos.

—Banu Nahida —saludó el rey con expresión calmada. Hizo un gesto hacia el banco frente a ellos—. ¿Qué tal si te sientas?

Ella se sentó y reprimió el impulso de arrastrarse hasta el extremo del banco más alejado de él. Los ojos del rey no se habían separado de su rostro.

—Tienes mejor aspecto que la última vez que te vi —comentó Ghassán en tono ligero.

Nahri se encogió. Apenas recordaba la llegada del rey en el barco, el modo en que el sello de Salomón la había golpeado una segunda vez mientras los soldados la alejaban a rastras de las cenizas de Dara.

Quiso acabar con aquella conversación lo antes posible, alejarse de él lo antes posible.

—No sé nada —se apresuró a decir—. No sé quién ayudó a Dara. No sé…

—Te creo —la interrumpió Ghassán. Nahri le dedicó una mirada sorprendida. El rey prosiguió—: Es decir, en realidad no importa, pero si quieres saber la verdad, te creo.

Nahri toqueteó el dobladillo del chador.

—¿Y entonces, qué queréis?

—Quiero saber el papel que vas a jugar en todo esto. —Ghassán abrió las manos—. Veintiún hombres muertos. Las calles de mi ciudad arden. Y todo porque ese condenado afshín decidió, en lo que imagino que debió de ser un impulso nacido de la más absoluta idiotez, raptaros a ti y a mi hijo y huir de Daevabad. He oído versiones totalmente distintas de lo sucedido —prosiguió—. Y he decidido creerme una de ellas.

Ella arqueó una ceja.

—¿Una de ellas?

—Así es —respondió él—. Creo que dos borrachos se enzarzaron en una estúpida pelea por una mujer. Creo que uno de esos dos hombres, aún amargado por haber perdido la guerra y medio loco a causa de la esclavitud, perdió el control. Creo que decidió llevarse por la fuerza lo que le pertenecía. —Le lanzó una mirada cargada de intención—. Y creo que tienes suerte de que mi hijo, que resultó herido en una pelea aquella misma noche, se encontrase en el dispensario y te oyese gritar.

—Eso no es lo que sucedió —dijo Nahri, crispada—. Dara jamás osaría...

El rey desechó sus palabras con un gesto.

—Era un hombre volátil venido de un mundo antiguo y salvaje. ¿Quién podría comprender por qué reaccionó así? Imagínate; raptarte de tu dormitorio, como si fuese un salvaje de las tierras exteriores de Daevastana. Por supuesto tuviste que acompañarlo; estabas aterrorizada, habías estado bajo su yugo durante meses.

A Nahri solía dársele muy bien ocultar sus emociones, pero si Ghassán pensaba que iba a declarar públicamente que Dara era algún tipo de bárbaro violador y que ella misma no era más que una víctima indefensa, debía de haber perdido el juicio.

Además, ella también tenía munición en la contienda.

—¿Y esta versión que habéis decidido creer también incluye la parte en la que un marid poseyó a vuestro hijo y lo obligó a usar el sello de Salomón?

—Ningún marid ha poseído a Alizayd —dijo Ghassán con la más absoluta seguridad—. Qué idea tan ridícula. Hace milenios que no se ve siquiera a ningún marid. Alizayd no cayó al lago. Se quedó enganchado a la borda del barco y subió de nuevo a tiempo de matar al afshín. Es un héroe. —El rey se detuvo y curvó los labios en una sonrisa amarga. Por primera vez le tembló la voz—. Siempre ha sido un espadachín de primera.

Nahri negó con la cabeza.

—No es eso lo que pasó. Hay más testigos. Nadie se va a creer...

—Es mucho más creíble que esa historia de que Manizheh tuviese una hija secreta escondida en una lejana ciudad humana. Una chica cuyo comportamiento sugiere un linaje completamente humano... Disculpa, ¿qué es lo que dije que era? Ah, sí, una maldición que afectaba a tu apariencia. —El rey unió los dedos de las manos—. Sí, ese cuento se lo tragaron sin el menor problema.

La franqueza de sus palabras la sorprendió. Ya le había parecido extraño que el rey aceptase una identidad que ella misma ponía en duda.

—Porque es la verdad —dijo—. Fuisteis vos mismo quien me tomó por Manizheh la primera vez que me visteis.

Ghassán asintió.

—Un error. Además, tenía en alta estima a tu madre. Vi una mujer daeva que entró acompañada de un guerrero Afshín, y mis emociones se adueñaron brevemente de mí. Además, ¿quién sabe? Quizá sí que seas hija de Manizheh. Está claro que tienes algo de sangre Nahid... —Se tocó el sello que tenía en la mejilla—. Pero también tienes una parte humana. No mucho, pero algo. Si tus padres hubiesen sido inteligentes, podrían haberla ocultado. Hay muchos en nuestro mundo que tienen algo de humano. Pero está ahí, es evidente.

La confianza del rey la estremeció.

—¿Habríais permitido que Muntadhir se casase con alguien con sangre humana?

—Si sirviese para asegurar la paz entre nuestras tribus, sin la menor vacilación. —Soltó una risita—. ¿Acaso te crees que Alizayd es el único radical? He vivido y visto lo suficiente como para saber que la pureza de sangre no asegura nada. Hay muchísimos shafit que pueden emplear la magia con la misma pericia que un puro de sangre. A diferencia de mi hijo, yo he comprendido que el resto del mundo no está preparado para aceptar algo así. Sin embargo, mientras nadie sepa lo que eres... —se encogió de hombros—, la pureza de sangre de mis nietos no me preocupa lo más mínimo.

Nahri estaba sin palabras. No podía creer esa afirmación de Ghassán de que los shafit eran sus iguales, sobre todo porque el rey era muy capaz de echar por tierra algo así en favor de la realidad política. Algo que evidenciaba una crueldad que Nahri no había visto ni en los prejuicios más irracionales de Dara.

—Pues desenmascaradme —lo desafió—. Me da igual. No voy a ayudaros a mancillar su memoria.

—¿Mancillar su memoria? —Ghassán se rio—. Hablamos del Flagelo de Qui-zi. Esta mentira palidece en comparación con las atrocidades que sí cometió.

—Y eso lo dice un hombre dispuesto a mentir para perpetuar su reino.

El rey alzó una de sus cejas oscuras.

—¿Te gustaría saber cómo llegué a rey?

Nahri guardó silencio y el rey la miró.

—Pues claro. A pesar de toda la fascinación que tienes en nuestro mundo, de todo lo que le has preguntado a mi hijo..., has mostrado una notable falta de interés por la sangrienta historia de tu afshín.

—Porque me da igual.

—Porque no quieres que te perturbe. —Ghassán se echó hacia atrás y unió las manos—. Hablemos de Qui-zi. Los tukharistaníes fueron en su día los más leales súbditos de tus ancestros, ¿lo sabías? Firmes y pacíficos, devotos del culto al fuego..., solo tenían un defecto: su tendencia a romper la ley en lo tocante a los humanos.

Se dio un golpecito en el turbante.

—Seda. Una de las especialidades de los humanos en sus tierras y un éxito absoluto cuando llegó a Daevabad. Sin embargo, fabricarla es tarea delicada..., demasiado delicada para las manos calientes de los djinn. Así pues, los tukharistaníes invitaron a un selecto grupo de familias humanas a vivir con su tribu. Los recibieron, los aceptaron y les otorgaron una ciudad para ellos bajo su protección. Qui-zi. No se les permitía salir de ella, pero aun así se la consideraba un paraíso. Como era de esperar, los daeva y la población humana se mezclaron a lo largo de los años. Los tukharistaníes pusieron mucho empeño en que nadie que tuviese sangre humana saliese de Qui-zi, y la seda era tan costosa que tus ancestros hicieron la vista gorda durante siglos a lo que sucedía en la ciudad.

»Hasta que Zaydi al Qahtani se rebeló. Hasta que los ayaanle le juraron lealtad y, de pronto, todo daeva..., disculpa, quise decir todo djinn, que mostrase la mínima compasión hacia los shafit se convirtió en sospechoso. —El rey negó con la cabeza—. No podía permitirse que existiese una ciudad como Qui-zi. Los Nahid tenían que dar ejemplo, tenían que enseñarnos qué sucedería con quienes rompiesen las leyes de Salomón y se acercasen demasiado a los humanos. Y por ello decidieron actuar y enviaron a un afshín a cumplir su voluntad. Un afshín demasiado joven y demasiado entregado a la causa como para poner en duda su crueldad. —Ghassán le clavó la vista—. Seguro que sabes de quién hablo.

»Qui-zi cayó casi de inmediato. Era una ciudad de mercaderes en medio de los páramos de Tukharistán, y apenas contaba con defensas. Los hombres de Dara saquearon las casas y quemaron una auténtica fortuna en seda. No habían venido por las riquezas, sino que iban a por la gente.

»Mandó flagelar a cada hombre, mujer y niño, derramar su sangre. Y si esa sangre no era lo suficientemente negra, los mataban de inmediato y tiraban sus cuerpos a una zanja. Y sin embargo, los que corrieron ese destino fueron los más afortunados; a los puros de sangre les fue peor: a los hombres les llenaban de fango la garganta y los enterraban vivos dentro de la misma zanja que albergaba los cadáveres de sus amigos shafit y de todas las mujeres puras de sangre de quienes se sospechase un embarazo mestizo. Los niños fueron castrados para que no propagasen la maldad de sus padres. Al resto de las mujeres se las violó. Luego quemaron la ciudad hasta los cimientos y se llevaron a los supervivientes a Daevabad como esclavos.

Nahri se sentía entumecida. Sus manos se tornaron puños; se clavó las uñas en las palmas.

—No os creo —susurró.

—Sí que me crees, sí —dijo Ghassán en tono seco—. Y, a decir verdad, si con eso hubiese acabado la rebelión, si eso hubiese impedido las demás muertes y atrocidades que se cometieron en la guerra que siguió…, yo mismo le habría dado el flagelo a Dara. Pero no fue así. Tus ancestros eran unos imbéciles irreflexivos. Más allá del asesinato de inocentes, destruyeron la mitad de la economía de Tukharistán. Un agravio comercial acompañado de un ultraje moral. —El rey chasqueó la lengua con aire desaprobador—. Antes de que acabase el año, todos los clanes que quedaban en Tukharistán le habían jurado lealtad a Zaydi al Qahtani. —Volvió a tocarse el turbante—. Mil cuatrocientos años después, sus tejedores más habilidosos me siguen mandando uno de estos cada año para celebrar el aniversario de su alianza.

Está mintiendo, intentó decirse a sí misma Nahri. Pero recordó a su pesar al afshín, siempre atribulado. ¿Cuántas referencias oscuras a su pasado había oído? ¿Cuántas veces había visto el remordimiento en sus ojos? Dara admitió haber creído en su día que los shafit no eran más que monigotes sin alma, y que la sangre mezclada solo conseguiría propiciar una nueva maldición de Salomón. Dijo que lo habían expulsado de Daevabad cuando tenía la edad de Alí…, que lo habían castigado por haber cumplido las órdenes de los ancestros de Nahri.

Sí que lo hizo, comprendió, y algo se le rompió por dentro, una parte de su corazón que jamás se recuperaría. Se obligó a mirar a Ghassán mientras se esforzaba por no componer expresión alguna. No pensaba mostrarle lo mucho que le había dolido aquella revelación.

Carraspeó.

—¿Y a qué viene esta historia ahora?

El rey se cruzó de brazos.

—Tu gente es famosa por tomar decisiones estúpidas basadas en ideas absolutas, no en la realidad. Siguen haciéndolo a día de hoy: arman revueltas en las calles y propician sus propias muertes en nombre de exigencias que nadie en sus cabales esperaría que les concediese. —Ghassán se inclinó hacia adelante, con el rostro cargado de intención—. Sin embargo, en ti veo pragmatismo. Eres una mujer de ojos astutos capaz de negociar el precio de su matrimonio. Una mujer capaz de manipular al hijo al que envié a espiarla, hasta el punto de que ese mismo hijo se sacrificó para protegerla. —Abrió las manos—. Lo que sucedió fue un accidente. No hay motivo para torcer los planes que ambos teníamos. No hay razón alguna para no reparar lo que se ha roto entre nosotros. —Le clavó la mirada—. Así pues, dime qué quieres a cambio.

A cambio. Nahri casi soltó una risotada. Ahí estaba. A eso se reducía todo: a pedir algo a cambio. A cuidar de sí misma y de nadie más. El amor, el orgullo de su tribu... eran conceptos inútiles en su mundo. No, no solo inútiles, sino peligrosos. Habían destruido a Dara. Pero había otro detalle en lo que Ghassán había dicho:

Se sacrificó para protegerla...

—¿Dónde está Alí? —preguntó—. Quiero saber qué le ha hecho el mar...

—Si vuelves a pronunciar la palabra «marid», mandaré arrojar al lago a todos y cada uno de los niños daeva de la ciudad y te obligaré a contemplar el espectáculo —la advirtió Ghassán con voz fría—. Y en cuanto a mi hijo, ya no está. No puedes contar con él para que te defienda una vez más.

Nahri se echó hacia atrás, horrorizada. El rey dejó escapar un suspiro irritado.

—Se me acaba la paciencia, Banu Nahri. Si calumniar a uno de los mayores asesinos de la historia supone un problema para tu conciencia, será mejor que pensemos en una alternativa.

No le gustó cómo sonó aquella frase.

—¿A qué os referís?

—Hablemos de ti. —Ladeó la cabeza y la estudió como si fuese un tablero de ajedrez—. No me costará revelar que eres shafit; hay varios modos de hacerlo, aunque ninguno será agradable. Solo con eso, la mayoría de los miembros de tu tribu se volvería contra ti, pero podría ir un paso más allá: podría dejar correr algún rumor entre las masas.

Se dio unos golpecitos en la barbilla.

—Aprovechar el desprecio que muestras hacia el culto al fuego de tu gente sería demasiado facilón, al igual que tus fracasos en el dispensario. Sería mejor un escándalo... —Hizo una pausa y una expresión calculadora sobrevoló su rostro perfilado—. Quizá no me he expresado bien al describir lo que pasó en el dispensario. Quizá Darayavahoush te encontró en brazos de otro hombre. Un joven cuyo mero nombre basta para que la sangre daeva empiece a hervir...

Nahri retrocedió.

—Jamás os atreveríais. —Estaba claro que habían empezado a hablar sin tapujos, así que decidió dejar de fingir que no sabía de lo que era capaz el rey—. ¿Creéis que los daeva claman por la sangre de Alí ahora mismo? Si piensan que llegó a...

—¿Llegó a qué? —Ghassán le mostró una sonrisa condescendiente—. ¿En qué mundo pagan los hombres el mismo precio que las mujeres por verse dominados por la pasión? Será a ti a quien echarán la culpa. De hecho, la gente pensará que tienes un... talento especial, por ser capaz de seducir a un hombre tan devoto.

Nahri se puso en pie de golpe. Ghassán la agarró de la muñeca. El sello destelló en su mejilla y los poderes de Nahri se desvanecieron. Le apretó aún más la muñeca y ella ahogó un grito, poco acostumbrada a la punzada del dolor sin sus habilidades curativas.

—Te recibí en mi casa —dijo el rey en tono frío, desprovisto de toda frivolidad—. Te di la bienvenida entre mi familia, y ahora mismo mi ciudad está en llamas y jamás volverá a ver a mi hijo pequeño. No estoy de humor para tolerar a una niñata estúpida. Vas a colaborar conmigo para arreglar la situación o me aseguraré de que todos y cada uno de los hombres, mujeres y niños daeva te consideren responsable de la muerte de Darayavahoush. Te presentaré como una puta, una traidora a ojos de tu tribu. —Le soltó la muñeca—. Y luego te entregaré a la muchedumbre que se presentará ante mis murallas.

Ella se agarró la muñeca. No tenía la menor duda de que Ghassán pretendía hacer todo aquello. Dara estaba muerto y Alí se había marchado. No había afshín que luchase en su nombre. Ningún príncipe iba a salir en su defensa. Nahri estaba sola.

Bajó la vista. Por primera vez le costó mirar al rey a los ojos.

—¿Qué he de hacer?

Le pusieron los ropajes ceremoniales de su familia: un vestido azul cielo cargado de bordados de oro y un velo de seda blanca en la cara. Agradeció que le hubiesen puesto el velo; esperaba que así no se viese lo sonrojada de vergüenza que estaba.

Firmó el contrato sin apenas mirarlo. Aquel documento la ataba al emir en cuanto alcanzase el cuarto de siglo de edad. En otra vida podría haber recorrido ansiosa todo el inventario detallado de la dote que la convertiría en una de las mujeres más ricas de la ciudad. Sin embargo, en aquel momento no le importaba. La firma de Muntadhir, debajo de la suya, era un garabato indescifrable: el rey le había agarrado literalmente la mano para que firmase. Acto seguido, su futuro marido le había escupido a Nahri a los pies y se había marchado en tromba.

A continuación pasaron a la enorme sala de audiencias, el lugar donde había visto por primera vez a los Qahtani. Nahri sintió el tamaño de la multitud allí arremolinada antes de verla, las respiraciones ansiosas y los latidos acelerados de miles de djinn puros de sangre. Se miró los pies mientras seguía al rey hasta la plataforma de mármol verde. Se detuvo justo un escalón por debajo de él. Luego tragó saliva y alzó la mirada hacia aquel mar de rostros pétreos.

Rostros daeva. Ghassán había ordenado que acudiese a oír el testimonio de Nahri un representante de cada familia noble, de cada empresa mercantil y de cada gremio; que estuviese presente hasta el último sacerdote y erudito... todos los miembros de la élite daeva. A pesar de las docenas de detenciones y ejecuciones públicas, los miembros de la tribu de Nahri seguían manifestándose ante las murallas de palacio para exigir justicia por el asesinato de Dara.

Y Nahri iba a poner fin a todo aquello.

Abrió el rollo de pergamino que le habían dado. Le temblaron las manos mientras leía en voz alta los cargos que le había ordenado que dijese. No se apartó del guion ni una sola vez, como tampoco se permitió reflexionar sobre las palabras que condenaban al hombre a quien amaba con los términos más vulgares, las palabras que destruían la reputación del afshín que lo había sacrificado todo por su gente. Lo leyó todo con voz plana. Nahri sospechó que su público entendía lo suficiente como para darse cuenta de lo que sucedía, pero le dio igual. Si lo que quería Ghassán era una interpretación convincente, debería habérselo dicho.

Aun así, a sus ojos asomaron lágrimas al terminar de leer. Tenía la voz preñada de emoción. Avergonzada, dejó caer el pergamino y se obligó a contemplar a la multitud.

Nada. No había horror ni incredulidad en los ojos de los daeva ante ella. De hecho, la mayoría de ellos parecía igual de impasible que cuando entró.

No, impasible no. Desafiante.

Un anciano se adelantó de entre la multitud. Llevaba las brillantes ropas carmesíes del Gran Templo. Componía una estampa impresionante: tenía una marca de ceniza en el rostro y un alto gorro azur coronaba su cabeza cubierta de hollín.

Kartir, lo reconoció Nahri. Recordó la amabilidad con la que la había tratado en el templo. En aquel momento se crispó al ver que el sacerdote daba otro paso hacia ella. Se le encogió el estómago. Esperaba algún tipo de acusación.

Sin embargo, Kartir no hizo nada parecido. En cambio, lo que hizo fue unir las puntas de los dedos en señal de respeto, bajar la mirada y hacer una reverencia.

Los sacerdotes tras él se apresuraron a imitar el gesto, que pronto se contagió a todos los miembros de la concurrencia. Los daeva se inclinaban hacia ella. Nadie dijo una sola palabra. Nahri dio una inspiración, y entonces, justo detrás de ella, captó que un corazón se desbocaba.

Se quedó inmóvil, segura de que solo eran imaginaciones suyas, pero miró por encima del hombro. Ghassán al Qahtani la miró a los ojos con una expresión indescifrable. El sol entraba por la ventana tras él y se reflejaba en las deslumbrantes gemas del trono. Nahri comprendió dónde se sentaba el rey.

Un shedu. El trono estaba tallado en forma del león alado que era el símbolo de su familia.

Ghassán se sentaba en el trono de los Nahid.

Y no parecía contento. Nahri sospechó que aquella muestra espontánea de unidad entre los daeva no era el resultado que había esperado. Lo sintió por él, de veras. Resultaba frustrante que alguien diera al traste con un plan tan bien trazado.

Por eso jamás había que dejar de planear alternativas.

El rostro del rey se volvió frío, y Nahri sonrió, por primera vez desde la muerte de Dara. Era la sonrisa que le había mostrado al bajá turco, la sonrisa que siempre les había mostrado a cientos de hombres arrogantes a lo largo de los años antes de desplumarlos de todo lo que poseían.

Nahri siempre sonreía a las víctimas de sus timos.

EPÍLOGO

Kaveh e-Pramukh recorrió a la carrera los últimos diez pasos que lo separaban del dispensario. Abrió de golpe las pesadas puertas, temblando de la cabeza a los pies.

Su hijo yacía en una cama ardiente que desprendía un olor a cedro quemado.

La escena lo dejó sin respiración. Había prohibido que lo tratasen hasta que Kaveh, en palabras del rey, «arreglase la situación con esa tribu de traidores y fanáticos adoradores del fuego». Jamshid seguía vestido con el uniforme que había llevado cuando salió a toda prisa de su casa aquella terrible noche. El fajín blanco estaba ahora completamente ennegrecido por la sangre. Yacía de lado, retorcido, el cuerpo doblado entre almohadas para evitar colocar presión alguna sobre las heridas que tenía en la espalda. Una fina capa de ceniza le cubría la piel y salpicaba su pelo negro. Su pecho subía y bajaba bajo la parpadeante luz de las antorchas del dispensario, pero el resto del cuerpo permanecía inmóvil. Demasiado inmóvil.

Aunque no estaba solo. Derrumbado sobre una silla a su lado estaba el emir Muntadhir, con la túnica negra arrugada y veteada de ceniza y los ojos embargados de dolor. Sostenía una de las manos inmóviles de Jamshid entre las suyas.

Kaveh se aproximó y el emir dio un respingo.

—Gran visir… —Dejó caer la mano de Jamshid, aunque no antes de que Kaveh se diese cuenta de que entrelazaba los dedos a los de su hijo—. Disculpa mi presencia…

—Bizhan e-Oshrusan —jadeó Kaveh.

Muntadhir frunció el ceño.

—No comprendo.

—Es el nombre que busca tu padre. Bizhan e-Oshrusan. Era uno de los soldados daeva de tu expedición. Fue él quien dejó los suministros en la playa. Tengo pruebas y un testigo dispuesto a acusarlo. —A Kaveh se le quebró la voz—. Y ahora, por favor..., deja que vea a mi hijo.

Muntadhir se apartó al instante con una expresión de alivio y culpabilidad a un tiempo.

—Por supuesto.

Kaveh se plantó junto a Jamshid en un segundo. Se quedó entumecido. Era imposible que él siguiese ahí, de pie, mientras su hijo yacía destrozado a sus pies.

Muntadhir seguía a su lado.

—No... —Kaveh oyó la voz tomada de Muntadhir—. No dudó un instante. Saltó frente a mí en cuanto las flechas empezaron a volar.

¿Se supone que eso debería reconfortarme? Kaveh le apartó la ceniza de los ojos a su hijo. Le temblaban los dedos tanto de rabia como de dolor. *Deberías ser tú quien llevase un uniforme ensangrentado. Debería ser Jamshid quien llorase vestido con sus mejores galas reales.* De pronto se sintió capaz de estrangular al hombre a su lado, el hombre a quien había visto romper el corazón de su hijo una y otra vez cada vez que crecían los rumores a su alrededor..., o cada vez que se le cruzaba alguna criaturilla hermosa por delante.

Sin embargo, Kaveh no podía decir nada de todo eso. Las acusaciones que quería verter sobre Muntadhir solo servirían para que lo declarasen cómplice del afshín, para que le clavasen una de esas mismas flechas de la espalda de Jamshid en el corazón. El primogénito de Ghassán al Qahtani era intocable; Kaveh y su tribu habían aprendido la lección y sabían de la frialdad con la que el rey despachaba a quienes suponían una amenaza para su familia.

Era una lección que Kaveh no iba a olvidar jamás.

Sin embargo, en aquel momento necesitaba que Muntadhir se marchase. Cada segundo que seguía allí era un segundo más de sufrimiento para Jamshid. Así que carraspeó:

—Mi emir, ¿os importaría ir a decirle ese nombre a vuestro padre? No quiero retrasar más el tratamiento de mi hijo.

—Por supuesto. —Muntadhir se sonrojó—. Lo… lo siento, Kaveh. Por favor, avísame si mejora su estado.

Oh, sospecho que te enterarás. Kaveh aguardó hasta que oyó cerrarse la puerta.

Bajo la luz de las antorchas, los maderos apilados y los paneles de vidrio del techo proyectaban todo tipo de sombras por la estancia medio destruida. Habían movido a los pacientes de Nahri mientras reparaban el dispensario. La Banu Nahida estaba segura en otra parte, en una reunión con los sacerdotes del Gran Templo que, Kaveh sabía, no duraría mucho. Había elegido aquel momento con toda intención; no quería implicar a Nahri en lo que estaba a punto de hacer.

Se sacó una pequeña hoja de hierro del cinturón. No era tanto un cuchillo como un escalpelo, con la empuñadura envuelta en varias capas de lino protector. Con sumo cuidado, Kaveh le rajó la túnica ensangrentada a Jamshid, lo bastante para dejar al aire el tatuaje negro que asomaba en el omoplato izquierdo de su hijo.

A primera vista, el tatuaje no tenía nada reseñable: tres glifos retorcidos con líneas crudas y bastas. Muchos hombres daeva, sobre todo los de Zariaspa, el hogar de la familia Pramukh en Daevastana, seguían la vieja tradición de dibujarse en la piel los símbolos orgullosos de su linaje y casta. Era un modo de honrar su herencia, en parte superstición y en parte moda, aunque los pictogramas en sí eran tan antiguos que nadie era ya capaz de descifrarlos. Muy queridos, pero inútiles.

Sin embargo, el tatuaje de Jamshid no era inútil. Su madre se lo había grabado en la piel pocas horas después de nacer. Durante años había sido la más sólida salvaguarda de su vida. De su anonimidad.

Aunque ahora lo estaba matando.

Por favor, Creador, te lo suplico: que funcione. Kaveh apoyó el escalpelo en la punta del primer glifo retorcido. La piel de ébano soltó un siseo de protesta ante el contacto con el hierro. Con el corazón desbocado, Kaveh cortó un trozo de piel.

Jamshid dio una brusca inspiración. Kaveh se quedó inmóvil. Unas gotas de sangre negra brotaron del corte y se secaron.

Y entonces la piel bajo el corte volvió a curarse.

—¿Que estás haciendo? —se oyó una voz de mujer a su espalda.

Nisreen. Llegó hasta Kaveh en pocos segundos y lo apartó de un empujón de Jamshid. Cubrió el tatuaje con uno de los jirones cortados del uniforme.

—¿Acaso has perdido la cabeza?

Kaveh negó, los ojos inundados de lágrimas.

—No puedo dejar que sufra así.

—¿Y acaso descubrir su identidad acabará con su sufrimiento? —Los ojos de Nisreen se pasearon por la estancia—. Kaveh... —advirtió en un susurro bajo—. No tenemos la menor idea de qué pasará si le quitas el tatuaje. Su cuerpo jamás se ha curado solo. Tiene una flecha encajada en la columna desde hace una semana; no hay forma de saber cómo responderá la magia ante una herida así. Podrías matarlo.

—¡Si no lo hago, podría morir! —Kaveh se restregó los ojos con la mano libre—. Tú no lo entiendes, no eres su madre. Tengo que hacer algo.

—No va a morir —lo consoló Nisreen—. Ha sobrevivido hasta ahora.

Agarró la muñeca de Kaveh y lo obligó a bajar el escalpelo.

—Ellos no son como nosotros, Kaveh —dijo en tono suave—. Tiene la sangre de su madre..., sobrevivirá. Pero si le quitas el tatuaje, si se cura solo... —Negó con la cabeza—. Ghassán lo torturará para sacarle información. Jamás creerá que es inocente. Los Qahtani destrozarán a nuestra tribu en busca de respuestas. Enviarán a soldados a arrasar hasta el último hogar de Daevastana. —Sus ojos destellaron—. Destruirás todo aquello por lo que hemos luchado.

—Ya está destruido —replicó Kaveh con voz amarga—. El afshín ha muerto. En menos de un año, Banu Nahri tendrá un bebé Qahtani en el vientre, y no hemos oído nada de...

Nisreen le quitó el escalpelo de la mano y en su lugar le dio algo duro y pequeño que le pinchó la palma con una dolorosa punzada. *Hierro*, comprendió Kaveh, y lo sostuvo ante la luz para examinarlo. Un anillo.

Un baqueteado anillo de hierro con una esmeralda que resplandecía como si contuviese llamas.

Kaveh cerró de inmediato los dedos en torno al anillo.

—Por el Creador —jadeó—. ¿Cómo lo has...?

Ella negó con la cabeza.

—No preguntes. Pero no desesperes. Te necesitamos, Kaveh. —Señaló con la cabeza a Jamshid—. Él te necesita. Tienes que congraciarte de nuevo con Ghassán, conseguir que confíe lo bastante en ti como para permitirte regresar a Zariaspa.

Kaven apretó el anillo del afshín en la mano. El anillo estaba cada vez más caliente.

—Dara intentó matar a mi hijo, Nisreen —se le quebró la voz.

—Tu hijo estaba en el bando equivocado. —Kaven se encogió y ella prosiguió—: Pero no volverá a equivocarse. Nos aseguraremos de ello. —Suspiró—. ¿Has encontrado a alguien a quien culpar de los suministros?

Él asintió sin hablar.

—Bizhan e-Oshrusan. Solo ha pedido que cuidásemos de sus padres. —Carraspeó—. Ha comprendido que no debe permitir que lo apresen con vida.

El rostro de Nisreen se ensombreció.

—Que el Creador recompense su sacrificio.

Hubo un silencio entre ambos. Jamshid se agitó, dormido, un movimiento que a punto estuvo de volver a destrozar a Kaveh.

Sin embargo, también supuso el recordatorio que necesitaba. Aún había un modo de salvar a su hijo, un objetivo por el que Kaveh haría cualquier cosa: postrarse a los pies del rey, cruzar el mundo, enfrentarse a los ifrit.

Quemar Daevabad hasta los cimientos.

El anillo pareció latir en su mano, como si tuviese su propio corazón.

—¿Lo sabe Nahri? —preguntó en tono suave al tiempo que alzaba la mano—. Lo del anillo, digo.

Nisreen negó con la cabeza.

—No —dijo en tono protector—. Ya tiene bastantes preocupaciones. No necesita distracciones ni falsas esperanzas. Y, a decir verdad..., es más seguro para ella no saberlo. Si nos descubren, lo único que podrá defenderla será su inocencia.

Kaveh volvió a asentir, pero estaba harto de defenderse. Pensó en los daeva a los que ya había ejecutado Ghassán, en los mercaderes apalizados en el Gran Bazar, en la chica violada delante de la Guardia Real. En su hijo, que casi había muerto por defender a un Qahtani, y a quien habían negado el tratamiento médico. En los mártires del Gran Templo. En todos los modos distintos en que había sufrido su pueblo.

Kaveh estaba harto de inclinarse ante los Qahtani.

Hubo un destello desafiante en su pecho, el primero que sentía en mucho tiempo. La siguiente pregunta que formuló fue un susurro desesperado:

—Si consigo llevar el anillo hasta ella..., ¿crees que será capaz de devolverle la vida?

Nisreen miró a Jamshid. Tenía en los ojos el típico asombro callado que la mayoría de los daeva sentía en presencia de sus Nahid.

—Sí —dijo en tono firme, reverencial—. Creo que Manizheh puede conseguir lo que se proponga.

GLOSARIO

Seres de fuego

DAEVA: antiguo término que identificaba a todos los elementales antes de la rebelión de los djinn, así como el nombre de la tribu que reside en Daevastana, a la que pertenecen tanto Dara como Nahri. En su día fueron cambiaformas capaces de vivir durante milenios, pero vieron disminuidos sus poderes cuando el profeta Salomón los castigó por haberles hecho daño a los seres humanos.

DJINN: término humano para «daeva». Después de la rebelión de Zaydi al Qahtani, todos sus seguidores, y al cabo todos los daeva, empezaron a usar este término para referirse a su raza.

IFRIT: los daeva originales que desafiaron a Salomón y quedaron desprovistos de sus poderes. Enemigos jurados de la familia Nahid, los ifrit suelen vengarse esclavizando a otros djinn para causar el caos entre los seres humanos.

SIMURG: pájaros con escamas que los djinn gustan de usar como monturas.

ZAHHAK: una enorme bestia reptiliana que respira fuego.

Seres de agua

MARID: elementales de agua extremadamente poderosos. Los djinn los consideran prácticamente criaturas mitológicas. No se ha visto a un marid desde hace siglos, aunque se rumorea que el lago que rodea Daevabad les perteneció en su día.

Seres de aire

PERI: elementales de aire. Más poderosos que los djinn y mucho más reservados, los peris se ocupan únicamente de sus propios asuntos.

ROC: enormes pájaros de fuego depredadores que los peri usan para cazar.

SHEDU: leones alados mitológicos, son el emblema de la familia Nahid.

Seres de tierra

ISHTAS: pequeñas criaturas con escamas obsesionadas con el calzado y el orden.

KARKADANN: bestia mágica similar a un enorme rinoceronte con un cuerno tan grande como un hombre.

NECRÓFAGOS: cadáveres reanimados y caníbales de humanos que han hecho pactos con los ifrit.

Idiomas

DIVASTI: el idioma de la tribu daeva.

DJINNISTANÍ: el idioma común de Daevabad, una lengua criolla que los djinn y los shafit usan para hablar con quienes no pertenecen a sus tribus.

GEZIRIYYA: el idioma de la tribu geziri, que solo pueden hablar y entender sus miembros.

Términos generales

ABAYA: vestido holgado de manga larga que cubre el cuerpo entero de las mujeres.

ADHAN: llamada a la oración en el islam.

AFSHÍN: nombre de la familia de guerreros daeva que en su día sirvió al Consejo Nahid. También se usa como título.

AKHI: «hermano mío» en geziri, expresión de afecto.

BAGA NAHID: título protocolario de los sanadores masculinos de la familia Nahid.

BANU NAHIDA: título protocolario de las sanadoras femeninas de la familia Nahid.

CAÍD: jefe de la Guardia Real, básicamente el oficial de mayor rango del ejército djinn.

CHADOR: capa abierta semicircular de tela, con la que se cubre la cabeza. Suelen llevarla las mujeres daeva.

DIRHAM/DINAR: tipo de moneda que se usa en Egipto.

DISHDASHA: túnica masculina que cubre el cuerpo entero, muy popular entre los geziri.

DUHR: hora del mediodía y de la oración que lo acompaña.

EMIR: príncipe de la corona y heredero designado al trono de los Qahtani.

FAJR: hora del alba y de la oración que la acompaña.

GALABIYA: ropaje tradicional egipcio, básicamente una túnica que cubre todo el cuerpo.

HAMÁN: casa de baños.

ISHA: hora de la tarde y de la oración que lo acompaña.

JEQUE: educador o líder religioso.

MAGRIB: hora del ocaso y de la oración que lo acompaña.

MIDÁN: plaza central de una ciudad.

MIHRAB: nicho en una pared que indica hacia dónde hay que orientarse para la oración.

MUHTASHIN: funcionario inspector de mercados.

RAKA'AH: cada una de las iteraciones de movimientos que componen la oración.

SELLO DE SALOMÓN: el sello del anillo que Salomón usó para controlar a los djinn, que fue entregado a los Nahid y luego robado por los Qahtani. Quien lleve el anillo de Salomón puede anular toda magia.

SHAFIT: mestizos de sangre humana y djinn.

TALWAR: espada agnivanshi.

TANZEEM: grupo fundamentalista de Daevabad dedicado a luchar por los derechos de los shafit y la reforma religiosa.

ULEMA: cuerpo legal de eruditos religiosos.

VISIR: ministro de la gobernación.

ZAR: ceremonia tradicional para exorcizar djinn.

ZULFIQAR: espada bífida de cobre característica de la tribu geziri. Puede estallar en llamas y su filo envenenado destruye hasta la carne Nahid, con lo cual es una de las armas más mortales del mundo.

AGRADECIMIENTOS

Este libro empezó como un proyecto privado que jamás habría visto la luz del día de no haber sido por el apoyo y los ánimos (¡a veces por la fuerza!) de la maravillosa gente que aparece en esta sección.

En primer lugar, gracias a mis amigos y colegas de la American University de El Cairo. Gracias por compartir conmigo la asombrosa historia de vuestro país, por guiarme por ciertos lugares que acabaron formando parte del mundo de Nahri y por revivir mi fe de un modo que no comprendí hasta mucho después. Todos los errores de representación presentes en este libro, si los hubiere, se deben a fallos míos.

Gracias a mi marido, Shamik, cuya curiosidad sobre lo que tecleaba en mi ordenador supuso el comienzo de todo este viaje. Eres el mejor amigo y lector de pruebas que cualquier *friki* podría pedir. Eres la roca en la que me apoyo.

Gracias a los talentosos miembros del grupo Brooklyn Speculative Fiction Writers, en especial a Rob Cameron, Marcy Arlin, Steven R. Fairchild, Sondra Fink, Jonathan Hernandez, Alex Kirtland, Cynthia Lovett, Ian Montgomerie, Brad Park, Mark Salzwedel, Essowe Tchalim y Ana Vohryzek. Todos ellos dieron forma al manuscrito y, en el proceso, se convirtieron en amigos míos.

Gracias a Jennifer Azantian, mi maravillosa agente y la mayor fan de Nahri y Alí, por arriesgarse a representar a una escritora a la que conoció por Twitter. Gracias por hacer realidad lo que parecía un sueño. Gracias por ser una fuente de estabilidad cada vez que lo necesité. Gracias a Priyanka Krishnan, mi asombrosa editora, que me ayudó a superar los baches más duros, y cuya calidez y comentarios formulados diplomáticamente siempre me arrancaron una sonrisa. Intentaré no matar a muchos personajes con los que te hayas encariñado.

Gracias al resto del equipo de Voyager, incluyendo a Angela Craft, Andrew DiCecco, Jessie Edwards, Pam Jaffee, Mumtaz Mustafa, Shawn Nicholls, Shelby Peak, Caro Perny, David Pomerico, Mary Ann Petyak, Liate Stehlik y Paula Szafranski. Os estaré siempre agradecida por lo mucho que habéis trabajado en este libro y por el entusiasmo con el que lo habéis acogido. Gracias a todos los trabajadores de Harper que adoraron y apoyaron este libro. Ha sido un placer trabajar con vosotros. Mi más sincero agradecimiento a Will Staehle por diseñar una cubierta que me dejó literalmente sin respiración la primera vez que la vi.

Jamás habría llegado tan lejos sin mis extraordinarios padres: Colleen, mi madre, que compartió conmigo su amor por la lectura; y Robert, mi padre, que me llevó en coche a la biblioteca y a la librería lo que seguramente fueron todos y cada uno de los fines de semana de mi infancia. Vuestro amor y entrega me han hecho lo que soy. Gracias también a mi hermano, Michael, por enseñarme lo que es el amor fraternal sin luchar por el trono. Gracias a Sankar y Anamika, que vinieron en mi ayuda en cuanto todo esto se convirtió en una realidad. Siempre tendréis mi más profunda gratitud.

Gracias a mi hija, la mayor fuente de felicidad que tengo. Eres demasiado joven para leer esto ahora, pero gracias por dejarme trabajar en esto en casa, si bien con cierto nivel de negociación infantil que se parece preocupantemente a lo que alguien esperaría de una timadora. Te quiero.

Y por último, aunque no por ello menos importante, gracias a mi ummah: al pasado que me inspiró, el presente que acogió y al futuro que construimos juntos… *jazakum Allahu khayran.*

SOBRE LA AUTORA

Shannon Chakraborty es una escritora de ficción especulativa de Nueva York. Su debut, *La ciudad de bronce*, es el primer título de la Trilogía de Daevabad. Siempre que no está sumida entre libros de miniaturas de Mongolia y de príncipes del Califato abasida, le gusta practicar senderismo, tejer y cocinar platos innecesariamente complicados para su familia. Puedes encontrarla en las redes en www.sachakraborty.com o en Twitter como @SChakrabs, donde suele soltar peroratas sobre historia, política y arte islámico.